KB066812

우리 쇳물은
제철보국이었네

쇳물은 멈추지 않고 정신은 꺼지지 않아야 한다
포철혼POSCO SPIRIT, 그 뿌리와 줄기를 다시 만나다

우리 쇳물은 제철보국이었네

안병화·여상환 편저

아시아

| 발간 취지문 |

POSCO SPIRIT

안병화

역사는 흐르고 인걸도 흐른다.

제철보국의 기치 아래 모래바람 휘몰아치던 포항 영일만에서 심신을 불태웠던 원로 철강 동지들이 하나둘 역사의 뒤안길로 사라져 가고 있다.

지난날에 생사를 넘나드는 형극의 길을 헤쳐 나아간 우리가 이루고자 했던 지고의 가치는 무엇이었는가? 정신의 기초는 무엇이었는가? 그때 그 현장의 극한에 도전했던 동지들의 진솔한 술회를 한데 모아서 포스코정신·포철혼(魂)의 진면목을 그려내려는 것이 이 책 발간의 대전제이다.

이 책이 포스코정신을 몸에 익혀야 할 후배들의 길라잡이가 되기를 희구해 마지않으며, 우리의 영원한 '둥지'인 포스코의 무궁 발전과 나라의 융성 발전을 기원하는 바이다.

포스코 만세!
대한민국 만세!

| 책을 엮으며 |

지금은 다시 '포철혼'을 세워야 할 때

여상환

포스코 창립 50주년을 앞두고 있던 2017년 9월이었다. '창립회' 안병화 회장을 비롯한 여러 회원들이 젊은 후배들을 위해 '포철혼(魂)'이 생생히 살아 움직인 현장의 추억을 모아서 'POSCO SPIRIT'의 뿌리와 줄기를 다시 간추려보자는 중의를 모았다. 그래서 1973년 7월 3일의 포항 1기 종합준공식 이전에 입사했던 동료들에게 안병화, 구자동, 김기홍, 김진주, 박준민, 성기중, 송경섭, 신상은, 심장섭, 안덕주, 여상환 제씨의 이름으로 다음과 같은 내용의 원고청탁서를 발송했다.

세월은 어김없이 가고 있으니 그동안 많은 동지들이 타계했습니다. 아직 생존해 계신 포항제철 건설 초기 역군 여러분의 이야기를 한데 모아 'POSCO SPIRIT'이 무엇이었는지 여러분이 겪은 역사의 한 조각을 다시 모아서 엮어 보고자 합니다.

선배들의 얼을 훌륭하게 이어받은 후배들의 부단한 노력이 국민기업 포항제철을 건실하게 잘 운영해왔지만, 세월이 감에 따라 건설 초기의 선배들이 저 세상 사람이 되면서 회사 초기의 창립정신이 퇴색하여 갈 것이므로 다시 한 번 그때의 정신을 기록으로 새롭게 남겨두고자 합니다.

모여든 원고 분량은 우리의 기대치에 미치지 못했다. 그럴 수밖에 없는 사정이 있었다. 현재 이 세상에 남아서 '포철혼'을 말할 수 있는 동지들은 모두가 훌쩍 여든 고개, 일흔 고개를 넘어 인생의 황혼을 거닐고 있으니 무엇보다도 평소 손에 익지 않은 글을 쓰기가 만만치 않았을 것이었다. 여기서 우리 청탁자들은 세 가지 원칙을 세워야 했다.

첫째, 창업요원을 비롯한 몇 분은 기존 자료들을 모아서 다시 한 편의 글로 엮어내고, 작고한 몇 분은 찾아낸 글을 전재한다. 둘째, 이번에 새로 들어온 원고들은 남김없이 다 싣기로 한다. 셋째, 포스코 창업 연대에 보이지 않는 자리에서 애써 도와준 분들도 포함시킨다. 이에 따라 포스코신문의 '남기고 싶은 이야기'를 다시 엮는 글에서 부분으로 흡수하거나 조금 손질해 옮겨오기도 했다.

이 책은 총 5부로 구성되었다. 제1부 '왜 포스코는 무(無)에서 시작해야 했는가?: KISA에서 하와이 구상까지', 제2부 '제철보국의 뿌리와 줄기를 키우다: 창업요원은 말한다', 제3부 '제철보국의 뿌리와 줄기를 키우다: 현장에서, 기술에서', 제4부 '제철보국에 물과 거름을 주다: 위기의 시간을 함께한 바깥 사람들', 제5부 '제철보국을 만들고 제철보국을 살다: 박태준 창업회장의 삶과 정신' 등이다. 물론 '제철보국'은 '포철혼'의 핵이다.

제1부는 KISA(대한국제제철차관단) 출범에서 '하와이 구상'까지의 포스코 창립 전후사를 다루고 있다. 포스코는 창립 50주년에도 "자본도 기술도 경험도 없는" 그 무(無)에서 유(有)를 창조했다는 것을 회사의 가장 중요한 자긍심으로 앞세웠다. 미래에도 그것은 변하지 않고 변할 수 없는 포스코의 영원한 자긍심이다. 그러나 후배들은 그 귀중한 역사적 진실을 하나의

수사(修辭)처럼 여기게 될지도 모른다. 이것이 단순한 노파심은 아닐 것이라고 생각했다. 그래서 이번 기회에 포스코가 "자본도 기술도 경험도 없는" 백척간두의 위기 상황으로 내몰려야 했던 사연과, 오히려 절명의 위기를 기사회생과 전화위복의 전기로 만들어냈던 지혜를 사실 그대로 일목요연하게 정리해 두었다.

제2부는 창립요원들의 목소리를 담았다. 1968년 4월 1일 서울 명동 유네스코회관에서 창립한 당시에는 서른아홉 분이었으나 곧 다섯 분이 퇴사하여 공식으로 기록된 서른네 분이 창립요원에 이름을 올렸다. 창립 50주년에는 이미 스무 분이 이 세상에 계시지 않았지만, 여기서는 열여덟 분의 목소리를 들을 수 있다. 고인들 중에 고준식, 윤동석, 최주선, 김창기, 이원희, 신광식 여섯 동지의 글을 찾아내 싣게 되었다. 제목을 '제철보국의 뿌리와 줄기를 키우다'라고 붙였는데, 창업요원들의 노고와 고투를 그보다 더 적합하게 표현할 수는 없을 듯하다.

제철보국의 뿌리와 줄기를 키워내는 노고와 고투는 특히 창업 연대의 포항 영일만 현장에서, 그리고 기술력을 쌓아올리는 과정에서 어느 자리든 열외 없이 치열하게 전개되었다. 제3부는 바로 그 현장, 그 기술의 목소리들을 한자리에 모았다. 박종태·신상은 동지의 경우는 창업요원과 다름없지만 공식 기록을 바꿀 수 없어서 이 자리에 싣게 되었다. 원고가 더 많이 들어왔더라면 가장 풍성해질 수 있는 자리가 제3부인데, 위에서 밝힌 대로 이번에 새로 들어온 원고들로써 꾸리게 되었으며, '기술의 꽃'이라 불러야 하는 기성(技聖) 세 분의 추억도 함께 모았고, 한국 최초 고로인 포항 1고로 공장장으로서 막중한 책임을 짊어졌던 고(故) 조용선 동지의 글을 찾아 마무리로 삼았다.

제4부는 '자본도 기술도 경험도 없는' 창업 연대에 마치 묘목에 물과 거름을 주는 것처럼 애써 포스코를 도와준 외부 인사들의 회고로 짜여 있다.

박태준 창업회장의 '하와이 구상'을 실현해 나가는 과정에 주요 역할을 했던 박철언-야스오카-이나야마의 활약상, 도쿄에서 롯데가 별개로 추진했던 한국 종합제철 프로젝트, 영일만 부지에서 160명 수녀님들·500명 고아들이 한꺼번에 떠나야 했던 '대이주(大移住)', 착공식을 앞당길 수 있도록 거들어준 일본인, 앞날이 불투명한 창립 포스코에 첫 외자 도입의 길을 터준 서양인, 포스코를 성원해준 한국 관료 세 분이 등장한다. 더 많은 분들을 초빙할 수 있었지만 한 권의 책이라는 지면의 제한이 아쉬울 따름이다.

'제철보국'을 주창했을 뿐만 아니라 어느 누구보다 철저히 '제철보국'을 살아간 분은 박태준 창업회장이시다. 그분을 빼놓고 '포철혼'이나 'POSCO SPIRIT'을 말할 수는 없었다. 탁월한 역작으로 정평이 굳어진 이대환 작가의 『박태준 평전』이 존재할 뿐만 아니라, 이 책에도 군데군데 그분이 등장하고 있지만, 그래도 우리의 존경과 흠모를 바쳐 제5부에는 그분의 생애와 정신을 간추린 글과 '태준이즘'을 연구한 글을 초대하였다.

이 책을 기획하고 엮어내는 우리는, 포항제철의 성공은 포철혼에 불타는 집단영성(집단혼)의 장엄한 교향악이었다는 믿음을 인생의 가장 소중한 가치와 보람과 영광으로 간직한 노인들이다. 우리가 사라질 날도 그리 멀지는 않다. 그러나 쇳물은 멈추지 않고 정신은 꺼지지 않아야 한다. 지금은 '포철혼'을 다시 세우고 정신적 가치의 중요성을 새삼 깨워야 할 때라고 판단한다. 이 순정한 소망을 이 책은 담고 있다.

2018년 5월

국제경영연구원에서 편저자

차례

POSCO SPIRIT 3 제철보국의 뿌리와 줄기를 키우다
—현장에서, 기술에서

POSCO SPIRIT 4 제철보국에 물과 거름을 주다
—위기의 시간을 함께한 바깥 사람들

POSCO SPIRIT 5 제철보국을 만들고 제철보국을 살다
—박태준 창업회장의 삶과 정신

POSCO SPIRIT 1

왜 포스코는 무(無)에서 시작해야 했는가?
—'KISA'에서 '하와이구상'까지

'제철보국'의 한 단면
1968년 만우절에 한국 정부가 KISA를 믿고 탄생시킨 포스코
'자본도 기술도 경험도' KISA가 제공하기로 했다
"나는 고속도로, 임자는 종합제철"
일본을 빼버린 KISA가 발족되다
수상쩍은 KISA
IBRD의 모욕적인 조건에 분개하다
기공식 참석을 거절하고, 대통령과 토의해 '상법상 주식회사'로
포스코 사람들이 최초로 종합제철 GEP를 검토하다
KISA가 제시한 설비들은 싸구려였다
KISA는 한국 정부를 배반하고, 포스코는 롬멜하우스를 짓고
KISA와 최후 담판, 그리고 '하와이 구상'

왜 포스코는 무(無)에서 시작해야 했는가?
—'KISA'에서 '하와이구상'까지

'제철보국'의 한 단면

1987년 9월 서울대학교 사회과학연구소가 발간한 『포항종합제철의 국민경제기여 및 기업문화 연구』라는 방대한 연구서(총 1,137쪽)에서 딱 하나만 살펴보아도 '제철보국'이라는 핵심가치를 실현하기 위해 박태준 창업회장을 비롯한 창업세대 임직원들이 포항제철의 성공을 위해 왜 그토록 강렬한 신념과 뜨거운 의지로 삶을 불태웠던가에 대한 이해력을 높일 수 있을 것이다.

> 만일 국내 수요가들이 포항제철 제품을 구입하는 대신 전량 수입했을 경우의 수입액에 대한 비용절감액을 보면 1979년에는 25.6%, 1982년에는 42.0%, 그리고 1985년에는 33.9%이어서 무려 예상 지출액의 3분의 1이나 됨을 알 수 있다. 즉, 이 기간 중 국내 철강수요가들은 포항제철 제품을 구입함으로써 약 3분의 1을 절약한 셈이 된다. 포항제철이 그 설립 이래 우리나라 철강 관련 산업의 생산원가를 크게 낮춤으로써 우리나라 경제발전에 공헌한 바가 얼마나 큰지 짐작할 수 있다.

* 이 글은 편집위원회가 여러 문헌자료와 회고들을 종합적으로 정리한 것이다

그래서 우리 국민은 포항제철의 대한민국에 대한 기여도를 아주 높게 기억하고 평가했을 것이다. 다음과 같은 보도에 잘 나타나 있다.

> 한국정당학회가 한국갤럽에 의뢰하여 국민 1,009명을 상대로 설문조사한 결과에 따르면 산업화에 가장 크게 기여한 사건이나 계기로 한국 국민들은 새마을운동(35.5%), 경제개발5개년계획(24.5%), 경부고속도로 및 포항제철 건설(20.8%)을 들고 있다.(조선일보, 2010. 5. 28)

이 의식조사 결과의 의미에 대하여 김병연 교수(서울대학교 경제학과)는 논문 「포스코와 한국경제」(2012)에서 다음과 같이 해석하고 있다.

> 포항제철이라는 한 기업의 설립이 전 국가적 사업인 고속도로 건설과 같은 영향력을 가진 것으로 평가되는 동시에 경제개발5개년계획보다 크게 뒤처지지 않는 파급효과를 가진 것으로 간주된다는 것이다. 그만큼 한국 국민은 포항제철의 성장을 한국경제 발전의 주된 원동력으로 인식하고 있다.

포스코가 '무(無)'라고 불린 황무지의 악조건을 극복하며 '양질의 철강제품을 안정적으로 국제철강가격보다 30% 내지 40% 저렴한 가격'에 공급하지 못했다고 가정한다면, 한국의 자동차산업도 조선산업도 가전산업도 오늘날의 영광을 누리기는 어려웠을 것이다. 철(鐵)을 소재로 쓰거나 종합제철 건설과 관련되었던 모든 한국의 산업들이 오늘날과 같은 두각을 나타낼 수 없었을 것이다. 또한 포스코가 '제철보국의 존재이유'를 실현하기 위해 국제시세보다 그렇게 저렴한 가격으로 국내에 양질의 철강을 공급한다는 것을 핑계로 내세워서 만약 그만큼의 적자를 기록했더라면, 아니, 그렇게 제철보국을 최고 가치로 추구하면서 해마다 경이로운 경영 실적을 쌓으며 괄목할 지속성장을 거듭하지 못했다고 가정한다면, 세계 최고라 불려온 글로벌 포스코의 영광은 아예 불가능했을 것이다.

1968년 만우절에 한국 정부가 KISA를 믿고 탄생시킨 포스코

1968년 4월 1일, 이 만우절에는 한국 현대사의 기록으로 남을 두 가지 '특별한 기념식'이 열렸다. 장소는 대전과 서울이었다. 대전의 것은 거창하고, 서울의 것은 조촐했다. 대전 공설운동장에서는 대통령 참석 행사로 예비군 창설 기념식이 열리고, 서울 한복판 명동 유네스코회관 3층에서는 어떤 특공소대의 출정식 같은 포항종합제철주식회사(POSCO) 창립식이 열렸다.

그날의 포스코 창립요원은 박태준 사장을 포함해 모두 서른아홉 명이었다. 곧이어 다섯 명이 떠나감으로써 실제 공식 기록에는 '34명'으로 등재되는 창립식 뒤풀이 분위기는 덤빌 것도 없고 들뜰 것도 없다는 듯이 차분했다. 다만, 박 사장의 카랑카랑한 창립사가 날카로운 가시 같은 여운으로 남아 있었다.

> 모든 성공여부는 지금부터 우리에게 주어진 직접적인 사명이며, 따라서 우리 자신의 잘못은 영원히 기록되고 추호도 용납될 수 없으며 가차 없는 문책을 받아야 합니다.
>
> 모든 협의 또는 교섭 과정에서 한국적 행정풍토를 정확히 파악하고 납득하며 선의의 작용을 하여야 합니다. 이러한 점은 부문관리자급 이상의 재치 있는 사리 판단에서만 기대할 수 있으며, 일에 대한 소신과 책임감으로만 효과를 얻을 수 있다고 생각합니다.

건전한 창업의 기반을 흔드는 전통적인 한국적 사회폐습의 침투력에는 과감히 도전하여 창업 시에 경험하는 사회사업적인 인사관리나 예산회계관리, 물자관리가 되지 않도록 확고한 신념으로 모든 일을 계획하고 집행해나가는 것을 기본정신으로 삼아주시기를 강력히 요청합니다.

너무나 실용적인, 쇠토막처럼 딱딱하고 강건한 선언이며 맹세다. 박 사장의 핵심메시지 메모를 건네받은 황경노 기획관리부장이 이 창립사를 썼다.

'우리에게 주어진 직접적인 사명', '추호도 용납될 수 없음', '가차없는 문책'. 이러한 말들에는 벌써 목숨을 걸자는 비장미가 엿보인다. '한국적 사회폐습에 과감히 맞서자'는 당부에는 부정부패를 철저히 불식하고 인사청탁이나 이권 청탁을 단호히 배격하자는 굳센 결의가 창날처럼 번뜩인다.

온통 비장한 말들로 만든 깃발을 앞세우고 첫발을 내딛어야 하는 포스코 창립식을, 그 책임자가 하필 만우절로 잡으니 이를 염려한 목소리들도 있었다. 창업 준비를 맡은 실무자가 회사 창립일을 잡아 보라는 박 사장의 지시를 받은 것은 그해 3월 20일이었다. 그날은 달포 전에 불입된 정부출자금 3억 원과 대한중석 출자금 1억 원을 최초 자본금으로 삼아 종합제철 창립 주주총회를 개최한 날이었다. 대한중석 총무부에 적을 둔 상태에서 포스코 창립의 행정적 실무를 도맡아 처리하고서도 '모두가 다 한꺼번에 대한중석을 빠져 나와서는 안 되지 않느냐' 하는 사정 때문에 정작 창립요원(創立要員)에는 이름을 못 올리고 그해 6월 1일에야 포스코로 옮겨오게 되었던 '택일 담당자'(신상은)는 이렇게 회고한다.

국가 대사를 짊어지는 회사의 창립 택일을 어찌 쉽게 정할 수 있었겠는가. 택일 전문의 역술인을 활용하기 위해 자료를 뒤졌다. 마침 그해 3월호 《신동아》에 유명 역술인들의 프로필이 소개돼 있었다. 그중에 세 사람을 선정했다. 날짜를 받아보았다. 각각 달리 나왔다. 3월 26일, 4월 1일, 4월 4일이었다.

제각각 괜찮은 의미를 부여할 수 있는 날들이었다. 3월 26일은 이승만 초대 대통령의 생일, 4월 1일은 진정한 봄의 시작, 4월 4일은 청명. 그러나 제각각 찜찜한 맛을 풍기는 날들이기도 했다. 이 대통령은 말년에 다가설수록 성공한 대통령이 되지 못하는 길로 빠져버렸고, 만우절에는 어떤 약속을 걸든 허튼 수작으로 미끄러질 수가 있고, 청명은 그 말뜻이야 기가 막히게 좋지만 한국인의 기분에 '4'자 겹침만은 피하고 싶은 것이고….

박 사장은 4월 1일을 찍었다. 실무자가 뜨악하게 물었다.

"4월 1일은 만우절 아닙니까?"

그러나 박 사장이 질책하듯 되물었다.

"우리나라에 언제부터 만우절이 있었어?"

틀린 반문이 아니었다. 4월 1일을 만우절로 정해서 가까운 사람들끼리 서로 좀 놀려먹고 서로 좀 거짓말을 해도 '그냥 즐거이 웃고 넘기자'라는 그 풍속은 서양에서 건너온 박래품이었다. 하여튼 그런 과정을 거쳐서 포스코 창립일은 4월 1일로 결정됐다. 단지 그때 실무자들로서는 짐작하지 못했을 테지만, 종합제철 건설의 책임을 짊어진 박 사장의 머릿속에는 국가적 차원의 상관성에 대한 생각이 엉켜 있었다. '철(鐵)과 경제'의 분리할 수 없는 상관성, 예비군 창설을 초래한 북한의 도발을 이겨내야 하는 '철과 안보(국방)'의 분리할 수 없는 상관성—바로 이것이었다.

그런데 포스코 창립일과 일치했더라면 뒷날에 한국 산업화시대의 국가적 기념일로 지정해도 좋았을 기념식이 그보다 두 달 앞서 열렸다. 1968년 2월 1일 경부고속도로가 착공됐다. 박정희 대통령이 박태준 대한중석 사장을 청와대로 불러 경부고속도로와 종합제철 건설에 대한 속내를 털어놓은 때는 1965년 6월 어느 날로, "고속도로는 내가 직접 감독할 테니, 종합제철은 임자가 맡아."라고 엄중히 말했다. 그것이 3년을 조금 덜 채우고 드디어 실현되었는데, 여기서 새삼 음미해볼 창립사의 한 문장은 '모든 협의 또는 교섭 과정에서 한국적 행정풍토를 정확히 파악하고 납득하며 선의의 작용을 하여야 합니다'라는 것이다.

갓 태어난 포스코가 최우선적으로 상대해야 하는 가장 중요한 '협의 또는 교섭'의 상대는 누구였는가? 미국 영국 이탈리아 독일 프랑스 등 5개국 8개 철강사들의 협력체인 '한국 종합제철 건설을 위한 국제차관단(KISA: Korea International Steel Associates, 對韓國際製鐵借款團)'이었다. 한국 관료, 한국 정치인, 제철 관련 일본인을 상대하는 일은 그 다음 차례였다.

1967년 6월 포항을 입지로 선정하여 그해 10월 3일 포항에서 개최한 종합제철 기공식(이때는 아직 '포항제철'이란 이름이 없었으며 그냥 '종합제철'이었다), 그리고 6개월이 더 지난 1968년 4월 1일 서울 명동 유네스코회관에서 창립한 포항종합제철주식회사.

이들 두 중대한 행사는 2018년 4월 1일에 50주년을 맞은 포스코 역사의 첫 장을 장식하고 있다. 그러나 '포스코의 힘'으로 이뤄질 수 있었던 일이 아니었다. 우리 정부가 '종합제철' 기공식으로부터 여섯 달쯤 지난 시기에 '포항제철'이라는 국영기업 하나를 창립하긴 했으나 그 기공식도 그 창립식도 우리 정부의 힘으로는 이뤄질 수 있었던 일이 아니었다. KISA가 아니었으면 그때 이뤄질 수 없었던 일이었다. 다시 말해, 우리 정부가 주도한 국가적 행사였지만 한국의 종합제철 건설 프로젝트에 대해 KISA가 '자본과 기술과 경험'을 제공하겠다고 약속하지 않았거나 그들이 약속했다고 하더라도 우리 정부가 그것을 믿지 않기로 했다면 그 기공식이든 그 창립식이든 이뤄질 수 없었던 일이었다. 우리 정부가 믿었던 KISA에 근거하여 포항 영일만을 '종합제철'의 부지로 선정한 데 이어서 '종합제철'

이란 이름으로 포항에서 기공식을 열었고 서울 명동에서 '포항종합제철' 이란 이름으로 창립식을 갖게 되었던 것이다.

'자본도 기술도 경험도' KISA가 제공하기로 했다

그런데 포스코는 '자본도 기술도 경험도 없는 무(無)의 상태에서 유(有)를 창조한 기업'이라고 말해왔다. 창립 50주년에도 그것은 포스코 50년 역사를 상징하고 자축하는 말이었다. 여기서 다음과 같은 의문을 일으킬 수 밖에 없다.

'왜 포스코는 정부가 있고 KISA가 있었는데 자본도 기술도 경험도 없이 무에서 시작해야 했단 말인가?'

'기술'과 '경험'부터 되돌아보자. 기술이 없었고 경험이 없었다? 이것은 간명하다. 포스코 창립요원으로 기록된 34명 가운데 용광로(고로)를 '직접 자신의 눈으로 한 번 구경이라도 해본 사람'은 박태준 사장과 윤동석 전무(서울대 공대 금속학과 교수) 단 둘밖에 없었다. 고로를 구경조차 못했던 그들에게 종합제철에 필요한 기술과 경험이 없었던 것은 너무나 자명한 사실이었다. 1957년부터 십여 년 동안 대한중공업에 근무하다 1968년 포항제철 창업요원으로 참여해서 한국 제철엔지니어링의 제1세대 최고 권위자로 성장하게 되는 당시 백덕현 기술부 차장은 이렇게 회고했다.

> 대한중공업에 평로(철광석을 넣고 한쪽 면에서 연료를 공급, 가열하여 쇳물을 뽑아내는 평평한 용기 형태의 로)가 있었지만, 창설 포항제철의 기술부 차장을 맡은 당시에 나는 한 번도 고로를 직접 본 적이 없는 엔지니어였다. 상공부 금속과장에서 옮겨온 유석기 기술부장, 대한중석에서 옮겨온 이상수 기술부 차장, 그리고 나. 포스코 최초의 설비기본계획을 맡은 우리

셋은 '이래선 안 되겠다'고 판단했는데, 마침 박태준 사장의 방침에 따라 일본 연수를 떠날 수 있었다. 1968년 11월 김학기, 김종진, 김성수, 성병재 씨 등과 같이 출발한 우리 팀은 이듬해 2월에 돌아왔다. 처음 본 상대는 히로하타제철소였다. 고로 넷에 제강 둘의 조강 연산 400만 톤 규모였으니, 그때 수준으로는 세계적 대형 제철소인 셈이다. 무로랑제철소에도 갔다. 비로소 우리는 제철소에 대한 실감을 챙길 수 있었다.

'정말 대단한 거구나.'

이것이 우리의 솔직한 심정이었다.

시각을 조금 확장해보면 '기술과 경험'에는 조직 구성, 인력 배치, 경영 체계, 재무 기획 등을 포함시켜야 한다. 연산 조강 103만 톤 제철소를 건설하기로 했다고 하자. 우선, 어떤 조직을 어떻게 짜고 어디에 몇 명을 배치해야 합리적인 것인가? 이러한 기술과 경험이 창립 포스코에는 존재하지 않았다. 포스코의 첫 조직 구성과 인력 배치를 맡았던 당시 여상환 추정직무분석팀장은 이렇게 회고했다.

단계별 적정규모 인원확보, 이것이 매우 중요한 일이었다. KISA 고문단을 찾아가 물어보니 대강 1만4000명 내지 1만5000명이라 하고, 일본인 슈퍼바이저들에게 물어보니 대강 9000명 내지 1만 명이라 했다. 아무런 구체적인 산출 근거는 제시하지 않았다. 두 견해의 격차가 너무 컸다. 그러는 가운데 일본으로 연수를 가게 되었고 야하타제철소 전무이사와 만난 자리였다. 그 사람이 창고로 나를 데려가 서류더미들 중에 빨간 도장으로 '비(祕)'자가 찍힌 직무명세서, 작업내용서, 소요인력판단서 등을 보여 줬다. 반출은 금지였다. 회사로 돌아온 나는 곧 '추정직무분석팀'이라는 전무후무한 조직을 만들어서 나, 조관행 씨, 권무일 씨,

이재호 씨 등 여덟 명이 US스틸 직무사전, 일본 자문단, 서울대 행정대학원 박동서 교수의 조언을 받아가며 머리를 짜냈다. 마침내 우리가 도달한 결론은 '4직계 14직군 64직종 420직무 총 4,268명'이었다. 실제로 103만 톤을 달성했을 때의 포스코 임직원은 총 4,044명이었다.

'자본'을 다시 살펴보자. 포스코 창립 직전까지 대한중석에서 포스코 창업 자금과 지분 관계를 관장하고 포스코 창립요원에 이름을 올린 당시 황경노 기획관리부장은 이렇게 회고했다.

창립 포스코에 들어와야 하는 '내자(內資)'인 정부 출자금, 이것을 확보하기 위해 매년 3월부터 정부 요로를 뻔질나게 드나들어야 했다. 정부 관료들이 3월부터 이듬해 출자금을 만지작거리기 때문이었다. 여기서 확보한 금액이 연말 국회의 예산심의를 통과해야 이듬해에 출자가 이루어지게 되었다. 정부에서 75%, 대한중석에서 25%를 출자하기로 되어 있어서 대한중석에서 56억 원 정도 나올 것이라고 생각했지만 사장이 바뀌면서 35억 원밖에 내놓지 않았으니 그 공백도 메워야 했다. 1968년부터 매년 정부로부터 40억 원 내외를 받아내야 했다. 그렇게 하려면 공화당에도 손을 쓸 수밖에 없었다. 당시 국가의 1년 재정규모가 6000억 원에서 7000억 원 사이였는데, 그중 포항제철이 요구하는 40억 원은 엄청나게 큰돈이었다.

포스코는 대일청구권자금과 일본 철강기업들의 기술과 경험에 의지하여 1970년 4월 1일 포항 1기 연산조강 103만 톤 규모의 종합제철을 착공했다. 황경노 부장이 밝힌 대한중석(국영기업이었으니 정부 지분과 다르지 않음)이 출자하기로 했던 56억 원이 지분 25%이니, 정부가 출자하기로 했던 지분 75%는 168억 원인데, 둘을 합친 100% 출자 금액은 224억 원 정도이다. 1970년을 기준으로 잡아줘서 그때 224억 원을 2018년 4월의 한국 돈으로 환산하면 약 5000억 원이다.

박태준 사장, 고준식 전무, 황경노 부장, 안병화 부장 등 포스코 창립요원들은 포항 1기 건설에 소요될 '내자(정부 출자)'를 제외한 외자(차관) 조달 규모에 대해 '그냥 부르기 좋게' 최소한 '1억 달러'는 확보돼야 한다고 말하곤 했다. 그때 1억 달러를 요즘의 '1 : 1100' 환율 기준으로 환산하면 한국 돈으로 약 7000억 원이 된다. 실제 포항 1기 103만톤 건설에 투입된 외자 규모는 약 1억6800만 달러였으니 요즘 한국 돈으로는 약 1조2000억 원이 있어야 했다. 그러니 KISA가 약속한 차관을 도입해줘야만 포스코는 '공장 건설과 설비 도입'에 들어갈 자본을 거머쥐게 되는 것이었다. 만약 KISA가 한국의 종합제철 건설과 경영에 대한 능력을 신뢰할 수 없다고 판단하여 차관 도입의 약속을 배반해 버린다면, 갓 태어난 포스코는 마치 우유가 다 떨어진 젖병을 물고 있어야 하는 갓난아기와 같은 처지로 내몰릴 수밖에 없는 처지였다.

KISA에 의지해 부지를 선정하고 기공식과 창립식을 열었으니 포스코 역사는 결코 KISA를 지울 수 없다. 그래서 KISA의 태동부터 소멸까지의 모든 과정을 제대로 알아야만 포스코 창립식에서 꼬박 2년이 더 지난 1970년 4월 1일에야 '포항 1기'를 착공하게 되었던 '자본도 기술도 경험도 없었던 무(無)'를 바르게 인식할 수 있고, 더 나아가 무에서 세계 일류라는 찬란한 금자탑(유·有)을 창조할 수 있었던 '포스코 스피릿(POSCO SPIRIT)'의 뿌리와 줄기를 제대로 이해할 수 있으며, 여기서 2018년 4월 1일 '글로벌 100년 기업'의 길을 출발한 '넥스트 50년 포스코'에 요구되는 불굴 정신과 도전 의식과 성취 기상의 DNA를 다시 확인할 수 있다.

"나는 고속도로, 임자는 종합제철"

1965년 5월, 한국 산업화의 근간이 되고 견인차가 되는 '종합(일관)제철소'를 건설하려는 통치권 차원의 구체적인 기획과 실행의 중대한 전기가 마련되었다. 그때 미국을 공식 방문한 박정희 대통령이 피츠버그의 존스앤드로린 철강회사에 들렀다가 코퍼스사 대표 포이 회장과 만난 것이었다. 포이 회장은 1962년 12월 울산에 연산 30만 톤 규모의 종합제철소를 건설하겠다는 서류에 서명을 했으나 AID(미국국제개발처) 차관 도입에 실패하여 프로젝트를 무산시킨 장본인이었다. 물론 처음의 그 실패에 대해 사업적으로나 논리적으로나 그에게 덮어씌울 수는 없는 노릇이었다. 돈을 빌려줄 쪽이 '빈곤한 한국 정부에게 돈을 빌려줬다가는 십중팔구 떼일 것'이라고 판단한 결과였으니….

'종합제철'의 관점으로만 국한한다면, 1965년 5월 박 대통령의 미국 방문을 앞둔 시기에는 주목할 만한 두 가지가 있었다. 하나는 그가 독일을 방문한 것이고, 또 하나는 박 대통령이 박태준 대한중석 사장에게서 일본 가와사키제철소 니시야마 야타로 사장을 추천 받은 것이었다.

1964년 12월 독일을 방문한 박 대통령은 아우토반을 달려보고 제철공장을 비롯한 중공업 설비들을 살펴보면서 고속도로와 종합제철소 건설을 새삼 다짐했다. 그때 교포 유학생 초청 조찬회에서 「한국 강철산업 발전계획 시안」을 대통령에게 선물한 학자도 있었다. 이승만 대통령 시절에 국비로 독일 유학을 나온 김재관 박사였다. 그의 손을 잡은 박 대통령은 "정말 고맙습니다. 돌아가서 꼭 철강회사를 만들 생각입니다. 잘 보겠습니다."라는 약속을 했다.

미국 방문이 눈앞에 다가왔을 때 박 대통령은 박 사장을 청와대로 불러 일본에서 가장 유능한 제철 전문가를 천거하여 방미 후 만날 수 있게 준비해 두라는 지시를 내렸다. 그 자리에서 박 사장은 임해(臨海) 제철소를 건설해 크게 성공시킨 가와사키제철소 니시야마 야타로 사장을 추천했다.

1965년 5월 26일 박 대통령은 피츠버그에서 포이 회장과 회동했다. 그가 준비해온 의견을 내놨다. "한국의 종합제철 건설에 차관 공여를 직접 약속드리기는 어렵습니다만 국제차관단을 구성할 수는 있을 것 같으며 그것을 구성하기 위해 적극적으로 협력할 용의는 갖고 있습니다." 이것이 그때로부터 1년 6개월 이상의 준비와 협의를 거쳐 1966년 12월에 탄생하는 'KISA'의 씨앗이었다.

미국 방문을 마치고 귀국한 박 대통령은 달포쯤 지나 청와대에서 박태준 사장이 초청한 니시야마 사장과 환담을 나누었다. 그리고 박 사장은 니시야마 사장과 함께 한국에서 종합제철소 입지로 거론된 인천, 포항, 울산 등 5개 지역을 둘러보았다. 그는 박 사장에게 중요한 조언을 했다. '제철소 규모를 100만 톤으로 시작해야 경제성에 유리하다는 것, 원자재를 수입해야 하는 처지에서는 임해제철소로 가야 하니 항만시설이 매우 중요하다는 것.' 박 사장은 일본 손님이 떠난 뒤 박 대통령과 독대하고 니시야마 사장의 조언을 들려주었다. 그때 박 대통령이 박 사장에게 '처음으로, 구체적으로, 확실하게' 자신의 깊은 속내에 가둬뒀던 뜻을 분명히 밝혔다.

"임자가 종합제철소 건설 계획단계부터 참여해서 차질 없이 진행되게 해."

"황무지를 개간하라고 하시는군요."

"나는 경부고속도로를 직접 감독할 거야. 임자는 종합제철소야! 고속도로가 되고 제철소가 되는 그날에는 우리도 공업국가의 꿈을 실현하게 되는 거야."

박 대통령의 '비공식적 특명(밀명)'을 받은 박 사장의 공식 직함은 국영기업 대한중석 사장일 뿐이었지만, 그것이 두 인물의 관계에서는 변경불가·취소불능의 신용장과 다름없는 동지적 언약이었다. 때가 무르익으면 박 대통령은 박 사장에게 종합제철소 건설의 공식 직함을 부여할 테지만, 그 자리는 이미 박 대통령이 그에게 종합제철소 건설의 대임을 맡긴 것과 다름없었다.

박 대통령이 박 사장에게 특명을 내린 그즈음에 세계 철강 대국은 미국(연산조강 1억1500만 톤), 소련(8500만 톤), 일본(3900만 톤), 독일, 영국 순이었다. 북한은 200만 톤 정도였고, 남한은 겨우 북한의 10분의 1수준이었다. 그러니 '4월 1일'을 창립일로 찍는 박태준 사장의 뇌리에는 '철강과 안보의 상관성'도 박혀 있을 수밖에 없었다.

일본을 빼버린 KISA가 발족되다

1965년 5월 박 대통령의 방미 성과의 하나로서 한국 정부는 그해 9월부터 종합제철소 건설을 위해 IBRD(세계은행)와 접촉하고 코퍼스사 포이 회장과 만나는 등 다각적인 철강외교를 전개하고 있었다. 성과가 나왔다. 코퍼스가 한국 종합제철소 건설을 지원할 국제차관단을 구성하려는 행동에 나서고, IBRD는 한국의 100만 톤 규모 종합제철소 건설사업의 타당성 조사를 실시하기로 했다. 피츠버그의 한 귀퉁이를 한국의 어느 해안에 옮겨놓는 일과 진배없는 대역사의 엔진에 막 시동이 걸리는 것이었다.

그해 9월 중순에는 니혼강관의 엔지니어 도야마가 단장을 맡은, 일본 6개 철강기업들이 추천한 조사단 10명이 서울로 왔다. 일본조사단의 역할은 백인들이 내놓을 타당성 조사에 대한 '정확성'을 검증할 최적의 비교자료를 작성하는 것으로, 이는 박태준 사장이 "종합제철소 건설 계획단계부터 참여하라."는 박 대통령의 밀명을 수행하는 일이기도 했는데, 때마침 대한중석은 적자를 완전히 벗어나 흑자의 덩치를 불리는 중이었다.

1966년 1월 박 대통령은 미국을 공식 방문한 기회에 다시 포이 회장과 만났다. 국제차관단 구성에 속도를 내달라고 부탁하는 자리였다. 포이가 적극성을 보였다. 그래서 그해 2월 2일 한국 대통령과 경제기획원 장관의 명의로 코퍼스사 앞으로 국제차관단 구성에 주도적 역할을 해달라고 당부하는 '위임 서한'을 보내게 된다. 그것은 포이 회장이 주도하여 KISA 구성에 본격 시동을 걸게 하는 키(key)와 같았다.

한일국교정상화(1965년)와 한국군의 베트남 파병은 1966년부터 한국의 '차관 조달'에 활력을 불어넣었다. 그해에 청구권자금을 지불하기 시작한 일본은 1967년까지 2년 동안 총 1억850만 달러의 민간차관을 제공했다. 한국의 대규모 베트남 파병에 답례하듯 미국이 확고한 대한(對韓) 방위 의사를 밝히자 서방국가들도 은행 금고를 조금씩 열어주기 시작하여 같은 기간에 미국, 서독 등이 총 2억5610만 달러의 상업차관을 제공했다.

국제 금융기관의 그러한 변화 분위기는 한국 정부의 '종합제철 차관'에 대한 희망을 부풀릴 만한 것이었다. 제1차 경제개발5개년계획의 종료를 여섯 달쯤 앞둔 1966년 6월부터 정부는 종합제철소 건설계획에 가속을 붙였다. 그것이 국제차관단 구성을 더 늦출 수 없다는 판단으로 이끌어갔다.

1966년 5월 13일 IBRD(세계은행)의 '한국 50만 톤 규모 제철공장 건설에 대한 타당성을 인정한다'라는 보고서를 접수한 한국 경제기획원이 6월 22일에는 미국의 코퍼스·블로녹스·웨스팅하우스, 독일의 데마그·지멘스, 일본의 야하타제철·히다치조선소·미쓰비시전기공업 등 8개사 앞으로 국제차관단 구성에 관한 동의서를 발송하고, 그로부터 한 달 뒤에는 불원간 구성될 국제차관단에게 종합제철소 건설 사업을 위임하겠다고 확정한다.

이때 경제기획원의 계획안은 50만 톤 규모의 1차 설비를 1966년에, 같은 규모의 2차 설비를 1970년에 각각 착공하며, 외자 1억3892만5000 달러와 내자 2350만8000 달러를 조달하고, 입지 후보지는 울산 태화강 동쪽, 부산 해운대의 공업지대, 삼천포, 기타 순위로 조사한다는 내용이었다. 다만, 그 구체적 계획안에서도 여전히 변하지 않은 문제의 핵심은 '한국 종합제철소 건설'이 '외국인들의 마음먹기'에 달려 있다는 점이었다.

그런데 한국 경제기획원이 의욕적으로 추진하는 '국제차관단 구성'은 그해 10월 들어서도 불투명한 상태였다. 특히, 일본이 소극적으로 나왔다. 일본은 주도권을 코퍼스사가 거머쥔 것이 불만이었다. 그때 일본 경제관료들의 분위기는 미국과 유럽의 철강업체들에 대해 비판적이었다. 불과 3년 뒤에 '포항종합제철 건설 타당성'을 살피기 위해 영일만 허허벌판으로 찾아오게 되는, 당시 일본 경제기획청 아카지와 쇼이치는 다음과 같은 증언을 남겼다.

"나는 당시 종합제철소의 건설에 어느 정도 돈이 들어가는지 짐작할 수 있었다. (코퍼스사 주도의 한국 종합제철 건설 계획안에 대해) 이 정도의 차관 규모로, 이 정도의 이자를 지불하면 불가능하다는 생각이 있었다. 그리고 종합제철소이기 때문에 고로는 이탈리아, 전로(轉爐)는 독일, 압연은 오스트리아, 미국 등 제각각의 기술이었는데, 설비가 개별적으로는 우수할지 모르지만, 컨소시엄 형태로는 일관적인 기술 체계를 필요로 하는 종합제철소가 잘될까 하는 의문도 있었다. 그런 이유에서 일본 정부로서는 참여하기 어렵다는 뜻을 한국 정부에 통보했으며, 참가를 검토하던 일본의 후지제철과 야와타제철의 수뇌부에게도 정부의 뜻을 전했다."

그러나 한국 경제기획원은 일본의 태도 변화를 기다리느라 더 꾸물댈 여유도 이유도 없다고 판단했다. 일본이 껄끄럽게 나오면 일본을 제외하고 서방 선진국들과 손을 잡아도 얼마든지 '좋은' 종합제철소를 건설할 수 있다고 판단한 것이었다. 딱히 틀린 판단은 아니었다. 아니, 틀리지 않은 판단이었다. '베서머 제강법'이 증명하듯 영국은 산업혁명의 본거지답게 철강기술의 발전을 이끌어온 나라이고, 1966년에는 제철기술이나 조강 능력에서 미국이 가장 앞서는 나라였다. 그러니 일본이 자존심을 내세우며 엉덩이를 뺀다고 해서 한국이 매달려야 하겠는가. 국민 정서나 감정으로는 더욱 그랬다.

그해 11월 16일 장기영 부총리가 코퍼스사 포이 회장에게 공한을 발송했다. 일본 업계의 참여를 기다리지 말고 국제적으로 공신력 있는 회사들을 망라한 국제차관단을 조기에 구성해 달라는 내용이었다. 그에 따라 포이 회장이 미국 피츠버그에서 한국 종합제철소 건설 지원을 위한 국제차관단 구성회의를 주최하게 되었다. 코퍼스·블로녹스·웨스팅하우스 등 미국의 3개사, 독일의 데마크·지멘스, 영국의 엘만, 이탈리아의 임피안티 등 4개국 7개사가 나흘간 협의 끝에 12월 20일 마침내 대한국제제철차관단(KISA)을 정식으로 발족했다.

'KISA 발족'이라는 머나먼 피츠버그에서 날아온 소식을 한국 언론들은 '종합제철소 건설의 찬란한 무지개'처럼 보도했다. 그럴 만했다. 제1차 KISA회의 합의사항에는 '한국의 종합제철 건설을 위해 차관단이 1억 달러'를 출자하고 '차관단과 한국 정부가 합의한 장소에 1967년 4월까지 공장 건설이 시작되게 한다'는 것이 포함되었다. 차관 1억 달러 조달에다 1967년 4월까지 착공! 이것은 종합제철을 갈망하는 박 대통령의 한국 정부에게 산타의 경이로운 크리스마스선물보다 더 기쁜 소식이었다.

1967년 1월 16일 독일 뒤스부르크에서 제2차 KISA회의가 열렸다. 프랑스의 엥시드가 추가로 참여해 KISA는 5개국 8개사가 되었다. 제철소 건설에 필요한 제반 설비의 국가별 공급내역을 할당했고, 영국은 2000만 달러 차관제공에 대한 정부 승인을 통보했다. 이어서 코퍼스 대표단이 한국으로 들어와서 소요내자 조달 방안과 입지 후보지에 대한 타당성 조사를 실시했다.

제3차 KISA회의는 그해 3월 13일부터 사흘간 미국 피츠버그에서 열렸다. 이 회의는 한국의 종합제철 건설에 필요한 외자 규모 1억 달러를 미국 30%, 독일 30%, 이탈리아 20%, 영국 20% 등으로 분담하기로 결정했다. 이제는 뭔가 '확실히' 되어가는 분위기였다. 그러나 제1차 회의 때의 '1967년 4월까지 착공'이라 했던 합의는 마치 자연스러운 현상처럼 연기되었다.

수상쩍은 KISA

4월 6일 경제기획원에서 장기영 부총리와 포이 KISA 대표가 '종합제철소 건설 가협정'을 체결했다. 포이가 내놓은 예비제안서의 특징은 크게 두 가지였다. 하나는 1차 50만 톤 규모 건설비에서 외자 소요를 2500만 달러 더 늘린 1억2500만 달러로 추정한 것(그 차액 때문에 '기본계약'이 '가협정'으로 바뀌었으며, 가협정에는 'KISA가 제출한 사업계획에 대해 한국 정부가 국제적으로 제철공장에 경험·지식·시설·가격·건설·운영에 관하여 권위가 있고 차관공여기관이 수락할 수 있는 기술용역단을 구성하여 이를 검토한 후에 확정한다'라는 문항도 포함되었으니 2500만 달러 증액에 대해 한국 정부가 얼마나 미심쩍어하고 부담스러워했는지를 짐작할 수 있다)이고, 또 하나는 차관단이 소요 외자에 대한 차관을 주선하며 조건은 연리 6%에 3년 거치 12년 상환으로 한다는 것이었다.

그러나 머잖아 사단이 터졌다. KISA의 소요예산 추정치는 박태준 대한중석 사장이 용역을 맡긴 일본조사단의 그것보다 너무 높았다. 단번에 100만 톤을 건설하지 않고 KISA 계획안대로 50만 톤씩 두 단계로 나눈 경우에도 일본의 것이 KISA보다 35%쯤 낮았다. 그 비교표를 받아본 한국 정부는 더욱 놀랐다. 6월 15일에는 가협정의 그 문항에 의거해 국제연합개발계획(UNDP)이 KISA의 사업계획에 대한 기술검토에 착수했다. 그 결과는, KISA의 계획대로 50만 톤씩 두 단계로 쪼개지 않고 단번에 100만 톤 규모로 건설하면 총공사비의 30~35%까지 절감할 수 있다는 것이었다.

한국 언론들이 일제히 KISA의 터무니없이 높게 책정된 건설비 측정치와 차관 금리에 대해 강한 비판을 제기했다. 그러나 그때는 박 대통령도 한국 정부도 KISA와 결별할 엄두조차 내지 못했다. 마땅한 대안이 없었다. 서방 선진국 철강사들만 골라서 어렵사리 구성한 KISA를 대신할 파트너를 어느 나라에 가서 구한단 말인가? 벙어리 냉가슴이나 앓아야 했다. 그러나 KISA가 새로 7월 착공을 제시했으니 늦어도 6월 중에는 지난 몇 년에 걸쳐 검토해온 종합제철소 입지를 선정해야 했다. 결국 포항 영일만으로 귀착되었다. 이것은 모든 정치적 배경과 외압을 배격하고 가와사키제철소의 조언, 박태준 사장의 주장, 한국 조사단의 조사결과 등을 종합한 과학적 자료에 의거한 결정이었다. 1970년 4월 1일 포항 1기 착공에 즈음하여 구성된 일본기술단(JG)의 아리가 단장은 다음과 같은 회고를 남겼다.

"영일만 제철소 부지의 지형, 수리(水利), 해상(海象), 기상조건 등 상세한 데이터를 조사하면서 나는 진심으로 여기에다 제철소를 건설하고 싶다는 의욕이 솟구쳐 올랐다. 일본의 제철소들이나 세계의 많은 제철소들을 보아왔지만, 임해(臨海) 제철소의 입지조건을, 특히 자연조건을 이토록 완전하게 갖춘 곳은 본 적이 없었다. 누가 어떻게 조사해서 이 지역을 선택한 것인가? KISA가 구성되기 전부터 박태준 사장과 접촉이 있었던 가와사키제철소 상무이사 우에노 나가미쓰의 조언이 큰 영향을 미쳤을 것으로 생각한다."

KISA를 미심쩍은 시각으로 보아온 박태준 사장은 1967년 여름에 접어들면서 그들을 더욱 못마땅하게 생각했다. 그러나 그는 여전히 종합제철 건설에 대한 아무런 공식적 직위가 없었다. KISA와 공식적으로 교섭하고 협상하는 업무들을 죄다 한국 관료들이 맡고 있었다. 박 사장은 관료들이 KISA와 손잡고 추진하는 종합제철을 지켜보느라 속을 끓이면서 불만을 터뜨리기도 했다.

"우리는 임해(臨海) 제철소로 가야 하는데, 미국에는 임해 제철소가 없어. 피츠버그 제철소들은 주로 펜실베이니아 탄전의 석탄을 쓰고, 슈피리어호 서쪽 호안에서 나오는 철광석을 쓰고 있어. 호주 같은 외국에서 배로 싣고 와야 하는 우리 조건과는 천양지차야. 그러니 포이가 주도해서야 기술적으로 기대할 것이 뭐가 있겠어? KISA 놈들은 장사꾼들이야. 생각이 다른 나라들, 생각이 다른 회사들이 설비나 팔아먹을 꿍꿍이 속으로 국제컨소시엄이다 뭐다 해서 뭉친 거지. 그것들은 한마디로 어중이떠중이야. 까딱하면 국가의 대들보가 무너지는 수가 생겨."

KISA가 새로 약속했던 '기본협정 체결과 착공의 1967년 7월'을 맞았다. 그러나 7월이 다 지나도 한국 정부와 KISA는 기본협정조차 체결하지 못했다. 초조한 쪽은 한국 정부, 특히 박 대통령이었다. KISA와 기본협정을 체결하기 위한 실무단을 미국으로 급파할 수밖에 없었다. 8월 초에 급조된 '철강사절단'(단장은 경제기획원 경제협력국장 황병태)에는 이듬해 4월 포스코 창립요원으로 한동안 몸담게 되는 윤동석 서울대 공대 금속학과 교수도 포함되었다. 사절단이 20일 일정의 KISA 방문을 앞두고 청와대로 들어섰다. 그 자리에서 박 대통령은 오래 숨겨온 비장의 카드를 공개했다.

"대한중석은 2년 반 동안 박태준 사장이 경영을 잘한 결과 재무상태가 매우 건실해졌고, 더구나 박 사장은 제철소 프로젝트에 필요한 리더십과 뛰어난 경영능력을 갖고 있습니다."

드디어 박 대통령이 관료들에게 종합제철을 박태준 대한중석 사장에게 맡길 것이라고 밝힌 그때, 그는 해외출장 중이었다. 이듬해의 중석판매 협상을 벌이는 긴 여정이었다.

미국으로 날아간 한국 철강사절단은 작은 성과를 올렸다. 주요 내용은 '연산 50만 톤을 60만 톤으로 늘리고 소요 외자(차관)를 1억2500만 달러에서 9000만 달러로 인하하여 기본계약을 체결하기로 한 것'이었다. 2년 전에 가와사키제철소 니시야마 야타로 사장이 조언했던 '100만 톤'에는 겨우 절반을 조금 더 넘긴 수준이었으나 '자본'이 없는 한국 정부로서는 '두 번 쪼개서 건설하더라도 어떡하든 종합제철소를 시작해야 한다'는 강박관념에 눌려 있었다. 그들이 귀국하여 박 대통령에게 보고를 마친 즈음, 1967년 9월 8일, 박태준은 런던 메탈마켓센터에서 협상을 진행하다 한 통의 전문을 받았다. 장기영 부총리의 지시를 받아 고준식 대한중석 전무가 띄운 것이었다.

> 대한중석이 종합제철소 건설사업의 책임자로 선정되었음. 박태준 사장은 종합제철소건설추진위원회 위원장으로 내정되었음. 즉시 귀국 바람.

종합제철소건설추진위원장 내정자가 '즉시 귀국은 불가'라는 회신을 보낸 대신 남은 일정을 축소하여 유럽에 머무는 동안, 9월 11일, 박 대통령은 월간경제동향회의 뒤에 이어진 정부여당 연석회의를 통해 '대한중석을 종합제철공장의 실수요자로 결정했음'을 공식적으로 밝혔다. 이제 박 사장이 박 대통령의 공식적 임명을 받아 종합제철 건설의 지휘봉을 잡게 되는 것은 단순히 시간의 문제로 남아 있었다.

IBRD의 모욕적인 조건에 분개하다

1967년 9월 25일 코퍼스사 부사장 샌드빅을 비롯한 KISA 대표 3명이 기본계약서 수정안을 들고 서울로 들어왔다. '총 1억3070만 달러를 들여 연산 60만 톤 규모의 1단계 제철소를 1972년 9월에 완성하고, 국제 차관으로 9570만 달러, 한국 정부가 내자 3500만 달러를 조달한다.' 그러니까 '가협정' 때보다 생산규모를 20% 늘리면서도 건설비용을 20%쯤 줄인 수정안이었다. 그들보다 앞서 IBRD가 의견서를 보내왔다. 차관의 열쇠를 쥔 IBRD는 4가지 주의사항을 환기시켰다.

1. 제한된 계약으로 할 것(즉, 공장을 두 단계로 건설할 것).
2. 국제적인 컨설턴트를 고용할 것.
3. 차관단이 건설한 터키, 브라질의 제철소를 견학할 것.
4. 초기의 원활한 운영을 위해 외부기관과 관리용역 계약을 할 것.

한국 정부가 도저히 무시할 수 없는 IBRD의 충고는 한마디로 '너희는 종합제철 건설의 외자도입을 할 수 없고 종합제철에 대한 기술도 경험도 없으니 전문기관에 용역을 맡겨야 하고, 먼저 시작한 개도국 종합제철을 찾아가 착실히 견학부터 해두라'는 지시였다. 그래서 한국 상공부의 기술자들과 철강사절단이 순순히 먼 길을 떠나야 했다. 그들이 날아간 곳은 브라질보다는 훨씬 가까운 터키 에르데미르제철소였다.

9월 28일 경제기획원에서 경제관료 6명과 KISA 대표 3명 그리고 대한중석 대표 3명이 기본협정 체결을 위한 예비회담을 가졌다. 10월 3일 개천절, 단군이 처음 이 땅에 하늘을 열었다는 그 뜻깊은 날, 종합제철 후보지로 결정된 포항에서 '종합제철공장 기공식'을 열기로 공표돼 있었다. 어떡하든 늦어도 10월 2일에는 한국 정부 대표와 KISA 대표가 나란히 앉아 기본계약서에 서명을 해야 모양이 날 것이었다.

그러나 몇 가지 중요한 문제점들에 대해 양측 견해가 어긋났다. 특히 실수요자로 선정된 대한중석의 종합제철 담당들이 눈에 불을 켰다. 박 사장의 '완벽주의' 원칙과 성품을 익히 아는 그들로서는 야무지게 살피고 따져야 했다. 예비회담은 10월 12일에 다시 만난다는 회의록을 남기고 끝났다. 그 잉크가 채 마르기도 전에 이미 공표한 대로 포항에서는 기공식을 열어야 했다. 딱히 무리는 아니었다. 어쨌든 불원간 KISA와 기본협정을 정식으로 체결하기로 돼 있는 것이었다.

박태준 사장은 유럽 출장 중에 대한중석을 통해 IBRD가 내건 4가지 조건도 보고받았다. 그는 '한국을 모욕하는 4가지 조건'이라고 생각했다. 4번 항은 특히 목에 가시처럼 걸렸다. 초기에 공장을 직접 돌리지도 말고 회사를 직접 경영하지도 말고 외국 용역기관에 의뢰하라는 것은 국가적 차원으로 말하면 신탁통치와 같은 것이 아닌가? 기술식민지, 경영식민지의 종합제철회사로 출발하라는 주장 아닌가? 9월 30일 귀국 비행기에 오른 그는 속이 부글부글 끓고 있었다.

'KISA 놈들의 농간도 개입된 거지. 애초에 자기들은 IBRD 같은 국제금융기관과 직접 교섭하지 않는다고 했는데, 그게 차관 도입에 대한 책임 회피의 수단이고, 우리가 대들어서 옳게 하자, 정직하게 하자, 이렇게 맞서면 오히려 금융기관을 찾아가 프로젝트를 무산시켜 버리자고 로비할 수도 있는 놈들인 거지.'

그의 눈에는 종합제철이란 국가적 대업과 KISA의 태도가 마치 서로 등을 돌리고 앉아 헤어질 생각에 몰두하는 남녀처럼 보였다. 김포공항에 내린 그는 청와대로 들어갔다. 박 대통령이 따뜻하게 맞았다. 말은 단호했다.

"우리가 오래 기다리고 준비했는데, 이제 때가 왔어. 나는 임자를 잘 알아. 이건 아무나 할 수 있는 일이 아니야. 어떤 고통을 당해도 국가와 민족을 위해 자기 한몸 희생할 수 있는 인물만이 할 수 있어. 아무 소리 말고 맡아! 임자 뒤에는 내가 있어! 소신껏 밀어붙여 봐!"

박태준은 가슴이 짜안했다. 순간적으로 내면의 저 밑바닥에서 불덩이 같은 무엇이 울컥 솟아올랐다.

기공식 참석을 거절하고, 대통령과 토의해 '상법상 주식회사'로

기공식을 불과 사나흘 앞두고 서울로 돌아온 박태준 사장은 먼저 장기영 경제기획원 장관(부총리)과 만났다. 그가 박 사장에게 KISA와의 최후 서명만 남겨둔 기본계약 서류를 내밀며 추진위원장 내정자니까 당연히 같이 서명을 해야 한다고 했다. 그러나 KISA의 장삿속을 미심쩍게 여겨온 '완벽주의자'는 싸늘하게 거부한 뒤 KISA와의 협정안에 대해 강한 불만을 제기하고는 기공식이 열리는 포항으로 내려가지 않았다. 하지만 대한중석엔 이미 종합제철 실무단이 구성되어 있었다. 9월 11일 한국 정부가 대한중석을 종합제철의 실수요자로 지정한다고 공표한 뒤, 대한중석 고준식 전무가 유럽에 체류 중인 박 사장과 연락을 취해 진작부터 구상해 두었던 조직을 즉각 가동했던 것이다. 종합제철 실무단은 황경노 관리부장과 노중열 개발실장이 축을 맡았다.

박 대통령은 종합제철 기공식이 열리는 날에 장기영 부총리를 경질하고 박충훈 상공부 장관을 경제기획원 부총리에 발탁했다. 1967년 10월 12일 박충훈의 경제팀(한국 정부)이 KISA와 종합제철 건설 기본협정에 서명을 했다.

그해 11월 8일, 박 대통령은 박 사장을 종합제철건설사업추진위원회 위원장에 임명했다. 추진위는 정부관료, 학자, 대한중석 임원 등 12명으로 구성되었다. 학자는 두 명으로 포항제철 창립요원이 되는 윤동석 서울대 공대 금속학과 교수, 그리고 최형섭 한국과학기술연구원장이었다. 관료는 다섯 명이었다. 정부 부처 간 업무조정을 위해 정문도 경제기획원 차관보를 비롯해 상공부, 재무부, 건설부에서 각각 차관보급이 차출되었고, 공장부지 매입 및 조성 업무를 주관할 양택식 경북 지사도 포함되었다.

박 대통령이 박 사장을 종합제철건설추진위원장에 공식 임명한 것은 어떤 의미였을까? 물론 기본적으로는 종합제철 건설과 경영의 대임에 대한 책임이 '박정희에 의해 공식적으로 관료들의 어깨에서 박태준의 어깨로 넘어갔다'는 뜻이었는데, 또한 그것은 이제부터 KISA가 'KISA의 야박한 장삿속을 의심하는 완벽주의자이며 사심 없는 애국주의자'와 본격적이고 전면적으로 상대하게 된다는 중요한 뜻을 담고 있었다.

1965년 5월 박 대통령이 미국 피츠버그를 방문한 때부터 시작된 일이었지만, 1966년 11월 KISA가 출범한 뒤로만 보아도 꼬박 일 년이 지난 1967년 11월 7일까지 KISA의 한국측 파트너는 박태준 위원장이 아니라 한국 정부의 경제팀 관료들이었다. 그러니까 그동안에 박 대통령이 강력한 의지로 추진해온 종합제철 건설은, 경제팀 관료들이 한국 정부 대표로 전면에 나서서 KISA와 교섭하고 박 위원장은 KISA의 눈에 직접 드러나지 않는 자리에서 박 대통령을 보좌하는 모양새로 진행돼온 것이었다.

'경제팀 관료들의 종합제철 건설'은 1967년 10월 12일 KISA와 기본협정을 체결하는 것으로 최대 성과를 거두었다. 11월 8일부터는 KISA와의 교섭 및 협약 대표권이 박태준 위원장에게 일임되었다. 과연 그 기본협정은 한국 포항에서 실현될 것인가?

1968년 1월 25일 대통령령에 의거해 '종합제철공장건설사업추진위원회 규정'을 공포하여 추진위에 법적 권한을 부여했다. 추진위가 임시방편의 법적 지위를 확보한 가운데 박 위원장은 KISA의 기술계획 '검토 용역' 제안에 대해 긍정적 응답을 보내온 호주를 포함한 4개국 중 가장 유리한 용역 조건을 제시했을 뿐만 아니라 한국과 제철산업의 여건이 유사한 일본을 골라잡았다. 그래서 후지제철, 야하타제철, 니혼강관 등 일본의 대표적 철강업체 3사로 구성된 용역단이 전체적인 검토 작업을 수행하게 되었다. 그들의 검토 대상은 KISA가 작성한 사업발전계획, 일반기술계획, 최종 외환비용, 재무계획 등이었다. 또한 그는 경비 지출이 배가되어도 검토용역을 일본에만 맡길 수 없다고 판단했다. 일본의 검토 결과를 KISA가 기피할 염려도 있어서 또 다른 객관적 자료를 갖춰야 하거니와 KISA와 관련도 있는 데가 유리할 것 같아서 미국 바텔연구소를 택했다. 추진위가 일본 용역단이나 바텔연구소와 '검토 용역'의 계약을 체결한 날짜는 똑같은 1968년 2월 2일이었다. 똑같이 시키는 일이니 공정하게 진행하여 정직한 결과물을 내놔라. 이것이 메시지였다.

2월 14일 추진위는 사무실을 대한중석에서 서울 명동 유네스코회관으로 이전했다. 이때부터 대한중석 소속이 아닌 경력직원을 채용했다. 백덕현, 여상환, 안덕주, 박준민, 권태협, 신광식 등 그들 대다수는 포스코 창업요원에 이름을 올리게 된다.

경제팀 관료들과 KISA 간의 기본협정을 물려받은 박 위원장은 그것이 불량품처럼 마음에 들지 않아도 한국 정부의 공식적 국제문서로서의 실효성을 인정할 수밖에 없었다. 그는 KISA와 관련해서 두 가지를 중대 현안으로 보았다. 하나는 차관 도입의 실행 여부이고, 또 하나는 종합제철의 방대한 설비와 기술을 망라한 기본계획에 담긴 적정성과 정직성 검토였다. 추진위 직원들은 무엇보다 방대한 서류검토에 매달려야 했다.

그즈음이었다. 종합제철을 어떤 형태의 회사로 설립할 것인가. 이것이 박 대통령과 박 위원장 앞에 놓였다. 박 대통령은 '특별법에 의한 국영기업체'로 하자. 박 위원장은 '상법상 주식회사'로 하자. 서로 의견이 달랐다. 이는 심각한 문제였다. 회사설립 형태에 따라 경영통제, 의사결정, 정부간섭, 자금조달, 세금혜택, 배당정책 등 관리운영의 모든 요소들이 큰 영향을 받기 때문이었다.

국영기업 형태는 감시와 통제가 심해 관료적인 관리운영이 이루어지기 쉽다는 단점이 있지만, 재정지원과 조세감면의 혜택이 용이하다는 장점이 있다. 상법상 민간기업 형태는 경영효율성을 살리고 시장의 상황에 민첩하게 능동적으로 대처할 수 있다는 장점이 있지만, 초기부터 소요되는 막대한 투자자금을 자립적이고 주체적으로 조달하기가 어렵다는 단점이 있다.

대한중석 경영을 통해 관료주의와 정부의 간섭이 국영기업체에 끼치는 폐해를 체험한 박 위원장은, 종합제철은 정치적 영향과 관료의 간섭을 적절히 막아낼 수 있는 상법상 민간기업 형태로 해야 하며 미래의 언젠가는 민영화를 하게 될 것이라는 판단을 세우고 있었다.

두 사람은 1962년 국가재건최고회의에서 국영기업인 '대한중공업공사'를 '인천중공업주식회사'로 바꾼 당시의 기억들도 들춰냈다. 서로가 선명히 기억하는 일이었는데, 그때 박 위원장은 상공담당 최고위원이었으니 직접 관장한 업무이기도 했다. 국영기업을 주식회사로 전환한 그때는 경영의 자율성과 효율성을 고려했을 뿐만 아니라 법률을 제정·공포하여 장래의 민영화에 대한 전망도 제시했었다. '인천중공업주식회사법'에서 가장 주목할 점이 '정부가 소유한 주식을 매각할 수 있다'라는 것이었다. 멀리 내다보며 정부가 소유한 주식을 민간자본에 불하할 수 있는 길을 열어둔, 다시 말해 장기적인 전망으로 민영화의 길을 열어둔 정책적 결정이었다.

하나의 중대 현안을 놓고 대통령과 위원장이 두 차례나 토의를 했다. 그러나 결말을 보지 못했다. 서로가 똑같이 그만큼 심각한 문제로 보고 있다는 뜻이었다. 청와대에서 세 번째 토의가 벌어졌다. 이번에는 박 대통령이 결론을 내리듯 걱정스레 말했다.

"명치 30년 이후 세워진 일본 제철소들을 보아도 50년 이내에 적자를 모면한 제철소가 없었어. 자네는 민간기업으로 가서 어떻게 하겠다는 거야? 종합제철 설립에 관한 특별법을 제정하고 거기에 근거해 회사를 만들고, 단서 조항에다 매년 회사를 경영한 결과를 정부 감사기관이 감사하기로 하고, 감사 결과 경영상 불가피하게 적자가 난 것은 정부 예산으로 보전할 수 있다고 달아놓으면 돼. 이러면 자네도 회사를 경영하기가 쉽지 않나?"

박 위원장은 박 대통령의 진심어린 염려와 애정을 느끼면서도 물러설 수가 없었다.

"염려해주시는 마음은 잘 압니다. 바로 그러한 단서 조항 같은 것 때문에 여태껏 국영기업체들이 적자를 내고 있는 겁니다. 최고관리자의 책임의식이 희박해져서 그렇다고 봅니다. 모든 책임을 맡겨주십시오."

책임감. 이 말은 박 위원장의 진심이었다. 종합제철에 인생을 건다는 각오를 세운 그가 내친걸음에 비전도 피력했다.

"우리가 국내 수요만 생각하는 제철소를 만들 수야 없지 않습니까? 국제경쟁력을 확보해서 수출도 해야 하는데, 수출 대상 국가를 감안해보면 일차적으로는 일본과 미국입니다. 일본은 차치해도 미국에 수출한다고 했을 때, 미국은 무역규제가 까다롭지 않습니까? 한국 정부가 경영하는 국영제철회사라고 하면 더 심한 규제조치를 받을 수밖에 없을 것입니다. 제철소 장래에 대한 이러한 고려도 중요하지 않습니까?"

박 대통령이 미소를 머금었다.

"임자한테 졌어. 좋은 방법을 강구해봐."

박 대통령의 이해를 얻어낸 박 위원장은 설립 형태의 장단점을 비교해 장점만 결합한 제3의 회사 형태를 고안했다. 상법상 민간기업 형태로 설립하되, 정부기관이 지분을 인수하여 지배주주가 되는 방식이었다. 경제팀 관료들 중에 반대의견이 나왔으나 대통령이 그것을 물리쳤다.

박 위원장이 대통령 앞에서 밝혔던 '수출'은 허언이 아니었다. 아니, 그 의지가 강렬한 것이었다. 그날로부터 2년쯤 지난 1970년 6월, 포항제철소 1기 착공식으로부터 불과 두 달밖에 지나지 않은 그때, 그는 임원회의에서 다음과 같이 힘차게 독려한다.

> "최초 설비인 100만 톤급 제철소에서부터 일본과 경쟁해 나갈 것입니다. 제철소가 최초 가동되는 순간부터 일본 제철업계와 같은 가격으로 수출할 수 있는 제품을 생산할 수 있도록 각 설비 부장들이 설비단위별로 조업에 대비한 경영계획을 지금부터 준비하시오. 가장 효과적인 공장을 세우고 우수하고 싼 제품을 만들어 일본이 1만 불을 수출하면 우리는 9000불을 수출할 수 있는 식으로 해내도록 조업 준비를 해야 합니다."

1968년 3월 4일, 종합제철 추진위는 4차 회의를 열어 일정을 확정했다. 3월 6일 발기인 대회, 20일 창립총회. 회사설립에 따른 발행 주식의 모집방법은 재무부 장관으로부터 주식청약서를 받도록 한다고 결정되었다.

빈곤한 국가의 명운이 걸린 역사적 대업을 함께 짊어질 인재들을 어떻게 확보할 것인가? 이것은 대궐을 짓는 역사(役事)에 비유하자면 대들보와 서까래를 확보하는 것과 마찬가지였다. 박태준 위원장은 진작부터 각계의 우수 인재들을 모으되 우선적으로 대한중석 인재들을 종합제철로 데려갈 생각이었다. 한국 최고의 안정된 직장을 버리고 불확실한 쪽을 택해야 하는 그들에게 박 위원장이 힘차게 말했던 내용을 홍건유 창립요원은 다음과 같이 증언해 준다.

"대한민국도 이제 밥 먹고 사는 것은 별 문제가 없다. 그러나 남자로 태어나서 밥만 먹다가 죽을 수는 없는 것 아니냐? 내가 세계 각국을 돌아보면서 수없이 한국을 일본과 비교하며 생각해봤다. 나는 한국인과 일본인 사이에는 우열의 차이가 없다고 본다. 그런데 일본은 패전국이면서 잘 살고 있는데, 우리는 그렇지 못하다. 그러니 가자. 종합제철로 가서 우리가 함께 고생하면서 이런 상황을 극복하는 일에 앞장서 보자. 우리가 종합제철을 잘 하게 되면 일본을 따라잡을 길도 열리게 된다."

사명(社名)도 중요했다. 아기가 태어나면 아버지가 작명에 심혈을 기울이는 한국문화에서 최대 국책사업을 짊어진 회사의 이름을 함부로 지을 수 있겠는가. 대통령에게 올라간 안은 셋이었다. 고려종합제철, 한국종합제철, 포항종합제철. 대통령이 주저 없이 찍었다.

"포항종합제철이 좋아. 이름을 거창하게 짓는다고 해서 성공하는 게 아니야."

박 위원장이 실질을 중시하는 박 대통령의 특장을 새삼 확인하는 순간, 마침내 '포항종합제철주식회사(POSCO)'란 이름이 역사의 무대에 등장할 채비를 다 갖추었다.

포스코 사람들이 최초로 종합제철 GEP를 검토하다

1968년 4월 1일 서울 유네스코회관 3층 창립식에서 박태준 사장은 4가지 운영목표를 제시했다.

인화단결과 상호협조

기술자 훈련의 적극추진

건설관리의 합리화

경제적 투자체제의 확립

최초 조직은 간단했다. 고작 2실 8부였다. 비서실, 조사역실, 기획관리부, 총무부, 외국계약부, 업무부, 기술부, 생산·훈련부, 건설부, 포항건설본부.

창립요원엔 대한중석 인재들이 대거 포함되었다. 박 사장의 말을 빌리면 '남자로 태어나서 밥만 먹다가 죽을 수는 없다'고 생각한 사내들, '한국인과 일본인은 우열의 차이가 없는데 우리가 종합제철을 잘 해서 민족의 자존심도 세우고 우리도 일본처럼 잘 살아 보자'라는 사내들이 좋은 직장을 버리고 영일만으로 내려가겠다고 결정한 것이었다. 고준식 전무이사, 황경노 기획관리부장, 노중열 외국계약부장, 안병화 업무부장, 장경환 생산·훈련부 차장, 홍건유, 김규원, 이종열, 이원희, 심인보, 김완주, 도재한, 이상수, 현영환, 이영직. 39명으로 출발했으나 곧 퇴사한 5명을 뺀 '창립요원 34명' 중 사장까지 16명이 대한중석 출신이었다. 박 사장의 육사 후배로서 판문점에 근무하던 박철언(대일청구권자금 전용 과정에 많은 도움을 주게 되는 사람)을 소개해준 정재봉도 창립요원으로 참여했다. 이러한 인적 구성은 무엇보다 미래가 불확실한 신생 조직의 인화단결과 상호협조에 기여할 자산이었다.

대한중석 출신이 아닌 인재들로는 윤동석, 이홍종, 김창기, 배환식, 유석기, 최주선, 김명환, 이관희, 백덕현, 이건배, 육완식, 여상환, 권태협, 신광식, 박준민, 안덕주, 지영학 등이 창업요원에 이름을 올렸다. 대한중석 소속으로 추진위에서 종합제철 업무를 맡았던 신상은, 정윤모 등 몇 사람은 앞서 말한 대로 "인재들이 한꺼번에 다 옮겨가면 대한중석 경영에 차질이 생기니 순차적으로 포철로 옮겨야 한다"는 방침에 따라 창립요원에는 이름을 올리지 못하게 되었다.

잉태와 유산을 거듭했던 종합제철이 '포항제철(POCSO)'이란 법인으로 탄생했을 때, 포항 현지에선 이미 경상북도가 주관하여 국유지 11만8800평을 포함한 총 232만6951평 공장부지 매수를 진행하고 있었다. 그러나 포스코의 장래는 여전히 암울했다. 무엇보다도 KISA가 차관 도입을 실행하지 않고 있었다. 특히 미국과 서독이 부정적 태도를 견지했다. 만약 KISA를 통한 차관 도입에 실패하고 그 대안의 길을 찾지 못한다면, 고작 4억 원의 자본금으로 태어난 포스코는 '신생아' 단계에서 굶어죽는 운명을 맞아야 했다.

4월 8일 경제기획원이 KISA에게 기본협정의 권리와 의무를 포스코가 승계했음을 통보했다. 종합제철사업건설추진위원회는 해산되고, 위원회가 일본 용역단, 미국 바텔연구소와 체결한 KISA의 기술계획에 대한 검토용역 계약도 포스코가 승계했다. 4월 16일부터 워싱턴에서 한국경제를 지원하려는 국제기구인 IECOK(1966년 12월 파리에서 결성)의 제2차 총회가 열렸다. 한국 정부는 종합제철 차관 1억916만9000 달러를 포함한 총 6억7000만 달러의 경제개발 차관을 요청했다. 하지만 겨우 4269만 달러만 승인되고 종합제철 차관은 일언반구 언급조차 없었다.

그렇게 불투명하고 불안한 상황에서 박 사장은 그해 2월 2일 체결한 계약에 따라 4월 27일 일본철강연맹의 초청으로 일본에 가서 일반기술계획(GEP) 사전 검토, 기술자 훈련문제, 항만과 공장 건설의 공정관리 등을 의논했다. 그는 포스코 내부에 구성할 GEP검토단을 매우 중요하게 보았다. 회사가 처음 경험하는 종합적인 제철엔지니어링이라는 차원에서 검토단을 구성했다. 한국 정부가 KISA와 체결한 기본협정에는 '1968년 6월 20일까지 KISA가 GEP를 한국측에 제출하고, 그것을 한국측이 30일 내에 검토해서 확정하기'로 돼 있었다. 이제 그 '한국측'은 정부 관료팀이 아니라 포스코였다.

포스코는 5월 초에 GEP검토단 구성을 확정했다. 윤동석 부사장이 단장, 유석기 기술부장이 팀장, 부문별로는 박준민이 제선설비, 신광식이 제강설비, 이상수가 일반설비, 이건배가 동력설비, 안덕주가 원료처리설비와 제철소 레이아웃, 백덕현이 압연설비와 전체 종합을 각각 맡았다. 박 사장은 검토단의 활동에 대해 신중하고 정교한 결정을 내렸다.

'모든 제철설비가 생소하니 일본용역단과 함께 피츠버그로 떠나기에 앞서 충분한 여유를 갖고 먼저 일본으로 들어가서 제철소를 견학하고 어느 정도 사전 지식을 쌓은 다음에 일본 측의 설비별 담당자와 일 대 일로 짝을 이뤄서 미국으로 출발할 것.'

그에 따라 포스코 검토단은 5월 7일 일본으로 건너가 일본용역단과 GEP 주요 항목에 대한 체크리스트를 보완한 뒤 고로 4기, 연속식 열연공장, 냉연공장 등을 두루 갖춘 치바제철소와 무로랑제철소를 견학했다. 이때의 견학 소감을 백덕현은 이렇게 털어놓았다.

"고로 높이가 110미터였고 고로용 송풍발전의 구동용량이 최소 2만킬로와트에서 3만킬로와트였는데, 그 구조물의 높이는 상상을 초월하는 것이었고, 당시 우리나라 발전능력의 총량이 80만킬로와트였으니 압도를 당할 수밖에 없었어요. 제선, 제강, 압연이라는 주력공장 외에도 코크스, 소결, 원료처리, 산소공장, 보일러공장, 발전소, 대형 항만설비, 공작공장, 각종 부대설비 등 모두가 우리의 상식을 완전히 벗어나는 내용이었어요. 그때 일본에서 첨단으로 알려진 무로랑제철소에서는 견학뿐만 아니라 질의응답도 많이 했는데, 비로소 종합제철소에 대한 어떤

감 같은 것을 잡게 되었어요."

5월 18일 포스코 검토단은 일본용역단과 함께 미국으로 건너가 바텔연구소 요원들과 결합해 20일부터 피츠버그에서 KISA의 GEP 초안을 검토하기 시작했다. KISA가 협정상의 일정보다 한 달쯤 앞당겨 그것을 제출한 것이었다.

포스코 검토단이 아무리 눈에 불을 켜도 일본용역단의 수준을 따라갈 수는 없었다. 그래서 포스코 검토단보다 일본용역단이 월등히 많은 문제점을 지적했다. 그 대부분은 '계획한 설비사양으로는 소기의 생산량을 확보할 수 없다, 그런 설비와 생산방식으로는 제품의 품질을 확보하기 어렵다'는 것이었다. 전문적인 철강용어를 빼고 누구나 한마디로 알아듣기 쉽게 표현하자면, KISA의 GEP는 싸구려 설비사양으로 구성돼 있다는 뜻이었다.

KISA가 제시한 설비들은 싸구려였다

1968년 5월 중순부터 미국 피츠버그에서 포스코 검토단과 일본용역단이 40일에 걸쳐 실시했던 'KISA의 GEP 검토'—이 작업에 대해 1970년에 포항종합제철을 지원할 일본기술단(JG) 단장으로 영일만에 부임하는 아리가 후지제철 기술부장은 다음과 같은 증언을 남겼다.

> 1968년 5월 포항제철과 KISA와의 사이에서 설비사양에 대한 사전협의를 위해 기술자 일단을 미국의 피츠버그에 보냈으며 여기에는 JG 멤버들도 동행했다. 일행은 약 40일간 피츠버그에 체재하면서 KISA 계획을 검토했지만, 어느 설비도 우리 눈으로 보아서는 불충분했다. JG가

크고 작은 100여 개의 결함을 지적한 결과, 설비사양은 변경에 이은 변경으로 이어졌고, 설비금액은 2천만 달러 가까이 상승해 1억1200만 달러로 부풀어 있었다. 그래도 우리들의 표준으로 보아 만족하기엔 거리가 먼 것이었다. KISA가 제공하려는 기계설비는 엉성하기 짝이 없는 결함상품이었다. 코크스로도 없었다. 그렇기 때문에 고로에 필요한 코크스는 수입하지 않으면 안되게 돼 있었는데 그마저 어떻게 구입해야할지 불분명했다. 따라서 일관제철소에 반드시 있어야 하는 코크스로의 가스에 의한 에너지 자급도 불가능하고, 자가발전 설비도 없었다. 철광석을 선처리하는 소결설비도 없었다. 제품은 후판과 핫코일이었지만, 압연기는 2기밖에 없었다. 이것을 가지고 분괴압연과 후판과 코일압연을 전부 처리한다는 것은 과거시대의 유물이라고 할 수 있는 '간이 스트립 밀'에 불과했다. 자동차용 강판 등 고급제품의 제조를 기대하는 것은 난망한 일이었다. KISA의 간사 회사인 코퍼스는 수년 전 이것과 거의 같은 설비를 터키에 판매해 제철소를 건설했지만, 그것이 순조롭게 가동되고 있지 않다는 것은 세계 철강업계가 다 아는 사실이었다.

KISA의 GEP에 대한 검토 결과를 보고 받은 박태준 사장은 그의 얼굴에서 단연 타인의 시선을 끄는 그 '호랑이 눈썹'을 무섭게 치켜세웠다. 1967년 여름에 품었던 자신의 '미심쩍은 의문사항들'에 대한 결정적 증거를 잡은 것 같았다. 그는 치가 떨렸다. 진작부터 KISA에 그림자를 드리우고 있는 아이젠버그란 인간을 멀리 쫓아내고 싶었다. 그 무렵에 박태준과 만났던 박철언은 이렇게 회고했다.

한국 정부는 이미 미국 코퍼스사를 필두로 구미 5개국 8개사로 구성된 컨소시엄인 KISA와의 사이에 연산 60만 톤 규모의 제철소를 포함에 건설하기로 하고, 이에 필요한 엔지니어링 및 기기 대금으로 총액 1억 달러에 달하는 구매계약을 체결했다. 그 시점까지의 진척사항을 세밀하게 검토한 박태준은 망연자실했다. 계약 내용은 극도로 황당무계하며 몹시 불공정한 것이었다. 나는 당시 그의 사무실로 찾아간 적이 있었다. 보통은 과묵한 사람인데 그날은 점심을 하면서 꽤 많은 잡담을 했다. 나는 그의 말이 잡담으로 들리지 않았다. 국가 이익이 어디에 있고, 무엇이라고 하는 그의 절규가 나를 감동시켰다. 박태준은 제철과 같은 기간산업이 가져야 할 국가적인 좌표에 대해 확고한 신념을 가지고 있었다. "어떠한 사업이라도 성실함과 도덕성이 없는 상인(商人)이 개입하면 실패합니다. 지금 KISA의 주변을 얼쩡거리고 있는 아이젠버그의 그림자가 교활하고 싫습니다. 무섭습니다. 사업이 국제경쟁력이 없고 이윤이 보장되지 않으면 결국 국익에 해를 끼칩니다. 이것을 도외시한 계획은 죄악입니다. 제철에는 선진기술의 도입과 이전이 실현되지 않으면 안 되고, 필요자금의 해외 조달이 가능하지 않으면 안 됩니다." 박태준의 주장은 논리 정연했다. KISA는 그가 생각하는 필수조건을 충족시키지 못했다. 그가 본인 입으로 말하지는 않지만, 나는 박태준이 KISA와의 교섭이 성립되기보다는 좌절되기를 마음속으로 기대하고 있지 않나 의심했다.

박 사장은 1967년 여름에 이미 KISA를 '어중이떠중이 장사치들의 집합'이라고 규정했다. 아이젠버그는 가난한 한국 정부에 차관 도입이나 공장설립을 주선해온 공로를 앞세우며 KISA의 거간꾼 노릇까지 하고 있었다. 그는 유대인 출신의 국제 로비스트로 한국 권력층과 유착이 깊은 거물 또는 괴물로 불리는 인물이었다. 조갑제의 『박정희』에는 다음과 같은 서술이 있다.

1997년 사망한 아이젠버그는 독일 출생의 유태인으로서 나치의 박해를 피해 세계를 떠돌아다니다가 일본에서 돈벌이에 성공한 거상이었다. 그는 6·25전쟁이 터지자 한국에 지사를 두고 장사를 시작했다. (중략) 오스트리아와 이스라엘의 2중 국적 소지자였다. 오스트리아 출신인 프란체스카 여사와도 친분이 두터웠다고 한다. 아이젠버그는 (중략) 커미션 등 이문을 남겼다. 그가 '일괄 거래' 방식으로 엮어준 사업 목록은 한국 기간산업 총람으로 보일 정도이다. 영월화력 2호기, 부산화력 3·4호기, 영남화력 1·2호기, 인천 화전, 월성 원전 3호기, 동해화력 1·2·3호기, 쌍용시멘트 (중략). 미국으로부터 원조가 줄어들 때라 박정희 정권은 아이젠버그가 주선하는 차관이 이자율이 매우 높다는 것을 잘 알면서도 받지 않을 수 없었다.

과연 1960년대 한국 고위층에서 아이젠버그는 어느 정도의 거물로 비쳐지고 있었을까? 위의 책에 등장하는, 1964년 12월 박정희 대통령이 독일을 방문했을 때의 한 장면만 보아도 그의 위세를 짐작할 수 있다.

12월 7일 오전 10시 30분, 숙소인 쾨니히스호프 호텔에 도착하자 뤼브케 대통령이 박 대통령을 안내하여 들어섰다. 박 대통령 곁에서 통역을 하려고 바짝 따라 붙었던 백영훈 통역관의 증언.

"부동자세로 선 경호원들만 보이는 로비에 웬 서양인이 의자에서 신문을 읽고 있었습니다. 황당했지요. 그 순간 그는 신문을 천천히 접으며 박 대통령을 바라보고 웃더군요. 유태인 거상 아이젠버그였습니다. 순진한 박 대통령은 무척 반가워하면서 저를 통해 뤼브케 대통령에게 아이젠버그를 소개해 주었습니다. '우리나라를 잘되게 하기 위해 백방으로 도움을 주고 계신 아이젠버그 씨입니다'라고 말입니다. 그날 이후 박 대통령의 서독 체류 기간 내내 아이젠버그는 박 대통령 뒤를 따라다녔습니다."

박태준 사장은 포항 1기 건설 과정에서 아이젠버그와 정면승부를 걸어 결국 그를 물리치게 되지만, 당장 그때로서는 그 거물을 제거할 뾰족한 수가 없었다. 일찍이 1965년부터 도쿄에서 박 사장을 도와주고 1970년에는 기술담당 임원으로 포스코에 오게 되는 김철우 박사도 그 '유대인'을 증언했다.

"유태인(아이젠버그)이 하는 그 컨설팅 회사는 같은 제철 설비를 터키에도 팔아먹었는데, 결국 터키가 당했다. KISA의 프로젝트는 한국에 낡은 기계를 팔아먹기 위한 계획이었다. 포항제철이 내게 그 계획서를 검토해달라고 보내왔는데, 계획은 엉터리였다. 60만 톤 계획이라면 실제로는 30만 톤 정도밖에 나오지 않는 내용이었는데, 이를 후지제철에 검토해 달라고 부탁했는데도 같은 의견이었다. 박태준은 내심 KISA와의 계약이 파기되기를 원했다. 세계은행의 일본인 이사도 KISA의 한국제철소 계획이 엉터리라고 주장했다."

KISA는 한국 정부를 배반하고, 포스코는 롬멜하우스를 짓고

1968년 초여름이 다가서는 영일만 건설현장에 초라한 건물 한 채가 탄생했다. 5월 1일 육완식 공사부장이 100만 원으로 지은 '포항사무소'. 슬레이트 지붕에 2층으로 짜인 60평짜리 그 목조건물은 조만간 '롬멜하우스'란 애칭을 얻으면서 건설 초기의 온갖 애환과 영광을 품게 된다. 그리고 요즘은 포스코역사관으로 고스란히 옮겨져서 포스코에서 '회사 재산 1

호'로 불리고 있다.

공사 진척 상황을 둘러보려고 현장을 방문한 주원 건설부 장관은 바닷바람이 휘몰아치는 영일만 모래사장의 눈코 뜰 수 없는 광경을 지켜보며 중국의 황진만장(黃塵萬丈)에 빗대어 '사진만장(沙塵萬丈)'이라 표현했다. 그러면서 직원들에게 보안경을 사줄 것을 당부했다. 포항사무소는 낮에는 건설지휘 사령탑이요 밤에는 몇몇 직원들이 책상을 침대 삼아 모포 몇 장으로 새우잠을 자는 숙소였다.

철거와 정지 작업에 나선 건설요원들은 사막전에 투입된 병사처럼 고된 작업을 감당해 나갔다. 누가 먼저였는지 어느새 그들은 건설 사령탑인 포항사무소가 제2차 세계대전 당시 사막의 영웅 롬멜 장군의 야전군 지휘소와 흡사하다며 '롬멜하우스'라 부르고 있었다.

1968년 6월 24일 유네스코회관에서 YMCA회관으로 이주한 서울의 포스코 직원들도 7월 8일부터 한층 더 바빠졌다. 피츠버그에서 40일 동안 포스코 검토단과 일본용역단이 확인했던 KISA의 문제투성이 GEP 4권(1만여 쪽)을 받아서 전면적인 검토를 다시 시작한 것이다. 7월 10일에는 아리가 단장을 포함한 일본용역단 9명도 합류했다. KISA에 요구할 GEP 수정 '공식' 협상안을 작성하기 위한 협업이었다.

검토 결과에 따라 포스코는 당연히 요구할 수 있는 문제점 20개를 망라하여 '메모A'로 정리하고, 연산 60만 톤 능력을 원활히 달성하는 데 필요한 설비사양의 추가, 변경된 레이아웃에 대한 대안 등 75개 문제점을 '메모B'로 정리했다. 그리고 총 95개 문제점들을 7월 31일 KISA 측에 제시하고 차관 도입과는 별개 협상으로 진행해 나갔다.

1968년 11월 5일 박태준 사장은 모처럼 반가운 소식을 들었다. 지난 7월 31일 KISA에 제안했던 GEP 수정 협상안이 지루한 협의를 거쳐 일괄 타결되었다는 것이었다. 공장 일반배치의 변경에 소요되는 비용 88만

5000 달러를 포스코가 추가로 떠맡는 대신, 회사의 가장 큰 부담이었던 제강공장 설계 변경, 가스홀더 공급, 균열로 3기 추가 등을 KISA가 무상으로 맡겠다는 합의가 그 핵심이었다.

1968년 늦가을에는 워싱턴에서 흘러나온 고급정보 하나가 박 사장을 긴장시켰다. 제너럴 일렉트릭사를 비롯한 미국의 강력한 전기기계 제작업체들이 미국 수출입은행의 자금을 빌려서 한국에 원자력발전소를 건설하기 위해 열을 올리고 있기 때문에 그들에 비해서는 군소업체인 코퍼스사 등이 뒤로 밀려나고 있고, 세계은행의 한국경제 보고서에는 종합제철에 대해 부정적인 견해가 포함되고….

소문은 사실로 나타났다. 한국의 종합제철 건설에 제공할 차관에 대해 결정적인 열쇠를 쥐고 있는 IBRD의 실무담당자인 영국인 자페가 1968년 한국경제 평가보고서에서, 한국의 제철공장은 엄청난 외환비용에 비추어 경제성이 의심스러우므로 이를 연기하고 노동·기술 집약적인 기계공업 개발을 우선해야 한다고 정리했다는 것이었다. 더구나 KISA의 코퍼스사가 자금을 조달해야 하는 미국수출입은행도 그 견해에 동조하고 말았다. 자페의 의견이 그대로 실행되고 박 대통령과 박 사장이 다른 대안을 구하지 못하는 경우, 포스코는 주민들의 보금자리만 파괴한 상태에서 꼼짝없이 문을 닫아야 했다. 그때로부터 무려 20년쯤 지난 뒤에야 자페는 박태준 회장 앞에서, "지금 그 보고서를 다시 쓴다고 해도 그대로 쓰겠지만, 단지 나는 포스코에 당신이 있다는 사실을 모르고 간과했다."라고 털어놓게 되지만….

포스코가 KISA와의 GEP 수정안 협상에서 성과를 올리긴 했으나 여전히 차관 도입의 앞길이 완전히 막혀 있는 11월 12일, 박정희 대통령이 처음 영일만 부지 현장을 찾아왔다. 박 사장은 대통령을 롬멜하우스로 안내했다. 브리핑을 받은 대통령이 천천히 걸음을 옮겨 창가에 다가섰다. 초가

집을 헐어낸 자리, 준설선이 바닷물과 모래를 함께 퍼 올린 늪과 비슷한 자리, 여기저기 찌꺼기를 태우는 곳에서 꾸역꾸역 피어오르는 연기, 이따금씩 자욱하게 모래먼지를 일으키는 드센 바닷바람…. 그 을씨년스런 풍경은 치열한 전투 직후의 사막 같았다. 문득 박 대통령이 쓸쓸한 혼잣말을 했다.

"이거, 남의 집 다 헐어놓고 제철소가 되기는 되는 건가."

순간, 박 사장은 모골이 송연했다. KISA의 차관도입을 기다리며 애태우는 대통령의 심중을 충분히 짐작할 수 있었다.

박 대통령이 처음 영일만을 다녀간 뒤 박 사장은 세모 분위기를 타는 서울에서 KISA 대표단과 만나 '포항종합제철 사장'으로서 추가협정서에 서명을 했다. 연산 조강 60만 톤 규모 종합제철공장 건설을 위한 최종 차관 규모와 향후 4년 간 이자조정 폭(8%)을 합의한 것이었다. 그렇게 그는 잘못된 조항들을 하나씩 뜯어고치고 있었으나 어쩐지 만년필을 거머쥔 손에 힘이 쏠리지 않는 것 같았다.

해가 바뀌었다. 1969년 새해. '해를 맞이하는 만'이라는 뜻의 영일만(迎日灣), 그 수평선 위로 쇳물 빛깔의 붉은 해가 힘차게 솟아올랐다. 포항종합제철 고로에서 그 태양 빛깔의 쇳물이 쏟아져 나오고 그 쇳물이 한국산업화의 일출과 같은 역할을 해주는 날이 기어코 오긴 올 것인가? 이렇게 포스코 창업세대의 새해맞이는 착잡했다.

새해에도 차관 조달은 캄캄했다. 먹구름만 잔뜩 끼고 있다는 예측이 흉흉한 소문처럼 들려오고 있었다. 차관 조달도 못해주는 KISA가 주제넘게도 한국 정부에다 종합제철공장 운영에 관해 초기 몇 년 동안은 외국 전문기술단과 운영계약을 맺고 공장관리와 직원교육을 맡기라고 요구했다. IBRD의 복제판이었다. 그러나 박 사장은 콧방귀를 뀌었다. 무엇보다도 그것이 초래할 '장기적 기술식민(技術植民)'의 상태를 주목하고 아예 다른 길로 나갔다. 스스로 짜놓은 희망의 시간표에 따라 과감히 '포철 사원의 해외 기술연수 프로그램'을 가동한 것이었다.

박 사장은 기술력 축적에 대한 단기목표와 장기목표를 설정했다. 단기목표는 첫 가동 단계부터 우리 손으로 공장을 직접 돌릴 수 있게 하는 것. 이를 실현하기 위한 지름길은 사원들이 몸소 선진적 제철기술을 습득하는 일이었다.

1968년 10월 24일 경영자금이 부족하고 차관 조달이 막혀 있어도 '연수원'부터 착공했던(이듬해 1월 15일 완공) 박 사장은 회사 장래에 교육이 지극히 중요하다는 확신 위에서 그해 11월에 직원 9명을 1개월 간 가와사키제철소로 연수를 보내며 '해외 기술연수'의 막을 올렸다. 곧이어 6명이 3개월 간 후지제철소로 떠났다. 이렇게 일본, 호주, 서독 등에 다녀온 포스코 창업기의 기술연수생은 포항 1기 공사가 한창이던 1972년까지 600명에 이르고, 그 비용도 500만 달러나 든다.

박 사장의 기술력 축적에 대한 장기목표는 세계 최고 기술력 확보였다. 그거야말로 결코 몇 년 사이에 이룩할 수 없는 일이었다. 기술력 개발을 위한 부단한 투자, 경험축적, 정보화와 과학화…. 그 원대한 목표는 창업으로부터 15년쯤 지난 뒤 광양제철소에 집대성되고, 1992년 파이넥스 공법의 상용화 연구에 도전하는 것으로 거듭나며, '기술 포스코'의 기둥으로 자리 잡았다.

박 대통령이 영일만 롬멜하우스에서 쓰라린 속을 자신도 모르게 쓸쓸히 드러냈던 그 탄식과 그 독백은 차관 조달의 비원(悲願)에 가까운 기다림일 뿐이지, 그것을 끌어올 힘은 아니었다. 그때 한국이라는 가난한 분단국가의 능력이 딱 그러한 수준이었다.

KISA와 최후 담판, 그리고 '하와이 구상'

1969년 벽두가 쏜살같이 지나가 1월 하순에 접어들었다. 박태준은 기다림에 지치고 있었다. 이제는 결판을 내야 한다고 판단했다. 그는 청와대에서 박 대통령과 독대했다.

"이대로 앉아서 기다릴 수만은 없습니다. 피츠버그로 가서 직접 포이를 만나보겠습니다."

"그래. 그놈들 속을 들여다봐."

"정문도와 포철에서 두 사람을 데려갈 생각입니다."

고개를 끄덕이는 박 대통령의 표정은 어두웠다. 그럴 만했다. KISA의 5개국 가운데 영국, 프랑스, 이탈리아는 할당 받은 차관을 제공하겠다고 약속했지만 미국과 서독이 난색을 표명하고 있었다.

"서독과 미국을 대체할 차관 제공선을 구라파에서 더 찾아보라고 지시해놨고, 조만간 경제부총리가 KISA 회원 국가들에게 종합제철 차관을 최우선적으로 제공하라는 독촉장을 보낼 거야."

박 대통령의 말은 실행된다. 2월 3일 경제기획원 장관 명의로 KISA 회원국의 주한 대사관을 통해 한국의 종합제철 건설에 소요되는 차관을 최우선 제공하라고 촉구하는 공한을 보내는 것이다. 하지만 유럽에서 서독과 미국을 대체할 다른 차관선을 구하기란 난망한 일이었다.

"포이 영감을 성의껏 설득해 보겠습니다."

"해봐야지. 해내야지."

"워싱턴까지 갔다 오자면 시일이 제법 걸릴 겁니다."

박 대통령에게 '최선의 KISA 설득'을 약속한 뒤 회사로 돌아온 박 사장은 황경노 기획관리부장만 따로 불렀다. 그리고 누구도 모르는 지시를 내렸다.

"회사 청산 절차를 준비해 놓으시오."

황 부장은 되묻지 않았다. 어떤 토를 달지도 않았다. 비장한 결심이구나. 이 느낌만 가슴으로 받았다.

박태준 사장이 미국 피츠버그로 가기 위해 서울을 출발한 그날은 1969년 1월 31일이었다. 폭설에 덮인 김포공항에 간신히 확보한 활주로가 있어 대한항공은 뜬다고 했다. 서울에서 함께 출발한 동행은 정문도 경제기획원 차관보와 정재봉 포스코 창업요원이었다. 그들이 김포공항으로 나가는 시각, 천안역에서는 대형 참사가 발생한다. 오전 11시 52분, 쏟아지는 눈보라 속에서 천안역으로 달려오는 부산 발 서울 행 열차, 그 기관사가 정지 신호등을 보지 못한다. 그것이 천안역 남쪽 800미터 지점에 멈춰 있는 '앞선 열차'의 꽁무니를 들이받는다. 사망 41명, 중경상 103명. 끔찍한 비극을 뒤로하고 여객기에 탑승한 박 사장은 머리가 복잡했다.

'만약 KISA가 등을 돌린다면? 그때 대안은? 애당초 KISA 구성에서 빠지겠다고 했던 일본밖에 없지 않는가? 이제라도 될 수만 있다면 일본이 좋다. 일본은 기술적으로나 문화적으로나 코쟁이들보다야 우리에게 훨씬 유리하다. 기술은 어떻게 하든 협력을 받아낸다고 하자. 문제는 차관 아닌가? 일본의 외환보유고나 재정 상태로는 한국, 인도네시아 같은 국가에 식민지배상금 물어주는 것만으로도 형편이 빡빡할 것 아닌가…'

1965년(한일국교정상화 협약이 성사되어 일본이 한국에 대일청구권자금을 제공하겠다고 서명한 해)을 기준으로 일본의 외환보유 총액은 8억 달러 수준이었다.

'더구나 일본에게는 작년에 이미 퇴짜를 맞지 않았나? 그러니 또 어떻게 일본에 가서 차관 협력을 해달라고 하겠는가?'

그 생각의 끝에 박 사장은 씁쓸히 침을 삼켰다. 지난해(1968년) 8월에 열렸던 한일각료회의에 대한 아쉬움을 떠올린 것이었다. 그때 박 대통령은 김정렴 상공부 장관, 김학렬 경제수석 등 한국 대표단에게 "종합제철에 대한 일본의 협력을 중점적으로 교섭하고 의사를 타진하라."는 지시를 내렸지만, 거꾸로 자존심만 상하고 말았다. 오히려 마사요시 통산상이 한국 각료들에게 "한국을 위해서도 종합제철 건설은 안 되는(즉, 한국경제에 폐해만 끼치는) 일이니, 현해탄만 건너면 되니 일본의 질 좋은 철강제품을 국제 시세대로 수입해 쓰는 것이 훨씬 유리하다."라고 충고했던 것이다.

대한항공 여객기가 도쿄에 내렸다. 도쿄에서 합류하는 포스코의 인재는 영어회화에 유창하며 영어 문법책이라 불리는 최주선이었다. 그는 홋카이도 무로랑제철소에서 관리연수를 받는 중에 불려나왔다. 그때 안병화 부장은 피츠버그에 먼저 나가 있었다.

박태준의 1차 목적지는 KISA 관계자들이 있는 피츠버그이고, 2차 목적지는 IBRD와 미국수출입은행이 있는 워싱턴이었다. 시카고에서 갈아탄 여객기가 피츠버그에 착륙할 준비를 하는 즈음, 박태준은 새삼 착잡하고 초조해졌다.

'차관 조달에 나서지 않으려는 포이를 설득할 수 있을까? KISA가 판단을 바꾸지 않는 경우에는 나까지 워싱턴에 가볼 필요가 없지 않나. KISA가 끝까지 그 모양이라면 IBRD나 수출입은행은 만나볼 필요도 없지 않는가?'

피츠버그에 도착한 박 사장 일행의 숙소는 현지 철강업계의 배려로 미국 철강산업의 역사가 숨 쉬는 듀케인클럽에 마련되었다. 그는 가장 중요한 상대로 KISA 대표 자리에서 물러나긴 했으나 실질적인 대표라 할 포이 회장을 찍었다.

"KISA가 포철에 지원하겠다는 결정을 내리면 IBRD도 차관 제공을 결정할 것이며, 우리는 반드시 종합제철소 건설 프로젝트를 성공시킬 것입니다. 종합제철을 하나의 대형사업으로만 판단하는 것이 아닙니다. 근대화의 새로운 역사를 창조하는 견인차를 만드는 것입니다. 이런 점도 깊이 고려해주기 바랍니다."

박 사장은 KISA의 다른 간부들도 만났다. 철강업계 거구들과 교섭하는 일에 꼬박 이틀을 바쳤다. 그러나 그들이 외교적 수사로 꾸민 답변의 메시지는 명확했다. 자페가 주도적으로 작성한 IBRD 보고서의 '한국 종합제철소 프로젝트는 경제적 타당성이 희박하다'는 것을 하나같이 인용했다. 그것은 차마 딱 부러지게 표현하지 못하는, 그러나 명백하고 확실한 'NO' 사인이었다.

피츠버그 일정이 끝났다. 밤이 깊었다. 박 사장은 잠을 이루지 못했다. 방 안엔 어둠과 함께 무거운 침묵이 드리워져 있었다. 그대로는 더 견딜 수가 없었다. 약자의 설움에 짓눌려 있을 것이 아니라 최후의 오기라도 부려야 무슨 길이 뚫릴 것만 같았다. 최주선을 찾았다.

"포이 회장에게 지금 당장 만나자고 전화해."

"이 늦은 시간에 노인을 깨워도 되겠습니까?"

"돈은 있고 신의가 없는 사람들이잖아. 이대로는 못 가. 30분만 만나자고 해. 이게 KISA와는 마지막이야."

막 잠자리에 들었다는 포이는 당장 만나자는 제안에 깜짝 놀라서 시간을 물리려 했다. 내일 당신들이 워싱턴으로 떠나기 전에 일찍 시간을 내겠다고 했다. 하지만 박 사장은 지금 꼭 만나야겠다고 버텼다.

"박 사장님, 하고 싶은 말씀이 무엇입니까?"

그는 사업과 다른 차원의 설득을 시도했다.

"미국이 이렇게 나오는 것은 매우 이해하기 어렵습니다. 한국은 공산주의의 확산을 막는 최일선 방어벽 역할을 하면서 산업화를 추진하고 있습니다. 오랜 빈곤에서 벗어나려고 온 국민이 발버둥을 치고 있는 상황이기도 합니다. 종합제철소를 갖지 못한다면 한국산업의 미래는 어두워질 수밖에 없습니다. 이런 특수한 사정을 혈맹국의 입장에서 고려해주시고, 특히 회장님께서 KISA 대표들을 직접 설득해주시기를 희망합니다."

백전노장의 자본가 포이는 냉정했다.

"이것은 사업의 관점으로 접근해야 합니다. 경제적 타당성이 없는 프로젝트에 지원할 수는 없습니다. 당신의 애국심을 존중하고 실망감을 이해합니다. 그러나 IBRD의 한국경제에 대한 최종보고서 내용은 달라지지 않을 것입니다. 개인적으로는 박정희 대통령이 정열적으로 지도하는 한국을 도와드리고 싶지만 KISA의 미국측 회사로서는 IBRD의 의견을 무시할 수 없습니다. 그러니 내일 워싱턴에 가서 최선을 다하기 바랍니다."

포이 회장의 마음은 이미 잠겨 있었다. 자신의 마음을 다시 열어줄 수 있는 열쇠는 워싱턴의 두 은행이 갖고 있다고 했지만, 박 사장은 백인 노신사의 점잖은 발뺌에 불과하다고 판단했다. 또한 그의 마음이 굳게 잠겼다는 것은 KISA의 문도 은행들의 문도 잠겼다는 뜻임을 명확히 알아차렸다.

날이 밝았다. 박 사장이 말했다.

"우리는 워싱턴 일정을 취소해. 정부 사람들이나 가보라고 해. 뻔해. 내가 포이에게 IBRD를 설득해달라고 하니 포이는 나한테 IBRD를 설득해서 다시 찾아오라고 하는 식인데, 퇴짜가 뻔해. 퇴짜 맞으러 왜 가? 푹 쉬었다가 짐이나 싸자. 돌아가서 생각하자."

그런데 아침에 포이 회장이 박 사장의 방에 들렀다. 노신사는 아들 또래밖에 안 되는 가난한 나라의 패기에 찬 젊은 사장을 빈손으로 돌려보내는 것이 사업적으로야 어쩔 수 없더라도 인간적으로는 찔리는 모양이었다.

"워싱턴의 일이 잘되기를 바랍니다."

노신사가 내민 손을 박 사장은 정중히 잡았다.

"감사합니다. 하지만 저는 워싱턴에 가지 않습니다. 의례적 절차에 시간을 낭비하고 싶지 않습니다. 귀국해서 다른 방도를 찾아보겠습니다."

노신사는 그래도 가보라고 권유하지는 않았다. 오히려 따뜻한 눈빛으로 아주 엉뚱한 제안을 내놓았다. 하와이 와이키키 해변에 자기네 부사장의 콘도가 있으니 돌아가는 길에 거기 들러서 며칠 휴식하면 어떠하겠느냐고 권유했다. 박 사장은 호의를 받았다. 허탈의 웅덩이에 빠진 정신부터 수습하고 절망에서 빠져나갈 구원의 동아줄을 찾고 싶었다.

피츠버그에서 시카고로, 시카고에서 다시 하와이로. 여객기 안의 박 사장은 천만 근 쇳덩어리가 가슴을 짓누르는 듯했다. 압박감과 좌절감의 무게였다. 워싱턴으로 날아간 일행에게는 한 가닥의 미련도 두지 않았다. 포이와 KISA의 완전한 배신, IBRD의 명백한 차관 거부. 서로 맞물린 그 결정이 포스코 앞의 엄연한 장벽이었다.

포이가 주선한 콘도는 힐튼하와이빌리지 호텔과 가까운 와이키키의 중심지였다. 백사장과 쪽빛 바다와 하얀 파도를 한눈에 내려다볼 수 있었다. 그 호텔은 미국 대중 드라마 「하와이 눈동자」의 중심무대로, 하와이 태생의 유명가수 돈 호가 노래를 불러 더 유명해진 곳이었다.

박 사장은 뜨거운 햇볕이 쏟아지는 와이키키 해변으로 나갔다. 비키니 차림의 여성들이 백사장을 차지하고 있었다. 백인은 거의 대부분 본토에서 온 휴양객이고, 동양인은 일본인과 중국인이 압도적으로 많았다. 십여 년 전 육군 대령 신분으로 미국 연수를 가는 길에 잠시 이곳에 들렀던 추억을 떠올려보았으나 조금도 즐겁지 않았다. 그때와 지금, 그새 강산이 한 번 변하는 세월이 가로놓여 있건만 변함없는 것은 가난한 나라의 국민이란 신세였다. 변한 것이 있다면, 그때는 '돈 없는 장교'였는데 지금은 '자금 없는 사장'이라는 점이었다. 또한 그때는 국가적 빈곤을 극복하겠다는 의지가 지도력에서 빈약했으나 지금은 그것이 국가적 목표로 확고히 세워져 있다는 점이었다. 그러나 포항 1기 건설의 밑천 1억 달러가 없었다. 그놈의 차관 1억 달러가 없어서 지도력에 큼직한 구멍이 뚫려 있었다.

'철에 인생을 건다고 했는데, 그놈의 1억 달러를 못 구해서 이렇게 나가

떨어져야 한단 말인가?'

박 사장은 하늘을 쏘아보았다. 강렬한 햇빛이 사정없이 동공을 찔렀다. 얼마 동안이나 하늘을 원망하고 있었을까. 내가 일본에 가서 돈을 구해볼까 하는 생각이 떠올랐다. 일본 철강사들과는 KISA의 일반기술계획 등에 대한 용역체결을 하고 빈번하게 접촉하며 친분을 쌓았지만, 1968년 8월에 우리 장관들이 도쿄에 가서 '일본 정부의 한국 종합제철에 대한 협력 거부 의사'를 확인한 뒤로는 박 사장도 박 대통령과 마찬가지로 일본에서 차관을 구해보겠다는 생각을 완전히 접고 있었다. 게다가 KISA가 엄연히 실존하고 있고, 한국이 대일청구권자금에다 상업차관까지 받아냈으니 일본의 외환보유고 수준으로 보든 우리의 자존심으로 보든 일본에 가서 새로 1억 달러를 더 빌려오겠다는 것은 터무니없는 생각이었다.

'일본에서 차관은 무슨 차관….'

그는 새삼 일본 차관을 한쪽으로 밀어내며 아쉬워했다. 처음부터 일본과 했으면 좋았을 텐데. 한 조각의 후회 같은 감상도 스쳐갔다. 그런 다음이었다. '일본 차관'이란 단어가 사라진 자리에 전광석화처럼 '대일청구권자금'이란 단어가 나타났다. 순간, 그는 전율했다.

"그래, 바로 그거다!"

박 사장은 벌떡 일어섰다. 아직은 남아있을 거다! 이 판단에 춤이라도 추고 싶었다.

대일청구권자금의 종합제철 건설비 전용. 하와이 와이키키의 뜨거운 해변에서 박태준 사장이 구원의 밧줄처럼 거머쥔 그 아이디어를 뒷날에 포스코 사람들은 '하와이 구상'이라 명명한다. 그것은 한국 산업화시대의 중대한 이정표의 하나로 삼아도 좋다. 대일청구권자금 일부를 밑천으로 삼지 않았다면 걸음마조차 제대로 해보지 못하고 영영 쓰러지고 말았을 포스코가 결과적으로 한국 산업화의 견인차 역할을 성공적으로 완수했기 때문이다.

대일청구권자금 일부를 전용하자는 박 사장의 아이디어는 확인하나마나 현실성을 담보했다. 3억 달러의 무상자금만 해도 1966년부터 10년간 지급하니 아직 남았을 것이고, 대외경제협력기금(유상자금) 2억 달러에도 여유가 있을 것이었다. 더구나 대외경제협력기금은 조건이 좋았다. 미국 수출입은행의 차관이 거치기간 2년을 포함해 상환기간 10년에 확정금리만 연 6.29%였지만, 그것은 거치기간 7년을 포함해 상환기간 20년에 확정금리가 연 3.5%에 불과했다.

그 기사회생, 그 전화위복의 아이디어를 서둘러 실현하려면 우선적으로 두 가지 전제조건부터 갖춰야 할 것이었다. 이 사실도 박 사장은 주시했다. 하나는 기술지원 등 일본철강연맹의 협력을 받아내는 것이었다. 이 문제를 거뜬히 감당해낼 자신감을, 그는 갖고 있었다. 또 하나는 양국 정부가 농림수산업 발전을 위해 사용한다고 합의해둔 자금의 용처를 바꿔주는 것이었다. 이 해결의 실마리를 거머쥔 사람은 박 대통령인데, 종합제철에 대한 집념과 의지가 얼마나 강렬한가? 대통령이 주먹을 불끈 쥐며 반색할 것이라고, 그는 확신했다.

그리고 박태준 사장은 일본 정부나 철강업계가 긍정적인 자세로 나올 수도 있을 것이라는 예상도 조심스럽게 해보았다. 그것은 현실적인 계산에 따른 판단이었다. 일본이 기술지원을 결정한다면 일본의 제철설비들이 대거 포항제철로 들어와야 하니 일본 정부로서도 한국에 지불하는 대일청구권자금을 일본 기업들이 회수해 오는 기회라고 여길 수 있을 것이었다.

박 사장은 하와이에서 곧장 도쿄로 날아가기 전에 이나야마 일본철강연맹 회장(야하타제철 사장)과 만날 수 있게 하라는 전보를 도쿄의 박철언에게 보냈다. 박철언은 야스오카 선생의 힘으로 얼마든지 그 만남을 주선할 인물이었다.

도쿄에 내린 박태준은 나가노 후지제철 사장부터 찾아갔다. KISA 계획안에 대한 검토용역 의뢰 과정에서 친분을 맺은 사이였다. 나가노 사장은 기술지원에 따른 정치적 문제를 언급하고 협력 의사를 표명한 뒤 이나야마 회장에게 협조를 구하는 것이 좋겠다고 했다.

박태준 사장은 박철언과 함께 야스오카 선생을 방문했다. 이나야마 회장과의 만남도 그의 방을 거쳐야 더 힘이 붙게 돼 있었다.

야스오카 선생은 직접 응접실 앞까지 나와서 박 사장의 손을 잡으며 맞이했다. 그리고 손님의 설명을 경청하고 흔쾌히 조력자로 나섰다. 이 장면에 대한 박철언의 증언은 그의 자서전 『나의 삶, 역사의 궤적』에서 만날 수 있다.

> 야스오카는 대일청구권자금 전용에 대해 일본내각을 설득하려면 우선 일본철강업계의 확고한 지지를 얻어야 한다는 박태준의 말에도 고개를 끄덕였다. 그는 즉시 일본철강업계의 지도자 이나야마에게 전화를 걸었다. 이나야마는 일본철강연맹 회장이며 일본에서 제일 큰 제철공장인 야하타제철소 사장이었다.
>
> "지금 제 사무실에 한국 포항제철의 박태준 사장님이 와 계십니다. 그에게 당신의 충고와 지지가 필요합니다. 한일 양국에 이익이 되는 좋은 구상을 갖고 있으니, 가능하시면 박 사장의 구상이 실현되도록 방안을 찾아주셨으면 합니다."
>
> 야하타제철 본사는 야스오카의 사무실에서 겨우 몇 블록 떨어져 있었다. 이나야마의 응접실은 편안한 분위기였다. 박태준에게는 바닥에 깔린 짙푸른 카펫에 대한 인상이 오래 남는다. 이나야마는 손님을 정중히 맞이했다. 곤경에 빠진 젊은 동업자의 사정을 충분히 듣고 나서 고개를 끄덕였다.

“중도 폐기할 위기에 빠진 프로젝트를 구할 좋은 구상을 가지고 오셨군요. 복잡한 국제컨소시엄을 결성하지 않는 것이 오히려 다행인지도 모릅니다. 설사 건설자금을 확보할 수 있다 할지라도 사고방식, 기술, 관리방식 등이 다른 사람들과 함께 힘을 합쳐 제철소를 짓는다는 것은 매우 어렵고 복잡한 일입니다.”

이나야마의 격려와 위로는 따뜻했다. 박태준은 일본이 기술을 지원할 수 있는가를 타진해보았다.

“기술협력은 고도의 정치성을 띠기 마련이지요. 나의 생각에는 한국의 제철소가 일본의 설비, 기자재, 기술 등을 가지고 세워지면 양국 모두에게 큰 이익이 될 것입니다. 지리적으로 가까울 뿐만 아니라 문화적으로도 공통점이 많기 때문에 의사소통에 따르는 문제점도 그만큼 줄어들 겁니다.”

바로 여기는 한국 정부와 KISA, 포스코와 KISA가 실질적으로 결별하는 시간이고 장소였다. 다시 말해, KISA를 믿었던 한국 정부의 의지에 의해 1968년 4월 1일 탄생한 빈털터리 처지의 포스코가 이제는 일본에게서 ‘자본과 기술과 경험’을 받아오게 되는 문이 열리기 시작하는 시간이고 장소였다.

박정희 대통령은 박태준 사장의 대일청구권자금 전용 아이디어를 마치 기다리고 있었던 것처럼 단박에 받아들였다. 그러나 KISA에 대한 기대와 미련을 즉시 잘라버린 것은 아니었다. 그해 4월 파리에서 열릴 예정인 IECOK 회의 때까지는 비밀리에 기다리자고 했으며, 특히 미국 정부가 한국의 종합제철 차관 제공에 긍정적인 역할을 해주기를 바라고 있었다. 이러한 사정은 현재 포스코역사관에 전시돼 있는, 1969년 3월 31일에 작성된 ‘종합제철 사업에 대한 주미대사 전문 요약’이라는 대통령 보고 문서에도 나타나 있다.

> 김동조 대사가 번디 미 극동담당 국무 차관보를 방문한 자리에서 종합제철에 대한 우리 정부의 입장을 충분히 설명하고 조속한 시일내에 호의적으로 처리해줄 것을 요청하였던 바, 번디 차관보는 한국 입장을 충분히 알고 있으므로 단시일내에 결론을 내리도록 진행중이나 어떠한 결론이 나올 것인지는 아직 현재로서는 회답이 곤란하다고 하였음.

그때 미국의 결론은 'No'였다. 그러니까 1969년 2월 도쿄에서 박태준 사장이 이나야마 일본철강연맹 회장과 만나서 한국의 종합제철건설에 협력하겠다는 의사를 분명히 얻어낸 것은 절명의 위기에 내몰렸던 포항제철이 기사회생의 문을 열어젖힌 것이었다. 물론, 일본의 자본(대일청구권자금 전용과 상업차관 도입)과 기술과 경험을 영일만 모래벌판으로 불러들이는 과정에는 또 다른 우여곡절들과 고비들이 기다리고 있었지만, 그것은 힘들고 자존심 상해도 '확실한 희망'을 품고서 전진하는 고행의 길이었다.

POSCO SPIRIT 2

제철보국의 뿌리와 줄기를 키우다
—창업요원은 말한다

포스코 고유의 시스템 구축 **황경노**
1억 달러가 없어서 서럽고도 암담했던 시절 **노중열**
조업 첫해에 흑자를 이룬 땀방울 **안병화**
부서 이동의 역마살과 다양한 경험들 **장경환**
길 신부님과 약속했던 그 진정성으로 **홍건유**
낙천주의자가 포철에선 악착같이 일했네 **이상수**
우리 손으로 '제철소의 DNA' 설계 **백덕현**
'포철혼'은 집단영성의 장엄한 교향악이다 **여상환**
심모원려의 제철소 레이아웃 **안덕주**
포항제철소 910만톤과 전기강판의 사연 **박준민**
공장부지 만들기와 중앙도로의 사연들 **이영직**
태풍 속 석탄 퍼내며 조업 중단 막아 **권태협**
회사의 안살림을 도맡았던 제철보국의 동지 **고준식**
최초의 가능성과 최대의 위기 **윤동석**
자금과 원료 확보 때문에 늘 긴장했던 나날들 **최주선**
임직원 열정에 감사노릇 제대로 못해 **김창기**
고진감래의 수업 **이원희**
아, 1977년 4월 24일 **신광식**

포스코 고유의 시스템 구축

황경노 1930년 강원도 철원 출생. 1965년 대한중석광업 관리부장, 1968년 포스코 입사(창립요원)·기획관리부장, 상무이사, 포스코 부회장·한국철강협회장·포스코 회장, 1994년 동부그룹 상임고문, 1996년 포스코중우회 회장·포스코 상임고문·포스코경영연구소 회장·한국철강협회 철강홍보위원장, 1999 학교법인 포스텍 이사장 역임.

'장부'를 없애고 '코드'로 관리하라

창업 포스코의 기획관리부장으로 출발한 나는 처음부터 '코드'를 생각했다. 21세기 들어 한국사회에 '코드인사'라는 신조어(新造語)가 널리 퍼지면서 갑자기 '코드'란 단어가 널리 회자된 적도 있었지만, 벌써 50년이나 흘러간 그때는 서울 시민들도 '코드'라고 하면 기껏 전기와 관련된 도구쯤으로 알아들었다.

그러나 나의 코드는 '이념 또는 패거리, 전류의 원활한 소통'과는 아무런 관련이 없었다. 차라리 '포스코의 혈관'으로 해석하면 근접되겠다. 포스코의 심장과 대뇌로 드나드는 '돈의 흐름'을 투명하고 효율적으로 관리하는 기법이었던 것이다.

포스코 창업시절, 한국 기업과 국가 기관은 한결같이 '시커먼 장부'로 회계를 관리하고 있었다. 어쩌면 그건 후진국의 한 상징이기도 했다.

창업에는 회계질서가 곧 회사질서로 직결된다. 이 사실에 주목한 나는 포스코에서 '하나의 혁명'을 단행하겠다고 구상했다. 내가 박태준 사장에게 건의한 내용은 한마디로 요약된다.

"장부를 없애고 코드로 관리하는 것이 좋겠습니다."

물론 박 사장은 단박에 찬성했다. 그런 획기적 발상의 배경에는 나의 경력과 기질이 깔려 있었다.

이 결정에 따라 창업 포스코는 '시커먼 장부' 없이 출발했다. 그 대신에 전표가 등장했다. 타자기로 한 번 두들기면 겹겹의 묵지가 한꺼번에 똑같은 전표를 6, 7장씩 생산했다. '통합관리' 시스템의 도입이었다. 이것은 초창기의 내부질서 형성에서 제일 중요한 요소인 '내부견제' 효과로는 만점에 가까웠다. 모든 물품구매와 예산집행에 똑같은 전표가 7장씩이나 나오고 모든 관련 부서가 차곡차곡 철해 둬야 하니, 누군가 엉뚱한 흑심을 품더라도 똑같은 전표의 상호 견제작용 때문에 적어도 네댓 명은 공모해야만 이뤄질 것이었다.

"빠짐없이 코드를 부여하라."

이 결정에 따라 창업 포스코의 공장과 부서마다 빠짐없이 주민등록번호처럼 '고유 코드번호'가 매겨졌다. 모든 비용이 당연히 코드번호를 통해 지출되고 결산됐다.

전표와 코드는 '투명경영'과 '효율경영'의 원천이었다. 예산의 흐름이 투명해지고, 설비별 취득총액이 일목요연하게 드러나 감가상각비 계산이 쉬워지고, 각 공장의 월별 회계결산서와 원가계산서가 익월의 열흘 이내에 완성되었다. 이래서 매월 10일에 정기적으로 열리는 전사(全社) 운영회의는 그 자료들을 바탕으로 심사와 분석을 적기에 정확히 수행할 수 있었다.

'금전 있는 곳에 사고 있다.'

이 말은 인류 역사에 지울 수 없는 고색창연의 진리를 담고 있다.

나는 처음부터 토요일의 현금지불을 금지했다. 어떤 완벽한 견제장치도 돈의 유혹에 빠진 인간의 욕망까지는 통제할 수 없으므로 관리자는 항상 '사고는 터질 수 있다'고 가정을 해둬야 한다. 만약에 사고가 터지는 경우, 최선의 수습책은 24시간, 늦어도 48시간 안에 그것을 발견할 수 있어야 한다. 토요일의 현금지불 금지, 이것은 바로 그에 대비한 장치였다. 내가 관리하는 동안 금전사고는 딱 한 건 일어났다.

무릇 빡빡한 시스템은 '경직성'이 큰 흠이다. 나는 '유연성' 확보를 고려했다. 예비점검 시스템을 만들어, 여기에 마치 종합병원의 '접수에서 퇴원까지의 과정'에 비유될 만한 세부체계를 마련했다.

그리고 나는 기술자들의 예산 요구 앞에서 늘 '대패'를 챙기고 있었다. 이런 악역은 '야박한 사람'이라는 입방아로 돌아오곤 했다. 하지만 종종 그들을 집으로 초대했다. 대작과 대국의 자리는 딱딱한 관계를 부드럽게 풀어 나가는 시간이었다.

내가 정한 관리원칙의 하나는 '판매에는 업무추진 비용을 박하게 주고 구매에는 후하게 주는 것'이었다. 이건 소문이 나기도 했다. '파는 게 힘들지 사는 게 힘드냐'라는 통념을 깨 버렸으니 참 묘한 원칙이라고 고개를 갸우뚱거리는 사람들이 많았다. 하지만 그것은 '설비구매'로 넘쳤던 창업 포스코에서 '최고품질 최저구매' 실현의 윤활유로 감돌았다.

기업에서 최고경영자가 검정된 숫자에 의해 회사의 상황을 한눈에 파악할 수 있는 것이 예산·회계 제도이다. 그래서 창업 포스코의 관리시스템이 지향하는 핵심은 예산·회계 제도였으며, 이를 뒷받침하는 것이 장부체제가 아닌 전표체제였다. 아직 전산시스템이 없었지만 장부도 없었던 창업 초기의 포스코에는 전표가 곧 장부였다. 그것도 정밀한 분류를 통해 부서별, 사안별 '코드'를 부여해둬서 전표를 다 모아놓으면 절대 조작할 수 없는 '수정불가'의 장부였다. 어느 공장에서 누가 무슨 일을 했다는 것까지 다 파악할 수 있게 해주는 것이었다.

박태준 사장과의 인연을 맺다

6·25전쟁 나흘째인 1950년 6월 28일, 무사히 한강을 건넌 다음에 나는 교복을 벗어 던지고 대한유격대에 들어갔다. 여러 차례 구사일생을 겪은 내가 9주짜리 단기장교양성소를 거친 뒤 정식으로 장교군복을 입은 것은 1951년 1·4후퇴 다음의 일로서, 이때부터는 수색중대장으로 활약했다.

휴전이 되고 불안한 평화가 정착되자, 나는 두 차례 미국 군사학교에 연수를 다녀와서 경리장교로 전환되었다. 야전 보병장교가 내 기질에 맞았지만 경리 쪽으로 나간 것이 뒷날에 내 인생을 포스코로 이끌어가는 불가사의한 인연의 힘으로 작동되었다.

1954년이었다. 미국 연수를 마치고 육군사관학교 교수부로 발령을 받았다. 그때 박태준 육사 교무처장과 만났다. 이것이 그분과의 첫 대면이었다. 우리는 서로 좋은 인상을 쌓아가게 되었다.

그로부터 십여 년이 지난 무렵이었다. 1965년 어느 날, 대한중석에서 감사(監事)를 포함한 전 임원과 주요 간부를 대상으로 예산회계시스템에 대해 강의를 해달라는 제의가 들어왔다. 박태준 사장의 지시였다. 매일 오전 8시부터 9시30분까지 열흘 동안 관리회계시스템, 경영관리시스템, 일반관리시스템에 대해 강의를 하게 되었다. 알고 보니 그건 무엇보다 박태준 사장의 나에 대한 테스트였다. 제3공화국이 출범하면서 박정희 대통령의 장기간 일본 특사를 다녀온 다음에 대한중석 경영을 맡은 박 사장이 회사의 경영관리시스템이 매우 부실하다고 판단하고 이 부문을 맡길 전문가를 물색하는 과정에서 강의를 시켜 나를 살펴본 일이었다.

나로서는 아무것도 아니었다. 1960년, 그러니까 5·16 직전에 육해공군 전 장성을 대상으로 하는 2주 과정의 기본관리 교육을 당시 육군경리학교 교관으로 있던 내가 맡았다. 모든 장성들이 육군대위의 강의를 진지하게 경청했다. 5·16 후에 군정이 실시되면서 그 사람들이 내각은 물론 시·도

지사까지 맡았으니 내 강의에서 배운 것을 많이 써먹었을 것이다. 아무튼 그 일이 계기가 되어 나는 대한중석으로 옮겨 앉으며 '박태준, 포스코'와 굵고 질기고 가장 보람찬 인연을 맺게 되었다.

대한중석에서 포철 창업의 실무책임을 맡다

1967년 9월 12일, 우리 정부가 공식적으로 대한중석을 종합제철 건설의 주체이자 실수요자로 결정한 직후, 박태준 사장이 대한중석의 관리부장인 나를 사내에 조직된 종합제철사업추진 실무책임자로 임명했다. 부책임자로는 노중열 개발실장이 임명됐다.

그때 대한중석은 가장 합리적인 경영을 하는 국영기업체로 평가되고 박사장의 경영능력도 높이 인정되는 회사였다. 내가 종합제철추진 실무자로서 먼저 해야 할 일은 대한중석의 지속적인 경영능력도 충분히 고려하면서 추진 원칙과 방법을 세우는 것이었다. 가장 먼저 정부와의 절충사항과 세부사항을 포함하는 5개 기본원칙부터 결정했다.

1. 대한중석은 이익잉여금을 원천으로 하는 유보자금을 종합제철의 건설내자로 투자한다.
2. 총소요 내자 중 대한중석은 자본 구조상 큰 변동을 주지 않는 범위 내에서 투자하고 부족자금은 정부의 재정융자 또는 직접투자로 충당한다.
3. 대한중석은 내자투자에 의하여 건설주체 또는 경영주체의 모체가 되어 이를 추진한다.
4. 대한중석이 부담할 투자의 시기 및 금액의 세부사항은 KISA의 재무계획 확정 후에 결정한다.

5. 정부는 종합제철사업을 위하여 필요한 법제화와 보호육성을 강구한다.

나는 대한중석 관리부장의 입장에서 경영진과 협의하여 종합제철 투자액이 향후 3~5년 간에 46억~56억 원까지 가능하다고 판단했다. 이에 따라 대한중석의 종합제철에 대한 투자가 1968년에서 1972년까지 이뤄졌다. 실제 출자는 35억 원에 그쳐서 당초 계획했던 대한중석의 '25% 주주지분' 참여는 지켜지지 않았다. 이것은 민간인 주주들의 강한 반대와 새 경영진의 의사가 반영된 결과였다고 생각한다.

나는 1968년 2월말 대한중석에서 퇴사하여 한 달쯤 무소속으로 포항종합제철주식회사 창업 준비 업무를 했다. 박태준 사장도 1968년 3월의 대한중석 주주총회에서 민간인 주주들의 격렬한 종합제철 투자 반대 항의를 무릅쓰고 대한중석이 투자할 수 있는 안건을 통과시키고 사장직을 물러났다. 이때 박 사장은 종합제철 투자의 집념을 보이듯 사회봉을 너무 세게 두들겨 부서져 버렸다.

박정희 대통령이 임명한 종합제철건설추진위원회 위원장이던 박태준 사장은 명동 유네스코회관의 임시 사무실로 출퇴근을 하게 되었다. 대한중석의 사장이 아직 공석이어서 그 승용차를 이용하시라고 권유해봤으나 그분은 그 성품 그대로 거절하였다.

1968년 4월 1일, 나는 기획관리부장으로 명령을 받아 포스코의 창업요원으로 이름을 올리게 되었다. 전반관리 분야와 경영지원 분야 그리고 전산 분야에서 회사의 조직체계 등 모든 운영시스템을 설계하고 실용화하는 일이 기다리고 있었다. '창업 포스코'에 동승한 그때, 나는 최소한 두 가지를 명백히 꿰차고 있었다. 하나는 대한중석에서 체험한 국영기업의 경영 불합리성이고, 또 하나는 박태준 사장의 확고한 투명·청렴 철학이었다.

원래 나는 참모보다 지휘관을 선호했다. 이런 나의 기질은 만약 상관의 자질과 능력을 신뢰하지 않았다면 '박태준의 참모'가 되는 길을 거부했을 것이다.

박태준 사장의 포스코 창립기념사를 내가 썼다. 그때 박 사장께서 내린 지침이 '최소의 비용으로 최고의 회사', '금전과 물자에 대한 부조리 근절', '인화(人和)', 이렇게 세 가지였다. 이후 1975년까지 신년사, 송년사, 창립기념사 등 모든 스피치 원고 집필이 내 일이 되어 버렸다. 1기 설비 준공보고서도 내가 썼다. 김용태 공화당 국회의원이 길지 않은 글을 명료하게 잘 요약했다며 칭찬을 했다. 그러나 그런 글을 한 번 쓰려면 사무실과 집에서 며칠씩 끙끙 앓아야 했다. 회사를 전체적으로 파악하고 있다는 구실로 팔자에 없는 문사(文士) 노릇까지 했던 것이다.

포항종합제철주식회사 만들기

포스코 초창기 멤버들을 크게 두 부류로 나눈다면 기술부문과 경영관리부문이다. 기술부문에서 포항제철소를 만들었다면, 경영관리부문에서는 포항종합제철주식회사를 만들었다. 공장 만든 사람들과 회사 만든 사람들로 나눠보면 된다. 경영관리부문에서도 나는 특정 부문에만 매달릴 수가 없었다. 회사 최초의 인사발령까지 내 손으로 기안했다. 조직, 기구, 시스템, 기획전략, 규정, 대정부 업무 등으로 눈코 뜰 새가 없었지만 당시 수준으로 보면 창의적인 것들이 많아서 좋았다고 할 수 있다.

부서를 만들고 업무분장을 하면서 일본과 미국의 자료들을 수집해서 참조했다. 미국의 현대적 관리시스템과 일본의 보수적 관리시스템을 잘 조화시켜 미국의 시스템에 비중을 두면서도 이를 한국 실정에 맞도록 가공해서 '포스코 시스템'을 창출한 것이었다.

창업기에는 하루가 다르게 회사가 변모하여 1년에 서너 번씩 조직개편이 이루어졌다. 그때마다 규정도 다시 손질해야 했고 다른 일도 뒤따랐다. 어디 한 군데를 건드리고 나면 그 여파가 회사 전체로 퍼져나가는 바람에 일이 산더미가 되곤 했다. 육군 장교 시절인 1957년부터 1년간 미국 경리학교에서 비전투부대와 기업의 통합관리시스템을 공부한 적이 있었는데, 그게 큰 도움이 되었다.

1970년에는 정부와 협의하여 철강공업육성법을 제정했다. 제철소를 건설하기 위해서는 항만·준설·도로·용수·철도·통신 등 엄청난 인프라 건설이 함께 이루어져야 하는데, 당시 포항제철이 이를 감당할 능력이 없기 때문에 정부에서 이런 사업들을 지원하고 자금을 댈 수 있는 법적 근거를 마련하기 위한 사전작업이었다.

이제는 한국인의 상식으로 굳어 가지만, 포스코 첫 용광로 건설에는 대일청구권 자금의 일부와 국가예산이 투입됐다. 국가정책과 국제협약으로 예산이 결정됐으니 정해진 돈이 말썽 없이 나왔을 거라고 쉽게 짐작해 버릴지 몰라도, 우리 정부나 일본 정부에 가서 '돈 타 오는 일'은 고단한 노역이었다.

창립 포스코에 들어와야 하는 '내자(內資)'인 정부 출자금, 이것을 확보하기 위해 매년 3월부터 정부 요로를 뻔질나게 드나들어야 했다. 정부 관료들이 3월부터 이듬해 출자금을 만지작거리기 때문이었다. 여기서 확보한 금액이 연말 국회의 예산심의를 통과해야 이듬해에 출자가 이루어지게 되었다. 정부에서 75%, 대한중석에서 25%를 출자하기로 되어 있어서 대한중석에서 56억 원 정도 나올 것이라고 생각했지만 사장이 바뀌면서 35억 원밖에 내놓지 않았으니 그 공백도 메워야 했다.

1968년부터 매년 정부로부터 40억 원 내외를 받아내야 했다. 그렇게 하려면 공화당에도 손을 쓸 수밖에 없었다. 당시 국가의 1년 재정규모가

6000억 원에서 7000억 원 사이였는데, 그중 포항제철이 요구하는 40억 원은 엄청나게 큰돈이었다. 국회에서 예산이 통과되었더라도 기획원, 재무부를 돌면서 통사정을 해야 했다. 회사는 당장에 돈이 필요한데, 정부에서 국고수표를 안 떼어주니 그럴 수밖에 없었다. 국고 국장을 찾아가 앞에 버티고 있으면 자기도 나도 퇴근을 못해 결국 통행금지에 걸리기도 했다. 공무원들의 말이 2억 원이면 전국 파출소에 필요한 돈을 다 지원할 수 있는데, 포스코가 가지고 가는 40억 원이 대체 얼마만한 돈인지나 아느냐면서 눈을 흘기기도 했다. 1972년까지는 오직 그 돈으로만 회사를 운영할 수밖에 없었는데, 이후 정부 출자금 외에 은행차입금, 국민투자기금, KFX자금, 해외채권 발행 등으로 조금 숨통이 트였다.

창립 포스코에 들어와야 하는 외자(外資)는 유·무상 대일청구권 자금이었다. 유상 차관은 일본의 상업차관, 설비공급자차관, 일본 해외경제협력기금(OECF)차관 등이었다. 나는 서류의 수치가 틀려 자존심의 상처를 핥으며 당일치기로 도쿄와 서울을 오간 적도 있었다.

포항 1기에 최종적으로 내자 541억 원, 외자 1억6453만 달러, 당시 환율로 총 1158억 원이 투입되었다. 그래서 103만 톤 체제의 1기 설비 조강 톤당 건설단가는 237달러였다. 큰 규모로 추진된 일본이 236달러, 우리와 비슷한 규모의 터키가 450달러였던 것과 비교하면 매우 경제적인 건설이었다.

전산화와 경영쇄신

경제기획원, 대한항공 등에 컴퓨터가 도입되긴 했지만 국내의 수준은 아직 프로그램 작성에도 못 미치고 있던 1970년, 포스코는 그해 12월 입사한 전산 담당 성기중을 중심으로 일본제철소의 전산 시스템을 따라 가려는 각별한 노력을 기울이기로 했다.

당연히 전문가들이 필요했다. 이때 나는 단 한 번 사장의 사전 결재 없이 전산인력들을 특채했다. 박 사장은 일절 토를 달지 않았다. 오히려 "간부들의 전산화 시험성적과 추진실적을 직접 챙기겠다."고 선언하여 경영쇄신에 박차를 가했다.

대망의 포스코 1호 컴퓨터(후지쓰의 FACOM 230-25)가 도입된 때는 1974년 6월. 준비가 잘된 회계관리부터 전산화를 도입했더니 대뜸 경영 사이클이 5일이나 단축됐다.

1975년에 미국 하버드대학교 교수 두 사람이 와서 포스코의 관리회계시스템을 보고는 어느 나라 어느 회사의 용역이냐고 물었을 만큼 획기적인 것이었다. 당시 장부 없는 기업은 포스코가 유일했고, 이를 이상하게 여긴 감사원에서 감사를 나왔다가 오히려 배웠다는 말을 남기고 돌아가기도 했다. 1기 설비 착공 몇 달 전에 이미 전산조직을 만들어 일찍 전산시스템을 도입했고, 전례 없이 전산요원을 특별히 과장급으로 채용하기도 했다.

바른 건의를 수용한 박태준 회장의 리더십

2001년이었다. 어느덧 열일곱 해 전의 일이다. 그때 미국 코넬대학병원에서 폐 밑의 물혹 제거라는 대수술을 받고 막 중환자실에서 벗어난 박태준 회장께서 "황경노 회장하고 안병화 사장하고 둘이 좀 다녀가라."는 연락을 하셨다. 그것도 누구에게도 알리지 말고 은밀히 오라고 했다. 우리 두 사람은 뉴욕행 비행기에 올랐다. 왜 불렀는지 궁금했다. 혹시 병세가 깊어져서 잘못되어 가고 있지는 않은가 하는 방정맞은 생각까지 들었다.

늙은 환자는 전신의 살이 다 빠져서 수척하기 이를 데가 없었다. 그래도 우리를 보고는 환하게 웃으면서 이러셨다.

"수술 후 마취에서 깨어나는 중에 황경노하고 안병화 얼굴이 제일 먼저 보이는 거야. 그래서 보고 싶어 부른 거야."

그 순간에 나는 눈물이 왈칵 솟구쳤다. 가족이나 친지들로서는 섭섭할지 모르지만, 그게 박태준 회장의 숨김없는 진실이라는 것을 너무도 잘 알고 있었기 때문이다. 나지막한 대화가 오갔다.

"회장님, 이제 회사 걱정은 그만하세요. 후배들이 잘하고 있을 겁니다."

"자네는 그럴 수 있을지 몰라도 나는 그럴 수가 없다네. 사실 자네도 말은 그렇게 하지만 속마음은 그게 아니겠지."

포스코의 성공요인을 여러 가지 들 수 있지만, 박태준 회장의 그런 정신이 가장 핵심적인 성공요인이라고 나는 단언할 수 있다. 그리고 박태준이란 인물의 위대성에는 '바른 건의를 수용한 안목'을 꼭 넣어야 한다고 나는 확신한다.

내 역할이 있었다면, 최고경영자가 한 치의 오차 없이 전략적 판단을 내릴 수 있게 해주는 내부 환경을 조성하기 위해 최선의 보좌를 다했다는 것이다. 이 점, 지금도 나는 전혀 후회 없다.

1억 달러가 없어서 서럽고도 암담했던 시절

노중열 1927년 경북 칠곡군 출생. 1966년 육군소령 예편·대한중석 입사(개발조사실장), 1968년 포스코 입사(창립요원, 외국계약부장)·동경연락소장·상무이사·업무부·외자구매부 담당 상무이사, 1980년 코리아라인 부사장, 1985년 한진해운 사장, 1988년 포항도금강판 사장, 1990년 포스코 미국 현지법인(POA) 사장 역임.

황경노-박태준-포항제철의 인연

내가 박태준 사장과 만난 것은 매우 우연한 기회에 이루어졌다. 하지만 다시 생각해보면 그건 개인적으로 운명적인 일이었다. 그분과 인연을 맺는 과정에는 영어, 전쟁, 경리학교, 그리고 무엇보다 황경노라는 사람이 있었다.

요즘 젊은이들 말로 스펙(spec)이라는 것을 나는 군대생활 중에 다 쌓았다. 일제강점기에 대구상업학교를 졸업하고 학교에서 조금 배운 영어를 기초로 해서 독학으로 영어를 파고들어 중등교원채용시험 영어과에 합격한 뒤 영주농업학교 교사로 갔다. 그런데 얼마 지나지 않아 6·25전쟁이 발발했다.

전쟁의 소용돌이에 휘말려 피란민수용소와 대구를 오가는 중에 나는 대구의 한 영화관에서 통·번역사를 모집한다는 소문을 듣고 그 영화관으로 달려갔다. 한국전쟁에 참전한 미군에서 주관하는 일이었다.

"나는 영어교사인데 취직하고 싶습니다."

이 말 한마디가 그냥 패스였다. 시험은커녕 오럴테스트도 없이 트럭에 태워져 미군 2사단 본부로 실려 갔다. 여기서부터 나의 통역인생이 시작되었다. 유엔군과 한국군이 압록강까지 치고 올라갔다가 중공군이 개입하는 바람에 다시 후퇴하는 소용돌이 속에서 내게도 소집영장이 떨어졌다. 미군에 근무하는 것으로 대체할 수도 있었지만, 미군 사령관이 "당신은 한국 정부의 명령에 따르라."고 하기에 다시 한국군 제1기 통역장교 시험을 치러 일등으로 합격했다. 그동안 미군부대에서 익힌 영어가 크게 도움이 되었던 것이다.

한국군 통역장교로 신분이 바뀐 나는 1953년 7월 휴전협정 체결 이후에도 1966년 소령으로 예편할 때까지 군대 생활을 계속하는 가운데 야간대학 상과를 나왔고 소령 때는 군에서 의뢰하여 고려대 경영대학원 석사과정도 마쳤다. 그리고 2년간 미국 초등군사반과 고등군사반 교육도 이수했다. 미국 인디애나폴리스에 위치한 미군 경리학교였다. 상고와 상대를 나왔고 미군 경리학교를 나왔으니 통역장교에서 경리장교로 전환되었다. 그때 경리장교 2년 이상 경력자는 특별전형으로 계리사(현 공인회계사) 자격증을 주는 제도가 있었다. 이 전형에 응시하여 계리사 자격증도 취득했다.

나의 개인사를 조금 장황하게 설명했는데 경리장교로 전환되어 육군 경리학교에서 교관 생활을 할 때 처음으로 황경노라는 교관과 만나게 되었다. 그것이 나의 인생을 박태준 사장과 포스코로 이끌어간 계기가 되었다.

대한중석 개발조사실이 포철 창립준비 전담

전역을 앞둔 당시에 나는 뭘 하면서 살아가야 하나를 골똘히 생각하다가 미국계 자금으로 세운 비료회사에 가기로 마음먹고 있었다. 그런데 군대생활 말년에 이르러 동료로 맺어진 황경노 씨가 비료공장으로 가지 말고 박태준 사장을 만나보라고 권유했다.

예편 바로 다음 날, 그러니까 1966년 8월 1일, 나는 대한중석으로 찾아가 박태준 사장과 첫 대면을 했다. 박 사장께서는 긴 말을 하지 않았다.

"우선은 좀 어렵겠지만 큰일을 하고 싶은 생각이 있으면 여기 와서 일하시오."

그래서 나는 그날로 바로 대한중석에 입사했다. 얼마 지나지 않아 개발조사실장을 맡았다. 내가 맡은 주요 업무에는 종합제철 창립에 관한 일도 있었다. 창업 50주년의 포스코 후배들이 회사의 역사를 알고 있다면 바로 이 장면에 대해 의아하게 생각할 수도 있겠다. 우리 정부가 대한중석을 종합제철 건설의 실수요자로 공식화한 때가 1967년 9월이고 그해 11월에 종합제철건설추진위원회(위원장 박태준 대한중석 사장)라는 공식기구가 만들어졌는데 그 이전부터 대한중석 내부에서 이미 종합제철을 다루고 있었으니, 그렇지 않은가? 대한중석이 종합제철의 실수요자로 공식화되기 훨씬 이전부터 대한중석이 종합제철의 숙주 역할을 맡게 된 배경에는 박정희 대통령과 박태준 사장 사이에서 오랫동안 은밀히 추진해온 약속이 있었다는 것인데, 아주 뒷날에야 알려지게 되지만, 그것은 박 대통령으로부터 "임자가 종합제철을 맡아야 한다."는 비공개 특명을 받아둔 박 사장이 KISA와 직접 관계된 정부 관료팀들과는 별개로 대한중석 내부에 종합제철 사전 준비를 시켜두고 틈틈이 보고를 받아온 것이었다.

1967년 11월, 종합제철건설추진위원회가 구성되고 대한중석 개발조사실 요원들이 추진위로 옮겨갔다. 나는 그때 추진위원회 간사를 맡았다. 추진위원회는 정부기관이어서 공무원 신분이어야 했지만, 상임위원을 비롯해 12명의 위원은 모두 대한중석 소속이었다. 과도기적 현상이었다. 추진위원회에는 아래위로 매우 유능한 인재들이 포진했다. 그러나 엄청난 일이 기다리고 있었다. 박 사장이 초대면에서 나에게 말했던 바로 그 '큰일'이었다. 나는 정신을 바짝 차리지 않으면 안 되겠다고 마음을 다잡았다. 다만 출범 당시 추진위원회에는 예산이 전혀 없었다. 그래서 내가 간사로서 대한중석으로부터 250만원을 빌려 비용으로 쓰고 나중에 갚았다.

KISA 차관도입 무산, 일본으로 선회, 박 사장의 활약

창립 포스코에서 내가 처음 맡은 직무가 외국계약부장이었다. 이름이 조금 이상한데 해외 쪽 업무로 특화된 조직이었다. 외국과의 자금·용역·설비 계약을 총괄했다. 1969년 들어 포스코는 그야말로 존폐의 기로에 서게 되었다. KISA가 계획한 연산 60만 톤 규모의 포항 1기 설비 건설 소요 외자 1억 달러를 KISA가 조달하기로 되어 있었는데, 이제는 널리 알려진 대로 KISA가 시장·기술·자금·인력 등 모든 면에서 한국의 일관제철소 건설은 경제적 타당성이 없다는 이유에 따라 등을 돌렸으며, 1969년 2월 초 박태준 사장이 직접 미국 피츠버그로 날아가 KISA의 주도회사이던 코퍼스사 포이 회장과 만나 KISA를 통한 차관 도입은 물 건너갔다는 점을 확인한 후 결국 일본으로 방향을 선회하게 되었다.

그러나 KISA에서 일본으로 바뀐 것은 포스코에 어마어마한 행운이 되었다. 물론 KISA와 파트너로 지내며 수많은 협상을 진행하면서 기공식을 하고 회사를 설립하고 다시 일 년 이상을 허송해야 했던 그 3년의 시간이 헛되지만은 않았다고 나는 생각한다. KISA를 상대로 계획을 추진해본 것은 우리에게 귀중한 경험이 되었고, 뒷날 일본과의 사업 추진에서 큰 도움이 되었기 때문이다. 수업료가 비쌌다고 할 수도 있겠으나 일본을 파트너로 삼아 대성공을 이루었으니 이제는 까짓것 하며 웃어볼 수도 있겠다.

포항 1기 설비 건설에는 대일청구권자금을 쓰기로 되어 있어서 자금보다는 설비와 기술 도입에 더 치중했다. 당시 일본의 철강업계는 야하타제철과 후지제철이 신일본제철로 통합되는 시기였다. 내 기억으로는 일본 철강업계 최고경영자들이 매우 통 크게 포항제철 건설에 협조했다고 본다. 이나야마 회장, 나가노 사장 등이 대표적인 인사들이다. 내가 용역비 없이 그냥 기술 지원을 해주면 안 되겠느냐고 했더니, 예산이 얼마 있느냐고 묻길래, 2000만 엔밖에 없다고 했더니 그걸로는 어림도 없지만 그냥 그렇게 해주겠다고 하기도 했다. 다른 일로도 많은 접촉이 있었지만 그다지 까다롭게 굴지 않았다. 그렇게 분위기가 좋을 때 2기, 3기, 4기 설비까지 미리 계약을 했다. 실제로 그 모든 것은 박태준 사장의 활약의 산물이었다.

일본 최초의 근대적 제철소인 야하타제철소와 한국 최초의 근대적 제철소인 포항제철소 1기에는 비교해볼 만한 묘한 것이 있다. 1895년 청일전쟁에서 승리한 일본은 전쟁배상금 3억 엔과 랴오둥·타이완·펑후의 할양, 쑤저우(蘇州) 등 4개 도시의 개항을 청나라로부터 얻어낸다. 하지만 4월 23일 러시아·독일·프랑스의 3대 강국이 산둥반도(山東半島) 부근에 함대를 집결시키고 랴오둥 반도 포기를 권고해옴에 따라 일본이 이에 응하면서 그 대가로 더 많은 배상금을 받아낸다. 그것을 야하타제철소 건설자금으로 삼았으며 야하타제철은 일본이 태평양전쟁을 벌일 만한 부국강병의 한 근원이 된다. 물론 포철 1기는 일본의 한국에 대한 식민지 지배와 수탈에 대한 배상금으로 건설하게 되었고, 포스코는 승승장구하며 한국경제의 부흥을 이끄는 견인차 역할을 성공적으로 수행하게 되었으니….

기술용역 체결의 노하우

1972년 1월 나는 기술용역 체결과 그 실행의 어려움을 사보 《쇳물》에 기록으로 남겼다.

기술용역 체결은 유형물 제공이 아니라 대체로 노하우 같은 무형적인 것을 담는 보고서 형식입니다. 그래서 계약서에 아무리 자세하게 업무 내용을 규정해 두더라도 결국은 파견된 기술요원에 달려 있습니다. 일본의 우수한 제철회사와 우리 회사 간부들 사이에 신망이 두텁게 형성돼 있더라도 마찬가집니다. 파견된 요원 하나하나의 성실성 정도에 따라 그 내용의 질이 좌우되므로 우리가 자주적인 활용방안을 마련해야 합니다.

나는 두 가지 '활용방안'의 기본도 제시했다.

첫째, 우리가 솔선수범해서 투철하고 진지하게 정진하는 열의를 보이면 자연히 그들의 내심에 협력 의사가 싹트게 될 것.
둘째, 그들과 상대할 때 선심 일변도로만 흘러서는 안 되며, 따질 것은 철두철미하게 따짐으로써 호적수라는 느낌을 주고, 결국은 깊은 '전우애'가 생겨나게 할 것.

나의 이러한 경험적 충고는 현장에서 좋은 참고가 되었다고 한다.

'성서격동' 전략으로 일본 설비공급 이끌어

1973년 대일청구권자금까지 포함하여 약 1억 달러의 일본 자금으로 103만 톤 규모의 포항 1기 설비를 성공적으로 건설했지만, 1기 설비는 고로가 1기밖에 없을 뿐만 아니라 제강공장의 효율도 낮았기 때문에 제선

부문에서 양폐체제(兩肺體制)를 구축하고 제강의 효율을 제고하기 위해서는 하루라도 빨리 2기 사업에 착수해야 했다. 그러나 일본의 관계기관에서는 포스코의 2기 사업에 대단히 냉담했다.

그때 나는 도쿄연락소장으로 나가 있었다. 도쿄연락소장은 일본의 관계기관에 사업계획과 타당성을 설명하고 동의를 얻어 차관을 확보하는 것이 임무였다. 일본 철강업계는 물론 정부나 금융기관에서도 아주 냉담한 반응을 보여 매우 어려운 시기를 보내고 있는 와중에 그해 여름에는 '김대중 납치사건'이 발생해 양국 관계가 더욱 악화되었다.

1973년 12월 나는 박태준 사장을 수행하여 독일 함부르크를 방문했다. 설비 및 차관 도입선의 유럽 전환을 모색하기 위해서였다. 밤이 깊었는데 박태준 사장이 독일 오토(OTTO)사의 미들만(Middleman) 사장에게 편지를 쓰라고 했다. 포항 2기 건설에서 일본의 차관이 잘 안 되는 것이 확실하니 다음 달 중순까지 포항에서 협상할 수 있도록 준비해서 한국으로 오기를 바란다는 내용이었다.

때마침 현지에 와 있던 이영우 부장이 편지를 가지고 오토사로 떠났고, 오스트리아에서 일부러 찾아온 푀스트 알피네사의 국제 세일즈 담당 노이바우어(Neubauer) 씨에게도 그들이 공급할 수 있는 설비 사양과 견적을 가져오라고 했다.

1974년 새해에는 오토 사의 미들만, 푀스트 알피네 사의 노이바우어 일행이 기술자들을 대동하고 포항을 찾았다. 이들은 영빈관 '영일대'에서 포스코 요원들과 밤샘 협상을 벌였다. 이러한 사실을 보고받은 일본 업계에서는 화들짝 놀라 일본 업계를 대표하는 밀사 자격으로 아리가 씨를 포항으로 급파했다. 자칫 설비공급 기회를 유럽에 빼앗길 수도 있다는 위기의식에서 그런 결정을 내린 것이었다.

그때 도쿄에 있는 나에게 박태준 사장께서 전화를 하셨다. "일본에서 약

8000만 달러 규모로 설비공급을 하겠으니 '제발 그동안 협조가 잘 안된 점을 양해하시고 설비공급에 참여하게 해달라'고 해서, 그러면 앞으로 2주일 내에 모든 기술적인 자료를 준비해오면 이번만은 특별히 참여시켜주겠다고 했으니, 그리 알고 협조를 해주라."는 것이었다. 유럽과 접촉하면서 일본을 움직인 이른바 '성서격동(聲西擊東)' 전략이었다.

미국서 냉연공장 건설 차관교섭, 유리한 조건 확보

1972년 2월부터 도쿄연락소장으로 나가 있던 내가 상무이사로 선임된 때는 1974년 2월 주총이었고, 나는 다시 '외자도입계약'의 일선을 맡았다. 임원으로 승진한 나의 첫 시험무대는 1974년 8월 18일 워싱턴과 뉴욕에서 막을 올렸다. 그 무렵의 한국은 충격에 빠져 있었다. 바로 며칠 전 서울 한복판에서 터진 총성 때문이었다.

광복절 기념식장에서 박정희 대통령이 연설을 중단하고 급히 책상 뒤로 몸을 숨기자 이내 육영수 여사가 옆으로 쓰러지는, 마치 영화의 한 장면과 같은 그 비극의 파장이 부른 한국의 불안한 정세는 미국 심장부의 금융기관에 반영되었다.

나는 쓴맛부터 다셔야 했다. 냉연공장 착공은 1974년 9월 1일. 오스트리아의 푀스트 알피네사·미국의 윈유나이티드사·독일의 지맨사가 컨소시엄으로 참여한 냉연공장에 들어갈 차관 약 4000만 달러는 미국수출입은행이 관건이었다. 포스코에서는 정부에 미국 정부나 미국 수출입은행과의 교섭을 서둘러줄 것을 요청하였으나, 정부는 '주미대사관에 훈령을 보냈다'는 회신만 보내고 별다른 움직임을 보이지 않았다. 나는 첫 관문 통과 작전을 세심히 짰다.

워싱턴에서도 알아주는 메이플라워호텔 레스토랑. 나는 지형지물 습득과 웨이터 포섭을 위해 하루 앞서 간단한 점심을 먹으러 갔다.

"내일 점심시간에 다섯 사람을 초대할 테니 좋은 자리를 마련해 주고 서비스도 최상으로 해 주시오. 팁을 많이 주겠소."

이런 거래엔 '돈의 신용'이 확실해야 하는 법. 나는 웨이터에게 미리 20달러를 찔러주었다.

"염려 마세요."

이튿날 점심시간. 클라크 씨를 비롯한 미국수출입은행 간부들을 '모시고' 나타난 한국인에게 그 웨이터가 단골을 만난 것처럼 "Mr. No!"하고 매우 반갑게 공손한 티를 냈다. 졸지에 나는 그들을 '거느린' 거물로 격상되었고, 그들과의 점심은 은행의 이사회가 'NO'가 아니라 'OK'를 결정짓게 하는 썩 괜찮은 밑천으로 쓰였다.

미국수출입은행 클라크 씨는 처음부터 나에게 협조적이었다. 그는 한국에 몇 번 다녀갔었다. 포항제철에 들렀을 때는 내가 안내를 해준 적도 있었다. 내가 미국수출입은행의 동의가 빨리 이루어졌으면 좋겠다고 하자, 그는 민간 상업차관이 조속한 시일 내에 마련될 수 있으니 그쪽 일에 주력하라는 조언을 해주었다.

8월 22일에 클라크 씨의 말대로 미국수출입은행 이사회가 포스코 냉연공장 건설을 위한 차관 조건을 확정했다. 자기자금으로 10%, 미국수출입은행 직접차관 30%, 미국수출입은행 보증분 30%, 순수 상업차관 30%의 비율로 결정되었다. 이 차관 조건은 당시 우리나라 다른 프로젝트의 자기자금 15%, 수출입은행 직접차관 30%, 수출입은행 보증분 40%, 무보증분 15%에 비하여 결코 불리한 조건이 아니었다.

나는 본사 지시에 따라 컨소시엄 주도사인 퍼스트 알피네에 30%를 제공하도록 교섭을 벌였다. 하지만 그들은 그렇게 할 수 없다고 했다. 결국 미국수출입은행 보증분은 PEFCO(Private Export Finance Company)라는 중장기 금융기관의 오퍼를 수락하여 이율 9.75%, 상환기간 10년으로 하고 무보증분은 APCO(Asia Pacific Investment Company)라는 시티은행의 해외 계열사를 통해서 SIBOR+1.5%로 확정했다. 그리고 나는 10월 초에 귀국했다. 거의 두 달 동안 미국에서 동분서주한 날들이었다.

스스로 힘을 길러야 한다

개인이든 회사든 국가든 힘이 없으면 남으로부터 부당한 대우를 받게 되고, 또 그런 대우를 받고도 하소연할 데도 없는 것이 엄연한 현실이다. 시쳇말로 억울하면 출세하라는 거다. 나는 어려운 고비를 여러 번 경험했다. 그때마다 우리나라도 언젠가는 잘살게 되어 외국에 차관을 주는 입장이 되어 보았으면 하는 생각을 수도 없이 했다. 선진국 금융기관들과 KISA가 손을 잡고 포항 1기 설비에 들어갈 차관 1억 달러를 막아버리자 포스코는 생사의 고비를 간신히 넘어 대일청구권자금 전용으로 그 막힌 1억 달러의 숨통을 열었지만, 뒷날의 포스코에는 세계 유수의 금융기관들이 찾아와서 "우리 돈을 쓰세요." 하고 꼬리를 치게 된다. 참으로 격세지감이다. 그 격세지감을 만드는 첫 장면을 나는 지금도 생생히 기억하고 있다.

1977년 늦가을이었다. 우리나라 국회가 '포항 4기 설비 도입'을 위해 독일과 일본에 보내야 하는 착수금 예산을 전액 삭감해 버렸다. 포스코는 국내 금융기관에 노크를 해보았으나 막대한 규모에 절레절레 고개를 흔들었다. 하지만 돈은 급했다. 궁리를 거듭한 나는 박태준 사장을 모시고 홍콩으로 날아가 미국 시티은행 계열 APCO의 행장실로 들어갔다.

여기서 좋은 조건으로 1억 달러를 빌렸다. '정부 보증' 없이 '포스코 신용' 대출이었다. 그 기쁨과 안도감을 KISA가 배반한 직후에 1억 달러를 구할 길 없어서 막막하기 짝이 없다가 대일청구권자금 전용에 착안하고 성취했던 그 엄청난 일에야 비견할 수 없지만, 신용이 곧 생명인 비즈니스 세계에서 바로 그 생명을 얻어낸 귀중한 사건임에는 틀림없었다.

"신용이 생명인데, 착수금이 없어서 계약을 못 지킨다는 것은 있을 수 없는 일입니다."

사인을 해준 APCO 담당자의 말이었다.

포스코가 정부 무보증 차관 도입으로 착수금 확보, 이것은 가장 좋은 조건으로 돈을 빌려 주겠다는 세계 유수의 은행들이 속속 포스코로 찾아오는 길을 열어준 사건이었다.

'스스로 힘을 길러야 한다'—이것이 포스코 외자도입 실무책임자였던 나의 결론이다.

조업 첫해에 흑자를 이룬 땀방울

안병화 1931년 경기 광주 출생. 1961년 대한중석 입사, 1968년 포항제철 창립요원·업무부장, 상무이사·부사장, 1982년 동진제강 사장, 1985년 포항제철 사장, 1987년 한국중공업 사장, 1988년 제33대 상공부 장관, 1989년 한국전력공사 사장, 1994년 포철동우회 회장 역임.

'창업 10년'을 한 순간처럼 느끼다

1978년 4월 1일, 포스코 홍보실은 '역사적인 창립 10돌'을 맞아 '포스코 창업요원'들에게 앙케트를 돌린 일이 있었다. 업무부장으로 입사해 그때 상무이사로 있던 나는 '지난 10년의 소감'을 이렇게 털어놓았다.

> 무로부터 유를 창조코자 하는 모든 능력을 아낌없이 집중하고 심혈을 기울인 한해 한해였기 때문에 돌아보면 10년이 한 순간처럼 느껴져요. 눈앞에 보이는 현실(포철의 웅장한 모습)은 과거와 비교할 수 없는 차이가 있으나, 시간의 길이는 별로 느끼지 못하는 겁니다.

과연 창립 50주년의 새내기들은 앞으로 10년 뒤에 '포스코에서의 10년'을 어떻게 회고하게 될 것인가. 이런 궁금증을 상상하다 보면, 자연스레 '1962년부터의 압축적 산업화 세대'와 그 바탕 위에서 성장한 '무역수지 흑자시대 세대' 사이의 경계지대로 가로질러 흐르는 '역사의 강' 같은 실루엣이 어렴풋하게 드러나 보인다.

어쩌면 오늘의 포스코 젊은 그들에게 '1972년'은 아득한 옛날로 여겨질지 모른다. 그해 여름에 첫 제품이 의젓한 상품으로 출하되었다는 기록이 전설의 한 구절처럼 들릴 수도 있겠다. 창업 10주년 앙케트에서 내가 "무로부터 유를 창조한 10년 세월이 너무 짧게 느껴진다"는 소감을 밝혔지만, 그 창조의 첫발에는 '어떻게 하면 회사 수익을 하루빨리 올리느냐?'라는 고민도 심각하게 자리잡고 있었다. 이것이 이른바 '후방방식 건설' 이란 지혜로운 결론을 낳았다.

조업 원년의 흑자를 이끈 후방방식 건설과 슬래브 확보

일관종합제철소 건설방식에는 제품생산의 공정대로 제선공장·제강공장·열연공장의 차례로 공장을 짓는 '전방방식'과 그 역순을 밟는 '후방방식'이 있다. 창업 포스코의 경영진은 과감하게 후자를 택했다. 그래서 포항 1기 생산공장 중 유일하게 대한해협 건너의 자금이 아니라 오스트리아(푀스트 알피네) 상업차관으로 들여온 중후판공장이 가장 먼저 준공되었고(1972년 7월 4일), 잇달아 미쓰비시가 설비공급을 맡은 열연공장이 준공되었다(1972년 10월 3일).

문제는 중간소재인 '슬래브'의 확보에 달려 있었다. 품질보증의 슬래브 공급이 없다면, 공장은 준공하나마나였다. 공기단축과 부실추방에 쏟은 악전고투도 물거품으로 돌아갈 터. 2004년 12월에 발간된 『포스코 35년사』에는 다음과 같은 서술이 등장한다.

준공(중후판공장과 열연공장)에 앞서 1972년 6월 20일 슬래브 279만 톤과 열연코일 493만 톤이 원료선 제1호인 카디널 서저릭호에 실려 입하….

드디어 포스코의 첫 제품 출하와 첫 수익으로 이어질 중간 소재들이 호주로부터의 긴 항해를 마쳤다. 그 슬래브의 후판제품이 최초로 호남정유에 팔려 나간 때는 40일이 더 지나서였고, 그것도 처녀작 수준부터 의심하는 뻣뻣한 눈초리들을 꺾기 위해 납품검사에 엄격한 조달청부터 통과하는 방안까지 짜낸 다음이었다. 그해 11월 26일에는 중후판 1500톤을 처음 미국으로 수출하게 된다.

바로 그즈음에 나는 포스코 업무부장으로서 슬래브 확보에도 신경을 곤두세워야 했다. 호주산(産)도 일본산도 마찬가지였다. 슬래브는 중간재로서 비매품이다. 그러나 일본 고로 5사가 분할해서 포철에 공급하기로 약속이 돼 있었다. 일본 고로 5사는 신일철·가와사키제철·스미토모금속·NKK·고베제강 등이었다. 고로 5사의 슬래브를 포스코에 공급할 종합창구는 미쓰비시상사로 결정되었다. 신일본제철과 포스코의 경영층이 서로 약속을 했더라도 '물건'을 내주는 판매부와 조업라인 실무자들의 역할이 중요했다. 나는 미쓰비시 담당자와 만났다.

"신일철이 간사로서 제철 5사에 할당을 한다지만, 일일이 5사 담당을 찾아다니기는 어려워요. 한자리에 다 모이도록 주선해 줄 수는 없나요?"

모년모월모일 점심시간, 도쿄 시내 한 식당에는 일본의 제철 5사에서 나온 계장 십수명이 모였다. 나는 두 가지를 부탁했다. 시간에 맞춰 달라, 양질을 공급해 달라. 식사비는 미쓰비시에서 내는 자리였고, 그 자리는 잘 마무리되었다.

미쓰비시 담당자가 영일만의 첫 열연공장 조업에 남다른 신경을 써준 까닭에는 '미쓰비시 열연설비 최초 해외 판매'를 포스코와 성사시켰다는 업적이 반영돼 있었다.

그때 제철을 아는 사람들은 “열연설비는 IHI가 낫다”고 입을 모았다. 이러니 아무리 공정하고 투명한 입찰과정을 거쳤더라도 ‘조상의 혈세’로써 미쓰비시와 계약한 사람은 긴장을 풀기 어려웠다.

“더러워서 안 팔겠다”고 소리를 질러대도 대꾸하기 민망할 정도로 ‘성능 보장’의 까다롭고 완벽한 단서를 달아 두긴 했지만, 그래 봤자 공장이 잘못되면 무슨 소용인가. 불안감을 놓지 못한 것은 미쓰비시 쪽도 마찬가지였다. 바람이 세게 불면 한강다리 설계한 사람이 잠 못 이룬다는 격이었다.

모든 일을 성공적으로 마치고 귀국하려 하자 미쓰비시의 수출 담당 직원이 그냥 가서는 안 된다고 막아섰다.

“고위직의 지시가 있었지만 슬래브가 포항에 언제 도착할지는 알 수 없어요. 실제로 제품을 배정하는 것은 각 제철소의 출하담당 계장이니 그들을 불러서 점심이라도 한 끼 사고 가는 것이 좋을 겁니다.”

이번에는 내가 그들을 한자리에 불러 점심 한 끼를 냈다. 그것도 뇌물이나 향응이 되는지 몰라도….

1973년 6월 9일 포항 1고로 첫 출선, 7월 3일 포항 1기 종합준공, 그해 12월까지의 ‘쇳물 조업’ 6개월 만에 약 46억 원 흑자. 마침내 ‘영일만 기적’의 시대는 활짝 열렸다. 만약 후방건설방식이나 양질의 중간 소재를 제때 확보하지 못했더라면 ‘조업 원년의 흑자’는 불가능했을 것이다.

KISA의 배반과 ‘하와이 구상’, 그리고 JG구성

1967년 9월, 나는 대한중석 업무부장으로서 박태준 사장을 모시고 유럽 출장길에 올라 텅스텐 수요자들과 만나고 있었다. 서울에서 ‘종합제철의 실수요자로 대한중석이 선정되었다'는 보고가 날아들었다. 나는 막연하게 '제철회사란 것이 한두 푼으로 되는 것이 아닌데…' 하는 생각만 떠올랐다. 박 사장께서는 출장을 조금 단축해서 돌아가자고 했다. 9월 마지막 날엔가, 돌아오는 비행기 안에서 이런저런 생각에 잠겨 있던 나는 혼자 생각으로 중석 몇 년 치를 선불로 판매하는 방안까지 떠올려 보았다.

종합제철과는 무관한 업무에 열중해온 나는 귀국하여 그 일에도 관심을 기울이게 되었다. 우리 정부에서 국제협력을 통해 대한국제제철차관단(KISA)을 결성했고 KISA에서 기술·설비·자금을 지원토록 되어 있었다. 그래서 나는 '그러면 되겠구나' 하고 생각했다. KISA와의 종합제철 사업은 진척을 보여 1967년 10월 3일 장기영 부총리가 참석한 가운데 포항에서 종합제철공업단지 기공식이 열렸다.

기공식 후에 정부는 지금까지 정부가 추진해온 사업을 대한중석이 인수해서 추진하라고 했다. 정부가 국영기업체에 내린 명령이었다. KISA의 회원국이던 미국·독일의 관계자들이 기본약관을 만들어 왔다. 그때부터 대한중석 사람들이 그 약관을 검토하게 되었다.

최대 난관은 해외 차관이었다. 협정에는 차관 확보가 KISA의 책임으로 되어 있었지만, 그건 어디까지나 서류상 해석일 뿐이고 사실은 우리가 발벗고 나설 수밖에 없는 상황이었다. 미국·독일 등과 협상을 진행하는 가운데 건국 이래 최대의 차관에 대한 가능성 검토를 세계은행(IBRD)이 맡게 되었다. 담당자는 IBRD의 아시아 데스크 담당인 자페(John Jaffe)였다.

자페는 「1968년 한국경제의 평가」라는 보고서를 냈다. 그 핵심 내용은 '한국과 같은 후진국에서는 아직 종합제철건설 단계의 사업을 추진할 상황이 아니다. 그래서 국제차관을 줄 수 없다'라는 것이었다. 그는 몇몇 개도국에 차관을 공여한 예를 들었는데, 터키·브라질·파키스탄 등에 차관을 대준 결과 모두 실패했고, 한국은 그 나라들보다 경제사정이 더 열악하니 한국에 차관을 주면 100% 실패라는 결론을 내렸다. 그의 입장에서는 객관적인 판단이었을 것이다. 그로부터 20년쯤 흘러간 뒤의 어느 날에는 영국 런던의 어느 식당에서 박태준 회장을 만나서 "그때 나는 틀리지 않았지만 당신이라는 요소를 감안하지 못했다."고 털어놓게 되지만….

자페의 그 보고서에 대한 소문이 퍼진 그때, 서울 본사는 물론 포항 현장까지 '실패'라는 분위기에 휩싸였다. 나도 이 대업이 이렇게 막을 내리고 마는가 하는 허탈감에 몸을 움직이기 어려웠다. 1969년 1월, 그렇게 맥이 빠지고 뒤숭숭한 환경 속에서 나는 KISA가 요구한 SM(Supply Mission) 협상 때문에 먼저 미국 피츠버그에 들어가 있었다. 뒤이어 박태준 사장께서 마지막 담판을 벌이기 위해 피츠버그에 도착했다. 뒷날에 들었지만, 황경노 부장에게 비밀리 "회사 청산 준비를 해놓으라."라는 지시까지 내리고 떠난 말 그대로의 '배수진' 출장이었다. 그러나 우리는 자페의 보고서가 뒤집힐 수 없는 현실임을 확인하고 귀국길에 오를 수밖에 없었다. KISA와의 계약이 사실상 해지된 것이나 다름없는 마당에 SM이란 것도 무의미한 것이었다.

허탈한 귀국길에 우리는 하와이에 들렀다. 거기에 코퍼스사 부사장으로 KISA의 협상대표이던 이컨의 콘도가 있었다. 코퍼사사 포이 회장의 권유도 있고 해서 사나흘 동안 지친 심신을 추스르기로 하고 그 호의를 받았다. 바로 거시서 박 사장께서 뒷날에 포스코가 '하와이 구상'이라 명명하는 기사회생의 묘안을 떠올렸다.

그것은 '대일청구권자금 전용' 착안이었다. 박 사장께서는 그 자금이 아직 상당부분 남아 있다는 것도 알고 있었다. 5·16 후 박정희 최고회의의장 비서실장과 상공담당 최고위원을 거치면서 나라 살림에 대해 소상히 알고 있었기 때문이다. 문제는 한일협정에 명시된 그 돈의 용처였다. 일제의 식민지배, 수탈 등에 대한 일종의 전후 배상금이어서 불특정 다수의 한국 국민이 고루 혜택을 볼 수 있는 분야, 즉 농업·수산업·경공업 등에 쓰도록 되어 있었다. 그 돈을 대형 제철공장 건설에 사용하는 것은 협정위반이었다.

도쿄에 들렀다가 귀국한 박 사장께서는 즉시 박정희 대통령을 찾아가 대일청구권자금의 전용을 건의했다. 대통령께서도 기다렸다는 듯이 그렇게 하자고 하셨다. 그건 종합제철소에 대한 집념을 보여주는 대단한 영단이었다.

이때부터 대일청구권자금의 용처 변경을 위한 대일본 교섭이 본격화되었다. 나중에 일본 총리가 된 오히라 마사요시(大平正芳) 당시 통산성 장관은 협정위반이라며 강력히 반대했다. 양명학의 대가이며 동양평화주의자로서 일본 정계·재계·학계의 정신적 지주이던 야스오카 마사히로(安岡正篤)를 비롯하여 경제부처 관료, 나가노 시게오(永野重雄) 후지제철 사장, 5대 제철기업 최고경영자들의 지지를 얻어내기 위한 박태준 사장의 동분서주가 이어졌다.

결국 일본 정·재계의 지지를 이끌어냈다. 그 뒤로도 여러 가지 우여곡절을 겪으며 구성한 것이 JG(Japan Group)였다. 이것은 포스코의 운명을 바꾼 일이었다. KISA와의 계약이 해지될 때 충격을 받았지만, 다시 생각해보면 그들과의 협상불발은 오히려 우리에게 전화위복을 넘어 그야말로 축복이 되었다. 60만 톤 체제의 KISA 계획에는 코크스공장·소결공장도 없었다. 일본에서 사다 쓰는 걸로 계획돼 있었다. 게다가 압연공장은 연속식이 아닌 가역식이었다. KISA가 스스로 떨어져 나가도록 박태준 사장과 창업 포스코 사람들이 면밀하게 따지며 대들지 않았거나 자페의 그 보고서가 맥을 추지 못하여 그대로 KISA와 추진했으면 포항제철소는 부실공장이 되고 말았을 것이고 추후 확장사업도 불가능해졌을 것이다.

“안 팔고 말겠다” 할 정도의 꼼꼼한 계약추진은 총성 없는 전쟁이었다

1969년 9월 19일, 고심을 거듭한 끝에 미쓰비시상사와 열연공장 설비 공급계약을 체결했다. 이때 포스코 임원 한 분이 “미쓰비시의 압연설비는 해외실적이 없고 IHI는 있는데, 실적도 없는 것을 잘못 샀다. 돌려보면 문제가 생긴다.”고 악담을 했다. 당시 포항제철에는 기술검토단이 따로 있었다. 박종태·김학기·이상수·백덕현 등 기술자들이 기술검토를 마치고 오케이 사인을 보내면 내가 구매 상담에 나섰다.

솔직히 당시로서는 우리 기술자들도 제철소를 제대로 본 적이 없었기 때문에 내가 오히려 그들이 공장을 잘 돌릴 수 있을까 걱정이 되어 계약서에 철저한 성능보장(performance guarantee)을 포함시켰다. 아무리 서툰 사람이 돌려도 잘 돌아가도록 약관 자체를 물샐틈없이 작성했다. 문제가 생기면 어떤 경우에도 메이커의 책임이 되도록 해놓았다. 그들이 내가 작성한 계약서를 보고는 “안 팔고 말겠다.”고 할 정도였다. 포항제철소가 큰 문제없이 조기에 정상조업도를 달성한 것도 그 지독했던 계약조건과 무관치 않을 것이다. 그것은 설비 공급자가 설비 자체에도 무척 신경을 쓰도록 만들었지만 일본에서 영일만 현장에 파견된 슈퍼바이저들을 바짝 긴장시키는 효과도 거둘 수 있었다.

1970년 들어 나는 도쿄로 가서 설비구매를 총괄하라는 박 사장의 지시를 받았다. 그러나 나는 선뜻 가겠다고 대답할 수가 없었다. 설비구매와 관련하여 각 공장의 스펙은 JG의 기술진이 만들고 예산은 한일 간 협상으로 결정하게 돼 있어서 서로 맞지 않았다. 돈을 설비에 맞추든지 설비를 돈에 맞추든지 해야 하는데, 모순되는 두 가지를 함께 만족시키라는 것은 논리적 모순이었다.

나는 못 가겠다고 했다. 인삼 값을 주면서 산삼을 사오라는데 어떻게 갈 수가 있겠나, 더구나 당시에 포철 구매는 대한민국 역사상 최대 쇼핑이어서 수많은 사람의 이목이 집중되어 있는데 안 될 조건을 달고 이런 중대한 일에 나선다는 게 말이 되겠나, 이런 심정이었다. 내가 못 가겠다고 버티자 고준식 부사장이 나섰다.

"안 부장, 좀 가라."

"못 갑니다."

"자네가 안 가면 사장께서 난리 치신다. 안 부장 하나 설득하지 못하느냐며 온 집안이 시끄러워질 텐데, 일단 가라."

"이런 상황에서 제가 무엇을 기준으로 상담합니까?"

"사장께서 아무 생각 없이 그러시겠나."

"그 생각이 대체 뭡니까?"

"그건 나도 모르겠다. 가서 자리에 앉으면 무슨 지시가 있겠지. 그러니 일단 가라."

이래서 나는 '홍익인간(弘益人間)'의 정신으로 가겠다고 결심했다.

일본에서의 설비구매 협상은 총성 없는 전쟁이었다. 나를 크게 도와준 것은 오랜 나의 독서 습관이었다. 『삼국지』에서부터 일본 고담(古談)인 『고지라이레키』까지 섭렵한 것이 크게 도움이 되었다. 능숙한 일본어에 방대한 독서량은 그들로 하여금 '말로는 못 당하겠다'는 찬탄을 불러일으켰다. 그 사람과 말로 하면 도로 말리게 되니 그냥 들어주라는 말이 돌기도 했다.

한번은 히다치의 와다 영업부장이 견적서를 가져왔다. 나는 찬찬히 훑어보고 나서 이렇게 말했다.

"이것은 너무 비싸니 다음에 올 때는 후출사표를 한 번 읽어보고 오시오. 제갈량이 오장원 전투에 출정하면서 유선에게 써서 바친 출사표라는 명문장이 있어요. 그걸 읽어보면 견적을 어떻게 내야 하는지를 알 수 있을 겁니다."

회사로 돌아간 그 친구는 직원들에게 출사표를 찾아오라고 해서 열심히 읽어본 다음에 나를 다시 찾아왔다. 물론 견적 수치는 내가 만족할 만한 수준까지 내려가 있었다.

200자 원고지 두 장의 요약

1985년 여름 어느 날, 나는 포스코 사장으로서 특별히 엄한 지시를 내렸다.

"부장 이상 간부는 전월 실적과 익월 계획을 200자 원고지 두 장에 제출하시오."

말이 200자 원고지 두 장이지, 띄어쓰기와 줄 바꾸기를 감안하면 몇 자나 적겠는가. 달이 바뀔수록 부장들은 투덜거리고 쑥덕거렸다. 무슨 놈의 한 달이 이렇게 빨라, 괜히 심통 부리시네…. 끼리끼리 이런 불만을 내놨을 것이다.

그러나 나는 못 듣는 척했다. 내 방침은 확고했다. 업무를 완벽하게 꿰찬다면 해낼 수 있으니 그렇게 하라는 뜻이었다. 이걸 알아챈 뒤에도 부장들의 스트레스는 좀처럼 줄지 않은 모양이었다. 월말의 어느 하루는 마치 정신이 원고지 칸에 꽁꽁 갇혀 버리는 것 같다는 한숨소리까지 들려왔다.

뒷날에 털어놓은 이상기 전기강판부장의 고백에도 '원고지 두 장'의 심리적 압박과 고통이 잘 반영돼 있었다. 그는 UPI프로젝트에 참여하고 있던 중에 승진하면서 전기강판부장을 맡았다. 나는 그에게 특별당부까지 했다.

"적자 나는 부분이니까 조속히 흑자전환을 하라."

얼마 지나지 않아서 그는 개선방안을 정리했다. 이제 상부에 건의할 차례였다. 다시 고민은 그 내용을 '200자 원고지 두 장'에 압축하는 일. 여기서 엄청난 진땀을 빼야 했다고 했지만, 결국 전기강판공장을 흑자체제로 바꾸는 출발선 역할을 해줬다고 했다.

불가능해 보일 정도로 매우 힘들지만 실제는 실현 가능의 합당한 목표가 주어져야 하고, 그걸 합심해서 성공시키고 나면 무서운 것이 없어진다. 이런 데서 '창의는 무한'이 나온다.

'제품'이 아닌 '상품'으로

포스코는 제철소에서 생산되는 철강재를 '제품'이라 하지 말고 '상품'이라 하는 것이 좋다. '제품'이 대충 목적을 달성하는 아이템이라면 '상품'은 솔루션 프로덕트를 말한다. 앞으로 포스코가 나아갈 길은 자동차강판으로 대표되는 고장력강 같은 고부가가치 제품 개발이다. 중국의 연간 자동차 수요량이 2000만 대다. 자체 생산한 강판을 주로 쓰겠지만, 고급차는 포스코의 '제품'이 아니라 '상품'이 점령할 수 있도록 기술적 우위를 점해야 한다. 이러한 엄중하고 중요한 목적을 달성하기 위해서는 초긴밀경영융합체가 되어야 한다. 철강재가 코머디티(commodity)화되고 있다. 포스코가 초긴밀경영융합체로서 기능한다면 충분히 해낼 수 있다.

부서 이동의 역마살과 다양한 경험들

장경환 1932년 경북 경주 출생. 1957년 대한중석 입사, 1968년 포스코 입사(창립요원)·건설공사부장·기술실장·생산관리부장·기획실장·설비기술본부 부본부장·상무이사, 1984년 삼성중공업 부사장·사장·일본총괄 사장, 1991년 포스코 사장대우, 1994년 고려제강그룹 상임고문, 1999년 포스코경영연구소 회장 역임.

처음 살펴본 영일만 황량한 부지

참으로 아득한 세월이 흘렀지만 지금도 나는 총총히 기억한다. 1967년 10월, 대한중석 개발조사실에는 노중열 실장과 나, 이상수 씨와 신상은 씨가 함께 일하고 있었다. 이듬해 봄날에 포스코 제복으로 갈아입게 되는 우리는 그때 신규 사업으로 'Soda Ash(공업용 탄산소다)' 프로젝트를 기획·추진하고 있었는데, 11월 어느 날 박태준 사장께서 나에게 특별한 지시를 내렸다.

"제철소 후보지인 포항으로 가서 지형과 상황을 조사하여 보고하시오."

아직 '포항종합제철주식회사'라는 사명이 태어나지도 않은 때로, 다만 대한중석은 달포 전에 종합제철 건설의 실수요자로 뽑혀 있었다. 포항, 영일만—나의 고향마을과 바로 이웃한 곳. 어쩌면 박 사장께서 그런 점도 감안해서 나를 택했을 것이다. 김명환 총무부장이 동행을 했다.

새벽 기차로 서울을 나섰지만 포항에 닿으니 어느덧 날이 저물었다. 열악한 교통형편이 꼬박 하루를 잡아먹은 것이었다. 어쩔 수 없이 여관에 들었던 우리는 이튿날 이른 아침에 현장으로 나갔다.

지붕 갈이를 앞둔 갯마을 초가지붕의 짙은 회색들, 현대식 건물의 수녀원과 고아원, 해안을 따라 기다랗게 늘어선 우거진 솔숲, 마을과 솔숲 사이의 모래사장, 솔숲 너머의 해수욕장…. 어느덧 50년이나 흘렀건만 여전히 이런 풍경은 눈앞에 삼삼한데, 그날의 나는 모래언덕(나중에 상황실이 선 자리)에 올라가 요모조모 사진기의 앵글을 맞추느라 애를 먹었다. 솔숲이 자꾸만 시야를 가린 탓이었다.

서울로 돌아오자 곧 종합제철건설추진위원회가 뜨고 우리 개발조사실이 고스란히 역사적인 새 조직으로 편입되었다. 드디어 1968년 4월 1일, 나는 '포스코 창설요원'에 이름을 올리는 필생의 영광을 안았다. 첫 직책은 생산훈련부 차장이었고….

박 대통령의 첫 방문과 대형 공장모형 제작

일관제철소 건설의 대업에 인생을 바친 사람이라면 누구나 숱한 사연을 간직하고 있듯이 나도 추억이 많은데, 떠오르는 몇 가지가 있다.

1968년 11월, 박정희 대통령의 공식적인 영일만 초도 순시가 잡혀 있었다. 롬멜하우스의 소수 요원들은 저마다 소임을 받았는데, 나는 대형 공장모형을 제작·설치하는 책임을 맡았다. 며칠이 걸려서 순시일 전야에 간신히 설치를 마쳤다.

그런데 웬걸. 모형의 전깃불이 제대로 작동되지 않았다. 머뭇거릴 여유도, 달리 뾰족한 방법도 없었다. 해결의 길은 모형대 밑으로 기어 들어가는 것이었다. 나는 주저하지 않았다. 전기기사와 함께 복잡하게 얽힌 배선을 일일이 점검했다. 모형대 밑으로 기어 들어갔다가 나오기를 여러 차례 반복한 끝에 마침내 전깃불의 말썽은 완전히 사라졌다. 그런데 피곤한 눈으로 창밖을 내다보니 거짓말처럼 영일만의 먼동이 훤하게 밝아 오고 있었다. 모형대 밑에서 뜬눈으로 보낸 하룻밤이었다. 그 고생담을 창업사의 첫 장에 기록으로야 남길 수 없겠지만 그 시간을 회상하노라면 언제나 나는 미소부터 머금게 된다.

부서 이동의 역마살

포스코가 창립되고 생산관리부에 잠깐 있은 뒤부터 나의 부서이동 역마살(驛馬煞)이 발동되었다. 건설본부, 토건부 조정과장, 기획조정실 차장, 본사 기술부장, 설비기획부장, 건설공사부장, 기술실장, 제철소 생산관리부장, 기획실장, 설비계획부 부본부장 등 온갖 부서를 돌았다. 내가 건설공사부장일 때 정명식 씨는 토건부장이었다. 나는 스태프, 그분은 라인으로서 매우 원활하게 협조가 이루어졌다. 박태준 사장께서 서울에서 포항으로 이동하실 때는 주로 자동차를 이용했는데, 작고한 지영학 비서가 조수석에 앉고 나는 사장님 옆에 앉아 수도 없이 오르내렸다.

설비기술본부 부본부장으로 재직할 때 포항 2기 설비 건설을 위한 설비·기술 협조 및 차관 확보를 위해 대일설명단장으로서 일본을 방문했을 때의 힘겨웠던 설득작업은 지금도 뚜렷하게 떠오른다. 일본으로부터 설비, 기술 및 차관을 도입하기 위해서는 통산성의 사업인증이 있어야 하고 그 인증은 곧 차관 승인이나 마찬가지여서 철저한 사전준비를 해야 했다.

포스코의 임원도 아닌 부장급 직원이 상공부 제철과장, 재무부 재무과장, 포스코 기술진 등 십여 명을 대동하고 일본 통산성으로 갔다. 일본에서도 십여 명이 나왔는데 메이커에서 다 나온 자리였다. 나는 많은 준비를 했고 중요한 사항은 자료를 보지 않고 설명할 수 있도록 암기를 했다. 양폐체제(兩肺體制)의 필요성, 스케일 메리트, 조업안정을 위한 설비 간 균형 등의 설명에 이어 질의응답이 이어졌다. 반응이 좋았다. 얼마 후 박 사장님께서 아주 잘됐다며 흐뭇해하셨다.

1977년 2월 상무이사로 승진한 다음에도 분장 업무가 계속 바뀌었다. 처음 맡은 일이 황경노 전 회장에 이은 제2대 관리이사였다. 자금·예산·경리·재무·회계 관련 업무에는 전혀 경험이 없었기 때문에 무척 당황하고 있었는데, 곧이어 제강사고가 터졌다.

그해 4월에 일어난 제강사고는 인명피해는 전혀 없었지만 설비나 조업의 시각으로는 포스코 역사상 가장 큰 사고였다. 지금까지 그만한 사고는 없었고 앞으로도 없을 것이다. 복구에 큰돈이 들어가야 했기에 예산·회계·원가 등을 모두 새로 짜야 했다. 지금 내 머릿속에 남아 있는 것은 한마디로 '혼이 났다'는 생각뿐이다. 그것이 결국 부도 직전까지 가는 일을 겪게 만들었다.

다음으로 내가 맡은 분야는 판매·운송·출하였다. 제철소 각 공장은 최대 생산체제로 돌아갔지만 철강경기는 바닥을 기고 있는 상황이어서 야적장에는 재고가 쌓여나갔다. 당시 포스코 임직원은 야적장을 지나갈 때 일부러 하늘을 보면서 딴청을 피울 만큼 큰 부담을 느꼈다.

임원회의에서는 늘 판매가 문제가 되니 나는 담당이사로서 몸 둘 바를 몰랐다. 박 사장께서는 전원 후판 하나씩 둘러메고 나가서 팔아오라고 호통을 치셨다. 확장사업은 계속되고 있는데 자금이 돌지 않으니 얼마나 속이 탔으면 그런 말씀을 하셨겠나.

부도 위기의 어느 하루

벌써 오래 전에 '조(兆)' 단위 흑자 규모를 추월한 요즘의 포스코로서는 얼른 이해하기 어려울지 모르지만 1979년 어느 하루, 자금담당 부서는 심각한 자금압박에 시달리며 피를 말린 적이 있었다. 그때는 세계 철강경기가 극도로 악화된 가운데 영일만 현장에는 '가동하면 할수록 손해'라는 말이 퍼져 있던 시기였다. 경기악화가 판매부진을 낳았고, 판매부진이 재고누적을 만들었으며, 그것이 강력한 자금압박으로 옥죄어 왔다.

"내일이 걱정입니다."

부도 위기로 내몰린 것이었다. 주거래은행인 한일은행 중역은 포스코와의 접촉을 피한다고 했다. 은행에서 포스코의 자금담당 임원을 만나주지 않는다는 것은 평상시라면 상상할 수도 없는 일이었다.

나는 최종 보고를 받고 뜬눈으로 밤을 새운 뒤 결심을 굳혔다. 돈이 있는 곳은 어쨌든 은행이다, 그러나 시중은행은 이미 물건너 갔다, 국책은행을 뚫는 수밖에 없다. 이렇게 판단하고 나서 불문곡직 김준성 산업은행 총재실을 찾아갔다. 사전 약속은커녕 연락도 없이 불쑥 찾아간 것이었다. 상식적으로는 도저히 생각할 수 없는 일이지만 당시로서는 다른 방법이 없었기에 이것저것 따질 여유가 없었다.

불쑥 찾아온 무례한 불청객을 만나준 김준성 총재의 넓은 도량에 나는 지금도 존경하는 마음을 갖고 있다. 나는 할 수 있는 모든 것을 동원하여 회사의 사정을 설명하고 도움을 요청했다. 묵묵히 듣고만 있던 김 총재가 '이 사람이 지금 무슨 소리를 하고 있는 거야' 하는 심각한 표정을 짓더니 경제기획원에 다녀올 테니 자리에 그대로 앉아 있으라고 했다. 그러고는 경제기획원과 절충하여 전대차관(轉貸借款)으로 포스코의 부도 위기를 해결해주었다.

자유당 시절이던 1957년 대한중석에 입사한 후 포스코 생활 11년에 이른 그날까지를 통틀어서 그렇게 목이 타고 등줄기에 땀이 흘러내리는 일은 없었다. 지금이야 포스코가 어느 기업보다 튼튼한 기반을 갖추고 있어서 그러한 일이 발생하리라고는 상상할 수도 없겠지만 그때 내가 느꼈던 절박감은 형언할 수 없는 것이었다. 누가 봐도 포스코는 '부도'라는 말과는 어울리지 않는 회사였으니 실무책임 임원으로서 얼마나 절박했겠는가.

일본의 '부메랑'을 거둬준 분들

1983년 당시, 나는 도쿄사무소 책임자로 주재하고 있었다. 그해 상반기에 박태준 회장께서 나에게 '광양제철소 건설에 일본 철강업계와 정계의 협조를 받아 내기 위해 최선을 다하라'고 당부했다. 그 무렵, 포스코의 자존심을 긁어댄 것은 일본 철강업계가 만든 '부메랑'이란 말이었다. 쉽게 풀이하면, 일본이 포스코를 도와줬더니 이제 드디어 포스코가 일본 철강업계를 어렵게 만든다는 뜻이었다. 호랑이를 키웠다는 우리 속담과 상통하는 말이라고 하겠다.

그러한 뜻밖의 난관 앞에서 박 회장께서는 과감하게 유럽 쪽으로 방향을 돌리는 한편 일본을 설득하는 방침도 고수했다. 나는 제철과 관련된 일본의 유력한 인사들을 열심히 찾아다녔다. 나에겐 모두가 낯선 얼굴만은 아니었다. 10년 전인 1973년, 설비기술본부 부본부장으로서 포항 2기의 설비차관과 기술협력을 얻기 위해 대일설명단을 이끌고 일본을 방문하여 각계 인사와 만나고 다닌 경험이 있었던 것이다. 그때는 기대 이상의 좋은 성과를 거뒀는데 이번에는 그때보다 부지런히 뛰어다녔지만 좀처럼 성과를 얻을 수 없었다. 그만큼 일본의 부메랑은 야무졌다.

나로서는 유난히 무더울 수밖에 없는 여름이었는데, 별안간 소낙비와 다름없는 전화가 걸려 왔다. 그 순간을 나는 결코 잊지 못한다. 1983년 8월 5일 저녁 무렵. 상대는 신일본제철 이나야마 회장의 비서.

"지금 이나야마 회장께서 가루이(輕井)역에 와 계시는데 장 상무님을 만나자고 하시니, 이리로 와 주시기 바랍니다."

나는 바로 서울의 박태준 회장께 보고를 드리고 오후 8시에 자동차로 출발해 다음날 아침 6시에야 도착했다. 그리고 8시쯤에 별장으로 찾아가 공손하게 인사를 드렸다. 이나야마 회장께서 "내가 이야기를 할 테니 잘 들어라."고 했다. 나는 좋은 이야기라는 직감을 받았다. 이야기를 기록으로 남기기 위해 녹음을 허락해달라고 요청했더니 그렇게 하라고 했다.

그분의 이야기는 길게 이어졌지만 결론은 "포스코의 광양 프로젝트는 일본이 협력해야 할 일이다. 협력하겠다."는 것이었다. 나는 도쿄로 달려와 박태준 회장께 보고를 드리고 녹음테이프와 한국어로 풀어쓴 문서를 항공편으로 보냈다.

이나야마 회장의 말씀은 일본의 관련회사와 언론사에 뿌려졌다. 설비메이커에서는 환호했지만 철강사에서는 매우 심드렁했다. 결과적으로 그 일은 좋은 진척을 보여 광양제철소 건설에도 좋은 도움이 되었다.

그로부터 4년 뒤 세상을 떠나게 되는 포스코의 은인, 이나야마 회장. 그때 나를 먼 거리로 불러들인 그분의 육성 테이프는 지금 '포스코 역사관'에 보관돼 있다.

그때 나로서는 틀림없이 '별안간' 받은 연락이고 낭보였다. 그러나 그에 앞서 이나야마 회장의 마음을 움직인 사람은 박태준 회장이었고, 이나야마 회장의 뒤를 이어 세상을 뜬 삼성의 창업자 이병철 회장도 특별한 도움을 주셨다. 그해 여름에 이나야마 회장과 휴양지 가루이자와에서 휴가를 보내고 있던 이 회장께서 '포스코에 대한 일본의 부메랑 이야기'를 듣고 서울에 있던 박 회장을 불러들였고, 그래서 이 회장의 주선으로 재계의 세 거두가 새삼 우의를 다지며 '부메랑'을 사라지게 만드는 분위기를 만들었던 것이다.

삼성중공업 정상화 후 다시 포스코로

1984년 들어 나는 박태준 회장의 부름을 받았다. 삼성의 이병철 회장이 박 회장에게 삼성중공업 경영을 도와달라고 요청한 것이었다. 그러나 포스코는 광양 확장사업이 진행되고 있는 상황에서 그럴 수가 없었다. 그러니 나에게 삼성으로 가서 도와드리라는 것이었다.

나는 삼성중공업 대표이사 부사장으로 갔다. 생긴 지 얼만 안 된 회사였는데 적자를 매년 270억~280억 원이나 기록하고 있었다. 나는 포스코식 개혁에 들어갔다. 먼저 본사를 서울에서 창원으로 옮기고 제복을 입고 안전모·안전화를 착용토록 하여 현장 위주의 경영을 시작했다. 4년 만에 흑자로 전환된 뒤 이병철 회장께서 타계하시고 이건희 회장 체제가 자리를 잡으면서 대폭적인 인사가 있었다. 그때 나는 삼성그룹 일본 주재 총괄사장 명령을 받고 도쿄로 갔다.

1991년 초였다. 나는 도쿄에서 박태준 회장의 전화를 받았다. 다시 포스코로 오라는 것이었다. 이건희 회장에게는 잘 말씀을 드려서 직접 양해를 받으라고 했다. 나는 서울에 들어와 이건희 회장께 말씀을 드렸다. 묵묵히 듣고만 있다가 뭐가 못마땅하냐고 되물었다. 이후 나는 도쿄에서 다시 이 회장과 만났다.

"두 분 회장님께서 정해주시면 저는 거기 따르겠습니다."

결국 나는 포스코 사장대우 회장특별보좌역으로 돌아왔다. 그게 뭐하는 자리인지도 몰랐다. 당시 박태준 회장은 민자당 최고위원으로서 김영삼 대표와 여러 가지 사안에서 갈등을 노정하고 있었다. 1992년 9월 포스코 4반세기 대역사의 연산 조강 2100만 체제를 완성한 박태준 회장은 바로 이어서 회장 자리에서 스스로 물러났다. 그리고 김영삼 대통령 후보의 선거대책본부장 제의를 거절했다. 그 갈등과 대립은 1993년 3월 박 회장께서 포스코 명예회장 자리를 떠나 해외 유랑의 길에 오르는 것으로 일단락

되었다. 그때 나도 몇 사람과 함께 박 회장과 거취를 같이했다. 나는 고려제강그룹의 요청으로 고려용접봉 고문으로 자리를 옮겨갔다.

박 회장께서 도쿄에서 칩거하시던 시절에 나는 몇 번 회장님 내외분을 찾아뵈었다. 눈물이 날 지경이었다. 열두어 평 되는 조그만 아파트에 두 분이 거처하고 계셨는데, 벽면에는 책이 가득 쌓여 있었다. 어딜 가나 책을 손에서 놓지 않는 분이셨다. 그러나 정권이란 그리 길지 못한 것 아니겠나. 1997년 박 회장이 포항에서 국회의원 보궐선거에 당선되어 명예회복을 하며 정계에 복귀하고 이듬해 김대중 정권이 들어섰다. 그때 나도 포스코경영연구소(POSRI) 회장으로 돌아왔다. 거기서 3년 정도 있다 보니 내 나이도 일흔이 넘어섰다. 모든 직에서 물러나야 할 때였다.

정신적 요체만은 면면하기를

2011년 12월 박태준 회장이 위급하시다는 전갈을 받고 황급히 병원으로 달려갔으나 이미 면회가 금지돼 있었다. 임종을 지키지 못한 것이 지금도 몹시 안타깝다.

포스코 50주년, 요즘도 가끔 아내와 함께 국립묘지를 찾아 박 회장님의 유택을 참배하고 사모님을 찾아뵙기도 한다. 포스코 창립 멤버가 서른네 분이었는데 박 회장님을 비롯해 많은 분들이 유명을 달리하셔서 지금은 열네 분밖에 남지 않다. 내년에 만날 때면 몇 사람이나 될지…. 사람이라면 누구도 피해갈 수 없는 존재론적 비애를 감당해야 한다. 그런데 영일만에 꽃피웠던 제철보국의 열정은 대를 이어 영원할 수 있을까?

우리가 역사를 배우는 것은 과거에 대한 집착이 아니라 미래의 청사진이 있기 때문이다. '멸사봉공', 이것은 1960년대 말에서 1970년대 초에 이르기까지 영일만을 휘감은 이상한 기운의 요체였다. 꼭 성공시켜야 한다는 이 기운에 휩싸이면서 다들 미쳐 있었다. 이제는 스마트하게 다듬기는 해야겠지만 정신적 요체만은 면면히 이어가길 바란다.

길 신부님과 약속했던 그 진정성으로

홍건유 1931년 서울 출생. 1963년 대한중석 입사, 1968년 포스코 입사(창립요원)·인력관리실·총무부·연수원 담당(상무이사)·동경 주재·동남아 주재 임원, 1983년 미륭건설 부사장, 1986년 동경 및 동남아 주재(부사장) 역임.

"한국인과 일본인 사이에는 우열의 차이가 없다"

1968년 2월 중순의 어느 아침, 나는 야근만 해오던 처지라 아내에게 오늘 점심시간에 만나자고 했다. 아내는 좋아라 했다. 나의 생각에는 사장 비서실로 옮기는 첫날이니 점심시간 정도의 여유는 챙길 수 있을 듯했다. 그러나 나의 보직변경 신고를 받은 박태준 사장이 말했다.

"왜 여기 와 있어? 빨리 유네스코로 가 봐. 창설준비로 바쁘니까…."

그때 서울 명동 유네스코빌딩에는 정부가 구성한 '종합제철건설추진위원회' 사무실이 있었다. 물론 박 사장께서는 그 위원장을 맡고 있었다. 대한중석 업무과장으로 있던 나를 비서실로 부르기 전날에 그분은 나를 따로 불러서 의미심장한 말씀을 했다.

"대한민국도 이제 밥 먹고 사는 것은 문제가 없다. 그러나 남자로 태어나서 밥만 먹다가 죽을 수는 없는 것 아니냐. 내가 세계 각국을 돌아보면서 한국을 일본에 빗대어 생각해봤다. 나는 한국인과 일본인 사이에는 우열의 차이가 없다고 본다. 그런데 일본은 패전국이면서도 잘살고 있는데 우리는 그렇지 못하다. 우리 함께 고생하면서 이런 상황을 극복해보자."

나는 뜻에 따르겠다고 대답했고, 다음날 비서실로 발령이 났다.

군에서 자재관리 업무를 맡고 있다가 대한중석의 자재관리 리포트를 만들어보라는 박태준 사장의 차출을 받았던 것이 인연이 되어 1965년 예편 후 대한중석 자재관리과장으로 왔던 나는 1968년 2월부터 그렇게 포스코 창설요원의 길을 걷기 시작했다. 산더미같이 쌓인 일을 닥치는 대로 처리하다 보니 점심 먹는 것도 잊고 빵으로 점심 겸 저녁을 때웠다. 이런 상황에서 나는 아내와의 약속을 지키기는커녕 그날 밤 11시 30분에야 간신히 귀가할 수 있었다.

YWCA로 옮기고 공장 부지 매입에 나서다

나는 곧바로 이주계획을 세워야 했다. 공간이 협소했다. 그때 서울 빌딩들의 수준에서 우리는 완공으로 다가서는 YWCA 건물에 눈독을 들였다. 이 교섭을 내가 맡았다. 마침 YWCA 박마리아 씨와 나의 친척 누님(홍에스더 씨)이 막역한 사이라 쉽게 만날 수 있었다. 하지만 그분이 포스코를 몰랐다.

"포항제철은 국가 프로젝트입니다. 청와대 비서실, 경제기획원 장관이나 차관에게 알아보십시오."

나의 말을 확인한 박마리아 씨가 동의해 주었다. 그래도 우리는 하루가 바빴다. 공사를 맡은 평화건설이 서둘러 줘야 했다. 나는 그런 압력을 넣어줄 선까지 동원했고, 포스코 본사는 1968년 6월 30일 YWCA로 이주했다.

그때 포스코 업무부는 부장에 안병화 씨, 차장에는 이원희 씨와 나, 이렇게 세 명으로 편성되었고 KISA와의 계약내용에 따라 분야별로 대책마련에 골몰하고 있었다.

부동산은 총무부서 소관 사항이었으나 임원회의를 통해 업무부에서 공장부지와 주택단지를 구입하도록 결정이 내려졌다. 공식적으로는 경북도지사가 구입을 하게 돼 있으나 KISA와의 계약상 포항제철이 구매예산 통제와 대상 토지의 확정, 구매 완료시기 및 철거에 대한 실질적인 결정을 해야만 했다.

영일만 일대 공장부지 270만평과 주택부지 20만평을 매입하고 모든 지상물을 철거하는 것. 이 실무가 내 몫이 되었다. 나는 토지매입의 주체로 지정된 경북도청으로 찾아가 협조를 구해야 했다. 밤 9시까지 사무실에서 일한 뒤 11시에 미군 열차를 얻어 타고 대구에 닿으니 새벽 4시. 여인숙에서 눈을 붙인 나는 아침 8시에 경북도지사의 방으로 찾아갔다. 내 명함을 받아 든 비서가 '지사 면담' 신청을 거절했다. 지사님이 바쁘다는 것이었다. 나는 딱 버텨섰다. 서로 신경전을 벌이는 가운데 비서실장이 내 명함을 안으로 들여보냈고, 곧이어 지사를 만났다.

나는 포항제철 공장부지 구매계획을 설명 드렸고 양택식 지사의 동의를 얻어내는 데 성공했다. 건설국장, 유명화 도시계획과장, 오세진 계장, 그리고 담당자 이인향, 이기형 씨에게 KISA와의 계약서에 명기된 부지매입, 부지정리, 항만준공 등의 일정을 반드시 준수해야 한다고 알렸다. 그 계약서를 KISA가 이듬해에 휴지로 만들지만….

길 수다니 신부님, 그리고 가슴 아픈 순직

공장부지 안에는 예수성심시녀회(현 성모자애원)라는 수녀원이 있었다. 신부 2명과 수녀 160명이 500명 넘는 고아와 무의탁 노인을 돌보는 시설로, 솔숲에 둘러싸인 현대식 학교 같은 건물을 비롯해 교회, 과수원, 운동장 등을 두루 갖추고 있었다. 프랑스 출신의 길(吉)수다니 지도신부와 박마리요왕 총장수녀를 찾아다녔는데, 특히 길 신부와 나는 여러 차례 토론을 벌였다. 해방이 된 뒤부터 거기에 터를 잡고 불쌍한 한국인들을 위한 시설을 키워온 길 신부였다. 이 성직자에게는 수녀원의 모든 것이 자신의 몸과 다름없었지만, 나도 설득을 포기할 수 없었다. 최후의 대화가 50년 지난 지금도 생생하다.

"조그맣게 시작해서 이렇게까지 키워 놨소. 그런데 갑자기 나가라니, 어림없소."

"앞으로 프랑스에서 한국에 이런 시설을 얼마나 더 지을 계획이 있습니까?"

"그런 건 없어요."

"그러면 양보하십시오. 한국은 제철소를 지어야 경제를 일으킬 수 있고, 경제를 일으켜야 불우한 동포들을 책임질 수 있습니다. 이게 우리가 제철소를 건설하는 절대적 이유입니다."

길 신부와 나의 기분 좋은 재회는 그로부터 십여 년 뒤에 이뤄졌다. 그때 나는 총무이사로 있었는데, 나를 초대한 그가 꿩고기 요리며 와인이며 프랑스 음식을 듬뿍 대접해 줬다. 그것은 포스코의 성공에 대한 진심의 축하였다.

이주가 한창인 공장부지 안에는 초가 술집이 있었다. 주인여자가 아주 거칠었다. 그런 성품은 극렬한 철거반대에도 유감없이 발휘됐다. 하루는 헛소문이 돌았다. 오늘은 이쪽을 철거하고 내일은 저쪽을 철거한다는 것인데, 주막은 '저쪽'에 속했다. 이 소문을 믿은 그녀가 오늘은 밀린 볼일을 보러 간다며 한참 마을을 비웠다. 그러나 철거작업은 소문과 달리 반대쪽에서 이뤄졌다.

마을로 돌아온 그녀는 분을 가누지 못한 채 선걸음에 도청으로 올라간다고 했다. 아무도 말릴 엄두를 내지 못했다. 더구나 허튼 수작이 아니었다. 기어코 그녀는 도청까지 찾아가 난동을 부렸다. 마구 날뛰는 그녀를 간신히 달랜 사람은 단지조성과 유명화 과장이었다. 그러나 그날 밤에 그는 "아이고, 머리야."라는 말을 남기고 병원으로 실려 가서 영영 돌아오지 않았다. 참으로 가슴 아픈 순직이었다.

포스코를 대행하는 부지매입에는 오세진, 이인향, 이기형 씨도 정말 열심히 해줬다. 그 와중에 이기형 씨는 청천벽력 같은 불행을 당했다. '공무원 외식금지령'이 내려진 상황에서 점심시간에 시간 아낀다고 식당에 나가서 냉면 먹다가 걸려들어 꼼짝없이 옷을 벗게 된 것이었다. 안타까운 노릇이었다. 나는 그를 포스코로 데려왔다. 그는 몇 년을 성실히 일한 다음에 직장을 옮겨 갔다.

부지매입과 철거작업이 거의 마무리 단계에 들어서 백태성 씨에게 내 업무를 물려주고 서울로 올라온 어느 날이었다. 재무부 김동빈 과장의 급한 전화를 받았다. 우리가 추진하던 '포철 설비 도입에 대한 면세특례'의 서류를 차관이 집어던지며 버럭버럭 소리를 질렀다는 것이었다. 나는 현황을 자세히 파악하고 본사로 달려와 막 외출하려던 박 사장의 승용차를 만났다. 나는 긴박한 사정을 보고했고, 박 사장은 "그럼 재무부로 가자."고 했다.

차관의 방으로 직행한 박 사장이 기어이 김 과장을 부르라고 하더니 나를 가리키며 "이 친구가 머리가 나빠서 엉망이 되었소."라고 했다. 그러자 차관은 "알았습니다."를 연발하며 겸연쩍어했다. 그가 내던졌던 서류는 법제처를 거쳐 '대통령령'으로 태어났다.

정상조업도 달성과 원료확보의 고충

업무부 차장을 거쳐 부장으로 일하고 있었는데, 업무부의 어려운 문제는 한 고비 넘겼으니 원료부에서 조업준비에 만전을 기해달라는 명령이 떨어졌다. 1973년의 일이었다.

우리나라에서는 제철원료가 거의 생산되지 않는다. 그리고 어떤 자원보유국도 먼저 생산해서 쌓아놓은 상태에서 "이것 사가세요" 하지 않는다. 제철원료는 적어도 3년 전에 계약이 이루어져야 한다. 원료광산인 산원(山元)부터 개발해야 하니 그럴 수밖에 없다. 게다가 1973년 들어서는 세계 철강경기가 피크를 이루고 있어서 세계 각국의 제철소들이 원료확보 경쟁을 펼치고 있었다. 나는 그때 1기 설비 준공 후 '1년 내에 정상조업도'를 달성하는 것으로 보고 이에 맞춰서 원료를 확보하겠다고 보고를 했다.

그런데 기술 쪽에서 계획을 수정하여 '9개월 내에 정상조업도' 달성이 가능하다는 보고를 올렸다. 당연히 거기에 맞춰 원료를 확보해야 하는데, 산원과 협의해보니 포스코에 추가로 3개월분을 공급할 여력이 없다는 것이었다. 그러나 지구촌 곳곳의 산원과 접촉하여 겨우 9개월에 맞춰놓았다. 그런데 다시 '6개월이면 정상조업도'에 도달한다고 했다. 게다가 제선 쪽에서는 철광석을 꼭 자기들이 원하는 특정 브랜드로 해달라는 것이었다. 이것저것 다 뭉쳐도 6개월에 맞출까 말까한 상황인데, 정말 죽을 맛이었다. 내 처지야 어떻든 그게 아니면 조업에 지장이 있다고도 했다.

나는 제선 기술자들과 아웅다웅하다가 건설현장에 나와 있던 JG의 우노라는 사람을 만나 의견을 구했다. 내 고충을 들은 그가 픽 웃어 보였다. 이 사람이 뭔가 아는 것 같다는 생각이 들어 저녁식사에 초대했다. 그가 웃음을 띠면서 말했다.

"기술자들은 자기들이 원하는 것으로 고집을 부리는 경우가 많아요. 물론 그들의 생각도 일리는 있어요. 그러나 특정 브랜드가 아니라고 해서 조업에 문제가 생기는 것은 아니지요. 일본에서도 여러 브랜드를 쓰고 있어요."

나는 한숨을 돌렸다. 특정 브랜드만 아니라면 해결할 길이 있었던 것이다.

우리나라의 화물열차 부족이 나를 일본으로 보냈다

1기 설비 준공 이후에는 국내 원료가 또 문제였다. 국내 원료는 매장량도 적었지만 그나마도 수송이 문제였다. 그때 국내 철도망으로서는 포철을 감당할 수 없었던 것이다.

나는 철도청에서 화차(貨車) 배정을 받기 위해 철도청장에게 사전 브리핑을 했다. 우선배송의 약속을 받아내는 자리였다. 하지만 겨울철에 연탄수송과 맞물리면 화차 배정량 확보가 정말 힘들었다. 철도청에 사정사정해서 화차를 배정받아 놓아도 중간에 방차(放車)를 해버리는 바람에 매일 애를 태우기 일쑤였다. 영주역에서 행선지별로 열차와 화차를 재편성하면서 원료를 실은 화차의 일부를 떼놓는, 방차를 하는 해버리는 것이었다. 예를 들어, 화차 10량을 배정받아 철광석을 싣고 영주에 도착하면 영주영업소에서 5량을 떼어버리고 다른 화물차로 교체해버리는 식이었다. 화물은 많고 화차는 모자라니 그런 일이 생긴 것이었다.

나는 날마다 영주로 사람을 보내야 했다. 영주에 나가 있는 직원이 현지 상황을 보고하는 시각은 새벽 3시였다. 자정 무렵에야 퇴근해서 잠깐 눈을 붙이면 영주에서 걸려오는 전화 때문에 잠을 설쳐야 했다. 아침에 출근해서 티타임을 마치고 나오면 책상 위에는 결재서류가 산더미만큼이나 쌓여 있었다.

나는 너무 피곤했다. 눈에 숫자가 아물거렸다. 나중에 정신이 맑아지면 살펴볼 요량으로 현장을 둘러보고 다시 봐도 마찬가지였다. 어쩔 수 없이 서류들을 집으로 싸가지고 갔다. 이렇게 3년을 지내고 보니 더는 몸이 받아주지 못하는 것 같았다. 직속상사에게 건강문제로 더 이상 할 수 없다고 했더니 좀 기다려보라며 동정어린 위로를 건넸다.

그로부터 사흘 뒤, 박태준 사장께서 나를 불러 일본에 건너가 근무하라고 했다. 일본에 가 있으면 조금 안정이 될 터이니 가족들과 상의를 해보라는 것이었다.

그때부터 나의 일본 생활이 시작되었다. 동경에 부임한 지 2개월이 채 안 되었는데 OECF(Overseas Economic Cooperation Fund)로부터 자꾸 질문이 쏟아졌다. OECF는 일본의 해외경제협력기금으로 1961년부터 개발도상국에 차관을 공여하고 있었는데, 당시 포스코도 그 차관을 쓰고 있었다.

매년 8월 15일은 우리나라로서는 광복절이지만 일본으로서는 뼈아픈 패전일이다. 그래서 주일 한국대사관에서는 그날을 피해 우리의 개천절인 10월 3일에 매우 큰 행사를 개최했다. 1974년 행사는 도쿄의 제국호텔에서 열렸다. 나는 한 시간 전에 회의장에 도착했다. 회의장은 텅 비었는데 조그만 노신사 한 분이 두리번거리고 있었다. 다가가서 나는 포스코 동경사무소의 홍 아무개인데 행사에 오셨느냐고 물어보았더니 그렇다고 했다.

둘이서 시간을 기다리는 동안 차를 함께 마셨다. 그분은 한국에 대해 많이 물어보았지만, 포스코에 대해서는 일본과 협력하여 1기 설비를 가동하고 있고 곧 2기 설비가 준공된다는 사실도 알고 있었다. 나는 어떤 분인지 궁금했지만 행사가 시작되어 이야기는 거기서 중단되었다. 조금 뒤에 행사장으로 들어갔다. 누가 "홍상" 하고 불렀다. 돌아보니 바로 그 노신사였다. 노신사 앞에는 여러 사람이 일렬로 도열해 있었다. 그가 도열한 사람들에게 나를 소개해주었다. 그리고 그들 중 한 사람에게 "야, 포스코에 자금 지원해줘!" 했다. 그러자 듣는 사람이 무조건 "하이" 하고 대답했다. 또 다른 사람에게도 노신사는 같은 명령조로 말했다. 그 사람도 역시 "하이." 하고 대답했다.

노신사로부터 처음 명령을 받은 사람은 OECF의 상무이사였다. 그렇다면 명령을 내린 그는 누구인가? 알고 보니 그는 OECF의 전 총재 다카스키 신이치 씨로서 일본 경제계의 유명 인물이었다. 그때 그 일이 계기가 되어 노신사는 나를 자주 불러 이야기를 나누었고, OECF는 그때부터 포스코에 매우 협조적으로 변했다.

1974년의 포항 3기 차관 교섭도 잊을 수 없다. 일본에 4억 달러를 신청했으나 그해 여름의 육영수 여사 피격사건으로 한·일관계가 극도로 악화돼 자칫 중단될 형편이었다. 외무성, 통산성, 대장성이 합의해야 하는 사안인데, 까다롭기로 소문난 통산성의 주무과장 우에다 씨는 나의 면담신청을 무려 넉 달 만에 받아줬다. 하지만 한 번 깊은 대화를 나눈 뒤 그의 태도는 완전히 달라져서 4억 달러에다 2억 8000만 달러의 은행차관까지 알선해 줬다. 어떤 대가도 받지 않는 깨끗한 공무원이었다. 인사할 방법이 없어서 그가 공무원을 그만둔 다음 포항에 초청하려고 마음먹었다.

포스코가 승승장구로 성장해 나가던 어느 날, 별안간 나는 김동빈 씨와 우에다 씨를 만나고 싶었다. 극진히 감사를 표하려는 마음이었다. 그러나 두 사람은 이미 이승에 있지 않았다. 하늘나라에서 영일만의 포항제철을 내려다보며 미소를 머금곤 한다면, 그나마 나의 부덕을 조금은 덜게 되련만…. 포스코 50주년, 돌이켜보면, 길 수다니 신부님이 떠오른다. 그분에게 "우리가 제철소를 짓는 절대적 이유"라고 약속했던 그 진정성으로 제철보국을 불태운 날들이었다. 우리의 그 진정성만은 포스코의 혈관 속으로 면면히 흐르기를 바랄 따름이다.

낙천주의자가 포철에선 악착같이 일했네

이상수 1931년 인천 태생. 1966년 대한중석 입사, 1968년 포스코 입사(창립요원), 건설기술관리부장, 일반설비부장, 포항제철소 부소장, 1979년 한국철강협회 전무, 1981년 한일경제협회 상근부회장, 1985년 거양상사 사장, 1987년 거양금속 사장, 1992년 포스코 상임고문 역임.

영어 덕분에 전선으로 가지 않다

1952년 4월, 대학을 휴학한 나는 진해 해병대 훈련소에서 빡빡 기고 있었다. 훈련을 마치면 막대기 계급장을 달기 바쁘게 서부전선으로 투입될 처지였다. 어느 날은 미군 고문관실에서 영어 하는 훈련병을 모집한다고 했다. 그건 구원의 동아줄 같았다. 나를 비롯해 여럿이 나섰다. 하우스보이 출신들은 필기시험을 넘지 못했고, 나는 깔끔하게 통과했다.

그러나 훈련이 끝나도록 나를 미 고문관 사무실로 데려갈 소식은 오지 않았다. 나는 생사를 하늘에 맡기자고 각오했다. 신병들은 마지막 위로를 받듯 진해의 극장으로 안내됐다. 제목도 잊을 수 없는 〈빨간 구두〉. 한창 영사기가 돌아가는 중에 나의 이름을 부르는 목소리가 어둔 공간을 쩌렁쩌렁 울렸다. 부산에 있는 공병대 중대장이 나를 '당번병'으로 찍은 것이었다. 내가 상관에게 영어 가정교사 노릇을 겸하는 동안, 나의 동기들은 절반 가까이 서부전선에서 산화해 갔다. 그러니까 느닷없이 나의 이름을 불러준 그 목소리는 내 의지와 무관하게 나의 운명을 바꿔준 메신저였다.

어쩌면 그때부터 나의 정체성은 낙천적인 사람으로 굳어져 갔는지 모른다. 지금 혼자서 곰곰이 생각해 봐도 나는 분명히 낙천적인 사람이다. "나만 스트레스가 없다는 게 스트레스야."라는 진담을 농담으로 삼는 노인인 것이다. 나와 함께 일한 포스코의 선후배·동료들도 이 아무개를 농담 잘하는 사람으로 기억할 텐데….

영어 덕분에 전선으로 나가지 않게 되었던 내가 영어와 지독한 씨름을 벌인 것은 1956년 12월부터였다. 그때 미국주한경제협조처(USOM)에 근무했는데, 나를 포함한 여섯 명이 한국의 육법전서를 영문으로 번역했다. 내가 번역한 영문은 미국인의 빨간 밑줄이 숱하게 그어져 돌아왔다. 날이 갈수록 빨간 줄의 수가 줄어들고, 나중에는 아예 그것이 없어졌다. 그만큼 나의 영작실력이 성장했다는 뜻이었다.

KISA와 계약 협상, 일본측과 검토용역 협상

1966년 나는 전공(화공학)을 살려볼 수 있는 기회에 박태준 사장과 인연을 맺게 되었다. 그때 대한중석은 경영다각화를 해야 산다는 박태준 사장의 지시에 의해 중석(텅스텐) 처리에 소요가 많은 소다회(SODA灰)를 자가공급한다는 계획을 추진하고 있어서 나와 같은 화공 전공자를 찾아야 했다. 나는 대한중석에 들어갔다.

1967년 초가을이었다. 대한중석 사장실에서는 중석 수출 상담을 위해 유럽에 출장 갔다가 막 귀국한 박태준 사장을 중심으로 KIST의 최협섭 소장, 서울공대 윤동석 교수 등이 모인 가운데 황경노 관리부장이 종합제철 건설에 대한 보고를 하고 있었다. 바로 그때였다. 소다회 프로젝트를 맡고 있던 자칭 '화공기술자'가 그 회의에 별안간 불려가서 KIST와의 계약사례

등을 설명한 것이 필자를 생전 듣도 보도 못한 제철이라는 것과 인연을 맺어준 계기가 되었다.

하지만 1967년 11월 종합제철건설추진회가 조직된 무렵에 나는 다시 전공을 살려볼 직장으로 옮겨갈 생각도 했다. 박 사장께서 말렸다. "6개월만 더 하자." 이래서 '종합제철'에 남게 되었다. 아마도 그 이전부터 노중열 개발조사실장과 함께 우리 정부와 KISA가 벌이고 있던 종합제철에 관여를 했으니 그분은 유경험자를 붙잡아야 했을 것이다.

나는 곧바로 노중열 개발조사실장과 함께 정부와 KISA간의 계약협상에 실수요자 자격으로 참여하게 되었고 이어 설립된 종합제철건설사업추진위원회의 실무자로서 포항이라는 곳도 가 보게 되었다. 물론 그 무렵에 합의된 내용을 보면 정부와 KISA 간의 기본협정에 따라 KISA는 GEP(General Engineering Plan)를 만들게 되어 있었다.

하지만 우리의 입장은 달랐다. GEP가 제대로 되어 있는지 검토하기 위해서는 일본 제철회사의 자문을 받는 것이 좋겠다는 박 사장의 지시로 후지(富土)제철의 아리가 부장과 용역계약에 관한 협상을 했다.

이때만 해도 우리가 필요로 하는 용역계약서를 영문으로 만들어줄 변호사가 없어서 내가 가지고 있던 다른 회사 계약서를 참고로 해서 우리 안을 만들어 사용했다.

그런데 협상이 한창 진행 중이던 1968년 1월 21일, 느닷없이 그 유명한 1·21 청와대 기습사건(김신조사건)이 발생했다. 금방이라도 전쟁이 터질 것 같은 분위기에서 일본인들은 더욱 놀랐다. 그들은 계약이고 뭐고 다 집어치우고 귀국하겠다며 난리를 피웠다. 대통령이 있는 곳도 습격을 받을 지경이니 호텔에 있는 자신들의 안전은 말할 필요도 없이 파리 목숨이나 마찬가지라고 생각한 것이다.

우리는 사설 경호원까지 붙여 주면서 그들을 간신히 만류하여 서둘러

협상을 마쳤다. 요즘 같은 복사기가 나오기 전이었기 때문에 밤새워 타자를 치고 다음날 새벽 무렵에 등사해서 겨우 계약을 끝낸 것이었다.

그런 다음에 우리는 유네스코 빌딩에 사무실을 얻었고 몹시도 추웠던 68년 어느 날 명동성당 옆의 교실을 빌려 경력사원을 모집했다. 그때 입사한 엔지니어들을 주축으로 KISA가 작성 중이던 GEP를 검토하기 위해 미국 피츠버그로 출장을 떠났다. 명색이 창업 핵심들인데 그래도 제철소라는 것을 구경이라도 해봐야 되지 않겠느냐고 해서 미국으로 가는 길에 일본에 들러 무로랑(室蘭)제철소를 견학했다. 포항은 동결(凍結)문제를 고려해야 했기 때문에 홋카이도에 있는 제철소를 택했던 것이다.

우리는 일본의 제철소를 보고 입을 다물 수가 없었다. 광활한 부지 위에 세워져 있는 제철소는 우리를 압도했다. 우람한 각종 설비들과 붉게 흘러나오는 쇳물은 정말 장관이었다. 나는 솔직히 자신이 없었다. 일본 제철소를 처음 접하는 놀라움도 있었지만 과연 기술도 자본도 없는 우리 나라가 저 엄청난 제철소를 세울 수 있을지 의심이 갔다. 우리 나라에 제철소를 세운다는 것이 계란으로 바위 치는 일처럼 무모할 것만 같았다.

아리가 부장은 사내에서 사진을 자유롭게 찍을 수 있도록 조치를 해주었다. 우리는 포항제철 건설에 조금이라도 도움이 될까 싶어 정신없이 셔터를 눌러댔다.

KISA의 GEP 검토

일본측의 엔지니어들과 동행하여, 미국 피츠버그에 도착한 우리는 그때의 여비로는 도저히 호텔생활을 계속할 수 없어 코퍼스빌딩 가까이에 있던 아파트를 빌려 2인 1실의 자취생활에 들어갔다. 생활비를 아끼기 위해 슈퍼마켓에서 쌀을 사와 직접 밥을 지어 먹고 되도록이면 외출을 삼갔다.

동양식 식당이 없었기 때문에 일본 엔지니어들도 가끔 우리의 손님이 되곤 했다.

그 후 일본측의 검토뿐만 아니라 다른 곳의 자문도 받는 것이 좋겠다는 박 사장의 지시에 따라 호주 멜버른의 BHP 본사를 방문하여 훗날 회장이 된 로톤 과장과 협상을 하기도 했다.

난생 처음인 호주 영어는 알아 듣기가 무척 힘들었는데 함께 간 KIST의 프로젝트 매니저 이컨씨도 잘 못알아 듣고 자주 되물어 나만 무식한 것이 아니구나 싶었다.

이렇게 해서 동서양 엔지니어들의 포항 나들이가 시작되었는데 이때의 교통편은 부산 수영비행장으로 가서 영업용 자동차를 임대하여 포항을 왕복하는 것이 고작이었다. 자동차라는 것도 앞쪽은 포드, 뒤쪽은 크라이슬러 식으로 껍데기를 두드려맞춘 국제 박람회감이어서 서양인들은 한국인의 재간에 놀라워 했다.

도로는 대부분이 비포장이었고 한국에서는 네모난 타이어를 쓰느냐고 할 정도로 차가 덜거덕거렸다. 길이 이러니 운전사들은 우측 통행이라는 말은 들어본 적도 없는 듯 조금이라도 평탄한 쪽으로 달리다가 맞은편에서 차가 오면 급하게 핸들을 꺾곤 했다. 이를 본 서양인들은 "한국 사람들은 조건 반사가 빨라 압연공을 만들기는 쉽겠으나 안전교육을 시키는 데는 시간이 많이 걸릴 것"이라고 조크를 하기도 했다.

공장부지는 현재의 위치로 되었지만 제철소 건설에 적합한 곳이라면 군용기지라도 좋다는 박정희 대통령의 지시가 있어서 서양 엔지니어들이 해병대기지의 지질조사 자료까지 검토했다. 그러나 고도가 높아 부두로부터의 철도 인입선에 구배(勾配)가 생긴다 하여 그만두었다. 또한 부산의 수영비행장이 좋으면 비행장을 옮겨서라도 제철소를 지으라는 지시가 있었다고 하니 제철소에 대한 박정희 대통령의 집념을 엿볼 수 있었다.

지질조사에는 KISA의 전문 엔지니어가 포항에 체류하며 조언을 했다. 그가 ASTM(America Standard Testing Method)의 시방서를 자기가 개정 중이라며 한 발 앞선 사양을 내주기도 했다. 나이가 지긋한 측량전문 엔지니어는 아지랑이가 생기기 전에 해야 한다고 해서 이른 새벽에 측량을 하느라 고생도 많았었다. 온도계를 가지고 측량용 줄자의 온도 변화에 따른 편차를 조정한다는 것을 이때 배운 사람도 많았다.

KISA와의 협상 초기에 리스판스빌러티(Responsibility)와 라이어빌러티(Liability)가 둘 다 사전에는 '책임'이라고 나와 있어 이를 혼동하면서도 건전한 상식이면 통한다는 생각으로 악착같이 일했는데 어느덧 포스코는 조강연산 2800만톤 시대에 와 있다. 재고량이 60만톤이라는 얘기를 들으면 이 수치가 50년 전에는 연간 계획량이었고 이것마저 세계은행으로부터 거절당한 일이 떠올라 그동안 참으로 많이 바뀌었다는 생각을 금할 길이 없다. 그리고 이제야 비로소 포항에 바친 나의 인생이 아깝지 않다는 생각을 하게 된다.

착공식, 콘크리트 컬버트, 에어컨의 추억

제철소 설비들 가운데 가장 먼저 착공한 것이 공작정비공장이었다. 1970년 4월 1일 포항 1기 종합착공식이 사실은 공작정비공장 착공이었다. 공작정비공장 착공식을 1기 설비 종합착공식으로 공식화한 것이었다.

박정희 대통령과 많은 국내외 내빈들이 참여하는 착공식을 앞두고 공작정비공장 부지에 파일 항타기 3대를 준비해놓고 착공식단까지 케이블로 연결했다. 식단 테이블 가운데에 박정희 대통령, 그 오른쪽에 박태준 사장, 왼쪽에 김학렬 부총리 이렇게 섰다. 테이블에는 버튼 세 개를 준비했다.

그런데 버튼 세 개 중 두 개는 헛것이었다. 대통령 앞의 버튼만 케이블에 연결되어 있었다. 그래도 혹시 버튼 작동에 이상이 있을까 하여 식단 옆에 빨간 기를 든 사람을 배치했다. 대통령이 버튼을 누르는 순간, 기를 흔들면, 현장에서 바로 파일 항타를 시작한다는 계획이었다. 착공 버튼을 누르자 항타기 세 대가 굉음을 내며 작동했다. 두 대는 버튼과는 무관한 것이었지만, 물론 대한민국 공장건설 착공식에 버튼과 파일 항타가 등장한 것은 포항제철이 처음이었다.

드디어 영일만에 건설의 막이 올랐다. 박종태 소장 밑에 건설담당 정명식 부소장, 행정담당 최정렬 부소장, 나는 생산담당 부소장. 나도 현장에 박혀 있는 날들이 많아졌다. 나는 일반설비부장도 지냈다. 제선·제강·압연에 포함되지 않는 모든 지원설비를 맡았다. 전기·통신·물·스팀·철도 등 유틸리티에 해당하는 것은 모두 나의 소관이었다.

초창기 포항제철소는 냉각수로 모두 해수(海水)를 사용했다. 담수(淡水)를 사용한 것은 한참 뒤의 일이다. 해수를 고로와 발전설비로 끌어오는 것이 이슈로 대두했을 때였다.

일본인 기술자들은 파이프를 묻어 바닷물을 끌어오자고 했다. 나는 의견이 달랐다. 파이프를 묻으려면 어차피 땅을 파야 하니 그렇다면 콘크리트 컬버트(culvert·속도랑)로 하는 게 어떠냐고 했다. 아리가 JG 단장이 "굿 아이디어"라고 했다. 결국 그렇게 했다.

컬버트를 한자어로는 암거(暗渠)라고 한다. 나는 그때 공장에 전주를 세우지 말고 전기·통신선을 가스파이프와 함께 배치하든지 컬버트에 넣자고 했다. 제철소에는 가스 파이프가 공장마다 연결되어 있으니까 충분히 가능한 일이라고 생각했다.

제철소에서는 고중량물을 이동해야 하기 때문에 철도 건설에서 레일의 침목도 중요했다. 침목도 말썽을 일으켰다. 아리가 JG 단장이 추천한 회사의 견적은 신일본제철의 견적과 격차가 컸다. 찜찜하여 그쪽에 알아보니 서류에 나온 것처럼 서로 기준이 달라서 그렇다고 했다. 가와사키제철소에 물어보니 자기네는 그런 건 비싸서 안 쓴다며 다른 데를 일러줬다. 새 견적은 무려 3분의 1 수준이었다. 나의 보고를 받은 박 사장은 물론 주저 없이 이것으로 교체하라고 했다.

예산이 빠듯해 포항의 일본상사 사무소에 에어컨을 제때 달아 주지 못한 일이 있었다. 일본 기술자들이 투덜거렸다. 나는 농담으로 덤볐다. "계약서에는 에어컨 설치 시기가 명시되어 있지 않은데, 11월에는 에어컨 달고 6월에는 히터 설치할 생각이니, 기다려 주시지요." 일본인들이 활짝 웃었다. 나의 위트가 만든 웃음이었다.

1972년 후판공장이 준공된 뒤에는 회사 오케스트라를 조직하여 공연한 적이 있었다. 부족한 자리는 해병대 군악대로부터 지원받기로 하여 누구는 뭐, 누구는 뭐, 이런 식으로 분담했다. 나는 플루트를 맡았다. '콩나물대가리'를 모르고 살아온 내가 졸지에 플루트 연주자로 나선 그때가 41세, 아주 지각하여 악기 하나를 만났지만 플루트는 필생의 동반자다. 지금도 나는 젊은이와 만나면 악기 하나는 하라고 적극 권유한다.

전기톱과 전기대패

초창기에는 나도 설비구매 계약 관계로 일본 출장을 수도 없이 다녔다. 지긋지긋할 정도였다. 그땐 복수비자가 없었다. 갈 때마다 비자를 새로 받아야 했다. 그 절차도 매우 까다로웠다. 신원조회에다 반공교육까지 받아야 했다. 그런데 1970년 여름에는 소위 '주은래 4원칙'이라는 것이 상당한 걸림돌이 되었다. 4원칙 중에 '중국은 한국과 대만에 다량의 투자를 하고 있는 기업과는 거래를 안 한다'는 조항이 있었다. 일본 설비 메이커들이 이 조항 때문에 몸을 사리게 되었다. 박 사장께서 신일본제철 이나야마 회장을 만나시더니 이나야마 회장이 가장 먼저 그걸 받아들일 수 없다고 성명했다.

그 문제가 해결되고도 많은 어려움이 있었다. 당시 우리가 일본에 가면 일본인들이 "특공대 왔다."고 했다. 밥 한 끼 안 얻어먹고 원칙대로만 하니까 그랬을 것이다. 한 번은 계약이 끝나고 나니 마루베니상사의 한 직원이 나에게 선물을 하겠다고 했다. 나는 당연히 거절했다. 그런데도 꼭 하고 싶으니 필요한 것을 말해보라고 했다. 그래서 내가 이랬다.

"나는 집에서 목수 일을 자주 하는데, 전기톱이나 하나 사가지고 가려고 한다."

그랬더니 그 친구가 전기톱이 너무 싸다고 전기대패까지 사가지고 왔다. 이건 내가 뇌물을 받은 셈인데, 이 사실을 박태준 사장께는 보고하지 않았다. 이젠 공소시효가 지났겠지만….

명지휘자 박태준 회장은 따뜻한 사람이었다

포스코에서 박태준 사장 하면 일반적으로 강렬한 눈빛, 머리카락 한 올 흐트러뜨리지 않는 정연한 자태, 80% 이상 진척된 공사라도 부실하면 폭파해버리는 단호함, 잘못된 일에는 불호령을 내리는 무서움 등으로 각인돼 있을 것이다. 물론 그런 면이 있다. 그러나 나는 그분이 마음도 따뜻한 사나이였다는 사실을 잘 알고 있다. 젊어서부터도 그랬다.

창립 포스코가 YWCA에 있던 시절이었다. 하루는 점심시간에 임박하여 박 사장께서 나에게 누구와 약속했으니 같이 가자고 했다. 내가 대뜸 웃으며 "제가 모르는 사람 사이에 끼어 개밥의 도토리가 됩니까?"라고 몸을 뺐더니, 박 사장께서는 즉각 "그럼 내가 개밥이라는 말이야?" 하고 통쾌하게 웃었다.

안병화 업무부장의 입담도 수준이 높았다. 포항 1기 구매를 위해 도쿄에 갔을 때였다. 돈을 아껴야하는 형편에 동갑내기인 그와 내가 한방을 썼는데, 박 사장은 문득 우리에게 "저쪽에 가면 만담(漫談) 하는 극장이 있어. 내가 지배인을 잘 아는데, 얘기해 놓았으니까, 두 사람이 거기 가서 만담해주고 돈 좀 벌어와. 우린 돈도 모자라는데…"라고 했다. 미안한 마음을 담은 따뜻한 농담이었다.

포스코에 세 번 들고 세 번 나온 내가 출자사인 거양상사의 사장으로 재직한 1985년부터 1992년까지, 이 시절에도 박태준 회장께서는 출장 나가는 길에 나를 부르곤 했다. 주변에선 나를 '농담 담당'이라 했다. 즐거운 대화를 곁들인 외국인과의 식사시간에 별안간 침묵이 드리워지는 순간의 곤혹스러움, 이걸 나는 즉각 '즐거운 농담'으로 걷어내는 것이었다.

좀 다른 경우지만, 한영수 씨도 동석한 런던의 어느 자리였다. 영국인이 한국은 젊은 사람들의 활동이 커져 좋겠다고 말하자, 박 회장께서 먼저 나를 바라보며 이건 자네가 통역하라고 했다.

"당신네들이 산업혁명을 하고 있을 때 조선시대의 우리 조상들은 공업과 상업을 천하게 여기며, 보리밥 먹고 핫바지에 방귀나 붕붕 뀌며 살았던 겁니다."

우리말의 어감까지 전달하기란 참 어려운 통역이었는데, 나의 영어를 들은 백인들은 그래도 웃어 주었다.

박태준 회장은 포스코의 명지휘자였다. 나를 포함한 우리 동료들은 괜찮은 오케스트라 멤버였다고 생각한다. 그분은 겉으론 강해 보이고 다들 어려워했지만, 사실은 마음이 여리고 눈물도 많은 사람이었다. 국가적 대사를 성공시켜야 한다는 사명감 때문에 스스로를 강하게 드러낸 것이었다. 나는 내 성품대로 그분의 속을 좀 썩인 사람이었다. 회사를 세 번이나

들락거렸으니까.

나에게 철강협회 전무로 가라고 해서 거기서 일하고 있던 어느 날이었다. 그분이 나에게 전화를 했다.

"뭐 하고 있어?"

이 질문에 나는 냉큼 대답했다.

"전화 받고 있습니다."

수화기 저 너머에서 유쾌한 웃음소리가 들려왔다.

이 일화가 포스코 전체에 퍼져나갔다. 한때 포스코에는 "지금 뭐 하고 있어?" 하는 전화가 오면 "전화 받고 있잖아." 하는 응대가 유행한 적이 있었다.

포스코 창업 50주년, 창업 멤버의 한 사람으로서 나는 이런 이야기도 해주고 싶다.

"개인과 조직은 다 중요한 거다. 그런데 나는 조직을 위해 개인을 희생한다는 것을 당연시하지는 않는다. 내가 그렇게 살아왔다. 그렇다고 창업 당시에 스스로를 희생한 사람들의 정신과 가치에 대한 평가에는 절대 인색하지 않는다. 후배들에게도 그렇게 말해주고 싶다. 다만, 조직원으로서 조직을 구성하는 하나하나의 큐브가 되는 것은 당연하지만, 자기 나름의 색깔을 가진 큐브가 되라고 당부한다. 남과는 다른 나만의 그 무엇, 그것이 개개인의 아이덴티티가 되는 거다. 안주하지 말고 끊임없이 공부해야 하고."

우리 손으로 '제철소의 DNA' 설계

백덕현 1932년 경기도 평택 출생. 1968년 포스코 입사(창립요원)·기술부장·설비기술본부장 겸 기술연구소장·1983년 포항제철소장, 1989년 포항산업과학기술연구원 소장, 1993년 대한금속학회장·모스크바공대에서 명예공학박사 학위, 1994년 포스텍 재료금속공학과 방문교수 역임.

통신가설병에서 통역장교로, 다시 금속학도로

1차 경제개발5개년계획에 포함된 '조강 연산 30만 톤 일관제철소' 건설계획에 따라 대한중공업 기획과장으로 있던 나는 1961년 말부터 상공부로 파견돼 1963년 초까지 그 실무를 뒷받침했다. 잉크로만 존재한 제철소였다. 그러나 그것이 나에게는 포스코 창설요원으로 뽑히게 한 특별한 경력이었다.

나의 인생과 제철소, 이 인연을 생각하면 6·25전쟁을 떠올리게 된다. 나는 고등학교도 덜 마친 몸으로 육군에 입대했다. 나의 최초 병과는 통신가설병. 무거운 전선다발을 둘러메고 뛰어다니느라 여러 차례 죽을 고비를 넘겼다. 가장 끔찍한 기억은 1951년 중공군의 2차 공세에 시달린 38선 근처의 강원도 현리 전투. 피아 숱한 사상자를 냈지만 아군이 엄청난 타격을 입었다. 여기서 구사일생으로 목숨을 건진 나는 통역장교로 변신했다. 밑천은 영어실력이었다. 갑자기 '중위' 계급장을 단 장교의 새 근무처는 전쟁 중에 진해로 내려온 육군사관학교였다.

어느 날 선배들이 나를 불렀다. "백 중위, 대학 가라." 나는 반문했다. "이 혼란에 대학은 가서 뭣합니까?" 이건 실력만 있으면 된다는 젊은이 특유의 패기였다. "안 그래. 전쟁은 언젠가 끝난다. 끝나게 되면 바로 대학 졸업이냐 아니냐가 사람을 크게 좌우한다. 무조건 대학 가야 돼." 선배들의 권유는 집요했고 나는 마음을 고쳤다. 군복을 벗고 들어간 데가 금속학과였다. 나중에 알고 보니 박태준 사장이 육사에서 교무처장으로 근무한 시절이 있던데, 내가 고집을 부려 대학을 포기했더라면 더 일찍 육사에서 그분과 만났을지 모른다. 만약 그랬다면 대신에 나의 전공이 바뀌어 영일만과 광양만에서 일하는 영광을 얻지 못했으리라.

고로 구경도 못했던 사내들이 제철소를 설계하게 되다

내가 대학을 졸업한 1957년, 한국은 '산업화'와 멀리 떨어져 전후의 절대빈곤에 시달리는 나라였다. 다행히 나는 전공을 살릴 직장과 만났다. 대한중공업. 뒷날에 인천중공업, 인천제철, INI스틸로 이름을 고치는 그 회사에는 중유를 때는 평로가 있었다. 정부는 고철 수출을 금지하였고, 평로가 전국에서 실려 온 고철들을 녹여 댔다. 그러니까 창설 포스코의 기술부 차장을 맡은 당시, 나는 한 번도 고로를 직접 본 적이 없는 엔지니어였다. 그때 나에게 포스코와 인연을 맺어준 사람은 윤동석 박사였다. 포항제철 초대 부사장을 지낸 그분은 대학의 은사이기도 하다.

상공부 금속과장에서 옮겨온 유석기 기술부장, 대한중석에서 옮겨온 이상수 기술부 차장, 그리고 나. 최초의 설비기본계획을 맡은 우리 셋은 '이래선 안 되겠다'고 판단했는데, 마침 박 사장의 방침에 따라 일본 연수를 떠날 수 있었다. 1968년 11월 김학기, 김종진, 김성수, 서병재 씨 등과 같이 출발한 우리 팀은 이듬해 2월에 돌아왔다.

처음 본 히로하타제철소는 고로 넷에 제강 둘의 조강 연산 400만 톤 규모였으니, 그때 수준으로는 세계적 대형 제철소인 셈이다. 무로랑제철소에도 갔다. 비로소 우리는 제철소에 대한 실감을 챙길 수 있었다. '정말 대단한 거구나.' 이것이 우리의 솔직한 심정이었다.

나는 설비구매팀과 일본으로 장기 출장을 떠나곤 했다. 석 달 이상 걸리기도 했다. 내 임무는 엔지니어로서 설비검토 작업이었다.

한국에서 건설하는 제철소에 일본 설비를 팔기 위해 각 설비 메이커, 그러니까 미쓰비시·히타치·고베세이코·스미토모·이시가와지마하리마 등에서 경쟁적으로 매우 세밀한 규격서를 보내왔다. 두께가 보통이 아니었다. 엔지니어로는 나 혼자 갔기 때문에 혼자서 각 사의 그 두꺼운 규격서를 다 검토하자니 밤낮으로 씨름해야 했다. 또한 메이커들의 경쟁을 유도해야 하기 때문에 구매팀과 긴밀히 협조해야 했다. 내가 기술정보를 줘야 구매팀에서 유리한 상담(商談)을 할 수 있었다.

그들의 기술사양서는 모두 영어로 되어 있었고, 그들과의 기술협의는 일본어로 진행했다. 다행히 나는 영어와 일본어를 능숙하게 구사할 수 있었다.

일본 기술자들은 은근히 나를 무시하는 눈치였다. 기술적으로 한참 뒤떨어진 한국의 엔지니어가 제철설비에 대해 알면 얼마나 알겠느냐 하는 태도가 눈에 보일 정도였다. 그리고 그 두꺼운 영문 규격서를 짧은 시간 내에 검토할 만한 실력이 되겠느냐 하는 거였다. 결국 자기들이 제출한 대로 따를 수밖에 없을 것이라고 생각하는 것 같았다. 하지만 나는 단 한 부분도 빼놓지 않고 꼼꼼하게 검토해서 의견을 내놓았았다. 그들의 태도가 달라질 수밖에 없었다.

고로, 제강, 압연 등 모든 공장의 온갖 설비를 구매하는 일로 직결되는

'기본기술계획(PE)'과 '상세구매사양'을 작성하는 작업은 제철소의 DNA를 설계하는 것이나 마찬가지다. 포항 1기 PE 작성은 일본기술단(JG)이 전담했으며, 포스코는 '검토'라는 이름으로 그것을 이해하며 소화하는 기관이었다. 그러나 포항 2기에서는 포스코가 PE 기본 개념을 맡고 JG는 그것을 검토 수정해 최종판을 작성해 주었으며, 그러한 수정작업에 일일이 동참하는 과정에서 우리 설비계획팀은 많은 것을 배우고 익혔다. 포항 3기와 4기는 포스코가 작성을 전담하고 JG는 검토만 했다. 상세구매사양의 작성은 포항 3기부터 포스코가 전담하고 JG는 검토만 했는데, 포항 4기부터는 JG의 검토마저 생략했다.

광양 1기에서는 포스코의 순수한 실력으로 방대한 두 문서를 작성했다. 일본 측이 '부메랑'을 내세우며 PE 검토를 거부하기에 독일 티센에 의뢰하긴 했지만, 지적사항도 미세한 몇 가지가 전부였다. 광양 2기 이후부터는 PE 검토 의뢰도 생략했다. 이것은 제철소 건설의 기간기술에 대한 독립선언이었다. 함께 고생해온 사내들과 목청껏 만세를 불러도 좋은 날이었다.

나의 경험에는 특히 포항 2기가 굵직하게 남아 있다. 포항 1기에서 설비계획 작성의 견습생 노릇을 했던 우리가 1972년부터 작성하여 1974년부터 설비를 들여온 포항 2기. 애초에는 외자구매 예정액이 2억1930만 달러였는데, 훨씬 초과하여 총 3억4165만3000달러가 투입됐다. 회사 안에서는 '1기보다 설비구매가 적은데 왜 돈을 더 쓰나?'라는 항의가 많았다.

하지만 모든 사정을 통찰한 박태준 사장은 묵묵했다. 외부적 요인들은 명백했다. 첫째, 오일쇼크가 부른 원자재 가격 상승. 둘째, 1973년 발생한 '김대중 납치사건'이 부른 한일 관계의 악화와 일본 측 협조의 불투명. 셋째, 고정환율제 붕괴가 부른 엔화 절상(엔화 대 달러의 비율이 360대1에서 300

대1로 절상됨으로써 미국 달러로 표시되는 견적금액은 그것만으로도 20% 인상됨). 이렇게 미처 예측하지 못한 악재들이 설상가상 덮쳤다.

이 난관 앞에서 박 사장이 유럽 각국을 순방하며 설비공급처를 다원화한 것이 큰 힘으로 작용해 그나마 예산을 줄일 수 있었다. 또한 그것은 '포항 2기는 기존 설비의 확장이 많기 때문에 예산 절약을 위해 1기 설비와 동일한 사양을 구입할 수밖에 없으니 우리한테로 올 것'이라는 일본 메이커들의 자만심을 좌절시키는 현명한 방책이기도 했다.

그래도 일본 메이커들이 애를 먹였다. 포항 2기 설비구매의 총지휘는 안병화 당시 업무이사가 맡았고, 나는 기술 부문을 총괄했다. 우리 실무자들은 처음부터 설비구매사양서를 작성한 당사자들이었다. 우리는 일본어에는 약해도 테이블에선 일본측 담당자들보다 더 말을 잘했다. 협상이 영어로 진행됐던 것이다.

난항 중 난항은 열연공장 확장의 주요 설비인 가열로였다. 메이커인 츄우가이로 측의 황소 같은 고집 앞에서 드디어 우리는 마지막 카드를 꺼낼 수밖에 없었다. 상대를 니혼 스타인 퍼니스로 바꾸겠다고 했다. 이러자 형세가 일거에 반전됐는데, 손석문 씨와 이택우 씨의 역할이 컸다. 고로도 어려웠다. IHI와의 씨름에 고전하던 안병화 이사가 급거 미국으로 날아가 코퍼스 엔지니어링과 협상을 벌였다. 양동작전이었다. 이건 먹혔다.

블랙아웃 극복, 자동차용 강판의 고충

설비책임자의 고통은 아무래도 설비의 말썽이다. 훌륭한 것을 싼값에 들여온 기쁨과 보람도 그놈의 말썽 앞에선 무산되고 만다. 사람의 일이니 더러 그런 경우가 생기기도 했지만, 포스코 현장의 선배와 동료들이 창조적으로 대응해준 덕분에 나는 마음고생을 많이 줄일 수 있었다. 새삼 감사의 인사를 드린다.

포항제철소장을 맡고 있던 1983년 어느 날이었다. 정말 아찔한 그 기억은 지금도 가슴을 찌르는 것 같다. 제철소 전체에 전기가 나갔다는 보고를 들었다. 요즘 이야기로는 블랙아웃(blackout)이다. 이거 정말 큰일 났구나 싶어 바로 현장으로 달려갔다. 제철소의 동력은 전기다. 전기 공급이 중단되면 조업 중단은 물론이고 설비에 심각한 사태가 벌어질 수 있다. 시간이 지연되어 만약 설비를 에워싸고 있는 냉각수 파이프가 폭발한다면 설비 전체의 열화(熱火) 사고로 이어질 수밖에 없다. 제발, 제발 하면서 나는 기도하는 심정으로 현장에 도착했다. 그런데 전기가 들어와 있었다.

확인해 보니, 한전에서 정전이 일어난 것이었다. 제철소에서는 자체 발전설비를 갖추고 있기 때문에 한전에서 단전이 되더라도 큰 문제는 없다. 그런데 한전의 갑작스러운 정전에 따른 쇼크로 인해 자가발전기까지 스톱돼 버린 것이었다. 다행히 잘 훈련된 직원들이 디젤제너레이터(diesel generator)로 20분간 돌려서 신속히 복구해놓고 있었다. 옛날에는 화물자동차나 원동기를 시동할 때도 그 방법을 썼다. 사람의 힘으로 힘껏 돌려서 시동을 거는 방법인데, 요즘 젊은이들은 본 적도 없을 것이다.

나는 자동차용 강판 개발에 얽힌 고통의 시간도 잊을 수 없다. 수없는 실패 끝에 성공한 쾌거였다. 연구소나 다른 기관의 도움 없이 오로지 현장에서 개발했다. 자동차용 강판은 냉간압연강판이지만 보통 냉간과는 다르다. 카본 성분이 성패를 가른다. 보통의 냉연강판으로 자동차 외장을 찍으면 찢어진다. 자동차용 강판은 프레스 작업에도 끄떡없이 성형이 이루어져야 하는데, 강판에 다이아몬드 바늘로 1000분의 1㎜ 깊이의 흠만 만들어놓아도 표가 나게 된다. 그까짓 것 페인트로 도색만 잘하면 되겠지 싶지만, 햇빛에 나가면 바로 그 부분에서 난반사(亂反射)가 일어나 금방 눈에 띈다. 자동차 강판은 보통강이지만 최고급강이다.

굴입항만의 사연

포항제철소의 부지 모양은 바닷가의 육지를 우묵하게 파고 들어온 굴입항만(堀入港灣) 형태로 되어 있어 그 모양이 다른 곳에서는 찾아보기 어려운 형태이다. 우묵하게 파인 양쪽이 각각 원료 하역 안벽과 제품 안벽으로 되어 있다.

포항제철소 부지 모양의 기본을 결정지은 사람은 당시 일본 가와사키(川崎)제철의 토목 엔지니어링 부분의 고문이었던 우에노(上野) 씨였다. 우에노 씨는 도쿄대학 교수를 지낸 토목공학의 거두로서, 공사에 관한 그의 말 한마디 한마디는 절대적인 권위를 갖고 있었다.

우에노 씨는 공식 직함도 없이 포항제철에 고문 역할을 했던 소수 일본 기술자 중 한 사람이었다. 그리고 우에노 씨와 친밀했던 후루가와(古川) 씨도 우에노 씨와 같은 입장에서 포철을 도왔다. 이들은 포항제철로부터 아무런 고문료도 받지 않고 양국의 대형 프로젝트를 선의로 도와준 고마운 분들이었다. 물론 개인적인 이익도 챙기지 않았다. 오히려 여러 가지로 가와사키제철의 도움을 받을 수 있게 알선해 주었다. 이것이 포항제철과 가와사키제철이 지금도 좋은 관계를 유지하고 있는 이유 중의 하나일 것이다.

가와사키제철과 포항제철의 관계는 비공식적이지만 매우 돈독한 것이었다. 그 시작은 당시 박태준 사장과 니시야마(西山) 사장의 개인적인 친분에서 비롯된다. 니시야마 사장은 2차대전 패배 후 처음으로 임해형(臨海型) 일관제철소를 일본의 도쿄에서 멀지 않은 지바(千葉)시에 건설한 유명한 사람이었다.

그 니시야마 사장이 포항제철이 정식으로 발족하기 전에 박태준 사장의 초청으로 일본인으로서는 최초로 포항을 방문해 현지답사를 실시했다. 그는 박 사장과 함께 소나무가 우거진 해안에 서서 모래를 한 주먹 쥐어 보고 주변의 지형을 관찰하고는 “이곳 입지라면 제철소가 들어서기에 충분하다.”고 평했다는 얘기가 지금도 전설처럼 전해오고 있다.

이러한 두 사람의 친분으로 우에노 씨는 JG의 멤버가 아니었음에도 고문역할을 해주었고 이른바 일본의 랭킹 3위에 포함되지 못한 가와사키제철도 간접적으로 포항제철 건설에 도움을 주었던 것이다.

1968년 여름, 우에노 씨와 포항제철 설비기술팀 사이에 토론회가 있었다. 우에노 씨는 우리를 상대로 고로의 기초공사라든가 운송, 철도 등에 관해 일련의 강의를 했다. 그런 다음 포항제철소의 부지 형태에 관한 얘기로 화제를 발전시켜 갔다. 여기서 그는 상식을 뒤엎는 결론을 도출했다.

일반적으로 일관제철소의 공장부지는 한 평 한 평이 돈이고 자산이기 때문에 보다 넓은 면적을 확보할 필요가 있고, 이와 더불어 원료와 제품을 하역하는 해안선 모양이 무척 중요하다. 따라서 포철의 부지 형태는 중요 검토사항이 아닐 수 없었다.

오늘날 포항제철소의 부지형태는 ‘ㄷ’자 모양으로 소위 굴입항만이다. 굴입항만이 자연적으로 조성된 지형이라면 아무런 문제가 없었을 것이다. 하지만 포항의 경우는 일직선이었던 해안선을 일부러 파고 들어가 굴입항만으로 만든 것이다. 그 기본 형태는 바로 이날 우에노 씨와 초기 우리 기술진들과의 토론 과정에서 결정된 것이다.

원래 포항제철소 부지는 230만평이었다. 그리고 부지의 일부분을 제외하고는 대부분이 해발 1m에 불과했다. 넓은 부지의 공장일 경우 해안선을 향하여 일정한 배수구배(排水句配)가 형성되어 있어야 한다. 이 배수구가 없으면 우천 시에 자연 배수가 안 되어 부지 전체가 범람하게 된다. 뿐만 아니라, 제철소 부지 내의 각 곳에 위치할 여러 공장에서 사용한 공업용수가 바다로 흘러나가지 못하게 될 것이다.

그래서 그것을 방지하려면 제철소 부지의 표고(標高)를 인공적으로 높여

주지 않으면 안되었다. 그 때문에 현재 포항제철소의 부지 표고는 원래의 표고를 인공적으로 높여서, 다시 말하면 흙을 돋우어서 높인 것이다. 그때 높인 것이 선박이 닿는 안벽에서 HWL(High Water Level)+3.2m, 국도변에서 HWL+4.5m였다. 그리고 여기에 사용된 토사는 전량 해저를 준설해서 얻은 모래로 성토(成土)한 것이다.

만일 해저의 흙이 모래가 아니고 진흙이었다면 성토용으로 사용하지 못했을 것이다. 그런데 다행히도 포항의 경우에는 해저 토사의 성질이 양호해서 거의 대부분이 성토매립에 적합했다. 극히 소량의 물만 흘려 보내도 진흙은 모두 유출되어 모래 앙금이 남는 토질이었다. 그렇지 않고 만일에 해저가 전부 진흙뿐이었다면 원거리에서 산을 허물어 부지성토를 하는 수밖에 없었을 것이다. 일본 NKK의 오기시마체철소가 그렇게 운반해온 산토로 조형한 완전한 인공섬이었다.

그런 면에서 포항은 입지조건상 유리했다. 해저토사가 성토매립에 적합했기 때문이었다. 그런데 우에노 씨와 토의하는 과정에서 그가 제시한 안은 청천벽력 같은 굴입항만 형태였던 것이다. 즉, 주어진 해안의 일부를 굴입해서 그 안에 원료 안벽과 제품 안벽을 각각 건설하자고 했다. 있을 수 없는 일이었다. 우선 나부터 강력히 우에노 씨에게 이의를 제기했다.

첫째, 토지는 자산이다. 일부러 해면을 매립해서 부지조성을 하는 경우도 많은데 있는 토지를 파고 들어가서 면적을 좁히는 것이므로 말이 안된다. 둘째, 해안선을 파고 들어감으로써 각 공장 배치의 상호관계가 복잡해지고 물류의 이상적인 흐름에 지장이 올 것이다.

나의 반론에 대해 잠자코 듣고 있던 우에노 씨의 반응은 노기에 차고 격렬하며 단호한 것이었다. 그는 그만의 특유한 일본식 욕을 하면서 소리치듯이 말했다.

첫째, 앞으로 포항제철이 연산 500만톤의 생산 능력을 갖게 되면 그 경제력과 정치력은 엄청난 것이 된다. 국가라도 움직이려면 움직일 수 있을 것이다. 필요하다면 그때 가서 굴입한 부분을 메워버리고 외항을 다시 건설하면 된다.

둘째, 지금의 주어진 조건으로는 굴입하고 전체 부지를 성토해서 매립하는 수밖에 달리 방법이 없다. 그래야만 1972년 4월까지 부지조성 공기를 맞출 수 있다. 그런데 지금 한국이 보유한 준설선의 펌프 능력은 최대 4400HP로 준설 토사의 파이프 이송 거리는 최대 2km이다. 이 펌프 능력으로는 준설지점에서 포항제철 예정부지까지의 거리인 2.5~3km에 도달하지 못한다. 그렇다고 중간지점까지 성토해서 그것을 불도저로 긁어 밀어내는 것은 현실적으로 불가능하다. 더 강력한 기능을 지닌 준설선을 외국에서 빌려오는 것도 지금 사정으로는 불가능하다.

셋째, 그러므로 모자라는 거리만큼 굴입해서 토사의 펌프이송 거리를 단축한다면 한국이 보유한 준설선으로도 작업이 가능하다. 또 굴입한 부분만큼 더 많은 준설 토사물량을 이용할 수 있다.

넷째, 굴입으로 조성된 해면은 잔잔하게 되어서 외부의 풍랑에 관계없이 하역이 가능하다.

"그래도 항변할 건가! 경험도 없고 눈도 짧은 놈들이 똥고집은 있어서. 할 얘기 있으면 해봐라!"

우에노 씨의 저항과 논리에 나와 우리 기술진 모두가 더 이상 말을 할 수 없었다. 그리고 그 고집스러운 노(老)교수의 주장에 무릎을 꿇었다.

이것이 포항제철소의 부지 모양이 다른 곳에서 볼 수 없는 굴입항만을 갖게 된 이유다.

"우에노 교수님, 무릎은 꿇었지만 감사합니다."

21세기의 개막과 더불어 나는 대한금속학회의 《재료마당》에 '한국철강산업 발전사' 연재를 시작하여 그 글을 모아 단행본으로 펴냈다. 아무래도 포스코 철강기술 발전사의 맥을 형성할 수밖에 없는 글이었다. 고로를 구경조차 못했던 '무'의 상태와 비교해 보면 그 책을 쓰게 된 나는 참으로 어마어마한 일을 해낸 셈인데, 각별한 행복을 맛볼 수 있었다. 포스코를 기억하고 포스코와 대화하며 20세기 한국의 그 분야를 정리하는 시간이었으니 왜 그렇지 않았겠는가.

‘포철혼’은 집단영성의 장엄한 교향악이다

여상환 1937년 경기도 이천 출생. 1968년 포스코 입사(창립요원), 인사부장·POSCAN 사장·미국UPI 수석부사장·부사장, 1997년 세아그룹 상임고문, 한국철강협회 상임고문, 한국북방학회 회장 역임. 현재 자유지성300인회 공동대표·국제경영연구원 원장.

‘상법상 주식회사’로 태어난 포항제철

1968년 이른 봄, 청춘의 나는 서울대 행정대학원을 마치면서 국무총리실 기획조정실에서 인턴으로 일하며 밤에는 한 대학에 강의를 나가고 있었다. 이때 나는 인생의 진로를 놓고 고민에 빠졌다. 세 갈래였다. 학자, 공무원 또는 제철소. 마침 은사 이한빈 선생이 나를 불렀다.

“우리를 근대국가로 이끌어 갈 제철소 건설은 변화의 한복판이 될 거야. 고단하겠지만 대단히 가치 있는 삶이 기다리네. 철은 산업의 쌀이야. 총리실에 근무하는 것도 뜻이 있겠으나 산업이 요동을 치는 한복판에서 역사의 변곡점을 봄으로 맞는 것이 좋을 듯하네. 더구나 책임자가 박태준 씨야. 국방대학원에서 같이 일한 적 있는데, 그의 인품과 능력이라면 충분히 믿어도 좋아. 가서 만나 뵙도록 하게.”

내가 기꺼이 따르자, 은사는 곧 추천서를 썼다. 박태준 사장의 비서실장으로서 나와 함께 대학원을 다닌 곽증 씨도 역할을 아끼지 않았다. 면접

비슷한 절차로 첫 대면을 하게 된 박 사장은 나에게 무뚝뚝하게 한마디를 던졌다.

"함께 수고 좀 하지."

이런 인연으로 창설 포스코 대열에 들어선 나의 첫 직책은 황경노 기획관리부장 밑의 '조직 및 규정 담당'이었다. 이름이 거창해서 기획관리부지, 부장과 담당 단 두 사람뿐이었다.

포스코 창립을 한 달쯤 앞둔 시점에서 회사 형태에 대한 문제를 놓고 상당한 논의가 있었다. 그때 국영기업의 형태는 두 종류였다. '특별법상 주식회사'와 특별법에 근거한 '공사'. 일반적인 형태는 후자였다. 그러나 박 사장의 목표는 '경영 독립을 보장받으면서 정부 지원도 받는 상법상 주식회사'였다. 이것을 박 사장은 박정희 대통령과 세 차례나 토론하여 관철시켰는데, 그 실무적 보좌를 고건 씨의 친형인 고석윤 변호사와 내가 함께 맡았다.

1968년 3월 6일 포스코 발기인 대회가 열렸다. 경제기획원 차관보 진봉현 씨가 긴급 이의를 제기했다.

"휴회합시다. 이건 묘합니다. 순수한 상법상 회사인데, 이러면 박 사장이 정부의 돈을 다 떼어먹는다 해도 막을 방법이 없습니다."

그의 지적은 틀린 것이 아니었다. '묘한 취지'에 대한 충분한 설명이 필요했다. 그걸 다 듣고 나서 그는 이렇게 수긍했다.

"그렇다면 박 사장의 인격을 믿고 정부 지원을 하되, 감사를 강화하는 것이 좋겠습니다."

속기록을 도입하다

어느 날 박 사장께서 나에게 특별한 지시를 내렸다.

"자네의 그 참신한 머리로 현재의 조직 운영질서에 대한 평가 리포트를 만들어봐."

그때 초창기 조직에는 여기저기서 온 사람들이 섞여 있었다. 한마디로 중구난방이었다. 중석에서 옮겨온 사람, 육군에서 온 사람, 공군에서 온 사람, 한전에서 온 사람, 경력자 공채를 통해 들어온 사람 등으로 이질적인 조직문화가 뒤섞여 조직질서가 자리를 잡지 못하고 있었다.

그러한 상태이다 보니 무슨 일이 있으면 "우리 공군에서는", "우리 중석에서는", "우리 육군에서는" 하면서 각자의 주장만 내세웠다. 한마디로 사고의 구심점이 형성되어 있지 않았다. 경영층의 지시를 각자 자기 나름대로 해석했고, 지시가 몇 사람을 건너뛰면 엉뚱하게 변질되고 왜곡되기 일쑤였다.

'어떻게 해야 사고의 멜팅폿(melting pot)을 만들 수 있는가?' 나는 숙고를 거듭해보았다. 문득 머리에 떠오른 것이 '속기록 제도'였다. 나는 모든 회의 내용을 속기사가 육성 그대로 기록해서 부장까지 돌리도록 하는 방안을 건의했다. 박 사장께서 즉각 채택하라고 하셨다. 아마 기업이 속기록 제도를 도입한 것은 포스코가 처음이었을 것이다.

초창기 포스코 임원회의는 속기록으로 남아 있다. 국회의 전문 속기사 이기동 씨를 포스코로 영입하기도 했다. 그 속기록들은 중간 간부들에게 회람되어 이슈를 공유하면서 업무능률을 향상시키는 데 크게 이바지하였다.

백지 상태에서 103만톤의 4000여명 산출

1969년 9월 KISA와의 기본 협정이 해지되고 일본으로 방향을 선회한 즈음이었다. 경영 관련 보고를 하는 자리에서 박 사장께서 지나가는 말처럼 고뇌의 한 자락을 드러냈다.

"제철소를 구경한 사람은 나와 윤동석 박사 둘인데, 100만 톤에는 어느 정도 인원이 있어야 하나…."

나는 조직 담당자로서 오싹해졌다. 이때의 황경노 기획관리부장이 뒷날 '포철 10주년'을 맞아 성공 요인의 하나로 '단계별 적정규모 인원확보'를 꼽게 되는데, 그만큼 '무'로 출발한 포스코에게 103만 톤 제철소의 인력 규모를 결정하는 것은 매우 중요한 일이었다.

나는 서양인 고문단을 찾아가 정보를 얻고자 했다. 그러나 그들의 대답은 "정확한 것은 모르겠으나 아마도 1만4000명 내지 1만5000명은 있어야 하지 않을까 추론된다."는 극히 추상적인 것이었다.

나는 일본인 슈퍼바이저들도 찾아갔다. 그들도 막연한 대답이었다. "9000명 내지 1만 명은 가져야 할 것"이라고 했다. 아무런 구체적인 산출 근거는 제시하지 않았다. 나는 근거를 말해달라고 했다. 하지만 대답은 형편없었다. "거기에 대한 구체적인 자료나 설명내용은 없을 것이다. 이것은 오랜 경험과 경륜을 근거로 판단한 결과다."라는 것이었다.

두 견해의 격차가 너무 컸다. 어느 쪽도 믿을 수 없었다. 그렇지는 않을 것이라고 나는 판단했다. 제철소라는 대단위 공장을 주먹구구로 운영할 수는 없을 테니 소요 인력에 대한 표준 같은 것이 있을 것이었다. 그러나 그걸 어디서 구할 수 있는가? 참으로 답답한 노릇이었다. 그러는 가운데 마침 일본으로 연수를 가게 되었다. 야하타제철소 전무이사와 만난 자리였다.

그 사람이 나를 어느 섬의 '마토야마장(的山莊)'으로 데려갔다. 한쪽 벽에 '국본(國本)'이라는 큼직한 두 글자만 적힌 방이었다. 기회를 노리던 내가 조심스레 고민거리를 꺼냈다. 물론 제철소의 직무내용과 관련된 자료가 있으면 한 번 보고 싶다는 간청이었다. 뜻밖에도 "그런 게 있다."고 했다. 과연 창고의 서류더미들 중에는 빨간 도장으로 '비(祕)'자가 찍힌 직무명세서, 작업내용서, 소요인력판단서 등이 포함돼 있었다. 나는 보물을 잡은 기분이었다. 반출은 금지돼 있었지만, 참고로 보기엔 지장이 없었다.

서울로 돌아온 나는 자문을 구했던 일본인과 다시 만났다.

"있는 걸 왜 없다고 한 거요?"

내가 퉁명스레 따졌으나 상대는 당당했다.

"인원, 직제, 직무와 직무의 관계 등을 다 알려 주면 우리는 무슨 용역을 얻을 수 있나요?"

나는 대꾸할 말이 없었다.

이때 포스코의 우리 부서에는 곧 '추정직무분석팀'이라는 전무후무한 조직이 태어났다. 나, 조관행 씨, 권무일 씨, 이재호 씨 등 여덟 명이 US스틸 직무사전, 일본 자문단, 서울대 행정대학원 박동서 교수의 조언을 받아가며 머리를 짜냈다. 마침내 우리가 도달한 결론은 '4직계 14직군 64직종 420직무 총 4,268명'이었다.

보고를 받은 박 사장이 단박에 선언했다.

"좋다. 4000명으로 103만 톤 한다."

우리의 보고서는 청와대로 올라갔다. 실제 103만 톤을 달성했을 때의 포스코 임직원은 총 4,044명이었다.

이러한 작업은 공장을 짓거나 공장을 돌리는 일이 아닌 '보이지 않는 소프트웨어(invisible software)'의 산물이어서 크게 두드러져 보이지는 않았지만, 만약 14,000명이나 9,000명을 채용했다면? 모든 조직에는 '필요성과는 상관없이 사람이 일을 만든다'라는 파킨슨 법칙이 적용되니까 결코 나머지 인력들이 놀고먹는 사태는 벌어지지 않았을 텐데, 그러나 '흑자'란 말이 포스코와는 아주 멀어져 버렸을 것이다.

포항제철은 지성소(至聖所)이다

포항 3기 공사가 한창일 때였다. 1978년 늦가을이었을 것이다. 기독교 장로교의 원로이시며 한신대학 총장을 역임하신 조향록 목사님과 〈이 생명 다하도록〉이라는 프로그램으로 기독교방송을 통해 국민의 영성 순화에 앞장서신 주택익 선생, 연세대 세브란스병원장을 역임하시게 되는 민광식 박사 일행이 포항제철을 방문하셨다.

민 박사님은 "당신들의 눈빛을 보니 미친 눈"이라며 의료 백업시스템에 대한 충고를 남기셨고, 조 목사님은 "현대를 보고 또 포철까지 보고 나니 제철소 옆 솔숲에 들어가서 통성기도를 하게 됐소. 광복 이후부터 해온 '왜 이 백성을 끝없는 고난에 들게 하시느냐'라는 항거기도를 오늘부터 그만하겠다."는 뜻이라고 하셨다.

"통성기도라니요?"

나는 '통성'이라는 단어에 신경이 쓰여서 물어보았다.

"아, 뭐 신경 쓸 것 없습니다. 그런 일이 좀 있었으니 이해를 바랍니다."

그러자 주태익 선생이 말씀을 거드셨다.

"귀한 자리인데 말씀을 하시지요."

"그럴까?" 하고 조 목사님은 길게 말씀을 하셨다. 그 개략은 이러했다.

나는 하나님을 신봉하고 모시는 목사로서 해방 이후 지난 30여년 동안 기도 중에 한 자락은 항거기도를 많이 드렸다. 우리 백성이 무슨 죄가 그리 많아서 일제 36년의 굴레를 짊어진 뒤에도 이토록 힘들게 하시느냐, 이제 좀 고삐를 늦추어 주십사는 간구였다. 그런데 현대를 둘러보고 또 오늘 포항제철을 둘러보고는 항거기도를 그만두기로 했다. 포항제철의 성공이 단순성공이 아니고 하나님께서 이 뜻을 성취하고자 미리 깔아두었던 도구요, 칼이요, 목표였다. 여러분은 연부역강하니 뒷날에 이걸 증언해주기를 바란다.

그날 그 자리, 조 목사님의 말씀 중에 유난히 내 영혼에 깊이 박힌 한마디가 있다.

"하나님의 역사가 이뤄지는 이곳 포항제철은 지성소(至聖所)입니다."

UPI 정상화의 고난과 YOH'S DAY의 영예

조향록 목사님께서 포철을 '지성소'라 이러주신 그날로부터 십 년 가까이 지나간 1986년 4월, 포스코는 US스틸과 합작하여 냉연공장 UPI를 설립했다. 위치는 미국 서부 샌프란시스코 근교 피츠버그였다. 유에스스틸의 냉연공장 경영이 악화되어 포스코와 유에스스틸이 50대 50 공동으로 7억 달러를 투자하여 설립한 UPI(USS-POSCO Industries). 현대화 사업을 추진하고 양사가 공동으로 경영한다는 약정이 이루어져 있었다. 나는 포스코 측을 대표하는 공동대표로서 초대 부사장에 부임했다.

부임한 첫날부터 나는 기가 막히고 막막했다. 미국의 최고 강성노조인 철강노조의 쟁의가 이어지고 있었다. 모두들 해법을 찾을 생각도 없이 그저 손을 놓고 있는 형편이었다. 이건 망하는 길로 가고 있었다.

게다가 소문까지 나쁘게 나돌아 그야말로 민심이 흉흉한 상황이었다. 한국의 포스코는 군대식인데, 그들이 군복 입고 유에스스틸을 장악하러 와서 결국 우리를 다 내쫓는다는 식이었다. 이렇게 얼토당토않은 말들이 유령처럼 현장을 떠돌아다니고 있었다.

나는 콜라 몇 병을 가방에 넣고 현장을 찾아 각개격파에 나섰다. 모두 2300명이니까 하루에 20, 30명씩만 만나면 오래지 않아 다 만날 수 있다는 생각이었다. 통역장교 출신에다 포스코에 몸과 혼을 담아 이십 년 가까이 전투 같은 일상을 감당해온 나로서는 그 정도야 만만하게 여겨졌다.

300명을 넘어서자 나는 비로소 분위기가 달라진다는 것을 피부로 느낄 수 있었다. 하루는 밤 11시경 현장 직원을 만났다. 폴리네시안이었다. 내가 악수를 나누고 콜라를 따라주며 말했다.

"우리 포스코는 같이 생존하러 왔다. 반드시 성공시킬 것이다. 같이 사는 길로 가자."

이랬더니 그 친구가 내 손을 잡고는 악수할 때 내 손에 묻은 기름을 자기 옷으로 닦아주면서 눈물을 지으며 말했다.

"나는 30년 근무하고 이제 몇 년 안 남았어요. 그런데 30년 만에 당신 같은 하이랭커(고위급)의 손을 처음 잡아 봐요. 당신들은 머리를 쓰는 사람, 우리는 손발을 쓰는 사람, 머리와 손발이 협력하면 됩니다. 저것 보시오. 형광등이 깨져 있지요? 화장실에 가 봐요. 휴지가 없는 데도 있어요. 말이 안 되지만 동부의 본사까지 갔다 와야 해결되는 겁니다."

문득 그가 손으로 눈시울을 훔쳤다. 그의 대답, 그의 눈물. 여기서 해결책이 나왔다. 합리성은 있어도 정에 굶주린 사람들에게 정을 쏟아야 했다. 나는 미국 사회를 매우 드라이한 사회이고 반대로 한국 사회는 너무 정에 의존한다고 진단하고 있었다. 현상은 선행하는 그 무엇의 결과이기는 하지만, 서로 배울 것이 있다.

아무튼 나는 내 방식의 활동을 그치지 않았다. 당시 미국 3개 주 노조를 컨트롤하던 노동계의 실력자 조 디마지오를 찾아가 협조를 구하기도 했다. 어찌 보면 적진으로 들어간 것이었다. UPI는 새로운 법인이니 노조도 US스틸 노조의 통제로부터 벗어나야 했다. 변호사의 자문을 거쳐 UPI 노조는 독립을 선언할 수 있다는 것을 확인했다.

'한국의 정'을 UPI에 접목했다. 포스코에서 시행하는 직원 생일선물 제도를 도입하기도 했고, UPI 직원 10명을 선발하여 포항제철소와 광양제철소에 보내서 각종 복지시설, 교육시설 등을 견학시키기도 했고, UPI 내에 러닝센터(learning center)를 개설하기도 했다.

해를 넘기며 198일을 끌어온 UPI의 노사분규가 1987년 1월 드디어 타결되었다. 내용도 좋았다.

첫째, 고용계약기간을 5년으로 한다(종전 2년).

둘째, 연대투쟁은 하지 않는다.

셋째, 어떤 경우에도 조업은 계속한다.

넷째, 정례적으로 경영설명회를 개최한다.

다섯째, 사원의 생일을 '가족의 날'로 제정하여 사원 가족들의 애사심을 고취하고 모범사원 부인은 한국 등으로 해외여행을 보낸다.

그런데 이런 내용에 대해 유에스스틸 측 경영층은 다소 우려하는 분위기였다. 나는 당장 박태준 회장께 보고했더니 아주 밝은 목소리로 격려를 아끼지 않으셨다.

"수고했어. 자네는 해낼 것으로 믿었어!"

1987년 말에 UPI는 흑자 체제로 전환됐다. 1989년 UPI 근무를 마치고 돌아올 때 피츠버그 시에서 베풀어준 환송연을 나는 지금도 잊을 수 없다. 시장, 시의회 의장을 비롯해 지역의 쟁쟁한 인사들이 참석했다.

"우리의 친구 미스터 여를 놓치게 됨을 안타까이 여기지만, 포스코의 부사장으로 승진해 간다니 우리 모두 축하를 보냅시다."

그리고 깜짝 놀랄 선물을 안겼다. 시의회의 결의로 1989년 11월 3일을 '여상환의 날(YOH'S DAY)'로 정했다지 않는가. 동판증서도 준비하여 작별 선물로 안겼다.

집단영성의 교향악, 과정중심주의의 대성취

나는 포항제철의 성공은 '포철혼'에 불타는 집단혼(集團魂), 집단영성의 장엄한 교향악이었다고 생각한다. 그러면 포철혼(浦鐵魂)은 무엇인가. 일단의 청교도인들이 메이플라워호를 타고 자유·풍요·평등의 희망을 안고 신

대륙으로 건너갔듯이, 일단의 포철인들이 제철보국(製鐵報國)의 깃발을 들고 영일만 모래펄에 모여 4반세기 동안 천재(天災)와 인재(人災)의 험난한 조건과 싸우면서 만들어낸 집단혼이다. 이것이 포스코 정신의 뿌리이며, POSCO SPIRIT이라 불러도 좋다.

미국 최대의 철강회사인 USX사와 포철과의 합작회사인 UPI사의 한국측 대표로 미국에서 약 7년간 있으면서 나는 우리나라와 미국이 어떤 점에서 다른가 하는 문제에 대하여 곰곰이 생각해본 적이 많았다. 역사, 지리, 인종 등 모든 환경이 전혀 다른 두 나라 사이에 서로 다른 점이 말할 수 없을 만큼 많겠지만, 내가 얻어낸 결론은 '과정과 결과'라는 두 개의 대립되는 사고방식의 차이라는 점이었다.

한국인들은 결과중심주의적으로 사고하고 행동하는 데 반해, 미국인들은 과정중심주의적으로 사고하고 행동한다는 사실을 체험적으로 알게 되었다. 가령 40~50대에 이른 사람들의 정력에 대한 관심은 두 나라 사람간에 별반 차이가 없다. 그러나 '왕성한 정력'이라는 목표를 설정하고 그 달성을 위해 실천해 가는 방법, 즉 과정은 판이했다. 그 시절을 기준으로 회고해 보겠다.

많은 한국 사람들은 우선 정력에 좋다는 식품을, 그것이 기호에 맞든 혐오식품이든 가리지 않고 마구 먹어댄 후 감나무에서 홍시가 떨어지기를 기다리듯, 도깨비 방망이에서 금은보화가 쏟아지길 기다리듯 정력이 좋아지길 기다리는 쪽이었다. 이리하여 송충이건 굼벵이건 정력제라면 닥치는 대로 먹었다. 겨울에는 겨울잠을 자고 있는 개구리나 도롱뇽을 땅을 파서 잡아먹고, 곰의 쓸개에다 호스를 꽂아놓고 쓸개즙을 흡입했다. 건강식 섭취를 위해 멀리 동남아까지 원정을 가고 있는 '어글리 코리언'들을 언론들이 고발하기도 했다. 모로 가도 서울만 가면 된다는 한탕주의, 공짜 근성은 노력 없이 결과만 도출하려는 우리 사회의 일그러진 치부이기도 했다.

그러나 미국 사람들은 달랐다. 대부분의 미국 샐러리맨들은 퇴근길에 헬스센터에 들러 근육 다지기를 했다. 카터나 부시 등 전현직 대통령의 조깅 모습을 더러 보았을 것이다. 정력이라는 것은 무슨 요술처럼 어느 날 갑자기 찾아드는 것이 아니라 운동을 통한 철저한 건강관리로 전신기능을 향진시키는 과정에 충실할 때 당연히 찾아오는 결과라고 생각하는 것이었다. 그러기에 그들은 매사에 정성을 기울이고, 스스로 노력이 부족했다고 생각하면 결과에 연연해하지도 않았다.

그러면 포항과 광양에서 4반세기에 걸친 대역사를 마무리하며 연산 조강 2100만 톤 체제를 완성하는 가운데 한국 근대화의 견인차 임무를 성공리에 완수했을 뿐만 아니라, 그때 이미 글로벌 기업의 토대를 놓게 되었던 포스코 역사의 궤적에서 생성된 정신적 가치체계는 무엇인가. 그것은 희생·책임·공인·공동체·규율·창조·개척·자주·장인 등 여러 덕목으로 응축되어 있으나 그중에서 으뜸으로 꼽을 수 있는 정신적 사리(舍利)는 놀랍게도 우리나라 사람들의 일반적 사고방식과는 달리 철저한 '과정중심주의'였다는 점이다. 흔히들 영일만의 기적이니 광양만의 신화니 하지만, 그것은 결코 기적도 신화도 아닌, 과정에 충실하면 반드시 좋은 결과가 온다는 박태준 최고경영자의 신념과 이를 받들어 실천한 포철인들의 단합된 모습이 이루어낸 당연한 결과였다.

옛말에 '연못에 임해서 고기를 탐하기보다는 돌아가 고기를 낚을 수 있는 그물을 짜는 것이 낫다(臨淵羨漁不如退而結網)'는 말이 있듯이, 포철인들은 결과보다는 과정을 더 중시한 것이다. 가만히 있다가 목이 마르면 물을 찾는 것이 아니라 물이 필요해질 그 시간을 위하여 두 개의 수소분자(H)와 한 개의 산소분자(O)를 화합시키는 과정을 철저히 밟아왔던 것이다. 그 대표적인 예가 불량공사 폭파와 수중감사이다.

1977년 8월 2일 포항제철소 3기 발전 송풍설비는 콘크리트 타설 공정이 80% 이상 진척되었는데, 불량 시공된 사실이 발견되자 가차없이 폭파하여 재시공을 감행하였다. 또한 1982년 광양제철소 호안 축조 공사 때는 육상은 물론 수중공사에 대해서는 물속에 잠긴 옹벽의 규격, 사용된 근고석의 크기, 석질, 시공방법 등 하나하나를 점검하는 수중감사 작업을 벌이면서 기어이 완벽한 시공을 이루어냈다.

결과를 결정짓는 것은 과정이라는 철저한 과정중심적 사고에다 사업의 중요성에 대한 인식, 민족기업의 수임자라는 책임감, 국가경제의 원동력이라는 확신이 함께 어우러져 우리나라의 일반적인 가치관과는 전혀 다른 별도의 가치체계를 창출해냈던 것이다.

그 '포항제철 4반세기'의 역사는 뚜렷한 기업목표와 시대상황에 따라 주어진 다양한 환경변화에 도전적으로 적응해 가는 궤적 속에서 최고경영자의 탁월한 연출과 모든 포철인들의 총력적 참여, 과정중심의 대장정을 걸어온 결산으로 나타난 것이었다. '포철혼'은 바로 이러한 역사의 집적과정 속에서 다른 집단과는 특이하게 생성된 기업문화적 뿌리로서, 포철인 개개인의 양심 속에서 불타고 있는 '살아있는 집단혼(Gruppen Seele)'이었다.

'포철혼'은 꺼지지 않을 것이다

나는 우리 민족은 '신명의 민족'이라고 확신한다. 흔히 신바람, 신명 등으로 표현하는 우리의 특질은 엄청난 폭발적 에너지를 발산하지만 계량화하기 어려운 점이 있다. 앞으로 경영학 쪽에서 연구해야 할 과제라고 본다. 다만 이를 경영학자의 눈으로만 바라보지 말고 '문화와 인류'라는 큰 주제를 두고 접근해야 할 것이다.

우리 세대는 밥을 먹어야 했지만 지금 세대는 감동을 먹어야 한다. 그러나 경영층에서 감동을 생산해주기만을 기다려서는 안 된다. 개개인이 스스로 감동을 만들어내는 일도 중요하다.

포스코 50주년에 문득 'YOH'S DAY' 기념 동판을 쳐다본다. 벌써 이십 년 세월의 더께가 앉았다. 그러나 동판은 부패하지 않는다. 그것을 나는 나의 정신, 포스코의 정신과 동일시한다. 정신은 사라지지 않는다. 그러나 변질될 수는 있다. 그래서 우리 창업세대들이 이 글을 남기는 것이다. 나의 인생에 무엇이 저 기념동판을 선사하게 했을까? 박태준 회장의 탁월한 리더십과 동료들의 뛰어난 능력, 그리고 우리를 하나로 만들었던 '포철혼'이 오래 뇌리에 머문다.

포스코 50주년, 이제 100년 기업을 향해 출발한 포스코, 앞으로는 어떠할까? 과거 우리의 역사는 비교적 양(量)의 확장으로 일관되어 흘러왔으나 다가오는 세기에는 질(質)로 모든 분야에서 승부를 걸어야 할 것임이 분명하다.

지금 여기서 일본인들의 견성성불(見性成佛)의 직업정신을 다시 생각해 본다. 일본에서는 자신이 하는 일을 평생의 업으로 생각하여 업을 통해 부처의 경지에 이르겠다는 견성성불의 정신이 뿌리내려져 있다. 개개인이 세계에서 최고로 우수한 품질의 상품을 만들겠다는 그 정신이 바로 오늘의 경제대국 일본을 일구어낸 기반이다. 기업에서의 자기의 역할이 주연이냐 조연이냐는 그다지 중요하지 않다. 무엇보다도 주연이면 주연으로, 조연이면 조연으로 세계 제1인자가 되겠다는 정신이 더 중요한 것이다.

'다음 50년'의 포스코는 과거의 뿌리와 현재의 위상 그리고 미래의 비전을 접목시켜 인간의 존엄·가치·덕성을 존중하는 인본주의를 바탕으로 세계기업(Global Company)으로 성장하면서도 민족과 국가를 항상 생각하는 민족기업으로 살아남아야 할 것이다. 이를 성취해 나가는 문제에 있어서도 성실·신뢰·화합을 바탕으로 한 과정중심의 '포철혼'—POSCO SPIRIT은 그 원동력이 되어 포스코를 지탱해주는 꺼지지 않는 영원한 생명력이 되어야 할 것이다.

심모원려의 제철소 레이아웃

안덕주 1938년 경기도 광주 출생. 1968년 포스코 입사(창립요원), 공장수송담당·PERT반장·공정담당·원료처리건설반장·압연건설반장·냉연부장·경영정책실장·설비부본부장·업무이사, 1981년 POSA 사장, 1982년 PEC 사장·1986년 도일코리아 사장(現), 1994년 동우사 부사장 역임. 현재 포스코청암재단 이사.

"철이 없으면 주권을 지킬 수 없다"

대학에서 '조선'을 전공한 나는 1961년 해군 기술장교로 입대하여 처음 철선을 만져 보지만 군복을 벗은 뒤에는 검정회사에 들어갔다. 1964년에도 한국은 조선공장이 없는 나라였던 것이다.

그 회사에서 근무한 3년 동안에 손해사정이다, 공장상태검사다 하여 나는 여러 공장을 살펴보고 많은 보고서를 작성했다. 보험회사에서 쓸 서류이기 때문에 영문으로 써야 했는데 영작문 공부에 많은 도움이 되었다. 나주비료공장과 충주비료공장에서는 '공대 나왔으면 이 정도 되는 데에선 일해야지'라는 부러움도 느꼈다.

한국검정원에서 4년 가까이 일하고 있던 1968년 초, 신문에서 '종합제철 간부사원 채용'이란 광고를 보았다. 제선담당, 제강담당 등 직무가 있고, 아래에 '공장수송담당'도 뽑는다고 되어 있었다. 공장수송담당이 무슨 일을 하는지 확실하지 않았지만 대학 전공인 조선과 관계가 있을 것 같았다. 나는 응시했다. 며칠 후 "나올 수 있겠느냐?"라는 전화를 받았다. 당시 총무 일을 맡고 있던 신상은 씨의 전화였다.

나는 가족회의를 열었다. '줄어드는 월급'에 구애받지 않고 새 길을 택하기로 했다. 비료공장에서의 부러움, 1·21사태의 영향, 조선과 출신으로서의 '철에 대한 감' 등이 복합적으로 작용했다.

3월 중순에 신광식, 박준민, 권태협 씨 등과 유네스코회관으로 출근을 시작했다. 그때 우리 정부가 추진한 대한국제제철차관단(KISA)과의 종합제철 프로젝트가 어느 정도 진척이 되어 4월에 포스코를 창립하고 5월에는 KISA에서 일반기술계획서(GEP; General Engineering Plan)를 제출하도록 되어 있었으니, 임시 조직이라고 봐야 할 종합제철건설추진위원회에서 GEP 검토에 필요한 기술요원들을 급히 뽑은 것이었다. 우리 기술요원들에게는 제선·제강 등 설비별로 업무가 주어졌다. 나는 모집광고에 나온 대로 공장수송담당으로 발령이 났다. 신분은 촉탁 공무원이었다. 회사 설립 전의 추진위가 정부 소속이었으니 그런 어정쩡한 신분으로 한 달 동안 지냈다.

출근을 시작하여 한 주일쯤 지나서 "사장님 오신다."라는 말을 처음 들었다. 나는 박태준 사장의 첫인상에 호감이 일지 않았다. 무슨 고민이 많은지 무뚝뚝해 보이고, 나의 상상에 비해 너무 젊어 보였다. 하지만 티타임 회의에 배석하기를 거듭하면서 그의 정확하고 날카로우면서도 강한 면모에 마음이 끌리기 시작했다.

신입사원으로 들어와서 받았던 도입교육도 오래 잊을 수 없었다.

"나라가 있으려면 영토·국민·주권이 있어야 하는데, 철이 없으면 주권을 지킬 수 없다. 그런 철을 우리가 만들고자 한다."

바로 이 대목에서는 어떤 비장함이 느껴졌다. 회사를 옮기면서 급여가 반 토막이 났지만, 큰 사업을 앞둔 회사가 마음에 들었다. 어떤 긍지 같은 것을 맛볼 수 있었다. 이때는 대일청구권자금 이야기가 나오기 1년 전이었지만 회사는 이미 국가적 대사업을 수행해야 한다는 임무를 무겁게 느끼고 있었고, 꼭 성공시켜야 한다는 중압감에 싸여 있었다.

공장수송은 레이아웃과 직결되었다

첫 임무였다고나 할까. 나에게는 일본어로 된 작은 책자 한 권이 주어졌다. 제목이 『철강업은 수송업이다』였다. 내용을 보니, 조강(粗鋼) 100만 톤을 생산하려면 290만 톤의 철광석, 원료탄, 고철 기타 부원료, 부자재 등이 소요되고, 이 물자들이 제조공정을 통해 최종 제품이 되어 나오기까지 이동하는 물류과정이 곧 '수송'이었다. 한마디로 철강업은 수송업이고, 수송효율을 제일차적으로 고려하여 공장배치와 설비계획을 해야 한다는 것이었다.

포항제철소를 임해제철소로 계획하는 것부터가 원·부자재와 제품의 수송비를 낮추고자 하는 것이니 포스코의 계획과 그 책은 같은 맥락이기도 했다. 내가 신문광고에서 보았던 '공장수송담당'이란 바로 그런 일을 하는 직무였다.

사실 그때까지도 나는 제철 공정에 대해 아무것도 아는 바가 없었다. 해군장교로 근무할 때 진해 해군공창에서 선체(船體)를 수리하기 위해 강판을 어렵게 불출 받아 사용한 경험으로 제철에 대한 이해와 동경이 있었을 따름이었다. 물론 진해 경험이 나중에 도움은 되었다. 선체 설계도면을 제도(製圖)한 경험이 수십 장의 제철공장 배치계획 도면을 익숙하게 그릴 수 있게 해준 것이었다.

원료부두로부터 제선-제강-압연을 거쳐 제품부두에 이르기까지, 그 모든 과정의 가장 효율성 높은 수송체계는 무엇인가? 결국 나의 임무는 '제철소 레이아웃'을 그리는 것이었다. 이것이 나의 숙제였다. 제철소 구경도 못한 처지에 제선, 제강, 압연과는 달리 카운터 파트도 없었다.

나는 일본 제철소의 홍보용 인쇄물을 모았다. 하늘에서 찍은 제철소 전경, 이걸 통해 레이아웃의 기본 개념을 깨달았다. 신설 후쿠야마제철소가 좋은 본보기였다. 그런데 더 중요한 것은 회사의 결정이었다. 영일만에서 60만 톤으로 시작하여 200만~300만 톤에서 끝낼 것인가, 아니면 더 키울 것인가? 100만~200만 톤도 꿈같이 여기던 시절, 회사가 그걸 정해야만 레이아웃도 확정될 수 있었다. 나는 레이아웃을 이슈화하려고 노력했는데, 이 문제를 단박에 해결한 장본인은 박 사장이었다.

"처음의 레이아웃이 앞으로 크게 확장하는 방향으로 되어야 한다."

그 명료한 정리는 '3급 1호봉' 말단사원의 고충을 최고경영자가 직접 단박에 해결해준 것이었다.

굴입항만을 전제한 공장 배치도를 KISA에 건네다

포항이 최종 입지로 결정될 때 KISA는 영일만 해안선을 따라 부두를 건설할 계획이었다. 부두에 나란히 원료 야드와 소결공장 등 원료처리설비를 배치하고 그 후면에 주변전소 발전송풍설비 고로 제강설비를 두고, 다시 그 후면에 압연공장과 기타 부대설비들을 배치하고자 했다. 이는 종래 유럽이나 미국에서 채택한 전형적인 소형 제철소의 레이아웃이었다. 나도 그 레이아웃을 보고 이렇게 할 경우 영일만의 파도는 어떻게 하나 등등에 대한 문제점을 막연히 느꼈지만, 누구도 직선부두 건설계획에 대해 다른 의견을 개진하지 않거나 못하고 있었다.

내가 추진위에 합류하여 1개월 후 회사가 설립되고 얼마 지나지 않아 직선 해안선 부두가 아니라 방파제가 있는 굴입항만을 만들어 선박이 드나들게 하고 서쪽 안벽을 원료하역부두로, 동쪽 안벽을 제품출하부두로 해야 한다는 얘기가 들려오기 시작했다. 일본 가와사키제철의 우에노 조자부로(上野長三郞) 고문이 박태준 사장의 초청으로 현지에 와서 그런 안을 낸 것이었다.

지금 돌이켜보면, 굴입항만은 포항제철소의 정수면(靜水面) 확보와 부지조성용 토사를 확보하는 유일한 해결책이었다. 나중에 알게 되었지만, 1965년 박정희 대통령이 종합제철 건설에 본격적인 시동을 걸었을 때부터 박태준 사장은 일본 최초의 임해제철소를 건설한 가와사키제철소 고위층과 맺어놓은 돈독한 협력관계가 그런 혜안을 얻어내는 결실로 맺어진 것이었다.

1968년 4월 포스코와 건설부가 우에노 씨의 혜안에 입각한 항만계획을 확정한 후 포스코로서는 KISA에 굴입항만을 전제로 GEP의 배치계획을 세우도록 통보해야 했다.

나는 그동안 각 제철소의 공장 배치도를 모아 검토해본 실력으로 제품부두와 평행하게 대로를 내어 국도와 연결하는 것이 좋겠다고 생각하고 상부의 재가를 받은 뒤 도면을 그려 우리의 새로운 구상을 KISA에 알렸다. 1968년 4월 13일자로 된 도면이다. 포스코 역사지에 실려 있다. KISA가 굴입항만을 전제로 새로운 구상을 함에 있어서 서쪽 부두를 원료하역부두로 하고, 동쪽 부두를 제품출하부두로 하며, 제품부두와 평행하게 남북 간 중앙대로를 고려한다는 전제를 그들에게 미리 통보해줌으로써 KISA가 엉뚱한 안을 만들지 않도록 했다. 나는 내가 그린 도면을 KISA로 보내면서 5월 하순경 미국에 가면 그들이 보여줄 도면에 대한 기대를 걸기도 했다.

창립 포스코에 설비별 담당이 임명되어 있긴 했지만 입사 2, 3개월에 지나지 않은 '무경험'의 우리들에게 제철소 설비계획 검토를 맡길 수는 없는 일이었다. 이러한 사정을 고려하여 박태준 사장께서는 5월 하순에 일본 후지제철과 GEP 검토를 위한 기술자문계약을 체결했다. 그리고 일본 자문단의 자문 내용을 한 번 더 다지기 위해 미국 바텔연구소와도 기술검토 자문계약을 체결하였다. 이중, 삼중의 안전장치를 마련해둔 것이었다.

이윽고 포스코 측에서 윤동석 전무 이하 7명, 일본 기술자문단 6명, 바텔연구소 기술요원 3명 등 16명이 GEP 검토를 위해 KISA의 주도 회사인 코퍼스사가 소재한 미국 피츠버그로 향했다.

KISA의 공장배치도는 실망스러웠다

나는 무엇보다 KISA가 내놓을 공장 배치도에 큰 기대를 걸고 있었다. 그들은 우리가 통보한 대로 굴입항만을 전제로 하여 원료부두 좌안을 제선지역으로 그려두고 있었다. 그러나 내가 구상한 중앙도로의 필요성을 간과한 것이었다. 그러니까 전체 부지에 대한 고려가 없는 도면이었다. 나는 실망이 컸다. 설비들이 인접해 있는 것은 좋지만 고로에서 생산한 쇳물을 제강공장으로 운반할 때 기관차의 방향을 바꿔야 하는 등 동선도 복잡한데 그런 고려들이 빠져 있었다. 내가 기대를 걸었던 일본 NKK의 후쿠야마제철소 같은, 어떤 질서를 느끼게 하는 배치개념과는 너무나 거리가 멀어 보였다.

KISA의 입장에서 보자면, 그들은 포스코가 초기 연산 60만 톤으로 시작해서 최종 확장을 이루더라도 250만 톤 정도밖에 못할 것이라고 계산했으니 그 도면이 잘못된 것은 아니었다. 하지만 포스코로서는 다소 막연하게나마 그 이상을 머리에 담아두고 있었다. 하여튼 나는 중앙도로를 비롯해 앞으로의 확장성, 용선운반, 구획정돈 같은 고려사항에 입각하여 포스코의 배치안을 제시해야만 했다.

포항제철소 공장 배치를 결정하는 과정에 우에노 씨에 이어 두 번째로 도움이 된 분이 일본 자문단의 기쓰네사키 씨였다. 후지제철의 제선 기술자였다. 나는 그분에게서 쇳물을 고로에서 제강공장으로 운반하는 철로의 곡선은 광궤(廣軌)이니 충분히 완만하게 해야 한다는 등 귀중한 조언을 들었다. 그분은 숙소 식탁 위에 종이를 펴놓고 제도사가 되어 포스코가 제시할 대안을 직접 그려 보이기도 했다. 1고로 위치를 KISA의 초안보다 서쪽으로 멀리 옮기고 이후의 확장 방향이 원료부두와 평행하게 바다 쪽으로 나아가게 했다. 그리고 압연공장은 중앙도로 동쪽에 제품부두와 평행하게 위치시켰다. 이 안을 가지고 나는 KISA와 토의하면서 이러한 우리의 콘셉트를 반영해달라고 요구했다.

그러나 KISA가 7월에 포스코에 제출한 GEP에 수록된 배치도는 페츠버그에서 내가 보았던 것과 크게 달라진 것이 없었다. 내가 제시한 수정안을 적용하면 공장 간의 거리가 멀어져서 철로·가스관·전선 등 유틸리티 설비비가 증액되어야 하는데 기존 예산으로는 어렵다는 것이었다. 이 문제는 최종적으로 약 90만 달러를 증액하는 것으로 우리의 수정안대로 최종 타결되었다.

그런데 불과 두 달 뒤에 KISA는 어떻게 되었는가? 그들과의 제철소 건설계획은 우여곡절 끝에 무산되고 말았다. 남은 것은 KISA와의 계약 해지 서명과 우리 정부와 포스코의 새로운 시작, 즉 대일청구권자금 전용과 일본의 기술협력이었다.

KISA의 배반이 남긴 '좋은 유산'

KISA와의 계약 해지가 확실시되고 오히려 활력이 더 살아난 박태준 사장께서 난데없이 나에게 조업대비 계획서를 만들라는 지시를 내렸다. 직원들의 동요나 시간낭비를 막기 위한 조치였다. 사실 그때 직원들의 분위기는 무척 뒤숭숭했다. 이러다가 실업자가 되는 게 아니냐 하는 우려도 있었다. 그러나 새로운 희망을 누구보다 확실하게 보고 있었을 박 사장께서는 뒤숭숭해 있을 여유가 없다고 판단했을 것이었다.

분명히 KISA는 포스코와 한국 정부에 배반감과 실망감과 허탈감을 안겨주었다. 그러나 포스코로서는 대단히 유용한 경험이기도 했다. 우선, 서류로 만져보고 살펴본 것이었지만 우리는 제철소 건설에 대한 확실한 개념을 머릿속에 챙겨 넣을 수 있었다. 또한 주요 요원들이 일본제철소 연수를 받는 계기도 되었고, 세계 유수의 철강건설기술용역회사와 설비제작사로 구성된 KISA를 상대로 대단위 일관제철소 건설 추진을 하였으니 우리의 기술요원, 기획요원, 계약요원들에게 귀중한 산 경험이 되었다. 그런 것이 후일의 계획 추진에 큰 도움이 되었다는 점은 부인할 수 없는 사실이었다. 그리고 하나 더 있었다. 우리 정부나 포스코가 KISA를 믿고 그들과 협상하는 기간 중에 항만, 도로, 철도, 용수 등 정부가 지원하는 사업을 추진했기 때문에 1970년 4월 1일 1기 설비 착공식 때는 먼저 각종 인프라 공사들이 상당히 진척된 상태였다.

"최대 확장을 고려하라"

앞서 언급했지만, 나의 눈에도 장차 500만 톤까지는 무난할 것으로 보인 영일만 부지에 대한 1968년 5월 KISA의 레이아웃은 옹졸한 그림이었다. 뒷날에는 형산강과 냉천의 수로를 변경시켜 1000만 톤 이상을 생산할 땅에다 겨우 200만 톤 수준으로 그려 놓았던 것이다. 협상에 의한 추가계약으로 80만 달러를 더 지불한 수정 레이아웃 합의에 닿은 날이었다.

나는 박 사장을 모시고 KISA의 에이컨 씨 앞으로 레이아웃을 들고 나갔다. 1기는 빨간색으로 칠하고, 2기 설비 이후는 다른 색들로 칠한 도면이었다.

“지금까지 말이 많았던 우리 회사의 레이아웃은 이렇게 되겠습니다.”

이렇게 운을 뗀 나의 설명을 듣고 나서 에이컨 씨는 웃으며 말했다.

“크리스마스 트리 같군요.”

너무 당연한 것을 너무 오래 협상거리로 삼았던 것에 대한 겸연쩍은 마음을 표현한 말 같았다. 그러나 나는 속이 좀 꼬였다. “장래에 대한 당신들의 강한 의지가 인상적”이라는 정도로 격려하며 미안해 했어야 할 자리라고 생각한 것이었다.

1969년 후반기로 접어들면서 정부가 대일청구권자금을 염두에 두고 종합제철사업계획연구위원회를 새로 만들어 초기계획을 103만 톤으로 한 ‘신사업계획’을 작성하면서 분위기가 달라졌다. 배치도도 다시 그려야 했다. 일본 유수의 제철소를 보면 760만3306㎡(230만 평) 정도의 부지이면 연산 550만 톤에서 600만 톤까지 확장이 가능하였다. 최종 용량을 300만 톤으로 하는 안과 부지를 다 사용하는 안은 결과가 크게 다르기 때문에 나는 이에 대한 확실한 지침이 필요했다. 박태준 사장의 지침은 확고했다.

“최대 확장을 고려하라.”

나는 기분 좋게 작업했다. 고로를 현 제강공장 위치에 놓고 제강을 중앙도로 동쪽으로 놓아보는 등 많은 배치도를 그려 신사업계획연구위원회에 제공했다.

지금 돌이켜보면, 처음 굴입항만 안을 보고 아무래도 제품부두에 이어지는 도로가 회사 정문과 연결되게 하여 주도로가 되도록 해야겠다고 생각하고 임원회의에 브리핑했을 때 박 사장께서 동의해주시면서 “그 길은 넓을수록 좋을 거야.” 하셨던 것이 내가 담당한 ‘공장수송’ 업무의 탄탄한 시작이 되었던 듯하다.

이런 일도 있었다. 굴입항만 안에 따른 부지조성공사가 시작되어 서울 본사 게시판에는 최근의 항공촬영 사진이 게시되어 공사 진척상황을 볼 수 있었다. 큰일이 좋은 방향으로 진행된다는 사실에 기분이 좋았던 내가 착공 몇 달 뒤인 초가을 어느 날에는 속을 태워야 했다. 항공사진에 나타난 중앙도로의 선이 제품부두와 평행하지 않고 남쪽으로 갈수록 사이가 벌어지고 있는 것이었다. 모든 공사가 다 돈인데 엉뚱한 데다 길을 만들고 있다면 큰일이었다. 윗분에게 보고를 드렸지만 아무런 조치가 취해지지 않았다.

'저 일을 바로잡을 분은 사장님뿐인데, 내가 위계를 무시하고 직접 사장님께 보고할 수도 없고, 그렇다고 손을 놓고 있을 수도 없고, 어쩌나.'

이렇게 고민하다가 KIST 김재관 박사를 찾아가서 의논을 드렸다. 그런데 다음날 임원회의에서 박 사장의 수정지시가 떨어졌다.

'이제 되었구나' 하고 나는 안도를 하고 있는데 퇴근 무렵에 경고장이 떨어졌다며 수군거리는 소리가 들려왔다. 건설부장이 1호, 기술부장이 2호라고 했다. 나는 몸 둘 바를 몰랐다.

'경고장' 사건은 지금까지 누구한테 말도 못하고 혼자 속을 끓여온 일이다. 오늘 이 기회에 처음으로 밝힌다. 이걸로 두 분께 속죄가 될는지 모르겠지만….

퍼트교육, 착공식, 냉연 2공장, 제2제철소 미니차트의 추억

1968년 7월 즈음, 나는 그해 4월 하순에 대한중석으로부터 포스코에 합류한 심인보 선배와 함께 '퍼트(PERT)'를 맡았다. 매사 현명한 그분이 실장이고 내가 반장이었다. 선진화된 공정관리기법을 도입하려는 박 사장의 의지가 반영된 교육이었다. 한때 회사에는 '퍼트 정신'이란 말도 있었다. 그 핵심은 '동시에 할 일들은 다 동시에 하여 가장 짧은 시간 내에 하자'는 것이었다. 퍼트 기법은 이후 건설공정표 작성에만 사용된 것이 아니라 '외자도입승인추진일정표' 등 행정업무 전반에 활용되면서 과학적 사고라는 포스코 정신의 중요한 일부가 되었다. 여기에는 심인보 선배의 노고가 컸다.

역사적인 착공식은 1970년 4월 1일로 잡혔다. 착공식에 앞선 3월 1일에 창고부터 착공해야 했는데, 그러나 아직 시공도면이 나오지 않았다. 어느 지점에 첫 착공의 파일을 박을 것인가? 이게 고민거리였다. 나는 창고 자리는 가장 먼저 필요하고 조금 틀려도 괜찮은 건물이라고 생각했다. 박 사장이 나를 일본으로 보냈다. 나는 야하타제철소로 가서 우리 1기 설비의 기본기술계획서를 작성하느라 여기저기서 온 기술자들과 협의 중인 아리가 단장을 찾아 우리 현황을 얘기하고 며칠을 기다려 개략적 도면과 좌표를 받았다. 그 좌표에서 착공식의 파일 항타 굉음이 터졌다. 거기는 공작정비공장 자리였다.

1974년 9월 포항 2기 설비계획에 추가시킨 제1 냉연공장이 착공됐다. 원료처리설비의 건설반장으로 있던 내가 냉연공장으로 옮겨 갔다. 나는 앞으로 어떻게 될지 아무도 모르는 냉연공장을 그렇게 조기에 시작한 경영자의 결단에 존경을 보낸다. 그런데 냉연의 건설·조업은 맨땅에 헤딩하는 격이었다. 건설과정이나 초기 조업과정에서 숱하게 골탕을 먹었다. 준공을 앞둔 1977년 1월 어느 추운 날, 나는 공장 안의 군데군데에 드럼통을 놓고 불을 지피게 했다. 파이프라인 내부의 이물질을 씻어 내기 위해 프러싱을 하는데 물이 얼지 않게 하려는 고육책이었다. 그런데 하필 그 시간에 박 사장께서 현장 순시를 나왔다. 불호령이 떨어지고, 육완식 부본부장이 호된 야단을 맞았다. 육 선배에게 참으로 죄송하다. 주모한 내가 맞아야 할 야단이었다.

1978년 나는 경영정책실장으로 보임되었다. 그때 포스코는 550만 톤 체제의 3기 조업이 시작되고 850만 톤 체제의 4기 사업을 구체화하고 있는 시점이었다. 또한 제2제철소의 필요성이 대두되면서 민간 기업들이 저마다 아전인수식 논리를 내세워 실수요자 경쟁에 뛰어들었다. 포스코로서는 당연히 포스코의 제2공장으로 추진해야 할 사안이었다. 하루는 왜 포스코가 계속해서 사업주체가 되어야 하는지 논리를 정리해서 보고하라는 박 사장의 지시가 떨어졌다.

그동안 축적한 건설 및 조업 기술의 활용, 규모의 경제성(scale merit)을 달성하기 위한 생산량 증강 등은 빼놓을 수 없는 논리였다. 하지만 그것으로는 독과점 우려라는 반론을 피하기 어려웠다.

나는 전후 재판을 받은 독일 크루프(Krupp)사를 연상하며 자료를 뒤져보았다. 당시 포스코는 매출이 정부 예산의 16% 정도, 국내 총생산의 3~4%를 차지하는 규모였다. 일본 제철회사들의 주주 구성을 보니 일반 개인의 지분은 미미하고 은행·기관 등에 분산되어 있어 특정 주인이 있는 소유 구조가 아니었다. 여기에 좋은 논리가 있었다. 마침 그때는 모 기업의 아파트 특혜분양 스캔들이 터져서 우리 사회의 경영윤리의식 수준에서는 종합제철 같은 거대 국가기간산업을 민간에 맡긴다는 일을 시기상조라고 여길 것이었다.

이런 내 나름의 확신을 바탕으로 미니차트를 만들어 박 사장께 보고를 올렸다. 주요 언론기관을 찾아다니며 일일이 설명하라는 지시가 떨어졌다. 당시 홍보업무를 관장하고 있던 여상환 사장실 실장과 함께 주요 신문사와 방송사를 찾아 언론인들을 접촉했다. 언론에서는 매우 호의적이었고, 우리나라에서 제철산업은 아직 국영기업체가 해야 할 일이라는 사회적 공감대를 확인할 수 있었다. 다 아는 바와 같이 이러한 여론을 바탕으로 포스코가 제2제철소 실수요자가 되어 처음에는 아산만으로, 최종은 광양제철소로 결정되었다.

포스코의 운명은 민족기업이다

포스코 창립 50주년, 내가 보기에 포스코의 모습이 언제부턴가 조금 느슨해진 것 같다. 비록 민영화가 되긴 했지만 포스코는 태생적으로 대일청구권자금으로 건설된 민족기업인 만큼 사명(使命)이 있는 공인임을 잊지 않고 절제(節制)·모범(模範)·선도(先導)를 생각하는 사람들의 결사체가 되어야 한다.

철강업의 경영환경이 어려울수록 내실과 단단한 바탕이 중요하다. 단단한 바탕의 기초는 개개인의 판단력과 그들의 바른 자세다. 판단력이란 사물에 대한 연구와 역사적 교훈에 입각해서 유추하며 합리와 균형을 찾는 것이고, 바른 자세란 사심(私心)과 공명심(功名心)을 경계하고 나보다 전체를 생각하는 것이다.

바탕이 단단하다면 그때그때 출현하는 현안에 대해 지혜로운 대처 방안을 창출할 수 있을 것이다. 유행을 따르지 말고 남이 안 하는 것 또는 못하는 것을 기어이 성공시켜 국가발전에 기여하는 것이 포스코에 주어진 시종여일한 사명임을 잊지 말아야 한다.

포항제철소 910만톤과 전기강판의 사연

박준민 1940년 강원도 원주 출생. 1968년 포스코 입사(창립요원)·기획총괄과장, 뒤셀도르프연락소장·경영정책실장·호주 POSA 법인장·설비기술본부 부본부장, 1987년 삼공중공업 영업총괄 상무이사, 1993년 포항코일센터 사장, 1994년 포스코엔지니어링 사장·포스코개발 사장·포항산업과학연구원 자문위원 역임.

포항 1고로의 내용적 제시

대학에서 금속학을 공부하고 인천중공업(현 INI스틸)에 들어가 연구소·기획과·제판과를 거치며 5년쯤 보낸 1968년 초, 나는 새로운 길로서 '종합제철'을 택하기로 했다. 종합제철건설추진위원회에 입사원서를 내고 시험을 거쳐 2월 중순경부터 그 사무실이 있는 유네스코회관으로 출근했다.

나의 첫 직책은 기술부 압연담당이었다. 낯선 일만은 아니었다. 인천에도 작지만 압연이 있었던 것이다.

'포스코 창업식'이 열리고 얼마 지나지 않아 나는 제선 담당으로 바뀌었다. 대학 은사인 윤동석 부사장의 권유를 받았을 때, 낯선 분야이지만 해보겠다고 했다. 참 막연했으나 제대로 된 '고로'를 내가 한 번 해보겠다는 의욕이 솟아났다.

5월에는 설비사양서와 GEP(General Engineering Plan, 일반기술계획서) 등 KISA와 협의할 일들이 생겼다. 나도 피츠버그에 가는 일행에 끼였다. 윤동석, 유석기, 이상수, 안덕주, 신광식, 이건배 씨 등 우리는 박태준 사장의 배려로 가는 길에 무로랑제철소를 방문했다. 내 눈에는 모든 것이 처음 보는 것이었다. 안내 직원이 사진을 맘대로 찍어도 좋다고 해서 나는 열심히 찍었다.

그해 9월에 일본인 카운터파트가 생겼다. 제선 분야에는 기츠네자키(孤崎) 씨, 광석 분야에는 뒷날 신일본제철 회장을 지내는 이마이(今井) 씨. 나는 일본어를 못해 애를 먹었다. 1940년에 태어났으니 한글세대의 맏이 아닌가.

1969년 4월부터는 두 달 기간으로 일본 연수를 떠났다. 일행은 13명. 도쿄 후지제철소 본사 3주, 나머지는 가마이시제철소였다. 이때도 언어문제로 불편을 겪었다. 일본어 학원에 한 달 다닌 기초는 있었지만, 같은 단어가 두 번 나오면 선배에게 한글로 적어 보여 뜻을 알아차렸다. 그렇게 달포쯤 신경을 곤두세우자 비로소 귀가 열리는 듯했다.

연수를 마치고 돌아오니 이미 큰일이 벌어져 있었다. 'KISA와 결별, 대일 청구권자금 전용'이 그것이었다. 사업계획서도 새로 꾸며졌다. 회사 분위기는 매우 뒤숭숭했다. 지레 안 되는 사업으로 판단하고 회사를 떠나는 사람들도 있었다.

나는 KISA의 GEP를 버리고 새로운 기술계획서 작성에 참여했다. 부문별로 나누어 작성했는데, 내가 맡은 쪽은 소결·코크스·고로 등 제선 부문이었다.

1969년 9월 13일 작성한 「신사업계획 구체화작업 보고서」라는 표제의 두툼한 책자에서 나는 포항 1고로의 내용적을 1760㎥로 제시했다. 포항 1기는 103만2000톤으로 시작하지만 이후 조업기술이 늘어났을 때 설비 증설 없이 120만 톤까지 가기 위해서는 그 정도의 용량은 되어야 한다고 판단한 것이었다.

그때 내 생각은 이미 2기 설비에 닿아 있었다. 260만 톤 구상을 떠올린 것이었다. 그리고 포스코는 제강공정에 소용되는 고철을 국내시장에서 조달하지 않고 제철소 자체적으로 해결하기로 했다. 국내 다른 전기로 업체의 고철 수요를 고려한 방침이었다. 그래서 분괴공정이나 압연공정에서 발생하는 토막들을 쓰기로 했다. 그런데 1기 설비 구매과정에서 예산이 모자라 1고로의 내용적을 100㎥ 줄여서 1660㎥로 하기로 최종 결정하게 되었다.

포항제철소, 최종 910만톤으로

일본의 설비 메이커에서 제시한 제작도면을 검토하기 위해 반년 이상을 일본에 머물기도 했다. 일곱 명이 도쿄 외곽 고엔지에 아파트를 빌려 자취하면서 포스코 도쿄사무소로 출근했다. 메이커의 도면을 받아 JG의 담당과 같이 검토하여 다시 메이커로 보내곤 했다. 더러는 기타큐슈까지 내려갔다. 이런 경우에는 도쿄에서 야간 침대열차를 타고 내려가 이튿날 아침에 기타큐슈에서 일을 본 다음, 그날 야간 침대열차를 타고 도쿄로 돌아와 이튿날 아침에 사무소로 나갔다.

일본에서 돌아오자 나에게 생산기술부 초대 기술관리과장이 맡겨졌다. 이때 나는 회사의 두 가지 표준 중 하나인 '기술표준'을 만들었다. 나머지 하나는 현장에서 만든 '작업표준'이었다. 1972년 12월에는 기획총괄과장으로 자리를 옮겼다.

2기 설비는 260만 톤으로 한다는 계획이 이미 결정되어 있었기 때문에 나는 그때 3기, 4기 설비 계획에 들어갔다. 3기, 4기 계획은 포항제철소의 최종 규모를 결정하는 것과 연계되어 있는 일이었다. 실무진이 내린 종합적인 판단은 1000만 톤까지 할 수 있다는 것이었다. 그래서 임원회의에서 나는 포항제철소 최종 규모를 1000만 톤으로 보고했다.

포항제철소 최종 규모를 1000만 톤으로 하기 위해서는 3, 4고로 내용적 4200㎥가 요구되었다. 박태준 사장은 이에 대해 의구심을 보였다. 임원들에게 물었다.

"자신 있나요?"

대형 고로에 대해 누구도 선불리 확답할 수 없었다. 누구도 선뜻 대답하지 못했다. 사실 보고서 내용 정도의 자료를 판단 근거로 삼아 그 자리에서 의견을 말하기는 대단히 어려운 일이었다.

"그러면 줄이시오."

이렇게 결론을 내린 박 사장께서 한마디 덧붙였다.

"저 녀석들 4000㎥짜리 용광로 돌리고 싶어서 그러는 거지. 안 돼, 줄여."

뾰족한 수가 없었다.

"수정 보고 드리겠습니다."

나는 아쉬운 마음으로 3880㎥까지 줄였다. 그러나 제선 부문만 줄이고 나머지는 원안대로 밀어붙였어다. 제강은 제철소의 공칭능력이 정해지는 공정이다. 이걸 줄여놓으면 나중에 다시 늘릴 수가 없다. 제강 능력만 확보해놓으면 고로는 나중에 개수 과정에서 늘릴 수 있고 코크스나 소결도 화상(火床)을 조금 늘리면 키울 수 있다. 그래서 고로만 3880㎥로 줄여서 포항제철소의 최종 규모가 850만 톤으로 정해졌다.

그리고 두어 달이 지났다. 박 사장께서 나를 부르셨다.

"포항, 얼마까지 할 수 있어?"

지난번의 대답을 재차 확인하는 질문이었다.

"1000만 톤까지 가능합니다."

내 대답은 그대로였다.

그 뒤에 제선 부문만 더 늘렸다. 그래서 포항제철소가 최종 910만 톤이 되었다. 명칭은 '포항 4기 2차 확장공사'로 정해졌다.

포항 3기, 4기 설비 계획을 확정하는 과정에서 실무자들은 정부의 달라진 태도를 확인했다. 경제기획원은 '이제 더 해줄 게 없지 않느냐'라는 거였다.

일본 측도 시큰둥하게 나왔다. 1기, 2기까지는 우리의 선택에 대해 몇 가지 경우를 예로 들어 가며 '당신들의 형편을 고려해 보면 이게 적격이다'라고 친절을 베풀어 온 사람들이 이제는 그게 아니었다.

850만 톤짜리 영문서류를 들고 차관을 얻으러 일본 대장성을 찾아갔을 때였다. 담당 공무원이 이걸 다시 계산하여 언제 다시 오라고 했다. 나는 숙제를 해서 날짜에 맞춰 다시 갔다. 그러면 또 다른 숙제를 냈다. 이런 일을 몇 번 당한 내가 기어코 퉁명스레 말했다.

"우리가 돈 있다는 걸 증명하라는 건데, 돈 있으면 무엇 하러 왔겠어요?"

상대가 대꾸했다.

"돈 꾸러 온 사람이 큰소리를 치는군요."

회사로 돌아온 나는 박 사장께 보고했다.

"이제 일본은 우리의 선생님이 아닌 것 같습니다. 저쪽에서는 우리를 경쟁자로 생각하는 것 같습니다."

박 사장께서는 묘한 웃음을 지었다.

전기강판에 도전하다

1970년대 중반으로 접어들면서 국내 전기전자공업의 발전으로 전기강판(電氣鋼板) 수요가 증가하여 국내 생산의 필요성이 대두되었다. 1974년 말 일본의 열연코일 수출가격이 톤당 270달러 미만이었는데, 일본이 전기강판을 간단히 가공하여 전자부품으로 한국으로 수출하는 가격이 ㎏당 4.50달러였다. 톤당 가격으로 환산해보면 열연코일의 무려 16배였다.

나는 인천중공업에서 극히 초보적인 방법으로 전기강판이라는 것을 만들어본 매우 짧은 경험을 바탕으로 이 프로젝트에 도전하기로 마음먹었다. 그리고 3기 설비 계획에 전기강판공장을 포함시켰다. 이사회의 승인을 받았다.

"계획을 세워 봐."

박 사장의 결심도 떨어졌다.

그러나 전기강판 제조기술은 당시 철강업 최첨단 기술로서 일본도 원천기술을 확보하지 못하고 미국으로부터 도입한 상태였다. 나는 이상수 부장과 함께 미국으로 가서 전기강판의 원조 격인 암코스틸(ARMCO Steel)을 방문하여 기술제공 관련 사항을 협의했다. 암코스틸은 자기들이 기술을 제공한 국가에는 포스코가 생산한 전기강판을 수출해서는 안 된다는 조건을 제시했다. 이거야 받을 수 없었다.

우리는 다시 펜실베이니아주에 소재한 앨러게니 러들럼(Allegheny Ludlum Steel)사를 찾아갔다. 암코사에 비해 기술은 다소 떨어지지만 제품 수출에 대한 제한 따위는 없었다. 그래서 이 회사의 기술 도입을 건의했다. 승인이 났다.

1975년 나는 제대로 전기강판공장을 본 적도 없이 상상력을 동원하여 계획을 작성했다. 미국의 두 회사를 돌아보면서 우리가 투자비 산정에 큰 오류를 범했다는 사실을 뒤늦게 깨달아야 했다. 실제로 들어갈 투자비는 우리가 애초에 산정했던 금액에다 '0' 하나는 더 붙여야 하는 규모였다.

사업계획서를 대폭 수정할 수밖에 없었다. 당초 계획의 열 배 가까운 예산을 투입해야 했다. 연산 7만 톤 규모의 전기강판공장을 1977년 11월 1

일 착공하여 1979년 10월 15일 준공한 후 시운전을 거쳐 상업운전에 들어갔다. 하지만 매월 100억 원의 적자를 기록했다. 매월 열린 운영회의에서 전기강판공장의 손익을 보고할 때에는 고준식 부사장께서 큰소리로 다그치듯 질문했다.

"저거 누가 하자고 했어?"

'저거'란 전기강판이었고, 나는 죄인처럼 일어서야 했다.

그러나 '저거'가 국가적으로는 좋은 일을 하고 있었다. 포스코가 전기강판을 생산하자 일본이 한국에 수출하는 전기강판 가격을 절반 수준으로 뚝 떨어뜨린 것이었다. 그래서 그때 포스코의 판로는 더욱 어려워질 수밖에 없었을 것이다. 전기강판공장은 초기에는 변압기에 쓰는 '무방향성강판'을 많이 생산했으나 기술력 향상과 더불어 '방향성강판'을 많이 생산하는 쪽으로 나갔다.

뒷날에는 '저거' 취급을 받았던 전기강판이 회사의 이익 창출에 크게 기여하게 되었다. 그 소식을 들을 때마다 나는 작고하신 고준식 부사장님을 떠올렸다. 아직도 살아 계셔서 "그때 그 프로젝트 하기를 참 잘했다"고 하시는 말씀을 들어봤으면 참 좋겠다는 생각을 하며 혼자서 미소를 짓곤 한다.

스테인리스스틸을 추진하다

1983년부터 3년간 호주 현지법인인 POSA(Pohang Steel, Australia) 근무를 마치고 귀국한 나는 박태준 사장으로부터 스테인리스스틸 공장 프로젝트를 추진하라는 지시를 받았다. 나로서는 참 반갑고 감사한 일거리였다.

"자네가 하자고 했으니 해봐."

이 말씀도 툭 던지셨다. 내가 호주로 나가기 전부터 그 프로젝트에 대해 몇 차례 그분께 건의한 적이 있었는데, 그걸 기억하고 계셨던 것이다.

나는 호주에서 돌아와 얼마 지나지 않아 또 유럽으로 날아갔다. 독일, 이탈리아, 영국 등 스테인리스스틸 제조사를 둘러보았다. 나는 최종적으로 독일의 크루프로 낙점했다. 스테인리스일관공장은 내가 완성을 하지 못했다. 1987년에 회사를 그만두면서 그 일은 내 손을 떠났다.

스테인리스스틸 공장 교섭을 하던 당시에 크루프 사람들이 나에게 들려줬던 말은 지금 생각해봐도 의미심장한 것 같다.

"스테인리스스틸 공장은 탄소강 공장과 같은 곳에 두지 말고 멀찍이 떨어뜨려 놓아야 합니다. 두 공장의 정밀도, 작업 방법, 일하는 문화가 완전히 다르기 때문이지요."

그래서 그때 나는 포항 연관단지에 12만 평(약 39만6694㎡) 정도의 땅이 있기에 거기를 찍을 생각이었다. 나중에 보니 이미 팔려버렸다. 어쩔 도리 없이 포항제철소 한 귀퉁이에 건설할 수밖에 없었다.

크루프 사람들은 나에게 이런 말도 했다.

"탄소강을 만드는 데 머리가 1g쯤 아프다면, 스테인리스스틸을 만드는 데는 10g쯤 아프고, 베어링강을 만드는 데는 1㎏이 아픕니다."

'부정'의 귀한 가치와 '배경'의 중요성

포스코 창립 50주년, 오랫동안 기획 분야에서 일하면서 항상 직원들에게 강조했던 말을 후배들에게 다시 들려주고 싶다.

"회사를 위해 일하는 것은 100% 윗사람을 위해 일하는 것이 된다. 그러나 윗사람을 위해 일하는 것은 100% 회사를 위해 일하는 것이라고 볼 수가 없다. 흔히들 긍정적 사고를 중요한 가치로 말하는데, 긍정적 사고란 예스맨의 사고와는 다른 거다. 대상이 무엇이냐에 따라 긍정이 부정이 될 수도 있고 그 반대인 경우도 있다. 그리고 긍정은 다들 박수칠 때 나의 박

수 하나를 보태는 것, 즉 양적 증가에 불과하지만, 부정은 대상의 질적 변화, 즉 패러다임의 전환을 유도할 수가 있다. 다시 말해, 긍정은 시속 100 ㎞로 달리는 차에 약간의 속도를 더해줄 뿐이지만, 부정은 길을 잘못 들어선 차의 방향을 수정하는 힘이 된다."

그리고 한마디를 더 보탠다.

"의사결정의 결과만 아니라 그 배경이 매우 중요하니 그 배경도 충실히 기록으로 남겨야 된다고 생각한다. 결과보다는 그 배경이 후배들에게 더 귀중한 참고와 도움이 될 것이기 때문이다."

공장부지 만들기와 중앙도로의 사연들

이영직 1939년 대전 출생. 1965년 건설부 수자원국, 1968년 포항제철 입사(창립요원)·초대 용수과장·설계부 차장·토건부 차장, 1977년 정우개발 부사장, 1992년 제철세라믹 사장, 1995년 건화엔지니어링 부회장 역임.

포철 제1호 발주공사에도 부실과 불량이 없었다

1967년 11월 우리 정부가 구성한 종합제철건설추진위원회는 1968년 4월 1일 포항종합제철주식회사가 창립되기까지 약 5개월 동안 우리나라 최초의 일관제철소 건설사업을 이끌어가는 주체로 기능했다. 나는 1968년 초 건설부 수자원국에 근무하던 중 '종합제철 사원모집' 광고를 보고 시험을 통해 추진위원회에 합류했다.

분야별로 안덕주, 신광식, 박준민, 권태협 씨 그리고 나, 이렇게 다섯 명이 최초의 공개채용을 통해 일관제철소 건설사업에 첫발을 들여놓았다. 명동성당 앞에 있던 고등학교에서 시험을 치렀는데, 그날이 매우 추웠다. 우리 이전에는 주로 대한중석이나 군(軍)에서 차출된 인사들, 고위 인사들과의 관계나 명망 있는 분들의 추천 등을 통해 몇몇 분이 먼저 와서 일을 하고 있었다. 공채라는 절차를 밟았지만 아직 회사가 설립되기 전이어서 우리가 '공채 1기'는 아니었다. 회사가 창립된 후 처음으로 공개채용을 통해 입사한 기수를 '공채 1기'로 불러서 우리를 '특기'라 부르기도 했다.

우리 '특기'는 그때 추진위에서 제일 젊은 그룹을 형성하고 있었다. 토목직으로 들어온 사원은 나 혼자여서 서울 본사와 포항 현장을 바삐 오가며 1인 2역 내지 3역을 해내야 할 정도였다. 1968년 여름에는 박종태 소장이 서울 본사로 찾아와 현장 일이 온통 토목공사인데 왜 토목직이 현장에 오지 않고 본사에 묶여 있느냐면서 박태준 사장께 토목직의 현장 근무를 강력히 요청하기도 했다. 하지만 본사에서 수행하는 계획 업무도 만만찮아서 결국 나는 본사와 현장을 오가며 반반 근무하는 것으로 매듭이 지어졌다. 이미 그렇게 하고 있었지만, 그때까지의 근무 형태가 편법이었다면 그 이후로는 공식적인 것이 되었다.

제철소 부지의 '표토 제거 및 갈대 베기 공사'에도 사연이 많았다. 부지는 몇몇 마을과 예수성심시녀회(수녀원·고아원), 그리고 일부 지역의 송림을 제외하면 대부분 갈대가 우거진 수로나 늪지대로 구성되어 있었다. 준설작업이 본격화되면서 지대가 낮은 수로나 늪지대로 준설토가 뒤덮이게 될 상황이었다. 따라서 준설토가 저지대를 뒤덮기 전에 광활하게 펴져 있는 갈대와 후일 공장 건설에 지장을 줄 수 있는 부식토를 제거하는 일이 급선무였다.

갈대와 부식토를 제거하지 않고 준설토로 덮어버리면, 뒤에 공장 건설을 위해 굴착공사를 할 때 갈대와 부식토가 있던 곳은 이질층(異質層)이 형성되어 굴착 단면에 미끄럼(sliding) 현상이 발생하게 되고 심하면 지반침하(地盤沈下)가 일어나게 된다. 그래서 공장 부지를 조성할 때는 필수적으로 이물질이나 표토를 제거해야 한다.

표토 제거 및 갈대 베기, 이 공사는 포항제철이 발주한 제1호 공사였다. 아직 서울 본사와 포항 현장을 오가며 일하고 있던 나는 본사에서 입찰이 가능하도록 설계도를 만들어 발주했다. 이전까지는 그때그때 필요할 때마다 인력을 동원하여 일을 시키고 임금을 계산하는 이른바 출역부(出役簿)에 의한 관리방식을 써왔다.

제1호 발주공사는 예상치 못한 어려움이 많이 따랐다. 갈대 베기는 사람이 직접 물속으로 들어가 작업을 했기 때문에 원시적이고 힘들기는 해도 큰 문제는 없었다. 그러나 표토 제거 작업에는 중량이 비교적 가볍고 바퀴가 넓은 습지전용 불도저를 동원해야 했다. 깊은 늪지대에 접근한 불도저가 늪에 빠져 옴짝달싹 못하게 되면 다른 불도저로 이를 꺼내려다가 같이 빠져버리기 일쑤였다.

불도저 다섯 대가 한꺼번에 빠져버린 적도 있었다. 그러나 무엇보다 중요한 것은 어려움을 넘어 완전하게 공사를 해내는 것이었다. 그때 표토와 갈대 등 이물질을 철저히 제거한 덕분에 뒤에 굴착공사를 할 때 미끄럼 현상으로 인한 사고는 한 건도 발생하지 않았다. 지반침하로 인해 공장시설에 금이 발생한 적도 없었다. 제1호 발주공사는 어느 구석에도 '부실'이나 '불량'이 없었던 셈이다.

'포철 직원 결혼 1호'의 공장부지 경계 확정하기

나는 1968년 9월에 결혼을 했다. 더 버티지 못하고 영일만 제철소 현장으로 명령이 났다. 아내와 같이 포항으로 내려갔다. 당시의 포항건설사무소, 즉 롬멜하우스는 거칠면서도 매우 인간적이었다. 포항으로 내려간 바로 그날, 롬멜하우스에 근무하는 전원이 참석한 가운데 열어준 대대적인 환영 파티를 나는 지금도 잊을 수 없다. 나와 아내, 우리 신혼부부를 위한 파티였다. 그리고 이튿날부터 나에게도 현장을 누비는 전형적인 '노가다' 인생이 시작되었다.

내가 포항제철 직원 결혼 1호였다. 박태준 사장께서 현장에 오시면 나

더러 이러셨다. "자네가 아이를 낳으면 포항제철 순종 1호이니 다음에 본인이 원하면 포항제철에 입사시켜 주겠다." 그때는 무척 힘들게 일했지만 끈끈한 인간관계가 다시 스스로를 다독일 수 있는 힘의 원천이 되었다.

포항 1기 사업 당시, 제철소 부지 매입 업무는 경상북도가 맡고 있었다. 그러나 경상북도로서는 어디를 얼마만큼 매입해야 하는지를 정확히 알 수 없어 회사로 공문을 보내왔다. 부지 매입에 들어가야 하니 제철소 부지 경계를 결정해달라는 것이었다. 이 일 또한 토목직에서 맡을 수밖에 없었다. 나로서는 너무나 막연했다. 제철소가 어떻게 생겼는지도 모르는 상황에서 어떤 기록도 자료도 없었을 뿐만 아니라 어디 물어볼 데도 없었다. 근거가 될 수 있는 것이라야 KISA의 단순계획, 즉 60만 톤 제철소라는 것뿐이었다. 그나마 공장배치도도 없었다. 제철소 부지는 추후 확장계획까지 고려해야 하는 것인데, 확장계획은커녕 60만 톤이나마 제대로 될지 의구심을 품고 있을 때였다.

이런저런 자료를 뒤지다가 눈에 번쩍 띄는 게 있었다. 제철소의 공장배치 계획이 가장 이상적으로 되었을 경우에 당시 기술로는 평당 3톤 정도의 철을 생산할 수 있다는 외국 문헌의 기록을 발견한 것이었다. 아무런 자료가 없었기에 그 정도의 기록도 구세주를 만난 것이나 다름없었다. 문제는 포항제철소의 최종 규모였다.

우리 정부가 KISA에 의존하고 있던 그때, 아직 포항제철소의 청사진도 나와 있지 않았다. 다만 박태준 사장님을 비롯한 고위 임원들께서 지나가는 말로 '550만 톤'이라고 하는 것을 들은 기억이 났다. 그러나 그것도 확실한 계획이 서 있었던 것이 아니었다. 그저 막연한 구상에 불과한 것이었다. 그러나 그것 외에는 어떤 자료도 없었기 때문에 나는 550만 톤에 50만 톤을 더해 600만 톤으로 상정했다. 여기에 평당 3톤을 적용해 보니 약 200만 평이라는 계산이 나왔다. 이걸 기준으로 용감하게 경계 표시 작업에 들어갔다.

포항제철소 부지 동쪽은 바다이니 자연적으로 경계가 확정된 것이었다. 북쪽은 형산강이니 이 또한 어려움 없이 경계가 결정되었다. 남쪽은 냉천에 접해 있으나 냉천은 그다지 큰 하천이 아니어서 후일 냉천의 유로를 변경한다는 전제 하에 냉천 너머까지 필요한 부지를 확정할 수 있었다. 문제는 서쪽, 그러니까 내륙 쪽이었다.(시각적 실감으로는 바다를 북쪽, 형산강을 서쪽, 냉천을 동쪽, 내륙을 남쪽이라 해도 좋다.)

포항시내에서 형산강을 건너 오천 방향으로 가는 국도가 형산교(구 교량)와 직선으로 연결되어 있었고, 도로 양쪽 옆으로는 산과 늪지가 형성되어 있어서 어디로 경계선을 확정지어야 할지 난감한 상황이었다. 기존 도로를 서쪽으로 상당 거리 이설해 공장부지를 넓게 확보하도록 하고 이설된 도로가 공장부지 경계가 되도록 했으나, 후일 사용가치가 있을 것으로 판단되는 남서쪽의 산 방향으로는 경계 확정이 더욱 어려웠다.

나는 이홍종 건설담당 이사와 상의했다. 이홍종 이사는 퍽이나 재미있는 이야기를 해주었다. 어떤 지역을 수중에 넣으려면 그 지역의 산봉우리를 점령해야 하니, 산봉우리를 공장 부지로 편입시키라는 것이었다. 그 지시에 따라 능선과 산봉우리를 부지에 편입해 경계 표시를 한 뒤 경상북도에 보냈다.

뒷날에 형산강 유로도 일부 변경하고 바다 쪽도 일부 매립하여 지금은 당시에 확정된 면적보다는 훨씬 넓어졌으나 그때 이설했던 국도, 냉천 쪽, 남서방 산 등은 지금도 포항제철소의 경계로 되어 있다. 산이 경계로 있는 자리에는 지금 본사 건물, 독신사원 숙소, 연구소, 역사관, 홍보센터, 축구장 등이 들어서서 유용하게 사용되고 있다. 그때 산봉우리까지 확보한 것은 매우 잘 판단한 일이라고 생각된다.

포철 '중앙도로'에 묻힌 애환들

포항제철소를 처음 찾아오는 사람들이 정문을 들어서는 순간 어김없이 그들을 맞이하는 것이 있다. 말끔히 포장되어 바다까지 직선으로 쭉 뻗어 있는 중앙도로가 그것이다.

"참 시원히 뚫린 도로구만."

이런 한마디가 저절로 터져 나올 만큼 중앙도로는 포항제철소가 지닌 또 하나의 장관임에 틀림없다. 적어도 그 도로의 이면에 숨어 있는 숱한 애환을 모르는 사람들에게는 말이다.

나는 지금도 정문을 들어서면 가슴이 덜컥 내려앉을 때가 있다. 그것은 저 멀리 도로의 끝에서 피어오르는 아지랑이가 무섭게 불어닥치는 바람 아닌가 하고 착시현상을 일으킬 때와, 왼편 원료 야드에 쌓여 있는 광석과 석탄더미가 또다시 치워야 할 모래언덕으로 착각될 때가 그러하다.

이런 이야기를 하면 어디가 이상한 사람이 아닌가라고 생각하는 사람도 분명 있을 것이다. 그러나 지금의 40m 폭으로 중앙도로가 건설되기까지 그 현장에 직접 뛰어들었던 사람이라면, 그런 나의 환시 현상을 충분히 공감할 수 있을 것이다.

나는 감히 말할 수 있다. 포철의 중앙도로를 포장하고 있는 것이 흔한 아스팔트만은 아니라는 사실을. 거기에는 수많은 애환과 우여곡절, 그리고 초기 건설역군들의 땀방울이 뒤범벅되어 아스팔트보다도 더 두툼하게 깔려 있다는 것을.

69년 12월 15일 축조공사가 착공된 중앙도로는 처음에 '1번도로'라는 이름으로 불려졌다. 당시까지만 해도 준설토 수토(受土)를 위해 제방을 겸한 임시 도로들이 일정한 계획 없이 여기저기 제멋대로 뻗어 있었는데, 어느 것 하나 제대로 도로 구실을 하지 못하고 있었다. 하기야 모든 공장들의 배치 계획이 확정되기도 전이었으니 영구 도로의 건설은 전체 사업 계획이 확정되고 그 윤곽이 어느 정도 잡혀야만 가능했던 것이다. 결국 1번도로의 착공은 최초의 영구 도로 건설이라는 역사적인 의미를 지닌 것이기도 했지만 포철 사업의 본격화를 의미하는 것이라고도 할 수 있었다.

현장 관리 측면에서 본다고 해도 1번도로의 건설은 시급했다. 왜냐하면 당시의 현장 상황은 공사 능률면에서 많은 문제점을 안고 있었다. 그도 그럴 것이, 현재의 정문 부근에서 공사차량이 현장으로 가려면 준설선에서 풀어놓은 산 같은 모래더미에 가로막혀 곧바로 가지 못하고 멀리 냉천이나 형산강쪽으로 우회해야 하는 상황이었다. 공사차량의 우회 이동은 공기나 공사비용 측면에 결코 도움이 될 수 없었다. 1번도로의 건설은 그런 현실적 필요에서도 더욱 시급한 과제였다.

1번도로의 공사 내용은 매우 단순한 것이었다. 40m 폭으로 도로선상에 있는 모래산을 제거하고 준설 중에 생긴 늪을 메워 현 홍보센터 입구에 있는 동산에서부터 바다까지 차량 통행이 가능하도록 한다.—이것이 전부였다. 그러나 그것이 말처럼 그렇게 단순한 작업은 아니었다.

말이 좋아 도로 공사지 당시 우리 작업은 실제로 도로를 만드는 것이 아니었다. 그것은 차라리 사막 한가운데 우뚝우뚝 솟아 있는 모래산 사이를 뚫고 지나가는 '터널'을 만드는 작업이었다는 표현이 더 적절할 것 같다. 그만큼 치워야 할 모래가 많았고, 또한 수없이 많은 돌로 메워도 메워도 자꾸만 그것들을 빨아들이는 늪이 우리를 괴롭혔던 것이다.

그뿐이 아니었다. 도로의 형태가 거의 이루어졌다 싶으면 어김없이 불어대는 세찬 돌풍이 그간의 작업을 흔적도 없이 지워버리곤 하였다. 원상태가 되어버린 현장을 다시 도로로 만들고, 그 도로가 또다시 흔적도 없이 사라져버리는 것이 반복되다 보면 공사 감독이나 도급업자 모두 허탈감에 빠져 일할 의욕을 잃어버리곤 했다.

그렇게 허탈해 하면서도 한 자 한 자 도로를 만들어 나갔다. 방한복과 방풍경 하나로 한겨울의 추위와 모래바람을 견뎌내야 했다.

드디어 천신만고 끝에 도로의 형태가 어느 정도 완성되고, 뒷정리 작업이 시작되었을 때, 전혀 예상치 못했던 장애물로 골머리를 썩이게 되었다. 커다란 고목이 그것이었다.

그 고목은 원래 마을이 철거되기 전에 있었던 '부연사'라는 절의 경내에 뿌리박고 있었다. 그런데 1번도로가 철거된 마을 부지를 관통하면서 그 고목 역시 제거되어야 할 운명에 처해졌다. 물론 그 고목이 단순한 고목이었다면 별 문제가 없었겠으나 그렇지가 않았다. 그 고목은 그 지역 사람들에게 수호신이나 다름없이 신성시되고 있는 존재였기에 함부로 손을 댈 수가 없었던 것이다.

대다수 토박이들은 그 고목이 모든 재앙으로부터 자신들의 마을을 지켜주고 있다고 굳게 믿고 있었다. 마을에 흉사가 있으면 으레 고목에게 치성을 드려 신의 노여움을 풀어드렸고, 그래야만 마을이 평화롭게 유지된다고 믿고 있는 것이었다. 따라서 누구든 그 나무에 함부로 손을 대면 벌을 받아 죽게 된다는 믿음 아닌 믿음이었다. 그러한 믿음 때문에 모든 마을이 철거되고 울창했던 소나무까지 모조리 베어버려도 그 고목만은 본래의 모습 그대로 남아 있었다.

그런 내용을 잘 알게 된 나는 될 수 있으면 그 고목만은 제거하지 않으려 했으나 그 지점이 바로 도로 한가운데였기 때문에 불가피하게 제거하지 않을 수 없었다.

그런데 제거 결정까지는 별 문제가 없었으나 그 다음이 문제였다. 그러한 결정에 따라 나무를 제거하기 위해 장비를 동원했지만 누구도 선뜻 나무를 넘어뜨리려고 하지 않았다. 그 고목에 얽힌 내용의 진위 여부를 떠나 마음부터 어딘가 찜찜하고 썩 내키지 않는 일이기 때문이었다.

더욱이 당시 포항 시내에는, "제철공장에서 그 나무를 베다가 사람이 죽었고, 또 그 나무를 쓰러뜨리려던 불도저의 삽날이 깨져버렸다"라는 진원지를 알 수 없는 괴소문이 한창 기승을 부리고 있었다. 그러니 장비 기사들이 그 작업에 쉽게 나서지 않으려 하는 것은 당연한 일이었다.

사태가 그렇게 되자 웃지 못할 일들이 여러 번 생기기도 하였다. 하루는 어떤 우국지사(?)가 찾아와 "저에게 ○○○원만 주십시오. 그러면 제가 국가와 종합제철을 위해서 목숨을 걸고 이 나무를 쓰러뜨려 드리겠습니다" 하고 어깨까지 으쓱대며 한바탕 흥정을 걸었다가 우리의 계속된 거부로 발을 돌렸는가 하면, 또 어떤 사람은 친절(?)하게도 어떠어떠한 방법으로 신의 노여움을 달랜 후 나무를 베면 아무 탈이 없을 것이라며 구체적인 실행 방안까지 제시하기도 하였다.

급기야 KBS포항방송국에서 "최근에 포항제철소 내의 고목과 관련된 시중의 여러 소문은 모두 사실에 근거하지 않은 허위입니다"라는 방송까지 내보내는 촌극이 벌어지기도 하였다.

여하튼 그 모든 뜬소문을 하루속히 종식시키고 공사를 계속 추진하기 위해서 나는 당시의 김상억 토건부장과 함께 불도저 기사가 나무를 제거하도록 설득작전을 벌였다. 우리의 끈질긴 설득에도 불구하고 계속 고개만 젓고 있던 기사에게 나는 최후의 수단을 쓰기로 했다.

"좋습니다. 정 그러시다면 제가 불도저에 함께 타겠습니다."

"무슨 말씀인지…."

"함께 타고 저 나무에 손을 대면 아저씨나 저나 똑같은 불경을 저지르는 것 아닙니까? 그러니 아저씨가 죽으면 저도 죽게 될 것이고 결국 우리 둘 다 죽으면 아저씨 가족은 이분(김상억 부장)께서 책임져 주실 테니 오히려 저보다 낫지 않겠습니까. 제가 약속 드립니다."

이렇게 몇 번을 다시 설득하고 나서야 우리는 겨우 불도저 기사의 응답을 얻어낼 수 있었다. 여전히 내켜하지 않는 그의 기분을 달래주기 위해서 간단한 고사를 지낸 후에 작업을 시작하였다. 나는 약속대로 불도저에 올라타 작업 지시를 내렸다.

불안과 초조의 눈빛으로 많은 사람들이 지켜보는 가운데 고목 제거 작업은 약 1시간 가량 지속되었다. 1시간이 조금 지나자 그 전설 많던 나무는 다른 나무들처럼 뿌리와 줄기가 끊기는 요란한 소리와 함께 땅 위로 뒹굴었다. 그리고 그 나무는 귀신도 잡는다는 해병대에서 크레인으로 끌고 갔는데 화목(火木)으로 사용하였다는 얘기를 들었다. 불도저 기사와 나에게는 아무 일도 생기지 않았다.

어쨌든 이러한 일련의 일을 치르고 난 후 도로가 거의 제 모습을 갖추게 되었을 무렵, 또 하나의 뜻하지 않은 지시가 서울 본사로부터 내려왔다.

'현재 공사 중인 1번도로는 냉천쪽으로 22m 이동하여 좌표가 확정되었으니 이동된 좌표에 의거하여 다시 도로를 만들고 70년 4월 1일 공작정비공장 착공식에 이 도로를 사용할 수 있도록 하라'는 것이었다. 거기다가 먼지가 나지 않도록 하라는 지시까지 덧붙여졌다.

환장할 노릇이었다. 공사가 거의 끝나간다는 생각으로 들떠 있던 우리로서는 청천벽력과 같은 지시가 아닐 수 없었다. 더욱이 그러한 지시가 내려진 것이 70년 2월 20일경이었으니 앞으로 허락된 시간을 생각하면 더욱 막막한 일이었다. 그때까지 추위가 가라앉고 설사 봄이 된다 하더라도 포항 특유의 봄바람이 겨울 못지않다는 것을 잘 알고 있던 우리는 도무지 엄두를 낼 수가 없었다. 더구나 그러한 기후 조건 속에서 많지도 않은 40여 일의 공기로 중앙도로를 새로 뚫는다는 것은 거의 불가능에 가까웠던 것이다.

그러나 포철 사전에 불복이란 없었다. 나는 여러 가지 궁리 끝에 현장 경험이 비교적 많은 권태진, 김우영, 이인수 씨 등으로 감독진을 보강하여 새로운 공사에 착수하였다. 이른바 '신(新)1번도로' 축조공사가 시작되었다.

지금의 제철역 옆 154kv변전소 근방에 천막 하나를 치고 그곳을 전방 지휘소로 하여 24시간 작업이 강행되었다. 도로가 1m 앞으로 나아가면 뒤를 이어 다른 도급회사가 막자갈을 포설하고, 막자갈이 1m 깔리면 또 다른 도급회사가 그것을 다지면서 지나갔다. 그리고 그 뒤를 이어서 도로 양측에서는 바람으로 모래가 날려도 도로까지 많이 날아오지 않도록 깊은 배수로(모래받이)를 파 나갔다.

그렇게 쫓고 쫓기는 식의 공사로 도로는 조금씩 앞으로 뚫려 나갔으나 그 무서운 모래바람과 추위, 며칠씩의 야근으로 인해 밀려오는 잠은 줄곧 우리를 괴롭혔다.

불과 10m 앞도 제대로 분간할 수 없는 모래바람이 불어대는 날이면 점퍼 속은 말 그대로 커다란 모래주머니가 되었다. 그러다가 도저히 견디지 못하고 천막 안으로 피해 들어 "오늘은 제법 몸무게가 늘었는걸" 하며 서로 웃으며 얼마나 많은 모래를 털어냈던지! 그리고 밤이면 잠과 추위에 지쳐 더 이상 작업을 할 수 없다는 장비 운전사를 위해 얼마나 많은 소주병과 오징어 다리를 준비했던지….

이러한 강행군 속에 준설토 약 70,000㎥가 치워지고 많은 양의 호박돌이 늪으로 들어갔으며 막자갈이 약 19,000㎥ 포설되었다. 단시일에 그런 엄청난 물량을 처리하여 약 299a에 달하는 도로의 전압작업이 대충 끝난 것은 착공한 지 불과 30일 만인 3월 28일이었다. 처음에는 엄두조차 내지 못했던 일을 해냈을 때, 박정희 대통령이 참석하는 착공식 행사는 사나흘 앞으로 다가와 있었다.

이제 마지막으로 남은 문제는 먼지가 안 나게 하는 것이었다. 도로에 먼지가 나지 않도록 하기 위해서는 아스팔트 포장을 해야 했다. 그러나 2일이라는 기간 동안 그것은 무리였다. 설사 포장도로가 완료된다 하더라도 응고되지 않기 때문에 차가 다닐 수 없을 것이었다. 결국 비상수단으로 아스팔트에 경유를 많이 섞어 착공식 전날까지 도로에 흠뻑 살포함으로써 먼지가 나지 않도록 하였다. 콜타르 살포, 기막힌 아이디어였다.

그런데 사흘 전에 청와대 경호팀이 현장답사를 나왔다. 경호팀은 가포장 상태의 '신1번도로'로 차를 운행하려 했다. 우리와 경호팀 사이에 승강이가 벌어졌다. 우리는 가포장 상태의 콜타르가 묻어날 수도 있어서 행사 당일 굳어질 때까지 차가 지나가서는 안 되니 다른 길로 행사장에 가라고 했고, 경호팀은 도로도 점검 대상이라고 우겨댔다. 고준식 부사장께서 경호팀이니 통과시키라고 했다. 그래서 그렇게 했다.

마무리를 포함한 모든 작업이 완료된 것은 당일 새벽이었다. 우리는 예외 없이 천막 안으로 기어 들어갔다. 그리고 나는 1970년 4월 1일 공작정비공장 착공식장에서 들려오는 파일 항타해머 소리를 자장가로 들으며 정신없이 잠속으로 빨려 들어갔다. 그것은 태어나서 가장 편안한 잠으로의 여행이었다.

성공 비결은 '넓게 보고 넓게 익히는 것'

포항 1기, 2기 설비 건설이 끝났다. 나는 이후의 확장사업이나 광양 프로젝트에 대한 확신이 있었다면 포스코를 떠나지 않았을지도 모른다. 1기, 2기 설비 건설이 끝나고 당시 정명식 상무이사께 사표를 냈다. 그분은 나에게는 스승이며 선배이며 직장상사였다. 사표를 찢어버리고 말렸지만 나는 토목장이로서 토목인생을 살겠다고 생각했다. 앞으로 제철소가 조업 위주로 흘러가면 건설 쪽은 공장의 유지보수 정도의 일에 매달리게 될 것이고 그렇게 되면 회사의 주류(main stream)가 될 수 없다고 생각한 것이었다. 그러나 그때 포스코를 떠났지만 지금도 가장 가깝게 지내고 가장 자주 만나는 사람들이 그때 시절의 포스코맨들이다.

포스코 50주년, 후배들에게 남기고 싶은 말이 남아 있다.

좁게 보고, 좁게 익히고, 좁게 사귀면 결국 자신밖에 모르게 된다. 옹졸해지고, 단편적이 되고, 자기중심적인 사람이 된다. 이래서는 내가 남에게 다가갈 수가 없다. 당연히 나에게 다가오는 사람도 없어진다. 인생의 손익계산서는 수십 년 앞을 내다보고 작성해야 한다.

"모든 걸 넓게 보고, 넓게 익히고, 넓게 사귀어야 한다. 이것이 인생의 길이고 성공의 비결이다."

태풍 속 석탄 퍼내며 조업 중단 막아

권태협 1936년 충남 논산 출생. 1968년 창립요원으로 포철 기술부에 입사, 설비기술본부 제선그룹장, 경영정책실장을 거쳐, 1978년부터 기술관리부장으로 근무, 1983년부터 기술연구소 부소장, 1984년부터 1986년까지 상무이사 대우, 1986년 삼화화성 전무이사, 1995년 서희건설 부사장 역임.

'권태래'라 불리다

1963년 2월, 대학에서 금속을 공부한 한국 젊은이에게 전공을 살려 갈 괜찮은 직장으로는 인천중공업 등 극소수의 기업이 있었다.

나는 인천의 한국기계공업(대우중공업 전신)에 입사, 당시 개발하여 주로 월남에 수출하고 있던 선박용 엔진의 부품 열처리를 담당했다. 꼬박 5년을 근무할 즈음, 종합제철의 경력사원을 뽑는다는 신문광고를 만났다. 나는 금속학도의 길을 발견한 것 같았다.

1968년 2월 어느 아침, 서울 명동 거리를 다소 설레며 걸어갔다. 목적지는 유네스코회관. 종합제철추진위원회에서 사령장 받는 장면은 엊그제의 일처럼 생생하다. 그날따라 동료들의 성명에는 '까다로운 한자'가 섞여 있었고, 사령장 주는 담당부장이 실수를 연발했다. 신광식 '식(湜)'을 '제'라 부르고, 박준민의 '민(玟)'을 '문'이라 부르더니, 나를 '권태래'라 불렀다. 권태협의 '협(夾)'이 '래'와 너무 닮은 탓이었다. 이때부터 나는 자주

'권태래'로 불렸다. 특히 즐거운 농담을 즐기는 이상수 선배가 항상 '권태래'라 했다. 다른 동료의 잘못된 호명이 잊혀진 뒤에도 '권태래'만 오래 남았던 까닭은 이 선배 때문이었다.

불량했던 연수성적표

실물보다 서류로 먼저 본 제철소. 나의 첫 직책은 제선분야 중 '원료, 소결, 코크스' 담당이었고, 코크스는 머잖아 화공과 출신에게 넘겨줬다. 제철소를 구경도 못한 사람이 KISA의 GEP와 만났으니 실물보다 먼저 서류로 제철소를 보는 격이었는데, 그것은 JG 기술자의 카운터 파트로서 그에게 배우는 기회였다.

1968년 12월, 무로랑제철소로 연수를 떠났다. 나보다 입사는 늦어도 연상이며 선배인 주영석 씨와 같은 다다미방에서 석 달을 지냈다. 무엇보다 처음 보는 제철소에 대한 눈요기를 실컷 한 기간이었다.

다음 연수는 1971년 가마이시제철소에서 수행했다. 실감 나는 조업연수였다. 그래도 나는 불만스러웠다. 뭔가 핵심을 빼먹은 듯했다. 하루는 JG 아리가 단장이 찾아왔다. 포스코 사람들이 연수 받는 제철소를 순회하는 방문이었다. 연수생들이 발언하는 차례에서 나는 "연수 내용이 불만스럽다"고 털어놓았다.

그러한 발언들은 사교성 없는 나의 못난 성격을 전형적으로 드러낸 자리였다. 이러이러한 면은 좋은데 저러저러한 면은 불만이다, 이 정도로 말했더라면 누이 좋고 매부 좋았을 텐데….

연수를 마치면 꼬리표처럼 연수성적표가 따라붙는다. 회사에 보관된 초기의 성적표들을 비교해 보면, 나의 그 성적표는 기록적으로 불량할 것이다.

소결공장 드림믹서의 가슴아픈 기억

포항 1기 설비 엔지니어링에 참여하고 연관단지에 입주할 업종 선정의 실무를 맡았던 나는 1971년 최초로 고로에 들어갈 '원료 브랜드'를 결정하기 위한 노력을 기울였다.

적철광과 자철광의 비율을 비롯해 각 성분의 비율이 적절해야만 고로의 배탈을 예방할 수 있다. 요즘에야 머리를 짜낼 일거리도 아니겠지만, 무경험의 시절에는 까다롭고 중요한 일이었다. 강창오 고로기술계장, 원료부 박창규 씨와 수차 협의하여 그것을 확정했다.

1973년 9월, 한 해의 마지막 태풍이 영일만을 강타했다. 원료공장 공장장인 나는 강력한 태풍의 틈새로 아찔한 낌새를 느낄 수 있었다.

원료 야드에 산더미처럼 쌓아 둔 석탄이 물에 젖어 무너지기 직전이었다. '석탄사태'가 발생할 경우 제철소는 조업 중단을 맞을 수밖에 없었다. 그것이 원료공급 벨트컨베이어를 덮치면 연쇄적으로 제선공장과 제강공장이 멈추게 되는 것이다.

비바람 몰아치는 원료 야드는 캄캄한 밤에 불야성을 이루었다. 비상사태에 동원된 인원은 약 100명. 우리는 저마다 삽을 들고 밤새 석탄을 퍼냈다. 김학기 제선부장, 조용선 고로공장장도 좀처럼 자리를 뜨지 못하고 격려를 아끼지 않았다.

철야작업으로 재해를 예방한 날로부터 달포쯤 지나, 참으로 가슴 아픈 불행한 사고가 발생했다.

소결공장 드럼믹서. 광석의 습도는 종종 슈트를 막히게 하고, 사람이 안에 들어가 달라붙은 물질을 긁어내야 한다. 이 작업을 할 때는 반드시 로컬스위치부터 내려놓고 들어가야 한다. 저장 호퍼 속의 소결원료가 60% 이하로 떨어지면 자동 가동되고 90% 이상 채워지면 자동 정지되는데, 자동 가동을 방지하려면 꼭 로컬스위치를 내려 둬야 한다. 그러나 사고의 주인공은 기본 수칙을 어기고 드럼믹서 내로 들어가 작업을 했던 것. 그는 '90% 이상의 자동 정지' 상태에 드럼믹서 안으로 들어가면서 60%로 떨어지기 전에 작업을 마치고 나오겠다는 계산을 했거나, 아니면 깜박 했을 텐데, 더구나 지켜 주는 동료도 없었으니….

조업 분야의 첫 인명사고를 조사하기 위해 담당형사가 찾아왔다. 그의 조사를 통해 세상을 떠난 당사자의 부주의가 사고원인이란 사실이 새삼 규명되었다.

나, 조용선 씨, 김달현 씨는 담당형사와 저녁자리에서 고인의 명복을 빌며 술을 마셨다. 그리고 사고를 마무리하면서 쓸쓸한 기분을 달래려고 송도해수욕장 비취호텔로 갔다. 통금이 있던 시절, 아뿔싸! 우리의 주머니엔 술값 낼 '현금'이 없었다. '포스코 신분증'을 내보이며 외상을 부탁했지만 씨알도 먹혀들지 않았다. 그때는 카드란 것이 생기지도 않았거니와, 포항에서조차 포스코를 알아주지 않았던 것이다. 우리는 이튿날 아침에야 동료의 도움을 받아 방면될 수 있었다.

설비계획에 참여하다

포항 2기, 3기에서는 백덕현 선배를 모시고 설비계획에 참여했다. 3기 설비를 결정하는 과정에는 독일 뒤셀도르프로 가서 현지 이원희 소장과 함께 지낸 적이 있다. 즐겁고 보람찬 세월이었는데, 감사대상에 두 번 오르기도 했다.

한번은 석탄가루가 날리는 것을 예방하기 위해 표면경화제를 구입한 일이 있었다. 선진국에서 쓰는 제품을 구입해 놓고 설비기술본부로 옮겨 갔더니, 그 뒤에 문제가 발생했다. 우리나라에 10m 높이로 펌핑할 살수장치가 없어서 그걸 무용지물로 방치해 두었던 것. 나는 구매에 대한 책임을 지겠다고 했다. 또 한번은 2기 소결설비였다. 나는 푀스트 알피네가 추천한 레이아웃으로 하지 않고 JG가 추천한 것으로 결정했다. 이게 몇 년 지나서 감사 대상으로 찍혔다.

외부의 누군가가 그 과정에 어떤 흑막이 있나 해서 시비를 건 모양이었다. 감사가 시작됐으나 이미 서류는 남아 있지 않았다. 하지만 양심에 거리낄 게 없는 나는 당당할 수 있었다.

분당 아파트에서 시나브로 저물어 가는 인생을 소일하는 요즘, 영일만의 기적을 생각하다가 문득 '박정희 대통령이 박태준 회장을 정말 잘 만났다'라는 결론에 이르곤 한다.

박 대통령이 박 회장을 정말 잘 만났다

분당에는 훌륭한 리더를 모시고 함께 일했던 동지들이 정기적으로 만나는 모임이 있다. 주로 원로 선배님들로 구성된 '산수회'에는 안병화 동우회장, 김학기 씨, 김철영 씨, 정윤모 씨, 이정묵 씨, 한명환 씨…. 또 OB로서 광양 지역에서 같이 근무했던 후배들과의 모임인 '광우회'가 있다. 제철소의 추억을 먹고 사는 '늙은 백수'들의 모임은 서로에게 큰 위안이다.

노후 취미생활로는 디지털 카메라로 촬영 여행도 다니고 포토숍을 이용, 편집·가공도 하며 즐긴다. 사진의 대가인 주영석 선배가 전수해 줬으니, 아득해진 우리 젊은 날에 무로랑제철소 연수 시 석 달 동안 한 방을 썼던 동거자로부터 받은 노년의 큰 선물이다.

회사의 안살림을 도맡았던 제철보국의 동지

고준식 1921년 충남 보령 출생. 1961년 공군 대령 예편 후 대한중석 이사로 재임 중 1968년 포철 창립요원·전무이사로 입사, 1970년 부사장으로 승진, 1981년 사장, 1985년부터 1991년까지 명예고문, 상임고문 역임. 1991년 4월 작고.

영일만과 광양만, 나는 늘 일에 파묻혀 세월 가는 줄 모르고 살았다. 그런데 어느 날 나의 뇌리에 '아, 그래, 세월이 많이 흘렀구나'라는 깨우침을 화살처럼 꽂아 버리는 사건이 발생했다.

고준식 사장이 나를 찾아와 그만 쉬어야 할 때가 되었다고 밝힌 것이다. 어느새 이렇게 나이를 먹고 어느새 이렇게 늙었단 말인가. 나는 20여년을 함께 살아온 동지를 낯선 사람 보듯 바라보았다. 우리가 헤쳐 나온 고난의 세월이 마치 어떤 벽화의 한 부분처럼 어른거리는 얼굴이었다.

고준식, 그 사람….

나보다 여섯 살 위의 고준식, 이 필생의 동지를 처음 만난 때는 지금으로부터 무려 50년 전의 가을날이다.

1956년 10월, 나는 육군 대령으로 서울 수색동 국방대학(현 국방대학교)에 근무하고 있었다. 1차 세계대전이 끝나고 맨 먼저 국방대학을 설립했

* 이 글은 **박태준** 창업회장께서 2006년에 남겨둔 '**고준식** 사장'에 대한 회고이다.

던 영국의 어느 전략가는 "전쟁은 군인의 전유물이 아니라 모든 국민의 문제이며, 전쟁에 관한 기본적 이해가 없는 민주정치란 독재자의 명예욕과 마찬가지로 평화의 대적(大敵)"이라고 갈파했다. 한국이 6·25전쟁 이후에 국방대학을 설립한 취지도 그와 같은 맥락이었다. 그때 나의 직책은 '국가정책 수립담당 제2과정 책임교수'였다.

그런데 갑자기 김용우 국방부 장관이 직접 나를 불러 '국방부 인사과장'을 맡아 달라고 했다. 1956년 11월 1일 근무처를 옮겨 갔다. 여러 과장(대령)들이 신임 인사과장을 위한 환영회를 열어 줬다. 저녁 먹고 술잔 돌리는 따뜻한 자리, 여기서 나는 충청도 출신의 고준식이란 사나이와 처음 만났다.

작은 키에 땅땅한 체구의 고준식 대령. 그는 공군에서 파견된 국방부 군수국 물자동원과장이었다. 머잖아 그의 신상을 알게 되었다. 국방부 차관인 김종갑 장군과 '보령' '서천' 하는 동향으로, 경성법학학교를 거쳐 금융조합에 근무한 경력이 있었다. 공군 장교로 입대한 때는 한국전쟁 중이었다. 당시 겨우 일부만 창설되어 있던 우리 공군이 대학 출신을 모집하여 부랴부랴 속성장교를 육성한 것이다. 그의 동기생 중에는 뒷날 나와 각별한 관계로 맺어지는 인물도 있었다. 얼른 두 사람만 꼽아도 포스코 초창기에 도움을 준 최형섭 씨, 나의 사돈이 된 윤주탁 씨.

국방부에 1년쯤 근무한 내가 자진하다시피 25사단 참모장으로 옮겨 간 뒤로는 몇 년 동안 고 대령의 얼굴을 보지 못했다. 그러다가 잠깐 스치듯이 재회한 것은 내가 국가재건최고회의에서 일하던 어느 날이었다.

"대한중석으로 가게 됐습니다."

나는 축하해 주면서 속으로 짐작했다. '공군 참모총장을 지낸 김창규 장군이 대한중석 사장으로 가면서 공군의 유능한 일꾼 하나를 발탁해 가는 모양이구나.' 이때만 해도 가까운 장래에 내가 대한중석으로 가게 될 줄은 꿈에도 생각지 못했다. 그러나 1964년 12월 박정희 대통령은 나에게 대한중석 사장을 맡아 줘야겠다고 했다.

가장 시급한 업무는 회사 실태 파악이었다. 대한중석에서 북아현동 우리집으로 사람을 보내왔다. 서류를 챙겨 브리핑하러 나타난 사람, 그가 바로 고준식이었다. 이런 인연은 서로의 운명이라 불러도 좋을 것이다. 우리의 재회는 굳은 악수와 반가운 인사로 시작되었다.

"이거 참 반갑습니다." "정말 그렇습니다."

대한중석 총무이사(상무) 고준식의 브리핑은 빈틈이 없어 보였다. '저 사람하고 일하면 잘될 수 있겠구나.' 이런 느낌을 주었다.

1965년 새해 대한중석 사장에 취임한 나는 그야말로 '개혁'을 설계하면서 육군에서 보아 둔 인재 몇 명을 발탁했다. 이래서 황경노가 들어오고, 노중열과 곽증, 홍건유가 들어왔다. 안병화, 박종태, 장경환을 비롯한 여러 인재들은 이미 포진돼 있었다. 그리고 나는 고 상무를 전무로 승진시켰다. 우리는 가끔 둘이서만 대작하기도 했다. 그의 주량이 이른바 '고래'급이어서, 사장과 전무의 술자리는 늘 잔의 속도가 빠른 가운데 즐겁고 팽팽했다.

1965년은 한국 철강사에 특별한 한 해였다. 미국에 간 박 대통령이 그때 세계 철강의 요람과도 같았던 피츠버그를 방문하여 코퍼스사의 포이 회장을 만났으며, 이것이 KISA 탄생의 싹이 되었기 때문이다. 흐지부지 해체된 KISA, 그나마 창업 포스코에 '제철에 대해 서류로 공부할 기회'는 주지 않았던가.

대한중석 사장이 가을에 해내야 하는 제일 중요한 업무는 '내년도 수출 계약'이었다. 오징어나 수출하고 미국 잉여농산물이나 받아 간신히 국가 재정을 충당해 나가는 절대빈곤 시절, 대한중석은 외화벌이의 최고 기업이었다. 아직 한국은 엄두도 못 냈지만 유럽이나 일본이 주로 전구 필라멘트 제작에 쓰는 '한국산 양질의 텅스텐'을 귀하게 여겼던 것이다.

1967년 9월 초, 나는 런던에 머물고 있었다. '내년도 수출계약'을 위한 장기 출장이었다. 런던 마켓메탈센터에서 한창 협상을 진행하는 과정에 서울의 고 전무로부터 전문을 받았다. 국제전화마저 어려운 한국, 그래서 전보로 날린 그것은 '대한중석이 종합제철의 실수요자로 선정'되었고, 내가 '종합제철소건설추진위원회 위원장에 내정'되었으니, '즉시 귀국'하라는 내용이었다.

'즉시 귀국'은 장기영 부총리의 뜻이라 했지만, 나는 출장 목표를 달성한 뒤에 귀국하겠다고 밝혔다. 계약을 마쳐야 이듬해 회사 경영을 계획할 수 있는데, 즉시 귀국해 버리면 대한중석에 큰 어려움을 부를 테고, 그대로 국가적 손실을 끼칠 것이었다. 더구나 종합제철소 건설은 하루이틀에 해결될 사안이 아니었다.

김포공항에 내린 날은 9월 30일. 나를 놀라게 만드는 상반된 두 가지가 기다리고 있었다. '소스라치게 만든 일'은 너무 허술해 보인 KISA와의 기본협약서였고, '기쁘게 만든 일'은 어느새 대한중석 안에 꾸려진 종합제철 실무추진 조직이었다. 고준식 전무, 황경노 관리부장, 노중열개발실장 등으로 짜여 있었다. 고 전무의 남다른 면모를 단적으로 보여 준 사례였다.

포스코 창업 시절에 국회의원 상대는 나와 고준식 부사장(전무)의 전담이었다. 아니, 나보다 그의 고역이 훨씬 컸다. 나도 국회의원들과 만났지만, 그는 승용차 트렁크에 과일상자들을 싣고 다녔다. 촌지란 말이 있지만, 진짜 과일만 담겨 있었다.

"저쪽으로 조금 들어가자."

서울의 어느 거리를 달려가던 그가 문득 운전기사에게 일러 준 쪽에는 반드시 한 국회의원의 대문이 있었다. 누구는 '임원이 저런 심부름이나 하나'라는 생각도 했을 테지만, 그는 '회사를 위하는 길'이란 믿음으로 전혀 부끄러워하지 않았다. 후배들에겐 이런 말도 가끔 던졌다고 한다.

"인마, 과일상자 갖다 주는 일은 아무나 하는 줄 알아?"

실제로 그러한 그의 헌신과 노력은 회사의 대(對)국회 업무 추진에 윤활유 역할을 해 주었다.

영일만 모래벌판에 첫 파일을 박기 이전, 회사 자금사정이 사람에 비유하자면 위장부터 식도까지 텅 비어 버린 적 있었다. 사원주택 부지도 매입해야 할 마당에 설상가상 봉급날마저 다가왔다. 까딱하면 '박태준과 포스코의 사전'에 봉급도 제때 못 줬다는 기록을 남길 위기였다. 고준식과 황경노, 두 사람이 서울시내 은행을 찾아다녔다.

"다들 '도와줘야 할 것 같긴 한데' 하면서도 안 줍니다."

책임자가 나서야 했다. 나는 한일은행 하진수 행장을 찾아가 간곡하고도 확신에 찬 설득을 했다. 고맙게도 뜻이 통했다. 그가 영업이사에게 20억 원 신용대출을 지시했다.

기술담당 윤동석 전무, 행정담당 고준식 전무. 두 임원은 머잖아 부사장으로 승진됐다. 일이 한창 바쁜 어느 날, 기술 부사장이 심각한 표정으로 '너무 힘들다'는 고백과 함께 사표를 냈다. 수리할 수밖에 없었다. 고 부사장이 기술 부사장을 새로 뽑자고 했으나 나는 단호히 말했다.

"아닙니다. 당신이 다 맡아 주시오."

내가 얼마나 숱하게 해외출장을 나갔는가. '일면건설 일면조업'의 시대, 믿지 못하면 나가는 마음이 항상 불안했을 것이다. 그러나 나에겐 믿음이 있었다. 유능한 부장들과 임원들을 믿었고, 전체를 통찰하고 감독하는 고 부사장을 믿었다. 그는 분야별 감독과 총체적 감독에 능했고, 몸을 아끼지 않고 부지런히 현장의 구석구석을 돌아다녔다.

나와 고 부사장의 헤아릴 수 없이 많았던 국제통화 중에 지금도 엊그제 처럼 생생히 남은 것은, 내가 추가 원료계약 관계로 호주를 방문했다가 귀국하는 길에 필리핀 한국대사의 초청으로 마닐라에 들렀을 때다. 하룻밤 묵은 이튿날 아침, 호텔 룸의 전화벨이 울렸다. 묘하게도 불길한 육감이 번개처럼 스쳤다.

고 부사장의 목소리가 모기소리 같았다. 그게 불길한 육감을 부풀렸다. “잘 안 들립니다. 크게 말해 주세요.” “제강사고가 났습니다.” “사람은 어떻게 됐어요?” “인사사고는 없습니다.” “그럼 됐습니다.” “그런데 사고가 큽니다.”

1977년 4월 24일 새벽, 포항 제1 제강공장 사고. 포스코 역사상 가장 큰 사고로 기록된 그것은 그렇게 나의 고막을 파고들었다.

우리의 통화는 계속됐다. 사고경위에 대한 설명을 마친 고 부사장이 말했다. “케이블 닥터에 쇳물이 들어가서 다 타버렸습니다.” “케이블 있나요?” “일본에 연락했습니다.” “현 상황에서 나의 위치는 어디가 좋을 것 같습니까?” “도쿄라고 생각합니다.” “나도 같은 생각이오. 후지전기가 중요합니다. 도쿄의 홍건유 소장한테 연락해서 후지전기의 담당임원을 본사로 데려다 놓으라고 하세요. 오늘 일요일이니까 틀림없이 골프장에 있을 테니, 골프장으로 찾아가서 차에 태워 와야 한다고 하세요. 그 사람, 내가 잘 압니다. 후지전기 창고는 요코하마, 고베, 히로시마에 다 있는데, 재고조사를 부탁하고, 그걸 급히 싣고 올 배는 고베나 요코하마에서 뜨는 일본 배를 잡으라고 하세요. 한국 배를 잡으면 여기서 가야 하니까 늦어져서 안 됩니다. 나는 지금 마닐라에서 도쿄로 날아간다고 알려 놓으세요.”

오후 3시쯤 도쿄에 내린 나는 곧장 후지전기 본사로 직행했다. 나의 예상대로 골프장에 있던 일본인 하나가 잡혀 와 있었다. 포스코에 필요한 긴급 대처사항을 마무리한 뒤, 나는 미안함을 완곡하게 표현했다.

"우리가 오늘 해낸 일은 일본이나 한국에서만 가능할 것입니다. 미국에서는 불가능한 일입니다. 일요일이니까, 월요일에 보자고 했을 겁니다. 문화의 동질성이 이렇게 중요하다는 사실을 새삼 깨닫게 됩니다."

일요일을 망친 일본인이 동감을 표했다. 나는 미안함을 절반으로 줄인 듯했다.

포스코에 '안전의 날'을 탄생시킨 그 제강사고, 회사의 모든 사람들이 단결하여 '석 달 걸릴 것'이란 진단을 깨고 한 달 만에 극복해 버린 쾌거는 이미 '포스코 신화'의 한 부분으로 남았으니 더 얘기하지 않더라도, 고 부사장의 태도는 밝혀 놓겠다.

"책임을 지고 사표를 내겠습니다." 그는 결연했다. 그게 올바른 태도라고 나는 생각했다. 하지만 이미 결심을 굳히고 있었다. "아닙니다. 이번 사고는 전적으로 내가 책임집니다. 끝까지 같이 갑시다. 제철소장, 제강부장, 공장장에게도 어떤 처벌도 내리지 않겠습니다."

나는 청와대와 상공부에 사고의 진상과 대책을 보고했다. 슬래브를 긴급 수입으로 대처할 테니 국내 수요가들에게는 조금도 피해를 끼치지 않게 된다는 내용도 포함시켰다.

고 부사장은 유난히 수치에 밝은 사람이었다. 이것 때문에 후배들이 더러 곤욕을 겪었다는 소문을 나도 들었다. 아마도 젊은 시절에 금융조합에 근무한 경력이 그런 특성으로 이어졌을 것이란 짐작을 해 본다. 나로서는 편했다. 부장, 임원, 부사장을 거쳐 올라오는 서류가 잘 정리되어 있어서 불필요한 시간낭비를 예방할 수 있었다.

고준식 그 사람…. 나는 한 번도 그가 불편한 적 없었다. 그도 마찬가지였다. 1981년 2월, 정관 개정을 거쳐 내가 초대 회장을 맡으면서 고 부사장이 사장을 이어받았다. '포스코로 불어오는 정치 외풍을 막아내는 울타리가 되겠다'는 각오를 단단히 세우고 국회의원을 겸직하게 된 나는 이번에도 회사 내부에 대해서는 그가 있기에 마음 든든했다.

1985년 1월 하순. 포스코는 광양건설과 포항공대 설립문제에 매달려 있었다. 고 사장이 내 방에 들렀다. "요새 피로가 자주 옵니다. 뭔가 모르게 한계를 느낍니다. 할아버지, 아버지께서도 장수를 못하셨는데, 더 있으면 회사에 폐를 끼치게 될 것 같습니다." 자신을 괴롭히는 혈압문제를 타고난 체질 탓으로 돌렸다. 나는 가슴이 찡했다. 나와 만난 뒤로 얼마나 많은 고생을 했고, 그게 그의 몸에 얼마나 많은 스트레스로 돌아갔겠는가. "신호가 온다는 말씀입니까? 항상 진찰은 받고 계시지요?" "물론입니다."

아, 세월 앞에 장사 없다더니, 어쩔 도리가 없었다. 나는 말 그대로 '생가지를 찢어 내는 고통'을 참아내며 그를 아내의 곁으로 보내기로 했다. 그의 뒤는 안병화가 물려받았다.

물러난 고 사장이 소일하는 기간에 나를 한 번 찾아왔다. "나라 꼴이 이래서는 안 되니 회장님께서 대통령을 하셔야 되겠습니다." 뜻밖의 권유였다. 그가 나에게 정치 이야기를 건넨 것은 그때가 처음이자 끝이었다. "내가 권력을 탐하지 않는다는 거야 잘 아시지 않습니까?" 이것이 내 대답이었다.

고준식 그 사람에게 내가 가장 미안했던 것은 그의 부음을 받은 순간이었다. 1991년 4월 28일, 그는 영원히 눈을 감았다. 빈소에 들러 고인의 영정을 바라보고 있자니, 나의 깊은 곳으로부터 참을 수 없는 눈물이 치솟아 올랐다. 그의 마지막 가는 길에 나는 진실로 슬프고 미안한 눈물을 뿌렸다. 그러면서 생각했다. '길지 않은 인생에 끝까지 같이한다고 맹세하고 20년 넘게 서로 지킨다는 것은 평생에 한두 번 있을까 말까 한 법인데, 우리 둘은 그 점에서는 행복했던 겁니다.'

고준식 그대여, 부디 평안히 잠들어 계시오.

최초의 가능성과 최대의 위기

윤동석 1918년 생. 1968년 4월 포항제철 입사(창립요원), 부사장 때인 1970년 퇴사. 서울대학교 공대 금속학과 교수, 고려대 교수, 수원대 학장, 대한금속재료학회 회장 역임. 1993년 작고.

오늘날 우리 사회가 당면하고 있는 현실을 난국이니 위기니 하고 부르며, 때로는 총체적 위기설을 폭 넓게 강조하고 있다.

정치적으로, 경제적으로 때로는 문화적으로 각종 어처구니 없는 사태들이 발생하여 국민을 당혹스럽게 하고 있는 것도 사실이다.

그러나 개인이나 기업, 또는 어느 조직체를 막론하고 그 성장과정에는 정도의 차이는 있을 망정 위기나 난국은 언제나 수반되는 것으로, 그것을 어떻게 극복하느냐에 따라 그 주체의 발전 여부가 결정된다고 본다.

이러한 점에서 포스코 역시 총체적 위기를 극복한 예는 허다하다. 특히 초창기에는 그 강도와 빈도에 있어 그 어느 때보다 심각하였다.

그중에서도 가장 큰 위기를 슬기롭게 극복한 한 사례로 대한국제제철차관단(약칭:KISA)과의 기본협정이 해지된 1969년 9월 2일부터 12월 3일 포항제철 건설자금 조달을 위한 한일간의 기본협약이 서명될 때까지의 일련의 사태를 들 수 있다.

최초의 가능성 - KISA의 발족으로부터 기본협정까지

경제기획원은 1966년 5월 9일 미국 코퍼스사에 대하여 국제차관단을 구성할 것을 결정 통고하고, 여기에 서독, 일본 등의 업자가 포함되기를 희망하였다.

그러나 일본 철강업체가 참여하는 국제차관단의 구성은 야하타제철의 불참으로 일단 무산되었다.

반면 이에 대비하여 사전 접촉을 해온 영국과 이탈리아가 쉽게 호응해 옴으로써 1966년 12월 6일 마침내 미국 피츠버그에서 우리나라 종합제철 건설을 위한 국제차관단 구성회의가 열렸다. 정부는 경제기획원 공공차관 과장을 파견하여 한국의 종합제철 건설계획을 설명하였다.

미국의 코퍼스사가 주축이 되어 블로녹스, 웨스팅 하우스 등 3개사와 서독의 데마크, 지멘스 2개사, 그리고 이탈리아의 임피안티, 영국의 월맨 등 모두 4개국 7개사가 모여 4일 간의 회의 끝에 다음 사항에 합의함으로써 많은 진통과 우여곡절 끝에 대한국제제철차관단(Korea Internation Steel Associates: KISA)이 정식으로 발족하게 되었다.

이 회의에서는 다음과 같은 내용이 합의되었다.

① 한국의 종합제철 건설을 위해 차관단이 1억 달러, 한국이 2억4500만 달러를 출자한다. ② 한국과의 협의는 주로 코퍼스사가 맡는다. ③ 서독 데마그 사는 영국·이탈리아까지 대표한다. ④ 일본의 야하타제철을 차관단에 가입시키기 위한 노력을 계속한다. ⑤ 차관단과 한국 정부가 합의한 장소에 1967년 4월까지 공장건설이 착공되도록 최선을 다한다. ⑥ 세계은행(IBRD)및 대한국제경제협의체(IECOK)와는 가급적 협조하되 직접적 관련은 맺지 않는다.

그러나 이 회의는 차관단 구성의 원칙과 출자 규모만 정하였고 투자의 시기, 그 내용과 절차 등은 다음으로 미루었다. 67년 4월 6일 경제기획원에서 정부를 대표한 경제기획원장관과 KISA를 대표한 포이(Foy) 코퍼스 회장 사이에 종합제철공장 건설을 위한 가협정이 조인되었는데 그 내용 중 중요한 것은 다음과 같았다.

제철소 규모는 조강 100만톤으로 하되 제1단계는 50만톤으로 하고, 67년 7월 착공하여 70년 5월에 완공하며, 차관단이 제출한 계획서(사업 및 자금)에 대하여 향후 4개월 이내에 한국측이 수락여부를 결정하고 7월까지 정식계약을 맺는다. 한국 정부는 이 계획서를 검토할 국제기술용역단을 지명할 수 있으며, 소요 외화 1억2500만 달러를 미국·서독이 각 30%, 이탈리아·영국이 각 20%씩 조달하되 조건은 연리 6%, 3년 거치 12년 상환으로 하고 차관단이 교섭을 주선한다. 끝으로 제2단계에서도 차관단의 독점적 위치를 인정한다.

상기한 바와 같이 1967년 7월 중에 기본협정을 체결하기로 하였으나, 예정이 빗나가자 정부는 KISA와의 실무교섭을 서두르기 시작했다. 기본협정을 조속히 타결짓기 위해 1967년 8월 7일 경제기획원 경제협력국장을 단장으로 하는 철강사절단을 미국에 보내게 되는데, 필자도 단원으로서 동행하게 되었다. 이 사절단은 20여 일 동안이나 KISA측과 회동하면서 협의를 계속하였으나, 시기상으로 회사가 창립되기 이전이었으므로 책임있는 약속과 행동을 할 수 없었던 것이 우리측의 큰 고충이었다.

그러나 이 협의를 통하여 당초 연산능력 50만톤의 제철공장 규모를 60만톤으로 늘리는 반면, 소요외자를 1억900만 달러로 인하하는 교섭이 성립되었다.

이 협의에 의하여 그해 9월 25일에 KISA 대표 3명이 내한하여 상공부, 경제기획원 및 청와대에 종합제철사업에 관한 기본협약 초안을 제출하기에 이르렀다.

정부는 1967년 9월 28일 경제기획원 경제협력국장실에서 종합제철 건설관계자(경제기획원 4명, 상공부 2명, 대한중석 3명, KISA 3명) 연석회의를 갖고 기본협정 체결을 위한 예비회담을 가졌다.

이 자리에서 몇 가지 중요한 문제점들이 제기되었으나 10월 12일의 2차 회합에서 재론되어 총괄적인 합의를 보았다.

마침내 1967년 10월 20일 경제기획원에서 한국 정부를 대표한 박충훈 경제기획원장관과 KISA 대표 샌드배크 코퍼스 부사장 사이에 종합제철 건설에 관한 기본규약을 체결함으로써 차관단 구성에 관한 논의가 시작된 지 근 2년 반 만에 그 매듭을 지을 수 있게 되었다.

1968년 4월 1일 포항종합제철(주)이 창립되었고, 그 후 KISA와의 접촉에서 일반기술계획서(GEP)를 11월 5일 확정하였으며, 12월 18일에는 추가협정을 체결하는 등 많은 노력을 경주하였다.

그러나 이렇게 KISA와 계약한 기본협정은 계약시효만기인 1969년 9월 2일에 이르러 자동적으로 '해지'되고 말았다. 그것은 협정 제8조 제5항에 확정재무계획서가 제출된 날로부터 200일 이내에 차관을 조달하지 못하면 자동적으로 해지되도록 규정되어 있었기 때문이다. 이러한 사태는 프랑스를 제외한 다른 국가들이 차관공여에 대한 의무를 이행하지 않았으며 만기일까지 아무런 회답도 주지 않았기 때문이다.

최대의 위기 극복 – 하와이 구상

KISA와의 계약상 해지는 1969년 9월 2일이지만 그 수개월 전부터 외자조달에 난항을 겪을 징조가 여러 면에서 나타나고 있었다.

1968년 11월의 IBRD가 작성한 한국경제동향보고서, 1969년 4월의 우사드 코스탄조(Usaid Kostanjo) 처장의 'POSCO 사업의 확정재무계획에 대한 분석'은 대표적인 부정적인 자료라 할 수 있다.

이러한 사태를 예감한 박태준 사장은 그 대책에 노심초사하던 차에 1969년 2월 미국으로부터 귀국 도중 하와이에서 획기적인 착상을 해냈다. 후일 '하와이 구상'이라고 일컬어지는 이 위기극복 착상은 대일청구권자금(유·무상)을 종합제철용 소요외자로 활용한다는 것으로 여러 가지 의미를 내포하고 있었다.

하와이 구상을 주축으로 대일 설득작업이 꾸준히 진행되어 7300만 달러의 청구권자금을 포스코가 사용할 수 있게 되어 역사적인 대역사가 가능하게 되었다는 것은 주지의 사실이다.

물론, 이러한 외자에 대한 시설재 차입과 병행하여 내자에 의한 도시, 토목, 용수, 항만, 철도, 도로 등의 건설공사가 꾸준히 진행되었기 때문에 포스코 최대의 위기를 극복하고 오늘에 이를 수 있었다.

이렇듯 우리 사회의 총체적 위기를 극복하고 어떠한 난국이 닥쳐와도 냉철한 통찰력으로 난국해소의 이념을 확립하여 차분히 노력한다면 새로운 단계를 여는 발전의 계기를 마련할 수 있다는 점을 강조하고 싶다.

(사보 《쇳물》 1990년 5월호)

자금과 원료 확보 때문에 늘 긴장했던 나날들

최주선 1929년 광주 출생. 포항제철 창립요원으로 입사해 1974년 상무이사, 1981년부터 부사장 역임. POSAM 사장을 지낸 후 1990년 3월 사장대우 상임고문 역임. 2010년 작고.

초등학교에 들어가기 앞서 서당에 다녔던 내가 영어공부에 재미를 붙인 때는 5년제 중학 시절이었다. 일제 말기라 영어공부가 자유롭지 못한 분위기였지만, 나는 남몰래 영어책과 씨름을 즐기는 소년이었다. 광주사범학교를 다니는 동안에도, 교편생활의 의무기간을 실천한 2년 후에는 상급학교에 진학할 요량으로 늘 영어를 놓지 않았다. 그래 보았자 나의 영어실력이란 그저 그런 수준이었을 것이다.

마흔 살을 헤아리게 될 때까지 나는 영어시험과 여러 차례 마주 섰다. 그때마다 낙방하진 않았는데, 결과적으로는 그것이 나를 포스코와 맺어주는 끈이 되었다.

내가 미군 24군단 사령부 '정보처 문서과'에 응시한 때는 1947년. 한국신문의 기사를 영문으로 번역하는 시험이었고, 그것은 김규식 선생이 평양의 김일성을 방문한 내용이었다. 이 시험을 통과한 나는 서울 한복판의 반도호텔에 근무하면서 주로 한국신문을 영문으로 번역하는 일을 했다.

나의 육필을 미군 행정병이 타자기로 두들겨댔고….

이후 6·25전쟁이 발발했다. 졸병으로 지내던 나를 영어가 졸지에 통역장교로 변신시켰다. 전선이 한반도의 허리에 고착된 상황에서 나의 새 근무처는 강원도 간성의 육군 5사단. 이때 박태준 중령과 곽증 중위를 처음 만났다. 박 중령은 인사참모, 곽 중위는 27연대 소속이었다.

휴전협정이 체결되고 나서 1954년에는 생애 최초로 미국을 구경했다. 연수 가는 포병부대에 통역장교로 따라갔던 것인데, 미국의 첫인상은 어마어마한 나라 같았다.

9년에 걸친 통역장교를 마감하고 1963년 소령으로 예편한 나는 국회도서관에서 4년 남짓 번역만 하고 있다가 별안간 새로운 길과 만났다. '종합제철소 건설에 영어 하는 사람이 필요하다'는 연락을 받고 갔더니, KISA와의 합의서를 건네주면서 1주일 안에 알기 쉽게 국문으로 요약해 오라는 시험을 내줬다. 나보다 영어 잘하는 인재들이 수두룩한 세상이었으니, 그 숙제 같은 시험은 박태준 사장이 나를 불러 주려는 요식절차로 마련했을 것이다.

1968년 3월 15일 드디어 나는 포항종합제철주식회사의 창업대열에 합류했다. 첫 직책은 사장실 조사역으로, 이관희 씨와 짝이었다. 제철소 구경도 못한 우리는 어느 날 인천으로 갔다. 평로밖에 없는 인천제철을 본 다음, 바닷가에서 술이나 마시며 답답한 속을 달랬다.

그해 12월에는 권태협, 주영석 씨 등과 함께 일본연수를 떠났다. 엔지니어가 아닌 나에게 주어진 과제는 '기획관리'였다. 무로랑제철소에서는 '저게 고로구나' 하며 고로를 보았고, 도쿄의 후지제철 본사에서는 예산편성, 위원회 구성, 자회사 등 기획관리 일반에 대한 상식을 수박 겉핥기로 배웠다. 1969년 1월 하순, 나는 KISA와 담판을 지으러 피츠버그로 가는 박 사장 일행과 동행했다. 그것은 포스코의 운명을 결정한 여행이 되었다. 포스코와 결별하려는 KISA의 진의를 알아차린 박 사장이 '대일 청구권 자금'의 전용을 떠올렸기 때문이다.

연수를 마치고 돌아온 나는 경제기획원 주관의 종합제철 사업계획 연구위원회에 파견됐다. 경제기획원의 정문도 차관보가 실무를 총괄한 이 조직은 일본철강연맹으로 보낼 '연산 조강 100만 톤 제철소 건설의 타당성'에 대한 보고서도 작성했다. 여러 개의 장으로 구성된 보고서에서 내가 맡은 부분은 제1장의 '정부 주도로 제철소를 육성해야 하는 이유'에 관한 것. 나는 각국의 사례를 검토하여 보고서를 작성한 뒤 그것을 영문으로 번역했다. 중학생의 영작 수준에나 턱걸이했을 텐데, 다행히 단번에 군말 없이 넘어갔다.

일본이 포항 1기를 위한 도움의 막을 올릴 즈음(1970년) 초대 도쿄사무소장으로 나갔던 나는 1972년부터 노중열 씨와 맞바꿔 외국계약부장을 맡는다. 그런데 그 전년(1971년) 미국 닉슨 대통령이 일방적으로 금본위제도를 폐지한다고 선언했다. 이른바 '닉슨 쇼크'가 세계 경제를 강타했다. 문제는 한·일 간에 체결한 대일청구권 자금에 관한 문서의 한 문장이었다. '한국에 지불하는 청구권 자금은 달러에 해당하는 일본의 재화와 용역으로 제공한다'고 되어 있었다.

닉슨의 일방적인 조치 후 1달러 360엔이 1달러 320엔까지 가니, 포스코는 가만히 앉아서 1972년에 약 500만 달러, 1973년에 약 100만 달러에 해당하는 일본의 건설용 기자재 도입이 부족하게 된 셈이다. 1기 완공까지 600만 달러나 부족해진 1972년 당시 포스코에 그것은 절약과 공기 단축으로 메울 수 없는 규모였다.

나는 임원회의에 보고했다. 심각한 문제였다. 경제기획원, 재무부, 상공부, 도쿄에 나가 있던 한국 정부의 사절단으로 뛰어다녔다. 헛수고였다. 그러나 어떠하든 600만 달러를 마련해야 했다. 고심을 거듭한 끝에 최후의 수단으로 USANCE 자금을 빌리자는 안이 정부측에서 나왔다. 외국에서 3.5% 정도의 저리로 자금을 들여와 국내에 그보다 높은 금리로 차용해 주는 그 돈을 빌려 쓰기 위해 나는 김철웅 과장과 함께 상공부, 경제기획원, 재무부 등으로 허겁지겁 돌아다녔다. 무려 65개의 도장이 찍혀서 결재서류는 완비됐지만, 고준식 부사장이 '진짜 과일상자'를 들고 어디론가 찾아가 부탁한 다음에야 차용금이 나왔다.

1기 준공 후 1973년 사장실 원료담당 보좌역이 되는데 그해 10월 중동전쟁이 일어나고, 이것이 세계적인 오일 쇼크를 가져온다. 그런데 1974년 초에 원료담당 이사로 승진했다. 이때는 원료문제, 특히 '6종류의 석탄'이 애간장을 태우던 시절이었다. 오일 쇼크는 석탄수요를 급팽창시켜 석탄가격이 치솟게 만들었고, 장기계약은 있으나마나 가격인상은 마음대로이고, 호주는 잦은 스트라이크로 골탕을 먹였다. 광부가 아니라 트럭운전사나 부두노동자가 들고 일어나도 석탄 공급에 차질이 생겼다. 급기야 그해 6월에는 복통으로 병원 신세를 졌다. 신경성 위궤양이라 했다.

단파 라디오로 날마다 호주 방송을 청취하는 묘안도 짜냈다. 이래서 파업 소식은 즉시 알게 되었다. 하루는 그쪽 출근시간에 맞춰 심재강 호주사무소장에게 전화를 걸었다. "또 스트라이크야." "저도 모르는 일을 어떻게…." "자세히 파악해 봐."

원료를 제때 확보하기 위해 긴장의 나날을 보낸 시절엔 보나마나 질 나쁜 석탄도 더러 들어왔을 것이다. 그래서 고로도 자주 배탈을 앓았다. 그러나 제선공장이 참고 조업을 잘 해 준 덕분에 무사했다. 지금도 감사할 따름이다.

한 나라의 경제가 외적인 요인에 영향을 받듯이 포스코와는 무관한 닉슨 쇼크나 중동전쟁으로 회사가 시련을 겪을 수 있다는 뼈저린 경험을 했다. 이것도 글로벌리제이션 현상의 하나이리라.

KISA가 스스로 떨어져 나간 일을 오히려 나는 포스코의 행운이었다고 생각한다. 그들의 계획대로 압연에 스테켈 밀(Steckel Mill) 왕복설비를 앉히고, 코크스는 호주에서 수입해 오는 식으로 건설했더라면 어떻게 되었을까? 아찔한 현기증이 스쳐 간다. 1969년 2월 하와이에서 위기를 기회로 바꿔 버린 박 사장의 지혜와 추진력, 이것이 포스코의 위대한 미래를 위한 진정한 출발선이었다는 사실을 새삼 헤아리게 된다.

임직원 열정에 감사노릇 제대로 못해

김창기 1926년 함경북도 길주 출생. 1948년 자유를 찾아 월남하여 1955년 산업은행에 들어가 경제정책 구상 관련 업무를 시작함. 1958년 부흥부(지금의 경제기획원)에서 장기경제계획(경제개발 5개년 계획 1차에 해당)을 수립. 1963년 농림부 양정국장을 거쳐 1965년 경제기획원 경제기획관으로 자리를 옮기면서 물가대책, 물자수송대책과 각종 차관업무를 맡음. 1968년 포항제철 창립요원으로 참여해 1970년 2월까지 초대 상임감사 역임. 2010년 작고.

바야흐로 나는 여든 살을 헤아리고 있다. 인생의 황혼을 소일하는 늙은이들의 공통된 버릇인지 몰라도, 요즘 나는 긴 듯한 짧은 듯한 '지나온 길'을 되돌아보곤 한다. 딱히 내세울 건 없지만, 가장 먼저 꼽는 자랑거리가 포스코 창설요원으로 참여했다는 사실이다. 만약 나의 이름 석 자가 장차 이 나라 어느 귀퉁이에 하나의 점처럼 찍히게 된다면, 순전히 그 덕택일 것이다.

그러나 내가 '포스코 신화'를 창조하는 대업에서 특별한 역할을 해냈던 것은 아니다. 이유는 두 가지다. 하나는 초대감사였으므로 '현장'으로부터 한 발 떨어진 자리에 있었다는 점이고, 또 하나는 근무 기간이 길지 못했다는 점이다.

사람의 삶에는 더러 눈으로 밝힐 수 없는 무엇이 있다는데, 내가 포스코와 인연을 맺는 과정에는 대체 어떤 불가사의가 개입했을까? 이런 생각에 잠기다 보면 문득 분단시대의 한반도를 종단해 버린 한 청년의 운명을 더

듬게 된다.

내 고향은 함경북도 길주. 해안 쪽으로 평야를 이룬 조용한 마을에서 1926년에 태어난 나는 스물넷에 이르도록 순박한 토박이로 자라났다. 그런데 대한민국 관청의 문서에는 '1920년생'으로 적혀 있다. 어느 날 한꺼번에 무려 여섯 살이나 더 먹고 말았는데, 이 변고는 폐허의 6·25전쟁 중에 일어난 일이었다.

4남매의 막내인 나는 1948년 이른 봄에 고향을 떠나기로 결심했다. '자유'와 '대학'이라는 말이 나를 떨치고 일어서게 했다. 누구보다 홀어머니가 발길에 밟혔지만 나는 돌아서지 않았다. 그 시절에 나와 비슷한 처지의 사람들은 대개 비슷비슷한 생각이었겠지만, 나 역시 '전쟁'이나 '기나긴 분단'을 떠올리진 않았다.

돈을 주고 앞장세운 안내원을 따라 꼬박 나흘 걸어서 철원을 통과했다. 내가 지나온 길은 소장수들이 다니던 길이라 했다. 이윽고 한탄강 앞의 한 지점에 닿았더니, 일행은 모두 12명이나 되었다. 탈출의 길에는 동행자가 불어날수록 위험수위도 높아지는 법. 우리는 들켰다. 그러나 돈이 다시 길을 열었다. 다리를 건너고 달음박질을 쳐서 얕은 야산의 꼭대기에 올라선 순간, 안내원이 숨을 헐떡이며 말했다.

"여기서부터 자유요!"

자유, 이 말에 나는 그대로 엎어져 버렸다. 형언할 수 없는 환희가 나의 정신을 사슬처럼 옥죄고 있던 극도의 긴장감을 풀어 버린 것이었다.

"자유다, 자유."

나는 엎드린 채로 '자유'를 되뇌었다. 거기가 바로 38선이 지나가는 지점이었다. 사람은 누구나 살아가면서 '자유'란 단어를 숱하게 쓰기 마련이다. 나 역시 그러했다. 그러나 그때 그 자리에서 듣고 말한 자유보다 더 절절히 실감나는 자유를 만난 적이 없었다.

서울로 들어온 나는 친척의 도움을 받아 가며 대학에 들어갔다. 그러나 곧 전쟁이 터졌다. 나는 9사단에서 정훈담당 문관으로 종군하던 중 1951년 중공군의 춘계 대공세를 당하고 나서 부산으로 내려가 피란 내려온 대학에 복학했다. 나는 '고등고시'에 도전할 작심을 세웠다. 고향으로 돌아갈 길이 아주 막힐 듯한 상황에서 혈혈단신 청년에게 그것은 제일 확실하고 제일 안정된 삶을 보장해 줄 것 같았다. 그러나 은사가 말렸다.

"전쟁은 끝난다. 그러면 경제학이 쓰일 자리도 많아진다. 한길로 계속 가게나."

이 말씀을 받든 덕분이었을까. 졸업한 나는 용케 산업은행에 들어갔다. 드디어 '탈북 청년'의 삶이 남녘에 완전히 뿌리내렸는데, 이때야 꿈에도 그려 본 적 없었지만 여기는 내가 포스코와 인연을 맺으러 가는 출발점이기도 했다.

나는 산업은행 조사부에서 책 만드는 일에 관여했다. 산업은행 10년사, 경제정책 구상 등이었다. 그 일로 운 좋게 총재의 눈에 띄어 장기경제계획을 세우는 업무도 거들었다. 재원조달문제, 투자우선순위 등 경제정책 구상에 눈을 뜨는 날들이었다. 묘하게도 그것이 나를 그 길로 이끌었다. 자유당 정권 말기에는 부흥부(경제기획원 전신) 산하 '산업개발위원회'에 보좌위원으로 차출됐다. 이 보잘것없는 경험은 4·19 뒤에도 5·16 뒤에도 중요한 경력으로 작용한다. '경제개발계획'을 수립하는 자리의 한 말석에 앉게 됐던 것이다.

1963년 식량파동 직후에 농림부 양정국장으로 기용되면서 공복을 입은 내가 경제기획원 경제기획관으로 옮긴 때는 1965년. 장기영 부총리가 나의 경력을 좋게 봐준 덕분이었다. 이번엔 물가대책위원회와 물자수송대책위원회, 공공 차관과 민관 차관이 주요 업무였다.

1968년 3월 어느 날 나는 새로운 임명을 받았다. '포항제철 상임감사.'

엄청난 국영기업의 '엄한 감사자리'에 적합하다는 판정이 내려진 모양이었다. 그러나 나에겐 '엄한 감사노릇'을 해 볼 기회조차 오지 않았다. 창업기의 포스코는 '부지매입과 부지정리'에 들어갈 예산이 거의 전부여서 감사할 대상도 거의 없다시피 했거니와, 사명감에 불타는 박태준 사장을 비롯한 모든 임직원에게 '부정부패'란 일어날 수 없는 것이기도 했다.

이제는 널리 알려져 있지만, 박 사장은 공장의 말뚝을 박기도 전에 사원주택 부지와 학교 부지를 사들였다. 그때 정치권은 시끄러웠다. 하지만 나는 감사로서 충분히 이해했다. 아니, 감동도 했다. 종업원 복지와 종업원의 자녀교육을 먼저 생각하는 최고경영자는 박 사장이 독보적 존재였다. 물론 요즘 기준에 재더라도 포스코는 이 방면에서도 세계 최고 수준이지만….

KISA의 '초기단계 설비계획서'. 이 번역의 감수가 내 몫으로 떨어졌다. 담당이사의 해외 출장이 잦은 탓이었다. 해당 부서의 번역원고를 모아 책으로 묶기 앞서 오역을 바로잡고 일관성을 지켜주는 일이었는데, 나를 비롯한 참여자 전원이 일관제철소에 대해 공부하는 시간이었다.

창업기의 '티타임' 임원회의. 부서별 업무 브리핑이 이뤄지고, 실질적인 문제들이 논의되었다. 분위기는 늘 진지하면서 화기애애했고, 아직 박 사장의 매서운 추궁은 나오지 않았다. 다양한 경험의 소유자들이 창업에 필요하다고 생각되는 다양한 의견을 내놓기도 했다. 그것은 업무에 대한 검토·연구·대비의 공부시간인 동시에 단합을 도모하는 시간이었다.

'최소의 비용으로 최고의 제철소를'—그때의 이 슬로건을 기어코 포스코는 실현하고 말았다. 나는 일찍 회사를 떠났기에 시련과 극복의 과정을 생생히 체험하진 못했다. 그러나 포스코가 세계 최고 제철회사로 성장했으므로 나는 아무런 후회도 없으며 오직 뜨거운 박수를 보낼 따름이다.

기차터널, 바다, 평야가 차례로 등장하는 고향. 지금도 눈앞에 삼삼하다. 살아 있는 동안에 통일이 된다면, 그래서 어머니의 무덤 앞에 엎드릴 수 있다면, 늙은 아들은 보람찬 삶의 구체적 증거처럼 포항제철소 전경사진을 보여 드리며 당신의 혼백을 위로해 드려야 할 텐데….

1976년 즈음 포항제철소 선재공장을 둘러보며 나는 건설 초창기에 초대감사로서 할 일이 별로 없었던 것에 대해 한편으론 미안함과 다른 한편으론 뿌듯한 자부심을 느꼈다.

고진감래의 수업

이원희 1930년 충북 진천 출생. 대한중석 기획관리과장 재직 중 1968년 포철 창립요원(업무부 차장)으로 입사, 외국계약부 차장·포항제철소 건설기획실장·확장사업본부 계획부본부장을 거쳐 1973년 외국계약실장을 지냄. 이후 외자구매부장(1974), 뒤셀도르프 연락소장(1975), 뉴욕사무소장(1978)을 역임하고 1979년 이사대우로 승진. 2011년 작고.

1967년 9월, 대한중석 상동광업소 관리과장에서 서울 본사 개발조사실 조사역으로 옮겨갔다. 입사 7년째, 새 임무는 종합제철추진위원회 업무. 건국 이래 최대 역사로, 거대 외자사업이라 했다. 지침이 없었다. 나는 '계약' 지식들을 끌어모았다. 한국 상법, 외자도입 절차, 영미 계약법, 국내외 외자사업계약문서 등 닥치는 대로 탐독했다. 정부와 KISA의 기본협정서 사본은 그해 10월 하순에 받았다. 영어가 큰 밑천이었다.

1947년 미 군정청 직원용 영어연수원, 한국전쟁 때 공군 통역장교, 공군사관학교와 공군대학 강의, 도합 2년의 미국 연수 등. 이렇게 보낸 공군 시절의 잊을 수 없는 하나는 새로 도입한 P-51전투기로 처음 이륙할 우리 '빨간마후라'들에게 통역한 장면이다. 미국 교관이 오른쪽 날개, 내가 왼쪽 날개에서 소리를 질러댔는데, 특히 내 목소리는 프로펠러 굉음을 뚫고 조종사의 귀로 들어가야 했으니….

포스코 창립. 추가협상의 막이 올랐다. 상대는 Eakin 대표와 데마그의

Stripgen 등 회원사 협상팀이었는데, Paton이라는 유명한 프로젝트 엔지니어링 전담 변호사가 주도했다. 외국계약부 차장인 나를 비롯해 우리 팀은 어느 면으로 견줘도 약체였다. 프로 대 아마추어였다.

영어로 진행하는 협상이 아침 10시부터 종일 이어졌고, 서로 다른 주장이 맞서기 일쑤였다. 이런 줄다리기가 여섯 달 계속됐다. 추가협정체결이 중요한 선행과제인 시절, 박태준 사장의 관심이 높을 수밖에 없었다.

"하루하루의 협상결과를 이튿날 아침까지 보고하시오."

내 임무가 추가됐다. 매일 새벽에 일어나 어제 펼쳤던 쌍방의 주장과 합의를 간추리고 복안을 요약했다. 대안끼리의 비교, 관련 데이터, 최저 양보선 등 시험공부와 같았다. 기나긴 협상 노정에서 큰 고비는 성능보장과 공기준수였다.

"특히 고로의 성능보장은 전례도 없고 공사는 턴키방식이 아니라 Twisted Key 방식으로 해야 합니다." 우리말로는 '꼬아서 합친다'라고 풀이될 'Twisted Key'란 신조어까지 들이댄 그들은 좀처럼 물러서지 않았다. 우리도 완강했다. "외자를 KISA가 공급하고 내자계약을 KISA 휘하의 구매단이 집행하는 Moderated(완화된) 턴키방식"이라며, 다른 규모의 용광로를 예로 들고 원론이나 기타 요구조건들을 충족시켜 주겠다는 전제하에 "성능보장 조항은 필수조건"이라고 설득했다. 이래서 가까스로 80% 합의를 도출했다.

공기준수 협상의 걸림돌은 공급기자재 인도와 지체상금이었다. 후자가 더 애를 먹였다. 교착에 빠지자 Stripgen이 슬쩍 흘렸다. "지체상금만 요구할 게 아니라 조기준공 상여금도 제안해야 공평할 텐데…." 다른 멤버와는 상의하지 않은 눈치였지만, 우리는 냉큼 받아먹었다. 아니나 다를까. Eakin, Paton 등이 난색을 했다. 그래도 우리는 어림없었다. 나는 "한번 약속은 지켜야 한다."며 이른바 서양의 신사도를 자극했다. 영어 약발이 약한 듯하여 “Pacta Sunt Servanda.”라는 같은 뜻의 라틴어까지 동원했다. 그리고 우리는 이겼다.

고진감래란 말은 진리였다. 1968년 말에 KISA와의 추가협정을 체결하고 돌아섰을 때, 어느덧 나는 외국계약에 대한 두려움을 극복하고 있었다. 그래서 사원들에게 소신껏 강의도 하게 되었다. 머잖아 KISA는 연기처럼 사라졌지만, 피를 말리며 진행된 매우 귀한 수업기간이었다.

1969년 이른봄, 포스코는 회색에 싸여 있었다. 우수한 경력사원들이 떠나기도 했다. 노중열 외국계약부장은 차관관계로 외국 출장이 잦은 가운데도 부원들을 다독이며 한눈팔지 못하게 공부도 시켰다. KISA와의 계약협상을 참고삼아 앞으로 사용할 포스코 자체의 계약서 안을 만들고, 다른 부서 사람들도 참여하는 세미나를 열었다. 협상능력 배양의 시간으로 활용한 것이었다.

1969년 말, 오스트리아 푀스트알피네에는 ‘이씨 삼형제(Three Lee Brothers)’라는 애칭이 생겨났다. 중후판공장 공급건설 계약체결을 위해 현지에 머물고 있는 포스코의 이상수 부장, 이재옥 부장, 나, 우리 셋을 가리킨 말이었다. 우리는 이미 '준비된 팀'이었다. 성능보장 조항을 비롯해 우리의 준비안을 거의 그대로 통과시켰다. 젊고 유능해 보인 Neubauer 씨를 그쪽의 협상연락 행정담당으로 추천하기도 했다. 뒷날에 그는 확장일로의 포스코에서도 활약하게 되는데, 참으로 흐뭇한 기억이다.

포항 1기 건설계약협상. 테이블에는 각 설비별 부원 한두 사람도 동석시켰다. 실전 현장에서의 협상훈련이었다. 일본과의 협상에서 우리가 우위를 점하는 분야는 대체로 영어뿐이었다. 그쪽 회사원에도 엘리트 출신이 많았지만 일본인은 타고난 영어발음에서 한국인에게 밀릴 수밖에 없었다. 협상을 진행해 보니, 우리가 영어로 나가면 어렵게 따라오고 일본어로 대응해 주면 고마워하는 것 같았다. 곧 요령이 생겼다. 쉬운 문제는 일본어로 해주고, 중요한 문제는 영어로 나갔다. 이러다 보면 나중에 영문계약안을 작성할 때는 우리가 말해 주는 대로 받아쓰는 경우도 생겼다.

일본 IHI와의 고로 공급건설 계약에서는 역시 '성능보장 조항'이 장벽으로 막아섰다. "계약서에 명시한 선례가 없어요. 설비공급도 턴키가 아니라 FOB 계약조건인데, 더더욱 계약서에 명시하기 어렵습니다." 김학기 제선부장과 나는 전혀 당황하지 않았다. 푀스트와의 중후판공장에도 그랬고, 그 이전에 KISA와의 협상에서도 성능보장 조항은 명시됐다, 세계가 주목하고 있는 포스코에 고로 성능보장을 해주고 성공시키면 그 이상의 IHI 홍보가 또 어디 있겠느냐…. 이렇게 우리의 선례를 들이밀고 상대의 자존심을 치켜세우며 설득에 성공했다.

이러한 경험들은 뒷날의 외자계약에 큰 힘이 되었다. 포항 2기 설비 냉연공장 공급사는 푀스트, 독일 지멘스, 미국 윈유나이티드. 이들은 미국 차관 분인 엑심(Exim)은행과의 교섭을 포스코가 한국 정부의 도움을 받아 맡아줄 것을 간청했다. 1974년 5월, 나는 경제기획원의 L사무관과 동행하여 워싱턴으로 가서 K경제협력관과 합류, 엑심은행의 담당과장을 만났다. 저녁 식사대로 교섭출장비 300달러를 초과했지만 "엑심의 보증 융자분을 뺀 나머지 시중은행 담당분은 미국 시중은행 중 서울에 진출한 곳이 유리할 것"이란 그의 귀띔은 일을 순조롭게 푸는 고리 역할을 해줬는데, 서울의 FNCB(시티은행 전신)로 결정됐다.

확신을 얻은 나는 곧장 혼자서 뒤셀도르프로 날아갔다. 목적은 독일 오토와의 포항 2기 코크스 공장 계약건으로 오토-차관선인 WLB와의 협상 입회. 협상도중 본사 지시로 급거 귀국하였는데 재무장관이 외화산업자금으로 충당하라는 말과 달리 당시 어려운 나라 실정상 외화 잔고는 거의 바닥이 나있었다. 그때부터 외로운 긴급구난(緊急救難)작업이 시작되었다. 결국 엑심차관 관계로 2주 전 뉴욕에서 만났던 FNCB 본사 K씨의 조언에

힘입어 신디케이트론(간사은행이 주관하여 여러 은행이 참가하는 차관단식 융자)으로 풀게 되었다. 국제전화를 통해 코크스공장 외자도입의 난관에 대한 나의 설명을 경청한 그는 "포스코 냉연공장 EXIM금융에 참여하게 된 것에 감사"를 하면서 "싱가포르가 기채시장의 관건인데 홍콩의 우리 APCO와 접촉"해 보기를 권유했다. 가뭄에 단비를 만난 격으로 홍콩의 APCO와 협상하여 우리는 POSCO 신용으로 처음으로 신디케이트론 국제차관을 얻을 수 있었다.

고진감래, 오늘날 포스코의 위용을 바라보며 새삼 음미해 보는 말이다.

아, 1977년 4월 24일

신광식 1936년 출생. 1968년 4월 입사(창설요원). 제강부장, 기술연구소 부소장, 포항강재공업(주) 자문역 역임. 1999년 작고

4월 24일 포스코의 '안전의 날'이다.

1978년부터 '안전의 날'이라는 명칭이 붙었는데, 이날을 이렇게 부르게 된 배경에는 커다란 사고가 자리하고 있다. 포스코 역사의 최대 사고로 기록될 제강공장 사고가 그것이다. 1977년 4월 24일이었다. 지금도 그때 생각만 하면 누웠다가도 소스라치게 놀라 벌떡 일어나게 된다.

제강공장에 사고가 난 것은 새벽이었다. 집에서 자다가 전화를 받았다. 권억근 공장장이었다.

"제강공장에 사고가 일어났습니다!"

"자세히 보고해 봐."

그 당시만 해도 크고 작은 사고들이 제법 많았고 그 때문에 자다가 전화를 받는 경우는 아주 흔한 일이라서 처음엔 좀 무덤덤했다. 그리고 그때는 크든 작든 일이 있으면 반드시 보고를 하게 되어 있었기 때문에 집으로 늘상 전화가 오곤 했다.

그래서 전화를 받아도 크게 놀라지 않았다.

"사고가 좀 큰 것 같습니다."

"그래? 그럼 같이 나가 보자."

그러면서도 여전히 놀란 가슴은 아니었다.

사고가 큰 것 같다고 하여 서둘러 밖으로 나가 주택단지 내에 24시간 비상 대기하고 있는 차를 타고 공장으로 갔다. 그런데 이상한 것은 공장에 가까이 갔는데도 캄캄한 것이었다. 가슴이 철렁했다. 뭔가 큰일이 발생한 모양이구나….

제철소는 24시간 작업을 하기 때문에 언제나 주변이 훤한 편이었다. 그런데 그날은 제강공장 입구까지 왔는데도 칠흙같이 캄캄하기만 했다. 자세히 보니 연기가 피어오르고 있지 않는가.

급히 랜턴을 가지고 공장 안으로 들어갔다. 그러나 어디서부터 손을 써야 할지 도무지 방안이 안 서는 상황이 벌어져 있었다.

이미 비상이 걸려서 간부들도 달려 나오고 조업자들도 분주했지만 모두가 우왕좌왕할 뿐이었다. 불을 끈다고 해도 건물 밖에서 불이 났으면 진화 순서나 방법이 금방 생각나겠지만, 땅속 보이지 않는 곳에서부터 연기가 올라오니 어떻게 해야 할지 짐작도 되지 않아 눈앞이 캄캄했다.

사고의 발단은 어처구니없게도 크레인 운전원의 실수였다. 그 직원은 용광로에서 쇳물을 받아 오면 제강공장에서 정련을 하기 위해 쇳물을 전로에 붓는데 바로 그런 작업을 하는 크레인 운전원이었다. 정상적으로만 작업을 하면 안전장치가 잘 되어 있기 때문에 별문제가 없었겠지만 그 운전원이 작업을 하면서 잠깐 졸은 게 사고의 원인이었다.

그처럼 엄청난 실수를 했다는 데 대해서는 동정의 여지가 있을 수 없었다. 실수의 원인을 알아보기 위해서 그 친구를 불러 얘기를 들어 보니 생활고 때문이었다.

그때만 해도 사실 운전원의 급여 수준이나 여러 가지 생활 형편들이 지금보다 아주 못한 시절이었다. 그 운전원은 부업으로 퇴근 후 연탄배달 등의 일을 하고 있었던 것이다. 결국 충분한 휴식을 취하지 못하고 피곤에 절은 상태로 야간에 작업하던 중 쇳물을 가득 담은 래들(Ladle)을 크레인으로 끌어올리면서 그만 깜박 졸았던 것이었다.

작업자가 스위치를 넣으면 크레인에 매달린 래들은 위로 올라가게 되어 있어 작업자는 일정한 높이에서 래들을 멈춰야 하는데, 그가 조는 바람에 전로(轉爐)에 쏟아야 될 쇳물을 엉뚱한 곳에 쏟아 부은 것이다.

바로 이것이 대형 사고의 원인이었다. 래들에 담긴 90톤의 쇳물 중에 44톤 정도를 쏟아버렸다. 그러니 그 뜨거운 쇳물이 쏟아진 바닥이 어떻게 됐겠는가.

쇳물이 쏟아진 공장바닥 밑 지하에는 케이블이 굉장히 많이 지나가고 있었다. 물론 이런 비상사태에 대비하여 콘크리트 칼버트로 보호되어 있었지만, 불행하게도 점검구 틈 사이로 쇳물이 흘러들어 가면서 케이블에 불이 붙어 공장 전체로 번지기 시작한 것이었다.

공장의 혈관이나 다름없는 케이블이 전부 타버렸다고 상상해 보라. 어느 한 곳도 온전할 수가 없는 상태였다. 가슴은 타들어 가고 미칠 노릇이었다.

"저걸 어떡해, 저걸 어떡해!"

현장에서는 회사 비상망을 통해서 직원들이 전부 소집되어 진화작업에 나섰지만 손을 못 대고 있었다. 심지어 포항에 있는 소화장비만으로는 부족하여 대구와 울산쪽에까지 진화에 필요한 장비를 전부 동원했지만 발을 동동 구를 뿐이었다.

콘크리트 바닥 밑에서 타고 있으니 눈에 보이지도 않는 데다가 합성물질이 타기 때문에 우선은 냄새가 심해 접근하기가 쉽지 않았다. 뿐만 아니라 검은 연기 때문에 랜턴을 비춰도 앞이 전혀 보이질 않았다. 급한 김에 밖에서 물만 계속 퍼부었지만 진화에는 별 도움이 안되었다. 일단 그 터널로 통하는 바람통을 막으면 괜찮을 것 같아서 바람구멍을 전부 모래주머니로 막기도 했으나 그것도 도움이 되질 않았다.

"하나님 맙소사."

결국은 진화를 못하고 케이블이 거의 다 소실되어 버렸다. 더구나 케이블이 조작반까지 연결되어 있어서 조작반까지 전부 다 타버렸다.

정오쯤 되어서야 거의 진화가 된 것 같았다.

"이제 뒤처리를 하고 뭔가 다음 준비를 해야지" 하고 팔을 걷어붙이는데 불길이 다시 치솟았다. 정말 죽을 맛이었다.

또 한 번 소동을 벌이고 나서 완전 진화된 것이 오후 5시쯤 됐을 성싶다. 그것은 진화라기보다 거의 다 타고 더 이상 탈 게 없는 상태에서 스스로 꺼졌다고 하는 것이 맞을 것이다.

제강공장 완전 스톱. 공장은 완전히 숯덩어리와 같았다. 창사 이래 최대의 사고였다.

문제는 제강공장만의 문제가 아니라는 데 있었다.

철강제품이 나오기 위해서는 제선→제강→압연의 공정을 순서대로 거쳐야 하는데 그 중간인 제강공장을 가동할 수 없으니 선(先)공정인 제선에서 나오는 쇳물을 처리할 수 없었다. 그렇다고 멀쩡한 제선쪽 고로를 휴풍할 수는 없는 일이었다. 제선공장에서는 감산을 하면서 계속 조업을 했지만 나오는 쇳물은 어쩔 수 없이 전부 모래밭에 부어야 했다.

후공정인 압연쪽도 비상체제로 들어가느라 아우성이었다. 압연쪽에서 작업해야 할 물건을 제강공장이 공급해 주지 못하기 때문이었다. 결국 다른 나라에서 긴급히 수입을 해서 가동을 했지만, 그런 난리가 없었다.

어떻게든 빠른 시일 내에 복구를 해야 할 상황이었다. 한시라도 빨리 공장을 정상화하지 않으면 회사 자체의 운명이 위태로운 상황이었다.

제강공장 복구를 위해 회사 전체가 비상체제에 돌입했다. 즉각 김준영 공작정비본부장(작고)을 본부장으로 한 복구본부가 사장 직속으로 설치되었다. 그 유명한 '제강비상'이 시작된 것이다.

그러나 공장의 동력과 신경계통이 전멸되다시피 했으니 어디서부터 손을 대야 할지 막막했다. 복구반은 우선 일본의 설비공급자들에게 연락을 했다. 설비들이 대부분 일본에서 공급된 것이기 때문이었다. 공급사측에서는 즉각 대응해 주었다. 다급히 날아온 일본 기술자들이 밤을 꼬박 새면서 복구계획을 세우고 조언도 해주었는데 그들이 그렇게 고마울 수가 없었다.

그런데 현장을 점검한 일본 기술자들은 복구 기간을 3개월로 잡고 있었다.

"하루가 급한데 3개월이 뭡니까!"

우리의 다급한 요청에 몇 차례나 의견 조정을 하면서 결국 2개월로 잡아 7월 1일까지 완료하는 걸로 계획을 잡았다. 부품을 새로 제작해야 되는 것도 있기 때문에 그 이전에는 도저히 안된다는 것이었다.

"사생결단으로 덤빈다!"

이때부터는 아무런 말이 필요 없었다. 복구방법이 나오고 복구기간이 정해졌으니 손과 발이 있으면 전부 달라붙어 24시간 복구 작업을 했다.

복구반 대부분이 그랬지만 나도 완전히 복구될 때까지 지척에 있는 집에 들어간 적이 한 번도 없었다. 다들 사무실에서 쭈그리고 잤다. 누가 강제로 시켜서 하는 일이 아닌데도 모두 열심이었다. 졸다가 일어나서 또 하고, 눈물이 날 정도로 뛰었다. 그래서 당초 예정했던 2개월보다 훨씬 앞당겨서 3호 전로는 5월 21일, 2호 전로는 5월 28일에 복구되어 제강공장은 정상조업에 들어갈 수 있었고, 마지막으로 1호 전로가 6월 27일에 복구되어 전체가 복구되었다.

그때 나는 사람이 보여 줄 수 있는 자율적인 힘의 위대함을 실감할 수 있었다. 감독의 눈이 있어서 하는 작업이었다면 그보다 두 배 이상의 시간이 걸렸을지도 모른다.

일본 기술자들도 모두 놀라워하며 고개를 설레설레 내저었다. 당초 3개월이 걸린다고 했던 그들은 그렇게 빨리 복구를 했다는 게 믿어지지 않는다면서 우리를 보고 비정상적인 사람들이라고 농담을 했다.

한 가지 불행 중 다행이었다면 그처럼 엄청난 사고였지만 인명 피해가 없었다는 점이었다. 모두들 기적 같은 일이라고 했다.

아무튼 제강공장의 화재 복구는 이렇게 해서 끝이 났지만, 나에게는 한 가지 남아 있는 일이 있었다.

제강부장으로서 이번 사고에 대한 책임을 지고 물러나야 했다. 다만 그 시기 문제로 여러 날 고민하다가 우선 복구를 끝내야 한다는 생각에 몇 달을 보냈던 것이다.

나는 비서실에 사표를 제출했다. 그런데 지금은 작고하신 고준식 부사장이 부르셨다.

"이게 사표 내서 될 일이 아니잖아, 인마. 백의종군해야지 무슨 사표야? 이거 없앤다" 하고는 사표를 찢어버리셨다.

그렇지만 나는 이미 결심을 굳혔고 도의상으로도 물러나야 된다는 생각에 다시 사표를 썼다. 사장 비서를 통해 박태준 사장님께 직접 보고해 달라고 했다. 그랬더니 박 사장께서도 나를 불러 "거기에 관련된 일들은 이미 내가 다 책임을 지기로 위에 보고했어. 너는 열심히 일만 하면 돼" 하는 것이었다.

사표가 반려될 때 관리책임자로서 무슨 말이라도 해야 할 것 같은데 아무 말도 나오지 않았다.

지금도 그때를 생각하면 그 북새통 속에서 물불 가리지 않고 복구작업에 열정을 불태웠던 복구반원과 작업원들, 그리고 그 사고로 많은 고초를 겪으신 박 사장님을 비롯한 임직원 모든 분들에 대한 송구스러운 마음을 금할 수가 없다.

POSCO SPIRIT 3

제철보국의 뿌리와 줄기를 키우다
—현장에서, 기술에서

인간의 한계에 도전했던 영일만 사람들

박종태 1929년 전남 진도 출생. 1968년 포스코 입사(7월 8일), 초대 포항건설소장 및 제철소장·설비기술본부장·1976년 제철판매 초대 사장, 1986년 연합철강 부사장, 1994년 동우사(현 포스메이트) 초대 사장, 1997년 전남드래곤즈 사장 역임.

첫 출선의 그날

"나는 지금도 '포항제철'이란 말만 들으면 가슴이 설레는 사람이에요. 나의 모든 것이 거기 있었고, 현재의 나도 사실은 거기 있으니까요."

1973년 6월 8일 고로화입 다음날, 첫 출선 성공 장면을 담은 사진이 있다. 거기 잡힌 박종태 초대 포항제철소장은 자신의 표정이 다른 동료들과는 달라진 이유를 이렇게 기억하고 있다.

"모두들 위를 바라보고 만세를 부르는데, 왜 유독 나는 혼자 눈을 아래로 깔고 만세를 불렀느냐고들 하지요. 위를 보는 까닭이야 뻔하지 않겠어요. 뺨을 타고 흐르는 눈물을 감추려고 그런 것이지. 나는 그때 가슴으로 눈물을 흘리고 있었어요. 그리고 눈으로는 출선구에서 빠져나와 흘러가는 그 황금빛 쇳물을 한눈 가득 담고 있었지. 그동안 겪은 그 수많은 사연이 모두 쇳물에 녹아드는 느낌이었어요."

백발이 성성한 노익장은 잔잔한 미소를 피워내면서도 그 시절의 상황이 눈앞에 전개되는지 눈에 불끈 힘이 들어가는 듯했다.

"고로에 불을 지피고 나서 다음날 아침 출선 때까지 현장을 떠나지 못했어요. 밤을 하얗게 새울 수밖에 없었어. 한민족 5000년 역사에 처음으로 쇳물이 터져 나오는 순간을 코앞에 두고 어떻게 잠이 오겠어? 고로를 몇 개씩 지어본 사람도 첫 출선 시간이 다가오면 입이 바짝바짝 마른다고 하는데, 그때 우리 입장에서야 어찌 그렇지 않았겠어요. 공연히 1고로 주변을 이리저리 서성거리면서 가슴을 졸였던 건데, 그때 그런 사람이 나만이 아니었어요. 다들 가만히 있지 못하고 안절부절못했지. 그러다가 밤 깊은 제철소 어귀에서 서로 마주치면 아무 말 없이 맞잡은 손에 힘을 주면서 서로의 마음을 주고받았어요."

영일만 현장의 8년은 두려운 일의 연속이었다

1968년 7월 초순, 그는 영일만 모래벌판으로 내려갔다. 박태준 사장께서 대한중석에 남겨 놓았던 박종태 상동광산 소장에게 영일만 건설현장의 일선 지휘관을 맡긴 것이었다. 대학 졸업 후 대한중석에 들어간 그는 박 사장이 대한중석 최고경영자로 부임할 때 처음 대면을 했고 그 인연이 드디어 그렇게 포스코로 이어졌다.

박종태 초대 소장이 시발택시를 타고 찾아간 현장에 포철 건물이라곤 두어 달 전에 지었다는 '슬레이트 지붕의 흰색 목조 2층' 하나가 전부였다. 잠시 다니러 온 눈에는 낭만적인 허름한 별장처럼 비쳤을, 머잖아 '롬멜하우스'로 불리는 그 유명한 포스코 자산 1호가 바로 그것이었다.

준설공사와 이주를 시작한 초가마을, 이 쓸쓸한 폐허 분위기의 동네에서 포철 요원들은 회색 무명 작업복 차림에 검게 탄 얼굴이었다. 그들의 하얀 치아가 유난히도 반짝거린 것이 요즘도 그의 뇌리에 반딧불처럼 박혀 있다. 김명환, 신상은, 김택중, 한경식…. 포항제철소 군번 1번을 다투는 최초의 첨병들이었다.

그의 첫눈에 현장 장비는 형편없어 보였다. 반트럭 한 대, 두 번호에 딸린 전화기 몇 대. 이게 고작이었다. 인구 6만 명 항구도시에 택시라곤 미군에서 불하 받은 폐차 수준의 20대밖에 없었던 시절, 포철 요원들은 승용차·화물차·업무연락·관청출입의 '1차 4역'을 도맡은 조그만 초록색 반트럭을 애지중지했다. 그나마 차량 등록서류가 덜 된 상태에서 임시번호를 달고 운행하다가 포항경찰서 보안과로 끌려가서 '운행정지 압류처분'까지 당한 적도 있었다.

"공장 부지조성 공사를 시작한 1968년부터 공장 건설-준공-조업으로 이어지는 1976년 말까지의 8년여를 일관되게 현장에서 보낸 나는 이 세상에 흔치 않은 경력의 한 토막을 어떻게 자평해야 할지를 포스코 50주년을 바라보는 요즘도 모르겠어요."

이제는 '노병'이라 불러도 좋을 포항제철소 초대 소장의 말에는 겸손함이 묻어 있었다.

"그래, 그거 맞는 말이오. 어느 하나의 일만 뇌리에 저장되어 있다면 그것이 가장 강력하겠지만, 영일만 모래벌판 시절엔 매일매일 새로운 일이었고, 어려운 일이었요. 아니, 두려운 일이었다고 하는 것이 옳겠군. 하는 일마다 처음 해보는 일이었으니까. 방대한 국가예산이 투입되는 항만·용수·도시계획·철도 등 정부 지원사업도 현장에서 보았고, 또 당면한 직원들의 주거·자녀교육·후생시설을 마련하는 주택단지 사업, 사상 초유의 건설과 조업 등 실로 엄청난 일거리들을 한꺼번에 수행하다 보니, 아예 그러한 상황에 중독되어 무감각 상태라는 일종의 정신질환이 일어난 것은 아니었나 싶어요. 그래서 내 얘기가 조금 두서가 없을 거요. 그렇게 알아서 들어주시오."

롬멜하우스의 추억

노령에도 불구하고 건강미를 잃지 않고 있는 노신사의 의식 속에서는 그때의 온갖 일이 '저요, 저요' 하면서 손을 들고 일어서는 듯했다.

"1971년 롬멜하우스가 있던 곳이 분괴공장 부지로 편입되면서 어쩔 수 없이 철거해야 하는 상황이었어요. 그런데 이걸 그냥 허물어버려서는 안 되겠다 싶었어. 어디다 옮겨놓아야겠다고 생각하고 본사에 예산을 신청했지만, 그게 어려웠어. 그냥 철거해버리는 쪽으로만 이야기가 되는 거야. 그래서 현장에 내려와 있던 건설회사에 부탁을 했지. 동아건설의 현장소장이 대학 후배였어. 그 사람이 흔쾌히 승낙을 해서 당시 연수원(현 홍보센터) 아래 있는 숲속으로 옮겼어요. 그땐 숲이 무성해서 밖에서는 잘 보이지도 않았고, 옮겨 지은 사실을 아는 사람도 몇 안 되었어. 지금 롬멜하우스가 '포스코역사관' 속에 있는 걸로 아는데, 그때 옮겨놓지 않았으면 영원히 사라졌을 거요."

'롬멜하우스'는 포스코 창업 세대, 특히 부지정비나 각종 인프라 공사가 진행된 초창기에 현장을 감당했던 요원들에게는 가장 중요한 추억의 산실이다. 포스코 사보 『쇳물』이 회사의 문제점에 대한 시정의 계기를 마련하기 위해 '신문고'라는 지면을 신설했을 때, 그 북을 두드린 최초의 펜은 '롬멜하우스'를 염려하는 것이었다. 1974년 7월호 《쇳물》의 '신문고'에는 다음과 같은 글이 실려 있다.

> "지금도 베토벤 기념관에 가면 악성의 유물이 생시와 조금도 다름없이 잘 보존되어 있다. 우리는 얼마만큼의 예산이 소요되는 한이 있더라도 롬멜하우스는 영원히 보존할 수 있는 근원적인 대책을 다시 세워야 한다. 비바람에 쓰러져 없어진 그 자리에 다시 롬멜하우스를 지어 올리는 우를 범하지 않기 위해서라도."

'포항제철소'라는 조직, 인간의 한계에 도전한 사내들

'포항사무소'로 출발한 영일만 현장에 '포항제철소'라는 조직이 정확히 언제 생겨났는가? 초대 소장은 기억하고 있었다.

"포스코의 모든 사사를 찾아보아도 포항제철소라는 조직이 정확히 언제 생겼는지 기록이 없을 거요. 그땐 포항제철이 곧 포항제철소라고들 생각했기에 기록에서 빠진 것 같은데, 1972년 2월 16일이야. 50년사에는 꼭 넣어주세요."

그의 이야기는 당시 5개국 8개사가 참여한 대한국제제철차관단(KISA)의 자금공여 기피와 와해, 대일청구권자금의 일부 전용, JG(Japan Group) 태동으로 이어졌다.

"1968년에서 1969년으로 넘어가는 시기였는데, 당시 직원이 1968년 말 101명이었고, 1969년 들어 257명으로 늘어났어요. 자금 조달에 대한 확신이 없었기에 직원들이 동요하는 건 당연했죠. 심지어는 박정희 대통령마저도 현장에 오셔서 '남의 집 다 허물어놓고 제철소가 되기는 되는 거냐'고 걱정하는 상황이었으니까. 게다가 KISA가 와해되니 국내 여론마저도 매우 회의적이었지. 박태준 사장님의 소위 '하와이 구상'이 현실화되면서 분위기가 바뀌었지요. 당시 일본의 협조를 얻기 위해 박태준 사장님께서 일본으로 서울로 동분서주한 이야기는 사사에 잘 나와 있으니까 더 말하지 않겠지만, 일본과 협상하면서 1기 설비 규모가 103만 톤으로 확정되었지. KISA의 계획은 60만 톤이었어요."

그때 현장 사령관으로서 직원들에게 인기가 높았다는 그는 영일만 모래시절의 자신을 어떻게 기억하고 있을까?

"인기는 무슨 인기. 나는 독하고 엄하고 무서운 그런 사람이었어요. 굳이 변명을 하자면 그땐 그럴 수밖에 없었다고 둘러대는 수밖에 없을 것 같아. 모진 소리도 많이 하고, 윽박지르고, 안 되면 되도록 문제를 풀어보라고 호통치고, 뒤에 숨지 말고 한발 앞으로 나서라고 다그치고 또 다그쳤지요. 다만 나는 그들과 고락을 같이했지요. 그들과 모래로 세수하고, 땀으로 샤워하다시피 하면서 함께 뒹굴었지요. 그때 그 사람들이 그런 나의 진심을 조금 이해해주었던 것으로 기억해요. 제철소를 짓고 움직인 것은 다름 아닌 그들이었어요. 악조건이라는 악조건은 모두 쓸어 모아 놓은 여건에서 인간의 한계에 도전한 그들이야말로 포스코 명예의 전당에 헌정되어야 할 사람들이지요."

박종태 초대 소장은 두부장수의 '딸랑종'을 잊지 못한다. 딸랑딸랑, 아침조회. 딸랑딸랑, 점심시간. 이런 식으로 알리는 현장에서 그는 명찰을 달게 하고, 워커나 농구화의 발목에 고무줄을 넣게 하고, 경비원 팔뚝에 헌병완장 같은 걸 채워 주고, 오토바이 두 대와 워키토키 구입을 신청했다.

박 소장이 개발한 정신교육에는 사원들을 모래밭에 일렬로 세워 '처음 문장이 전달과정에서 어떻게 변하는가'에 대해 확인하는 것도 포함돼 있었다. 지금 생각해도 웃음부터 나오는데, 그때도 후배들은 애들 장난 같다는 거부감을 앞세웠을 테지만, 묘하게 그가 속삭인 첫 문장과 일치되는 맨 나중의 문장은 쉽게 나오지 않았다. 나중에 어떻게 달라졌는가를 서로서로 확인시켰다. 그제야 '애들 장난'이 아니라는 표정들을 보여줬는데, 그 볼품없는 교육방식은 '처음과 끝이 달라진 내용'을 통해 조직의 일체감 확보에는 개개인의 정신력 집중이 얼마나 중요한가를 깨닫게 하려는 목표였다.

박종태 초대 소장은 허허벌판에서 새까맣게 그을린 얼굴에 허연 이만 돋보였던 초기 요원들이 떠오르는지 잠시 숙연해졌다.

"1973년으로 접어들면서 단위공장들이 속속 준공되고 종합준공이 얼마 남지 않았는데, 현장은 여전히 모래바람 날리는 황무지 그대로였어요. 이런 꼴로 대통령을 모시고 준공식을 치를 수는 없다는 생각이 들어서 녹화과장에게 물으니, 녹화사업을 하려면 무려 4억 원이 든다는 거야. 박태준 사장님께 말씀을 드렸더니 '그런 돈이 어디 있나. 그래도 녹화는 해.' 이러시는 거야. 또 억지 부리시는구나 하고 생각하면서 오히려 내가 직원들에게 억지를 부렸어요. 1968년에 부임하면서 보았던 장면이 떠오르더군. 당시 부지 조성작업을 하면서 표토(表土)를 긁어서 제방을 쌓아두었는데, 그 위에 풀이 무성했어. 그날부터 중기부장에게 제철소 주변의 표토를 다 긁어모으라고 지시를 내렸지. 냉천 주변, 지금의 운동장, 산기슭의 흙까지 긁어서 각 부서장이 책임을 지고 구역을 나누어서 모래 위에 깔도록 했어요. 그야말로 억지에 또 억지였어요. 그러나 결국 성공했지요. 조금 지나니까 잡초가 무성하게 자랐고, 그걸 일정한 길이로 잘라서 녹화를 성공시킨 거야. 당시 산소공장까지 표토가 전달되지 않아 담당부장이 보리를 뿌려 싹을 틔우기도 했어."

박 소장은 해송(곰솔)도 잊지 못한다. 영일만 모래벌판에는 곰솔로 우거진 솔숲이 그가 부임한 뒤에도 일 년 남짓 더 척박한 땅을 지켰다. 준설작업의 기다란 파이프들이 깔리고, 토박이들의 남루한 이삿짐이 줄을 잇고, 초가들이 맥없이 쓰러지고, 여기저기 쓰레기더미를 태우는 연기가 포격의 여운처럼 피어오르고, 마지막으로 그 나무들의 뿌리가 뽑혔던 것이다.

주민들이 모두 집을 비우고 떠나간 폐허의 마을에는 캐 가지 않은 나무들만 외롭게 남게 되었다. 해당화, 무화과, 동백나무, 목련…. 롬멜하우스 사내들은 나무를 사랑했다. 버림받은 나무, 머잖아 쓰러질 나무를 곧잘 사무소 주위로 옮겨 심었다. 나무를 살려내는 마음엔 은밀히 회사의 운명을 걸어보는 각오마저 실리곤 했다.

그해 10월 어느 날, 박 소장은 불도저에 밀려날 해당화를 고이 옮겨와서 롬멜하우스 계단 옆에 심은 일이 있었다. 그때 속으로는 무슨 운명을 거는 것처럼 되뇌었다. '이 나무를 살리면 우리 공장도 서게 되고, 그렇지 못하면 우리 고생도 무로 돌아갈 것이다.' 이튿날부터 박 소장은 아무리 바빠도 틈틈이 운명의 해당화에 물을 주었다.

나무를 향하는 마음은 모두가 한결같았다. 운명의 동반자요, 고난의 증언자로 생각했다. 이런 정성이 1969년 겨울에는 롬멜하우스 앞에 제법 우람한 곰솔 네 그루가 정겹게 어우러진 풍경을 만들어냈다. 옮겨 심은 곰솔 네 그루를 포철 사내들은 '네 식구'로 여겼다. 이심전심 어떤 경우에도 살려내자는 애정을 보냈다. 듬직한 축대를 쌓아 뿌리의 모래를 지켜주고, 가뭄 탈세라 소방차 불러와 물을 뿌려주고, 보약 먹이는 심정으로 막걸리도 먹여주었다. 광활한 공장부지의 정지작업을 거의 끝낸 그때, 울창하던 솔숲마저 가뭇없이 사라진 허허벌판에서 '철의 사내들'은 먹먹한 가슴에다 곰솔 네 그루를 정든 살붙이처럼 간직하고 있었다.

우거진 숲을 이루었던 곰솔들이 모조리 뿌리 뽑혀 한낱 땔감으로 사라지진 않았다. 철의 사나이들은 '영일만 곰솔 살리기'를 군대의 작전처럼 진행했다. 그러나 최소 요원으로 창업회사의 골격을 갖춰 나가고 있었으니, 녹화사업에 배치된 인원은 전문가 딱 한 명. 회사 최초의 유일무이한 녹화 책임자는 원운재 씨였다. 곰솔 구출을 위한 고군분투, 이것도 그 사람의 임무가 되었다.

포스코 50주년, 박종태 초대 포항제철소장은 대선배로서 후배들에게 꼭 전하고 싶다는 말이 있었다.

"포스코를 잘 끌어가주시오. 이건 그냥 해보는 상투적인 말이 아니오. 나는 언제 어디서나 포스코 제철소장 한 것을 자랑하며 살아가는 사람이오. 만약에 포스코가 어려워지거나 국가적 걱정거리가 된다면 내가 그걸 자랑으로 삼을 수 있겠소? 나 앞으로도 자랑 많이 하면서 살아가게 해주시오."

창립식 전후와 영일만 초기의 사연들

신상은 1933년 서울 출생. 1967.11~1968.5 종합제철추진위원회 실무요원, 1968년 포스코 입사(6.1)·총무과장·안전위생과장·부산사무소장·행정실장·운송부 차장·서울사무소장, 1975년 한국철강협회 전무이사, 1984년 포스코교육재단 부이사장, 1986년 (주)장자 전무이사, 1987년 애경공업(주) 대표이사 부사장, 1995년 (주)유성TNS 대표이사 사장·회장 역임.

"우리나라에 언제부터 만우절이 있었어?"

1967년 9월 11일, 우리 정부가 대한중석광업주식회사를 종합제철공장 실수요자로 지명했다. 그날부터 대한중석 개발조사실은 본격적으로 포항종합제철주식회사 탄생의 산실 역할을 맡았다. 그해 10월 3일 경북 포항에서 종합제철공업단지 기공식이 열린 직후부터는 대한중석 개발조사실의 공식적 업무가 제철사업 추진이었다. 나는 그때부터 제철사업 추진 업무를 수행하면서 신생 제철회사의 산파역을 수행했다.

11월 8일에는 종합제철건설사업추진위원회가 구성됐다. 추진위원회는 이듬해인 1968년 1월 25일 대통령령 제2349호로 공포됨으로써 법률기관으로서의 공식 지위를 갖추었다. 추진위원은 박태준 사장(추진위원장)을 포함한 상임위원 5명과 정부 유관부처 차관보급 7명 등 모두 12명으로 구성됐다. 이들이 회사 발족까지의 사업계획과 예산안 심의, 주요 정책의 조정·협의 등 업무를 처리했다. 드디어 3월 20일 창립 주주총회가 열렸고, 그날부터 4월 1일 포항종합제철주식회사(POSCO) 창립 때까지 십여 일 동안에 조직·제도 등 창업 초기의 과도기적 업무들이 차질 없이 이뤄져야 했다. 창립 주총을 마친 후 박태준 사장께서 나에게 회사 공식 창립일을 언제로 하는 것이 좋을지 검토해보라고 지시하셨다.

음식점 개업에도 택일에 신중을 거듭하는 세태에서 국가 대사를 짊어지는 회사의 창립 택일을 어찌 쉽게 정할 수 있었겠는가. 나는 택일 전문의 역술인을 활용하기 위해 자료를 뒤졌다. 마침 그해 3월호 《신동아》에 유명 역술인들의 프로필이 소개돼 있었다. 그중에 세 사람을 선정했다. 날짜를 받아보았다. 각각 달리 나왔다. 3월 26일, 4월 1일, 4월 4일이었다.

그런데 세 날짜가 모두 내력이 있었다. 3월 26일은 초대 대통령 이승만 박사의 생일, 4월 1일은 만우절, 4월 4일은 청명이었다. 나는 그대로 박 사장께 보고를 드렸다. 그런데 대답이 나의 예상과는 달랐다.

"우리나라에 언제부터 만우절이라는 게 있었어?"

만우절 따위가 무슨 상관이냐고 힐난하는 것 같았다. 4월 1일은 박 사장께서 주저 없이 찍은 날짜였다.

"알겠습니다."

나는 자리로 돌아와 창립일을 4월 1일로 품신하고 창립기념식 제반 행사계획을 짰다. 역사적인 포스코 창립일 1968년 4월 1일은 그렇게 해서 결정되었다. 그로부터 십여 년 뒤에 조선일보 선우휘 주필께서 박태준 사장님과의 인터뷰에서 "만우절은 거짓말을 하는 날인데 만우절에 태어난 포철은 만우절의 약속을 실천했다."는 취지로 말하게 되고….

내 이름이 창립요원 명단에서 빠진 사연

여기서 나는 '영웅담'이나 '무용담'은 펼치지 않겠다. 그런 대문자의 역사는 이미 널리 알려져 있고 기록되어 있으니, 오히려 그 시절의 숨은 일화를 중심으로 소문자의 역사를 전하려 한다. 마치 빛바랜 흑백사진을 펼쳐 보이는 것처럼.

창립일 확정과 동시에 회사 마크를 현상공모했다. 400여 편의 응모가 들어왔다. 1차 사내심사, 2차 외부전문가 심사가 있었는데, 정작 당선작은 1차 심사에서 탈락된 것이 도로 뽑혔다. 그것을 응모 원안에서 조금 수정을 거쳐 마크로 확정하게 되었다.

4월 1일 창립 당일 최초로 회사 명의의 발령이 났다. 추진위원회 멤버를 비롯하여 대한중석에 재직 중인 중요 대상자, 3월 중에 스카우트한 경력자, 추진위 때 공채한 기술직 등 임원을 포함하여 39명의 사령이 시행됐다. 그중 5명은 이내 회사를 떠나버려서 공식 창업요원은 34명으로 확정되었고, 포스코 역사도 34명을 공식 기록으로 삼고 있다. 그런데 인사발령장에 산파역을 맡아온 '신상은'의 이름이 없지 않은가?

어찌된 것이냐고 비서에게 따지듯 물었다. '제철'이란 말이 처음 들려오던 시절부터 개발조사실에서 그 사업에 투신해온 나를 뺄 수는 없다고 생각한 것이었다. 들어보니 사연이 있었다. 대한중석 주주들이 똑똑한 사람은 다 빼간다고 반발이 너무 심해서 한꺼번에 다 발령 내지 못하고 시차를 두어 할 것이니 그리 알고 그냥 그대로 일하고 있으라고 했다.

나는 창립 두 달 뒤 6월 1일 발령이 났다. 하지만 그 이전에도 서울 대한중석이 아니라 본사 창설, 공식기구 발족 등 포철의 서울 본사 업무를 처리하고는 포항에 내려가 근무를 하게 되었다. 서류상으로는 대한중석 직원인데 포항제철에 와서 근무를 했던 것이다. 회사에서 창립요원이라면 무조건 4월 1일자 입사자로 기록하고 있는데, 오히려 주주총회가 개최된 3월 20일 이전 참여자를 창립요원으로 보는 게 더 타당할 것 같다는 생각이 든다.

박정희 대통령의 첫 현장 방문

1968년 6월, 영일만 현장에는 아직 철거되지 않은 '부연사'가 있었다. 나를 포함한 초기 요원 6명에게는 거기가 숙식 장소였다. 말 그대로 먹고 자는 집이었다. 당시는 철거작업이 한창 진행되던 때여서 분위기가 매우 살벌했다. 조상 대대로 이어온 문전옥답과 삶의 터전을 포항제철 때문에 잃게 됐다고 해서 철거대상 주민들의 항의가 심했다. 밤에는 술에 취해 낫을 들고 숙소로 들이닥치는 사내도 있었다. 그럴 때는 공포를 느껴야 했다.

우리는 어쩔 수 없어서 해병부대에 사정을 알렸다. 그랬더니 야간에는 롬멜하우스와 부연사 숙소를 1개 분대가 지켜주었다. 낮에는 사무실 현관에 대송면 파출소의 경찰관 1명이 상주하면서 경비를 맡아주었고….

공장부지 형태가 어느 정도 이루어지면서 준설작업이 한창이던 11월 12일 아침 8시 40분, 갑작스럽게 '대통령 각하 도착 예정'이란 통보를 받았다. 이 사실을 절대 외부에 알려서는 안 된다는 주의사항이 따랐지만, 박종태 소장은 서울 본사의 박태준 사장에게 보고하고 지침을 받았다.

건설사무소 직원 10여 명 전원이 이리 뛰고 저리 뛰면서 정신이 없는 중에 갑자기 헬기 소리가 나더니 사무소 앞마당 주차장에 내려앉았다. 대통령이 도착한 것으로 알고 뛰어가 보니 경호실 관계자 5명이 선발대로 도착한 것이었다.

그들의 전언으로는, 대통령께서는 울산에서 오찬을 마치고 14시경에 도착할 거라고 했다. 다시 박 사장님께 보고를 드렸고, 사장님께서는 건설부 장관에게 연락하여 두 분이 군용 비행기를 빌려 타고 현장에 도착한 것이 13시가 지나서였다. 14시가 조금 지나 대통령께서 도착하셨다. 대통령께서는 1시간 가량 현황을 듣고 떠나셨는데, 떠나기 전에 우리와 한 사람 한 사람 손을 잡으며 격려해주셨다. 박정희 대통령은 그날과 1970년 4

월 1일 1기 종합착공식을 포함해 13차례에 걸쳐 포항 건설현장을 방문하셨다. 종합제철 건설에 대한 박 대통령의 집념이 얼마나 확고하셨는지를 알 수 있는 일이다.

불도저 기사가 연행되고, 생트집 검문을 당하다

1968년 5월 1일자로 포항건설사무소가 설치되었으나 현장사무소가 준공되기 전 초기 요원들은 연락사무실을 포항시내 상주여관으로 정하고 본사와 연락을 취했다. 전화도 여관 전화를 사용했다. 현장 왕래 및 업무연락을 위해 본사로부터 0.5톤급 반트럭 한 대를 배치 받았으나 차량등록서류 미비로 임시 번호판을 달고 운행하다가 차량등록미완차량이란 이유로 경찰서 교통과로부터 운행정지 압류처분을 받은 일도 있었다.

5월 27일에는 항만공사가 착공되고 6월 15일에는 회사 자체 행사로 표토제거 및 부지정리 공사 착공식이 있었다. 7월 전후의 포항 날씨는 무척 더웠다. 한번은 현장에 경찰서 교통과장이 백차를 타고 나타나더니 러닝셔츠 차림으로 작업을 하던 공사업체인 삼양공무㈜의 불도저 기사에게 면허증 제시를 요구했다. 면허증이 사무실에 있다고 했으나 확인해볼 생각도 하지 않고 면허증미소지운전자라며 경찰서로 연행해버렸다.

나는 화가 머리끝까지 치솟아 경찰서로 교통과장을 찾아가 따졌다. 공사현장에서 작업 중인 기사를 확인도 하지 않고 이렇게 연행할 수 있느냐, 공사 지체에 대한 책임을 질 수 있느냐, 당신의 행동이 직무집행상 옳다고 보느냐, 지난번엔 우리 업무차량을 압류하더니 종합제철 건설에 이렇게 비협조적으로 나온다면 당신도 그 자리에 오래 붙어 있지 못할 것이다, 하면서 좀 격하게 퍼부었더니 기사를 풀어주었다.

하루는 이런 일도 있었다.

초창기 포철 요원은 10명 내외였고, 시공업체인 고려개발·삼양공무·삼부토건 등의 종업원이 훨씬 많았다. 당시 포항시민은 포철을 '종철'이라 불렀는데, 시공업체 직원들이 '종철에서 일한다'고 떠들고 다니는 바람에 시민이나 말단 공무원들도 그렇게 알고 있는 사람이 많았다. 식당이나 술집에서도 포철 직원들보다 그들이 더 대접받고 다녔고, 외상도 더 쉽던 때였다. 어느 날 냉천검문소에서 내가 탄 차가 검문을 당했다. 면허증·등록증 제시 요구는 물론이고 어디 가느냐, 무엇하는 차량이냐 등등으로 트집과 시비를 걸어왔다. "종철이 무엇 하는 회사냐? 삼부토건·삼양공무·고려개발 등 큰 회사에서는 높은 분이 인사도 오고 하는데, 당신네 회사는 왜 인사도 오지 않느냐?" 이러면서 5분 이상 붙들고 검문 아닌 행패를 부렸다.

나는 한심하기도 하고 어의가 없었다. 아무런 대꾸를 하지 말까 망설이다가 가만있어서는 안 되겠다는 마음을 먹었다. 나의 대답은 좀 길어졌다.

"우리 회사 높으신 분은 서울 계시는데 바빠서 찾아뵙지 못해 미안합니다. 당신이 여기서 얼마 동안 더 근무할지 모르지만 우리 회사 사장님이 치안국장을 대동하고 경북도경국장과 포항경찰서장의 안내를 받으면서 당신 앞에 와서 인사를 드리도록 할 테니 조금만 기다려주십시오."

그러고 나서 나는 풀려나듯 그 자리를 떴다. 이튿날이었다. 그 경찰관이 나를 회사로 찾아왔다. 어제의 일은 잘못됐으니 없던 일로 해달라는 것이었다.

두 공무원의 순직

당시 공장부지 매입과 주택 철거 업무는 경상북도가 주관하여 건설국 지역계획과가 담당했다. 토지 소유주의 매매동의를 얻기 위해 도청 직원

4~5명이 포항에 상주했다. 그때 도청 직원이 포항시청 직원과 냉면을 같이 먹은 것이 화근이 되어 하급관청으로부터 향응을 받은 죄목으로 징계를 받았으나 소청을 제기하여 면책, 복직된 사례도 있었다. 그런데 포항제철 건설과정에서 초기에 순직한 1호, 2호 인사는 포스코나 건설업체 직원이 아니라 공무원이었다.

공장부지 철거대상 지역 내에서 음식점을 하던 한 여인이 다른 곳으로 이주하여 농사나 지으면서 정착하려 했는데, 공교롭게도 그곳이 철거민 이주단지 조성지구로 지정되어 다시 이전해야 하는 상황이 되었다. 잔뜩 화가 난 여인이 도청 지역계획과 유 과장을 찾아가 난동을 부렸다. 격분한 그 여인이 갑자기 유 과장의 중요한 부위를 두 손으로 움켜잡고 늘어지는 바람에 유 과장은 쇼크로 실신하였다, 급히 병원으로 옮겼으나 끝내 소생하지 못했다. 또한 포항우체국 전선공이 현장 인근 국도변에서 전화선 가설작업을 하다가 추락, 사망한 사건이 있었는데, 이것이 공직자 순직 2호로 기록되었다.

'포항제철 여권'을 위한 법령 개정

포스코 임직원은 국영기업체 종사자로서 공무원에 준하는 통제를 받았기 때문에 여권을 발급받기 위해서는 공직자해외여행심사규정(대통령령)에 의거, 국무총리 자문기관인 공무해외여행심사위원회의 심의를 거쳐 국무총리의 결재가 나야 했다. 또 심사위원회에 회부시키기 위해서는 주무부 장관(당시 상공부 장관)의 공무해외여행 추천을 받아 외무부 여권과에 제출한 후 심사위원회에 부의하여 결의되어야만 국무총리에게 상신할 수 있었다.

포스코는 창립 이후 1기, 2기 공사에 이르는 동안 설비구매계약 협상,

기간요원 연수, 조업요원 연수 등으로 엄청난 인원을 해외로 내보내야 했고, 제철소의 특성상 긴급한 출장이 발생하는 경우도 많았다. 그러나 여러 기관의 단계적 승인결재를 거쳐야 했던 관계로 여권 신청 후 발급까지 20~30일이 소요되었고, 심사위원회의 의결에서 부결되는 경우도 상당했다.

1973년 7월 1기 준공 이후 나는 행정실장으로 부임하여 서울 근무를 하게 되었지만, 영전의 기쁨보다는 대(對) 관청 업무를 어떻게 처리할 것인가를 두고 걱정이 태산이었다. 법을 개정할 수밖에 없다는 생각이 들었다.

하루는 외무부에 들렀다가 국무총리가 결재한 서류를 보게 되었는데, 총리 결재란 옆 여백에 '포철과 지하철본부의 해외 출장이 과다하니 통제방안 강구 요망'이란 메모가 적혀 있었다. 바로 박 사장님께 보고를 드렸다.

박 사장께서는 자료를 만들어 빨리 총리실 행정조정실장에게 설명하고 1부를 보내라고 했다. 나는 급히 법률적인 문제점, 획일적 적용의 문제점, 포철 입장과 해외출장의 필요성 및 대책방안 등을 작성하여 상공부·외무부·총리실을 일일이 찾아다니며 설명했다. 총리실 행정조정실장은 외무부와 같이 긍정적으로 검토하자는 반응을 보였다.

나는 용기를 얻어서 외무부 관계자와 협의했다. 그 실무 협의는 '공무심사 제외 단서조항'을 삽입키로 하고 구체적으로 '다만 제조업을 영위하면서 외국업체와의 경쟁제품을 연간 10억 달러 이상 수출하는 업체는 제외'로 할 것으로 합의되었다. 그런데 그 조항에 해당되는 국영기업체는 그때 포항제철 하나밖에 없었다.

법령개정 작업이 본격화되면서 외무부 고위층과의 의사소통은 예상외로 순조로웠다. 알고 보니 박태준 사장이 박 대통령께 건의하여 대통령 비서실로부터 외무부로 지시가 내려간 것이었다. 최종 심의가 끝나고 외무부 차관실에 들렀을 때 '공무여행 심사를 거치지 않고 일반 여권을 발급하도록 하겠는데, 박태준 사장의 의견을 하나 확인해야 한다'고 했다.

무역진흥공사는 관용 여권을 발급하고 있는데, 포철은 어찌했으면 좋을지 하는 것이었다. 즉석에서 포항 본사로 박 사장님께 전화를 걸어 내용을 말씀드리고 차관을 직접 바꾸어드렸다. 이때 사장님께서는 관용 여권은 필요 없고 그 대신 단수가 아닌 복수여권을 일정 T/O를 두어 인정해달라고 말씀하셨다. 그 결과, 해외 출장이 잦은 임원과 부장 등 20장의 복수여권 T/O를 인정받게 되었다.

미리 전제했지만, 나는 '영웅담'이나 '무용담'이 아니라 '소문자의 역사'를 들려주고 싶었다. 포스코 50주년을 맞은 지금, 내 마음에 남은 소회는 이렇다.

'내가 이렇게 이야기한다고 해서 요즘 사람들이 그때를 어떻게 알겠는가? 대충 짐작할 수 있을 뿐이겠지. 포항에서 서울로 전화하려면 수동전화로 교환원에게 신청해놓고 한 시간 이상을 기다려야 하던 시절이었고, 통화가 연결되어도 잘 들리지 않아서 고래고래 소리를 질러야 했다. 우리 세대야 어차피 밑돌 역할이다. 꽃을 피우고 열매를 거두는 것은 후배들의 몫이다. 그러나 꽃이 만개한 화원, 과일이 주렁주렁 달린 과수원을 바라보면 내 가슴에 얼마나 벅찬 감회가 일어나겠는가?'

고로 개수의 전통을 세우다

한경식 1935년 전남 나주 출생. 1968년 포스코 입사·주물선건설 과장·고로건설 과장·공무부 차장·고로개수추진반장(포항 1고로·2고로)·제2냉연 비상건설추진반장·제선공사 부장·건설본부 부본부장(이사)·제3고로 개수추진반 담당이사·광양 1냉연 비상건설추진반 담당이사·건설본부장(상무이사), 1990년 제철정비철구공업 사장, 1993년 승주CC 사장, 1994년 전남드래곤즈 초대 사장, 1997년 조선내화 상임고문, 1999년 전남프로축구 대표이사 사장 역임.

'최소 비용으로 최대 공장건설'

회사 초창기의 창립멤버와 직원들은 거의가 경력직이었다. 대한중석, 대한석탄공사, 호남비료 등 여러 회사에서 발탁되거나 공모를 거쳐 채용된 것이었다. 팀컬러는 그야말로 각양각색이었다. 근무 자세나 일의 추진 방법이 서로 달랐고 업무에 관한 지식 정도와 능력 역시 천차만별이었다. 그로 인해 업무추진상의 불협화음이 많았었다.

그때, 각기 다른 토양에서 각기 다르게 성장해온 우리들 오합지졸(?)을 하나의 강력한 군단으로 뭉쳐 단군 이래 최대의 민족적 역사(役事)인 포항제철 건설에 집중하도록 만든 것은 두말 할 것도 없이 박태준 최고경영자의 제철보국에 대한 투철한 이념과 솔선수범하는 리더십이었다.

우리 모두가 합심 단결하여 단군 이래 처음인 종합제철소 건설을 반드시 성공적으로 완료하여 국가 경제를 반석 위에 올려놓아야 한다는 사명감과 소명의식이 밑바탕에 깔린 결의로 뭉쳤고, 만약 공장건설에 실패한다면 우리 모두 영일만에 빠져 죽어야 한다는 최고의 책임의식은 이른바 '우향우 정신'으로 발현되었다. 그때 롬멜하우스 정면에 내걸었던 구호는 "최소의 비용으로 최대의 공장 건설"이었다. 국가와 민족으로부터 종합제철 건설의 대업을 위임 받은 집단으로서, 그 일의 성패에 개인의 생애를 걸었고 더 나아가서는 한 푼의 돈이라도 가장 효율적으로 사용하여 종합제철을 성공적으로 건설하여 멸사보국 하겠다는 정신을 담은 슬로건이었다.

시발택시, 표지 깃발, 골재원…

나는 포항종합제철이 창립된 지 40일 후인 1968년 5월 10일부터 유네스코회관에 자리잡은 서울 본사에서 KISA, BF, BOF, 배처플랜트, 석산·골재원 등의 낯선 용어를 익힌 다음에 5월 15일 정식 입사해 포항 현지로 내려가라는 명령을 받았다. 포스코에 오기 전에는 8년여 동안 대한석탄공사 장성광업소 전기계장으로 있었다. 석탄공사는 당시 국내 최고의 직장으로 알려져 있었지만 1966년부터 석탄이 석유에 밀리기 시작하면서 전망이 밝지 않다고 생각하고 있던 중에 포스코의 경력사원 모집공고를 보고 응시한 것이었다.

서울에서 기차로 대구로 내려간 뒤 다시 버스로 포항, 그리고 시발택시를 타고 자갈밭길을 덜컹거리며 달려 포항시 동촌동에 도착했을 때는, 여기가 한국 제철산업의 심장부가 되리라고는 도저히 상상할 수 없었다. 그저 조용하고 한가로운 시골마을이었다. 마을 입구에는 엄청나게 큰 당산나무가 무슨 랜드마크처럼 버티고 있었고, 조금 지나쳐 왼쪽으로 구부러지면 '부연사'라는 절이 있었다. 울창한 솔숲 속을 한참 더 걸어가니 건설사무소인 '롬멜하우스'가 보였다. 우리의 숙식을 기댄 부연사, 그리고 롬멜하우스. 초기 요원들에게 지금도 많은 추억과 향수를 불러일으키는 이름이다. 건설사무소에 도착해보니 김명환 소장, 박용진 차장, 그리고 여직원 한 사람뿐이었다.

포항건설본부 전기담당으로 발령이 났을 때만 해도 나는 그저 막연히 공사용 전기시설이나 전화선 인입 관련 일을 하게 되리라고 생각했다. 그러나 막상 현장에 부임하고 보니 그건 크나큰 오산이었다. 매일같이 무더기로 쏟아져 내려오는 서울 본사의 지시를 처리하자면 담당 업무나 전공 같은 것을 따질 겨를도 없이 우선 발등에 떨어진 불부터 끄고 보아야 했다. 불과 세 사람이 서로 담당을 따질 형편이 아니었기에 닥치는 대로 처리하지 않으면 안 되었다. 더구나 내가 가장 '졸자'였으니 정신없이 좌충우돌할 수밖에 없었다.

현지에서 맨 처음 시작한 일이 KISA에서 제시한 60만 톤 규모의 레이아웃에 따라 각 공장 위치에 표지 깃발을 만들어 꽂는 작업이었다. 가로 3.6m, 세로 2.4m의 대형 깃발을 2인치 파이프에 매달아 제선·제강·압연 등 각 공장 부지에 세워나갔다. 그러나 그 유명한 영일만의 바닷바람이 파이프를 두 동강 냈다. 깃발은 가장자리가 해어져 아주 흉한 꼴이 되고 말았다. 표지기(標識旗)는 가장자리에 가죽을 덧대 누볐다. 깃대는 더 강한 것으로 바꾸었다. 하지만 그것도 얼마 견디지 못하여 몇 번이나 다시 세워야 했다. 그렇게 고생하며 공장 표지기를 세우고 나니 막연하기만 하던 모래벌판이 제법 공장 부지라는 느낌이 들었다. 또 하나의 부차적인 효과는 표지기가 송정동·동촌동 한가운데 세워짐에 따라 당시 이주를 거부하던 주민들에게 더 버텨서는 안 되겠구나 하는 생각을 들게 해준 것이었다. 아마도 심리적인 압박이 되었을 것이다.

다음으로 착수한 일은 석산(石山)과 골재원 조사였다. 매일 반트럭에다 삽과 곡괭이를 싣고 형산강, 냉천, 곡강천, 청하천 등을 돌아다니며 가마니에 샘플을 담아 서울 본사에 보냈다. 그 일을 끝내고는 갈평동·문충동·발산동 등 돌이 많은 산을 찾아다니며 석재 샘플을 채취해 서울로 보냈다. 삽과 곡괭이로 채취한 돌이다 보니 암석의 표피 부분이어서 부석(浮石)에 가까웠다. 서울에서는 다시 샘플을 모아 보내라는 지시와 채근이 이어졌다. 어쩔 수 없이 팔자에 없는 채석공이 되어야 했다. 나는 포항 인근의 산과 강을 이 잡듯 뒤지고 다녔기에 지리에 훤해졌다.

1968년 7월 부임한 박종태 소장은 우리들이 부연사에 거처하는 동안 롬멜하우스 2층 소장 사무실에 군대용 야전 침대를 깔고 거처하였다. 모기장을 쳐드렸지만 잠버릇이 고약하셨는지 아침이면 흉터가 생길 정도로 심하게 모기 물린 자국을 내놓고 껄껄 웃으셨다. 그때까지도 겨우 12명밖에 안 되는 인원이었지만 소장님을 위시하여 아침마다 체조를 하고 계획적인 업무를 추진해 나갔으며 새로운 전통을 확립하기 위해 다같이 한마음 한뜻으로 일했다.

PERT 교관이 분뇨에 빠지다

1968년 8월에 제1합숙소를 구입하여 개축하고자 서울로 출장 간 기회에 박태준 사장님의 PERT(Program Evaluation and Review Technique) 활용 지시가 있어서 책방을 찾아 책 몇 권을 사가지고 포항으로 내려왔다. 15일간의 독습 끝에 교안을 작성하여 소장님을 위시한 전 사원에게 교육시킨 것을 시초로 하여 포항에 PERT를 보급시켰으며 그후 1972년 초까지 포항에 부임하는 모든 직원을 교육하고 실제 활용상의 요령을 개발하여 교육·전파시켰다.

1969년 들어서는 효자동 일대, 두호동 일대, 도구 일대를 대상으로 주택단지 입지조건을 조사해 보고하라는 지시에 따라 극비리에 주택단지 입지조사에 나섰다. 조사를 나갈 때는 반드시 사복으로 바꾸어 입고 꼭 택시를 타고 다녔다. 포스코에서 주택단지 입지를 물색하고 있다는 소문이 나면 땅값이 들썩일 수 있었다. 아무도 눈치채지 못하게 했다. 후보지를 종합적으로 검토한 결과 전기·수도·교통 등 모든 면에서 효자동 일대가 가장 적합한 것으로 판단되어 약 14만 평에 이르는 지역을 표시한 1만분의 1 지도를 조사보고서와 함께 서울로 보냈다.

주택단지 입지가 확정되고 부지 매수가 완료되자 부지조성공사가 본격적으로 시작되었다. 1969년 4월 5일까지 KISA 요원들이 입주할 수 있도록 도로와 독립주택·독신료·영빈관 보일러실 등을 긴급히 완료하라는 지시가 떨어졌다. 초기 요원들은 일당백으로 뛰어야만 했다. 1969년 4월 5일 주택단지 수전(受電)이 이루어졌다. 주택지구 외곽을 따라 배전선로를 가설하고 영빈관·독립주택 등 인입선은 미관을 고려하여 케이블을 포설했다. 그때 참 어이없는 일을 당했다. 배전 선로 감독으로서 한참 전주 위의 배선 상태를 올려다보며 걸어가다가 어디에 풍덩 빠져버렸는데, 하필이면 과수원 군데군데 분뇨를 모아놓은 곳이었다. 거기에 내가 빠졌으니, 말하자면 똥통에 빠진 거였다. 순식간에 똥통은 내 하반신을 삼켜버렸고, 나는 그 안에서 허우적거렸다. 겨우 빠져나와 도랑물로 대충 씻은 후 택시를 불러 타고 시내 독탕으로 직행했다. 그 상황을 상상하면 지금이야 웃음이 나오지만 그땐 정말 죽을 맛이었다.

공사현장 사진찍기, 공장모형도 만들기

서울에서 KISA와 갈등하고 일본과의 새로운 방향을 모색하는 동안에 점차 공사가 진척됨에 따라 조직도 바뀌고 많은 인원들이 포항으로 오기 시작하여, 나도 포항건설본부 시절을 지나, 포항사무소 전기과, 동력과,

정비부를 거쳐 건설기획부 공정담당을 맡게 되었다. 당시 가장 어려웠던 업무 중의 하나는 매주 건설현황을 사진과 함께 서울 본사에 보고하는 일이었다. 자체 공사야 문제가 없었지만 정부지원 사업인 항만, 공업용수, 도시토목, 한전의 관련 공사, 전화통신 관련 공사 등의 진도 파악은 쉬운 일이 아니었다. 유일한 교통수단이었던 반트럭을 타고 사진을 찍기 위해 정부 각 지원사업 현장을 돌아다녀야 하고, 각 관청의 공사감독을 찾아 사정하며 계약사항, 공정표, 매주 실적 진도 등을 알아내기 위해 진땀을 뺐다. 물론 모두가 협조를 잘 해주는 편이었지만, 공식적인 협조 체계의 필요성을 건의했다. 그래서 '현지공사 조정통제위원회'가 발족되고, 매월 1회 회의를 개최하여 공정 파악과 협조가 용이하게 되었다.

1969년 1월 연수원 준공과 더불어 KISA 시절 60만톤 레이아웃에 맞춰 상황실에 모형도를 설치했다가 대일청구권 자금과 일본의 기술협력이 성사되어 1970년 4월 1일 종합착공식에 대비해서는 103톤 레이아웃으로 새롭게 모형을 만드는 작업을 착수했다. 포항 백마미술사에 각 공장의 모형 제작을 맡기고 감독조를 금속과 출신 신입사원으로 구성, 한 번도 보지도 못한 제철소 모형을 만들기 위해서 외국의 제철소 각 공장 사진을 모아 참조하여 제선공장, 제강공장, 압연공장 등의 모형을 제법 그럴싸하게 만들어 나갔다. 우리는 약 2주 동안 밤잠도 제대로 못 자고 조작판 설계제작, 각 공장의 점등 장치 및 배선, 커튼의 고장 수리 등 완전무결을 향한 피나는 노력 끝에 작업을 완료하였다. 그런데 우리끼리만 조작할 때는 하자 없이 잘 되던 장비가 사장님만 모시고 하면 공장 표시등이 하나 둘 꺼지고 스피카에서 "삐잉" 하는 하우링 소리가 났다. 호되게 꾸지람을 들었지만 당시의 오디오 시스템이나 전구나 템프라 스위치나 기술 수준이 너무 떨어져 정말 아쉬웠다.

드디어 1970년 4월 1일 정비공장을 스타트로 하는 종합착공식을 박정희 대통령을 모신 가운데 성대히 마치고 상황실에서 건설 공정과 레이아웃에 대한 브리핑을 하게 되어 있어서 당시 김완주 건설기획실장과 나는 상황실 운영을 위해 조작실에서 대기하고 있었다. 이윽고 대통령을 모신 가운데 박태준 사장님께서 PERT 공정표에 따라 건설 공정 계획을 보고 드렸는데, 공장 배치계획 설명에 이르러서는 갑자기 사장님께서 밖으로 나가셨다. 그리고 잠시 후 윤동석 부사장께서 대신 레이아웃 설명을 하기 시작했다. 그 당시엔 몰랐지만 박 사장님께서는 중첩된 과로로 위경련을 일으켜 대통령 주치의의 응급 치료를 받으신 것이었다.

윤동석 부사장의 공장 배치 설명이 끝난 후 압연공장과 고로의 위치에 대한 대통령 각하의 질문이 있었는데 윤 부사장께서 모형에 익숙지 못한 탓으로 금방 위치를 지시하기가 어려워서 내가 얼른 조작대에서 위치 표시등을 깜박깜박 켜곤 해서 상황설명에 도움을 드렸다.

주물선공장 건설의 70일 공기단축

1972년 당시 국가 5대 중공업 사업의 하나였던 주물선공장은 당초 강원산업에서 건설을 추진했었다. 그러나 항만하역 설비, 원료처리 설비, 컨베어 등 운반설비, 용수, 전력, 가스, 코크스 등 포항제철 1기, 2기 설비와 관련성이 많아 포항제철이 맡아서 그 건설을 추진하는 것이 더 좋겠다는 정부 방침에 따라 1972년 4월 주물선공장 건설추진반이 탄생했다.

그러나 주물선공장은 초기에 상당기간 적자를 면치 못할 것이라고 전망 되어 포철로서는 달갑지 않은 설비였다. 때문에 독립체산제를 채택하도록 하고 가능한 한 1기 설비에 악영향을 끼치지 않도록 배려해야 했다. 최환용 건설반장을 위시하여 한경식, 신치제, 백정의, 황경일 등 추진반 5명은 서울사무소에 파견되어 휴일도 없이 사업계획서 작성, 예산편성, 구입사양서 작성, 계약사양 확정 등 업무를 진행했다. 그리고 미쓰비시상사(MSK)와의 계약사양서를 협의하기 위해 최환용 건설반장과 내가 일본으로 출장을 갔다. MSK에서 작성한 계약사양서의 분량이 적어도 제1고로 사양서와 제1소결 사양서를 합친 분량은 될 것이라고 생각했는데 그 분량이 너무 적고 내용도 상세하지 못해서 우리는 협상을 거부했다. 그리고 3일 이내에 더 상세한 설비내용을 포함한 계약사양서를 만들지 않으면 귀사의 무성의로 간주하고 귀국하겠다는 최후 통고를 남기고 숙소로 돌아와 버렸다. 결국 MSK에서는 비상이 걸렸다. 팀을 보강하여 밤샘을 해서라도 우리가 요구한 상세사양서를 만들어갈 테니 3일 후부터 새로운 사양서 협의를 하자는 통보를 받았다. 이 한판의 승리는 적지 않은 의미를 지니고 있었다. 그 후 MSK와의 협의에서 일단 우리 쪽에서 말을 꺼냈다 하면 그대로 승복하지 않고는 못 배기는 전통이 수립된 것이었다.

험난한 계약단계 업무를 마치고 포항으로 내려가 소위 '북간도 시절'이 시작되었다. 남들은 공장 다 지어놓고 시운전을 하고 있는데 뒤늦게 건설을 한다고 북쪽 한 모퉁이의 퀀셋 건물 속에 사무실을 차려놓고 모래바람과 싸워야 했다. 그래서 '북간도'라 불렸다. 그래도 황무지 모래 위에 하나씩 하나씩 공장의 모습이 갖추어지는 창조의 기쁨을 맞보며 우리 북간도민은 단결하여 부지런히 일했다.

우리가 한참 건설하고 있을 때 본사로부터 '70일 공기단축' 지시가 떨어졌다. 우리는 우선 MSK측에 10월 1일 화입할 수 있도록 선적 1개월을 앞당기고 현장 공사는 40일 단축해야 한다고 통보했다. 그런데 그때 마침 석유파동이 일어났다. MSK측은 석유파동으로 오히려 내화연화와 밸브류 등 석유와 관련된 대부분의 기자재에 대한 2개월 내지 4개월 제작 및 선적 지연이 불가피하니 공기단축은 불가하고 계약 공기 준수도 보장할 수 없다고 답변해왔다. 우리로서는 아무리 어려운 여건일지라도 비상대책을 수립하지 않을 수 없었다. 회사에서 한 번 세운 목표는 어떠한 이유로도 변경할 수 없기 때문이었다. 우리에게 그 목표를 달성하지 못한다는 것은 수치이고 "우향우" 해야 하기 때문이었다.

이영우 부장이 직접 일본으로 건너가 MSK 고위층을 만나 주물선 기자재만큼은 절대 목표 선적 지연이 없도록 특별한 협조를 당부하기도 했고, 현장의 MSK측 부장급이 참석한 공정회의에서도 MSK측을 향해 일방적인 훈시를 두 시간 동안이나 계속해서 MSK측은 시무룩함과 놀라움이 범벅되어 어찌할 바를 몰라했다.

그러한 협의와 노력에도 불구하고 기자재 도입은 오히려 평균 3개월 정도 지연되었다. 죽을 맛이었다. 결국 기전 공사에서만 5개월을 단축해야 했다. 우리는 동원할 수 있는 모든 수단을 강구했다. 인해전술을 통한 최대한의 병행작업 실시, 돌관 야간작업 실시, 비를 피할 수 있는 전천후 가설물 설치, 선적 후 10일 내에 설치 가능하도록 통관업무 협조 요청 등 모든 관련 부서의 협조를 얻어 비상사태에 돌입했다.

1974년 4월 15일 과장 이하 '북간도'의 모든 직원은 굳은 결의로 부장에게 사표를 제출했다. 10월 1일에 화입을 달성하지 못할 때는 그 책임을 지고 물러나겠다는 뜻이었다. 부장 역시 사표를 썼다. 그 후 모든 건설요원은 전시체제로 돌입했다. 휴일이나 하계휴가는 포기한 지 오래고 야간 감독조를 마다하지 않았다. 7월 중 약 1개월 간의 긴 장마 때는 미친 사람처럼 현장을 돌아다니며 텐트를 치고, 그 속에서 할 수 있는 일은 하나도 빼지 않고 다 했다.

당시 공기단축에 제일 장애가 되는 요인은 물론 기자재 도입 지연이었다. 그러나 또한 결정적인 것은 국내에서 제작해야 할 물량이 750톤이나 되었는데 그 일부 소재는 일본에서 6월 말에나 선적될 예정이고 제작도면은 절반 정도밖에 도착되지 않은 상태였다. 상황은 긴박했다. 7월 26일

열풍로 건조를 위한 가스와 용수 라인이 완료되어야 하고 9월 4일까지는 소결공장 가동을 위한 컨베이어 라인을 완료해야 했다. 그러나 불과 3~4개월밖에 남지 않은 시점에서 언제 도면과 소재가 도착하기를 기다려 제작하고 설치할지 그저 눈앞이 캄캄했다.

MSK에서 소재가 도착할 때까지 무작정 기다릴 수만은 없었다. 한국에서 긴급 조달해서 우선 사용하고 그 후 소재가 도착하면 현품으로 갚기로 하는 대책을 마련하고 모든 역량을 현장 제작에 집중하였다. 다행히 시공업체인 대림산업도 이에 적극 협조하여 용접기 53대, 제작팀 12개조 260여명을 매일 동원해줘서 제작에 만전을 기할 수 있었다.

1974년 7월 26일 부사장 이하 이사들을 모시고 열풍로 건조를 위한 화입식이 예정되어 있었다. 화입식은 해야 하는데 문제는 그 건조용 버너가 전날 오후 4시에야 부산항에 도착한 것이었다. 부산연락소의 적극적인 노력으로 그것이 주물선 현장에 도착한 때는 밤 9시였다. 밤을 꼬빡 세워 버너를 설치할 수밖에 없었다. 전 인력이 동원되어 위험을 감수해가며 매달린 끝에 화입식 1시간 전에 완료했다. 그래서 열풍로 화입을 예정대로 할 수 있었다.

이렇듯 수많은 난관을 극복하면서 주물선공장 건설을 완료하였다. 공장 건설 기간에 총 15회의 고사를 지냈다는 점에서 알 수 있듯이 주물선공장은 포철 설비 중 가장 힘들었고 고된 작업이었다. 고사라도 지내며 현장을 정리하고 작업자들의 안전을 기원해야 불안을 이겨낼 수 있었다. 1974년 9월 30일은 마침 추석이었다. 그날 오후 5시, 우리는 부소장과 몇몇 관련 부장들을 모시고 건설 종료와 안전 조업을 기원하는 제사를 지낼 수 있었다. 그리고 이미 제출했던 사표를 소각할 때는 만감이 교차하였다. 1974년 10월 1일, 공기단축 70일을 달성하면서 성공적으로 준공하였다.

제2고로 건설반장의 추억과 보람

주물선공장의 성공적인 건설을 완료하고 바로 제2고로 건설반이 발족되고 나는 건설반장이 되었다. 그리고 주물선 건설요원들 모두 함께 제2고로 건설반으로 발령되었다. 제2고로 건설은 주물선공장 건설의 경험을 토대로 공정상 장애요인들을 미리 알아서 처리해 나갔다.

맨 먼저 일본 IHI와 시비가 붙은 것은 Ele. slag 용접봉과 Colour check 자재 등 공사용 자재를 KFX로 따로 수입해야 한다는 것이었다. 제1고로 건설 때도 우리가 조달했던 것이다. 나는 그것을 모순이라고 생각했다. 계약정신으로 볼 때 국내 생산 가능품은 국산으로 조달하고 국내 생산 불가품은 Supplier 조달이었을 텐데 이렇게 하나씩 둘씩 별도로 국내 생산 불가능품목을 별도 KFX로 구입해야 한다면 공정상 차질이 생길 가능성이 있었기 때문에 나는 완강히 국내 생산 불가품은 IHI에서 조달하도록 주장하여 관철시켰다. 그 후 전기공사를 3개월 단축하기 위해 전기 관련 기기를 조기에 제작, 반입케 하여 시운전 기간을 충분히 확보하였다.

제2고로 건설을 위해서 60톤 Tower Crane이 별도로 발주되어 있었다. 그러나 아무리 독촉을 해도 기계공사 착공시점인 1975년 2월 1일까지는 현장에 도착하기 어려웠다. 궁리 끝에 110톤 Tower Crane을 고로 노심(爐心)에 진입시키는 방안을 생각해내어 약 2개월간 사본주 설치와 고로 철피 1단을 설치할 수 있었다. 그 후 60톤 타워크레인이 설치되어 공기 단축에 크게 기여하였다.

건설초기에 또 하나 공기단축에 기여한 공법은, 열풍로 내부에 설치하게 되는 약 200톤이 넘는 Checker Support를 열풍로 Dome 설치 이전에 노정으로 반입하는 방안을 강구하여 설치한 것이었다. 이전의 제1고로, 주물선 고로와 일본의 고로에서도 Checker Support를 하부에 뚫린 연도지관(燃道支管)의 구멍을 통해 Chain Block 등으로 옆으로 반입하였는데 시간도 많이 걸리고 안전보장에도 어려움이 많았었다. 이것은 새로운 발상이었다.

고로 건설의 특징이라면 고로 화입 4개월 전부터 냉각 펌프의 운전, 열풍로 건조작업, 고로 건조작업 등 조업과 병행하면서 중요 이벤트를 반드시 지켜가면서 건설해야 한다는 것이다. 따라서 건설과 조업 및 정비요원이 혼연일체가 되어 각 기기의 시운전과 가스 통입, 그리고 열풍로 건조를 위한 분담을 명확히 하고 긴밀한 연락 속에서 이루어지지 않으면 설비 및 인명사고의 가능성이 있어서 건설반장 통솔 하에 시운전을 시행해 나갔다. 또한 마무리 공사는 몇몇 감독원의 눈만으로는 미비점을 찾아내기 어렵기 때문에 모든 건설, 정비, 조업 요원을 동원해서 찾아내야 했다.

1976년 5월 31일, 이날의 화입 목표를 달성하기 위해 우리는 24개월간 최선의 노력을 해온 결과로 1개월 공기를 단축하여 준공을 보게 되었으며, 박정희 대통령께서 직접 화입을 해주시고 건설요원들의 노고를 치하해주셔서 큰 보람과 함께 조국 근대화의 역군으로 큰 역할을 하고 있다는 긍지를 느낄 수 있었다.

제강사고, 그 사투의 현장에서

그날은 1977년 4월 24일, 일요일. 나는 집에서 아침을 먹고 늑장을 부리고 있었다. 갑자기 소방차 경적이 울렸다. 알아보니 회사에 화재가 났다고 했다. 나는 그 당시 제1고로 개수추진반장을 맡고 있었기 때문에 긴급출동 연락을 받지 못했다. 처음에는 엄청난 거라고 예상하지 못했지만 그래도 걱정이 앞서 회사로 나갔다. 정문에서 '제1제강에 불이 났다'는 소식을 들었다. 겉으로 보기에는 연기만 조금 올라오고 있어서 진화작업이 잘 진행되는 듯했다.

현장으로 들어갔다. 소방작업을 하는 모습은 보이는데 정비요원들이 보이지 않았다. 나는 제강공장의 전기에 대해 엔간히 아는 편이었다. 제강건설 부서에 근무한 적이 있었고, 전기 출신인 데다, 1970년에는 제강전기 정비팀으로 일본 연수도 다녀왔던 것이다. 자세히 보니 연기는 제강 전기실 쪽 지하 칼버트를 통해 많이 나오고 있었다. 지하의 케이블이 타면서 전기실로 퍼지고 있다는 뜻이었다.

나는 정비요원은 어디 있냐고 물었다. 회의 중이라고 했다. 그곳으로 뛰어갔다. "지금 뭐하고 있는 겁니까?" 다급한 나머지 나도 모르게 소리를 질렀다. '복구회의 중'이라고 했다. 나는 또 소리쳤다. "칼버트를 통해서 불이 변전소로 옮아가고 있습니다. 빨리 도면을 갖고 나가서 칼버트에서 불이 다른 곳으로 확대되지 않도록 방지해야 합니다." 모두 눈이 휘둥그레졌다. 김준영 이사가 즉시 나의 의견을 수용했고, 정비요원들이 화닥닥 일어섰다. 응급대처가 이뤄졌다. 슬래그를 싣고 와 칼버트 구멍에 가득 부리고, 현장 상황에 맞춰 케이블을 절단하고…. 결국 지하 칼버트 안의 케이블이 전소되고, 전기실 기기에 엄청난 타격을 입었지만 변전소는 무사했다.

크레인 운전공의 졸음운전이 순간적으로 전로에 부어야 할 쇳물을 바닥에 쏟은 제강사고. 요행히 인명사고는 면했지만 포스코 역사상 가장 막대한 피해로 기록된 그 사고의 복구를 위해 이튿날 복구본부가 태어났다. 본부장 김준영 이사, 부본부장 이정묵 부소장, 기획조정담당에 나, 기기보수담당에 안정준 차장, 케이블보수담당에 문종휘 차장 등. 우리의 목표는 한시라도 빨리 복구를 완수하여 정상조업에 복귀하는 것이었다. 일관제철소는 곤욕을 겪고 있었다. 앞의 공정인 제선공장이 휴풍을 할 수 없으니 쇳물은 자꾸 나오지, 제강공장은 그걸 받을 수 없지, 그러니 뒤의 공정인 열연공장은 감산을 하면서도 슬래브를 받을 수 없어 긴급히 슬래브를 수입해 와야지…. 회사와 국내의 케이블 총동원, 일본 제철소의 특수케이블 긴급 공수, 컨트롤 패널 제작 등 모든 일이 비상체제로 돌아가는 가운데 현장은 임직원의 철야 돌관작업에 들어갔다.

그런 가운데 심각한 문제가 대두됐다. 전기부품과 배전반 외피 제작에 오랜 시일이 걸린다는 것이었다. 3기의 전로 중에 우선 1기라도 먼저 가동해야 할 상황에서 큰일이 아닐 수 없었다. 나는 긴급 의견을 냈다. "가설 패널 1기분부터 만들고, 부품은 일본 모든 제작소의 재고품을 긴급히 모아 와서 그냥 붙였다가, 나중에 제대로 된 제품으로 교체하면 어떻겠습니까?" KHI와 후지덴키 측에서 동의했다. 불에 그을린 패널 외피는 국내에서 수리하고 부품은 수입해 조립했다. 그을린 패널 보수는 시간과 비용 절감을 위해 국내에서 하기로 했다.

당시 국내의 배선공은 현대조선소에서 모두 모아다가 패널 배선작업을 했고 잘랐던 케이블의 연결 작업도 현대건설 국내 현장에서 불러다가 결선 작업을 추진했다. 모든 역량을 전사적으로 집중하여 3호 전로를 다시 가동한 날은 5월 21일. KHI측과는 3개월에 합의했지만 27일 만에 끝낸 일이었다. 34일 만에 2호 전로 가동, 64일째 되는 6월 27일 1호 전로 가동. 참으로 기적 같은 일이었다. 박태준 사장의 불굴의 집념, 김준영 이사의 헌신, 그리고 제강 복구에 덤벼든 모든 복구반원의 땀과 뜨거운 사명감이 만들어낸 쾌거였다.

한국 최초의 고로 개수 작업과 고로 정상의 태극기

제강 복구가 끝난 뒤 나는 제1고로 개수준비반장으로 복귀하여 방극문 씨와 함께 구입사양 작성과 계약 업무를 진행했다 처음 해보는 분야였기에 용어도 우리가 직접 만들어야 했다. 종풍, 종풍조업, 제1고로 제1대기 : P1C1, 제1고로 제1차 개수 : P1R1, 개수 본공사, 개수 선행공사 등등

용어도 많았다. 설비공급은 IHI가 맡았다.

1973년 6월 8일 한국 현대사에 신기원을 세운 제1고로 화입. 근대화의 기둥 역할을 해준 제1고로는 1979년 8월 1일 수명을 마치는 종풍식을 갖기로 잡혀 있었다. 그때부터 개수는 시작되지만, 그 직전의 과정도 중요했다.

제1고로 개수추진반에는 김시만 공정담당, 김진수 개수공사담당, 이일옥 조업담당을 비롯해 보수, 기술조사, 전산, 운송, 자재담당 등이 망라되어 있었다. 또한 '개수 본공사'의 완벽한 준비를 위하여 '종풍' 3개월 전부터 '모의 Count Down'에 들어갔다. 매일 해야 할 작업계획을 전 담당 부서가 참석한 가운데 발표토록 하여 각자 자기가 해야 할 일을 다시 점검하는 훈련인 셈이었다.

종풍 5일 전, 종풍조업에 들어갔다. 고로 내부의 부착물을 최소화하고 노저출선을 쉽게 해줄 클리닝조업, 고로 안의 내용물을 10m쯤 하강시키는 감척작업, 출선구 이하에 담겨 있는 쇳물을 임시로 노저출선구를 통해 래들에 보내는 노저출선작업 등등이 이뤄지고, 제1고로는 예정된 날짜에 생을 마감했다.

이어서 해체작업을 벌였다. 노저에서는 여기저기서 Lance로 불을 내뿜으며 철피를 절단하는 작업을 하고, 상부에서는 노정 호퍼의 절단을 위해 불을 뿜고, 고로 내부로 불도저까지 진입하여 내용물을 철거하는 광경은 전쟁터를 방불케 했다. 그 다음 설치공정은 건설 때와 비슷했다. 노저배관작업, 노저철피 설치작업, 축로작업 등이 주야로 진행되고, 밖에서 로체에 빙 둘러 매달려서 용접작업과 배관작업을 하는 동안 전기실에서는 패널 교체작업, 결선작업, 열풍로 연와 교체작업 등이 동시에 이뤄졌다. 공기를 단축하기 위한 치밀한 작전계획에 따라 인해전술처럼 보이는 상하 동시작업을 진행하는 것이었다.

제1고로 제2대 화입식은 9월 27일 열렸다. 당초 공기는 78일로 잡혔지만 57일 만의 준공이었다. 한국 최초의 고로개수작업을 성공리에 마친 우리 팀은 만세를 불렀다. 이것은 당시 세계적인 기록이었다. 그 뒤에도 나는 제2고로 개수추진반장, 제3고로 개수추진반 담당이사를 맡았다. 고로개수의 전통을 세웠다는 사실, 이것은 나의 인생에 자부심으로 남아 있다. 그리고 후배들이 자랑스럽다. 황경일, 김진수, 고영균, 염만섭 씨…. 그들은 포항 1고로 2차 개수, 포항 4고로 개수, 광양 1고로와 2고로 개수를 성공적으로 완수해 주었다.

나는 전사 추진 특별 조직인 Task Force Team 경력을 제일 많이 소유하지 않았나 생각하며 이를 보람 있게 생각하고 있다.

1) 제1고로 개수 추진반장, 2) 제강사고 복구 추진반 기획 조정 담당, 3) 제2변전소 사고 복구 추진반장, 4) 제2고로 개수 추진반장, 5) 제2냉연 비상건설 추진반장, 6) 제3고로 개수 추진반 담당이사, 7) 광양 제1냉연 비상 건설 추진반 담당이사.

이러한 포스코맨의 길을 걸었던 내가 POSCO SPIRIT을 추출해 본다면 무엇보다도 1) 제철보국에 대한 소명감과 사명감, 2) 목표 달성을 위한 강한 추진력, 3) 과감히 도전하는 개척의지, 4) 완벽한 준공에 이은 상업운전 등을 말하고 싶다.

요즘도 깃대에 게양된 태극기를 바라보다 문득 가슴에 묘한 물결이 일렁거릴 때가 있다. 이유를 안다. 메이커든 건설업체든 우리의 페이스로 끌어들여야 수월하게 이끌어 나갈 수 있다는 원칙으로 밀고 나갔던 포항 제2고로 건설. 그 오랜 전투에서 마침내 승리를 거둔 날, 우리 건설반원은 까마득한 고로 정상으로 올라가 대형 태극기를 게양했다. 그 순간의 감격은 이루 말할 수 없다. 아, 히말라야 꼭대기에서 태극기를 펼치는 산악인의 환희와도 바꾸고 싶지 않은 영원한 희열이었다.

사회적 인프라도 업그레이드시킨 포스코

김기홍 1939년 대전 출생. 1968년 포스코 입사·기술부(포항 1·2기 설비계획)·전기수리과장·동력부 차장·설비기술부본부장·뉴욕사무소 소장·이사, 1986년 포스콘 초대 사장, 1996년 포스에너지 상임고문·감사 역임. 저서로 『퇴직은 신의 뜻 두려워 말라』, 『불안한 직장인, 희망찬 직장인』, 『디지털 시대의 생존전략』 등.

포스코가 자랑해야 할 일들

포스코 창립 50주년, 먼저 나는 포스코가 자랑해야 할, 그래서 앞으로 해야 할 일에서 중요한 참고로 삼을 만한 업적들부터 정리해 보고 싶다.

포스코는 일제 강점의 보상금으로 설립된 회사이다. 다른 대기업은 주주 이익을 우선적으로 추구하지만, 포스코는 국민기업·민족기업임을 명심하고 창업정신인 제철보국을 최우선으로 여겨야 한다. 포스코는 아무리 전망이 좋고 많은 이익이 예상된다 하더라도 다른 기업이 성공적으로 추진하고 있다면 그 사업에 뛰어들어서는 안 된다. 광양제철소가 완공될 무렵 자동차사업을 심각하게 검토했으나 결국 포기한 사례가 있다. 포스코는 국가의 장래를 위해 반드시 해야 하지만, 다른 기업이 하지 않는 분야를 찾아서 선도적으로 해야 한다. 나는 이렇게 생각하며 주장한다.

포스코는 기업의 이익을 떠나 국가와 사회의 장기적·지속적 발전을 위해 지난 50년간 꾸준하게 투자를 해왔다. 그것은 교육과 기초과학 연구,

직원복지, 스포츠 등에서 두드러진다. 대표적인 사례로 1986년 12월 세계적인 연구중심대학 포스텍을 설립한 것이다. 당시 포항에 미국의 칼텍(Caltech)과 같은 세계적인 대학을 설립한다는 계획을 믿을 사람은 아무도 없었다. 하지만 포스코는 기어이 해내고 만다. 이것이 포스코의 저력이다.

기초과학의 발전을 위해 1994년 12월 국내 최초로 제3세대 방사광가속기를 준공한 것도 포스코이기에 가능했다. 이것이 기반이 되어 2016년 9월 정부가 제3세대 방사광가속기 옆에 미국·일본에 이어 세계 세 번째로 제4세대 방사광가속기를 준공하게 된다. 우리나라 기초과학 발전에 포스코만큼 큰 기여를 한 기업은 없다.

직원들의 주거 안정을 위해 포스코 설립 초기에 이상적인 주택단지를 조성하고, 주택단지 안에 유치원부터 초·중·고등학교까지 명문학교를 만들어 최고 수준의 직원자녀 교육을 실현한 것은 물론, 우리나라 교육의 새 지평을 열었다. 또한 직원 자녀 2명에게는 대학까지 장학금을 지급함으로써 자녀교육에 어려움이 없도록 했다. 이처럼 직원들에게 수준 높은 복지를 제공하고 노사문제에 각별한 관심을 기울여 파업이나 임금협상 결렬이 없도록 했다.

국내 최초 전용축구장 건립, 국내 최초 유소년 축구시스템 정착, 포항·광양 프로축구단 운영 등을 통해 2002년 월드컵 4강 달성 등 우리나라 축구 발전에 큰 기여를 해온 것도 빼놓을 수 없다. 비인기 종목인 체조 발전을 위해 포스코교육재단 산하 초·중·고등학교와 포스코건설이 체조부를 운영하고 있다는 점도 평가받을 만하다.

포항제철 대형공사는 공정관리발전·설비국산화도 견인했다

포항제철소 건설 초기 황량한 모래벌판에서 새로운 역사를 만들어 나갈 때의 경험과 교훈은 두고두고 되새길 필요가 있다. 1960년대 국내 건설사는 대형공사 경험이 전무했다. 이러한 상황에서 국내 35개 건설사가 참여해 일관제철소 건설이라는 대공사를 차질 없이 완수한 것은 기적이라 할 수 있다. 이후 국내 건설사들이 중동 등에서 연간 500억 달러 이상의 대형공사를 성공적으로 수행할 수 있었던 배경에는 포항제철소 건설 경험이 크게 작용했다는 것이 업계의 중론이다.

포스코는 건설 초기부터 인원이나 자재를 낭비 없이 배치하고 공기를 단축하는 공정관리기법인 PERT(Program Evaluation and Review Technique)를 적용했다. 이로 인해 조기 착공과 준공이 가능했고, 공장 가동 첫해부터 흑자 경영이 가능했다. 또한 공사 품질을 엄격하게 관리했다. 1977년 발전소 기초공사가 70% 진행되었으나 설계대로 시공되지 않았다는 것을 확인하고는 폭파 후 재시공을 했다. 포스코 역사에 길이 남을 사건이었다. 이렇게 엄격한 공사 품질 관리는 모든 공정에 적용되었다.

포스코는 1970년대 국내에는 대형 플랜트 설비제작 경험이 전무한 상태에서 다양한 제철설비를 국산화했다. 플랜트는 다양한 부품을 조립해야 하기에 품질관리를 철저하게 해야 한다. 포스코는 이런 문제를 해결하기 위해 케이스(Case)Ⅱ 방법을 도입, 단기간에 국내업체들이 기술을 습득할 수 있도록 했다. 케이스Ⅱ는 외국 중공업회사가 기술지도와 제작감독을 하면서 모든 책임을 지고 국내업체는 기술 습득을 하면서 제작하는 방식이다. 덕분에 국내업체는 단기간에 기술 습득은 물론 품질 관리도 세계적인 수준으로 향상되었고, 우리나라가 세계적인 플랜트 수출 대국으로 도약하는 데에도 혁혁한 기여를 했다.

뿐만 아니라, 명장제도를 도입해 부장급 및 임원 대우를 해줌으로써 근로자들의 사기를 올려주었고, 특수전문분야의 우수 연구직원도 PCP(POSCO Certified Professional) 제도를 통해 임원급 대우가 가능하도록 해 사기를 높였다.

KISA의 GEP 검토와 일본연수

나는 1968년 5월 1일 포스코에 입사했다. 한국전력에 근무하던 중 포항제철에서 경력사원을 모집한다는 소식을 듣고 1968년 4월 20일 서울 명동 유네스코 회관으로 찾아가 박태준 사장에게 면접을 보고 국가적 대사업에 참여해야겠다는 큰 꿈을 품었다.

나는 어려운 가정형편 때문에 철도고등학교를 다녔다. 학교에서 서울대에 입학하는 학생에게 장학금을 준다는 소식을 접하고 학업에 전념해 서울대 전기공학과에 입학했다. 돈에 쪼들리지 말아야 했다. 남들보다 책과 씨름하는 시간을 늘려야 했다. 서울대 전기공학과에 줄곧 장학생으로 다녔고, 졸업 후에는 한국전력에 입사했다. 그때만 해도 국내에서 한국전력·대한중석·호남비료·석탄공사 등이 대학생들이 선망하는 직장이었다. 그런데 어느 날 부장이 포항제철에서 사람을 뽑는다고 연락이 왔는데 한번 생각해보라고 했다. 뭐 하는 회사냐고 여쭸더니 잘은 몰라도 국가에서 중점적으로 키우려는 회사라고만 했다.

박태준 사장께서는 나를 면접하면서 "포항제철은 국가적 사업으로서 박정희 대통령이 확신을 갖고 추진하는 회사이니 앞으로 세계적인 철강회사가 된다. 그래서 국내 큰 회사의 경험자들을 모집한다. 그러니 이리로 와서 큰일을 해보라"고 권유하셨다. 나는 망설이지 않을 수 없었다. 안정된 직장을 그만두고 잘 알려지지 않은 신생 회사로 가려니 적잖은 용기가 필요했다. 그렇지만 우리나라 산업의 중추신경이 될 일관제철소를 짓는 일에 참여한다는 것 자체가 국가에 헌신하겠다는 나의 꿈과 일치했다. 내가 발령을 받았을 때 김종진 전(前) 사장 그리고 석탄공사에서 온 몇 사람이 같이 들어왔다. 초창기 기술인력들이 다 그랬듯이 우리는 입사하자마자 KISA에서 보내온 GEP 검토에 매달렸다.

1969년 2월부터 약 3개월간 일본 연수를 떠났다. 기계·전기 파트는 후지제철의 무로랑제철소로 갔고 다른 파트는 히로하다제철소로 향했다. 그들은 친절하게 가르쳐줬다. 무시하는 태도 같은 것도 보이지 않았고, 책임 직위에 있는 사람들은 어려운 나라에서 배우러 왔으니 하나하나 꼼꼼히 가르쳐주라고 했다. 나만의 느낌이었는지는 모르지만, 36년 간의 식민통치에 대한 미안함 같은 것이 배어나는 것 같았다. 나는 일제강점기에 초등학교를 다닌 마지막 세대였기에 일본어를 능숙하게 구사할 수가 없었지만, 연수를 떠나기 전에 집중적으로 익힌 일본어가 그나마 도움이 되었다.

일본인 기술자들은 소중한 자료도 많이 건네주었다. 여기저기 공장을 들를 때마다 이 자료를 얻을 수 있으면 좋겠다는 표정을 지으면 그들은 스스로도 난처한 듯 주위를 살펴보다가 "그래, 가져가세요." 하면서 건네주었다. 그 자료들은 거의가 프린트물이거나 청사진이었다. 공식적으로 받은 자료, 억지를 써서 얻은 자료 등을 다 모아 놓으니 60㎏에 달했다. 그걸 국내로 부치기 위해 우체국에 갔더니 소포 요금이 엄청 나왔지만, 아무튼 그걸 바탕으로 뒷날 KISA와의 계약이 해지된 뒤 일본기술단(JG)이 낸 포항 1기 설비계획서를 검토할 수가 있었다. 포항 1기 설비는 대부분 JG가 설계했고, 일본의 설비 메이커에서 제작했다.

사회적 인프라를 업그레이드시킨 포항제철

포항 1기 설비 설계가 끝나자 박태준 사장께서 나에게 서둘러 정비본부로 가라고 했다. 포스코가 도입한 설비는 당시로서는 최신설비로서 국내에는 정비를 담당할 만한 인력이 없었기 때문에 일본 연수를 다녀온 인력들이 맡았다. 모두들 자동차 후면 창에 병아리를 그리고 다니는 초보운전자들 같았다. 1기, 2기, 3기까지는 운전, 정비 모두가 시원찮아 툭하면 고장이 나고 문제가 발생했다. 아무튼 나는 1971년까지는 기술부에서 포항 1기, 2기 설비계획을 담당했고 1974년부터 1976년까지는 동력부에서 차장을 맡았다. 동력부는 각 공장에서 사용하는 전기·가스·용수 등을 공급하는 부서로, 모든 공장의 조건을 잘 파악해야하는 중요한 업무를 수행한다.

당시 국내에서는 가스를 취급하는 데가 거의 없었다. JG 기술진은 가스가 폭발하면 가공할 사태가 벌어지므로 이를 취급할 때는 매우 엄격해야 한다고 누차 강조했다. 지금까지 포스코에서 가스 폭발사고가 없었던 것은 그때 JG로부터 얻은 교훈이 큰 힘이 되었다고 한다. 열연공장은 대량의 전기를 소비한다. 당시 열연공장이 가동되면 한국전력 감시망 화면의 그래프가 출렁거릴 정도였다. 전기뿐만 아니라 수도, 운송 등 모든 면에서 포항제철은 당시 우리 사회가 갖춘 인프라가 감당하기에 매우 벅찬 사업이었다. 포항제철 제품을 실은 차가 달리는 도로는 움푹 파였고, 포항제철에 소요되는 막대한 공업용수 때문에 갈수기에 부족한 식수문제로 경상북도와 잦은 마찰을 일으켰다. 그렇다 보니 욕도 많이 먹고 매우 고달팠지만, 역으로 생각하면 포항제철이 있었기에 국내 모든 산업의 관리 매뉴얼이 포항제철의 수준으로 격상되었고, 모든 사회간접자본이 그 수준에 맞춰 업그레이드 되었다.

플랜트 국산화를 이끌었던 케이스Ⅱ

1976년 12월 들어 박태준 사장께서는 나에게 공장정비도 경험했고 동력부 일도 해봤으니 이젠 3기 설비계획 업무를 맡으라며 설비기술부장으로 명령을 냈다. 흔히 박태준 사장을 이야기할 때 '인사의 귀재'라는 말을 빼놓지 않는다. 어떤 직원을 사전에 철저히 훈련시킨 후 적재적소에 배치하신 무수한 사례들을 보면 정말 맞는 말이다. 관점을 달리하면, 개개인의 능력을 마지막 한 방울까지 남김없이 짜내는 것이었다. 아무튼 설비기술본부로 옮기면서 나는 '플랜트 국산화'라는 길고 긴 과제와 맞닥뜨렸다.

1972년부터 1976년까지 추진된 제3차 경제개발 5개년 계획의 핵심 테마는 '중화학공업 육성'이었다. 그때까지 우리나라 경제를 이끌었던 가발·봉제·신발로는 더 이상의 성장을 일구어낼 수 없다는 판단에 따라 철강·건설·자동차·조선 분야로 눈길을 돌린 것이었다. 중화학공업을 육성하려면 이를 감당할 수 있는 기계공장이 먼저 들어서야 했다. 이러한 필요에 따라 만들어진 것이 '현대양행'이었다. 경남 창원에 터를 잡은 현대양행은 세계 최대인 1만5000톤 프레스 설비를 비롯하여 온갖 첨단 기계공업 설비를 갖추었으나 일거리를 찾지 못하고 있었다. 이러한 상황에서 현대양행은 포항제철 3·4기 설비를 주목했다. 당시 정주영 현대 회장은 포항제철 3·4기 설비의 제작 및 엔지니어링에서부터 건설까지 모든 걸 맡아서 하겠다고 나섰다. 한마디로 공장 짓는 일은 자기들이 몽땅 도맡아 할 터이니 포항제철은 공장이나 돌리라는 거였다. 일본말에 '무데뽀(無鐵砲)'라는 말이 있는데 딱 그 짝이었다.

그런데 더 기가 막힐 노릇은 그것을 말려야 할 정부에서 현대의 주장에 호응을 보였다. 우리로서는 엄청난 문제에 부딪힌 거였다. 신설 현대양행을 살리기 위해 포항제철을 시험장으로 삼으려는 것과 하등 다를 바가 없는 시도를 뿌리쳐야 했다. 박태준 사장, 백덕현 설비기술본부장 그리고 나까지 나서서 정부의 방침에 단호히 제동을 걸었다. 100년의 역사를 가진 일본과 독일의 설비 메이커들도 평생 고로나 제강, 압연 설비 중 하나를 특화해 제작하는데, 아무런 경험도 없는 신생 회사가 모든 설비를 다 하겠다니 말이 되겠는가. 게다가 종합 엔지니어링과 건설까지 수행하겠다는 것은 마치 풍차에 맞서는 돈키호테와 다를 바가 없는 일이었다.

3기 설비는 모두 17개 공장설비로 계획되어 있었다. 포스코에서는 고로·제강·압연 등 주설비는 도저히 현대양행의 능력으로는 안 된다, 그러니 수배전·수처리·집진기 등 6개 부대설비만 맡아야 한다고 맞섰다. 사실은 그것도 무리지만 정부의 중화학공업 육성정책에 호응하고 포스코도 살리기 위한 조치였다.

정부에서는 상공부 산하에 15명 위원으로 구성된 국산화심의위원회를 발족시켜 설비 국산화에 대한 판단권을 부여했다. 국산화심의위원회에서는 이 일을 다시 기계공업진흥회에 위촉했다. 진흥회는 국내의 모든 중공업 메이커가 참여하여 만든 단체니까 당연히 포항제철 3·4기 설비는 전량 국산화가 가능하다고 주장하고 나섰다.

당시 국산화심의위원회 위원장은 육핑수 인하대학교 공대 교수가 맡고 있었다. 매우 강직하고 원칙에 충실한 공학자로 널리 알려져 있는 인물이었다. 나는 육 교수가 살고 있는 서울 효자동 인근에서 밤을 꼬박 새우다시피 하며 새벽 5시 30분 육 교수의 집 앞에서 그의 출근을 기다렸다. 6시 정각에 집을 나서는 육 교수를 막아섰다.

"교수님, 35% 이상은 절대 안 됩니다. 오늘 심의회가 있는데, 이를 꼭 관철해주십시오. 그렇지 않으면 포항제철 확장계획에 중대한 차질이 생깁니다."

"여기서 밤새운 거야?"

"예, 여기 문 앞에서 꼬박 밤을 새웠습니다."

"… 알았어."

이렇게 하여 포항 3기 설비는 포스코가 제시한 안대로 절충되었다. 당시 그 문제를 해결하기 위해 포스코가 제안한 것은 '케이스II' 방식이었다. 해외 메이커가 자기들의 차관분 중에서 15%의 착수금만큼을 국내 메이커에게 다시 차관을 주는 방식이었다. 문제는 해외 메이커가 이 방식을 수용할 것인지에 달려 있었다.

예를 들면, 이런 방식이다. 외국으로부터 자동차를 수입하는데 유리·의자·라이트·타이어는 국내 업체가 장착할 테니 그걸 빼고 가져오라는 거다. 그들의 반응이야 뻔한 것 아니겠나. 국내 업체를 믿을 수도 없고 그래서는 일이 추진될 수도 없다는 거였다. 그리고 차관법에 걸린다, 한국에 그런 능력이 없다, 시간적 여유가 없다 등등으로 계속 문제를 제기했다. 그들의 문제 제기는 합당한 것이었다. 그러나 6개월간의 논쟁 끝에 그들이 꼬리를 내렸다. 어떻게든 설비를 팔아야 하니까 울며 겨자 먹기로 수용한 것이었다.

그래서 국내 업체는 포스코의 설비구매 전략에 따라 돈도 벌고 기술도 습득했다. 외국 공급사들은 국내 업체가 잘 할 수 없다는 걸 알고 있었기 때문에 해외의 원청회사에서 기술자를 파견해 다 가르쳐줬다. 국내 제작분에 대해서도 책임은 어차피 원청회사에서 질 수밖에 없으니 그들로서는 불가피한 일이었다. 국내 업체들은 이를 통해 납품·품질·공정·부품관리 등 모든 것을 습득할 수 있었다. 이때 국내 중공업체들의 제작 능력이 크게 향상되었다. 정부 시책과 국내 업체의 실태, 포스코의 문제점을 일거에 해결할 수 있는 방안을 놓고 고민하던 실무진이 제안한 아이디어가 '케이스II', 설비 국산화 방식이었고 이를 6개월간 다듬어서 박태준 사장께서 최종 결심을 해주셨다. 지금 돌이켜봐도 노벨상감 제안이고 결정이었다.

광양제철소의 보람과 영광

1978년부터 시작된 광양제철소 설비계획 프로젝트는 모두 자체 엔지니어링으로 수행했다. 당시 박태준 사장께서는 포스코 기술진에게 "광양 제철소는 누가 봐도 탐나는 효율적인 제철소로 만들라"고 지시했다. 광양만 앞바다 1487만6033㎡(450만 평)를 매립한 광활한 부지는 어떤 지형적 간섭도 받지 않으니, 원료에서부터 제선·고로·제강·연주·열연·냉연을 일직선으로 배치했다. 그러나 당시 자력으로 설계하면서 매우 골치 아픈 일과 맞닥뜨렸다. 연속주조공장과 열연공장 간 거리를 어떻게 할 것이냐 하는 것이었다. 공정의 흐름으로만 보면 거리가 짧으면 짧을수록 좋다. 그러나 거리가 너무 짧으면 후공정인 열연이나 냉연에서 문제가 발생할 경우 슬래브를 쌓아두어야 하는데, 그럴 공간이 나오지 않는 것이 문제였다.

우리는 38차례에 걸친 시뮬레이션을 해서 결정했다. 그래도 찜찜했다. 일본에 물었더니 모른다고 했다. 그들도 그런 공장 배치를 해본 적이 없으니 어쩌면 당연한 일일지도 모르지만, 한국의 철강 생산능력이 1000만 톤으로 늘어나니 신경질적인 반응을 보인다는 생각도 들었다. 이때 독일의 티센(Thyssen)에서 자기들이 가르쳐 주겠다고 나섰다. 그러나 그들 또한 포스코의 계획을 보고는 거꾸로 자기들이 배웠다고 했다.

광양제철소 건설계획이 정부에 보고되자 한국중공업이 광양의 모든 설비 제작을 턴키 방식으로 수주하겠다고 나섰다. 한국중공업은 현대양행에서 상호를 변경한 국영기업체로서 당시 가동률이 30~40%대에 머물고 있어 도산 일보 직전이었다. 포스코는 제철설비 제작 및 건설 경험이 전무한 한국중공업의 이같은 제의가 무모하다는 점을 설득하는 한편, 빈사상태에 직면한 국내 중공업의 회생을 도모하기 위한 고육책으로 광양 1기 설비의 국산화율을 40%에서 다시 45%로, 또다시 49.4%로 높이기로 했다.

결국 22개 공장 중 6개 설비는 국내에서, 6개 설비는 해외와 한국의 업체가 동등한 자격으로 구성한 컨소시엄을 통해, 나머지 10개 설비는 앞서 말한 '케이스Ⅱ' 방식으로 공급받기로 결정했다. 그렇게 포스코는 창립 이래 설비 국산화에 앞장서면서 국내 중공업의 기술력을 세계 수준으로 높이는 데 기여했다. 그 결과 요즘은 한국 플랜트 수출이 500억 달러, 건설공사 수주 500억 달러를 상회하고 있다. 이 점을 생각할 때마다 나는 가슴이 뿌듯해진다. 물론 창업 50주년의 포스코가 가슴 뿌듯하게 여겨야 하는 일이다.

그래서 나는 '다음 50년의 길'을 출발해 100년 기업으로 나아가는 후배들에게 한마디 고언(苦言)을 축하와 함께 보내고 싶다. 포스코는 대일 청구권 자금으로 건설된 국민기업임을 잊어서는 안 된다. 그래서 해야 할 일과 하지 말아야 할 일을 구분하는 원칙이 굳건하게 서게 되기를 바란다.

그러면 '하지 말아야 하는 일'은 무엇인가? 지난 50년의 역사에서 잘못된 것과 실패한 것을 반면교사로 삼으면 금세 깨달을 수 있다.

덩샤오핑의 초청을 받은 박태준 회장

4반세기 대역사 종합준공식을 마치고 1992년 10월 3일 박정희 대통령의 유택 앞에서 임무완수 보고를 마친 박태준 회장께서는 중국 덩샤오핑 주석의 초청을 받았다. 그때 나에게 같이 가자고 하셨다.

상하이 인근에 있는 바오산제철소 안에 들어섰다. 놀랍게도 거기에 광양제철소의 모형이 만들어져 있었다. 광양제철소의 모든 매뉴얼까지 중국에는 제공해주라고 하셨던 박 회장의 그 지시가 거기에 그렇게 태어나 있는 것이었다. 그때 그 자리에는 당시 주룽지 부총리가 귀빈을 맞이했다.

"중국에다 이대로 제철소를 지어주세요."

주룽지 부총리의 간곡한 청을 받은 박 회장께서 대답하셨다.

"그렇게 하겠습니다."

그러나 그 뒤에 박 회장께서 김영삼 대통령과 척을 지는 정치적인 문제

때문에 모든 것이 무산되고 말았다. 만약 그때 그 일이 순조롭게 추진됐다면 한·중의 역사가 달라졌을 것이며, 동북아의 경제 질서마저 재편될 수도 있었을 것이다. 참으로 안타까운 일이 아닐 수 없다.

포항제철 건설과 건설장비

한명환 1931년 평북 의주 출생. 1969년 포스코 입사·중기부장·운송부장·외자구매부장·건설본부 부본부장을 지낸 후 퇴사, 동아자동차(주) 전무이사 역임.

흔히 포항제철은 자본도 기술도 경험도 없는 상황에서 잘 건설했다고 쉽게 이야기한다. 당시 국내 여건을 고려해보면 일관제철소 건설은 한마디로 불가능한 일이었다. 불가능한 여건은 여러 가지가 있지만 핵심적인 세 가지만 열거해 본다.

첫째 국내에는 제철 기술도, 경험 있는 인재도 전무했다. 국내에서 우수한 인재라고 모집한 200여 명 중 일관제철소 건설은 고사하고 제철소를 구경해 본 사람도 없었다. 둘째 자본이 없었다. 1인당 국민소득이 100달러 미만인 나라에서 자본을 구할 수 없었고, 국제차관도 불가능했다. 셋째 국내철강 수요가 미미했다. 정부가 중화학공업을 육성하고 수요를 창출하겠다는 의욕만 있었다.

그때까지 인도와 터키 등 몇몇 중진국에서 일관제철소 건설을 시도했으나 모두 실패했다. 이러한 상황에서 국운을 걸고 일관제철소 건설을 시작한 것은 '철은 산업의 쌀'임을 깊이 인식했기 때문이다. 조국 근대화와 산업 육성을 위해서는 철 생산이 필요불가결한 요건인 것이다.

우리는 반드시 계획된 일정 안에 세계적으로 경쟁력 있는 종합제철소를 건설해 수익을 창출해야만 하는 사명을 수행해야 했다. 만일 일정 안에 공장 건설을 못하든가 조업 후 적자가 발생할 경우에는 국가 재정이 감당하기 어려운 상황에 직면할 수 있었다. 따라서 '우향우 정신'은 그저 하는 말이 아니었다. 우리의 과업이 실패할 경우 모두가 영일만에 빠져 죽는다는 각오를 단단히 하고 있었다.

공장 건설은 우선 영일만의 859만5000㎡(260만 평) 부지를 4~4.5미터 높이로 바다모래를 준설해 성토하는 것에서 시작되었다. 그리고 사막 같은 부지에 토목 기초, 건축공사와 기계, 전기, 배관 공사 등이 진행되었다. 항만 건설과 하역설비, 원료치장, 소결과 코크스공장 그리고 고로와 제강공장 등 수십 개 공장들이 시계열별로 건설돼 1973년 7월 3일 종합 준공되었다. 이 모든 공사는 국내에서는 어느 누구도 경험해보지 못했으며, 새로운 공법에 물량 또한 방대해 임직원 모두 엄청난 중압감을 느꼈다. 하지만 세기적인 대역사에 참여한다는 것을 영광으로 여기고 온몸을 던져 작업에 임했다.

나는 1969년 10월부터 1973년 7월까지 39개월 동안 건설장비와 건설기계의 운영을 총괄 관리하는 임무를 맡았으며, 대과 없이 임무를 완수할 수 있었던 것을 천우신조로 여기고 있다.

당시 국내 건설장비는 보잘 것 없는 수준이었다. 그때까지 현대적인 대형시설공사가 거의 없다시피 했으니 건설장비도 필요하지 않았던 것이다. 현대식 대형산업시설 건설공사의 필수장비인 크레인만 해도 미군이 사용하다 불하한 5톤급으로, 붐(Boom) 길이 10미터 이내의 것이 대부분이었다. 대량 토량 이동에 필요한 덤프트럭도 2.5톤급이 태반이었고, 신진자동차에서 생산한 6톤급이 고작이었다. 현재 사용되고 있는 20~30톤급

덤프트럭을 생각하면 답답한 상황이 아닐 수 없었다. 일본기술협력단이 필요하다고 제시한 최소한의 장비 리스트와 우리 실정을 비교해 보면 다음과 같다.

일본기술협력단 제시안	국내 현황
60톤급 이상의 타워 크레인 1대	없음
80톤급 이상의 트럭 크레인 2대	없음
45~60톤급 트럭 크레인 8대	없음
크레인 붐 거리 90미터 이상	없음
콘크리트 펌프카 2대	없음
항타기 디젤 6대	4대 보유
불도저 D-8급 2대	D-7급 보유

장비는 미국·일본·호주 등지에서 긴급 구입할 수 있었으나 장비를 조작할 운전 기능공이 태부족하다는 게 문제였다. 다행히 중동 공사에서 돌아온 기능공을 채용하고, 이들에게 교육을 맡겨 기능공을 양성했다. 공사에는 현대건설·대림산업·동아건설 등 국내 상위 10여 개 건설사가 참여했으나 제대로 된 장비나 운전 기능공을 보유한 업체는 없었다.

제철공장 기계와 구조물은 대부분 높이가 20~40미터이며, 특히 고로는 90미터 높이에 원료장 입구가 있어 모든 작업은 고소작업의 위험을 안고 있었다. 기계와 구조물 설치 시공은 건설사 기능공들이 맡았으나, 이들을 올려주는 크레인 작업은 포항제철 직원이 담당했기에 위험부담은 포항제철이 안아야 했다. 요즘도 건설현장에서 크레인 사고가 가끔 발생하는데 주로 인명피해에 관심을 보인다. 하지만 당시 건설현장에서는 크레인 사고가 발생하면 인명피해보다 기계나 구조물 파손에 관심을 더 가졌다. 기계는 국내에서 수리가 불가능해 일본이나 유럽에 수리를 맡겨야 했고,

그렇게 되면 공사가 지연돼 국가적 목표인 준공일을 지킬 수 없기 때문이었다.

다행스럽게 39개월 동안 단 한 건의 치명적 사고 없이 1973년 7월 3일 역사적인 종합준공식을 맞이하게 되었다. 이 대역사에 참여한 사람들의 헌신적인 노력을 알아준 하늘의 은혜라고 생각한다.

포항제철 1기 준공에 이어 포항에서 4기, 광양에서 4기 공사가 마무리되면서 세계적인 경쟁력을 자랑하는 두 일관제철소가 만들어졌다. 포항제철 건설에 큰 기대와 성원을 보내준 국민들에게 보답할 수 있게 돼 기쁨과 보람으로 여긴다. 그 험난한 여정을 함께한 선후배, 동료들에게 깊이 감사드린다.

대범하게 생각하면 길이 열린다

구자동 1937년 대구 출생. 1970년 포스코 입사·일반설비부 계장·압연정비과장·공작정비공장장, 1978년 삼척산업 포항공장장, 1983년 한양LNG플랜트 기전PM, 1987년 경진공업 사장 역임.

열연공장에 전념하다

포항제철에 입사하기 전, 부산에 있는 동명목재상사에 공채로 입사해 열심히 근무하고 있었다. 자형 한 분이 황경노 관리부장과 친분이 두터웠다. 두 분이 대화를 나누던 중 내 이야기가 나왔고, 황 부장이 일본 연수까지 다녀왔다면 안성맞춤이니 포항제철로 오면 어떻겠느냐고 제의를 했다.

동명목재는 생산 규모에서 국내 최대였으며, 내가 궁색하지 않게 생활할 수 있는 든든한 기반이었지만 자형의 권유를 받아들여 1970년 7월 1일 포항제철에 입사했다. 당시 나를 부추긴 내면의식은 사명감과 보람이었다. 나는 큰 기계공장에서 설계, 제작업무를 맡아 세상에 없는 것을 만들어내는 꿈을 꾸었다. 샐러리맨으로서 안정된 삶을 살아가기에는 동명목재만 한 곳이 없었지만 포항제철은 그 이상의 것, 시대와 국가가 요구하는 사명을 실현할 수 있는 일터가 될 것 같았다. 공학도로서 오랫동안 꿈꿔온 이상을 펼칠 수 있는 무대가 포항제철이라고 굳게 믿었다.

일반설비부에 보임돼 짐을 풀고 보니 영일만 허허벌판에 펼쳐진 모래사장은 황량하기 그지없었다. 건물이래야 연수원 옆에 사무실용 퀀셋 건물 3채와 독신료뿐이었다. 일반설비부에는 이상수 부장이 있었으나 주로 일본에 있었고, 이영우, 남계열, 김준영 과장과 3급 최철락, 4급 3명, 나와 입사 동기 3명 등 11명이 있었다.

시간이 지나면서 회사 분위기에 익숙해졌고, 경력을 인정받아 토건부시설과 업무인 공작정비공장용 천정크레인 25톤 1대, 5톤 1대 제작 감독으로 부산에 있는 대한조선공사에 출장을 다녔다. 그러던 중 김준영 과장의 호출을 받았다. 이재육 압연설비부장이 열연공장 건설이 바쁜데 적격자가 없어 기계쪽 경험자를 추천해달라고 하는데 어떻겠느냐는 것이었다. 건설연수를 다녀올 수도 있고, 건설 후에는 일반설비부(후에 공무부)에 복귀해도 좋다고 했다. 나로서는 강력한 유인 요인이었다. 오랫동안 꿈꿔온 대한민국 최초 최고의 연속압연공장 건설작업이라니, 내가 적임자라는 생각이 들었다. 반드시 성공하겠다고 다짐하고 승낙했다. 다음날 열연공장 팀에 합류, 롬멜하우스 2층으로 자리를 옮겼다.

첫 업무가 열연공장 설비사양, 공장건설계획 및 공기구 검토, 스페어 파트 계획 검토 등이었다. 열연공장 공급계약서 검토 등의 업무를 바쁘게 수행하는 한편, 길이 5미터, 중량 360킬로그램인 스트레이트 엣지를 처음 발주했다. 압연기 슈 프레이트(Shoe Plate)를 설치할 때 반드시 필요한 도구로서 제작 기간이 6개월 이상 걸리므로 서둘러 일본에 제작 발주를 냈다. 이 도구는 나중에 후판공장 건설이 앞서 시작돼 열연공장용을 후판공장에 먼저 사용하기도 했다.

이듬해 1971년 5월경 나와 포항제철 직원 1명, 삼부토건 2명이 일본 연수를 갔다. 히로시마 소재 미쓰비시중공업 에바공장과 고베제강 가코가와제철소에서 우여곡절을 겪으며 귀한 경험을 쌓았다.

1971년 한겨울 열연공장은 지붕만 덮고 벽체, 창문은 공사 중이었으므로 모래바람과 비바람이 몰아치면 고생이 이만저만이 아니었다. 설비 센터라인 피아노선이 바람에 날려 고정시키지 못해 열연 스케일 피트(Pit) 양옆에 천막천으로 간이담장을 설치하고 피아노선을 설치하는 상황이었다.

열연공장 일본 연수는 4명이 다녀왔으나 건설에 참여한 사람은 나 혼자여서 고전할 수밖에 없었다. 새벽에 계란 두 개, 참기름 한 숟갈 먹고 나오면 현장점검과 미쓰비시상사(MSK) 공문 검토 등의 일이 기다리고 있었다. MSK 공문은 항상 불만 투성이였다. 시공업체인 대림산업의 공기구 부실, 인원 부족, 작업관리 문제 등에 얽힌 온갖 불만을 공문에 쏟아놓았다. 점심은 국수 한 그릇 말아먹고 일어서기 바빴다. 저녁 7~8시경 현장을 둘러보고 주변정리, 다음날의 기자재 운반장소 등을 점검하고 9시경 퇴근해 집에서 저녁 먹고 잠자리에 드는 일상이 반복되었다.

가장 기초적인 첫 시공은 라이너패드(Liner Pad) 작업이었다. 당시는 열연설비 전체에 라이너패드 공법을 적용했다. 설비 특징에 따라 완전 가공된 각종 규격의 라이너를 무수축재(Nonshrink)와 시멘트를 1:1로 혼합, 앵커볼트 홀 주위에 패드로 라이너 윗부분 3~5밀리미터를 남기고 플라스틱 해머로 두드려 공기층 없이 밀착, 15일간 굳혔다. 그 위에 완전 가공된 2장의 테이프 가공라이너로 기계수평을 조정하는 정밀시공의 1단계 작업을 수행했다.

라이너패드 작업은 초기에 착오가 많았다. 테스트 해머로 일일이 두드려 검사를 했다. 불량개소는 대함마로 두드려 부셔 재시공을 반복하니 처음에는 불평불만이 대단했다. 하지만 15일 양생 후 검사를 해야 하므로 불량개소는 무조건 깨뜨려 재시공을 해야 했다. 점차 인식작업표준대로 시공해 완벽한 라이너패드 작업을 완료하게 되었다.

건설이냐 조업 연수냐, 건설로 택하다

건설공사 계획 중 이재욱 부장이 조업 연수팀을 인솔해 6개월간 신일본제철 무로랑제철소 열연공장 조업 연수를 다녀오라고 했다. 연수를 가지 않고 건설에 전념하겠다면 김종진 조업담당 부반장을 보내겠다는 것이었다.

종합제철 1기 설비 중 열연공장이 규모가 가장 크고 정밀기계설비로 복잡했는데, 제대로 건설공사 경험을 쌓은 요원이 없었다. 공장 건설 후의 조업은 다소 시간이 걸리더라도 해결할 수 있지만, 건설은 처음에 잘 못하면 두고두고 말썽을 부리고 바로잡기가 불가능했다. 건설에 매진하느냐, 조업연수단을 인솔하느냐는 결정하기가 아주 어려운 사안이었다.

건설공사 연수도 다녀왔지만 실제 건설업무를 주관할 기술자는 나 외에는 없었다. 건설은 눈앞에 닥친 일이고, 조업은 한참 후에 일어날 일이니 우선 건설에 매달려야겠다는 생각이 차츰 굳어져갔다. 15일이 지나 부장이 독촉을 했다. 일단 알겠다고 대답을 하고 다시 건설에 매달렸다. 다시 15일이 지나니 부장의 채근이 대단했다. 더 늦어지면 열연공장을 못 돌리게 된다니 결정을 내려야만 했다. 어느 공장이든 기계설치가 제대로 안 되면 모든 게 허사가 된다는 생각에 변함이 없었다. 그래서 "제가 건설 임무를 완성하겠습니다." 하고 최종적으로 말씀드렸다. 나의 결정에 따라 김종진 부반장의 인솔로 조업 연수팀이 떠나게 되었다.

1972년 열연공사가 끝나갈 무렵 조업 때 사용할 각 설비의 예비품 추천 목록을 검토했다. 그 결과 각종 감속기, 축 실린더 유압펌프, 스케일 브레이크용 고압수펌프, 스핀들(Spindle), 각종 유압밸브 등의 품목과 수량이 책자로 한 권이나 되었다. 금액이 천만 달러가 훨씬 넘어 국산화 및 국산품으로 대치하고 불요불급한 품목은 제외하거나 추려 2~3페이지로 정리해 100만 달러 수준에서 제출했다. 너무 줄여서 걱정도 되고 두렵기도 했으나 조업은 순조롭게 진행되었다.

공사 피크 때에는 MSK의 슈퍼바이저가 하루 108명에 이르렀는데, 포항제철 기전공사 현장감독은 12~13명이었으니 공사현장이 일본인지 한국인지 분간하기 곤란할 정도였다. 지금 생각해도 무모한 도전이었지만, 그것이 통하였으니 사람 일이란 알 수 없는 것이다.

MSK의 슈퍼바이저료 인상요구 공문을 찢어버리고…

공사와 계획 공기가 거의 일치할 즈음 MSK의 다카가와 제너럴매니저로부터 공문이 왔다. 일본어에 능통한 50대의 박씨라는 사람이 다카가와의 출퇴근 차를 운전하면서 MSK의 공문을 수발했는데, 그날도 박씨가 공문을 가져왔다. '토건공사에서 3개월 늦어진 공기를 기전공사에서 만회했으니 슈퍼바이저료를 30퍼센트 더 지급하라'는 내용이었다. 나는 박씨를 앞에 두고 소리를 질렀다.

"토건공사 3개월 늦어진 것을 왜 포항제철에 책임을 넘기나? 토건공사 슈퍼바이징은 누가 했나? MSK가 한 게 아닌가? 그걸 기전공사에서 만회했으면 MSK 내부에서 토건과 기전이 타협을 봐야지 왜 우리에게 요구하나?"

그 자리에서 공문을 찢어 쓰레기통에 던져버렸다. 그리고는 박씨에게 다카가와에게 내가 말한 대로 전하라고 했다.

공사 막바지에 긴장감이 극에 달해 있었고, 대림산업 때문에 신경이 곤두서 있는 판에 화가 나 순간적으로 저지른 일이었다. 그렇다고는 해도 설비공급회사 현장 제너널메이저의 공문을 찢어버렸으니 신경이 쓰이지 않을 수 없었다. 나야 어떤 불이익이 돌아오든 문제될 것이 없지만, 열연공장 건설은 성공적으로 완수해야만 했다. 그들의 비협조가 문제를 일으킬 수도 있다는 생각에 마음이 무거웠다. 어떠한 처벌이 떨어지든 내 선에서 모든 것을 처리하자고 다짐했다. 부장에게 보고도 하지 않고 며칠 동안 동정을 살피니 아무런 기척이 없어 안도의 한숨을 내쉬었다. 사실 슈퍼바이저료 30퍼센트면 비용이 얼마인가? 가뜩이나 회사는 자금 형편이 좋지 않았다.

열연공장 건설은 성공적으로 완수했으나 가슴아픈 일이 몇 건 있었다. 어렵고 힘든 공사 초기부터 함께 고생한 이승재 전기직 사원이 전기공사의 베테랑 시공감독으로 공정관리를 성공적으로 수행했지만, 설계품셈 적용의 오류를 찾아내 시공업체와 분쟁이 일어나는 바람에 의원면직되고 말았다. 유일한 숙련공 정문조 기계조 감독도 많은 고초를 겪었는데, 경미한 실수로 현장을 떠난 것이 안타깝기 그지없다. 건설현장 주감독으로 아무런 도움을 주지 못한 것이 가슴 아프다.

기계 정비의 길을 걷다

얼마나 바쁘고 시간이 없으면 포항제철을 그만둘 때까지 지척인 고향 대구에 한 번도 가지 못했다. 그간 형님은 협심증과 뇌경색으로 세 번이나 사경을 헤맸다. 마지막에는 대구 계명대학 동산의료원에 앰뷸런스로 이동해 생명은 구했으나 반신마비에 말도 못하고 숨만 쉬는 상태로 침대에 누워 있었다. 그런 상황에서도 나한테는 연락도 하지 않았다. 후회가 막심하고 죄스러운 심정은 말로 표현할 수 없다. 공사가 마무리될 무렵 이재욱 부장이 열연공장 준공식 때 외국인 대표로 다카가와 부장에게 감사패나 공로상을 주면 어떻겠느냐고 두 번이나 얘기한 것을 완강하게 반대한 것도 후회스럽다.

당시 상황이 너무 힘들어 감정이 폭발할 정도여서 반대를 했다. 하지만

MSK 직원들도 외국 현장에서 말은 잘 통하지 않지, 현장은 엉망이지, 그 고충이 얼마나 심했을까? 그때를 회상하면 다카가와 부장에게 미안하기 그지없다.

포항제철소 1기 설비 건설이 막 시작되던 1970년 7월 경력직 3급 사원으로 입사했던 나는 기계정비의 길을 걸었다고 생각한다. 퇴사 후에도 한결같이 정비인생을 살아왔다.

포항제철소 조업 초기에는 어느 공장 할 것 없이 수시로 설비 고장과 돌발 사고 등 정비 문제가 발생해 잠시도 긴장을 풀 수 없었다. 열연공장 가열로 파손, 분괴공장 설비 고장, 1제강 사고, 고로 소벨 육성 작업, 고로 출선구 덮판 용손 사고, 고로 열풍관 압착 사고 등 겪은 일을 다 나열하려면 끝이 없지만, 그것을 해결해야 하는 것이 제철소 정비인이 걸어야 하는 길이라고 생각한다. 수많은 사고를 해결해본 내 머리에는 이런 교훈이 남아 있다.

'너무 어렵게 생각하지 말고, 쉽다고 덤벙대지 않고, 모든 것을 대범하게 생각하면 반드시 길이 열린다.'

포스코 50주년을 맞아 내가 터득한 그 교훈을 후배들에게 남겨주고 싶다.

조국을 밀어가는 원동력

송경섭 1943년 전북 전주 출생. 1971년 포스코 입사·동력정비과장·공무부 중앙정비 기계수리과장·압연정비부 차장·공무부장·에너지부장·1989년 광양제철소 행정부소장, 1990년 포스콘 상무, 1993년 포철기연 대표이사, 포철산기 광양부문 대표이사, 1999년 포철기연 고문, 2002~2004년 전북대학교 기계항공시스템공학부 겸임교수 역임.

"국가적 소명을 확신하지 못하면 스스로 떠나라"

1971년 7월, 28세에 미지에 대한 희망과 기대 속에 포항제철에 입사했다. 기계기술자로서 큰일을 해낼 수 있다는 자부심을 품고 포항제철에 들어간 것이다. 어렵게 찾아간 곳은 끝이 보이지 않는 황량한 모래벌판과 휘몰아치는 모래바람, 이글거리는 7월의 태양 아래 여기저기서 들려오는 항타 소리뿐. 여기서 무엇을 할 수 있을 것인가? 공포가 와락 밀려 왔다.

1971년 9월, 조직개편으로 일반설비부 내에 시공설계를 위해 '기계 및 배관 설비 조정담당'이라는 과단위 조직이 만들어졌다. 최근주 과장과 나, 기계제도 전공의 주임 3명이 구성원이 되었다. 한 달이 채 지나기도 전에 과장은 일본으로 연수를 떠났다. 후판, 열연, 고로 공장, 항만 하역, 급배수 설비 등의 도면과 자료, 수천억 원에 달하는 공사예산서가 계속 들이닥쳤다.

허허벌판에 보지도 못한 일관제철소의 기기설치 공사, 시공설계…. 몇

날며칠 밤새워 일해도 끝이 보이지 않았다. 토목건축분야는 SMEC라는 출자사가 설계회사로서 틀을 갖추고 업무를 수행했으나, 기기설치공사는 아무것도 준비되지 않아 회사가 원망스럽기까지 했다. 1고로의 대구경 노정배관 제작공사 설계를 마치고 인사과장을 찾아가 사표를 제출했지만 반려되고, 일반설비부 이상수 부장 등에게 열연공장 및 수처리 설비 시공설계에 관한 기본계획을 보고했다. 입사 2기생 3명을 지원받았으나, 열연공장 시공설계는 진척을 가늠하기 어려웠다. 그런데 시공사인 D산업을 필두로 고로공장과 선시공에 들어가려던 후판공장 기기설치공사를 맡은 S건설이 계약 직전 상황에서 이상한 모습을 보였다. 포항제철 총량 예산의 85%에 시공하고 개런티를 걸고 계약하겠다는 제의와 더불어 공사를 거부하려는 태도를 보인 것이었다.

박종태 포항제철건설소장은 나와 1후판 건설 시공사의 건설소장을 불러 "착공을 하지 않으려면 공사현장에서 철수하고 지금 당장 그 일자를 말하라"고 강경하게 나갔다. 급박한 상황일수록 휘둘리지 말고 휘둘러야 한다는 말이 생각나는 상황이었다.

1972년 3월 건설과 조업 책임을 수행하기 위한 100일 간의 일본 연수를 마친 후 발전송풍설비 기기 설치공사 주감독을 맡아 돌관공사에 임하게 되었다. 매월 1회 열리는 건설회의 때 박태준 사장께서 비장한 표정으로 말했다.

"오늘이라도 국가적 소명을 확신하지 못하는 직원은 스스로 떠나라. 나 홀로 남아서라도 일관제철소 건설은 반드시 공기 내에 해낼 것이다."

그분은 이처럼 투철한 국가관을 가슴에 품고 있었고, 이것이 강력한 리더십이 되어 불가능한 일을 가능하게 만들었다.

6·8고로 화입과 1고로의 트러블

6·8 고로 화입 목표와 연결돼 있는 공장과 설비 등에 대한 디데이 일일 공정 카운팅이 시작되었다. 발전송풍설비는 1호 고압보일러의 화입식을 시작으로 20MW 1호 터빈발전기도 시운전에 들어갔다. 발전용 고압보일러는 BFG(고로가스) 전소용을 목표로 Bunker-C와 COG(코크스가스), 코크스공장에서 생산되는 조경유를 혼용 연료로 하고 있었다. 전 제철소 중에 시스템 원격제어 루프가 가장 많은 시스템 시운전에 들어가자 제조사인 일본 K중공업 기계전공 슈퍼바이저와 미숙한 우리 요원만으로 시운전을 지속하는 것은 지는 싸움이라고 판단했다. 이에 제어계통 기술책임자이던 후지전기 이또 씨에게 얘기해 후지전기의 제어계통 설계 기술자를 포항에 파견, 교육을 받음으로써 나는 물론 전 조정실 요원들은 자신감을 가지고 시운전에 임할 수 있었다. 그 후 더욱 숙련된 인터록크(Interlock) 시스템과 관련 전기회로도(Sequence)까지 숙지토록 하여 시운전을 가속시킬 수 있었다.

터빈과 발전기축을 연결하고 고압의 증기를 투입하는 무부하 시험 중 사고가 발생했다. 터빈 추기 배관의 클리닝을 위한 플러싱(flushing) 중 역지변의 재조립 누락으로 고압증기가 역류해 회전수가 급상승, 정격 3600rpm을 넘어 계기의 상한선인 5900rpm에 도달한 초유의 사태였다.

다음날 아침 디데이 공정 점검반으로부터 발전소 시운전 검열을 받게 돼 있었다. 보고를 받은 이정묵 부장은 특유의 웃음으로 디데이 공정 점검 검열을 받아 넘겼다. 숨이 멈췄다 다시 이어지는 순간이었다. 후지전기 기술책임자인 이토 씨의 도움으로 20MW 26단의 터빈과 발전기는 분해되고 후지전기에서 긴급 파견된 정밀시험 기술자들로부터 발전기 회전자의 원심력에 의한 손상 등을 포함하는 정밀시험을 마칠 수 있었던 것은 잊을 수 없는 고마움이다.

감격의 6·8 고로 출선 조업이 시작된 지 1개월이 채 되기 전, 고로 송풍량 헌팅으로 1고로는 휴풍과 클리닝 조업이 80회 이상 반복되는 트러블이 발생했다. 박종태 제철소장, 1고로 조용선 공장장, 동력부장이 발전송풍 조종실에서 밤을 지새우며 현장을 지켰다. 고로송풍의 제어방식 및 시스템을 이해하고 있는 사람 중에 책임자(초대 계장)로서 어깨가 무거웠다. "동일한 용기의 공간 내에 주어진 압력은 각 부분에 동일한 압력으로 전달된다"는 파스칼의 원리를 근거로 제어계통 동특성을 깊이 파고들었다. 계장 정비부문에 속하는 발전소와 고로공장 사이에 위치한 고로 송풍관의 차압발신기 박스 내에 문제가 있음을 지적하고 전기식 및 기계식 발신기를 신품으로 교체해도 현상은 변함이 없었다. 이때 조종실에서 같이 밤을 새우던 후지공업의 선임 기술책임자 이토 씨의 도움으로 일본 제어계통 기술자와 통화해 트러블 상황을 설명했다. 그는 발신기 박스 내 계기의 영점 조정 때나 수리시 사용하는 매니퓨레이터(Manipulator) 벨브 세트를 교체해 보라고 조언했다. 관련 기술자들에게 제어계통을 설명한 후 계장 정비요원들과 부품을 교체하고 조종실로 돌아왔다. 모두들 눈물을 흘리며 기뻐하던 모습이 지금도 눈에 선하다. 이로 인해 동력부는 부장 이하 전원이 징계 처분을 받게 된다. 나는 1기 설비 조업이 마무리될 때까지 24시간 대기상태로 근무를 했으며, 출장, 휴가, 해외연수를 못 가게 된다.

중앙정비 기계수리과의 고투

1976년 동력정비과장으로 보임되었고, 1978년 공무부 중앙정비 기계수리과장으로 전임돼 특임을 맡았다. 초기 조업 중인 중앙정비 업무를 심도 있게 조사하고 작업 내용과 기술 수준 등을 분석했다. 제철소 건설은 연산 조강능력 260만 톤에서 550만 톤으로 증강되는 3기 설비건설공사 막바지 시점으로 별동대가 가동되는 상황이었다. 제철소 전체의 중요 설비 수리를 포함한 24시간 돌발 수리를 중앙정비과가 공장별 주임 책임 단위로 맡아 직영 수리하는 운영체계였다. 본부장의 직접 지시가 있었다.

첫째, 강력한 지휘체계와 주임단위 공장 내 수리기술과 현장정비에 정예화된 조직을 만들 것.

둘째, 공작정비공장에 직접 지원을 받아 명령이 하달되면 지체 없이 소임을 해내도록 훈련할 것.

가장 큰 문제는 안전사고와 사기저하였다. 안전사고가 발생하면 해당 과장·부장이 감당을 다했다. 스테인리스 철판이 귀하던 당시, 우리 스스로 스테인리스 재질의 안전탑을 제작해 기계수리 공장 안에 세웠다. 급여 중 동전은 안전탑에 투입하고, 과 포상금의 일부는 안전사고 대비 비상금으로 저축해 안전의식도 고취하고 일선 감독자들의 책임의식도 강화했다.

3기 건설공사 막바지에 이르러 공장 설비에 중요한 문제가 발생했다. 3고로 화입 디데이를 맞출 수 있을지 불투명해졌다. 본부장은 용단을 내렸다. "이유 불문하고 중앙정비를 투입해 책임지고 해결하라." 나는 기동타격 수리부대로 특임을 부여 받았다. 건설공사 부문에만 250명 중 150여 명까지 투입해 3고로, 2제강, 2분괴, 3소결, 3석회 소성공장 등 건설공사의 문제해결에 나섰다.

어느 날은 자정이 넘은 시간에 본부장의 긴급 전화가 왔다. 3석회 설비 문제로 본부장의 승용차를 보낼 테니 공장으로 급히 오라는 것이었다. 석회 담당 주임을 호출해 3석회 소성공장에 도착했다. 지상에서 40미터 정도를 올라가니 바람이 매서웠다. 오스트리아 건설 기술자가 상황 설명을 했다. 지상에 있던 본부장이 내려오라고 해 감독 사무실로 함께 들어갔다. 본부장이 두터운 코트 안에서 꺼낸 약술을 함께 마셨다. 추위가 좀 가셨고 가슴속으로 눈물이 흘렀다.

부장과 협의해 부 서브센터 1층에 대형 세탁기를 설치하고 속성 건조시설을 확충했으며 임시 세탁원도 고용했다. 당시 작업복은 해마다 4벌 정도 지급되었는데, 나의 판단으로는 중앙정비 기계수리요원은 최소 12벌이 필요했다. 정비에 들어가 그리스 투성이가 되어 나오는 정비원들을 보며 가정에서 작업복을 세탁하는 것은 그들의 사기를 떨어뜨리게 된다는 생각이 들었다.

야간작업이 최소 6시간, 심지어 8시간을 넘기는 날도 계속돼 야식 조달은 필수가 되었다. 제강공장 화재사고 때문에 화기는 사용이 금지돼 있었다. 그래서 고온 포화 증기를 이용한 스테인리스 재질의 2중 구조 급속 라면취사기를 자체 설계 제작했다. 취사실도 위생을 고려해 스테인리스 철판으로 제작해 기계수리공장 안에 설치했다. '혁명적 특식'은 대성공을 거두어 특근 직원들의 사기 진작에 큰 힘이 되었고, 제철소 간부들로부터 찬사를 받았다.

조강 생산량이 2기 260만 톤에서 3기 550만 톤으로 증가하자 분괴 및 슬라브의 단일 중량이 20톤에서 30톤 규모로 늘어났다. 이에 따라 2분괴, 2열연, 2후판, 3냉연, 선재, 전기강판공장 등에서 과거에 겪어보지 못한 트러블이 계속 나타났다. 2분괴 공장은 공장 입구에 위치한 분괴 균열로 크레인부터 지하에 유압설비, 이동형 테이블 롤러를 포함, 주설비인 압연기 및 전단기를 2년여 동안 고장 수리와 조업을 병행했다. 2분괴 공장은 24시간 중 12시간 전후를 넘나드는 작업가능시간을 겨우 유지했다. 제강공장에서 실려온 검붉은 강괴가 압연대기로 분괴 야드에 3단으로 쌓였다. 야드의 적재 한계를 버틸 수 없는 상황이 되었다.

주관은 공장정비 본부장이 하고, 나는 중앙정비담당을 맡았다. 분괴 압연기의 주부품인 압연 스크류 넛(Screw Nut)의 연마기를 기계수리공장 안에 제작, 운영하게 되었다. 17.5미터나 되는 대형 수직펌프는 2대를 일본 구보다 펌프, 7대를 국산화해 YC회사가 납품했는데, 7대는 완전 불가능 상태로 나에게 맡겨졌다. 기계부품의 가공 정밀도가 수평, 수직도와 정원도에서 허용오차 한계를 벗어나 다단의 수직펌프는 운전 불가능한 상태였다. 정비공장에서 전 부품을 재가공하고 완전 복구해 운전이 가능토록 했다.

죄스러움을 가슴에 품고서…

그 후 본부장의 지명으로 2연주공장의 조업 대비를 위해 25명의 정비요원과 오스트리아 푀스트 알피네 제철소 연수를 준비했다. 연수원에서 독일어 교육을 1개월쯤 받고 있는데, 갑자기 압연정비부 차장으로 보임돼 2차, 3차 공장 정상화 추진반에 들어가게 되었다.

몇 달 지나지 않아 김준영 본부장은 입원하였고 유명을 달리하였다. 제철소가 흔들릴 수 있는 상황에서 중심을 잡고 분명하게 방향을 제시한 사람, 고난에 처한 후배들에게 용기와 의욕을 북돋아준 사람. 그는 지혜롭고 실천하는 덕장이었다. 본부장은 병상에서 마지막 순간까지 안전화를 챙기며 고로공장에 나가야 한다고 했다. 돌이켜 보면 당시 제철공장 작업 중 사상자와 유명을 달리한 감독직 사원을 헤아려 보면 가장 많은 사람이 2분괴공장 정상화를 위한 정비와 관련되었다. 그 죄스러움에 머리가 숙여진다.

1980년대 접어들어 냉연공장 대화재로 약 30일간 공장 내 침상에서 쪽잠을 자며 복구 작업을 했다. 압연정비부는 부장·과장·계장이 해임돼 해산 지경이 되었다. 책임 직위가 아니라는 이유로 살아남은 나는 선후배 사원들에게 죄스럽기만 했다.

과중한 업무를 계속하던 중 신일본 Y제철소 IT 연수를 가게 되었다. 잠시 여유를 가져보라는 본부장의 배려였다. 많은 것을 배우고 귀국한 후 2분괴 정상화 2차 추진반에서 전단기 정상화에 매달렸다. 그 무렵 300밀리미터 이상 슬래브(Slab)의 열간전단을 위한 프로그래스형 전단기는 한 번 전단할 때마다 플라이휠(Flywheel)이 달린 크랭크샤프트(Crankshaft)의 크랭크 길이만큼 슬래브의 전단을 진행해가는 독특하고 복잡한 구조였다. 박태준 회장님의 특별 배려로 일본에서 동일한 전단기로 조업 중인 S제철소의 분괴공장장과 제작사인 M사의 설계과장이 현장에 도착했다. 윤활계통의 설비를 재설계하고 관련 부품을 M사에서 제작해 공수했다. 그리고 조업을 중단한 후 10여일간 공장 대수리 작업을 했다. 하지만 윤활 부족으로 '병아리 삐약' 하는 소리는 계속되었다. 일본측 기술진과 2차 공장 정상화추진반 요원들의 피 말리는 노력 끝에 원인을 찾아 해결을 했다. 전단기 부품 중 최대 하중이 집중되는 점을 중심으로 이뤄진 그리스 오일홈(groove)을 공작공장에서 수정 개조해 정상 가동의 전환점을 맞게 된 것이었다.

1982년 5월 공무부장에 보임되었다. 일에 대한 두려움을 모르던 40세 때였다. 중앙정비 직영 인력 700여 명과 정비협력인원 3000여 명에 제철소 전설비 개선 및 개조공사인력 300여 명을 이끄는 책임을 감당하게 된 것이었다.

첫 업무는 중대사고 복구였다. 1열연공장 2가열로 및 연돌 폭발사고가 발생했는데, 23일간 밤낮을 가리지 않는 돌관공사로 복구를 마쳤다. 지금 생각해도 아찔한 일은 복구 후 시운전 과정에서 COG 가스 대량 누출사고가 발생한 것이었다. 복구된 가열로 옆에는 고온의 불꽃이 슬래브를 벌겋게 달구고 있는 전기강판용 3가열로가 위치해 일촉즉발의 위기 상황에 직면했다. 그 순간 열연공장의 가열로 반장과 둘만 남아 긴급재난방지용 모래주머니를 이용해 80밀리미터 정도 드세게 분출되는 가스누출 구멍을 막았다. 그로 인해 열연공장 인입 주수봉면의 긴급 폐쇄로 가열로 내에 부압이 발생하고 가스 분기관의 방폭 방지판이 터지는 수준에서 위기를 모면했다. 과욕이 부른 중대 실수였다. 생사를 걸고 공장과 많은 인명을 구한 가열로 반장에게 표창을 상신했다.

"용접 대회를 개최하라", "공작정비공장 근대화 하라"

박 회장님께서 공무부장실을 불시에 방문해 공작정비공장을 시찰하고 얼마 후 제1호 메모 지시서를 보냈다. "쇠를 만드는 우리가 선도하여 쇠를 다루는 용접기술과 장비의 발전을 위하여 연구소와 공동으로 '전국 용접에 관련된 대회'를 개최하라"는 지시였다. 공작정비공장장과 포항제철 1호로 배출한 연봉학 기성을 중심으로 국내업체와 협력해 설비와 용접봉, 특수용접 실기 등에 관한 전시회를 개최하고, 연구소와 공동으로 국내 용접 관련 대학교수와 연구원, 철강 관련 기업 실무책임자들을 1박 2일 일정으로 초대해 학술 세미나를 열었다. 그 밖에도 조용선 생산담당 부소장의 지시로 1제강, 2제강 공장의 조업 지원을 위한 개선 설비의 설계제작을 주관하였다. 또한 100톤 전로를 자가제작 교체하고, 한국중공업의 제강복사부 제작 기술을 전수했다. 300톤 용선로의 용강 유출사고 복구를 주관하고 300톤 수강대차를 자가제작해 2제강공장을 정상화하는 등 숨돌릴 틈 없는 작업이 이어졌다. 그 후 박 회장님으로부터 제2호 메모 지시서가 내려왔다.

"공작정비공장 설비 근대화를 하라."

김진천 공장장과 함께 공작정비공장 근대화 기본계획을 보고하고, 공장 FMS(Flexible Manufacturing System)화를 장기목표로 시행에 들어갔다.

1985년 12월 에너지부장으로 전임돼 전력계통 안정화를 위한 직무를 수행했고, 1989년 1월 광양제철소 행정부소장으로 명령을 받게 된다. 동력에너지 10년, 공장정비 10년, 경영관리 10년 등 30년 동안 포스코의 철인들과 함께 포스코 사가에 나오는 '조국을 밀어가는 원동력'이 되기 위해 온몸을 던졌다.

나의 어머니는 매일 새벽 5시면 포스코와 아들을 위해 기도를 하셨다. 어머니의 정성으로 훌륭한 스승과 선배들을 만났고, 그들의 깊은 신뢰 덕분에 용기와 지혜를 얻어 어렵고 힘든 과제를 해결할 수 있었다. 궁극적으로 포스코에서의 큰 보람은 예수 그리스도의 큰 은혜라고 믿는다.

일본을 능가하는 냉연공장을 만들자

심장섭 1943년 생. 1970년 10월 포스코 입사·설비계획 2부장·도쿄지점장(상무이사)·인재개발원장(전무이사)·1997년 포항산업과학연구원 철강엔지니어링센터 소장 역임. 현재 (주)동우리 대표이사.

나는 1970년 10월 포스코에 입사했다. 냉연강판을 중심으로 돌이켜보자면, 그때 우리나라는 정부의 경제개발5개년계획에 따라 국내 자동차산업, 가전산업 등 그 수요업체에 대한 투자가 활발해지고 있었고, 포스코는 냉연공장이 필요하다고 판단했다.

1970년 초에 포스코는 일본그룹(NSC+VKK)에 냉연공장 건설을 위한 엔지니어링과 조업지도를 요청했으나 거절을 당했다. 아마도 미래의 부메랑을 염려했을 것이다. 그때 마침 오스트리아 푀스트 알피네가 포항의 첫 공장인 중후판공장 건설의 파트너로 와 있었다. 그래서 그들로부터 엔지니어링, 설비공급, 설비구매자금 차관도입의 협력을 받아 1냉연공장을 1974년 착공하여 1977년 준공하게 되었다. 이 설비는 생산규모가 연산 60만톤 정도였고, 당시로서는 최신식이었다. 물론, 현 시점에서 보면 연속식이 아니라 전형적인 BATCH 타입이었다.

그때 나도 그랬지만 포스코 냉연부서엔 냉연공장 조업경험이 없었다.

여러 가지로 어려운 상황을 맞이할 수밖에 없었다. 도와줄 파트너를 찾아야 했다. 다행히 포항제철소 착공 전후에 박태준 사장님께 많은 자문을 해주었던 가와사키제철이 우리의 협력 요청에 응해주었다. 짧은 기간이었으나 부분적인 용역계약을 체결하여 우리는 조업 정상화에 큰 도움을 받을 수 있었다.

냉연강판 프로세스에서 생산성을 크게 끌어올린 연연속 기술은 1982년 신일본제철의 히로히타제철소가 처음 개발했다. 그들은 연산 100만톤 규모로 산세에서 소둔까지의 연속설비를 세계 최초로 가동하게 되어 세계 철강업계의 화제가 되었다.

1977년 냉연공장을 가동하기 시작하여 1980년 초에 안정적인 생산체계를 갖추고 있던 포스코로서는 그 소식이 부럽기만 했다. 하지만 1983년에 박태준 회장께서 단호한 결정을 내렸다.

"포항 2냉연공장을 세계 최고의 기술을 적용해서 건설하라!"

그즈음에 4년간의 도쿄 근무를 마치고 귀국한 나는 설비계획 2부장을 맡고 있었다. 박 회장께서 내린 그 지시는 '광양제철소 건설계획'과 함께 나의 주업무가 되었다. 당시로서는 제일 중요한 일이 광양제철소 건설에 매달리는 것이었지만 나는 1984년이 되자 눈코뜰 사이도 없이 곧바로 포항 2냉연공장 건설에 뛰어들어야 했다.

이제부터 소개하는 이야기는 그 시절의 잊을 수 없는 추억들이다. 이 추억담을 '포스코 30주년'을 맞아 정리했었는데, 그것을 후배들에게 들려주는 것으로 '포스코 50주년'을 맞이하는 나의 소회와 후배들을 위한 일화로 남겨두려 한다.

1984년 그때, 포항에 1냉연공장이 있었지만 그것으로는 품질에서나 가격경쟁에서나 어느 것 하나 일본을 이길 수 없는 상태였다. 일본을 이기지 않으면 포스코는 세계 최고가 될 수 없었다. 최고경영자의 철학과 목표도 그것이었다. 결국 "일본을 능가하는 2냉연공장을 만들자"는 한마디를 목표로 삼았다.

그런데 그 시절의 일본에서 최신예 공장은 신일본제철의 '히로하다(廣畑)제철소'였다. 히로하다제철소의 냉연공장은 전부 연속식이었다. 우리의 1냉연공장은 공정이 중간중간 분리되어 있어서 한 공정을 마치고 나면 크레인을 이용해 옮기고 그것을 처리하면 다시 옮기는 비연속식으로 되어 있었다.

반면에 일본의 히로하다제철소는 처음에 열연코일을 가져오면 완전한 제품이 나올 때까지 완전 연속식으로, 이것은 그 당시 세계 최신예 냉연공장이었다.

자연히 능률면에서나 생산성면에서 일본의 공장이 더욱 앞서나가는 것은 당연했다. 나에게 하명된 제2냉연공장 건설계획은 일본의 것보다도 앞서 나가는 것을 만들어야만 하는 것이었다.

그런데 이 작업을 박 회장께서 나한테 하명한 데에는 이유가 있었다. 나는 1982년에 히로하다제철소 냉연공장를 견학한 적이 있었기 때문이다. 하지만 그때는 포철이 제2냉연공장을 건설할 목적이 아니었고 일본의 새로운 기술을 보기 위해 도쿄사무소 차장시절에 견학 간 것이었다.

그때도 벌써 히로하다측에서는 그 공장이 비밀공장이라면서 다른 시설은 다 보여주었지만 유독 그 냉연공장만은 보여주지 않았다. 그러니 더 궁금할 수밖에 없었다. 오히려 공개되는 것이 기술자에겐 흥미가 반감되는 법이다. 그래서 나는 감춰놓은 것을 반드시 봐야겠다는 생각에 마침 알고 지내던 이치하라 씨를 만나 부탁을 했다.

"나는 기술자로서 당신들의 비밀을 알려고 하는 게 아니다. 최신예 공장이 도대체 어떻게 생긴 것인지 구경만이라도 했으면 좋겠다. 명색이 도쿄에 나와 있는 포스코 차장인데 윗사람이 묻더라도 구경은 했다고 말씀드릴 수 있어야 되지 않겠나. 문을 활짝 열고 건물 안에 들어가서 보겠다는 게 아니다. 머리만 좀 디밀고 보자."

얘기를 하면서도 치사하고 자존심 상하는 일이었지만 도리가 없었다. 다행히 이치하라 씨는 내 입장을 이해하는 것 같았다. 그는 고개를 갸우뚱하면서도 관계자에게 뭔가 얘기를 하고 왔다.

"공식적으로는 도저히 허락되지 않는다. 당신의 양심을 믿겠다. 비공식적이니까 공장 출입문에 서서 머리만 들이밀고 봐라."

경쟁회사의 기술자는 양심을 집에 놔두고 다닌다던가. 나는 내심 쾌재를 불렀다.

'머리만 디밀어? 눈이 가면 발도 따라가게 돼 있지.'

그렇지만 시늉이라도 해야 되니까 우선은 엉덩이를 뒤로 빼고 출입문에 머리를 들이밀었다. 그 순간 이미 내 두 눈은 사진 찍듯이 현장을 담고 있었다. 그러면서 엉거주춤 몸까지 한 발 공장 안으로 옮겨 놓았다. 이치하라 씨도 그 상황에서야 매정할 수가 없었는지 멈칫멈칫하면서도 막지 않았다.

그런데 들어가서 살펴보니 역시 소재를 집에 넣고 최종 제품이 나올 때까지가 완전 일직선상에서 연속식으로 되어 있었다. 놀라웠다. 일본의 기술이 놀랍다는 것은 알고 있었지만 내가 생각한 그 이상이었던 것이다.

공장을 나오면서 내 자신이 기술자라는 사실을 증오했다. 지금까지 무엇을 하고 있었느냐는 반문이 꼬리를 물었다. 공장을 훔쳐보았다는 것도 수치였다.

수치심과 서글픈 심정을 깊숙이 묻으면서 이만큼 물러나와 이치하라씨에게 질문을 했다. 스피드라든지, 기계에서 생산하는 제품의 치수, 강종, 주요 계측 기기를 어떻게 부착시켜 놨는지 등을 지나가는 이야기처럼 물었다.

그것이 나에게는 전부 자료가 되었다. 이미 공장의 레이아웃이 눈속에 박혀 있는 상태에서 그러한 자료들이 제공되니 벌써 최신예 냉연공장의 밑그림이 충분히 그려졌다.

바로 이러한 도둑질(?)을 분명히 해두었을 것이라고 예상하고 박 회장께서는 나에게 하명을 했을 것이 아니겠는가!

그러나 엄청난 공장을 건설할 인력이 없었다. 1978년에 포항 제1냉연공장을 건설한 이후 근 6년의 공백이 있었기 때문에 공장에는 조업하는 사람만 있을 뿐이고 엔지니어링 부서에서 냉연을 아는 사람이 전무한 상태였다.

"빌어먹을. 도대체 인력관리를 어떻게 한 거야?"

겨우 김근태 계장을 찾아내 둘이서 계획을 세우고 추진했다. 그때의 고생은 책 한 권을 써도 남을 정도였다.

어쨌든 국내 최초로 자동차용 도금강판까지 생산하는 제2냉연공장을 만드는데 총 2억6000만 달러만 들어가면 되게끔 건설 계획을 완료했다. 그렇게 냉연공장 설비계획을 마치고 나자 또다시 일이 기다리고 있었다. 광양에도 냉연공장을 만들라는 박 회장의 명령이었다.

'차라리 나를 죽여주소.'

그러나 소용이 없었다. 김근태 계장 한 사람만 데리고 그 엄청난 공장계획을 완료했는데 그만큼 고생을 했으면 며칠 휴가는 고사하고 단 하루라도 쉴 수 있게 해주는 것이 인지상정이 아닌가.

박 회장으로부터는 그런 선물이 없었다. 오히려 포항에서 경험을 살려 광양에서는 포항 시설을 능가하는 공장을 더 빨리 건설할 수 있도록 계획을 완료하라는 것이었다.

"박 회장이 계시는 한 휴가는 글렀다. 도리 없지. 만들어 놓고 따지자."

착수를 하자마자 시간이 너무 촉박해 우선 당장 설비구매부터 프랑스의 끌레심(CLESIM), 독일의 SMS, 일본의 히타치(日立) 등에게 경합을 시켰다.

그런데 구매를 하기 위해 기술본부에서 사양검토를 하는데 3개사가 경합을 하다 보니 도면의 높이만 1m가 넘을 만큼 자료가 많았다. 그렇지 않아도 시간에 쫓기고 있는데 그걸 1주일 안에 봐야 했으니 시작부터 죽을 노릇이었다.

사실 서류 검토 못지않게 설명을 듣는 것도 고역이었다. 왜냐하면 보통 자기 회사의 설비를 설명하기 위해서 많으면 10명 정도, 적으면 7명 정도 오는 것이 관례인데 그렇게 몰려와서는 되는 소리 안되는 소리를 잔뜩 늘어 놓았기 때문이었다.

그 당시와 관련된 에피소드가 하나 있다.

일본이나 독일 같은 곳은 이미 포철과의 거래 경험이 있었기 때문에 포철이 일을 추진하면 어떤 식으로 하는지 잘 알고 있지만 프랑스 사람들은 그때까지 우리하고 별다른 거래가 없어서 깜깜했다. 그러다 보니 한국에 간다고 하니까 관광을 겸해서 부부 한 팀이 넙죽 날아온 것이었다. 기가 막힐 노릇이었다.

어쨌거나 우리는 1주일 내에 설비구매계획을 끝내야 했고, 그래서 밤새우는 일이 일상생활처럼 된 것은 두말할 필요가 없었다. 그리고 설비회사들도 당장 비즈니스와 관계되는 일이기 때문에 우리와 함께 며칠씩 밤을 새며 설명하고 의논하는 것은 예사였다.

그러던 어느 날, 예상했던 대로 프랑스에서 부인과 같이 온 팀장이 우울한 눈빛으로 나를 만나자는 것이었다.

"나 이혼당하게 생겼소. 아내를 한국까지 데리고 와서 관광은 고사하고 며칠씩 호텔에 넣어 두고는 나마저 들어가지도 못하고 맨날 외박만 하니 이젠 설득할 자신이 없소. 나는 이런 줄 모르고 왔소."

예상을 했지만 어처구니가 없었다. 그렇다고 설비를 팔든 부인하고 관광을 하든 그건 당신 마음대로 하라고 할 수도 없는 노릇이었다. 마음 같아서는 당장 한마디 해주고 싶었다.

'이 사람아. 나는 졸려도 눈을 비빌 시간조차 아까워서 혀를 깨물고 일하고 있소!'

한편으로 생각하면 그들의 문화를 이해할 것도 같았다. 그렇지만 그의 요청을 수용할 수 있는 상황은 아니지 않는가.

"나는 당신보다 회사에서 밤을 샌 날이 더 길어요. 나도 아내는 하나요. 집사람 불만이 보통이 아니오. 이런 일을 처음 겪는 당신을 개인적으로는 이해하지만 일이 급해요. 그리고 포스코에서 일을 할 때는 달도 없고 해도 없소."

그는 맥없이 돌아섰다. 바늘도 안 들어가겠다고 생각했는지 머리를 연신 흔들어대며 가는 것이었다. 입맛이 영 썼지만 그만큼 더 노력했다.

이렇게 해서 광양의 냉연공장 설비계획도 무사히 끝나고 1988년에 준공을 하게 되었다. 그런데 준공을 하고 보니 이게 웬일인가. 막상 공장을 돌려보니, 다른 곳은 괜찮은데, 프랑스 회사에서 공급한 36만톤짜리 도금공장에서 제품이 잘 나오지 않았다. 한마디로 거울처럼 매끈하게 나와야 할 컬러가 얼룩무늬 전투복처럼 얼룩덜룩하게 엉망이었다.

회사가 발칵 뒤집어졌다. 프랑스 기술자들도 그때는 속수무책이었다. 자신들은 설계한 대로 설비를 제공했을 뿐 컬러가 왜 엉망인지에 대해서는 알 수 없다며 오히려 설계가 잘못되어서 그런 게 아니냐는 것이었다.

이렇게 되자 광양의 냉연부에서는 쓸 수 없는 설비를 구매했다는 투로 나에게 항의를 해왔다. 나는 다급해졌다. 실제로 도금공장에 뛰어들어 제품을 보니 엉망이었고 항의를 할 만했다. 나로서는 눈앞이 깜깜했다. 한국 최대의 도금공장으로 경쟁력까지 자신하면서 설비 계획을 했는데 이 모양이 되고 보니 달리 변명할 수도 없는 노릇이었다. 어떻게 해서든 정상화시켜 놓는 것 외엔 다른 방법이 없었다.

나는 얼굴을 파묻은 채 끙끙 앓다가 전부터 공적으로나 사적으로나 알고 지내던 NKK의 '후쿠오카(福岡)'에게 긴급 타전을 했다. 일찍이 그는 광양제철소 건설 협력을 반대하고, 우리의 광양 사업이 가망이 없다고 판단해 오던 사람이었다.

"내 입장이 이렇게 됐는데 우리 회사로 보면 상당히 심각하다. 당신이 도와줄 수 있으면 좋겠다. 이건 회사 대 회사가 아니고 개인적인 부탁이다."

전화기 저쪽에서는 잠시 아무 말이 없었다. 나는 초조했다.

"얼마나 고민이 되겠는가. 어떻게 해서든 시간을 내보겠다."

그에게 나는 고맙다는 말조차 하지 못했다. 한동안의 침묵이 그에게 보낸 나의 감사였다.

후쿠오카는 1989년 1월 초 설계담당인 쿠세 씨와 함께 연휴를 이용해 날아왔다. 나를 위해 연휴를 몽땅 포기한 것이었다.

후쿠오카는 도착한 날부터 이틀 밤을 새우더니 3일째 되던 날 제대로 된 제품이 나온다면서 나를 가까이 불렀다.

"지금까지는 조업이 엉터리였다. 설비는 괜찮다. 당신네 조업자가 작동법을 잘 몰라서 조작을 잘못한 것이었다."

그러면서 후쿠오카는 영하 10도를 오르내리는 강추위 속에서도 냉연부 조업자들을 전부 모아 놓고 칠판 앞에서 직접 그림과 수치를 적어가며 설명을 해주었다.

나는 눈물을 훔쳤다. 전부 무릎을 꿇고 후쿠오카에게 감사와 부끄러움의 큰절을 하라고 소리치고 싶었다.

"이제 작동을 해보시오."

이론적으로 계산한 수치에 맞춰서 전부 조작을 해보니 그야말로 제대로 된 제품이 나오는 것이었다.

"와! 진짜 나온다이."

그 직화로를 채용한 설비는 일본 전체에서도 한두 군데밖에 없었던 때였다.

그때의 냉연공장이 성공적으로 이루어진 이후 현재 광양에는 냉연공장이 네 개나 더 생겼다. 전부 같은 스타일이다. 문제가 있다고 난리를 쳤다가, 알고 보니 그게 제일 좋은 선택이라서 동일한 설비를 채용한 것이다.

나는 자신하고 있다.

지금도 그때의 기술 수준에서 크게 벗어나지 않고 있으며 1980년대에 준공된 설비나 작년에 준공된 설비나 앞으로 10년 후에 이어질 설비들도 지금의 설비와는 크게 변화가 없을 것이다.

내가 왕성하게 일하던 시절의 흔적이 포스코 역사에 결코 헛되지 않아 감사하게 생각한다. 그래서 자부심을 갖게 된다. 엔지니어로서 말이다

무에서 유를 창조한 정신

이정부 1941년 울산 출생. 1968년 한국건설기술단, 1970년 포스코입사·연관단지사무부·사장실 감사과·설계부 설계1과장·동력공사부 차장·제강공사부 차장·건설1부 차장·일반건설 부장·건설관리부 소장·건설본부 이사, 1990년 포항로공업 사장, 1991년 거양개발 사장, 1996년 포철교육재단 부이사장 역임.

세계가 놀란 위업을 달성한 요인들

포항제철 건설 초기에 임직원들은 '최소 비용으로 최대 공장 건설'을 이루기 위해 온몸을 던졌다. 그리고 제철소 건설에 실패하면 영일만에 빠져 죽어야 한다는 우향우 정신을 항상 가슴에 새겼다. 이것은 박태준 사장께서 거듭 강조한 지침으로, 당시 국내 다른 현장에서는 상상조차 하지 못할 일이었고, 그 실행에 엄청난 노력과 열정이 투입되었다. 그중에 포스코를 일류철강기업으로 키워나간 핵심적인 내용 몇 가지를 정리해보고 회고담을 이어가려 한다.

무엇보다 건설현장에서는 안전관리를 최우선적으로 강조했다. 회사 전직원과 현장 근로자들의 안전모 착용을 생활화하기 위해 '안전모를 착용하지 않은 직원의 머리를 돌멩이로 쳐라'고 본사 현관 앞에 자갈함을 비치할 정도였다. 안전제일을 실천하기 위해 거수경례를 할 때 구호를 '안전'으로 했고, 본사에 전담안전과를 만들었으며, 모든 현장에 전담안전 관리자를 배치했다. 또한 무사고 무재해 달성 목표를 설정해 표창제를 운영하였다.

공사품질관리도 한 치의 오차가 없도록 철저하게 했다. 건설회사가 측량을 하면서 오차가 발생하는 것을 예방하기 위해 전문측량회사에 검측을 의뢰해 정밀 시공과 공기 단축이 가능토록 했다. 인접한 타 설비와의 연계 및 확장 건설과 조업시 정비를 위해 레이아웃실을 운영, 좌표상의 정확성을 기했다. 또한 모든 기기와 설비 부품의 규격, 재질 등을 제조과정부터 전문검증회사를 투입해 정밀제작을 유도했다. 건설현장에서 시공 착오가 발생하면 감사를 실시해 재시공토록 했다. 콘크리트에 균열이 발생하면 공기 준수에 어려움이 있더라도 폭파를 하고 다시 시공토록 해 경각심을 일깨웠다.

공기 준수도 목숨같이 중요하게 여겼다. 건설현장 근로자들은 휴일이나 명절에도 부득이하게 출근을 해야 했다. 추석과 설날 출근하는 근로자에게는 일당 임금을 200% 지급하고, 자전거 등 경품권을 배부해 보상했다. 추석 차례는 현장에서 합동 차례를 지내 근로자들의 마음을 달래기도 했다.

건설 공기에 가장 큰 영향을 미치는 콘크리트 타설 목표량을 맞추기 위해 철야공사를 많이 할 수밖에 없었다. 레미콘 운반차량의 심야 운행을 위해 관리분야 과장들이 운전석 옆에 탑승해 심야운행을 하기도 했다. 일일 콘크리트 목표량을 타설하기 위해서는 일정량의 시멘트가 공급되어야 했다. 그런데 시멘트 선적항의 부두시설이 태풍으로 파손돼 시멘트 공급이 안 되자 그것을 포항제철이 고쳐서 공급하기도 했다. 건설 현장에서 고가의 기계, 전기 부품의 도난을 방지하기 위해 전담 경비원을 배치했으며, 부품이 손실되면 공기 준수를 위해 해외에서 선박 운송 대신 항공편을 이용했다. 공기 단축과 준수를 위한 비상근무 기간에는 새벽 5시 출근, 밤 11시 퇴근을 했다. 아침식사는 통근버스에서 사과와 빵으로 해결하는 날이 적지 않았다.

당시 건설공사 현장에서는 착공식이 끝난 후에 인력과 자재 등을 준비해 시공에 들어가는 것이 관행이었다. 하지만 포항제철은 착공식 다음날부터 파일을 박는 항타 소리가 나는 것이 전통이었다. 종합 준공이 임박했을 때, 전 현장 기자재의 정리정돈이 원활하지 않자 담당 건설회사가 해야 할 일을 포항제철이 운송출하부를 동원해 실시했다. 모든 생산 공장은 준공식 다음날부터 바로 상업생산을 한다는 방침 하에 준공 전날까지 모든 시운전을 마쳤다. 건설사들은 통상 준공식 후에 잔여 자재, 장비, 현장 사무실 등을 정리정돈했으나, 포항제철은 준공식 전날까지 모든 정리정돈을 완료했다.

돌이켜보면 전 직원이 이렇게 철저하고 완벽하게 일관제철소를 건립하겠다는 자세로 임했기에 세계가 놀라는 위업을 달성할 수 있었다. 모든 상황이 변했지만 지금 현장을 지키는 후배들도 모래바람 부는 허허벌판에서 포항제철을 만든, 무에서 유를 창조한 그 치열한 정신을 잊지 말았으면 좋겠다.

연관단지 업무로 시작하다

나는 서울대 토목공학과를 졸업하고 육군 소위로 임관했다. 그때 ROTC 출신 장교의 복무 기간이 2년이었지만 '김신조 사건'이 터지는 바람에 좀 늦게 전역해서 토목설계 전문회사 한국건설기술단에서 근무하게 되었다. 토목은 크게 설계와 공사로 나뉘었다. 나는 설계가 책과 씨름하는 창조적인 업무라고 생각했고, 공사 현장에 가더라도 구조물의 설계 과정을 알아야 한다고 판단해 그곳에서 일했다. 그런데 설계용역 사업이 대부분 관청 발주여서 하반기에 집중되고 상반기에는 거의 휴무 상태였다. 이런 것이 답답하게 느껴지는 때에 함께 일하던 선배 한 사람이 먼저 포스코로 가더니 나에게도 오라는 권유를 했다.

내가 경력사원으로 포스코에 몸을 담게 된 것은 1970년 12월로, 연관단지사무부로 첫 발령이 났다. 철강산업은 전후방 산업과 관련이 많으니 제철소 인근에 배후단지를 필요로 한다. 연관단지의 매입·측량·조성·분양 업무는 경상북도의 일이었지만, 경상북도는 이를 포스코에 위임했다. 당시 분양 업무는 관리부에서 수행했고, 나는 공사 및 기술적인 관리 업무를 맡았다.

연관단지를 측량하고 전체 단지를 매립해서 분양해야 했는데, 업무 편의를 위해 분양 받은 업체가 매립 작업을 하도록 했다. 제철소 부지가 매립을 통해 높아졌기 때문에 연관단지도 그 정도로 높여야 했다. 그때 제철소와 연관단지 도로 설계가 나왔다. 살펴보니 그건 전혀 아니었다. 토목공사는 하부구조를 만드는 작업이기 때문에 이를 적당히 하고 넘어가서 나중에 문제가 생기면 보완이 불가능해진다. 분양 받은 업체가 서류를 들고 서울에 있는 연관단지사무부로 나를 찾아오면 매우 꼼꼼하게 체크했다. 그건 토목의 기본에 해당하는 일이었다.

철저한 기술 감사가 완벽시공으로 이어진다

이듬해 1971년 9월 사장실 감사과로 옮겨 앉았다. 아마도 연관단지 업무를 매우 꼼꼼하게 따져서 수행한 것이 그 연유가 아니었을까. 나는 그렇게 짐작했다. 감사과는 1972년 6월 검사역실로 개편되었다. 내가 맡은 일은 여전히 설계, 공사, 레이아웃 관련 업무였다.

이때 정부투자기관 관리에 관한 법률이 개정돼 '일상감사'라는 새로운 제도가 생겼다. 감사란 사업이 마무리된 단계에서 거꾸로 소급해 일의 타당성 및 적부(適否)를 따지는 것이 일반적이었지만, 이제는 품의 단계에서 최종 결재 직전에 감사를 거쳐야 했다. 이 제도는 우리나라에서 포스코가 최초로 시행했다. 당시 설계 전문회사인 SMEC에서 설계를 끝내면 건설본부에서 공사 품의를 올리고, 결재가 나면 업무부에서 건설업체와 공사계약을 체결해 공사에 들어가는 체제였다.

나는 건설본부의 품의 단계에서 일상감사를 수행했다. 감사 부서에는 과장, 부장이 있었지만 토목·건축에 관련된 감사는 모두 나에게 맡겨졌다. 입사 전 설계회사에서 2년 반 동안 근무하면서 설계 관련 업무를 책을 통해 이론적으로 독파한 나로서는 부실한 부분을 그냥 넘길 수가 없었다.

기계나 정비 분야는 모두 외국에서 들여온 기술이었지만 토목·건축은 우리 손으로 수행해야 하는 분야였기에 더욱 신경을 쓸 수밖에 없었다. 당시 박태준 사장께서는 설계가 끝났는데도 현장에서 파일 항타 소리가 들리지 않으면 "무엇하고 있느냐"고 호통을 쳤다. 그리고 공장이 준공되면 시제품 생산 단계를 건너뛰고 바로 상업생산에 들어가라고 엄명하셨다. 준공 전에는 2~3일 만에 주변 녹화까지 깔끔하게 마치라고 다그치셨다. 그러다 보니 감사에서 시간을 끌면 사장 지시를 내세우며 빨리 해달라는 독촉이 빗발치게 돼 있었다. 나는 이렇게 반문했다.

"그것도 사장님 지시지만 '최소 비용으로 최대 공장 건설'은 그것보다 우선하는 사장님의 기본 철학 아닙니까?"

나는 감사 업무를 수행하면서 감사가 허술하면 현장에서 아무리 원가절감 노력을 기울여도 허사가 된다는 생각을 갖게 됐다. 따라서 건설공사 부문에 대한 감사 업무의 기본 틀 확립에 많은 노력을 기울였다. 그 결과 2년 주기로 실시되는 감사원 감사의 지적사항을 크게 줄였으며, 이에 따라 포스코의 대외적 공신력을 크게 제고할 수 있었다.

세부적으로 조금 설명하자면, 계속 공사에 있어서 가설건물 건립비, 공사감독의 차량유지비, 지하수 용출비, 가설 비계류 등 중복 반영, 각종 할증 요율, 공사 물량 과다 산출 등을 철저히 배제했다. 예를 들어, 공장 건설공사는 설비공급자가 기본 설계를 제공하지만 도로포장 같은 공사는 국내 설계로 이뤄지기 때문에 첫 번째 발주 공사 금액에서 약 3분의 1을 절감한 재설계 금액으로 시행토록 하는 식이었다. 그러다 보니 여러 부서로부터 미운털이 많이 박혔다. 하지만 어쩔 수 없는 일이었다. 그때 원활한 감사 업무 수행을 위해서 감사원 근무 경험자 5명을 특채하기도 했지만, 모두 업무 및 회계 쪽이었다. 기술 쪽은 계속 나 혼자 고군분투하다가 업무량이 너무 과중해져 1년 후 기술직을 충원했다.

설계과부터 토목 엔지니어의 외길로

감사부서에 근무하면서 엔지니어 영역의 업무를 했지만, 내가 명실상부한 토목 엔지니어로서의 길을 걸은 것은 1973년 10월 설계부 설계1과로 발령이 나면서부터였다. 그 뒤로 나는 1990년 8월 포항로공업(現 포스코켐텍) 사장으로 부임할 때까지 무려 17년 세월을 오로지 토목 외길을 걸었다. 이 기간 동안 나는 일반직원에서 과장, 차장, 부장, 부소장을 거쳐 임원 직위에까지 올랐다.

1976년이었나. 박종태 초대 포항제철소장이 회사를 떠날 때 현장에서 비공식 이임식이 열렸다. 그 자리에서 하신 말씀이 오래 남아 있다.

"토목 쪽이 고생 많다. 토목은 사람이 살 수 없는 곳을 사람이 살 수 있는 곳으로 만드는 일이다."

어쩌면 교과서에나 나올 수 있는 원론적인 내용이지만, 당시에는 그분의 강력한 카리스마와 어울려 매우 큰 울림으로 전해져 왔다. 제철소란 사람이 살 수 있는 곳 정도가 아니라 사람이 고도의 활동을 해야 하는 일터 아니겠는가. 초창기 작업은 황량한 모래벌판에 제철소를 세우는, 이른바 '그린필드 프로젝트'였기 때문에 땅을 고르고 굴착을 하고 파일을 박는 토목공사가 주를 이루고 있었다.

포항 1냉연공장 토목공사 주감독으로 일했던 기억도 가끔 떠오른다. 포항 1냉연공장은 포스코에 도입된 최초의 미국 설비로서 규모면에서 당시까지 최대의 건축면적, 최고의 높이, 최심(最深)의 굴착 깊이를 기록했다. 토공량, 강관파일, 콘크리트 등 공사물량에서도 최다였다. 나와 우리 동료들은 1기 설비와 2기 설비에 걸쳐 건설된 난(難)공사를 온갖 노력을 기울여 예정 공기보다 단축하여 준공시켰다. 그때 나는 그 공로로 국무총리 표창을 받았다.

또 하나의 잊지 못할 난공사는 역시 주감독으로 참여한 포항 2후판공장 토목공사였다. 1냉연공장이 1기 설비 종합준공과 관계없이 추진됐다면 2후판공장은 2기 설비 종합착공 이전에 별도로 착공됐다. 공장 규모나 공사물량 면에서 1냉연공장의 기록을 초과하는 공사였다.

제품 냉각야드 건물 기둥과 기둥 사이 간격이 60미터, 천장크레인을 지탱하는 보(girder)의 무게가 80톤에 이르렀다. 트러스(truss) 구조였으면 무게를 줄일 수 있었는데 플레이트 구조였기에 그럴 수가 없었다. 그만한 규모의 설비를 통째로 제작, 운반할 수는 없는 일이었다. 어쩔 도리 없이 공장에서 5개 부분으로 분리, 제작해서 운반한 뒤 현장에서 용접, 조립하는 과정을 거쳤다. 그 공사를 위해 120톤 크레인과 80톤 크레인 2대가 동원되기도 했다.

광양만의 추억들

나는 광양제철소 건설 때 선발대로 투입됐다. 동력공사부와 제강공사부 차장을 거쳐 건설1부 차장으로 있던 1982년 2월이었다. 제2제철소 건설 입지는 전국 5개 지역이 경합하는 바람에 광양으로 확정되기 전에 이미 전국의 후보지역을 돌아다니면서 측량과 지질조사를 시행한 바 있었다.

나는 처가가 대구인데 아내는 포항도 시골이라고 못마땅해 했다. 그런데 이제 광양으로 가야 한다니 아내는 혼자 가라고 했다. 생각 끝에 회사에 사표를 냈더니 본 척도 하지 않았다. 줄줄이 학교와 토목계의 선배들로 엮여 있는데, 내 맘대로 짐을 쌀 수도 없는 일이었다. 정명식 당시 부사장께서 나를 부르더니 광양에 다녀오라 하셨다. 공장 부지는 이미 정해져 있으니 주택단지를 답사해서 건의하라는 것이었다. 나로서는 광양 프로젝트 또한 피할 수 없는 일이었다.

광양사업소장은 심인보 당시 상무이사였다. 그 휘하에는 유상부 건설1부장, 김광남 건설 2부장이 있었다. 나는 유상부 부장 아래서 1차장을 맡고 있었고, 2차장은 이명섭 전 상무이사였다. 이 대목에서 나는 그때 유 부장의 고집과 뚝심을 짚고 넘어가야겠다.

제2제철 입지가 아산만과 광양만으로 좁혀진 상황에서 기세등등한 신군부가 좌지우지하던 시절에 정부에서는 아산만을 밀고 있었으나 유 부장은 "어떤 일이 있어도 아산만은 안 된다"고 버텼다. 그때 박태준 회장께서 거창이 고향인 그에게 하신 말씀이 있다.

"거창에서 거창한 인물이 나왔다."

광양 초기 요원들은 금호도 건설기지에 임시로 마련한 가설건물에서 기거했다. 저녁때 밖이 시끄러워 나갔다가 동네 청년들로부터 주먹세례를 받기도 했고, 그들이 상수도관을 차단하는 바람에 아침에 세수도 못하고 출근하기 일쑤였다.

1982~1983년 당시 초기 요원들은 2주에 한 번씩 포항 집에 다녀올 수 있도록 했다. 이번주에는 아버지가 올 것으로 믿고 버스 도착지에서 기다

리다 아버지가 안 온 것을 알고 풀이 죽어 돌아서는 아이들을 생각하면 안 가볼 수가 없었다. 포항으로 가기 위해서는 오후 1시에 망덕으로 나가는 배를 타야 했다. 그런데 망덕에 도착하기 바쁘게 되돌아오라는 연락이 오곤 했다. 서울에서 고위층이 내려온다는 전갈이 도착했다는 것이었다. 정부 고위 인사들은 꼭 주말을 틈타 내려오기 때문에 이런 일이 반복되었다. 헐레벌떡 되돌아가 가설건물에서 괘도걸이로 국무총리에게 현황 브리핑을 한 적도 있었다.

가설건물 인근에는 아무런 편의시설이 없어서 주말을 이용해 순천으로 나가 목욕이나 이발을 하고, 해안지역 통금시간인 6시 이전에 숙소로 돌아오려면 업무용 선박을 이용해야 했다. 당시에는 직원들의 월급도 이 선박으로 실어 날라야 했다. 말이 선박이지 조각배에 불과했다. 태인도와 망덕 사이의 조수 간만의 차는 3.5m였는데, 썰물 시간에 걸리면 수심이 얕아져 배가 갯벌 속에 박히는 일이 자주 벌어졌다. 이럴 때면 물속에 들어가 몸으로 배를 밀어서 좌초를 면해야 했다.

한번은 작고하신 장세훈 포항제철소장께서 광양을 처음 방문하셨다. 큰집에서 작은집을 보러 오신 셈이었다. 섬이 많은 해안 지역에서는 바다 속의 조류가 이리저리 바뀌기 때문에 지진도(知津島) 인근에 조류측정기를 설치해 뒀다. 업무연락선을 타고 지진도로 가는데, 배의 밧줄을 조류측정기에 걸어야 했다. 한쪽 발은 배에다 걸쳐두고 다른 쪽 발을 조류측정기에 올렸는데, 배가 파도에 밀려 빠져나가면서 몸이 공중에서 물속으로 빠지고 말았다. 이때 반사적으로 조류측정기의 안전계단을 잡고 턱걸이하듯이 빠져나왔기에 망정이지 곤두박질을 쳤다면 아마 무사하지 못했을 것이다. 물 위에 올라오니 안전화에 갯벌 진흙이 덕지덕지 묻어 어찌나 무거운지 걸음을 뗄 수가 없을 정도였다. 겨울철이라 몹시 추웠지만 지진도에서 막걸리 한 잔으로 겨우 체온을 유지했다.

광양제철소 건설 부지는 섬진강 서쪽 광양만 일대 전남지역으로 확정되어 있었지만, 한때 섬진강 동쪽 하동군 갈사리 해안 일대 경남지역으로 변경될 수도 있다는 근거 없는 이야기가 떠돌기도 했다. 대형 건설사업을 추진하기 위해서는 중앙정부는 물론 지방정부의 협조도 매우 긴요했는데, 섬진강의 모래나 골재 채취 허가권은 전라남도가 쥐고 있었다. 당시 전남도지사는 후에 건설부 장관까지 지낸 김종호 씨로 광양 출신이었다.

내가 브리핑 차트를 준비해서 전남도청으로 도지사를 찾아간 적이 있었다. 브리핑을 받은 김 지사는 모래 및 골재 채취 허가 이전에 조건을 달았다. 제철소로 이어지는 연륙교(連陸橋)를 전라도 쪽으로 먼저 내면 허가해주겠다는 거였다. 김 지사는 이후 건설부 장관이 된 후에도 여러 가지로 도움을 주셨다.

초기 광양 요원들이면 빼놓지 않는 이야기가 어업권 보상에 얽힌 주민들과의 갈등이다. 나는 그 문제로 어지간히 골치를 앓았다.

광양군·하동군·남해군 3개 지역 주민들이 흡사 경쟁이라도 벌이듯 강경 자세를 보였다. 협상이란 우선 이야기를 주고받을 수 있어야 진전이 되든 결렬이 되든 하는 것인데, 이야기 자체를 거부했다. 자료를 들고 이야기를 시작하면 "당신들은 대학 나오고 큰 회사 다녀서 유식한 모양인데 우린 무식해서 그런 것 모른다. 그러니 무식한 사람들 상대로 장난질 하지 말고 우리 요구를 그대로 다 들어주면 된다"는 것이었다. 요구에는 이중삼중의 계산이 들어 있었다. 특히 관행어업에 대한 보상은 산 넘어 산이었다.

'우리의 일'이 아닌 '나의 일'로

포스코 50주년, 나는 후배들에게 업무에 임할 때 '우리의 일'이 아닌 '나의 일'이란 자세를 가져야 한다고 강조하고 싶다. 사람의 심성에 그런

게 있다. '나'가 아닌 '우리'가 될 때 책임감이 그만큼 약화되고 '내 것'이 아닌 '우리 것'이 될 때 소유개념이 그만큼 희석된다. 업무에 임할 때 '이건 나의 일'이라는 자세를 견지하면 궁극적으로 '우리의 일'은 합(合)의 최대치로 나타나게 된다.

그리고 또 한 가지, 중학교 때 교장선생님께서 주신 교훈을 내가 전언한다.

"노력 없는 기대를 갖지 말자."

이 말씀을 내 일생의 좌우명으로 삼고 있다.

포항제철 주요설비 구매 비사

김윤섭 1935년 출생. 대한주택공사(1962~1969), 1969년 2월 포항제철 입사·외국계약부 과장·도쿄사무소(과장)·판매부 차장·기획실 차장을 지낸 뒤 1977년 퇴사. 전주대학교 기획실장·신용협동조합 초대 이사장 역임.

브레인스토밍을 거듭하다

1969년 1월 옛 명지대 교사(남대문 근처)에서 상당히 치열했던 입사시험을 거쳐 동년 2월 15일 포항종합제철에 입사하여 외국계약부에 배치되었다.

노부길, 오창환, 임생묵, 한영수, 그리고 나, 이렇게 경력사원으로 들어온 다섯 명이 첫날부터 KISA와의 Basic Agree-ment& Additional Terms to the Basic Agreement(약칭 AddTerms)의 번역에 착수하였다. 나는 미·영·독·불·이 KISA 5개국 중 영국을 맡게 되었다. 당시 우리 부서의 Line-up은 김용각 이사님, 노중열 부장님, 이원희 차장님, 최병억 차장님, 여상환 씨와 그리고 우리 신참 다섯 명이었다.

미국의 코퍼스(Koppers)사가 준비한 법률적으로 매우 함축성이 많은 계약문서를 번역하느라고 매일 저녁 늦게까지 고생을 많이 하였다. 가장 어려웠던 것은 영국의 수출보험제도에 관한 규정이었다. 저녁은 주로 합동

매식이었고, 때로는 YWCA 근처 다방에서 위스키 한두 잔씩을 마시고 가거나(당시에는 다방에서 양주를 파는 경우가 있었음) 혹은 임생묵 씨(작고) 집에서 경영하는 '대동' 화식(和食) 집에서 맥주나 정종을 생선회 안주로 하여 마시곤 하였다. 다방이나 '대동'의 외상값은 월급날 내가 주관하여 수금해서 갚았다.

그러나 KISA 프로젝트의 차관이 성사되지 못하여 초기용량 60만톤 제철소의 꿈이 물거품이 되었다. 한동안의 우여곡절 끝에 대일청구권자금과 상업차관으로 자금원이 바뀌고 초기용량 103만톤으로 규모가 확대되었다. KISA측의 파이낸싱 기관이 내세운 차관 거절 사유가 한국에서의 조강 연산 60만톤 제철소는 경제적 타당성이 없다고 하는 것이었다.

차관선이 일본으로 바뀔 때쯤 노부길, 오창환 두 동료가 퇴직을 하여 신참은 5명에서 3명으로 줄고 대신 SM(Supply Mission)에서 근무하던 김상섭 씨가 1팀장, 내가 2팀장, 한영수씨가 3팀장이 되었다. 개편 이후의 표준계약안 작성과 조달청과 대일청구권 사절단이 주관하는 청구권자금 계약을 기존 법 테두리 내에서 우리(POSCO)가 위임을 받는 것이 우리 부서의 최대 당면과제였다.

우선 표준안 작성을 위해서 회사가 갖고 있는 계약 관계 일본서적 이외에 충무로 입구 일본서적 취급서점에서 도움될 만한 것들을 추가로 구하고, 경제기획원의 대학선배를 통해서 한전, 현대 등 타사의 차관계약서 및 사업계획서를 빌려다가 복사를 하고, KISA계약서 중 적당한 규약을 발췌하여 모으는 한편, 조달편람을 사다 놓고 관계규정을 검토하면서 예외적용을 받는 방안을 강구하였다.

표준안 작성을 위해서 맨 먼저 필요조문의 제목(Articles)을 정하고 각 팀별로 분담하여 작성하였다. 그 결과 어떤 조문은 필요 이상으로 길거나 너무 간단하게 되는 등 조문간의 균형이 안 맞고, 어떤 조문은 미국식 표현이고 또 어떤 조문은 일본식 표현이 되는 등 천차만별이었다. 이를 조정하기 위하여 브레인스토밍(brainstorming)을 수없이 거듭하였다.

그리고 조달청과 대일청구권사절단의 위임을 받기 위한 방안에 관하여 갑론을박 여러 가지 의견이 나왔다. 의견의 주류는 박정희 대통령께 건의하여 현 규정을 무시하고 모든 권한을 포항제철에 위임토록 하여야 한다는 초고압적 톱-다운방식이었다. 그러나 이전 직장에서 비교적 정부관청 출입을 많이 해온 나로서는 현 규정 테두리 안에서 방법을 찾는 것이 실현 가능하다는 것을 역설하였고, 그리하여 차츰 그러한 합리적 방법으로 의견을 모으게 되었다.

작업의 방향은 가장 짧은 공기에, 좋은 설비를 가장 저렴하게 구매하는 것이었다. 또한 종합제철소라는 점에서 설비간의 유기적 연결을 유지하고 Turn-Key 혹은 Twisted Turn-Key(혹은 Modified Turn-Key)로 공장을 건설하기 위해서는 포항제철이 구매 위임을 받아야 한다는 것이었다. 그래서 일차적으로 조달청(OSROK)은 구매권을 대일청구권사절단에 위임하고 사절단은 계약서에 서명하되 계약안은 포항제철이 작성한 것을 토대로 하되, 그 대신 포항제철은 청구권 관계 조달규정상의 일반조항(general terms & conditions)에 벗어나지 않도록 계약안을 마련하는 것이었다.

이런 내용으로 노중열 부장님과 함께 경제기획원(EPB)과 조달청(OSROK)의 관계자 설득에 나섰다. 처음에는 무척 심한 반발에 부딪치고 심한 무안을 당하기도 하였다. 하지만 박태준 사장님께서 당시 경제기획원장이었던 김학렬 장관을 설득하여 그분이 결단을 내리신 것으로 기억된다. 그래서 박 사장님께서 정리한 내용으로 박 대통령의 서명을 받아옴으로써 일단락되었다.

열연공장 계약

일관제철소 건설에는 많은 시간이 소요되므로 우선 최종 공정인 압연공장을 먼저 건설하여 압연조업기술을 향상시키고 또 한편 수입 슬래브로 제품 생산을 함으로써 국내수요 공급은 물론 판매능력의 조기정착을 도모한다는 점에서 열연공장이 제1호 계약대상으로 선정되어, 계약팀은 노부장님, 김윤섭으로 정해졌고, 설비팀은 백덕현 부장님, 김종진 씨(작고)로 선정되었다. 나중에 설비팀에는 남창희 씨가 추가되었다.

정작 내가 일차 협상팀으로 선발되고 보니 걱정이 앞섰다. 그래서 준비된 계약 일반약관안을 재검토한 결과 아직도 손볼 데가 많았다. 여러 사람이 작업하다 보니 조문 간의 표현 균형이 안 맞고 오자, 탈자도 많았다. "세계의 미쓰비시"라고 자부하는 MSK 팀에게 책잡히지 않게끔 하려니 이만저만 신경이 쓰이는 게 아니었다. 오래간만의 일본 나들이라 마음은 들뜨고 일은 산적하고 또한 EPB에서 얻어올 자료나 정보도 많고 해서 내 정신이 아니었다.

1970년 9월경 내 생애 세 번째로 일본 땅에 발을 디디게 되었다. 첫 번째 숙소는 高輪Hotel이었고 얼마 후 당시 혼자서 소장을 맡고 계시던 최주선 동경사무소장님의 배려로 동경사무소(高輪 코포맨션)에서 기숙하게 되었다.

낮에는 협상에 임하고 저녁에는 동경사무소의 잔무를 도와드렸다. 그리고 매일 새벽 2시까지 영업하는 인근의 카페에 가서 Juke-box로 연가(演歌)를 듣고 스카치 위스키 한두 잔을 마시면서 향수를 달래곤 하였다. 이렇게 매일 늦은 밤 혹은 새벽에 들어와서 다음날의 협상에 대비한 counter proposal을 준비하곤 하였다.

상대방인 MSK의 Line-up은 山田 중기부장, 向井 과장, 櫻井, 高島 씨 등이었고 실무자들 2명은 모두 동경대학 출신이었다.

MSK Proposal을 일별하였던 바 ①MSK 서울지점에 대한 영업세의 POSCO 부담 ②계약통화(契約通貨)가 미국 달러로 됨에 따라 엔화에 대한 환차손(Exchange Risk)의 POSCO 부담 등 꽤 까다로운 조항이 들어 있었다. 영업세 문제는 우리측 Counter Proposal에서 뺐는데 사카라이 씨가 발견하지 못하고 그냥 넘어갔고, 환차손 문제는 예상 리스크를 계약가(契約價)에 반영하든가 그대로 두든가 두 가지 방안 중 후자로 정해졌다.

환차손 문제로 정부인가가 나지 않아 자금원을 상업차관에서 청구권자금(엔화 표시)으로 돌리도록 하라는 지시를 받고 한참 궁리하였으나 일본정부의 승인절차 등으로 시간이 너무 걸리고 공기(工期)상 문제가 많아 결국 상업차관으로 추진케 되었다. 대신 예상 리스크 상당 부분의 설비가 깎여 나가는 아픔을 맛보아야 했다.

계약체결, 정부인가 후 MSK본사 경리팀에서 계약서에서 영업세 조항이 빠지게 된 경위를 조사하러 왔었다. 같은 실무자로서 사카라이 씨가 이 일로 인하여 사내에서 어떤 처벌을 받지 않았나 해서 마음이 무거웠다.

하루는 MSK 본사에서 협상 중 지진이 나서 건물이 약간 흔들렸다. 그때가 점심시간이 훨씬 지난 시간인데도 협상의 난항으로 인해 점심식사가 늦어지고 있었다. 김종진 씨가 말하기를, "점심을 못 먹어서 그런지 몸이 흔들리고 어지럽다"고 말해서(정말 지진인지 모르고 그랬는지 어떤지 모르겠으나) 한바탕 웃음 바다가 되었다.

제선공장·제강공장 및 석회소성설비 계약

협상안은 최초 계약인 열연공장 계약과 MBK와 이미 체결해놓은 원료처리설비, 급배수 설비 및 산소공장의 경우를 토대로 해서 진행했으나 제선공장의 자금원이 대일청구권자금(열연공장의 경우는 상업차관)이므로 해당

부분만 그 절차에 따르도록 고쳐서 협상을 벌였다. 담당자인 토지마 씨도 까다로운 편이어서 협상은 그렇게 원만하게 진행되지는 못하였다. 여기에 허허실실형인 야마우치 씨가 들어와 분위기는 다소 개선되었다.

협상 도중 내화벽돌에 대해 메이커측에서 가격문제(혹은 하자보증문제)로 순순히 합의해 오지 않아 한때는 박태준 사장님의 지시로 홀연히 협상 테이블에서 사라져 귀국한 양 종적을 감춘 적도 있었다.

CITOH의 과장은 말수가 적고 점잖은 사람이었지만 차갑게 느껴졌고, 松重 氏는 CITOH 서울지점에서 약 1년간 근무하면서 연세대의 한국어 학당에서 우리말을 배운 얌전한 성격의 사람이었다. 그래서 그런지 나는 계약협상의 종반에 끼어 들었는데도(계약협상 중반까지는 한영수 씨가 담당하였는데 그가 Visa Expiry로 귀국하는 바람에 내가 본의 아니게 대타로 들어가게 되었음), 협상 진전이 순조롭지 못하였다. 타사와 이미 합의된 조건, 어떻게 보면 세세한 것까지 물고 늘어져서 협상종결의 속도가 매우 느리게 되었다. 가장 어려웠으나 결과적으로 쾌재를 불렀던 것은 배선(Vessel Arrangement) 문제였다. CITOH는 배선권(配船權)을 자기네가 가져야 한다고 주장하고 포항제철은 한국측에서 가져야 한다고 강경하게 맞섰다.

한국측은 고려해운을 주간사사(主幹事社)로 하여 대한해운공사 등 몇 개 사로 포스코 프로젝트 해운단사단(海運船社團)을 이미 구성해 놓고 있었으며, 정부를 비롯하여 국내 여론이 Korean Flag Vessel을 강력히 요구하고 있었다.

다른 협상팀도 Plant의 특성상(重量品, 滑大品, 精密機械라는 점) 한국에는 Roll-on, Roll-off Barge나 Boom의 길이가 길고 큰 용량의 Deck Crane이 없어서 일본측에 배선권을 주자는 의견도 있었으나 우리 협상팀은 우리의 주장대로 관철시켜 승리감을 맛보았다.

3개 협상팀 편성의 의미

박태준 사장님은 일본측과의 계약협상에 앞서 협상팀을 다음과 같이 3개 팀으로 편성하였다.

제1반: 노중열 부장님, 김상섭 씨
제2반: 이원희 차장님, 김윤섭
제3반: 최주선 소장님, 한영수씨
(첫번째 계약인 열연공장의 경우는 예외로 노중열 부장님, 김윤섭이었음)

이러한 3개 팀 편성의 의미는 크게 두 가지였다고 판단된다. 첫째는 공기단축의 일환으로 조속한 계약을 체결하기 위한 것이었고, 둘째는 상호 경쟁을 통한 유리한 계약조건의 확보를 위한 것이었다. 계약을 끝내고 생각하니 박 사장님의 원려심모(遠慮深謨)가 적중된 경우였다고 느껴졌다.

그리고 MSK, MBK 등 일본의 일류 회사들과 접촉해서 느낀 점을 요약해 보면, 영어 실력면에서 보면 단연 우리가 앞서 있었고, 단어나 문장 구성에 있어서나 계약안 준비의 성실도에 있어서도 우리가 월등하다는 것을 느꼈다. 그러나 관계 부서 간의 협조, 회사 전체 조직력 면에서는 장구한 창업 역사, 세계시장에서의 많은 경험 등이 밑받침이 되어 있는 그들과의 너무나도 큰 차이를 인정하지 않을 수 없었다. 특히, 주요합의내용에 관한 회의록을 방안지(方眼紙)에 연필로 써서 상대방에게 확인시킨 후 즉시 서명할 수 있도록 준비하는 기민성은 우리가 배울 만한 것이었다.

계약협상과 정부인가

계약협상 진행 기간 중에는 높은 직위의 사람은 도쿄에, 젊은 사람은 국내에 남는 양분 현상이 일어나 외자계약부의 사기에도 좋지 않았다. 특히 계약협상하는 사람은 늘 국외에 출장 가고 잔류파는 정부인가 등 궂은 일만 도맡아 해야 하는 불공평한 현상도 일어났다.

그래서 나는 계약협상을 담당한 사람이 귀국해서 정부인가를 받는 것이 사업내용 설명에도 좋고 하니 그렇게 하자고 건의하였다. 그리고 고준식 부사장님께도 젊은층의 출장을 건의하였다. 비록 일본어 구사능력이 떨어진다 하더라도 후일을 위한 훈련도 겸해서 보내야 한다고 말씀드렸다. 그래서 그 후 임생묵, 김철웅, 김문규, 정무창, 곽종완 씨 등의 일본 출장이 실현되었다.

그로부터 많은 세월이 흐른 지금 임생묵 씨와 김철웅씨는 이미 고인이 되어 포스코 외국계약부 시절의 애환을 함께 나누지 못하는 것이 못내 가슴이 아프다.

지금도 생생한 보람들

포항 1기 설비 중 특히 주요설비인 열연공장, 제선공장, 제강공장 계약을 내가 담당케 되어 여간 영광스럽고 기쁜 일이 아니었다.

그래서 지금도 제선·제강·열연공장의 각 준공식 기념품을 우리집 현관에 자랑스럽게 장식해 놓고 있다. 그리고 계약 서명에 쓰였던 만년필을 가보처럼 보관하고 있다. 그것들을 쳐다보면서 치열했던 협상과정과 계약체결의 순간, 그리고 준공 때의 감격을 되새겨 보곤 한다.

그 밖에도 원료처리설비, 급배수처리설비, 산소공장, 항만처리설비 계약체결에도 이원희 차장님 등과 함께 정성과 열정을 바쳤다.

누구나 다 마찬가지겠지만 계약서가 인쇄되면 서명 전까지 계약금액표시(아라비아 숫자 및 괄호 안의 영문표기), 공급범위(Scope of Supply), 공기표시,

지체상금 적용률 등에서 실수가 있지 않나 하고 조바심을 부리면서 살피게 된다. 그 밖에도 오자나 탈자가 없나, 대문자 표시가 되었나 등 걱정은 끝이 없다. 나는 내가 취급한 계약서가 그래도 미스가 제일 적었으리라 자부해 본다. 상대방으로부터 '족집게'라는 별명을 들을 만큼 타자 실수를 곧잘 집어내서 다시 타자를 시키곤 하여 공급사측 여사원들에게 많은 수고를 끼쳤으니….

불가능을 가능으로 창조하는 힘은 '혼(魂)'이다

김상호 1941년 서울 출생. 1971년 제철기술컨설턴트 부장·스메크(SMEC)전무·PEC 부사장·사장, 1996년 포스에이씨 사장·1999년 RIST 기술위원, 2002년 한양대 공과대학 연구교수, 2006년 건우성기술연구원장 역임.

혼(魂)이 포스코 대성취의 원천이었다

영국의 인류학자 E.B.타일러가 말한 것처럼, 인류의 문명은 인간의 지혜로 자연을 인간생활에 맞게 창의적으로 개발하고 조형화하면서 사회가 물질적·정신적으로 발전해 가는 상태를 말한다. 물질적 가치가 문명이라면 지식, 신앙, 예술, 도덕, 법률, 관습 등 인간의 총체적 능력과 관습에 해당하는 정신적 가치를 문화라 할 수 있다. 즉, 문명은 문화의 바탕 위에 이루어지고, 문화는 문명 속에서 성숙해지고 발전해 간다고 볼 수 있다. 인류문명의 발달은 시대적 환경과 사회적 욕구에 따라 그 속도를 달리하고, 국민의식은 국가나 사회적 관습에 의해 이루어지나 역사적 배경과 사회적 환경 및 시대적 정신에 의해 형성되어진다.

우리나라는 오천년 역사 속에 문명과 문화는 지속적으로 발전했으나 그 속도는 느렸고, 특히 서양의 산업혁명에 비춰볼 때는 '근대화'의 시작이 너무 늦었다. 1960년대에 들어와서도 우리의 문명은 세계 최빈국에 포함될 정도로 낙후된 상태였다. 이것은 '철'을 기준으로 비교해 보아도 명확한 사실로 드러난다. 1962년 당시 우리나라의 연간 철강생산량은 불과 13만 톤에 불과했다. 일본의 경우는 연산 4100만 톤(1965년 기준)에 달하고, 미국은 1억 톤이 넘었다. 한국은 거의 고철을 녹여 철근을 생산하고 있었으며, 철도레일이나 철도차량 및 전기의 변압기 케이스를 만드는 주물공장 정도였다. 1962년도 기준 GDP는 17억 달러였고, 일인당 국민소득은 87달러에 지나지 않았다. 세계에서 가장 가난한 빈국(貧國)이었다.

그렇게 민족의 자본도 없고, 국가의 기술력도 없고, 인적자원도 없는 나라가 미국, 영국, 독일, 일본 등 선진국이 한 세기 동안 발전시켜온 중화학공업을 국가의 경제기본정책으로 수립하고 산업사회로 도전한다는 것은 불가능에 가까웠다. 그러나 이것은 5천년의 농경시대를 접고 신문명시대로 가는 서곡(序曲)이었다. 박태준 회장께서는 13년 만에 연간 조강생산 920만 톤을 생산할 수 있는 포항제철소를 건설했고, 다시 12년 만에 연간 조강생산 1200만 톤을 생산할 수 있는 광양제철소를 건설하여 세계 5위의 철강대국을 이루었다.

이와 같은 불가능을 가능하게 한 원천은 무엇이며 어디에서 그런 힘이 나왔을까? 이것은 아마도 역사의식에 의한 투철한 사명감과 책임의식 때문이라 할 수 있다. 박정희 대통령이 추진하는 중화학공업 중 철강분야의 임무를 부여받은 박태준 회장은 역사의식과 국가관, 그리고 투철한 사명감으로 무장한 인물이었다. 이것이 불가능을 가능으로 만든 힘의 원천이었을 것이다. 더구나 그것은 혼(魂)으로 승화하여 자아(自我)를 버린 무아의식(無我意識) 속에 신들림이 없고는 해낼 수 없었던 것이 아닌가 한다.

혼(魂)은 정신(psyche)과는 구별되는 일종의 생명의 원리이다. 칼 구스타브 융(Carl Gustav Jung, 1875~1961년, 스위스)은, 영혼은 인간의 외부에서 내부로 들어와 생명의 원리로 작용하는 실체로 보고 정신과 다른 것이라고 하였다. 그에 따르면 영혼은 ①스스로 자발적인 운동과 활동을 하며, ②감각적인 지각에 의존하지 않고 이미지를 산출할 수 있는 능력이 있고, ③이러한 이미지들을 자율적으로 조절할 수 있다. 따라서 혼은 인간의 창조물이 아니다. 오히려 인간은 혼의 활동을 통하여 창조적인 능력을 부여받는다고 했다. 그래서 박태준 회장을 비롯한 제철소 건설에 참여한 동지들은 이처럼 혼불을 켜고 돌진한 것이었다고 회고하게 된다.

포스코 창립 50주년을 맞아 나는 '역사'에 대한 생각도 잠시 가다듬어 본다. 역사란 사전적 의미로는 '인류와 사회가 겪어온 과거의 변천모습이나 그 기록'이다. 역사학자 에드워드 카(Edward Hallet Carr, 1892~1982)는 '역사는 과거와 현재와의 끊임없는 대화'로 '있었던 일'을 기록하는 것뿐 아니라 '있었던 일'을 평가하고 비판함으로써 새로운 역사를 창조하게 하는 것이라고 밝히고 있다. 독일의 역사가인 랑케(1795~1886)는 역사의 서술 방법은 원래의 역사적 자료에 충실하면서 사료의 개념을 어떠한 편견이나 선입견에 사로잡히지 않고 끝까지 객관적으로 저술해야 한다고 했다.

우리 선배들이 자신이 경험한 포스코에서의 일들을 회고 형식으로 남기는 것은 포스코의 역사를 보다 정확하고 상세하게 기록하려는 노력의 하나라고 생각하며, 그 목적은 무엇보다도 후배들이 새로운 포스코의 역사를 창조하는 과정에 참고가 되고 도움이 되는 데 있다고 확신한다.

제철기술컨설턴트로 포스코와 한 세대의 인연을 맺다

포스코엔지니어링(주)(現 포스코건설/POSCO EnC, 이하 'PEC'라 칭함)은 포스코의 자회사로 제철소 건설에 필요한 엔지니어링과 설계 및 공사감리를 전담한 회사로 1969년 7월 29일 처음으로 업무를 시작하였다. PEC는 포항제철 제1기를 비롯하여 1983년 포항 4기 2차 설비확장까지를 성공적으로 완수하고, 아산만과 광양만의 제2제철소 부지결정을 위한 입지타당성조사업무와 광양제철소의 부지조성과 연약지반개량공사의 설계 및 시공감리를 실시했다. 1985년 광양제철소 제1기를 착공, 1992년 10월 2일 제4기 설비까지 모든 업무를 성공적으로 완수했다. 1992년 10월 3일 박태준 회장께서 국립 현충원에 모신 박정희 대통령 묘소에 임무완수를 보고 드렸다.

포항제철소 1기 설비 건설이 한창 진행되고 있던 1971년 당시 나는 제철기술컨설턴트에 몸을 담은 후 스메크(SMEC), 세마건축사무소, 제철엔지니어링, 포스코개발, 포스에이씨로 발전과 변신을 거듭하는 기간을 거쳤고, 이후 포항산업과학연구원(RIST) 기술위원에 이르기까지 무려 한 세대를 포스코와 인연을 맺었다.

공과대학을 졸업하고 도화종합설계공사를 거쳐 1971년 봄날에는 한국종합기술개발공사에서 설계의 기초를 다지며 부산의 M16 공장 프로젝트를 맡고 있었다. 부산에 내려갔다 오면서 포항에 들렀더니 포항에 근무하고 있던 지인들이 포항제철에서 나 같은 사람을 필요로 한다고 했다. 그래서 나는 박태준 사장님과 처음으로 뵙게 되었다. 내 생각으로는 이왕이면 포항제철로 가고 싶었는데 인터뷰를 마친 박 사장님께서 나의 이력을 살펴보시더니 제철기술컨설턴트로 가라고 하셨다. 1971년 3월에 발령이 났다. 그 일이 나의 인생을 송두리째 제철산업 건설에 바치게 된 계기가 되었다.

내가 1971년 3월 포항 현장에 도착했을 때 현장사무소는 상황실 옆에 있는 가설사무실이었고 현장은 아무것도 없는 허허벌판이었다. 제철소가 어떻게 생겼는지도 몰랐고 관련 자료도 없이 레이아웃에 좌표선과 도로망만 그려져 있는 도면 한 장과 설비구매 시방서만 있었다. 설비공급자가 확정되어 공급자가 제공하는 도면과 기본설계도(Vendor Drawing)가 도착하면서 토건 분야의 기초설계와 건물설계를 하게 되고, 내역서 작성과 감리 업무까지 수행하게 되었다. 기전 분야도 공급자가 제공하는 상세설계도와 설비제작 도면에 의해 시공설계와 적산설계(積算設計) 업무를 위주로 수행했다.

제철기술컨설턴트라는 조그만 용역회사가 오늘의 포스코건설로 성장하기까지에는 여러 가지로 복잡한 곡절이 있었지만 초창기 제철기술컨설턴트가 설립된 경위와 경과를 개략적이나마 정리해 둔다.

1968년 포스코가 창립되고 KISA와의 계약이 해지된 뒤 일본으로 방향을 선회하면서 JG의 소속사인 일본 후루카와엔지니어링의 후루카와 사장이 박태준 사장께 제철소는 1기만으로 끝나지 않고 계속적으로 시설을 확장해야 할 터이니 포스코에서 기술을 전수할 회사를 만들어 양성하는 것이 좋겠다고 건의했다. 이에 따라 포스코에서 서울기술단이라는 용역사를 인수하여 사명(社名)을 '제철기술컨설턴트'로 바꾼 뒤 일본에서 귀국한 김주택 씨에게 경영을 맡겼다. 이 회사는 포스코와 김주택 사장이 각각 50%의 지분으로 참여하면서 포스코 계열사로 편입되었다.

1973년에는 사명을 '스메크(SMEC)'로 바꾸었다. 1기 설비 준공 후 2기 설비 확장이 다소 유동적인 상황에서 제철소 관련 일이 없으니 당장 회사 유지가 어려워져 정부 공사 등 다른 일거리를 찾기 위해서였다. 그러나 찾아가는 곳마다 문전박대를 받았다. 제철기술컨설턴트라면 제철소 관련 일이나 하지 왜 엉뚱한 데를 기웃거리느냐는 것이었다. 그러니까 그때의 문제는 제철기술컨설턴트라는 사명이었다. 사명에 '제철기술'이 들어 있으니 모두들 외면해 버렸다. 우선 밥벌이라도 하자면 사명을 바꿔야 했다. 그렇다고 호적을 근본으로 파내는 것은 전혀 아니었다. 제철기술컨설턴트의 영문명이 'Steel Mill Engineering Consultants Co., Ltd.'였는데, 그 이니셜을 조합해서 'SMEC'로 한 것이었다. 그래도 별 효과가 없었다. 특단의 조치를 내렸다. 당시 회사의 직원이 약 100명이었는데, 단 7명만 남겨두고 전원 퇴직시켰다. 7명 중 내가 부장으로 남아 나머지 인원과 함께 포스코의 잔여 업무를 처리했다.

1976년에는 분사 형식으로 세마건축사무소를 설립했다. 당시 건축법이 개정돼 '건축사사무소의 대표이사는 건축사가 되어야 한다'는 조항이 생겼기 때문에 포스코의 주택과 일반건물의 설계업무를 수행하기 위해 별도 회사를 설립했는데, 사실은 같은 회사로 운영했다.

1982년에는 사명을 제철엔지니어링(PEC)으로 변경했다. 제2제철소 부지선정으로 아산만과 광양만을 두고 밀고 당기기가 계속되면서 또 다시 경영난이 극에 달했다. 거의 2년 정도 놀고 있었다. 하는 수 없이 김주택 사장이 손을 떼고 포스코가 주식을 100% 인수하면서 사명도 PEC로 바꾼 것이었고, 경영자도 포스코가 임명하게 되었다.

포스코가 주식의 100%를 인수하고 사명을 PEC로 변경할 때 박태준 회장께서 'PEC 활용방안' 수립을 지시했다. 제철기술컨설턴트 시절의 회장, 사장은 물론 모든 임원이 다 물러나고 초기 임원으로는 당시 전무이던 나 혼자 남아 있었다. 백덕현 상무와 이윤 과장이 그 일을 맡았다. 나는 포스코 설비기술본부와 논의했다. 특별한 것은 아니었다. 어떤 일을 PEC에 더 떼어줄 것이냐 하는 문제였다. 포항에서 기전 분야는 시공설계와 내역서 작성만 PEC가 수행했는데, 앞으로 광양 프로젝트에서는 가스중유설비와 수배전설비, 공장 내 구내배관과 배선설계를 수행하며, 토건 분야는 포항제철소와 동일하게 수행한다는 육성방안이 만들어졌다.

제2제철소 입지 선정의 우여곡절

1978년 제2제철 입지가 아산만으로 결정된 단계에서 현대그룹이 대호

지구 옆의 산을 잘라 아산만을 메우면 가로림만을 아산만보다 경제적으로 건설할 수 있다면서 그 사업을 현대가 수행하겠다는 뜻을 청와대에 건의하고 나섰다. 이에 따라 박정희 대통령은 포스코·현대·대림·동아·삼환 5개사가 개별적으로 시공을 고려한 종합 검토안을 내라고 지시했다.

1979년 당시 포스코는 그 업무를 수행하기 위해 청송대에서 검토반을 가동했다. 검토반은 당시 정명식 부사장, 백덕현 상무, 유상부 부장, 김경진 부장, 나 그리고 그 외 몇몇 사람이 매일 밤을 꼬박 새우다시피 하면서 2개월 동안 운영했다. 최종적으로 현대를 제외한 4개사와 네덜란드의 데코사, 일본 항만컨설턴트, 가와사키제철이 모두 아산만을 추천하여 제2제철 입지는 아산만으로 최종 결정되었다.

이에 따라 1979년 아산만에 포스코현장사무소를 개설하고 지질조사에 들어가면서 나도 현장에 파견되었으나 그해 10·26사태로 박정희 대통령이 서거하면서 1980년 4월 포스코 제2제철소추진반은 해체되었다. 그러나 우리는 1979년 박태준 사장의 지시에 따라 제2제철 입지로 새로이 부각된 광양만 입지를 조사하면서 아산만과 광양만의 장단점을 다각적으로 비교·검토하게 되었다.

아산만은 조수간만의 차가 최대 9.8m였다. 따라서 개항식(open tidal)으로 하면 하역효율이 저하되고 갑문식(close dike)으로 하면 약 2조 원의 투자비가 추가되어야 하는 문제점이 있었다. 게다가 부지의 50%는 연약지반이고 50%는 암반지역이라 확장공사 때의 발파로 인한 진동이 문제가 되었고, 진입항로가 약 33㎞로 길어서 항로의 유지관리에 문제가 예상되었을 뿐만 아니라, 각종 인프라 비용, 원료수송 비용이 많이 소요된다는 단점이 있었다.

반면에 광양만은 간만의 차가 3.8m로 개항식 항만으로도 하역효율에 문제가 없었고, 제철소 진입항로가 여수만과 광양만의 천연수로를 활용할 수 있어 항로의 유지관리가 용이하며 인프라 시설이나 제반 여건이 아산만보다 우월했다. 당시 건설부에서 광양만을 반대한 가장 큰 이유는 광양만의 연약지반과 이에 따른 건설공기 문제였다.

여기에는 건설부의 오해가 있었다. 앞으로 포스코가 이 부분을 명확하게 해두기를 바란다. 당초 건설부가 유에스스틸엔지니어링에 검토를 의뢰한 광양만 후보지는 지금의 광양제철소가 들어서 있는 지역이 아니라 섬진강 동쪽, 그러니까 경상남도 하동군 갈사리 지역이었다. 거기는 연약지반의 깊이가 약 70m에 달해 대형 산업시설이 들어설 수가 없는 곳이다. 그러나 광양제철소가 입지한 금호도 지역은 연약지반이 27m에 불과해 어렵지 않게 개량할 수 있었다. 그때 건설부에서는 두 지역을 마찬가지로 생각한 것 같았다. 개항식 항만 건설에 관해서는 그 문제를 해결하기 위해 나는 정명식 부사장과 함께 영국의 포트탈포트의 개항식 부두까지 직접 살펴보았다.

우여곡절 끝에 1981년 11월 4일 전두환 대통령은 광양만을 제2제철소 입지로 최종 결정했다. 다만 건설부의 우려를 반영하여 연약지반 개량과 공기 문제는 포스코가 책임져야 한다는 조건을 달았다. 그해 12월 1일 광양건설사무소를를 개소하고, 이듬해에는 전라남도와 경상남도에 용지매수를 위탁했다. 1982년에는 광양제철소 부지조성공사에 들어갔다.

광양제철소 입지 선정에서 PEC는 설비기술본부가 작성한 MEP를 기준으로 제철소의 부지면적과 배치계획, 부지조성, 지질조사에 의한 설비기초의 적합성 판단, 인프라 비용 등 입지 선정과 설계에 관한 제반 업무를 수행했다. 그때 박태준 회장, 유상부 부장을 보좌하여 건설부와 국가보위비상대책위원회에 보고하고 설득하느라 고생을 했던 기억이 새록새록 떠오른다.

광양제철소 부지조성 엔지니어링

광양제철소의 부지면적은 1014만8760㎡(307만 평), 주택단지와 연관단지를 포함하면 1652만8925㎡(500만 평)에 달했다. 부지조성을 위한 최적 배치와 부지계획고(敷地計劃高)는 주변 해양환경 문제와 투자비의 최대 관건이 되었다. 부지조성에서 1㎝를 높이면 공사비가 2억 원 정도 늘어나므로 경제적인 부지계획고의 결정은 초기투자비 절감에 절대적이었다.

호안시설, 단지 내 배수위를 고려한 배수시설, 설비기초공사비 등으로 이를 종합적으로 비교·검토한 결과, 경제적인 부지계획고를 남쪽은 5m, 북쪽은 5.5m로 결정했다. 호안 길이는 약 25㎞, 준설량은 6500만㎥에 달했다. 부지위치 선정과 관련하여 광양만 일대의 연안 조류와 조위 변화를 확인하기 위해 수리모형실험을 해야 했으나 규모가 너무 커서 당시 우리나라 여건상 불가능했고, 컴퓨터 시뮬레이션도 할 수 없어서 프랑스 르아브르사의 소그리아에 용역을 준 결과 PEC가 결정한 부지계획고가 적정하다는 확인을 받았다.

연약지반 처리는 원료처리설비와 일반도로 구간을 대상으로 준설토를 이용한 하중재하(pre-loading)에 의해 모래말뚝(sand pile)과 모래다짐말뚝(sand compaction pile) 공법을 병용했고, 재하사의 높이와 재하기간은 확장계획에 따른 기수별 건설기간을 고려해 결정했다.

재하사의 높이는 철광석과 원료탄 야드의 재하하중에 따라 평균 4~15m로 하고, 재하기간은 4~12개월, 연약지반의 압밀도는 85%를 기준으로 했다. 최종 압밀도는 95%가 되어야 하나 건설공기에 따른 재하기간을 고려하여 일단 85%로 결정하고 부족한 10%는 이후의 유지관리로 보완토록 한 것이었다.

그때까지 우리나라 설계기준에 지진은 고려 대상이 아니었다. 그런데 1978년 10월 7일 발생한 홍성지진이 진도 5.0으로 꽤 문제의 여지가 있었다. 정부에서 내진 설계 기준을 제정하는 중이었다. 고로 공급사인 영국의 데이비매키(Davy Mckey)와 이 문제를 논의하게 되었는데, 데이비매키에서는 내진설계를 반영할 경우 설비공급이 6개월간 지연되고 추가 비용을 산정해야 한다고 했다. 자체적으로 검토하여 내진설계 반영 여부를 결정할 수밖에 없었다. 나는 한양대 김소구 교수가 발표한 우리나라의 지진지도(지진가속도 지도)를 근거로 고로 기초를 검토해 보았다. 그 결과 당초 설계된 내용으로도 문제가 없음을 확인할 수 있었다.

물론 나는 설계의 실패도 경험했다. 처음 해보는 설계의 실패사례 중에는 포항 1기 원료처리설비 중 크랏샤기초(crusher FDN)가 공진영역으로 설계되어 별도로 기초를 보강했던 일과 포항 4기 소결공장 빈 확장공사 때 기둥의 슈(shoe)가 판좌굴(板挫屈)을 일으켜 30cm가 주저앉은 일이었다. 조업을 하면서 약 2개월에 걸쳐 Jack-up으로 복구했고, 광양 1열연공장의 스케일 피트 건설 중 연약지반의 토류벽용 시트파일이 탄소성설계가 되지 않아 붕괴되어 복구한 경험이 있다. 반면에, 흐뭇했던 일은 광양 1고로 내진 설계검토에 대한 안전성 평가로 공기지연 없이 계속공사를 할 수 있었던 것과, 포항 2기 제강공장의 용선동의 450톤 크레인거더(crane girder)가 피로파괴로 300톤 레들에 용선을 담은 채로 크레인 백거더(back girder)에 매달려 있는 것을 현장에서 계산하여 보완조치하고 안전하게 복구시켰던 것이다.

부실공사를 추호도 용서하지 않은 최고경영자

박태준 사장께서는 포항 3기 설비 중 발전소 지중보 건설공사가 부실하게 시공되어 폭파한 일이 있었다. 광양 4기 설비에서도 발전설비의 전력케이블닥터 부실공사가 발견되어 박 회장께서 이를 다이너마이트로 폭파하라고 지시했다. 그러나 마침 토요일이었기 때문에 여수경찰서에서 관리하는 폭약을 얻을 수가 없었고 광양제철소 전 간부가 동원되어 10명씩 조를 짜서 해머로 부실공사 부분을 두드려 부수기 시작했다.

간부들이 동원되어 해머로 내려쳤지만 단단한 콘크리트를 부술 수가 없었다. 새벽 3시경 하는 수 없이 김종진 광양제철소장과 오일용 PEC 사장이 박 회장님 숙소로 찾아가 다시는 이러한 일이 없도록 하겠다고 굳게 서약하고 용서를 받은 적도 있었다. 호안공사를 진행하면서는 돌과 돌 사이에 손가락이 들어갈 정도의 간격을 발견하시고는 건설회의 보고에서 "야! 인마, 그렇게 사이가 넓어도 괜찮은 거야?" 하고 호통을 치시던 일도 생생히 떠오른다.

포스코의 성공요인에 대해서는 경영·경제학자나 산업계에서 다각도로 연구를 진행한 바 있지만 엔지니어링에 종사한 사람의 입장에서 볼 때 나는 포스코의 성공요인을 내 나름대로 다섯 가지로 요약하고 있다.

첫째 지도자의 탁월한 리더십, 둘째 뛰어난 인재 구성과 구성원의 책임감 및 사명감, 셋째 저렴한 설비구매와 철저한 공정관리, 넷째 종합적인 목표 수립 및 관리의 철저, 다섯째 정부의 전폭적인 지원과 건설사의 헌신적인 노력이다.

나는 개인적으로 30년 이상을 제철소 건설에 투신하면서 투철한 국가관과 가치관을 확립할 수 있었다. 그리고 무엇보다 강력한 의지와 불굴의 투지를 키울 수 있었다. 나는 박태준 사장께서 포항 1기 고로 공사 중 노내의 정초에 쓰신 '혼(魂)'자를 가슴 속에 항상 담고 있다. 혼은 사람의 정신적 지주로 자유의 의지이며, 자유의 지성이며, 자유의 감성이며, 자유의 이성이다. 어떠한 일이든 혼을 담고 성실하게 하면 불가능이 없다고 믿는다.

포스코가 지금까지 성공적으로 약진한 것은 어두운 후진국 시대의 국가적 사명을 기필코 이룩하고자 하는 집념과 헌신적인 노력의 결과이다. 그러나 21세기는 이미 첨단지식정보산업사회로 사물인터넷(IoT)과 인공지능시대(AI)에 진입했다. 세계경제 10위권의 반열에서 우리는 앞으로 어떠한 분야에 도전해 새로운 인류문명을 개척해 나갈 것인가가 걱정이다. 이것은 지난 50년간 박태준 회장 사단이 무(無)에서 유(有)를 창조해왔던 것처럼, 앞으로 신세대가 새로운 분야를 국가적 사명으로 생각하고 혼(魂)을 담은 불굴의 투지와 헌신적인 노력으로 개척해 나가야 할 것이다.

통신보국으로 한번 더 헌신하자시던 박 회장님

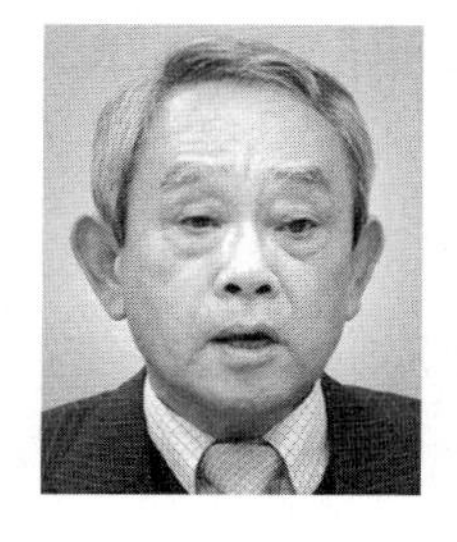

성기중 1939년 충남 예산 출생. 1970년 포스코 입사, 1989년 정보통신담당 부사장·포스데이타 초대 사장, 1990년 정보통신진흥협회 이사, 1991년 EDI연구회 창립 초대 회장, 1994년 정보처리응용학회 창립 초대 회장, 1995년 포스데이타 자문역, 1996년 중소기업협동조합중앙회PCS사업단장·한국정보통신 특수사업팀 사장, 1997년 한국소프트텔리시스 대표이사 사장, 2001년 한국정보통신 대표이사 부회장 역임.

포스코 전산요원 1호

"대학에서 수학을 전공하고 고등학교 수학교사로 6년 동안 재직한 뒤 한국과학기술연구원(KIST)에서 전산교육을 받았습니다. 우리나라 최초의 전산교육이었어요. 신기술을 배우고 싶은 생각이었는데, 당시 우리나라에서 전산이란 것이 대중에게는 생소한 분야였어요. 지금은 전산이 공학의 한 분야로 되어 있지만, 최초의 개념은 수학의 진법(進法)에서 태동한 겁니다. 나로서는 도전해보고 싶은 분야였어요."

포항제철소 1기 설비가 착공된 1970년 12월에 입사해 오직 전산·정보통신 외길을 걸어온 성기중 전 부사장. 그는 포스코 전산요원 1호로서 건설 중인 공장의 전산화 계획 수립에 착수했다. 포스코의 전산화가 처음 시작된 것은 1971년이었다. 그때는 전산화가 국내에 막 도입되던 시기여서 일반 기업은 이 분야에 관심도 없었고, 일부 정부기관만이 컴퓨터를 도입하여 초보적인 수준의 시스템을 운영하고 있었다.

"입사한 지 6개월 만에 포스코의 전산화 마스터플랜을 수립하라는 지시가 떨어졌어요. KIST에서 전산교육을 받기는 했지만, 지금으로 따지면 학원에 6개월 정도 다닌 정도에 지나지 않는데, 엄청난 규모의 포스코 시스템을 기획한다는 것은 무척 어려운 일이었습니다. 며칠 밤낮을 고민에 고민을 거듭하며 마스터플랜을 수립했지만, 작고하신 고준식 부사장님으로부터 호된 질책만 받고 말았어요."

이렇게 시작된 그의 전산 인생은 개척자의 길이 흔히 그렇듯 가시밭길의 연속이었다. 1개 공장의 전산화를 위해 각종 장표와 매뉴얼을 산더미처럼 쌓아놓고 연구에 몰입했다. 마치 쌀 한 톨을 건지기 위해 뜨물 한 양동이를 다 마시는 격이었다고 그는 회고했다.

"하루는 황경노 당시 상무께서 '이번 달 급여는 급여대장을 전산으로 제출해야 돈을 내주겠다. 회사의 전산화를 촉진하기 위해서는 한 번쯤 25일에 급여를 지급하지 못하는 일이 있어도 좋다'고 하시면서 단호한 결심을 밝히시는 거야. 인사부서와 전산부서가 한 덩어리가 되어 철야작업으로 아슬아슬하게 그달 급여를 25일에 맞춰 지급하면서 포스코 최초의 전산화 작업이 이루어졌어요."

포스코 재무전산화의 시작

분식회계가 보편화되어 있던 1970년대 한국사회에서 재무전산화는 어느 회사나 절대 금기사항이었다. 그러나 전산실에서는 황경노 상무에게 보고하여 회계 및 원가를 전산화한다는 결심을 받아냈다. 제철소 가동 초기에 전산화가 중심이 된 시스템을 구축해야만 회사의 토털 시스템을 조기에 이룰 수 있다고 강력히 주장한 결과였다.

"보고서를 들고 가면서도 걱정이 되었어요. 당시 회계전표는 수기(手記)

로 작성했는데 여러 장을 겹쳐 한 번에 작성하도록 되어 있는 이른바 원라이팅(One Writing) 제도였어요. 이 제도는 황 상무께서 심혈을 기울여 고안한 것이었는데, 우리가 새로운 솔루션을 제시하는 것은 황 상무님께 도전하는 것이 아닌가 하는 생각이 드는 거야. 그런데 그건 기우였어요. 오히려 한술 더 떠서 회계과장과 원가과장에게 결산 다음달 5일까지 전산으로 찍은 결산서를 당신 책상 위에 올려놓으라고 하셨어요. 내가 이 기회에 확실히 밝힐 것이 있어요. 흔히 나를 포스코의 초대 CIO(Chief Information Officer)로 알고 있는데, 진정한 초대 CIO는 황경노 상무입니다. 항상 고마운 마음을 지니고 있지요."

1977년 재무전산화가 완료되고 얼마 뒤 감사원장을 중심으로 한 정부평가단이 포스코를 방문했다. 포항제철소 건설사업이 어떻게 되어가고 있는지 추진상황을 평가하기 위해 온 것이었다. 당시 박득표 이사는 재무전산화를 강조하여 보고했고, 보고를 받은 평가단이 크게 칭찬을 했다. 이후 포스코 전산실은 외부 기관의 전산화 견학 수용에 정신을 못 차릴 정도였다.

그러나 전산화의 주력인 생산·판매 전산화는 나아갈 방향도 잡지 못하고 있었다. 회사 설립 초기, 모든 설비와 기술은 일본에 의존했는데, 막대한 돈을 지급하면서도 품질 및 생산 프로세스의 전산화는 JG(Japan Group)의 기술지원 대상에서 제외한 것이 가장 큰 문제였다. 그는 「거듭 실패하는 생산관리 전산화」라는 회고의 글을 남긴 적이 있다. 포스코 50주년을 맞아 그 글을 다시 읽어볼 필요가 있겠다.

각 공정별 재고를 파악하는 것이 전산화의 일차 목표였다. 슬래브, 열련코일, 최종제품의 재고만 정확히 파악한다면 판매, 생산, 출하관리에 크게 도움이 될 것 같았다.

당시 생산관리 제도를 살펴보면, 소재공장에서 슬래브가 생산되면 공장에서는 개당 한 장씩 슬래브카드를 작성하여 공정관리과로 보내고, 2~3일 후에 이들에 대한 압연작업지시를 공장으로 보내는 반복적인 일의 연속이었다.

많은 공정관리원이 전자계산기로 계산을 하고 슬래브카드를 책상 위에 압연순서대로 늘어놓은 뒤에 먹지가 끼어 있는 압연작업지시서에 써 나가면 되는 것이었다. 열연코일, 최종제품관리도 유사했다. 그것들은 전산전문가의 입장에서는 전산화의 대상이었다.

1978년 12월 500만 톤 체제가 되니 사람의 작업으로는 그러한 일이 불가능하게 되었다. 마치 학교 석차 카드를 작성하여 책상 위에 나열하면 되지만 대학수능시험은 컴퓨터 없이는 안 되는 것과 같았다. 게다가 냉연공장까지 가동되니 전산화 필요성은 배가되었다.

그러나 생산관리의 전산화에 대한 실마리는 풀리지 않았다. 부분적으로는 전산화가 진척되고 있었지만 여러 가지 문제점이 복합적으로 저해요인으로 작용해 악순환의 연속이었다. 왜 그랬을까? 당시 생산관리 부문의 개혁과제를 정리해보는 것도 역사적으로 의미가 있을 것이다.

첫째, 생산실적 정보의 정확성이 가장 큰 문제점이었다. 세부공정별 재고는 덮어두더라도 소재 슬래브의 재고 정보가 맞지 않았다. 압연생산성이 떨어지니 납기 지연을 초래했다. 식별이 용이한 슬래브 관리가 그 정도였으니 다양한 제품의 관리는 말할 것도 없었다.

둘째, 수주와 생산과 출하 간의 손발이 맞지 않는 것이 시스템을 구축하는 데 많은 영향력을 미쳤다. 당시 '수주-생산-출하 유기화'라는 유행어가 생겼고 실제로 대책조직까지 만들어졌다.

셋째, 작업표준의 제정 및 준수가 생산활동의 효율에 치명적인 영향을 미치고 있었다. 가열로에 장입할 슬래브를 지정하여 작업지시가 나가면 동일 규격의 슬래브들 중에서 작업이 편리한 것으로 대체한다든가 수요가를 지정 받아 상품마킹을 끝내고 기다리던 제품이 다른 수요가로 마킹이 변경되어 출하되기도 했다.

넷째, 이용할 부서에서는 공장의 돌아가는 모습을 훤히 들여다보고 있기를 원하는데, 전산실은 온라인 및 데이터베이스 기술의 걸음마를 익히고 있었으니 참으로 딱한 실정이었다.

오이타제철소의 노하우를 읽어내다

1980년에 포항제철소의 생산·판매 시스템은 슬래브 재고와 제품 재고의 정확한 물량과 위치를 파악하기 위한 전쟁터나 다름없었다.

"당시는 생산관리 및 전산 기술의 한계에 허덕이면서, 새로운 광양제철소를 대비해야 하는 실정이었어요. 이때 박태준 회장님께서 제철기술의 일본 탈피를 선언하고 일본과 유럽의 경쟁을 유도하셨어. 이런 분위기에 신일철이 한 발짝 물러서면서 전산기술 지원의사를 밝혔지. 문제는 우리의 모델을 기미츠(君津)와 오이타(大分) 양대 제철소 중 어디의 시스템으로 할 것이냐 하는 것이었어요. 전산실에서는 최신 제철소인 오이타로 결정했고, 결과적으로 제철 시스템의 구성방법에 대한 중요한 결과를 얻었어요."

오이타제철소의 전산실장은 자기들이 제공하는 자료가 미흡하여 포스코에 도움이 안 될지도 모른다며 일본인 특유의 걱정부터 앞세웠다. 그럴 만도 했다. 그들의 마스터파일은 자기 테이프 시퀀스(sequence) 방법을 채택하고 있었는데, 방법 자체는 원시적인 것이었다. 그러나 자신들이 왜 이러한 방법을 채택했는지 원인을 규명해주었다. 그래서 포스코 전산팀은 그들이 수십 년간 익혀온 공정관리 기술에 대한 노하우를 찾아낼 수 있었다.

"예를 들면 이런 거지. 음악 테이프에 여러 노래가 수록되어 있는데, 시퀀스 방법은 원하는 곡만 검색하여 들을 수 있는 랜덤 시스템이 아니고 처음부터 차례로 다 들어야 하는 시스템이요. 그렇다 보니 원하는 노래뿐만 아니라 다른 모든 노래를 다 배우게 된 거나 마찬가지지. 아마 그들은 포스코가 그 자료를 해석해낼 능력이 없을 것으로 생각하고 통째로 넘겨준 것 같아요. 그게 우리에겐 바이블이 되었지. 그때 그게 아니었다면 이후 광양제철소 전산화가 어려웠을 거란 말도 있었어요."

이루지 못한 '통신보국(通信報國)'의 비운

1979년 어느 날, 그는 박태준 사장의 호출을 받고 사장실로 들어서다가 깜짝 놀랐다. 그때 제철소 안에 위치해 있던 4층 건물의 2층 사장실 방문 위에는 '제철보국(製鐵報國)'이라는 붓글씨가 걸려 있었는데, 그날은 '제철보국'이 왼쪽에 걸려 있고 오른쪽에 똑같은 크기의 '통신보국(通信報國)'이 걸려 있었던 것이다.

"사장님을 뵈니 '제철이 어느 정도 완성이 되어 가면 나는 통신보국으로 한 번 더 국가에 헌신할 계획이니 준비를 하고 있으라'는 분부를 내렸어요. 그러나 당시 포항제철소 전산화에 여념이 없었기에 마음속으로만 다짐을 했지 실제로는 아무것도 할 수가 없었어요. 이후 박정희 대통령께서 서거하시면서 유야무야되는 것 같았지만, 사장님은 전혀 그게 아니었어요. 10년이 지난 1989년 말, 포스데이타를 설립하면서 통신보국 프로젝트가 본격적으로 작동되었지요. 1992년 광양제철소 4기가 완공되면 포스데이타에 '매년 1조 원씩 투자할 것이니 대비하라'는 독촉이 나오기 시작하는 거야. 보다 구체적으로 '일본 소프트뱅크 손정의 사장과 함께 한국에서 같이 사업을 하라'는 지시까지 내리셨어요."

손정의 사장은 한국에서의 소프트웨어 유통사업은 시기상조라며 회의

적이었으나 설득에 설득을 거듭하여 1991년 소프트뱅크코리아를 설립했다. 이후 박태준 회장의 독촉은 더더욱 강도가 높아져갔다. "포스데이타는 언제 1조 원의 매출이 되는지 계획을 내라"는 것이었다. 매출 1000억 원도 안 되는 회사를 1조 원으로 만들어내라니 그때부터 그는 잠을 이룰 수가 없었다. 고민 끝에 시장조사를 해보았지만 당시 상황으로는 소프트웨어로 1조 원의 매출은 불가능했다.

"그때 생각난 것이 박 회장님의 '통신보국'이었어요. 그래서 이런저런 조사를 진행하던 중 정부에서 제2이동통신사업을 민간에 허가한다는 정보가 포착되었어. 즉시 사업요지를 정리해서 회장님께 보고 드렸지. 하지만 아무 말씀도 안 하시는 거야. 초조해서 견딜 수가 있어야지. 회장님께서 어디로 움직이실 때 자동차에 동승하여 재차, 삼차 독촉의 말씀을 드렸지만 역시 묵묵부답이셨어."

그로부터 한 달 뒤, 박태준 회장은 임원회의에서 포스코가 통신사업에 진출하겠다고 발표하고 성기중을 이동통신추진단장, 김권식을 부단장으로 하여 사업을 추진하라고 지시했다. 그것은 박 회장의 주도면밀성이 다시 한 번 드러난 장면이었다. 그의 첫 보고를 받은 뒤 해당 분야의 전문가를 접촉하면서 사업의 타당성을 짚어보기 위해 한 달이라는 시간을 보낸 것이었다.

"이후 박태준 회장님께서 1992년 10월 물러나신 뒤 1994년 2월 우여곡절을 거쳐 포스코가 제2이동통신 사업자로 선정되었지. 회사명은 박 회장님께서 지어주신 대로 신세기이동통신으로 했어요. 포스코 회장에서 물러나신 뒤로 포스코 경영을 놓고 계시던 박 회장님께서는 나를 보기만 하면 '매년 1조 원씩 대어준다고 했는데, 미안하다'고 입버릇처럼 말씀하셨어요. 통신보국의 꿈을 접어야만 했던 회한이 얼마나 크셨으면 그런 말씀을 하실까 싶을 땐 가슴이 찡했어요."

포스데이타를 창립하고 초대 CEO를 지낸 당사자로서 지금은 다른 회사와 합병되면서 이름조차 없어진 포스데이타에 대한 애틋한 마음이 회고담의 여기저기서 묻어났다.

"당시 포스데이타는 대학생 선호도에서 KT에 이어 2위였어요. 인력도 매우 뛰어났고 다들 세계 최고의 소프트웨어 회사로 발전시킨다는 꿈에 부풀어 있었지요. 포스코 역사상 자회사가 모회사보다 급여가 많았던 예는 포스데이타가 처음이에요. 그럴 수 있도록 조치해준 박득표 사장께 감사의 말씀을 전하고 싶어요. 당시 내가 뽑은 인력이 2000명이었어. 그러나 포스코의 경영권이 흔들리면서 포스데이타는 그야말로 쪼그라들고 말았지. 포스코 비서실 직원이 나에게 전화로 사정을 알려주더군. 모 그룹 주력사 회장이 포스코 회장실로 찾아와서 왜 포스코가 정보통신 분야에 진출하느냐며 항의했다는 거야. 포스데이타는 포스코 출자사 일로 한정해야 한다는 거였지."

그때 박태준 회장은 정치적 이유로 유랑하듯이 해외에 머물고 있었는데, 그날 이후로 포스데이타의 인력을 반으로 줄이라는 모처의 지시가 떨어졌다. 일도 벌이지 말고 포스코의 사내 업무로 한정하고 포스데이타가 설립한 자회사도 모두 정리하라는 것이었다.

"자회사를 정리하면 그 인력들은 어떻게 해야 하나. 그들이 이어서 일을 할 수 있는 방법을 찾다가 소프트뱅크코리아를 삼보컴퓨터 이용태 회장에게 넘겼어요. 사람들을 그대로 인수하는 조건이었지. 포스데이타 자체 인력은 도저히 내 손으로 정리할 수가 없었어. 그래서 당시 조관행 기획조정실장을 찾아가 이야기했어요. '나는 내 손으로 그들을 자를 수가 없다. 그러니 내가 물러나고 다음 사람이 오면 거기에 맡겨라.' 이렇게 말하고 물러났어요. 포스데이타가 잘 성장했으면 지금 애플이나 구글의 위치가 되어 있지 못하란 법도 없어요. 설립 초기의 의지와 분위기는 단연 그랬어요."

3300개의 인터페이스를 하나로 묶다

성기중 전 부사장은 포스코에서 프로세스 컴퓨터와 비즈니스 컴퓨터가 완벽하게 연결되어 하나의 시스템으로 통합된 것은 PI(Process Innovation)가 완성되면서부터였다고 했다. 포항제철소는 일본의 FACOM, 광양제철소는 미국의 IBM을 도입했는데, 이것이 본사 시스템과 연결되는 데는 오랜 시간이 걸렸다는 것이다. 하나씩, 점차적으로 이루어지면서 주문에서 출하까지의 납기가 현저히 줄어들었다.

"포항 초기에는 주문에서 출하까지의 납기가 50일이었는데, 이걸 내가 30일까지 단축시켰어요. 제철소와 행정부서의 시스템이 연동되지 않으면 30일은 절대 불가능해. 지금은 14일로 단축되어 있는 걸로 아는데, 이는 PI와 ERP를 도입한 덕분이지요."

그는 유상부 회장이 취임하고 얼마 지나지 않아 포스코 회장실을 찾았다. 당시 포스코나 출자사를 완전히 떠나 '한국정보통신' CEO로 있을 때였다. 유 회장을 마주한 그는 정보통신 부문의 변화와 트렌드를 거론하면서 PI 추진을 권유했다. 유 회장은 책상을 치면서 "내가 바로 그걸 하려고 한다"고 했다. 그러면서 그에게 현장 실사와 사전 컨설팅을 부탁했다.

"유 회장의 부탁을 받고 사람을 동원해서 포스코의 전체 시스템을 조사했는데, 무려 3300개의 인터페이스로 이루어져 있었어요. 이래 가지고서는 공정단축은 기대할 수가 없는 거지. 바다 위에 섬이 3300개가 있는데, 이 섬들을 하나의 시스템으로 묶어야만 전체가 하나로 기능할 수 있는 것과 마찬가지예요. 우리 제안에 따라 유 회장이 강력한 드라이브를 걸었어요. 그런 일은 그렇게 하지 않으면 절대 안 돼요. 의식혁명이 이루어지지 않고서는 추진할 수 없는 일이지."

그때 그는 PI 추진에 불만을 품은 사람들로부터 욕도 먹고 언짢은 소리도 들어야 했다. 변화는 누구에게나 두려운 그 무엇으로 다가오기 때문이었을 것이다.

"미국 IBM으로 보내려고 뽑은 10명을 이쪽에 투입했어요. 하루는 제철소를 순회방문하는 중 제강공장에 들렀는데, 잘 아는 사람을 만났어요. 그런데 이 사람이 PI 추진에 불만이 많았던 모양이야. 대뜸 나보고 PI가 뭐냐는 거야. '파우더 인젝션(Powder Injection)인가요?' 하면서 빈정거리더군. 웬만하면 식사나 함께 하자고 할 사이인데도 커피 한 잔 내놓고 말았어요."

PI와 같은 혁명적인 일은 기다리면 언젠가는 되는 일이 아니라는 게 그의 견해였다. 조직원의 의식을 근본적으로 뜯어고친다는 강력한 결단 아래 어떤 저항도 물리칠 각오가 되어 있는 경영자가 전쟁을 치르듯이 추진해야 하는 일이라는 것이었다.

"만약 그때 하지 않았다면 현재의 포스코가 어떻겠어요. 그때 미루었다가 지금 하면 쉽게 될 것 같아요? 그렇지 않습니다. 언제 해도 진통은 따르기 마련이에요. 오히려 늦어지면 늦어질수록 현상에 안주하는 고착화 현상만 더욱 공고해질 뿐입니다. 좋은 환경과 근무여건에서 한 단계 더 나아간 포스코가 되기를 기원합니다."

제철산업은 전통적으로 국가 간의 경쟁이다

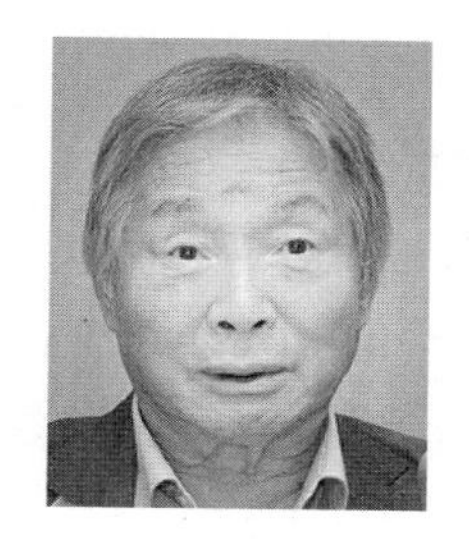

김진주 1941년 서울 출생. 1973년 포스코 입사, 경영조사과장·냉연판매부장·경영정책실 부장, 포항제철소 부소장, 1988년 포스콘 부사장, 1992년 포스코 특수석판 사장, 1993년 포스코 전무이사·부사장 역임.

'제2제철 설명단'이 조직되다

1975년 3월 김종필 국무총리 주재로 제2제철 관련회의가 열렸다. 이 회의에는 관련부처 장·차관, 태완선 한국종합제철 사장, 포항제철의 고준식 부사장이 참석했다. 이 자리에서 '한국종합제철' 이름으로 추진하던 제2제철 건설계획을 백지화하여 포항제철에 흡수합병시키고, 제2제철 건설은 포항제철의 2차 확장공사가 끝나는 1978년 이후 포항제철의 제2공장으로 추진한다는 방침이 정해졌다.

그런데 수면 아래로 가라앉았던 제2제철 논의에 다시 불이 붙은 것은 1977년이었다. 제1차 오일쇼크의 충격이 의외로 빠르게 진정되면서 정부는 다시 제2제철을 추진하기로 했다. 이번에는 2년 전의 그 결정과 다르게 전개되었다. 제2제철 건설을 정부 주도로 할 것이냐 민간 주도로 할 것이냐를 두고 갑론을박이 벌어진 것이었는데, 이러한 상황에서 현대그룹이 먼저 민간주도로 '현대'가 하는 것이 합당하다고 발표하였다.

그때 우리 포스코(포항제철)는 포항제철소 3, 4기 확장공사에 전력을 기울이는 한편으로 제2제철은 포항제철의 제2공장으로 건설한다는 한국종합제철 흡수합병 당시의 방침에 따라 사전 준비 작업을 진행하고 있었다. 그러나 중동건설의 특수를 통해 축적한 자금을 바탕으로 매우 적극적으로 철강산업 진출을 추진해온 현대는 제2제철 건설에 그 어떤 정부의 지원도 받지 않고 오직 자체 자금만으로 건설하겠다는 자금 조달면에서의 장점을 내세웠다. 정부의 관련 부처도 항만, 철도, 용수, 전기, 도로 등 사회간접자본 성격의 사업까지 모두 자체 자금으로 건설하겠다는 현대를 지지하는 분위기가 역력하였다.

포항제철은 1978년 6월 12일 정부에 제2공장(포항제철은 제2제철을 제2공장이라 불렀다) 건설 의사를 제시하고 '제2공장 제1기 사업계획서'를 정부에 제출했다. 계획서에는 포항제철소의 조업과 건설을 통해 축적한 기술, 차관선과의 유대 관계, 원료 도입원의 확보, 일부 시설의 중복투자를 배제하여 설비비용을 절감한 저렴한 설비투자비, 기존 포항 공장과 설비상의 상호 보완으로 1사2공장의 장점을 최대로 활용한 국제경쟁력확보 등을 내세워 제2공장 실수요자는 포항제철이 맡아야 한다는 의지를 강력히 표명했다.

현대는 6월 22일 인천제철을 인수하고 8월 18일 '제2종합제철 1기 사업계획서'를 정부에 제출하였다. 이로써 이른바 '제2제철의 국·민영화 논쟁'이 촉발되었다.

현대는 정부 부담이 전혀 없는 순수 민간 자본으로 추진한다는 점, 건설회사를 보유하고 있기 때문에 저렴하게 건설할 수 있다는 점, 아산에 이미 소요 부지를 확보하고 있다는 점, 철강산업이 독점기업이 되면 수요가 입장에서는 경쟁력이 저하된다는 점 등을 주장하고, 포항제철은 일관제철소 건설과 조업 경험, 축적한 인력과 기술 등을 부각시켰다.

주무부서인 상공부와 승인부서인 경제기획원의 입장은, 정부에는 철강 산업에 더 이상의 지원할 자금이 없으며 더욱이 투자에 대한 고용효과가 낮기 때문에 현대가 실수요자가 되는 것이 국가 차원에서 도움이 된다는 것이었다. 뿐만 아니라, 대정부 로비의 측면에서 포항제철보다 월등한 현대는 아예 '아산제철소'라는 이름까지 지어서 강력하게 밀어붙였다.

이러한 배경 속에서 포항제철에는 박태준 사장의 명에 따라 서울에 '제2제철 설명단'을 만들었다. 설명단은 안병화 부사장을 단장으로 여상환, 박준민, 그리고 김진주 등 4인이 주축이 되었다.

제2제철 실수요자 논리를 세우다

우리는 정부의 관련부처를 상대로 말 그대로의 논리적 설명 활동을 펼쳐나갔다. 그러나 반응은 전반적으로 부정적이었다. 설명 듣는 것 자체를 회피하는 분위기도 있었다.

정부에 대한 설명이 끝나가는 시점이었다. 박태준 사장이 새로운 두 가지 지시를 내렸다. 하나는 제2제철 실수요자 결정에는 최종적으로 대통령의 재가가 나야 하니 대통령 면담을 신청하라는 것이었고, 또 하나는 대통령 보고 시에 포항제철이 하는 것이 국가경제발전에 꼭 필요하다는 자료를 만들라는 것이었다.

건설경험, 조업기술, 국제경쟁력 등 건설이나 조업에 관련된 사안이 문제가 아니라, 국가가 없는 예산으로 포항제철을 지원하는 것이 정부로서 올바른 선택임을 증명해야 하는 보고서를 만드는 작업이 시작되었다.

그때 시점에서 우리나라의 경제발전과 이에 따른 산업구조의 장기적 발전전망에 의하면, 1인당 국민소득이 2만 달러가 되어가는 2000년경에는 자동차, 건설, 조선, 가전 산업 등 철강재가 중심이 되는 중공업 중심의 산업구조로 변하게 되어 있었다. 그런 시대에 진입했을 때, 산업부문의 대부분을 현대라는 1개의 기업이 독점하게 되면 필연적으로 우리나라 기간산업의 '현대 집중'이 극심해지고 산업구조의 왜곡을 불러올 것이었다. 여기에다 현대가 산업발달의 기초소재인 철강재까지도 독점하게 되면, 다른 기업의 경쟁력을 약화하고 부실화를 초래하여 국민경제 전체에 엄청난 부담을 안겨줄 가능성이 높았다. 또한 모든 선진국가들은 발전도상에 있을 때나 선진국이 된 뒤에도 철강산업만은 국가가 정책적으로 직·간접으로 관리하는 산업구조로 되어 있는 선례를 참조해보더라도 산업구조가 하나의 개인 기업에 편중되거나 경제생산력이 과도하게 하나의 개인 기업에 의존되는 것은 국가경제의 발전정책에 바람직할 수 없는 일이었다. 우리 설명단은 이러한 내용을 담은 자료를 만들었다.

제2제철 실수요자 문제는 1978년 10월 박태준 사장의 주장을 받아들인 박정희 대통령이 포항제철로 결단을 내림으로써 막을 내렸다. 정부는 1978년 10월 27일 제2제철 실수요자를 포항제철로 확정하고, 10월 30일 이 사실을 발표했다.

그 뒤, 1979년 6월에 아산만으로 입지가 선정되었으나 항만과 용수 등 사회간접자본 부분이 열악하여 다른 대안을 찾게 되었고, 박 대통령이 서거(1979. 10. 26)하고 나서 1981년 '박태준 회장·고준식 사장' 체제가 되고 전두환 대통령 시대가 출범하면서 그해 11월에 광양만으로 최종 확정되었다.

한 번도 거론된 적이 없었고 대상입지에 전혀 없었던 광양만에 대해 내가 박 회장님께 처음으로 들은 것은 1981년 어느 날이었다. 회장 비서실로부터 당시 동부그룹 부회장으로 계시던 황경노 회장님을 모시고 창원에 있는 한국중공업(현재의 두산중공업)에 가서 대기하고 있으라는 지시를 받고 황 회장님과 한국중공업에서 대기하고 있었다. 1년 전쯤 박 회장님의 지시로 적자가 계속되는 한국중공업을 포항제철이 인수하려는 '비공개 작업'을 한 적이 있어서 나는 그것과 관련된 사항으로 우리를 보자고 하신 것이라고 짐작했다.

그런데 대우중공업의 헬기로 도착한 박 회장님께서 회사 현황을 보고받은 다음에 황 회장님과 나를 헬기에 타라고 하셨다. 헬기가 남해안을 끼고 비행해 섬진강 하구에 다다르자 지금 광양제철소가 들어서 있는 광양만 일대를 가리키며 저기가 제2제철 입지이니 잘 보아두라고 말씀하셨다. 뒷날에 박 회장님께서는 "광양만을 추천한 사람은 해군참모총장을 지낸 이맹기 전 대한해운 사장이며, 아산만이 제철소 입지로서 여러 문제점을 드러내면서 고심하고 있을 때 이맹기 제독이 '제가 알고 있는 좋은 곳이 있습니다' 하고 광양만을 추천하셨다"고 말씀하셨다.

냉연제품 공급해주라는 회장님 지시에도 소신을 지키다

1982년 11월에 나는 냉연판매부장으로 보임되었다. 당시 냉연제품 시장 환경은 연합철강, 일신제강 등 기존 철강회사들과 경쟁하고 있었으며, 자동차는 현대에서 처음으로 '포니'라는 이름의 소형차를 생산을 시작하고, 가전제품도 수입에 의존하는 가운데 냉연제품의 수요가 조금씩 증가하기 시작되는 초기였다. 그리고 공장에서 나오는 여러 부산물도 냉연판매부에서 판매하였다. 냉연제품의 판매 실적이 부진할 수밖에 없는 상황에서 냉연공장만이 적자를 내고 있었다. 어떻게든 시장을 개척하라는 박 회장님의 특명이 내려졌다. 몇 개의 대리점이 부도를 냈고, 몇 개의 대리점은 부도가 날 위험에 처해 있었다.

내가 냉연판매부장으로 일 년쯤 동분서주한 즈음이었다. 1979년에 들이닥쳤던 2차 석유파동의 영향에서 벗어나면서 판매량도 늘어나고 수요시장이 정상을 찾아가고 있었다. 그런 어느 날이었다. 젊은 사람이 나를 찾아와서 "금방 박태준 회장님과 함께 점심식사를 하고 왔다"면서 박 회장님의 자필 메모지 한 장을 내밀었다. '김진주 부장 앞'으로 되어 있는 메모지에는 불황에는 남아돌고 호황에는 품귀를 빚고 있는 제품을 몇 퍼센트 정도 늘려 주라는 내용이었다. 나는 그 자리에서 버럭 언성을 높였다. 당장 거래를 끊겠다고 으름장을 놓기도 했다.

이튿날 박태준 회장님이 부르셨다.

"야, 네가 회장이냐, 내가 회장이냐?"

"저는 부장입니다."

"회장이 그런 지시도 못하냐?"

"제가 판매 책임자로서 안 팔리는 제품은 끼워 팔거나, 불황시에 안 팔리는 제품은 불황시에 판매한 비율로 호황시에 물량을 주겠다는 약속을 하고 판매를 하는데, 불황시에는 안 사가고 호황시에 회장님께 부탁을 해서 찾아오는 업체에다 그대로 물량을 늘려주게 되면 제가 판매부장으로서 판매를 할 수 없으며, 여러 수요가가 인맥을 통하여 물량을 더 받기 위하여 회장님께 찾아간다면, 판매하는 저도 어렵고, 그 여파가 회장님께도 나쁜 영향이 생길 수 있으니, 회장님의 지시를 따를 수 없습니다."

여기에다 고스란히 다 옮겨적을 수는 없지만 그날 그 자리에서 나는 해야할 말을 참지 않고 다하고 말았다.

다음날 나는 무보직의 본사부 대기발령을 받았다. 그러나 얼마 후에는 감사실 조사역이 되었고, 이어서 경영정책실장이 되었다.

연합철강, 한국중공업 정상화를 돕다

1986년에 나는 은퇴 후 고문으로 계시던 고준식 전 사장을 모시고 연합철강 경영정상화에 나섰다. 5공화국이 출범한 뒤 전두환 대통령이 철강업계의 골칫거리였던 연합철강 처리 문제를 국회 재무분과위원장을 맡고 있던 박태준 회장님께 부탁한 데 따른 조치였다. 연합철강을 시작한 권철현씨와 정치적으로 인수한 동국제강의 장상태씨 간의 경영권 싸움으로 회사가 파업을 계속하는 등 정상적인 경영이 어려운 상태였다.

연합철강 서울 본사에는 고준식 사장님을 모시고 이영 부사장과 김진주, 부산공장에는 박종태 당시 부사장님과 신창식 전무가 1년간의 노력으로 정상화시켰다. 그리고 포항제철로 복귀하라는 명령을 받고 복귀하는 중에 1987년에는 한국중공업과 한국전력의 원자력발전소 건설에 따른 주도권 싸움으로 양사의 사장이 사직한 상태에서 한국중공업 경영정상화를 위한 위탁경영인으로 지정된 안병화 사장님과 함께 한국중공업 경영정상화 작업에 참여하기도 했다. 안병화 사장님은 포항제철 사장에서 한국중공업 사장을 하시다가 노태후 대통령이 취임하고 초대 상공부 장관을 거쳐 한국전력사장을 맡으셨다.

'한보철강 인수 실패'는 매우 안타까운 일

1997년 그동안 위태위태한 상황을 보이던 한보철강이 결국 부도를 내고 말았다. 당시 철강업계에서 일어난 문제의 뒤처리는 응당 포스코의 몫이었다. 한보철강의 투자비는 회계상 약 5조 원 정도로 잡혀 있었는데, 포스코의 위탁경영팀에서 계산해 보니 실질가치는 1조9000억 원 정도였다.

포항제철소의 고로에 해당하는 COREX설비를 살리고 압연설비 일부를 보안하여 가동하고, 생산되는 제품은 포스코의 포스틸에서 위탁판매하는 계약으로 위탁경영에 들어갔다. 그러나 유상부 회장이 취임하고 계약을 해지하고 팀을 철수시켰다. 이후 재산가 권철현씨 측에서(전 연합철강 사장)

일본 자본과 합작으로 인수했지만, 가동할 능력이 없어 포기했다. 그러고 나서 포스코에 매각하려 했으나 포스코는 시기를 놓치고 말았다. 그 뒤에 철강 경기가 좋아지면서 채권단에서 입찰 절차를 밟아, 입찰에서 현대제철이 포스코를 누르고 인수에 성공했다. 그 현대제철이 포스코의 경쟁사로서 성장하여 오늘날의 시장구조를 만들었다. 포스코가 위탁경영을 계속하든지, 기회가 왔을 때 포스코가 빨리 매입하든지, 아니면 입찰에서 이길 수도 있었다. 하지만 결정을 해야 하는 경영자가 여러 번의 기회를 놓치고 결국은 현대에 넘기고 말았다. 포스코가 국내·외에서 철강의 시장지배력(Market Power)에 엄청난 타격을 입게 되는 시작임을 알지 못한 무능의 소산이다.

국내에서 시장을 크게 빼앗겨 시장지배력을 상실하게 되면, 국가 간의 국제경쟁을 해야 하는 철강산업의 특성상 불리해질 수밖에 없으며, 흔히 독과점 문제를 들먹이지만 철강산업이란 기업 간의 경쟁이 아닌 국가 간의 경쟁을 통해 성장 또는 도태하는 산업이라는 특성을 직시해야 한다. 그래서 유럽에서 시작한 철강산업이 미국을 거쳐 일본으로 오고, 다시 일본을 거쳐 한국으로 와서 포스코의 것이 되었던 것이다. 철강산업의 추이, 특히 시장원리에 의하여 회사 간의 신설과 통합 흐름을 제대로 인식하지 못한 채 철강산업의 경영은 오직 자기가 소유한 생산공장에 의존하는 것이 착각에서 그러한 비극적인 결정을 하게 되었을 것이라고 생각한다. 그것이 오늘날에는 모든 시장지배력을 중국에 넘겨주는 결과를 불러오기도 했다.

신세기통신 매각은 미래가치 창조의 포기였다

신세기통신은 박태준 회장 때 시작하여 정명식 회장을 거쳐 김만제 회장이 완결 지어 포스코 미래에 가장 희망 있는 전략사업부문이 되었다.

이동통신은 포스코가 보유한 자금력과 기술력을 총동원하여 정치적으로 2대에 걸친 대통령이 관련된 통신사업자들을 물리치고 새로운 통신사업의 실수요자로 선정될 수 있었으며, 그것은 포스코의 제2 도약을 확보한 사업이었다.

당시 신세기통신이 채용한 CDMA 기술은 세계 최초로 상용화한 최첨단 기술로서 그때까지 세계적으로 유일한 기술이었다. 포스코의 자금력으로 성장시켰으면 지금쯤 포스코는 통신시장의 주역이 되어 있을 것이다.

그러나 포스코는 매각해 버렸다. 매각할 당시에 포스코는 자금부족으로 무엇을 매각해야 할 사정도 아니었고, 특별히 포기하여야 할 이유도 없었다. 그럼에도 불구하고 2000년 1월 3일 대주주권 16.6%를 SK텔레콤에 1조8000억 원에 매각했다. 이것은 포스코의 미래를 매각한 것이었으며, 그 결과가 오늘날의 뒤떨어진 포스코의 자화상이 되었다.

김만제 회장과 포스코

나의 시각으로 김만제 회장과 그의 경영철학 그리고 포스코의 변화를 보면, 크게 두 가지이다. 하나는, 김만제 회장 본인이 원하여 포스코에 온 것이 아니라 박태준 회장님과 김영삼 대통령과의 불화와 대립에서 이루어진 일이다. 또 하나는, 박 회장님이 명예회장으로 물러나신 데 이어서 황경노 회장님이 취임했으나 박 회장님이 기약 없이 일본으로 떠나신 뒤 김영삼 정부에 의해 황 회장님도 물러나시고 그 후임으로 경영을 맡은 정명식 회장과 조말수 사장이 의견 대립과 불화를 일으킨 데 대해 김영삼 정부가 책임을 물어 두 분이 떠나면서 김만제 회장이 파생적으로 부임한 일이다.

김만제 회장은 회사의 현황을 잘 알고 있는 사장, 부사장들의 의견을 모아서 의사를 결정하는 경영위원회를 통하여 중요사항을 협의하여 결정하도록 하였으며, 퇴직한 회장·사장 등 전임 임원들과의 정기적인 회의제도를 만들어 회사경영에 자문을 받았으며, 본인의 결정권을 대폭 축소하여 사장, 부사장, 제철소장에게 대폭 권한을 위임하는 정책을 도입하였다. 임직원의 숙원이었던 임금을 인상하고 휴가제를 실시하는 복리후생정책도 시행하였다.

1994년에는 특히 우리나라의 금융시장이 나빠지는 추세임을 인식하고 외화자금의 부족을 예상하여 포스코 주식을 미국 뉴욕증시와 런던증시에 상장하고 해외에 낮은 금리의 사채와 차관을 도입하여 35억 달러 이상의 외화를 보유하고, 국내에서는 제2, 3금융권이 어려워질 것과 그 후유증에 대비하여 거래를 최소화함으로써 IMF사태가 왔을 때 제2, 3금융권의 부도와 도산에도 포스코는 일체의 손실이 없었다. 충분한 외화와 유동자금의 보유로 건전한 재무구조를 가지게 되었으며, 그 결과 국가적으로 문제가 된 삼미특수강을 저가에 인수하고 한보철강을 위탁 경영하게 되었다.

김영삼 정부 때와 마찬가지로, 김대중 정부 출범 이후에도 포스코에 많은 변화가 있었다. 당시 많은 임원들이 새 경영층을 향해 과거에 잘못했다고 머리 숙이면서 살 길을 찾았다. 하지만 나는 생각이 달랐다. 그것은 아부의 근성이라 판단하였다.

레짐 체인지(Regime Change)가 일어나면 흔히 새로운 경영진과 실세들이 입성하는 듯한 분위기가 연출되면서, 새로운 비전과 경영목표를 제시하고 과거와의 단절에 나서게 된다. 이는 필요악이기도 하다.

'새 술은 새 부대에'라는 속담처럼 체제가 바뀌면 분위기 일신 차원에서 대규모 인사를 단행하고 변화가 일어나는 것은 당연한 일이지만, 이 작업이 기존 체제에서 일한 사람을 단죄하는 것처럼 진행되는 것은 비합리적이라는 것이 나의 생각이다. 더욱이 회장을 맡은 사람이 자기 자신만의 장기적인 자리보존을 위하여 어떠한 이유라도 전부를 면직, 퇴직시키는 행위는 '경영'이라 생각되지 않는 독선적 행위이다.

1998년 초, 나는 포스코의 고발로 대검 중수부의 조사를 받아야 했다. 김만제 회장 체제에서 판매, 자금, 기획조정실장 등 직책을 맡으면서 임직원의 봉급을 너무 많이 올려주었다거나, 복리후생·교육·해외출장 등에 과대한 비용을 썼다거나, 삼미특수강 인수와 관련해 돈을 받았다거나 하는 등등이 이유였다. 몇 개월의 조사를 마치고 검찰은 '혐의 없음'으로 결론을 내렸고, 불기소로 처리되었다.

스마트 그룹, 그리고 박태준 회장님

포스코 50주년이다. 포스코의 경영층이 꼭 마음에 두어야 할 것은, 포스코의 '공장화'가 아닌 '기업화', 즉 Smart Factory가 아니라 Smart Company를 넘어선 Smart Group이 목표인 경영이라고, 나는 생각한다.

'좋은 회사'가 있는 것이 아니라 '훌륭한 경영'이 있는 것이며, '훌륭한 경영자'가 있는 것이 아니라 '지혜로운 경영자'가 있는 것이다.

포항제철소 정문에 걸려 있는 '자원은 유한, 창의는 무한'이라는 표어와 박태준 회장님의 자택에 걸려 있는 '짧은 인생, 영원 조국에'라는 좌우명은 같은 의미를 우리에게 전하고 있다. 정문 글귀는 공간적인 의미로서 "형이하학적 실천"의 행동의 세계이고, 자택의 것은 시간적인 의미로서 "형이상학적 지혜의 세계", 즉 깨달음의 세계로서 박태준 회장님의 삶의 철학이며 실천이라 생각한다.

2011년 12월 13일 오후 5시 20분에 돌아가신 박태준 회장님의 시간과 공간을 초월한 '나라사랑하심'을 기억하고 추모하며, 인생은 짧지만 우리에게 맡겨주신 사명을 다하기에는 충분한 시간임을 깨닫게 해주셨기에 새삼 깊은 감사를 드린다.

아내를 여의고 '100톤 전로 국산화'에 성공하다

연봉학 1933년 평안남도 성천군 출생. 1955년 대한중공업, 호남비료, 한일시멘트, 한국비료, 동양합섬, 대한알미늄을 거쳐 1971년 8월 포항제철에 제관공으로 입사, 1976년 포스코 최초의 기성보, 1984년 제1호 기성에 임명됨.1994년 이사보, 1998년 보좌직으로 승진하며 기능인의 등불이 되었다. 2000년 퇴사 후 케노텍 전무, 2004년 신한기계 기술고문 역임.

피란길의 길 잃은 소년과 따뜻한 순경

포스코는 1975년 해당 기술 부문에서 최고 기능을 보유한 우수 인력을 선정해 개인의 자긍심 고취와 회사의 기술발전에 활력을 주기 위해 '기성(技聖)' 제도를 만들었다. 제철 기술의 최고 달인을 뭐라고 부를 것인가. 그 명칭을 고민하는 실무자에게 박태준 사장은 이렇게 물었다. "베토벤을 뭐라고 불러?" 그 '악성(樂聖)'이 '기성'이라는 포스코 특유의 작명을 낳았다. 연봉학 기성은 기성보(輔), 기성을 합쳐 몇 안 되는 포스코에서 제1호 기성이다.

그는 호적상 1935년보다 이태 먼저 평남 성천에서 태어났다. 열다섯 살 때 전쟁이 터졌다. 1950년 늦가을에 유엔군이 평양으로 진입했을 때 그는 치안대로 들어갔다. 중공군 진입과 1·4후퇴. 부모형제와 작별하고 미군 트럭에 올랐다. "가고 싶은 데로 가라." 그들이 내려준 곳은 포천군 가산면의 밤나무밭이 유명한 동네였다.

그는 하루를 꼬박 걸어 서울의 피란민수용소(현 마포초등학교)에 닿았다. 곧 민병대에 지원, 경남 통영까지 17일 동안 걸어서 내려갔다. 그러나 그곳에 기다리는 것은 굶주림이었다. 부패로 인한 기아선상의 훈련 석 달을 마치자 어느 날 문득 "집으로 돌아가라"고 했다. 참으로 어처구니없는 일이었다.

'정처 없는 이 발길'이란 유행가 구절이 있지만, 그가 꼭 그런 신세였다. 무작정 서울로 향했다. 솔잎, 열매, 파, 마늘 따위로 연명하면서 충청도에 접어드니 거지꼴이었다. 도로변 초가에 앉아 쉬는 사이, 그의 처지를 들어준 농부가 알려줬다. "충청도에는 연씨들이 많고, 집성촌도 있어." 그는 물에 빠진 사람이 지푸라기라도 잡은 듯했다. 괴산군 문광면 지서 앞에서 순경한테 잡혔다. 나를 패잔병으로 오해한 그가 자초지종을 듣고는 "우리 집으로 가자"고 했다.

순경의 이름은 김태국이다. 이 은인의 집에서 그는 농사를 거들며 3년 남짓 의탁한 뒤, 1955년 봄날에 혈혈단신 인천으로 찾아가 대한중공업에서 처음 쇠를 만졌다. 병역의무, 호남비료공장 건설, 한일시멘트공장 건설을 거쳐 태광산업 제2공장(동양합섬) 건설에 참여했다. 바야흐로 그는 기술자로서 인정을 받고 있었다. 길이 1㎞의 '실 나오는 설비건설'을 성공적으로 지휘했던 것이다.

1968년 12월, 그는 한국알루미늄으로 옮겼다. 기계제작·설치·관리(정비) 등을 꼽는 제관, 이 분야에 뛰어난 그의 재능을 알아준 상사는 김준영 씨였다. 그분이 먼저 포스코로 가서 '연봉학'을 추천했다. 그는 한국알루미늄을 떠나는 마지막 기념작품으로 직경 3.5m의 '알루미늄 볼'을 만들어 27m 타워 꼭대기 위에 올렸다. 이것이 알루미늄의 상징이라는 의미를 스스로 부여하면서….

박태준 사장의 사랑을 받으며 제관 외길로

창립 50주년에 다가서는 포스코 역사에서 장인(匠人)의 표상, 기술의 상징으로 각인된 연봉학 기성은 옛일을 회고하는 자리에 앉아 2012년 1월의 박태준 회장 '100일 탈상 영결식'에서 올린 추도사 원고부터 꺼내 보였다.

"목이 메어 이걸 읽어 내릴 수가 없었습니다. '회장님! 당신은 포스코의 영혼입니다' 하는 대목에서는 결국 눈물을 쏟고 말았어요. 박 회장님께서 포스코에 바친 희생과 헌신이야 온 국민이 다 아는 일이지만, 나는 개인적으로도 분에 넘치는 사랑을 받았습니다."

그는 포항 1기 설비공사가 진행 중이던 1971년 8월 2일 포스코에 입사하여 고로에서부터 제강, 압연, 기타 부대설비에 이르기까지 제철소의 모든 설비를 주무르며 제관(製罐) 외길 인생을 걸어왔다.

"7월에 교육을 받고 8월 2일 정식으로 입사하여 현장에 투입되었는데, 제철소 전 부지가 건물이라고는 하나도 없는 허허벌판이었습니다. 제일 먼저 정비공장을 착공했는데, 그 착공식이 1기 설비 종합착공식이었습니다. 그때부터 기계들이 하나씩 현장에 도착했는데, 기계를 꺼내고 난 뒤 박스를 탈의실 겸 비품 보관 장소로 썼지요. 거기 모여 도시락을 함께 먹기도 했습니다."

그때 영일만 건설현장에는 파일 항타 소리가 천지를 진동하고 있었다. 1기 설비 24개 공장이 들어설 터를 다지는 작업이었다. 파일이 지하 암반에 닿을 때까지 두드려 박고 나서 지상에 남은 부분은 잘라버렸기 때문에 모든 건설현장에 파일 토막이 나뒹굴고 있었다. 김준영 당시 과장(연봉학을 포스코로 불러들인 장본인)이 그에게 파일 토막을 이어붙여 재생할 수 있는 방법을 찾아보라고 지시했다.

"사실은 나도 똑같은 생각을 하고 있었어요. 일본으로부터 들여오는 파일 1본의 가격이 50만 원이었습니다. 지금의 화폐 가치로 환산하면 100배도 넘겠지요. 그런데 그 잘린 토막들을 그냥 고철로 버린다는 것은 그때 포스코의 여건이나 국고로 보아 아깝기 짝이 없는 일이었어요. 장비가 문제였는데, 김준영 과장은 '장비가 있으면 누군들 못하겠나. 없으면 만들어 쓰라'는 거였습니다."

김준영 과장은 장비도 장비거니와 설령 장비가 있더라도 토막들을 정확히 직선으로 이어붙일 수 있을까를 걱정하고 있었다. 이른바 센터링 작업을 해낼 수 있느냐 하는 것이었다. 용접 부위에서 미세한 각도 오차만 생겨도 안 되기 때문이었다. 그런 건 항타 한 번에 부러져버린다.

"내가 말씀 드렸어요. 그건 별것 아니라고. 바닥만 정확하게 평면을 만들면 됩니다. 그 바닥 위에 긴 파일 두 개를 옆으로 붙여놓고 그 위의 홈에 토막들을 일렬로 올려놓으면 그건 틀림없이 정확한 직선이 됩니다. 그 상태에서 가장자리를 잘 정리해서 용접하면 되는 거지요. 그때 절단기와 용접기만 가지고 무려 300여 본을 만들었습니다. 돈으로 치면 상당한 액수일 겁니다."

열악한 국내 환경에도 '제철설비 국산화' 노력 지속

그는 입사 3개월 만인 11월에 일본 야하타제철소로 연수를 떠났다. 연수를 떠나기 전 매일 새벽 2시까지 일본어 공부에 매달렸다. 말이 통하지 않고서는 연수다운 연수를 받을 수 없다는 생각에서였다.

"첫눈에 들어온 야하타제철소의 위용은 우리를 압도하고도 남았습니다. 그러나 주눅 들지는 않았어요. 우리가 관광을 갔다면 그랬을지도 모르지요. 하지만 우리는 제철소 건설을 위한 연수생이었기 때문에 우리도 2년 후면 저런 제철소를 세울 수 있다는 꿈에 부풀었습니다. 야하타의 각

사무실에는 우리가 필요로 하는 자료가 즐비했어요. 특히 열처리 시간과 경과가 정확히 기록된 책자가 눈에 들어왔습니다. '제철설비 제작 표준시간 마스터 테이블'이었는데, 30년 이상의 제작 실적과 기술적인 문제, 각종 데이터가 상세히 기록되어 있었어요. 일본인 기술자들은 우리가 그 자료들을 보는 것까지는 허용했지만 기록이나 복사는 불허했어요."

같이 간 동료 중에는 자료를 촬영, 현상하다가 들켜서 모두 빼앗기기도 했다.

"어찌 자료들이 탐나지 않았겠어요? 사무실 밖으로 가지고 나갈 수가 없었기 때문에 각 페이지를 촬영해서 제철소 인근 현상소에 맡겼는데, 그 현상소에서 제철소에 알린 겁니다. 한국인이 이런 걸 현상·인화해달라고 하는데, 해줘도 되느냐고 물은 거지요. 결국 필름까지 다 뺏기고 선금으로 지급한 현상료만 되돌려 받았습니다. 요즘 같으면 형사 처벌을 받고도 남았을 겁니다."

100톤 전로 국산화를 얻고 아내를 여의다

1976년 '기성보'에 임명된 '연봉학 제관공'은 1979년 들어 제1제강 전로 교체 시기가 다가오자 100톤 전로 자체 제작에 나섰다. 당시 한국의 플랜트 산업은 극히 초보적인 수준에 머물러 있었다. 더구나 제철소의 정비공장은 플랜트 제작에 필요한 그 어떤 장비도 갖추고 있지 않았다. 일본인 기술자들은 그에게 어처구니가 없다는 반응을 보였다. 사내에서도 회의적인 시선이 압도적이었다.

"당시 국내 기술로는 어림도 없다는 것이 객관적인 사실입니다. 100톤 전로는 무게가 무려 154톤이나 되는 대형 구조물인데 일본이 특허를 가지고 있었습니다. 그러나 우리가 전로를 만들어 판매하는 것이 아니고, 자체적으로 사용하는 데는 큰 문제가 없었어요. 그리고 무엇보다 일본에서는 결국 안 될 일로 생각하고 크게 신경을 쓰지 않는 눈치였습니다."

이 프로젝트를 성공시키려면 154톤 무게를 아이들 장난감처럼 가볍게 다룰 수 있는 크레인과 두꺼운 철판을 떡 주무르듯이 다루어 원하는 형상을 마음대로 만드는 프레스가 있어야 했다. 그러나 고작 30톤 크레인과 1000톤 프레스가 있었다. 논리적으로나 상식적으로나 될 일이 아니었다. 그러나 그는 작업계획에 대해 치밀하게 검토하고 방안을 모색한 뒤 동료들에게 알렸다. 동료들의 반응은 예상한 대로였다. 모두가 불가능하다는 것이었다.

"막상 반대에 부딪히자 오히려 포기할 수 없다는 오기 같은 것이 생기더군. 동료들을 설득하고 상사에게 자신 있게 보고한 다음 제작에 착수했습니다. 반드시 내 손으로 제철설비의 국산화를 이루고야 말겠다고 다짐하면서 제작에 들어간 지 두 달이 지났을 무렵에는 밥 먹는 것도 잊어버릴 정도로 일에 미쳐 있었습니다."

그러던 어느 날이었다. 그날도 일에 파묻혀 있다가 늦은 시간이 되어서야 하루 동안 작업한 것을 정리하며 퇴근 준비를 하고 있는데, 아내가 쓰러졌다는 연락이 왔다. 그는 한동안 잊고 지낸 아내의 얼굴을 떠올렸다. 집에 도착하니 아내는 이미 병원으로 실려 가고 없었다. 서둘러 병원에 도착하니 서울의 큰 병원으로 옮겨야 할 정도로 위급하다는 것이었다.

"아내가 그토록 아픈 것도 모르고 있던 나 자신이 그렇게 미울 수가 없었습니다. 한편으로는 아픈 내색 한번 하지 않은 아내가 원망스럽기까지 했어요. 서울의 큰 병원에서는 위암이라면서, 너무 늦어 수술이 불가능하다고 하더군요. 더 기가 막힌 것은 앞으로 3개월이라는 시한부 선고가 내려진 것이었어요. 아내를 집으로 데려다놓고 좋다는 약은 다 구해서 병마와 싸워봤지만 아내는 죽음을 향해 한 발 한 발 다가가고 있었어요."

그럼에도 불구하고 그는 아침이 되면 불같이 몸을 일으켜 병석에 누워 있는 아내를 뒤로하고 출근을 재촉했다. 결코 포기할 수 없는 일이 기다리고 있었다. 출근길의 머릿속엔 그날의 작업내용과 아픈 아내의 모습이 교차했다. 전로 제작에 있어 가장 중요한 것은 전로의 밑 부분이다. 45㎜의 두꺼운 철판을 마치 달걀 밑 부분과 흡사한 형태로 만들어야 하고 전체 몸통은 수직으로 내려오다 활처럼 휘어져 들어가며 원호를 그리는 형틀을 만들어야 했다. 먼저 주강품으로 형을 만들어 1000톤 프레스로 눌러 찍어 내리는 기본계획을 세웠다. 그렇게 형 제작에 착수했다. 처음부터 어려움을 각오한 일이기는 했지만 몇 차례 시험작업을 거쳐도 좀처럼 원하는 형이 나오질 않았다.

"밤늦도록 실패의 원인을 찾아 대책을 생각해야 했고, 퇴근하면서도 생각이 끊이질 않아 한참 후 정신을 차려보면 어느새 집 앞에 와 있곤 했어요. 화장실에 앉아서도 그 생각에 젖어 있다 보면 병석에 누워 있던 아내가 일어나 정신을 차리게 해준 것이 한두 번이 아니었습니다."

그때 생각나는 것이 있었다. 포스코가 100톤 전로를 자체 제작한다고 했을 때 다른 설비 때문에 슈퍼바이저로 와 있던 일본인 기술자가 한 말이었다. "당신들은 안 될 거요. 아무나 하는 것이 아니오." 징그러운 표정으로 비웃던 얼굴이었다.

"그 순간 다시 한 번 각오를 다지게 되었고, 무서운 독기마저 끓어오르더군요. 두고 봐라, 내 몸이 분쇄기 속에 들어가 가루가 되어 나오는 한이 있어도 이 일만큼은 꼭 성공시킬 것이다. 이런 생각이었어요. 이후 5차 실험작업에 들어갔을 때 드디어 우리가 원하는 치수를 얻었어요. 우리는 모두 작업장 바닥에 주저앉아 서로 부둥켜안고 울었습니다."

1979년 2월 시작한 100톤 전로 국산화는 그의 불타는 불굴의지가 그해 7월 말에 마무리 작업에 들어가게 했다. 그때 아내의 병세는 급격히 악화되어 갔다. 8월 2일. 그동안 심혈을 기울여 제작한 전로의 응력(凝力)을 제거하기 위한 열처리 작업을 하게 되면 마침내 100톤 전로의 국산화가 이루어지는 날이었다. 그가 병원에서 밤을 새우고 병실 문을 나서는 순간 희미한 아내의 목소리가 들려왔다. 아내는 간신히 입술을 움직여 말했다.

"오늘 하루만 같이 있어주면 안 될까요…."

그는 눈을 꾹 감고 아내를 이해시켰다.

"오늘은 내가 그동안 기울여온 노력이 결실을 맺는 매우 중요한 날이오. 갔다가 끝나는 대로 곧장 돌아오리다."

이제는 노인이 된 기성은 이 대목에서 제대로 말을 잇지 못했다.

"나를 얼마나 매정하게 생각했을까. 출근과 동시에 마무리 작업에 들어갔어요. 지금도 선명하게 기억하는데, 그날 왜 그렇게 유난히 손에서 땀이 많이 나던지. 긴장이 손끝으로 전해졌나 봐요. 열처리 작업이 성공적으로 끝나고 기어코 우리 기술로 100톤 전로 제작을 성공시켰어요. 기쁨을 나눌 새도 없이 병원으로 달려갔는데, 아내는 '그동안 잘해 드리지 못해 미안해요.' 이 한마디를 남기고 눈을 감았어요. 오늘 하루만 같이 있어 달라는 아내의 마지막 부탁을 들어주지 못한 것이 가슴을 찢어놓더군. 그날은 내가 1971년 8월 2일 입사한 후 꼭 9년이 되는 1979년 8월 2일이었어요. 나더러 다들 그랬어요. 아내를 잃고 전로를 얻었다고…."

고로 설비사고 해결-영국 유력 철강지에 소개

1991년 4월 들어서는 포항 4고로가 기울어지는 설비사고가 발생했다. 고로 내부의 내화물이 마모되어 노심(爐心)의 열이 밖으로 전달되는 바람에 외피가 팽창하여 고로가 전체적으로 1000분의 7 정도 기울어진 것이었다. 이에 따라 고로 상부에서 광석을 장입하는 큐트(cute)의 회전이 멈춰

조업이 중단된 상태였다.

"일본의 여러 제철소에 유사한 사례가 있었는지 알아봤지만, 그런 일은 없었다는 거예요. 황경노 부회장께서 부르시더니 '이거 보통 일이 아닌데, 연 기성 당신이 어떻게든 해내야지.' 이러시는 거야. 궁리에 궁리를 거듭하여 작업에 들어갔어요. 팽창한 부분의 외피를 팽창한 만큼 잘라내는 방법이었습니다. 고로를 옆에서 평면 상태로 볼 때 팽창하지 않은 부분을 꼭짓점으로 하여 팽창한 부분에 이등변삼각형을 그리는 겁니다. 이때 밑변의 길이는 팽창한 길이와 정확하게 일치시켜야 했어요. 일본의 고로 메이커인 IHI 요청으로 5명의 기술진이 현장에 와서 작업과정을 지켜봤어요. 정확히 절단하여 서서히 내려앉히는 작업이 절대적으로 요구되는 가운데 작업을 성공적으로 마쳤지요."

일본 기술자들은 아무 말 없이 의미 있는 웃음만 남기고 돌아갔다. 이후 각 언론의 인터뷰 요청이 쇄도했다. 영국의 유력 철강지 〈이그나이팅스틸(Igniting Steel)〉은 2페이지를 할애하여 이 내용을 소개했다.

제1호 기성의 지론과 마지막 소망

제관공 연봉학은 입사 13년 만인 1984년 4월 1일 창립기념일에 포스코 기능인 최고의 영예인 제1호 기성(技聖)에 임명되었다. 야하타제철에는 숙노(宿老)제도가 있었는데, 야하다 100년 역사에 8명밖에 없었다. 기성제도는 그 숙로제도를 벤치마킹한 것이었다. 그는 1994년 이사보, 1998년 보좌직에까지 오르며 기능인력의 등불이 되었다.

옳은 기술자는 어떤 사람인가? 연봉학 기성의 지론은 무엇보다 이론과 실무를 합쳐야 한다는 것이다. 한쪽만 있으면 반쪽 기술자다. 옳은 기술자는 늘 자기 기록을 남기면서 이론적으로도 공부해야 한다. 그는 모든 작업

일지를 빠짐없이 썼다. 이것이 그를 '기성'으로 올려 준 원동력이라고 한다. 그러나 작업은 혼자서 하는 게 아니다. 동료들의 협력은 필수다. 원만한 인간관계가 원만한 협력을 부른다. 하나의 프로젝트에 '미쳤다'는 소리를 들을 만큼 몰두해야 하면서 원만한 인간관계도 이뤄내야 한다.

"나는 1955년 대한중공업을 시작으로 호남비료, 한일시멘트, 한국비료, 동양합섬, 대한알미늄을 거쳐 포스코에 이르기까지 줄곧 제관 외길을 걸었습니다. 내가 포스코에 입사했을 때 그 앞의 여섯 직장과는 다른 느낌을 받은 것은 모든 사람이 '제철소 건설'이라는 시대적 사명감에 투철해 있었다는 것이었습니다. 이후 나는 나름대로 열심히 일했고 회사로부터 많은 혜택과 사랑을 받았습니다."

제1호 기성은 창업 50주년을 바라보는 포스코의 젊은 후배들과 우리의 젊은 세대에게 거듭 '진정한 기술인의 길'을 강조했다.

"사람은 자기 일을 사랑할 때 보람을 얻을 수 있고, 성공적인 삶을 살 수 있습니다. 기술에는 두 가지가 있습니다. 장인적(匠人的) 기술과 학문적 기술이죠. 학문적 기술은 장인적 기술과 어울려서 현장성을 확보하게 되고, 장인적 기술은 학문적 기술의 도움을 받아 기술의 객관성, 기술자산의 사회적 공유를 이룰 수 있습니다."

현재 그는 인생의 마지막 도전이 될지 모르는 '또 하나의 도전'을 앞두고 있다. 포스코 현장에서 기록한 60여 권의 두툼한 노트를 최종적으로 정리하여 남기는 일이다. 이것은 그의 마지막 소망이기도 하다.

제강인생 40년, 최고 취련전문가에 오르다

변성복 1941년 일본 출생, 부산에서 성장. 1972년 포항제철 제강부 입사. 1984년 제강부문 기성보(技聖補), 1993년 기성에 임명. 정년퇴임 전 제강부문 전후공정 관련자료를 체계적으로 정리하고 실제 조업사례를 상세하게 기술한 제강 기술총서 『역동적인 제강의 세계』 출간. 이후에도 인재개발원 강사와 기술고문으로 활동하며 조업자 지도교육 및 조언자 역할에 힘쓰고 있음.

코렉스 공법 한계점 보완, 파이넥스 개발

2011년 9월경이었다. 변성복 기성은 저녁에 시간을 내어 청송대로 오라는 박태준 창업회장의 부름을 받았다. 청송대에는 장옥자 여사와 이대공 포스코교육재단 이사장, 김용민 포스텍 총장이 함께 있었다. 연봉학 초대 기성도 부름을 받고 달려왔다.

"박 회장님께서는 파이넥스(FINEX) 공법에 대해 어떻게 생각하느냐고 물었습니다. 파이넥스 공법은 당시 세계적으로 공인된 실적이 없었기 때문에 이를 도입한 포스코가 리스크를 안을 수밖에 없다고 생각하신 나머지 걱정을 하고 계신 것 같았어요."

변 기성은 "포스코는 저력이 있지 않습니까. 믿어주십시오." 하고 답했다. 포스코가 파이넥스보다 먼저 도입한 것은 코렉스(COREX, 1995년 11월 준공)였다. 코렉스의 원천기술은 오스트리아의 푀스트 알피네가 개발했는데, 포스코는 푀스트 알피네와 기술협약을 체결하여 이후의 연구를 공동으로 추진하기로 한 것이었다. 그러나 코렉스는 원료로 괴탄(塊炭)·괴광(塊鑛)·펠릿(pellet) 등을 사용해야 하므로 원료 용해로(鎔解爐)의 내용적에 한계가 있고, 생산원가 등에서 불리하다고 판단하여 대신에 파이넥스 공법 연구팀을 구성하게 되었다.

파이넥스 공법은 환원과 용융 작용을 별도로 분리해 쇳물을 제조하는 용융환원제철법의 하나다. 철광석에서 철 성분을 분리해내는 '유동환원 조업기술', 철광석에서 분리된 철 성분을 녹여 쇳물로 만드는 '용융로 조업기술', 분말 형태의 환원철을 700℃이상에서 압력을 가해 덩어리 형태로 만드는 'HCI(Hot Compacted Iron) 제조기술' 등이 파이넥스 공법의 핵심이다.

"그날 나는 박태준 회장님께 파이넥스는 용융로의 대형화, 저가원료의 호환성 있는 사용, 제조원가의 절감, 미래 파이넥스 제선설비의 대형화 등이 이루어지면 미래 철강업을 선도할 수 있는 획기적인 기술로서 포스코가 자체 엔지니어링 기술로 개발했다고 답변했어요. 그리고 '앞으로 자원고갈이 심화되면 반드시 저가원료 사용 시대가 올 것입니다' 하고 말씀드렸어요. 그분은 고개를 끄덕이셨어요."

그는 부산에 있던 동국제강에 근무하던 중 1972년 3월 특채로 포스코에 입사했다. 동국제강에서 익힌 전로조업 기술을 포스코가 높이 산 것이었다.

"동국제강에는 김학기 전 부사장도 계셨었는데, 김 전 부사장께서 먼저 포스코에 합류하시고 몇 년 뒤에 나를 부르셨어요. 동국제강에서는 베서머전로로 제강조업을 하다가 나중에 7톤 LD전로를 시험 가동했는데 결국 실패하고 말았습니다. 베서머전로는 공기 중에 섞여 있는 24%의 산소로 취련을 하지만 LD전로는 정제된 99.9%의 순수 산소로 취련을 합니다. 포스코는 100% LD전로 체제이니까 개인적으로는 동국제강에서 실패한

LD전로에 도전하고 싶은 생각도 있었습니다."

그는 1965년 공채 1기로 동국제강에 들어갔다. 부서 선택은 본인이 하도록 했는데, 여러 부서 중 제철소의 핵심인 제강을 하기로 마음먹었고, 회사의 배려로 부산공업전문대학에 다니면서 제강 이론을 깊이 있게 공부할 수 있었다.

"LD전로는 1948년 푀스트 알피네가 개발했습니다. 그러나 이를 꽃피운 건 일본입니다. 1950년 오스트리아로부터 LD제강법을 도입한 뒤 이 공법이 안고 있는 문제점을 모두 해결하고 노하우를 축적하여 기술적으로 푀스트 알피네를 앞지른 겁니다."

연수는 일본의 속박에서 벗어나는 지름길이었다

1972년 8월은 유난히 더웠다. 롬멜하우스 옆 군용 반달형 막사(지금의 역사관 자리)의 군대 내무반 같은 일본어 강의실 내부는 퀀셋(quonset)의 검은 콜타르 철판이 달아오르면서 그야말로 찜통이 되었다. 에어컨은커녕 선풍기 한 대 없는 철판지붕 막사는 이글거리는 태양열을 막사 안으로 고스란히 빨아들이는 것이었다.

"그래도 모두들 눈망울이 초롱초롱 빛났습니다. 군소업체에서 현장경험을 쌓은 철강기술자들로서 모두 30세 전후였는데 여기서 익힌 일본어가 연수의 성패를 좌우한다는 걸 알고 있었기에 그 무더위 속에서도 서로 앞자리를 차지하려고 경쟁을 벌였습니다. 일본어 성적으로 연수자를 선발하고 연수 현장에서의 평가에 따라 직위가 결정되는 것이어서 경쟁이 치열할 수밖에…."

일본어 강사는 진도를 따라오지 못하는 수강생에게는 앞뒤 가리지 않고 핀잔을 주었다. 단체로 평가하는 것이 아니라 한 사람 한 사람 확인하면서 진행했기 때문에 망신을 당하기 일쑤였고 집에 가서는 새벽 3~4시까지 예습에 매달려야 했다.

"어떻게 해서라도 단기간에 최대의 성과를 내야 했기에 어쩔 수 없었다고 봐요. 나는 일본에서 태어나 유아기를 보냈으니 일본어에 대한 약간의 감이 살아 있어서 자주 칭찬을 받았습니다. 감도 감이지만 무엇보다 열심히 했던 기억이 생생합니다."

그때 경영층에서는 철강 정련기술을 어떻게 확보할 것인가 하는 문제를 두고 심사숙고했으나 결론이 나지 않아 고심을 거듭하고 있었다. 일본어 구사 능력이 있고 동국제강에서 베서머전로를 경험한 변성복, 그의 경력을 확인한 박태준 사장이 그에게 기술연수의 필요성에 대해 물었다.

"동국제강에서 근무할 때 7톤 전로설비를 일본에서 들여와 큐폴라 용선에다 고철을 넣어 취련을 했으나 번번이 실패했습니다. 철저히 매뉴얼대로 했지만 안 되었습니다. 현장 기술은 이론이 아니고 경험에서 터득한 노하우가 우선입니다. 연수는 꼭 필요합니다."

그해 그는 일본 연수를 떠났다. 박태준 사장은 일본으로 떠나는 연수생들에게 당부했다. 포항제철을 가동할 기술들을 머릿속에 듬뿍 담아오라고. 철강기술이라면 무엇이든지 하나도 빼놓지 말고 모두 배워오라고.

"당시 총 600명이 떠났는데 포스코가 JG에 500만 달러의 연수비를 지급한 것으로 기억합니다. 나중에 들은 이야기지만 당초 KISA에서는 초기 몇 년간은 외국의 전문기술단과 운영계약을 맺고 공장관리와 직원교육을 맡기라는 의견을 정부에 제시했다는 겁니다. 박 사장님께서 기술연수는 정말 잘한 선택이었습니다. 그때 만약 기술연수를 하지 않고 외국 기술진에게 공장 운영을 위탁했다면 제철기술 분야에서 한국은 일본의 영원한 속국이 되었을 겁니다."

일본에 도착한 연수단은 부문별로 가와사키·가마이시·무로랑·야하타

등으로 흩어졌다. 그를 포함한 제강부문 28명은 NKK의 가와사키제철소로 갔다.

"너무도 당연한 이야기지만 강(鋼)의 성질은 제강의 취련에서 결정됩니다. 고로에서는 철광석을 녹여 쇳물을 생산하고 압연에서는 제강에서 이미 성질이 결정된 강철을 제품으로 만드는 거지요. 제강은 현재 포스코가 생산하고 있는 약 1000가지 강종(鋼種)의 성질을 결정하는 공정입니다. 기본적으로 쇳물 속에 함께 녹아 있는 탄소·인·황 등의 불순물을 여러 가지 방법으로 제거하고 취련과정에서 스며든 산소까지 배출시키는 거죠. 이때 각종 물리적, 화학적 방법이 동원됩니다. 고온에 태워 없애거나 슬래그로 분리해내는 것이 물리적 방법이라면 다른 첨가물로 화학반응을 일으켜 제거하는 것은 화학적 방법이지요. 유황이나 인은 고온에도 타지 않기 때문에 생석회를 넣어 칼슘 화합물을 만들어 제거하는데 그것 또한 화학적 방법입니다. 그런데 그 방법이 1000가지 강종 모두 다릅니다. 얼마만큼 제거하고 얼마만큼 남기느냐에 따라 제각각의 강철이 되는 겁니다."

일본인 기술자들은 취련작업까지는 허용했지만 최종 탈산작업과 성분조절은 절대 맡겨주지 않았다. 항의를 거듭했지만 출강작업은 절대 못하게 했다. 연수계약서에 명시돼 있는 부분이었지만, 일본인 현장 실무자는 계약과 관계없이 기술을 공개할 수 없다고 했다. 그것도 그럴 것이 연수자 한 사람이 출강작업을 하면서 탈산작업 미숙으로 전로 1차 지분 용강을 모두 스크랩으로 처리한 일이 있었던 것이다. 요즘은 전로조업이 컴퓨터에 의해 제어되지만 당시는 그 모든 작업이 숙련된 제강 기술자의 감과 경험으로 이루어졌다. 용강 속 탄소와 산소의 비중이 안 맞으면 기공이 숭숭 뚫린 스펀지 모양의 강이 되고 만다. 그는 동국제강에서 7톤 전로의 가동에 실패한 것도 바로 이 때문이라는 걸 알게 되었다.

해외서 어렵게 익힌 기술로 1기 설비 가동 성공

영일만의 에어콘도 없는 찜통 같던 강의실에서 배운 일본어가 그에게는 일본 연수에 큰 도움이 되었지만 일본인 특유의 문화는 적응하기 어려웠다. 그래도 그는 그것이 인상 깊기도 했다.

“일본인은 소위 다테마에(建前·겉모습)와 혼네(本音·속마음)가 많이 다릅니다. 인간적으로 사귀어야 마음이 열리는 사람들이지요. 나는 그때 괜찮은 일본어 실력으로 그 사람들과 사귀면서 ‘솔직히 좀 가르쳐달라’고 읍소하다시피 하여 기술자료를 구하곤 했어요. 그들에게도 동양적 사고의 일면이 보이더군요.”

그는 일본의 전통적인 가업승계 풍토가 매우 의미 있는 사회적, 국가적 자산이라는 점을 보게 되었다. 도쿄대학교 법과대학을 졸업한 준재들도 집에서 부르면 가업을 승계하기 위해 달려간다는 것이었다. 누대에 걸쳐 승계된 가업이 예술적 경지로 승화된 것을 그들은 시니세(老鋪)라고 하여 집안의 자랑으로 삼았다. 시니세는 빵집에서부터 첨단소재를 만드는 하이테크 기기에 없어서는 안 될 자성재료에 이르기까지 다양했다. 1860년대 메이지유신 이후 일본은 서구의 선진기술 도입에 심혈을 기울였는데, 당시 그들의 학습은 ‘배움’이라기보다는 ‘모방’이었다.

“그러나 모방으로만 그쳤다면 오늘날 일본의 공업력은 존재하지 않았을 겁니다. LD전로 한 가지만 보더라도 원천기술 개발자인 푀스트 알피네의 설비보다 가와사키의 설비가 훨씬 튼튼하고 잔 고장이 없습니다. 정련기술도 마찬가지입니다. 들여온 기술을 자기 것으로 소화하고 그 위에 새로운 발상을 입혀 조기에 자력화(自力化)한 것은 ‘시니세’라는 뿌리 깊은 사회적 토양이 조성되어 있었기 때문이 아닌가 생각합니다.”

가와사키제철소에서 현장기술자의 OJT(On the Job Training)를 통해 배운 내용은 한마디로 용선(鎔銑)을 용강(鎔鋼)으로 바꾸는 기술이었다. 선(銑)

으로는 압연을 할 수 없기 때문에 거기에 함유되어 있는 탄소를 태워 없애고, 불순물은 매용제(煤熔劑)를 이용하여 부상분리(浮上分離)시켜 강(鋼)을 만드는 것이었다. 탄소는 강종에 따라 가감 조업을 하고 여기에 합금철·탈산제·특수합금철 등을 첨가하여 후공정에서 정련이나 주조가 완벽하게 되도록 요구하는 출강온도로 작업하는 것이 곧 취련작업이다.

"전로에서 취련 중 야금반응은 취련 랜스패턴 1.5~2.5m 높이 노즐로부터 공급되는 산소 제트에 의해 발생되는 격렬한 쇳물 교반에 의하여 진행됩니다. 이때 나타나는 주요 반응으로는 기체산소와의 화점(火點·쇳물과 산소가 접촉하는 곳)에서 진행되는 가스/용철 간 야금반응, 취련 중 투입된 부원료의 분해와 슬래그화, 슬래그/용철 간 반응 등입니다."

그는 가와사키제철소에서 제강공정의 이론과 실기를 어렵사리 배우고 나서 일주일간 OG설비 제어기술 수탁연수를 받기 위해 야하타제철소로 갔다. 전로에서 산소취련으로 탄소를 태우면 60~70%의 일산화탄소와 탄산가스가 발생하는데, 집진설비를 통해 먼지를 빼고 온도를 저하시켜 가스만 분리해내는 기술이었다.

포항 1기 설비 운전은 일본인 슈퍼바이저들의 지도에 의해 이루어졌다. 초기의 우리 기술자들은 일본인들이 돌아가고 나면 우리 손으로 제강공장을 가동한다는 설렘과 함께 복잡하기 짝이 없는 전로작업을 과연 잘 수행할 수 있을까 하는 두려움을 안고 조업에 임했다.

"그때 내가 느낀 것은 '철은 그 어떤 금속이라도 다 받아준다'는 사실이었습니다. 철에 섞이지 않는 금속은 없습니다. 그래서 무한한 합금이 가능해지고 1000가지가 넘는 강종을 생산할 수 있는 것이지요. 일본 연수과정에서 서러움을 당하면서 기술을 배웠지만, 결국 거기서 배운 기술로 제강공장을 돌리게 되었어요. 물론 시행착오도 겪었지만 비교적 빨리 그리고 순탄하게 조업에 성공했습니다."

1978년에는 다시 후쿠야마제철소로 연수를 떠났다. 품질향상을 위한 복합취련에 대비하여 제강 전산제어 기술을 익히기 위한 3개월간의 수탁 연수였다.

"복합취련이란 전로의 상부(上部)에서는 산소로, 저부(底部)에서는 아르곤과 질소로 동시에 취련하는 기술입니다. 지금까지의 상부 취련만으로는 위에만 탈탄·탈황이 일어났기 때문에 용강의 품질에 문제가 있었습니다. 이러한 고도의 기술은 도입한다고 해서 그대로 적용되는 것이 아닙니다. 그 기술을 소화할 수 있는 능력이 있어야 합니다. 우리 기술진은 이에 대한 사전 공부가 되어 있었습니다. 1978년 12월 준공된 3기 설비부터 이 기술이 적용되었는데, 당시 큰 이벤트 없이 복합취련이 시작되었기에 사람들의 뇌리에 별로 남아 있지 않지만, 포스코 기술사에 크게 기록될 획기적인 일이었습니다."

제강공정에서 많은 기술을 개발했고 관련 특허도 상당수 출원했지만 1993년 전로 3/3기 가동 기술을 개발하여 대량생산체제를 구축한 것이 특히 그의 기억에 남아 있다.

"이전까지는 2/3기 조업이었지요. 제강 조업량이 늘어나자 제선에서도 생산량을 늘려주었습니다. 심지어는 주물선 고로에서 제강용 용선을 생산해주었으니까요. 자연스레 압연량도 늘어날 수밖에 없었지요. 그렇게 서로 맞추어줄 수 있는 능력이 포스코의 저력 아니겠습니까. 이제 제철소의 모든 공정은 전산제어로 이루어지고 있습니다. 그러나 제강조업만은 아직도 10% 정도 사람에게 의존하고 있어요. 전산조업은 수치적으로 정확하게 계산할 수 있지만 감은 인간만이 느낄 수 있는 것이기 때문입니다. 제강공정의 영원한 과제라고 할 수 있습니다."

퇴임 후에도 기술개발·조업지도 열정 쏟아

그는 1984년 기성보로 임명된 지 9년 만인 1993년에 제강부문 기성으로 임명되었다. 정년이 10년 연장되어 2006년에 정년퇴임했지만, 퇴임한 그해 6월부터 2014년 1월까지 포스코의 요청으로 재입사하여 노후의 열정도 포스코에서 불살랐다.

"회사에서 입은 여러 가지 혜택에 대한 조그만 보답이라고 생각하고 부름에 따랐습니다. 2006년에는 재입사하여 인재개발원 강사로 일하면서 용선 예비처리기술과 탈린처리 설비를 이용한 탈탄기술을 개발했습니다. 2013년에는 제철소장 자문역으로 재입사하여 신제강 조기 조업 달성을 위한 건설 및 조업자 지도교육을 담당했고, 인도네시아 프로젝트 현지에 출장하여 설비 레이아웃 검토에 참여하기도 했습니다. 그 외에도 내 나름대로 여러 가지 업무를 수행했습니다. 기술자는 현장에 있을 때 행복과 보람을 느낄 수 있다고 봅니다. 후배 여러분 파이팅을 외칩시다. 현장을 위하여!"

쇳물인생 33년, 최고 제선경쟁력에 바치다

김일학 1940년 경북 고령 출생. 1972년 포스코 입사, 제선부 고로공장·고로계·주물선부 기술담당, 2고로공장 고로계·제선부 3고로조업담당 주임, 광양 제선부 고로공장·1제선공장 광양제선부 1제선 공장 기성보 임명, 제선기술과·생산기술선강본부 제선부 제선기술팀·광양 생산기술선강본부 제선부 기성 임명. 2005년 선우ENG 부사장, 2008년 SNNC 기술이사 역임.

포항 3고로의 냉입사고와 싸우다

1979년 8월로 접어들면서 포항 제3고로가 노황부조(爐況不調)를 보이기 시작했다. 여러 가지 조치를 취했지만 사태는 점점 우려스러운 방향으로 진전되었다. 노내(爐內) 온도가 1400도 이하로 떨어지면서 출선구가 막히는 단계에 이르렀다. 이른바 3고로 냉입사고(冷入事故)였다. 김일학 기성(技聖)은 당시 3고로 안전주임이었다. 그는 묵중한 고로와 밤낮으로 씨름을 했다. 그러나 노황이 정상화될 기미가 보이지 않았다.

고로 철피 안쪽에 설치된 냉각반의 물이 노내로 흘러들어가 고로 내부 온도가 떨어진 것이 원인이었다. 코크스와 철광석을 장입하고 풍구를 통해 1200도의 열풍을 불어넣으면 코크스가 타고 철광석이 녹으면서 노내 온도는 최고 2200도까지 치솟는데, 이게 1400도 이하로 떨어지면서 문제를 일으킨 것이었다. 이런 상황에서 출선(出銑)을 하면 철 성분은 흘러나오지만, 슬래그는 노내에 굳어져 바닥에서부터 쌓이게 된다. 결국 출선구가 막히고 말았다. 고로 내부에 쌓인 슬래그 레벨이 풍구에까지 이르자 풍구를 열고 이걸 꺼내기로 하고, 34개의 풍구 아래 바닥에 빙 둘러 모래를 깔고 각 풍구마다 사람을 배치했다.

"풍구 아래에 샌드베드(sand bed)를 만들고 몇 개 열어보는데, 노내에 쌓인 슬래그가 쏟아져 나와 모래 바닥에 떨어졌어요. 급히 1.5m 아래의 주상으로 뛰어 내렸지만 그만 발을 데이고 말았습니다. 안전화 위에 떨어졌지만 워낙 고온의 물질이다 보니 안전화를 태우고 발에 화상을 입힌 것이었어요. 현장으로 달려온 의료실 요원들이 주사를 놓아주고 약도 주기에 그대로 버텼는데, 발이 부어서 도저히 견딜 수가 없어 시내 외과의원으로 갔더니 늦었다고 하면서 큰 병원으로 가라는 거였어요. 성모병원에서 수술을 받고 입원해 있는데, 현장 상황이 궁금해 견딜 수가 없었습니다. 그런 상황에서 병원에 누워 있다는 게 마치 죄인이 된 심정이었어요."

고로 박사로 알려진 김철우 기술연구소장이 매일 현장을 찾았고, 제철소장 이하 제철소 고위 간부들이 아예 사고 현장으로 출근하는 강행군 속에 3고로는 결국 한 달여 만에 정상화되었지만, 이후에도 약 6개월간 부분적으로 문제를 일으켰다. 그러니까 완전한 정상화가 이루어지까지는 7개월의 시간이 소요된 셈이었다. 그 기간 중에는 1, 2고로의 출선량을 최대로 늘리고 심지어는 주물선고로까지 제강용 용선을 생산하는 것으로 제강 소재를 맞추었다. 제강에서도 스크랩 사용량을 최대로 늘려야 했다.

쌍용시멘트 근무 경험으로 석회소성공장에 배치

그는 이후 포항 4기 고로와 주물선고로, 그리고 광양의 다섯 기 고로를 모두 섭렵한 고로 조업의 달인으로 불리게 된다. 그래서 제선 분야의 기성(技聖)에 올랐다. 그러나 그가 포항제철소에서 처음 일을 시작한 곳은 제강부의 석회소성공장이었다.

"쌍용시멘트 원료계에서 일하다가 1972년 8월 30일 경력사원으로 포스코에 옮겨왔어요. 1기 설비 건설이 한창이던 때였습니다. 간단한 테스트를 거쳐 39명이 함께 입사했는데, 쌍용시멘트 근무 경력 때문에 석회소성공장으로 명령이 났습니다. 당시 나는 제강조업 현장근무를 원했어요. 시멘트공장을 그만두고 제철소로 왔는데, 또 석회석 취급하는 일을 하려니 신이 나지 않았어요. 제철소에 왔으면 모름지기 펄펄 끓는 쇳물을 다루는 현장에서 일하는 것이 제격이라고 생각했지만, 그쪽에는 자리가 없었습니다. 알아보니 제강조업의 마지막 라인인 조괴공장의 작업이 매우 힘들어 다들 기피한다고 하기에 제강부 차장에게 그리로 보내달라고 했더니, 거기는 너무 힘든 곳이니 좀 기다려 보라는 거였어요."

1973년 6월 8일 내용적 1660㎥의 제1고로가 화입되고 나서 본격적인 쇳물 생산이 이루어졌다. 하지만 초기 조업은 매우 어려웠다. 우리나라 최초의 용광로는 호락호락하게 쇳물을 내어주지 않았다. 용광로를 빠져나온 쇳물은 대탕도를 흘러가면서 비중 차에 따라 슬래그는 상부로 떠오르고 용선은 하부로 흐르다가 분리된다. 그런데 어렵게 출선이 이루어진 후에도 쇳물의 온도가 조금 낮아지고 규소(Si) 성분이 높아 유동성이 나빠지면 상부에 떠오른 슬래그는 흘러가지만, 하부로 흐르는 쇳물은 바닥에 자꾸 눌어붙었기 때문에 4각으로 제작된 각목으로 부착 부위를 계속 문질러 주어야 했다. 이는 너무나 고된 일이었다. 일본 JG(Japan Group) 기술지도요원의 권유에 따라 6~7일 주야 근무체제로 이 작업에 매달리다 보니 모두가 손에 물집이 잡히면서 탈진 상태에 이르렀다. 그러나 당시로서는 이 작업을 멈출 수가 없었다. 일본 기술요원들은 노전(爐前) 작업이 고열의 힘든 작업임을 감안해 4조3교대로 할 것을 제안했다.

"당시 포항제철소의 근무 체계는 3조3교대였습니다. 그런데 고로 노전

조업반만은 4조3교대를 실시하기로 하고 필요한 인력을 사내에서 모집했는데, 나도 거기에 응시했어요. 작고하신 조용선 당시 1고로 공장장과 최의주 인사과장이 면접을 보았는데, 거기에 뽑혀 1973년 6월 16일 고로 노전반으로 갔습니다. 고로에 불을 당긴 지 9일차가 되는 날이었어요. 반장이 반원으로 갔으니 직급상으로는 큰 손해를 본 거였어요. 그러나 나이나 경력 같은 것은 따지지 말자고 결심하고 내가 그토록 원했던 쇳물의 현장에서 뭔가 해봐야겠다는 생각으로 정말 열심히 일하고 공부했습니다. 일관제철소의 핵심설비인 고로에서 근무한다는 것은 저로 하여금 큰 자부심을 느끼게 했습니다. 저는 새로운 꿈을 이루기 위해 혼신의 노력을 다하겠다고 굳게 다짐했습니다."

33년 쇳물 인생

그때부터 그의 쇳물 인생 33년이 시작되었다. 고로설비는 석회소성설비와는 비교할 수 없는 중압감으로 다가왔다. 스스로 원한 일이었기에 여기서 포기하면 낙오자가 되는 길밖에 없다는 생각으로 작업에 임했다. 당시에는 교대작업을 하는 작업장은 대졸 사원들이 맡고 있었는데, 이들은 일본 가마이시(釜石)제철소 장기 연수 과정에서 손에 넣은 자료들을 체계적으로 정리해 노트로 만들어 가지고 있었다. 그는 그것을 빌려 시내에 나가 청사진을 구워 너덜너덜해질 정도로 공부에 매달렸다. 고열에 노출된 출선작업 현장은 모든 작업 요원들에게 견디기 힘든 인내를 강요했지만, 그는 스스로의 꿈을 이뤄내는 터전이라는 마음가짐으로 작업을 해나갔다.

"특히 우리나라 최초의 용광로가 처음 쇳물을 토해내는 광경은 바라보는 자체가 감동이었고 행복이었어요. 그러니 그때 이미 쇳물 인생 33년은 예정되어 있었던 거지요."

이후 그는 새로운 고로가 준공될 때마다 그쪽으로 옮기면서 포항제철의 모든 고로를 거치게 되었다. 1974년 6월에는 주물선고로가 준공되어 반장 밑의 차석으로 갔다. 주물선고로는 내용적 330㎥의 소형 고로로서 중소기업 수준에 머물러 있던 국내 주물업계에 소재를 공급하기 위해 국가 전략적 사업으로 추진되었는데, 몇 번의 우여곡절을 거친 끝에 포스코가 실수요자가 되었다.

"주물선고로에서 쇳물을 굳혀 냉선(冷銑)을 만들면 그게 최종 제품입니다. 포스코 제품 중에 제강과 압연 공정을 거치지 않는 유일한 제품이죠. 1976년에는 2고로가 준공되어 그리로 갔는데 이때 비로소 반장 직함을 얻었어요. 1973년 석회소성공장에서 사내 모집을 통해 1고로로 옮기면서 잃은 반장 직함을 되찾는 데 3년이 걸린 겁니다. 1977년 말에 3기 설비가 준공되면서 3고로 주임이 되었고, 1980년 8월 4고로를 거쳐 1985년 4월 광양 제선부로 옮긴 뒤 2005년 회사를 떠날 때까지 잠시도 고로를 떠난 적이 없습니다."

고로에서는 코크스나 소결광의 분이 너무 많이 들어가거나 광석 자체의 성분불량 등으로 인해 노황부조가 발생하곤 하지만, 포항 3고로는 건설에서부터 원천적으로 문제가 있었다고, 그는 진단했다. 3고로 건설 당시는 이른바 중동 붐으로 국내 고급 기술 인력이 대거 해외로 빠져나갔기 때문에 비계공(飛階工), 용접공 등의 핵심 인력이 모자라 공기에 영향을 미칠 정도였다는 것이다.

"고로 시공사가 현대건설이었는데, 기술 인력을 구하지 못해 궁여지책으로 계열사인 현대중공업의 기술 인력을 대거 동원해 현장에 투입하기도 했습니다. 고로 조업은 노내에 있는 고온의 용융물(熔融物)과 고로 철피 내부에 설치된 냉각반의 온도가 밸런스를 이루어야 합니다. 물과 열의 싸움인 거죠. 물이 들어가는 파이프에서 물이 나가는 파이프 사이에 수많은 냉각반이 설치되는데, 통수작업을 해서 하나하나 점검해 보니 물이 새는 데가 한두 곳이 아니었습니다. 용접 작업의 부실 때문이었어요. 참 어렵게 준공했는데, 결국 냉입사고를 일으키고 말았던 겁니다."

고로의 포스코형 시스템

포항제철소 건설 당시 일본으로부터 많은 도움을 받은 것은 사실이었지만, 일본인 기술자들도 중요한 핵심 기술은 공개하지 않았다. 또 그런 기술들은 기술자들이 오랜 경험을 통해 체득한 손끝의 기술이기 때문에 표준화되어 있는 것도 아니었다. 그래서 포스코는 1고로 조업을 하면서 터득한 기술을 2고로로, 다시 2고로에서 3고로로, 다시 3고로에서 4고로로 피드백하는 식으로 전체적인 제선기술을 발전, 축적시켜 나갔다.

포항제철소 4기 설비가 준공된 이후 일본의 태도는 완연히 달라졌다. 결국 광양제철소 건설 시에는 설비 공급에 있어 고자세와 높은 가격으로 대응하기에 이르렀다. 광양제철소 주요 설비 중 압연설비만 일본 미쓰비시가 공급하고 나머지 고로, 제강, 연주 설비는 유럽에서 들여온 것도 이 때문이었다.

"1984년 광양 1기 설비 건설에 들어갈 때 박태준 회장의 지시에 따라 고로조업 요원 4명이 제선설비 공급사인 영국 데이비(Davy)에서 18개월 동안 연수를 받았습니다. 과장급, 기술원, 주임, 반장, 직원 각 1명이었어요. 당초 2년 계획이었는데, 18개월로 연수를 마쳤습니다. 같이 어울려 다니면 영어 습득에 장애가 될까 봐 하숙집도 따로 잡았는데, 이때 많은 자료를 확보했습니다. 설비 시스템이 일본과 상당한 차이가 있었습니다. 예를 들면 일본 시스템에는 고로에서 생산된 쇳물을 임시로 저장하는 혼선로가 있지만, 데이비에는 그게 없습니다. 지금 보면 포항과 광양의 직원들 분위기가 조금 다른데, 광양이 약간 개방적이지요. 유럽을 상대하면서 그들의 문화와 오픈 마인드가 전수되지 않았나 싶어요. 포스코의 고로조업 기술 체계는 포항의 일본 시스템과 광양의 유럽 시스템이 복합되어 있습니다. 두 체계가 독자적으로 존재하는 것이 아니라 하나로 어우러져 새로운 포스코형 시스템이 만들어진 겁니다."

포항·광양 10기 고로와 인연 두터운 고로 1인자

그는 포스코 인생 33년 동안 고로설비 개선에 끊임없이 정열을 쏟았다. 포항과 광양 각 5기의 고로, 모두 10기의 고로와 깊은 인연을 맺었다. 건설과 화입, 조업에 참여해 정상조업도 달성 세계 신기록을 연속적으로 갱신하는 한편, 광양제철소 제선 부문이 세계 최고의 경쟁력을 갖추는 데 초석을 놓았다. 작은 성취에 만족하지 않고 부단한 자기계발을 추구하면서 초창기 저근속 사원이 대다수였던 광양제철소 고로 인력의 기능도를 세계 최고 수준으로 끌어올려 창의와 의욕이 넘치는 조업현장으로 바꾸어 나갔다.

"고온의 가스가 열교환을 거치지 않고 용광로 바깥으로 배출되는 취발사고, 풍구가 고온의 용융물과 접촉해 녹아버리는 풍구대파 사고, 고로 내부의 온도가 떨어져 쇳물이 용광로 밖으로 배출되지 않는 냉입사고 등을 겪었지만, 그런 사고를 극복하는 과정에서 더욱 탄탄한 기반 지식과 경험을 쌓았다고 생각합니다. 출선구 개공용 치공구(治工具)인 심리스파이프(seamless pipe) 내부로 연소성이 없는 고압질소와 미스트를 쏘아 넣으면서 단번에 출선구를 뚫는 일발개공 기술을 개발해 출선 작업의 고정관념을 무너뜨린 것도 따지고 보면 여러 가지 기반 지식의 조합에서 나온 것이었습니다. 일발개공 기술은 광양은 물론 포항제철소 전 고로에도 적용되었고, 이후 세계적으로 일반화된 기술로 상용화(常用化)되었습니다."

고로를 건설하거나 개수할 때 소요되는 내화물은 조선내화가 생산하고, 시공은 포스코켐텍이 담당한다. 서로 손발이 맞지 않아 비효율적인 점이 있었다. 그래서 조선내화의 하도급업체인 (주)선우ENG가 고로탕도 책임 시공을 하는 체제로 전환했다. 그는 2005년 퇴사 후 선우ENG에 근무하다가 2008년 4월 SNNC로 자리를 옮겼다. 포스코 계열사인 SNNC는 스테인리스강의 주원료인 페로니켈 등을 생산·판매하는 국내 최초의 페로니켈 제조 전문기업이다.

"거기에 가 있으면서도 포스코 고로에 문제가 생기면 나는 즉시 현장으로 달려가야 했습니다. 심지어는 파이넥스 현장에까지 불려간 적이 있어요. 근무처가 제철소 인근인 데다 사는 데가 주택단지이니 언제든 출동할 준비가 되어 있는 셈이지요. 다른 회사 공장에 간다는 생각이 전혀 들지 않았어요. 여기가 나의 주된 일터인데 무슨 일이 있어서 잠시 현장을 비운 사이에 문제가 있다고 하니 달려갈 수밖에 없다는 생각이었습니다. 포항 1고로 조업과 지금의 고로 조업을 비교하면 몇백 년이 흘러간 것처럼 생각됩니다. 요즘에는 5분이면 끝나는 출선구 개공작업도 1시간 이상이 걸리기 일쑤였고, 어떤 때는 2시간이 소요되기도 했습니다. 요즘이야 고로 내부를 살피는 각종 전산장비가 갖추어져 있고 모든 작업이 자동화 설비로 이루어지지만, 그때는 고로 내부 사정을 알 수 없으니 모든 걸 감(感)에 의존할 수밖에 없었고, 개공 시에는 산소 운반용기를 어깨에 메고 작업에 임할 정도였습니다."

김일학 기성은 함께 근무한 후배 직원들에 얽힌 사연을 좀 안타까운 옛일로 기억하고 있었다. 몇몇 직원들은 매우 우수한 두뇌의 소유자였는데도 실력이나 기술이 아닌, 세상을 살아가는 태도와 자세에서 문제를 일으킨 적이 많았다고 회고했다. 모두 개인적인 사정이 있으니 왜 그랬는지는 자세히 알 수 없었지만, 정에 약한 것 같은 모습을 많이 보였다고 했다.

"주위의 만류에도 불구하고 전혀 어울리지 않는 여자와 가정을 꾸렸다가 이혼의 아픔을 겪는 일도 보았고, 형제간에 돈 문제로 다툼이 생겨 빚잔치를 시킨 일도 있었습니다. 그날 이후 그 친구의 월급을 모두 빼앗아 용돈만 조금 주고 반장이 관리하도록 하기도 했습니다. 월급쟁이는 월급쟁이로 사는 법을 익히고 지켜야 합니다. 열심히, 성실히 살면 자녀 교육까지는 무난히 마쳐줄 수 있고 어느 정도 안정된 노후를 보낼 수 있습니다. 대신 엉뚱한 일을 벌여서는 안 되는 것이 월급쟁이의 삶이지요. 마지막으로 현장을 열심히 훑으면서 설비를 이론적으로 파악하는 노력을 게을리 하지 말았으면 합니다. 간부들도 현장 직원들에게 묻는 것이 기술인들의 세계입니다."

한국 첫 용광로에 바친 정성과 열정

조용선 1936년 생. 1969년 3월 입사. 고로공장장, 제선부장, 생산기술본부장., 포항제철소장 역임. 1989년 퇴사. 2004년 작고.

정연하게 정립된 목표는 아니었으나 나는 대학 때부터 금속공학을 전공한 공학도로서 중공업 분야에 참여하겠다는 생각을 갖고 있었다.

내가 포스코의 일원이 되어 국가적 사업에 선배 동료와 고락을 함께 할 수 있게 된 것은 그러한 바람 때문이었으리라.

분야별로 다르기는 하지만, 너 나 할 것 없이 모두 백지상태에서 의욕만으로 출발한 일관제철공장 건설이었다.

금속을 전공한 기술자로서 용광로를 기필코 성공적으로 건설해내야 하는 책임감만으로 끊임없이 닥쳐오는 어려움을 극복하기란 여간 힘든 일이 아니었다.

1969년 중반에 KISA 계획이 와해된 후, 새로운 사업계획으로 초기생산량을 103만톤 규모로 바꾸어 정하여 제철소 설비계획을 시작한 때부터 1973년 6월 8일 우리나라 최초의 용광로에 불을 붙여 철 생산을 성공할 때까지는 그야말로 숨가쁜 나날들이었다.

용광로 생산요원 모집

1972년 초 조업요원 공모 때의 일이다.

나는 제선부문 신입사원 전형위원으로 지명되어 인사부에서 받은 두툼한 서류 속에 파묻히게 되었다. 당시 우리나라엔 이렇다 할 일자리가 없어 취업이 무척 어려운 상황이라 입사 응모자 수가 대단히 많았다.

쇳물을 다루게 될 출선요원으로는 당시 우리나라의 크고 작은 주물공장, 혹은 수년 전까지 가동한 바 있는 삼화제철, 인천제철 등에서 근무했던 사람들이 많이 응모하여 쇳물을 다루어본 경험자를 쉽게 뽑을 수 있었다.

그러나 용광로 기계운전요원의 경우는 사정이 달랐다. 용광로 중앙운전실을 견학해본 사람은 잘 알겠지만, 당시에도 고로의 기계설비는 이미 컴퓨터가 도입되어 운전 모드가 다양할 뿐만 아니라 고도로 자동화되어 있어 전문적인 기초이론과 높은 기능도를 필요로 하는 분야였다.

그런데 지원자들은 모집공고에 발표된 '고로 장입공'과 '열풍로 운전공'을 잘못 이해하여 큐포라(주물공장)에서 용해용 원료의 운반경력을 가진 사람들이 대부분이었다.

'이거 야단났구만' 하고 나는 지망자 중에서 간신히 추려 용광로 직무로 전환시켜 소요인원을 확보할 수 있었다.

고로 운전요원 중 90% 이상이 자기도 모르는 사이에 고로와 평생 인연을 맺게 된 셈이다. 그러나 그들은 기계·전기 부문에서 건설과 운전을 아주 훌륭히 해냈을 뿐 아니라 용광로의 조업을 성공시킨 기간역군이 되었고, 오늘날엔 세계 최우수 용광로 전문가가 되어 후배를 키우며 용광로를 지켜나가는 소임을 다하고 있다.

용광로 기간요원 훈련

나는 1968년 1월부터 1969년 1월까지 1년 동안 UN의 저개발국 훈련 프로그램의 하나인 콜롬보계획(Colombo Plan)에 의해 호주에 있는 뉴캐슬(New Castle)제철소에서 훈련 받을 기회가 있었다.

원래 나는 대우중공업의 전신인 한국기계공업(주) 연구계장으로 일하고 있었는데, 서울대 금속과 김동훈 주임교수께서 건설부 유관기관인 한국종합개발공사에서 일해 보라는 권유를 받아들임으로써 포철과의 인연이 시작되었다.

호주에 있는 동안 이미 포철 건설이 시작되고 있었고, 훈련을 마치고 돌아온 나는 자연스럽게 포철 건설에 참여하게 되었다. 이후에 포철에서 3개월 간의 JG 연수 기회를 가진 후 고로건설반장으로 보임되었다.

고로건설반장 시절 포철 최초의 용광로 가동을 1년여 남겨두고 일본 현지훈련을 위한 요원을 선발하던 때의 일이다.

생산책임자인 고로작업장급(현 주임)이 되려면 최소한 1년간은 직접 용광로 현장에서 실무훈련을 쌓아야 한다고 판단하였다. 특히 우리와 같은 신설 제철소에서 초기 조업을 감당해 내기 위해서는 더더욱 그러했다.

그러나 당시 연수계획으로는 교대별로 작업장 기간직 1명에 대해 고작 6개월간의 연수기간이 주어졌을 뿐이었다. 궁리 끝에 작업장급 2명을 하나로 묶으면 6개월의 2배인 1년이 되지 않겠나 싶어, '고로기술원'이라는 직제를 새로 만들었다. 즉 교대별 정원을 1명에서 2명으로 증원시키고, 연수계획 인원 18명 중 3명을 '고로기술요원'으로 바꾸기로 결정했다.

관계부서에서는 아무리 고로가 어려워도 조직에 없는 부작업장제(부주임제)를 유독 용광로에만 두어 변칙적으로 운영할 수는 없다는 의견을 내놓았다. 결재 과정에서 난항을 거듭하기는 했지만 결국은 승인을 얻어 내고야 말았다.

JG 연수 6개월 동안에는 2인 1조가 되어 작업장은 주상에서의 작업을, 그리고 기술원은 중앙운전실에서 노황 컨트롤을 전담하여 입체적인 훈련을 받았다. 이들은 실로 모든 고난을 감내하며 일심일체가 되어 용광로 조업을 성공시켰으며, 우리를 지도해준 일본인 기술자가 놀랄 정도의 실적을 거두었다.

100년 전통의 역사를 지닌 일본 고로기술을 단 6개월 동안 훈련 받은 그들이 제법 고로의 달인이라도 된 것처럼 진지한 자세로 모든 난관을 헤쳐나가는 모습은 구도자의 자세처럼 경건해 보이기까지 했다.

매일밤 토론회가 이어졌고 일주일에 한 번씩은 개인의 연수노트를 검사하여 열심히 하는 요원에게는 상도 수여하며 면학 분위기를 조성해 나갔다. 뿐만 아니라 고로 노체나 풍구와 관련된 돌발사태가 일어날 때마다 필요한 공구류를 빠지지 않고 스케치하게 했다.

이들은 조업을 개시한 지 1년이 지나자 모두 용광로를 원숙하게 지휘통제하는 기술인으로 성장하였으며, 기간직 2명이 하던 작업을 혼자서도 충분히 할 수 있는 수준까지 발전했다.

연수 중의 고로 사고를 천재일우 기회로

경험이 가장 좋은 스승이라고 했던가?

일본 가마이시(釜石)제철소에서 연수 중에 고로 노황이 아주 나빴던 어느 날이었다. 갑자기 고로가 멈추고 24개의 풍구로부터 시뻘건 쇳물과 슬래그가 넘쳐 나오기 시작했다. 노황부조로 hanging이 연속으로 발생하여 노열이 급격히 떨어지고, 노내 용융물의 배출이 지연되어 큰 사고로 이어진 것이었다.

그러나 이 사고는 연수 중인 우리에게는 오히려 천재일우의 좋은 기회가 되었다. 복구 시 요원의 배치는 어떻게 하며, 풍구에 대해서는 어떤 조치가 필요한가. 역류된 슬래그 제거에는 어떤 공구가 필요한가. 재송풍 시 노열 보상을 위한 장입물 비율은? 초출선을 위한 준비작업 시 대탕도와 지탕도, 스키마 준비는 어떻게 하고, 재송풍 시 송풍량을 증가시키는 증풍 방안은?

어느 것 하나 소홀히 할 수 없는 소중한 것들이었다. 각 파트별로 분담하여 일어나고 있는 현상과 대응 방법 등을 치밀하게 배수진을 치고 이른바 노하우 습득에 전력을 다했다.

이렇게 우리는 방열복이 땀에 흠뻑 젖도록 쇳물도 다루어 보았고, 일본 조업요원들과 같이 3교대를 해가며 연수를 했다. 하지만 사실 우리의 훈련과정은 조연에 불과했다.

우리는 다가오는 결전의 순간을 위해 모든 고로 조업과 운전을 직접 해보기로 했다. JG측에 부탁하여 천신만고 끝에 실제 상황에서의 팀웍 훈련을 할 수 있는 기회를 얻어냈다. 두렵기도 했지만 그래도 현지요원이 있었기에 겁 없이 고로 전체의 핸들을 포스코 훈련요원의 손이 쥐게 된 것이었다.

어려운 일도 있었지만 무사히 훈련이 끝났다. 실제적인 체험을 통해 많은 것을 배웠으며. 귀국 후에는 30여 명의 일본 연수생들이 교사가 되어 100여 명의 조업요원에게 교육을 했다. 지금 생각하면 정말 겁 없는 날들이었지만, 그것은 한국 최초의 용광로를 위해 당연히 바쳐야 하는 정성이고 열정이었다.

열풍로에 갇힌 순간

1고로 공장의 설비별 단독 시운전을 끝내고 연동 시운전을 할 때의 일이다. 당시 무엇에 씌웠는지 아무에게도 연락하지 않고 혼자서 12호 열풍로 내부의 청소상태를 점검하기 위해 임시 가설된 사다리를 통해 열풍변 안으로 들어갔다.

들어가 몇 걸음 옮기고 있는데 갑자기 열풍변이 닫히는 것이었다.

꼼짝없이 갇히는 신세가 되고 말았다. 열풍로에 갇힌 나는 시운전을 중단시킬 만한 아무런 수단도 없었다. 그저 죽음을 받아들일 수밖에 없다고 생각하니 오히려 마음이 차분해지는 것이었다.

그때였다. 무슨 소리가 나기에 바라보니 열풍변이 다시 열리는 게 아닌가. 기적이었다. 나는 아무 일도 없었던 것처럼 툭툭 털고 밖으로 나왔다.

알고 보니 내가 열풍로 안으로 들어갈 때 우연히 마주쳤던 정비요원이 중앙운전실에 연락하여 운전을 중단시켰던 것이다.

그 일은 나만이 기억하는 하나의 해프닝으로 끝이 났지만 분명 죽을 뻔한 일이었다. 다만 가볍게 넘길 수밖에 없었던 이유는 오직 어떻게 하면 설비를 정상적으로 가동하여 쇳물을 만들어낼 수 있을까 하는 데만 골몰하고 있었던 터라 그 일을 되새기고 있을 여유가 없었기 때문이었던 것 같다.

POSCO SPIRIT 4

제철보국에 물과 거름을 주다
―위기의 시간을 함께한 바깥 사람들

'박태준(포항제철)-야스오카-이나야마'를 잇다
황무지에 내리는 가을비의 섭리가
도쿄에서 한국 종합제철 추진한 롯데도 도와주다
그때 수녀원과 고아원을 밀어냈네
바람과 파도와 모래와의 백병전
중후판공장 투자를 자살행위처럼 보았지만
포항제철은 국가적 대업이었기에

'박태준(포항제철)-야스오카-이나야마'를 잇다

박태준-박철언-야스오카

1961년 11월 11일, 요즘 '빼빼로 데이'라 부르는 그날, 박정희 국가재건최고회의 의장이 한국 통치자로서 미국 케네디 대통령을 방문하는 길에 도쿄에 들렀다. 이튿날엔 이케다 하야토(池田勇人) 일본 총리와 만났다. 박정희-이케다 회담에서 우리 정부의 목적은 조속한 한일회담 재개와 경제협력 유인에 있었다. 이승만 정권 때부터 지지부진하게 십여 년째 끌어오던 한일회담에 큰 활력이 투입된 것은, 그 집권기간이 너무 짧았던 탓에 전기와 후기로 나누기에도 주저되는 장면 정권의 말기(1961년 봄날)였다. 그때 양국 간 물밑 교섭의 수준은 이른바 식민지 배상금(대일청구권자금)의 규모에 대한 구체적 수치까지 오가는 정도였는데, 한일 양국 수뇌부를 오간 막후의 인물은 박철언이었다. 그로부터 일곱 달쯤 지난 1961년 11월 12일에 성사된 박정희-이케다 회담에도 박철언의 손이 깊숙이 들어갔다.

1961년 6월에 서울에서 칩거하고 있던 박철언을 도쿄로 다시 보낸 장본인은 국가재건최고회의 의장 비서실장 박태준이었다. 일본 정재계 거물들을 움직이는 막후 실력자 야스오카 마사아쓰(安岡正篤-'야스오카 마사히로'라 부르는 이들도 있음)의 지원을 끌어낼 한국인을 일찌감치 도쿄로 보내뒀

* 이 글은 **박철언** 선생의 회고록 『나의 삶, 역사의 궤적』을 근거로 정리한 것이다.

던 것이다.

1926년 평북 강계에서 태어나 2009년 하와이에서 생을 마친 그는 해방공간의 혼돈 속에서 김일성과 소련군의 평양을 버리고 월남한다. 영어와 일어에 뛰어난 그는 서울에서 시험을 보고 미군정의 체신부 시험에 합격하고 숙소까지 받아 '38따라지'로서는 큰 행운의 공무원 노릇을 시작한다. 그러나 만족하지 못한다. 신체는 5척 단구였으나 젊어서 베이징, 상하이를 떠돌았던 그에게는 단조로운 공무원의 서울살이가 너무 답답했던 것이다. 의지적이고 자발적인 디아스포라의 길, 이것만이 그의 인생을 구원할 나침반이었다.

1948년 어느 날 박철언은 서울역에서 부산으로 내려가 밀항선을 잡아타고 일본으로 건너간다. 그리고 우여곡절 끝에 무사히 정착하여 일본대학 영문학부를 수료한 뒤 재일조선인 신분으로 거듭나서 맥아더 사령부(미국 국방총성)의 문관으로 들어가 도쿄 연합군 총사령부(GHQ) 군사정보국뿐 아니라 한반도 판문점에서도 근무하게 된다. 이 특이한 박철언의 경력에는 1989년 평양으로 들어가 김일성과 회담하고 통일운동가로 명성을 드날리게 되는 늦봄 문익환 목사(시인)와 동료로서 함께 지낸 날들도 겹쳐져 있다.

박철언은 도쿄에 살면서 양명학 대가로 알려진 야스오카의 문하생이 되었다. 일본 정·재계가 두루 존경하며 따르는 야스오카, 그가 아끼는 한국인 제자 박철언. 이것이 장면 정부 시절에는 그가 대일 교섭의 막후 핵심 창구를 맡는 결정적인 계기로 작용했다. 박철언이 정재봉의 소개로 박태준과 인연을 맺었던 것은 판문점 군사정전위원회에 근무하던 시절이었으며, 그 인연이 깊어져서 박태준은 장면 정부 때 한일교섭의 막후 핵심 역할을 했으나 1961년 5월 16일부터는 서울에서 칩거하고 있던 박철언을 그해 6월 다시 도쿄로 보낸 것이었다. 군정 출국허가 제1호가 박철언이었다. 한일국교정상화를 비롯한 한일관계에서 중요한 역할을 해줄 수 있는 인재를 적기에 적소에 보낸 조치였다. 이때 그가 박철언에게 일러준 것은 '항상 연락이 닿을 수 있게 해놓으라는 것'이었다.

그리고 한국 정부가 1961년 10월 4일 한일정상회담의 조율 차원에서 이용희 교수를 전권대사로 도쿄에 파견했을 때는 이미 박태준의 연락을 받은 박철언이 모든 물밑 준비를 갖춰놓고 있었다.

박철언은 한국어와 일본어로 회고록 『나의 삶, 역사의 궤적』을 남겼다. 이 책에는 다음과 같은 기록이 나온다.

> 박 정권은 부총리 김유택, 외무부장관 최덕신 등을 일본으로 파견해서 국교 재개의 기운을 탐색하게 했다. 그들은 집요하게 일본 정계 요로에의 접촉을 시도했으나 이렇다 할 수확 없이 돌아갔다. (중략) 박태준에게서 전화가 왔다.
>
> "이용희 교수가 동경에 갑니다. 이쪽 주권자를 공식으로 대표해서 갑니다. 그의 체면에 손상이 안 가도록 주의해서 도와주었으면 하오."
>
> 박태준은 한 마디 한 마디 떼어서 천천히 발음했다. 듣는 나에게 오해나 오류가 없도록 하려는 배려였다. 나는 야기 노부오와 같이 야스오카를 찾았다.

야기 노부오도 야스오카의 제자다. 야스오카는 누구인가? 박철언은 회고록에서 이렇게 설명한다.

> 야스오카는 1904년 일본 중부지방의 호족 홋타씨 가문에 태어났다. 소학교 시절에 『논어』, 『맹자』, 『중용』, 『대학』 등 사서를 배워 익혔다. 나아가 『태평기』, 『일본외사』, 『십팔사략』, 『삼국지』 등 한서를 탐독하

기에 이르렀다. 일본의 일고, 동대라는 최고 엘리트 길을 걸었다. 그가 고등학교 재학 중에 쓴 장편의 논문 「소동파의 생애와 인격」이 동경대학 학지 『동대문학』에 실린 적이 있다. 그 논문은 학계의 관심 대상이었고, 세간에 화제가 되었다. 읽는 이들은 동경대학의 전공 교수가 쓴 논문으로 믿었다고 한다. 그는 1922년 대학을 졸업했는데, 재학 중에 출판한 저서 『중국의 사상 및 인물 강화』는 당시 학계나 경제계에서 경탄의 대상이 되었다.

흔히 근대일본의 양명학 대가로 널리 알려진 야스오카. 일본 양명학은 '행위란 마음의 용(用)'이라는 중국 양명학에서 훨씬 더 나아가 경세치용(經世致用), 사회적 실천의 지행합일을 이념으로 삼았다. 전후 일본에서 야스오카의 영향력은 대단했다. 두 가지 사례만 보아도 짐작할 수 있다. 재임 기간 7년 8개월로 전후(戰後) 최장수 총리를 기록한 사토 에이사쿠(佐藤英作)는 야스오카를 스승으로 모시고 월 1회 또는 2회 관저로 초대했다. 노벨문학상 후보에 올라 그때 한국 독자들에게도 『금각사』로 낯설지 않은 소설가 미사마 유키오(三島由紀夫)는 야스오카의 저서를 읽고 감명을 받은 편지에서 '지행합일 실천'의 의지를 내비쳤으며, 실제로 그는 '천황 친정'의 뜻을 이루려는 결사의지의 표명으로 할복을 감행했다.

박태준이 야스오카를 직접 만나서 처음으로 깊은 대화를 나눈 때는 1964년 1월이었다. 그때 박태준의 신분은 10개월 동안 일본을 방문하게 된 한국 대통령의 특사였으며, 박철언은 미(美) 극동군 총사령부 문관을 사임한 뒤 1962년부터 '대방(大邦)'이란 회사를 차려 놓고 있었다. 첫 만남을 이룬 날로부터 5년 남짓 지나서부터 야스오카는 포항제철 프로젝트의 성사에 매우 중요한 역할을 해주는데, 야스오카의 눈에 비친 박태준의 첫인상은 어떠했을까? 박철언은 회고록에 다음과 같이 서술하고 있다.

나는 박태준을 선도해서 동경 분쿄쿠 하쿠산의 자택으로 야스오카 마사아쓰를 찾았다.

"어서 오십시오. 원방래(遠方來)한 벗을 만나는 기분입니다."

야스오카는 멀리서 온 벗을 맞아 기쁘다는 고구(古句)가 섞인 말로 박태준을 초면의 어색함 없이 맞았다. 야스오카와 박태준 사이에는 광범위한 문제가 화제로 꽃피었다. 예정시간을 훨씬 넘긴 회견이 계속되었다.

"침착 중후한 인물이오. 마치 큰 바위를 대하는 듯한 무게가 있었소."

박태준을 만나고 나서 야스오카가 배석했던 야기와 나에게 한 말이었다. 박태준, 야스오카 양자의 이때의 해후는 뒤에 오는 포항제철 건설 문제에서 그 성패를 가늠하는 막중한 역할을 하게 되었다.

박태준-포항제철-야스오카-이나야마

박태준과 야스오카의 만남이 '포항제철 건설 문제에서 그 성패를 가늠하는 막중한 역할'이란 무엇이며, 과연 그 표현은 합당한 것인가? '합당한 표현'이라 할 만하다. 왜냐하면, 이 책의 제1부에서 살펴보았던 KISA의 배반을 기사회생, 전화위복의 계기로 만들어낸 '하와이 구상'을 실현해 나가는 주춧돌을 놓아준 인연이기 때문이다. 대일청구권자금 전용과 일본기술의 협력이라는 '하와이 구상'을 품고 하와이에서 도쿄로 들어온 박태준이 야스오카의 지원을 받아 이나야마 일본철강연맹 회장을 만났으며 그의 열린 마음을 얻어내게 되었다.(이 장면은 제1부의 끝부분에서 소개했다.)

1969년 8월 도쿄에서 한일각료회의가 열렸다. 가장 중대한 안건은 대일청구권자금 일부의 포항제철 건설 전용에 대한 합의였다. 우리 장관들보다 먼저 도쿄에 들어온 박태준은 맨 먼저 야스오카를 찾아갔다. 포철에 대해 협력을 아끼지 않겠다고 언약도 해주고 서신도 보내준 이나야마를 또다시 찾아가는 이번 길에도 박철언, 야기 노부오와 함께 야스오카의 방부터 거쳐야 더 힘이 붙을 것이고, 일본 정·재계의 거물들과 접촉하는 일도 그래야 더 수월해지고 더 힘이 붙을 것이라고, 그는 확신하고 있었다. 야스오카는 박태준과 포항제철의 막강한 후원자였다. 1969년 상반기 내내, 그해 여름 내내, 야스오카는 '박태준이 없는 도쿄'에서 일본이 포철을 지원하게 만드는 막후 활동을 쉬지 않았다. 그러한 발자취를 박철언은 회고록에서 이렇게 정리하고 있다.

> 포항제철을 위한 야스오카의 집요한 막후 활동이 계속되었다. 야기와 나는 야스오카의 의중을 따라 야하따, 후지 제철사를 번갈아 빈번히 방문했다. 이나야마, 나가노, 양 거두의 합심과 협력으로 포철 문제는 일본철강연맹의 소관이 되었다. 포항제철은 연산 103만 톤을 기간으로 하는 종합제철소 건설 계획을 일본철강연맹에 제시했다. 철강연맹은 포항제철의 계획을 검토하고 그 타당성을 인정하는 공한을 발부했다.
>
> 69년 8월, 한일각료회의가 동경에서 열리게 되었다. 박태준은 사전 공작을 위해 일본으로 왔다. 그는 동경에 도착하는 대로 야스오카를 찾아왔다. 박태준은 일본철강연맹이 포항제철의 건설 계획을 적극적으로 검토하게 한 야스오카의 전력에 대하여 감사를 표하고, 한일각료회담 이전에 정·재계에 대한 접촉을 원만히 할 수 있게 주선해줄 것을 청원했다.

과연 야스오카의 위력은 대단한 것이었다. 이때(1969년 8월) 박태준의 활약상은 박철언의 자서전에 잘 찍혀 있다.

> 야스오카는 즉각 주선의 손을 써서 박태준으로 하여금 정계에서 기시

노부스께(岸信介), 가야 오키노리(賀屋興宣), 지바 사부로(千葉三郎), 이찌마다 나오또(一萬田尙登), 재계에서 해외경제협력기금 총재 다까스기 신이찌(高彬晉一), 경단련 회장 우에무라 코고로(植村甲午郞) 등 주요 인사를 만나게 하였다. 박태준이 만난 이들은 모두가 입을 모아 포항제철의 출현을 축복하고 지지했다.

야스오카가 총리대신 사토 에이사쿠(佐藤榮作)에게 포항제철에 관한 문제를 진지하게 말했다는 하야시 시게유끼의 말이 야기를 통해서 전해졌다. 수일 후에 야기는 내각 관방(官房)의 전갈을 받고 박태준과 같이 총리 관저로 관방부장관 기무라 도시오(木村俊男)를 찾았다. 셋이 하이어를 타고 총리 관저로 갔다. 야기와 박태준이 기무라를 만나는 동안 나는 대기실에 앉아 기다렸다. 상기된 두 사람과 나는 관저를 나와서 차에 올랐다. 차가 총리 관저의 문을 나서자 야기가 입을 연다.

"일은 성사됐어요. 기무라 관방부장관의 말은 이래요. 사또 총리는 포항제철 건설 자금에 관한 한국 정부의 제의를 수락할 것이다. 박 대통령에게 그 취지를 전하라. 그러나 일한각료회의를 앞두고 이 말이 누설되지 않도록 주의하라는 것이었어요."

박태준으로서는 하늘이 주는 일대 복음이었다. 이어 박태준은 야스오카의 주선으로 외상(外相) 아이치 기이치(愛知揆一), 대장(재무)상 후쿠다 다케오(福田赳夫), 통산상 오히라 마사요시(大平正芳) 등을 두루 만났다.

그때 그 고장(일본)에서 위에 적은 이름들이 "차지하는 무게와 권위"에 대하여 박철언은 "하늘을 찌르고도 남음이 있었다"라고 했다. 그럴 만하다. 총리, 장관들, 재계 최고실력자들이 두루 등장하는 것이다. 그 놀라운 현실에 대하여 박철언은 기꺼이 털어놓는다.

불혹의 한국인 박태준이 연일 이들을 차례차례 거침없이 만나고 다녔다면 누구나 쉬이 믿을 수 있는 일이 아니었다. 그 믿을 수 없는 일이 눈앞에서 현실로 일어났고 이어졌다. 야스오카가 있었음으로, 그를 그리하게 한 박태준이 있음으로 가능했던 일이다.

일본 정·재계 지도자들의 존경과 신망을 한몸에 받는 야스오카를 감동시킨 박태준의 그 저력은 무엇이었을까? 크게 네 가지로 분석할 수 있다.

첫째는 박태준의 완벽한 일본어 구사와 일본문화 체득이다. 그는 1933년의 여섯 살부터 1945년의 열여덟 살까지 일본에서 성장했다. 그때 습득한 일본어와 체득한 일본문화가 이윽고 '근대화 조국'을 위한 보배로운 능력으로 발현된 것이다. 일본어를 완벽하게 구사할 수 없었다면, 일본인의 문화적 특성을 제대로 알지 못했다면, 그는 대학자로서도 저명한 야스오카에게 자신의 이상과 신념을 제대로 밝히지 못했을 것이다.

둘째는 1964년 1월 야스오카가 박정희의 특사로 장기간 방일한 박태준과 초대면하는 자리에서 과연 한국 대통령이 가장 신뢰하는 인물이라는 귀띔에 걸맞은 인물이라는 강렬한 첫인상을 받았던 점이다(앞의 인용 참조). 바로 그 인물이 맡은 국가적 대사(포항종합제철)이니 야스오카는 듬직했을 뿐만 아니라 그의 부탁은 곧 박정희의 뜻이 반영된 것이라고 믿을 수 있었다. 이러한 야스오카의 박태준에 대한 신뢰는 그가 대일관계를 헤쳐 나가는 길에서 보이지 않는, 그러나 든든하고도 큼직한 자산이었다.

셋째는 박태준의 강렬하고 순정한 무사(無私) 애국심이다. 대가는 대가를 알아보는 것처럼, 애국자는 애국자를 알아본다. 야스오카는 겨우 불혹을 넘어선 한국인과 대화하는 동안 난국에 빠진 조국을 위해 헌신하겠다는 그의 뜨겁고 순수한 영혼을 확인했을 것이다. 불타는 정열과 의지를 안으로 모을 줄 아는 침착성과 지혜도 발견했을 것이다.

넷째는 야스오카의 한국관과 박태준의 일본관이다. 한일관계를 일의대수(一衣帶水)에 비유하면서 일본의 과거를 사과하고 한국을 돕는 것이 일본에도 도움이 된다는 야스오카의 사고, 일본을 알아야 일본을 이용할 수 있고 일본을 이길 수 있다는 박태준의 용일주의(用日主義). 이것은 즐거운 손뼉소리를 낼 수 있는 정신적 조건이었다.

야스오카의 한국관에는 극단적 냉전체제 속에서 한국이 맡은 '반공 방파제론'도 포함돼 있었다. 박철언은, 야스오카가 일본철강연맹 회장 이나야마에게 전화를 한 뒤에 그의 뜻을 받아 야기 노부오와 함께 이나야마를 처음 찾아갔던 자리에서 나눈 대화를 명확히 기억한다.

"야스오카 선생의 견해는 간단명료합니다. 한국은 공산세력에 대치해서 전방 방어를 맡고 있는 나라입니다. 한국은 제철에 관한 한 북측에 비해서 빈약합니다. 이는 보강해야 합니다. 두 나라는 일의대수의 상호관계에 있다고 믿고 계십니다."

"예. 야스오카 선생의 의견은 강경하셨어요. 옳은 말씀이셨습니다. 나라의 장래를 그르치지 않기 위해서도 선생의 의견은 존중되어야 하겠지요."

야스오카의 측근 야기 앞에서 이나야마의 발언은 신중했고 그 내용은 상적(商的) 경쟁이나 이해의 수위를 초월하는 것이었다.

1969년 8월 15일, 아이치 외무상이 한국 광복절을 축하하듯 기자회견을 통해 외무성 대장성 통산성 관계자들이 여러 차례 합동회의를 한 결과 대일청구권자금 전용에 대해 긍정적인 방향으로 검토가 이루어졌고 22일 일본 각의에서 최종 결정이 내려질 것이라고 발표했다. 이러면 다 된 밥이었다. 며칠 전에 관방부장관 기무라 도시오가 박태준, 야기 노부오, 박철언을 총리 관저로 불러서 "성사되었다. 박 대통령에게 보고해라. 단, 끝까지 기밀을 유지해라."고 일러준 그대로 '성사'가 되었고, 8월 15일이라는 특별한 날을 맞아 일본정부가 먼저 공개한 것이었다.

8월 22일 일본철강연맹은 이나야마 회장의 주선으로 '한국제철소건설협력위원회'를 구성했다. 일본 철강회사들과 종합상사들로 구성한 이 위원회는 설계·건설의 기술지원과 기자재 선정의 협력을 위한 조직이었다. 이날 일본정부는 한일각료회담의 의제를 검토하려는 각의를 소집하고 한국의 종합제철소 프로젝트를 상정해, 오히라 통산상을 포함한 각료 전원의 지지를 확인했다. 8월 23일 박태준은 야하타, 후지, 니혼강관 등 3개사 대표의 이름으로 된 '포항종합제철 계획의 검토에 관한 건'이라는 공문을 받을 수 있었다.

황무지에 내리는 가을비의 섭리가

1969년 9월 17일 포항종합제철 건설 타당성 조사를 위한 일본조사단(단장 아카자와 쇼이치)이 김포공항에 내렸다. 서울 거리가 한창 소란스러운 날이었다. 9월 14일(일요일) 새벽 2시 30분, 이효상 국회의장이 야당 의원들과 학생들의 철야농성장으로 변한 세종로 국회 본회의장을 피해 제3별관 3층 회의실에서 전격적으로 3선 개헌안 통과 방망이를 두드리고 나서 겨우 사흘째였던 것이다.

아카자와 쇼이치는 정치인이 아니라 관료였다. 동경대학 법학부를 졸업한 엘리트로서 그해 8월 도쿄의 한일각료회담이 '대일청구권자금 일부의 포철 건설 전용'을 다루는 자리에는 일본 경제기획청 조정국장으로 참석하고 있었으며, 양국 공동성명 문안의 작성자이기도 했다. 아카자와는 그때 그 자리의 팽팽한 분위기를 다음과 같이 증언한다.

나는 외무성, 대장성, 통산성을 뻔질나게 오가며 각료회의 공동성명 문안을 작성했다. 그런데 이 공동성명 문안이 '코에 걸면 코걸이, 귀에 걸면 귀걸이' 식이었다. 지금도 그 문구는 생생히 기억하고 있는데, "양측의 의견을 조정하기 위해 한국에 조사단을 파견하기로 했다" 하는 것

* 이 글은 **아카자와 쇼이치** 선생의 회고를 근거로 정리한 것이다.

으로서, 어떻게 보면 한국 정부의 요청을 받아들인 것 같지만 사실은 그렇지 않은 것이었다. 김학렬 부총리가 김포공항의 귀국성명에서 "한일 양국은 종합제철 건설사업을 추진하는 데에 기본적 합의를 했다"라고 발표했으나, 우리 일본 측에서는 "일단 타당성 조사를 한 후 검토하기로 했다"라는 식의 발표를 했다. 어쨌든 우리 일본정부는 그 공동성명에 따라 20명으로 구성된 조사단을 한국에 파견하기로 했는데, 내가 단장으로 임명되었다.

그런데 일본조사단이 서울에 도착한 것보다 훨씬 앞선 8월 26일, 박태준 사장은 참으로 속이 시원한 문서를 받았다. '한국과 KISA 간 기본계약을 무효화한다'라는 KISA의 통보가 그것이었다. 그는 오래 앓아온 이빨 몇 개가 한꺼번에 쑥 빠진 것 같았다. 이제 마지막 고비는 일본조사단이었다.

대일청구권자금 일부의 포철 전용에 대한 한일협약 서명과 포철 착공은 야무지게 맞물려 있는 일이었다. 서로 서명을 했으니 착공이 있기는 있겠지만, 다시 말해 일본측과 되기는 되겠지만, 밑도 끝도 모르게 다시 질질 끌어댈 것인가, 아니면 착착 하나씩 풀어내서 빠른 시일 내에 건설을 시작할 수 있을 것인가? 자금도 기술도 경험도 없는 포스코의 운명이 꼼짝없이 일본조사단에 맡겨졌다. 그리고 그것은 그들의 보고서, 특히 아카자와 단장의 판단에 달려 있었다.

박태준 사장은 의연하고 정중하고 진솔하게 그를 상대했다. 아카자와는 어떤 심정이었을까? 그는 다음과 같은 회고를 남긴다.

우리 조사단의 방한 일정 중에는 포항 현지시찰도 포함되어 있었으며, 교통편은 전세기를 이용하기로 예정되어 있었다. 그런데 포항 현지시찰 예정일 전날부터 호우가 쏟아져 비행기가 뜰 수 없었다. 당시 나는 도쿄에서 처리해야 할 중요한 업무가 있었기에 현장시찰을 중지하느냐, 귀국을 하루 이틀 연기하느냐를 놓고 고민을 했다. 그러나 그 고민은 아주 쉽게 풀렸다. 경제기획원으로부터 3량으로 편성된 특별논스톱 열차로 경주까지 우리 조사단을 수송하기로 했다는 연락을 받았기 때문이다. 이 3량의 특별열차 중 한 칸은 우리 조사단이, 다른 한 칸은 한국 측 사람들이 이용했으며, 가운데 칸은 식당차로 되어 있었다. 내가 박태준 사장과 친히 이야기를 나눌 수 있는 기회를 갖게 된 것은 바로 이 열차 내에서였다. 빗속을 달리는 열차 안인 탓일까? 편안하고 여유 있게 나와 박 사장은 대화를 나눌 수 있었다. 신의 섭리라고나 할까, 아니면 사바세계의 인연에 의한 것이라고 할까? 우리는 아주 오래 전에 만났던 사람들처럼 대화를 나눌 수 있었다. 한국의 경제, 포항제철의 구체적인 건설계획과 원료문제, 장차 대제철소로 발돋움할 포항제철과 일본의 제철회사 간의 관계 등 생각나는 대로 흉금을 털어놓고 이야기를 나누었다.

박 사장과의 장시간에 걸친 대화를 통해서 나는 그의 인품에 대해 강한 신뢰를 갖게 되었다. 대화 중 나는 박 사장이 참으로 솔직하며 오로지 제철산업의 발전을 위해 목숨까지 아끼지 않는 순수하고 박력 있는 사람이라는 것을 느꼈고, 과정에서의 어려움은 많겠지만 박 사장이 지휘를 한다면 한국에서의 제철소 건립과 경영이 틀림없이 성공할 것이라는 확신을 얻었다.

경주에서 하루를 묵은 우리 조사단은 다음날 포항 현지를 시찰할 수 있었다. 말이 현장시찰이지 그곳은 황무지 바로 그것이었다. 지금으로서는 상상할 수 없는 황량한 풍경이었다. 그 황무지 위에 사람이 세운 것이라곤 '롬멜하우스'라 불리는 목조건물 하나와 브리핑용 공장 조감도 하나뿐이었다. 우리 조사단 일행은 기가 막혔고 탄식이 절로 나왔다. 그러나 이상하리만큼 나는 담담했고, 이 일은 일본정부가 꼭 협력해야 한다고 생각할 뿐이었다. 그 이유는 박 사장이 나로 하여금 반하지 않고는 견딜 수 없을 만큼 훌륭한 인품을 가졌기 때문이었다. 결국 조사를 마치고 일본에 돌아온 나는 매우 긍정적인 보고서를 쓰기에 이르렀고, 양국 정부의 승인을 받아 포항제철 건설이 착수된 것이다.

아카자와가 일본조사단 단장 자격으로 처음 '황량한 영일만 현장'을 다녀간 그날로부터 대략 15년쯤 세월이 흐른 뒤의 어느 저녁이었다. 경주 보문단지의 호텔에서 한일경제인협회가 열렸다. 한국측 회장은 박태준 포스코 회장이고, 일본측 경제인 일행에는 아카자와도 포함돼 있었다. 공식 회의를 마치고 만찬과 함께 여흥을 시작하려는 참이었다. 문득 박 회장이 와인 잔을 들고 마이크 앞으로 성큼성큼 나갔다.

"여러분. 우리 포항제철은 포항 1고로를 '아카자와 고로'라고 부릅니다. 아카자와 고로를 위하여, 건배!"

원탁에 앉아 잔을 들고 박 회장을 쳐다보고 있던 아카자와는 눈시울이 뜨끔하고 가슴이 짜안했다. 말 한마디로 천 냥 빚을 갚는다는 속담, 바로 그 인간적 감화가 일어난 순간이었다.

박 회장이 아카자와에게 천 냥 빚을 감동적으로 갚아준 그해 가을 저녁은 어느덧 '박정희 대통령 서거 5주기'를 헤아리는 즈음이었다. 이때 세계 철강업계의 신흥 강자로 부상한 포스코는 광양제철소를 짓고 있었다. 세계철강협회가 '세계철강경기 침체와 철강과잉공급'이란 이유를 들이대며 개발도상국의 철강생산능력 증대에 반대하고, 일본 철강업계가 이른바 '부메랑'을 노골적으로 날려대며(일본철강업계가 포항제철이라는 호랑이새끼를 키워서 드디어 역으로 공격을 당하게 되었다는 뜻) 협력을 거부하는 상황이었다.

그러나 박태준 회장은 '역사의 선순환 의지에 대한 신뢰 논리'(중진국은 선진국을 따라가고 개도국은 중진국을 좇아가는 것이 역사의 상식적 법칙인데, 앞선 나라들이 항상 한 손을 뒤로 내밀고 있어야 역사의 선순환 의지가 지속적으로 작동될 수 있다는 것)로써 막아내고 받아치며 오히려 광양제철소 건설에 더욱 속도를 내는 중이었다. 고인(박정희)과 철석같이 약속했던 '철강 2000만 톤 시대'를 향하여 박 회장이 자신의 특장인 과학적인 판단력과 불굴의 리더십을 마치 쉬지 않는 엔진처럼 돌리며 당당하고 꿋꿋하게 전진하는 것이었다.

도쿄에서 한국 종합제철 추진한 롯데도 도와주다

1965년 여름, 뜨거운 서울거리를 한국사회의 격렬한 갈등이 더욱 뜨겁게 달구고 있었다. 6월 22일에 조인된 '한일조약'이 기폭제였다. 사정없고 거침없는 흑백논리가 세워졌다. 한국과 일본의 국교정상화를 핵심으로 하는 한일조약의 비준에 반대하는 사람들은 '정의와 자주'의 민족세력, 한일조약의 비준에 찬성하는 사람들은 '불의와 매판'의 친일세력. 이렇게 사회가 극단적으로 갈라진 가운데 국회는 8월 14일 공화당 단독으로 비준안을 통과시켰다.

대학가의 시위는 격렬해졌다. 8월 26일 서울 전역에 위수령이 내려져 또다시 군대가 캠퍼스를 장악했다. 그런데 한일조약 국회비준과 위수령 선포 사이, 8월 18일, 한국 현대사의 중대 결정이 내려졌다. 2만 병력 월남(베트남) 파병에 대한 국회 비준이 바로 그것이었다.

정치적으로나 사회적으로나 혼란한 계절에 박태준 사장은 정치와 담을 쌓은 채 대한중석 경영정상화에 몰두하는 한편으로 박정희 대통령에게 밀지처럼 받은 특명인 '종합제철'에 깊은 주의와 관심을 기울이고 있었다. 박 사장이 도쿄에서 자이니치(재일조선인 2세)로서 뛰어난 제철엔지니어인

* 이 글은 **신격호** 롯데 회장과 **김철우** 박사의 회고를 근거로 정리한 것이다.

김철우 박사와 처음 만난 것도 그해 가을의 어느 날이었다.

'동경대학교 생산기술연구소에 근무하는 김철우 박사를 모셔 오라.'

박 사장의 그 지시를 받은 사람은 대한중석 도쿄 주재원 주영석이었다.

김철우 박사. 1926년 일본에서 태어난 재일조선인 2세. 아버지는 경남 의령, 어머니는 합천이 고향이다. 열심히 일해도 가난을 벗어나지 못한 부모 슬하에서 김 박사는 희망의 끈을 놓지 않고 금속학도의 길을 택해 도쿄공업대학, 도쿄대 대학원에서 공부한 뒤 도쿄대 생산기술연구소에 둥지를 틀었다. 그는 첫 봉급이 1만2000 엔이었다는 것을 늘 잊지 못한다.

김 박사는 한국에서 찾아온 어떤 사장이 만나자고 하는 느닷없는 제안을 받고 조금은 긴장하여 도쿄의 고급호텔 레스토랑으로 나갔다. 당시 그의 봉급으로는 출입하기 어려운 레스토랑이었다. 박태준 사장과 김철우 박사의 첫 만남. 아직 김 박사의 한국말이 어눌해서 일본말도 유창한 박 사장이 일본말을 써야 했다.

2013년 향년 87세로 세상을 떠난 김철우 박사가 『박태준』 평전을 쓴 이대환 작가와 만나서 '박태준과 김철우, 김철우와 한국 종합제철'에 관한 일들을 들려준 때는 2005년으로, 그때 그는 대전에 거처하는 일흔아홉 살의 노인이었는데, 막힘없는 모국어로 육십여 년 전의 일들을 초롱초롱하게 불러냈다.

"이미 박 사장(박태준 대한중석 사장)은 제철소에 관심이 많았어요. 아마도 박정희 대통령의 언질을 받았던 것일 텐데, 그 자리에서 박 사장이 그런 말을 안 했지만 나는 그렇게 직감을 했고, 나중에는 내가 적중한 거였다는 것을 알게 됐지요. 첫 만남에서 박 사장이 나에게 제철소 건설에 대해 기술적으로나 여러 가지로 도와 달라고 부탁했어요. 당시 낙후

된 조국의 경제나 산업의 실상을 잘 아는 자이니치(재일조선인 2세) 지식인으로서, 제철이나 금속을 잘 아는 자이니치 학자로서, 두 손 들어 환영할 부탁이었지 주저할 부탁이 아니지 않습니까?"

박 사장과의 첫 만남에 대해 김 박사는 특히 '망고'를 오래 잊지 못한다.

"첫 식사 자리에 후식으로 내가 먹어보지 못한 과일이 나왔는데, 아주 맛이 좋아서 내가 이름을 물었더니, 박 사장이 '망고'라고 알려 줬어요. 이렇게 우리의 첫 만남에는 망고가 남게 되었습니다. 가난하게 살아온 나는 그것을 '대단한 사람'이나 먹는 거라고 알게 됐지요. 그 뒤로는 '대단한 망고'를 맛보게 해준 박 사장과 자주 만나게 되었지만요, 허허허…."

1960년대 후반, KISA가 작성한 한국 종합제철소 건설의 일반기술계획(GEP)에 대한 검토작업에도 참여하여 그것이 얼마나 엉터리이며 설비들이 어떤 중고품인가를 알아내게 되는 김 박사는 박 사장의 초빙을 받아 1971년 포항종합제철 기술담당 이사로 부임해왔다. 특히 1고로 건설에서 중요한 기술자문을 했고, 포철 2기(연산 270만 톤 체제) 건설의 계획위원장도 맡았다.

그 뛰어난 금속학자(제철엔지니어)의 인생마저도 '분단 조국의 비극'이 관통했다. 103만 톤 체제의 포항제철 1기 준공 무렵인 1973년, 그는 졸지에 구속되고 말았다. 그리고 무려 6년 6개월이나 영어생활을 하게 된다. '1970년에 한 번 입북(入北)한 경력'이 뒤늦게 밝혀진 것이었다. 북한의 재일동포 북송사업 조류를 타고(남한은 '북송선'이라 부르고 북한은 '귀국선'이라 부른 '만경봉호'를 타고) 북한으로 들어간 동생네 가족과 상봉하기 위한 입북이었다. 하지만 그때 살벌한 냉전의 분단체제는 남에서든 북에서든 그런 인물을 간단히 '스파이'로 몰아세우게 했으니….

1979년 늦가을에 스파이 혐의를 벗고 감옥을 나온 김철우 박사는 그의 공로를 잊지 않은 박태준 회장의 배려로 정부의 승인을 받아 1982년부터 포항제철에 복직하여 1989년까지 부사장, 포항산업과학연구원(RIST) 초대원장 등을 역임한다. 자신의 처지야말로 분단 조국의 비극적 전형이란 인식을 뼈에 사무치게 하면서 원망도 절망도 없이 감옥살이 6년 6개월을 감당해낸 뒤로 어언 26년쯤 더 흘러간 2005년 여름, 노무현 대통령의 참여정부가 집권의 절반을 지나가는 그즈음, 박사는 '한국 종합제철의 추억'을 물으러 찾아온 초면의 젊은 작가에게 이렇게 털어놓았다.

> "한국 산업화의 기간이 되었던 포항제철에 기여했다는 점이 자이니치로서 큰 보람이었다는 생각을 하고 있고, 당시의 극단적인 냉전체제는 나 같은 사람에게도 그토록 가혹한 고통을 안겼는데, 오늘날의 번영 앞에서 나는 박정희 대통령의 공적을 높이 평가합니다."

김철우 박사는 박태준 대한중석 사장과 교분을 나누고 있던 무렵, 일본에서 성공 가두를 달리는 재일조선인 기업가 신격호 롯데 사장과 '종합제철 건설 프로젝트' 참여의 제안을 받았다. 1965년 가을부터 1966년 봄까지, 박태준 사장이 종합제철에 관한 박정희 대통령의 특명을 받아 초보적인 활동을 전개하고 있던 그 언저리에 도쿄에서 '한국의 종합제철 건설 프로젝트'를 적극 추진한 롯데 신격호 사장의 배후에는 이후락 청와대 비서실장이 있었다.

그러니까 1966년 봄날을 기준으로 잡는 경우, 박 대통령이 중심에 서서 추진하고 있는 '한국의 종합제철 건설 프로젝트'는 정부 관료들이 나서서 국제금융기관이나 선진국 철강기업 경영자들과 교섭하는 가운데 박태준 대한중석 사장은 그 프로젝트에 대한 공식적 직위가 없는 상태에서 치밀한 준비 작업을 해나가고, 그러한 움직임들과는 별개로 이후락 비서실장에 의해 신격호 사장도 그 프로젝트에 사업적으로 참여하고 있는 형국이었다.

신격호 사장와 김철우 박사의 만남은 어떻게 진행된 것이었을까? 와세다대학을 나와 무슨 사업을 할까 고민하던 중에 '일본인들이 미군의 추잉껌을 좋아하지만 일본에는 껌 공장이 없다'는 데 착안하여 수공업식 껌을 제조했더니 그 껌이 불티나게 팔려나가서 일약 기업가로 우뚝 일어설 수 있었던 신격호 사장의 롯데는, 그때 껌의 힘으로 초콜릿도 생산하면서 창업 100년의 일본 제과회사 모리나가(森永), 메이지(明治) 등과 어깨를 나란히 하고 있었다. 그런 어느 날에 신 사장은 서울에 나왔다가 굉장히 막강한 권력자와 만나게 된다. 그의 회고를 직접 들어보자.

고향(경남 울산) 친구이자 당시 청와대 비서실장으로 근무하던 이후락 씨가 나를 만나자고 했다. 이후락 씨는 나를 만나자 대뜸 이렇게 말하는 것이었다.

"현재 박 대통령께서 국가의 기초 산업이 될 제철소 건설을 계획하고 계시다네. 그러나 알다시피 우리나라에 뭐가 있는가? 기술이 있나, 자본이 있나. 그러니 계획만 거창할 뿐 이 일을 실행에 옮길 수가 없네. 그러니 자네가 좀 발벗고 나서서 도와 주게. 자네는 일본 정계에도 영향력이 있지 않은가?"

이후락씨의 제안을 받은 나는 얼떨떨하지 않을 수 없었다. 제과업으로 성공을 거두어 유통업에까지 진출한 나였지만, 그리고 박 대통령의 산업입국에 대한 의지를 모르는 바는 아니었지만 그 제의가 금방 내 가슴에 와 닿는 것은 아니었다. 왜냐하면 우선 나는 철(鐵)이란 것에 관해서는 문외한이었기 때문이다. 내가 머뭇거리자 그 자리에 함께 있던 청와대 경제수석 비서관이 "철에 관해서라면 재일동포로서 일본에서도 유명한 K모 박사가 있으니 함께 의논해 보십시오"라면서 말을 거들었다.

나는 일본으로 돌아오자마자 도쿄(東京) 근교의 지바(千葉)에 있는 '동경대학 산업기술연구소'에 비서를 시켜서 전화를 걸게 했다. 그곳에는 일본 문부성의 기술연구관 겸 동경대학 교수인 K박사(본인의 요청에 따라 이름은 밝히지 않기로 한다)가 근무하고 있었다. K박사는 나와 같은 재일동포였으나 이전까지 우리는 서로 아무런 면식도 없었다. 내 비서의 전화를 받은 K박사는 처음에 매우 의아하게 생각했다고 한다. 그도 그럴 것이, 당시 그도 나의 회사인 '롯데'는 알고 있었지만, 그 회사의 사장인 나를 일본인인 줄로만 알고 있었으며, 더군다나 철(鐵) 전문가인 자신과 롯데와의 관계로 보아서는 도무지 만날 일이 없었기에 만나자는 의도가 무엇인지를 짐작도 할 수 없었다는 것이다. 어쨌든 그 이튿날, 그와 나는 동경 시내의 한 중화요리집에서 만나게 되었다.

음식점에서 만나 K박사에게 나의 소개를 한 다음 이후락씨로부터 들은 이야기를 전했다. 그 말을 들은 K박사는 기뻐하면서 조국을 위해 기꺼이 그 사업에 동참하여 지원을 아끼지 않겠노라고 했다. 동병상련이라고나 할까? 사실 나는 일본에서 어느 정도 사업적 성공을 거두고 있었으나, 한국인을 경시하는 일본의 사회 풍토에서 세계적으로 인정받는 고로(高爐) 전문가인 K박사가 한국인이라는 사실에 긍지를 가지게 되었고 그 후로도 그와 매우 가깝게 지내게 되었다.

그와 나는 대번에 의기투합되어 연간 100만 톤 규모의 종합제철소의 기본 기술계획(Master Plan)과 타당성 조사(Feasibility Study)에 착수했다. 나는 당시로서는 거금이었던 3000만 엔 이상을 투입하였고, K박사는 모든 일을 제쳐두고 이 작업에 몰두하였다. 현재는 후지제철과 야하타제철이 합병되어 '신일본제철'로 되어 있지만, 당시만 하더라도 두 회사는 서로 다른 별개의 회사였다.

나는 K박사로부터 두 회사 중 K박사의 동경대학원 동료교수가 기술

개발본부장으로 근무하던 후지제철의 나가노 시게오(永野重雄) 사장을 소개받았다. 나가노 사장도 이 일에 적극 찬성하였다. 나가노씨의 협조를 얻은 우리는 후지제철 기술자 22명과 동경대학의 전문인력 및 기술자 12명을 합쳐 이 작업에 착수한 것이었다. 일을 착수한 지 8개월 만에 우리는 종합제철소에 대한 기본기술계획과 타당성 조사를 마칠 수 있었다.

신격호 사장이 말하는 'K박사'는 물론 '김철우 박사'다. 그러면 김 박사의 회고를 들어보자.

롯데 신격호 사장이 비서를 시켜서 만나자는 연락을 넣고 차를 보냈다. 울산이 고향인 그는 나에게 동향의 이후락씨로부터 "한국에서 제철소를 해봐라. 박정희 대통령이 어떡하든 하라는 엄명이다."라는 부탁을 들었다며 도움을 청했다. 나는 조국을 위해 좋은 일이니 도와 드리겠다고 답했다. 내 주변의 제철 전문가는 20명쯤 되었다. 특히 후지제철소 기술본부장으로 있는 은사가 중요한 사람이었다. 그 은사의 소개로 신 사장과 함께 후지제철 나가노 사장을 만나러 갔다.

이때 나가노 사장한테서 '터키'에서 온 제철소 관계자 얘기를 들었다. 터키에 50만 톤짜리 제철소를 짓기로 했는데, 중간에서 다 뜯어 먹히고는 20만 톤도 하기 어렵게 됐으니 도와 달라는 부탁을 하더라는 것이었다. 여기서 나는 '제철소 건설'과 '못난 권력'의 위험한 관계를 알아챘다.

초콜릿과 껌과 과자로 일본에 널리 알려진 신 사장은 나가노 사장에게 이렇게 말했다. "저는 얇은 것은 잘 만들지만 두꺼운 것은 못 만드는데 한국 청와대에서 김철우 박사를 만나면 잘 풀릴 거라고 하여 오늘 여기 같이 왔습니다." 이 자리에서 나가노 사장이 소개한 사람이 뒷날 포항제철의 JG(일본기술단) 단장으로 가는 아리가 부장이었다. 그도 돕겠다고 했다. 물론 그 뒤에 롯데와 제철소는 멀어졌다.

신격호 사장과 접촉하는 동안에 '대한중석 박태준 사장'과 만난 사실을 그에게 알리지 않고 있던 김 박사가 전격적으로 신 사장에게 박 사장을 소개한 때는 1967년 어느 봄날이었다. 신 사장의 회고를 더 들어보자.

> K박사가 나를 찾는다는 전갈이 왔다. 나는 순간 의아해했다. 이때까지 내 쪽에서 K박사를 청했으면 청했지 K박사가 나를 청한 적은 한 번도 없었기 때문이었다. '뭔가 중대한 일이 있음에 틀림없다.' 그런 생각을 하고 약속 장소인 동경대학으로 가면서도 나는 은근히 '무슨 일일까?' 궁금해 했다.
>
> 동경대학에 도착하여 K박사의 연구실 문을 열고 들어섰을 때, 나는 직감적으로 '아! 저 사람 때문에 나를 이곳으로 불렀구나' 하고 느꼈다. 그곳에는 짙은 눈썹에 형형한 눈빛을 하고 있는 호랑이 같은 인상의 한 사람이 앉아 있었다. 마치 거대한 산이 버티고 앉아 있는 듯한 강렬한 느낌을 주었다. 그가 바로 박태준이었다.
>
> 그날 밤, 우리 세 사람은 밤을 새우며 얘기를 나눴다. 그러는 동안 나도 모르게 점차 그에게 이끌려 들어가는 느낌을 받았는데, 지금 생각해보니 그것은 내가 그의 신념에 찬 어조와 장부다운 기백에 이끌린 것만이 아니라, 마치 계곡을 흐르는 물처럼 맑은 서로의 교감 때문이었다고 생각된다.
>
> 박태준은 나에게 담백하고 솔직한 사람이라는 첫인상을 남겼다. 그 느낌은 20년이 훨씬 지난 오늘까지 그대로 남아 있다. 그는 산중의 물처럼 맑고 깨끗한 사람이다. 그러나 노자(老子)가 얘기하는 물처럼 그는

자기를 고집하지 않는다. 노자는 '최고의 선은 물과 같다'고 했거니와 만물을 이롭게 해줄 뿐 결코 다투지 않는 물처럼, 그는 오늘날까지 자기를 고집하지 않으면서도 결코 자신을 잃어 본 적이 없는 사람이다. 어떤 일본인은 그를 '고대 무사풍(武士風)의 인물'이라고 평하기도 했는데, 그것은 그를 잘 모르는 데에서 나온 말이다.

그렇게 박태준과 나와의 첫 대면은 퍽 인상적으로 이루어졌다. 그는 그때 자신이 종합제철소의 기획 및 건설 책임자로 '내정'되어 있다면서 자신을 소개했다. 그의 설명을 들은 나는 그동안 조사해 두었던 자료를 그에게 넘겼다.

박태준을 만나기 이전에 종합체철소 건설 프로젝트에 매진하고 있었던 나는 아주 충격적인 소식을 접하게 되었다. 그것은 미국에서 제철소 건설을 맡게 되었다는 것이었다. 그 일은 내게 적지 않은 충격을 주었다. 그러나 그것은 어쩌면 박태준과 나의 인연을 맺게 해주려는 하늘의 배려로 생겨났던 사건인지도 몰랐다.

신격호 사장이 김철호 박사와 만들어온 종합제철 건설 자료는 박 사장에게 좋은 참고거리가 되었다. 박정희 대통령과 박태준 사장, 한국 관료들과 미국 코퍼스사 포이 회장, 이후락 비서실장과 신격호 사장과 김철우 박사 이렇게 1965년 하반기부터 1967년 상반기에 걸쳐 한국의 지도력은 종합제철 건설을 위해 움직이고 있었다. 답답하고 막연해도 그들의 마음은 바빴을 것이다. 오리가 몸통을 물속으로 빠트리지 않기 위해 물속의 두 발을 분주히 젓고 있는 것처럼, 종합제철이 수면 아래로 곤두박질치는 사태를 막기 위해 흡사 그렇게 마음들을 젓고 있었을 것이다.

그때 수녀원과 고아원을 밀어냈네

1968년, 포항제철소가 들어설 자리에는 당시 동양 최대 규모를 자랑하는 수녀원(예수성심시녀회)과 고아원이 있었다. 포스코는 제철소 건설만이 국민을 가난의 굴레에서 벗어나게 하는 최선이라는 데 공감한 수녀원의 이해를 얻어 철거를 무사히 마치고 포항제철소를 성공적으로 건설하게 된다. 지금의 포항 성모병원 근처(대잠동)에 이주의 터를 잡았던 그 수녀원은 이후 시설을 확장해 오늘에 이른다. 당시 수녀원에서 하느님의 말씀을 따르며 고아들을 보살폈던 젊은 수녀들도 어느덧 푸근한 할머니가 되었다. 할머니 수녀 분들께 포항제철 건설이 시작되기 직전의 이야기를 들어본 것은 2006년이었다.

2006년에 아흔 살이었던 김 벨라뎃다 수녀는 포스코의 젊은이와 만나 희미해진 기억을 더듬다 말고 문득 소녀 같은 미소를 지으며 말했다.

"포철이 나라를 위해서는 크게 좋은 일을 했지만 우리한테는 애를 많이 먹였지."

그 한마디뿐이었다. 그러나 촌평(寸評)이 아니라 총평(總評) 같았다.

1968년 5월 결정된 제철소 부지 232만7000여평에는 '영일군 대송면 송정동'의 예수성심시녀회가 포함돼 있었다. 고아원, 양로원, 장애인의

* 이 글은 2006년 **예수성심시녀회 원로 수녀들**과의 인터뷰를 정리한 것이다.

집, 수녀원, 수도원, 수련관, 성당…. 솔숲에 에워싸인 이 성스러운 시설에서는 신부 2명과 수녀 160명이 540명 넘는 고아·노인·장애인을 돌보고 있었다. 부지 18만평에 건평 4000평, 더구나 초가 마을에서 유일한 현대식 건물이었다. 그때 총원장이었던 김 수녀의 '짤막한 총평'을 그때 사무국장이었던 일흔 살의 박 마리요왕 수녀가 '구체적 사실'로 풀어냈다.

"나는 1956년에 송정동 수녀원으로 왔는데…. 제철소 부지로 선정됐다는 보도를 접하고 급히 대구 매일신문으로 올라가 신부님을 만나고, 다른 사람들도 만났지요."

박 수녀는 대구에서 위안을 얻고 돌아왔다. 제철소에는 엄청난 자금이 투입되기 때문에 국가에서 의욕을 앞세우지만 무산될 수도 있다는 견해를 들었던 것이다.

"돌아와서는 우리 수녀원을 창설하신 남 신부님을 뵈러 갔지요. 이미 은퇴하시고 갈평에 계셨는데, 그분이 충격받지 않을까 걱정이 앞섰습니다. 하지만 그분은 '천주께서 더 좋게 해주려고 하는 모양인데 걱정할 것 있나?'라고 반문하셨어요."

포항제철소 정문에서 감포읍 기림사 방면으로 30여리 떨어진 갈평리, 이 산골로 물러난 남 루이델랑드 신부는 프랑스 출신으로 한국에 귀화했다. 그분이 영일만 송정동 모래벌판에서 '천주의 말씀'을 실천하기 위해 첫 삽을 뜬 날은 1950년 3월 25일이었다. 그로부터 불과 석 달 뒤에 6·25전쟁이 터지고, 그해 늦여름에 형산강까지 내려왔던 전쟁은 수많은 고아를 남 신부의 품에 맡긴 채 북으로 올라갔다.

1967년 10월 4일, 김 총원장수녀는 식구들에게 편지를 쓴다.

'어제 이곳에서 종합제철 기공식이 있었습니다. 그러니 우리가 이사가야 함은 결정되었다고 할 수가 있겠지요. 그런데 걱정은 아직 좋은 부

지를 구하지 못한 것입니다.'

어디로 갈 것인가. 수녀들은 공동방에 모여 기도를 하고 그룹을 나눠 논의도 했다. 700명의 대가족을 이끌고 나설 일이 마치 약속의 땅을 찾아 헤매는 이스라엘 백성의 처지처럼 여겨지기도 했다. 대전·부산·대구·경산·하양·경주·포항 등 여러 후보지가 거론되었다. 그러나 한 곳을 찍기란 여간 까다롭지 않았다.

막막한 어느 날이었다. 운전기사 이상원 씨가 "효자 쪽은 어떨까요?"라는 의견을 냈다. 김 수녀와 박 수녀는 귀가 솔깃해졌다. 무엇보다 형산강만 건너면 되니 이사하기가 쉬울 것이었다. 3만5000평쯤 되는 입지도 괜찮아 보였다. 문제는 지주가 70명이란 점이었다. 하지만 그의 친구인 신욱현 씨가 지주들을 설득해 줬다. 거기가 현재 위치한 포항시 대잠동 601번지이다. 수녀들은 두 사람을 '성 요셉이 보낸 사자'라고 생각했다.

"송정동 수녀원 18만평 중에 67%가 솔숲이었어요. 남 신부님이 앞장서서 해송을 한 그루 한 그루씩 심어 나가 마침내 울창하게 가꾼 겁니다. 소나무 한 그루를 심을 때마다 반드시 모래구덩이에 찰흙 한 삽씩을 넣었고, 겨울에는 우리가 일일이 가지치기를 했어요. 그런데 그 솔숲이 임야로 분류됐어요. 임야는 보상가격이 제일 낮았는데, 우리는 경상북도, 그러니까 정부로부터 평당 50원을 받았어요."

수녀들은 '평당 50원'이 터무니없어 보였다. 그래서 창설자 남 루이벨랑드 신부의 뒤를 이은 프랑스 출신 길 수다니 신부는 '이주문제'로 찾아온 포스코 사람들을 몇 번이나 쌀쌀맞게 대했을 것이다. 그러나 성직자들은 '국가대업'을 위해 정든 터전을 떠나기로 결정했다. 보상비는 부지에 대해 2200만 원, 은행들의 감정을 거친 건물에 대해 1억500만 원.

수녀원은 예산 걱정을 앞세운 채 1968년 3월 대잠동 부지의 토목공사를 시작하고, 그해 11월부터 이주에 들어갔다. 해를 넘겨야 할 이주, 다시 문제는 엄청난 이주비용이었다. 길 신부와 박 수녀는 청와대로 찾아갔다. 2200만 원이 더 필요하다는 하소연을 경청해준 이는 육영수 여사였다. 박 수녀는 까마득한 세월이 흘렀지만 그때 어느 순간의 전화 한 통화를 생생히 기억한다.

"육 여사님을 뵙고 내려온 뒤였는데, 김수환 추기경님이 전화로 이사비용 문제는 걱정하지 않아도 될 것 같다는 반가운 소식을 전해 주셨어요. 그날 청와대에서 다른 사람들과 같이 박정희 대통령을 만났는데, 대통령께서 먼저 말을 꺼내 포항 수녀원 문제는 해결해 드리겠다고 하시더랍니다."

추가로 2200만 원이 더 나왔다. 부지보상비와 맞먹는 큰돈이었다. 어쩌면 거기에는 통치자의 '감사한 마음과 미안한 마음'이 담겼을 것이었다. 가난한 나라가 챙기지 못한 '고아들과 무의탁 노인들과 장애인들'을 수녀원이 대신 돌봐 왔으니….

길 신부와 박 수녀는 몰랐지만, 그 큰돈이 추가로 나오는 과정에는 김학렬 부총리와 박태준 사장이 다음과 같은 대화도 나눠야 했다.

"수녀원에 이사비용 명목으로 2200만 원을 더 지급해 주시오."

"좋은 결정입니다. 저도 마음 아프게 생각하고 있습니다. 그러나 우리 포철의 예산은 잘 아시지 않습니까? 현재로서는 방법이 없습니다."

"그럼 이렇게 합시다. 내년 예산에 그만큼 더 얹어드릴 테니, 집행을 미리 하는 겁니다."

"그렇다면 걱정하지 않겠습니다."

이주를 시작한 수녀원의 또 다른 걱정거리는 '어린 고아들'이었다. 고아 460명 중 4세에서 6세까지가 절반이 넘는데, 평소와 달리 돌봐줄 손이 모자라는 상황에서 '다치기 쉬운 아이들'을 어떻게 안전하게 보호할 것인가? 1963년 송정동 수녀원으로 들어와 그때 사무담당이었던 최 안칠라 수녀(74)가 기억의 한 갈피를 펼쳤다.

"총원장 수녀님이 아이디어를 냈습니다. 간호사 출신으로 아이들에게 정말 자상하셨는데, 200명 넘는 아이들을 솔숲으로 데려가서는 '솔방울 줍기 놀이'를 시키셨어요. 바닥은 모래밭이니까 넘어져도 다칠 리 없고, 또 고만한 아이들은 솔방울 줍기를 참 재미있어 하잖아요?"

최후의 철거대상은 가장 늦게 지은 수녀원. 너무 견고하여 곡괭이는 먹히지도 않는 건물을 길 신부가 지휘하여 손수 다이너마이트 도화선에 불을 붙였다.

이주하는 수녀들은 알뜰했다.

"나무토막이든 블록이든 재활용이 가능한 모든 것을 차에 실었어요. 포항 시내에는 '정말 지독하게 알뜰한 사람들'이란 소문이 퍼지기도 했지요."

김 노렌조 수녀(63세)의 기억이다. 이사현장을 방문한 박준무 영일군수도 감탄했다.

"너무 놀랐습니다. 한국 사람들이 모두 이렇게 한다면 다 잘살게 될 것입니다."

이사가 가장 대대적으로 이뤄진 날은 1969년 1월 6일. 눈이 드문 포항에 그날따라 눈이 펑펑 쏟아졌다. 폭설이 무너진 수녀원의 쓸쓸한 폐허를 하얗게 덮었다.

KISA로부터 버림받은 신생아 포스코가 급박하게 돌아갔던 1969년. 이 한 해가 또 저물어 새봄이 오고 여름이 오면, 이제 그 터전엔 조국 근대화의 기둥 같은 거대한 쇳물의 설비들이 들어설 것이고, 드디어 수녀원의 품을 떠난 고아들이 '독립의 나이'에 닿는 미래에는 숱한 일자리를 만들어 놓고 기다릴 것이었다. 그리고 더 먼 뒷날에 그들은 자녀의 손을 잡고 한 번쯤은 추억의 눈시울을 붉히며 이렇게 털어놓을 것이었다.

"그때 저 포철 부지에는 나를 키워 준 큰 수녀원이 있었는데…."

바람과 파도와 모래와의 백병전

바다가 미쳤다
노한 파도의 핏빛 혓바닥 위에서
준설선이 하늘로 곤두선다
고막을 찢어발기는 마지막 SOS!
앵커로프는 이제 한 가닥뿐인데
아, 어쩔 거냐
저 새파란 청춘을!

— 어느 날의 '작업 일지'에서

내가 대한준설공사 포항공사 사무소장으로 현지에 부임한 것은 포항제철이 창립된 지 꼭 4개월 15일이 지난 1968년 8월 15일이었다.

준설공사 공기단축의 대명을 받고 현지에 내려온 그때는 원주민 철거조차 안된 상태였다. 조상대대로 울창한 송림에 뿌리를 박고 살아온 주민들이 생활 근거지를 다른 곳으로 옮긴다는 것은 실로 어려운 일이었을 것이다.

현장에 가 보니 기나긴 백사장엔 가지각색의 조개 껍질들이 태곳적의 정적 속에 널려 있었고, 그 뒤쪽으로는 울창한 송림, 그 너머에는 거의 초

* 이 글은 1968년~69년 대한준설공사 포항공사 사무소장을 역임한 **김영택** 선생이 남겨둔 것이다.

가집으로만 이루어진 마을들이 띄엄띄엄 흩어져 있었다. 바다쪽으로는 최초의 항만이 들어설 자리가 잡혀 있었다. 그리고 동양 최대의 규모를 자랑하는 예수성심시녀회 수녀원과 고아원이 바로 그 위치에서 고색창연(古色蒼然)한 모습을 드러내고 있었다.

준설공사 직원들은 철거조차 되지 않은 상황에서 늪지대에 제방을 쌓고 준설토를 마구 퍼 올리고 있었다. 그것은 공기단축의 목적도 있었지만 주민들을 상대로 어차피 철거할 일이니 빨리 철거하시라며 심리적으로 압박하는 속셈도 포함하고 있었다.

우리는 악바리처럼 일했다. 그때 우리를 지켜본 한 일본인 기술자는 못마땅한 소리로 툴툴거렸다.

"이건 건설이 아니라 일종의 모험이다"라고 했다.

나는 그 일본인 기술자에게 응수했다.

"우리에게 포항제철 건설은 건설이 아니라 싸움입니다. 그냥 싸움이 아니라 목숨을 건 싸움이지요. 만약 포항제철소 건설 전투가 실패한다면 우리는 저 영일만에 모두 빠져 죽어야 합니다."

그 당시 포항제철 건설은 이미 하나의 전투였다. 이 싸움에 실패한다는 생각은 가질 수가 없었다.

"당신들은 정말 미친 사람들이군요."

일본인 기술자는 서슬 퍼런 우리 공사 직원들을 보더니 고개를 설레설레 흔들었다.

어쨌든 전투는 계속되었다. 특히 준설작업에는 위험요소가 많았다. 그중에 초기 건설요원들을 몹시 괴롭힌 것은 바람과 파도와 모래였지만, 여름에는 신경 쓸 일이 하나 더 추가되었다. 사람의 접근이었다. 만약 준설선에 사람이 접근하면 준설선은 그 무서운 흡인력으로 접근자를 빨아들인다.

그렇게 되면 펌프로 빨려 들어간 사람은 긴 파이프를 거쳐 성토 현장에 갈갈이 찢긴 형상으로 내던져진다. 바다 밑바닥의 모래를 육지로 퍼 올리는 펌프의 힘은 상상을 초월하는데, 일반 사람들은 그것을 모르고 있었다.

해수욕철이 되면 수영객들은 단순한 호기심으로 준설선을 향해 헤엄쳐 왔다. 그 때문에 우리는 밤낮없이 감시원을 배치해야 했다. 특히 불빛이라고는 찾아볼 수 없는 그믐밤에 까맣게 머리만 내놓고 헤엄쳐 오는 수영객을 저지하기 위해 그야말로 눈 빠지게 주위를 살펴야 했다. 그때의 고충은 아직도 기억에 생생하다.

준설선은 움직일 때는 거대한 굼벵이처럼 미련해 보이고 한번 자리를 잡았다 하면 좀처럼 움직일 기미를 보이지 않는 육중한 선체이다. 하지만 풍랑이 거센 동해의 물결 위에선 허약하기 그지없었다. 그래서 준설 작업은 사실상 전쟁을 방불케 했다. 특히 유사시에는 피신할 방파제가 없으니 항시 기상상태에 신경을 곤두세워야 하고 한번 바람이 일었다 하면 정신없이 굴곡진 해안으로 피신해야 했다.

피신을 했다고 해서 안심할 수 있는 것만은 아니었다. 오직 2인치 로프로 사방을 애어링해서 버티는 수밖에 없었는데, 파고가 높을 때는 그 굵은 쇠 로프도 엿가락 부러지듯 툭툭 끊어져나가 금방이라도 뒤집힐 듯 요동을 쳐댔다. 그럴 때면 선내 장비나 윤활유 드럼통이 굴러다니는 것은 말할 것도 없고 자칫하면 사람도 바다에 떨어져 생명을 잃는 수도 있었다.

1969년 3월의 일로 기억된다. 정말 몸서리나는 해일이 밀어닥쳤다. 검은 바다는 들끓고 앵커로프가 세 가닥이나 끊어져 나갔다. '울산만호'가 언제 뒤집힐지 모르는 상황이었다. 준설선에 타고 있던 사람들은 공포에 부들부들 떨며 계속 SOS만 발신하고 있었다. 수많은 준설 파이프가 동강동강 끊어져 들끓는 바다 위에 나뒹굴었고 집채만 한 파도가 해안의 빈 집들을 흔적도 없이 삼켜버리는 아비규환의 상황이 계속되었다.

사정이 이러해도 육지에서는 그저 강 건너 불 보듯 속수무책으로 바라보고만 있을 뿐이었다. 파도가 너무 높아 접근할 수가 없었기 때문이었다.

그런데 현대건설 직원 하나가 이러고 있을 게 아니라 사람이라도 구해와야겠다면서 전마선을 타려는 것이 아닌가. 우리는 말렸다. 더 이상의 희생을 줄여야 했다. 그러나 그는 막무가내였다.

"사람이 죽어가는데 어찌 보고만 있을 수 있습니까!"

"누군 좋은 구경 났다고 이러고 있는 줄 아나, 높은 파도 때문에 접근이 불가능하잖아!"

"전 바닷가에서 자랐습니다! 저 정도 파도는 이겨낼 수 있습니다."

우리의 만류를 그는 도통 듣지 않았다. 여러 명이 싸움하다시피 해서 그의 몸을 붙잡고 늘어졌다. 그도 좀 진정이 되는것 같았다.

그렇게 얼마나 시간이 지났을까. 파도는 더욱 매섭게 몰아치고 준설선은 언제 바다 속으로 침몰할지 모르는 상황으로 치닫고 있었다. 그때였다. 바다 위로 전마선 한 척이 눈에 들어왔다. 그 직원이 기어코 미친 바다에 배를 띄운 것이다. 좀 진정되었다 싶어 그를 감시하지 않은 것이 화근이었다.

그는 파도에 얹혀 바람개비처럼 까불고 있는 준설선을 향해 배를 저어나갔다. 미친 듯 요동치는 바다가 그를 그냥 놔둘 리가 만무했다. 거대한 파도가 전마선을 삼켜버리고 말았다. 그 꽃다운 영령의 시신은 나중에 준설선 밑바닥에서 발견되었다.

지금도 그때를 생각하면 그 젊은이가 떠오른다. 사람을 구하겠다고 주위의 만류에도 아랑곳하지 않고 울부짖으며 발버둥치던 의협의 피 끓던 젊은이를 어찌 잊을 수 있겠는가.

다행히도 그때 준설선은 무사했다. 긴급히 출동한 해병대 UDT요원들이 로프 고정 작업을 해줬던 것이다.

파도와 모래와의 싸움이 얼마나 처절했는가를 단적으로 말해주는 일화가 또 하나 있다.

포항제철소의 설비들이 착공되기 전이었다. 당시로는 항만공사와 준설, 성토작업이 거의 전부였다. 국회의원들이 국정감사차 현장으로 내려온다는 연락이 왔다.

항만공사와 준설공사가 국정감사의 대상이 된 것은 공사를 하다 보니 지형, 기후 등 여러 가지 악조건 때문에 예산이 몇 배 초과되어 서너 차례나 추가예산을 썼기 때문이었다.

국회의원들은 도대체 공사를 어떻게 하고 있기에 국민의 혈세를 낭비하느냐는 것이었다.

그러나 현장에 도착한 그들은 강풍에 휘날리는 모래먼지로 눈도 제대로 뜨지 못한 채 작업을 하고 있는 우리들을 멀찌감치 떨어진 자리에서 바라보다가 그냥 수고한다는 한마디만 남기고 발길을 돌리고 말았다.

뒷날 들은 얘기인데, 애국자가 따로 있는 것이 아니라, 바로 그런 상황에서 밤낮없이 일하는 사람들이 바로 애국, 애족하는 사람들이며, 그들에게 우리가 무엇을 따질 수 있겠는가 하는 것이 그때 그들의 공통된 의견이었다고 한다.

지금은 그 넓은 공장 부지가 구석구석 포장되어 있어서 실감이 안 나지만 그 당시엔 바람만 불었다 하면 10m 전방도 보이지 않았다. 그 희뿌연 모래먼지 때문에 포항에서 안과의원을 개업하고 있던 의사들은 떼돈을 벌었다는 소문도 있었다.

사실 영일만은 토질이 특이해서 눈에 모래가 들어가도 잘 모르는 경우가 허다했다. 그만큼 모래의 질이 보드랍다. 세모래다. 그러나 오랜 시일이 지나면 차차 징후가 나타나기 시작한다. 눈꺼풀 아래 부분이 자꾸 부풀어 오르는 증상이 바로 그것이다. 내가 벌써 눈꺼풀이 처질 만큼 늙지는 않았는데 싫어 처진 곳을 손가락으로 비벼보면 모래 소리가 싸그락싸그락 난다. 부드러운 모래가 아픔을 느끼지도 못하는 사이에 그렇게 쌓인 것이다.

하루가 멀다하고 공사현장을 순시하던 박태준 사장님도 피로로 부르튼 입술이 아물 날이 없었는데, 여기에다 모래바람으로 병이 생겨 숱하게 병원을 드나들었다. 지금 생각하니 모든 일을 총괄하고 책임져야 했던 박 사장님의 노고는 우리에 비할 바가 아니었던 것 같다.

공사 작업의 열쇠는 순전히 하늘이 쥐고 있었다 해도 과언이 아니었다. 때문에 기상관측소에서 매일 기상도를 받아와 일기 예측을 하고 작업지시를 내렸다. 서당개 삼 년이면 풍월을 읊는다고 했던가. 나도 그런 경험이 오래 쌓이게 되자 기상도가 없어도 날씨를 예측할 수 있게 되었다.

가령, 포항 앞바다에 풍랑이 일 땐 틀림없이 그 전날에 징후가 나타난다. 폭풍 전야엔 후덥지근하면서 절대 바람이 없다. 바다는 거울처럼 잔잔하고 깨뜨릴 수 없는 정적이 엄습해 온다. 그땐 피난 채비를 해야 한다. 다음날엔 틀림없이 폭풍이 준설선을 덮치기 때문이다.

실제로 폭풍전야가 되면 직원들에게 마음의 준비를 단단히 시키고 결전장에 나선 군인처럼 이제나저제나 하고 수평선을 바라본다. 그러면 틀림없이 끓는 물의 표면처럼 파도가 톡톡 튀면서 바람이 육지를 향해 밀려오기 시작한다.

바로 그때부터 폭풍우가 시작되는 것이다.

어려움도 많았지만 우리는 바람과 파도와 모래와 백병전을 치르면서 끝까지 해내었다. 다만, 막고 싶어도 막을 수 없는 것이 있었으니 공사가 끝났을 때 10년은 더 늙어버린 것 같은 내 모습이었다. 심한 바닷바람과 모래바람 앞에서 내가 늙어가고 있는 것은 막을 수가 없었던 것이다.

중후판공장 투자를 자살행위처럼 보았지만

'포스코 50년'을 통틀어 가장 먼저 준공되어 가장 먼저 회사에 수익을 올려준 공장은 1970년 그때 이름으로 '중후판공장'이었다. 중간 소재인 슬래브를 수입해 와서 완제품으로 만드는, 하공정부터 먼저 건설하는 후방방식의 포항제철소 1기 설비들 중에 중후판공장은 '조상의 혈세'가 투입되지 않은 공장이기도 했다.

1970년 10월 30일 착공, 20개월 만인 1972년 6월 20일 완공, 그해 7월 31일 첫 제품 62톤을 유류저장 탱크 제작용으로 호남정유 여수공장에 출하했던 이 중후판공장에는 그때 외자만 해도 2538만 달러가 투입되었다. 장래가 불투명한 포스코의 출발 지점에서 설비는 오스트리아의 푀스트 알피네사가 공급을 맡고, 외자 조달은 오스트리아 국립은행이 맡았다. 신생 포스코에 유럽 은행으로서는 처음 차관을 제공해줬던 헬무트 하세크는 1992년 인터뷰를 통해 다음과 같은 사연들을 남겼다.

- 하세크씨와 박태준 회장은 매우 친한 사이로 알려져 있습니다. 먼저, 처음 박 회장을 만났을 때에 관해 이야기해 주십시오.

= 내가 박 회장을 처음 만난 것은 포항제철의 제1기 공사가 한창 진행

* 이 글은 오스트리아 국립은행 총재를 역임한 **헬무트 하세크** 선생과 1992년에 인터뷰한 것이다.

중일 때였습니다. 세계의 모든 철강인들이 과연 포항제철이 성공리에 건설될 수 있을까에 대해 반신반의하고 있던 때이기도 했습니다.

알려진 바와 같이, 당시 프랑스·영국·미국·일본 등 철강 선진국들은 포철에 관여하기를 주저했습니다. 그러나 우리는 매우 큰 규모의 차관을 포철에 제공하기로 결정했었습니다.

일부 사람들은 우리의 결정을 마치 자살행위로 보는 듯했어요. 어쨌든 우리는 포항제철 제1기 공사의 파트너였고, 나는 파트너 회사의 대표 자격으로 차관의 증여 기간을 협상하기 위해 방한하여 박 회장을 만나게 되었던 것입니다. 그때 이후로 우리는 자주 만나게 되었으며 급기야는 끈끈한 우정을 나누는 사이가 되었습니다.

박 회장은 매우 끈기가 있는 사람입니다. 모든 상황이 불리한 조건에서의 협상이란 피곤하게 마련입니다만, 그는 나를 꾸준히 설득하여 우리가 포항제철의 제1기 공사에서 큰 역할을 하도록 했습니다.

지금의 포항제철은 우리 회사와 비교할 수 없을 정도로 커졌으며 경영실적도 매우 훌륭합니다. 그래서 포항제철은 더 이상 우리를 필요로 하지 않습니다. 그 점이 약간 섭섭하지만 그래도 큰 보람을 느낍니다. 내가 박 회장의 능력을 잘 알고 포항제철을 파트너로 삼았으니 말입니다.

- 그랬군요. 당시 포항제철에 차관을 제공하여 큰 이익을 보았습니까?

= 음…, 사실은 그렇지 못했습니다. 손해 보지 않을 정도였으니까요. 그러나 사업에서는 그럴 때도 있지 않겠습니까? 말하자면 꼭 외형적으로 이익이 남는 곳에만 투자할 수는 없지 않겠습니까? 우리가 많은 이익을 남기기엔 박 회장이 파트너로서 너무 강했습니다.

- 재치 있는 비판이로군요.

= 박 회장의 당시 입장으로서는 그럴 수밖에 없었을 것입니다. 그는 그 회사를 꾸려나가야 할 입장에 서 있었으니까요. 아마 내가 그런 처지에 있었더라도 마찬가지였을 겁니다.

일을 하다 보면 사업관계로 논쟁을 할 수 있습니다. 그리고 서로 의견을 달리할 수도 있습니다. 기업의 대표자란 이미 공인(公人)이기 때문입니다. 그러나 개인적으로는 서로를 이해하고 존중하는 사이가 될 수도 있습니다. 박 회장과 나와의 관계가 바로 그렇습니다.

- 박 회장과 하세크씨와의 사이에 일어난 일화가 있으면 소개해 주시겠습니까?

= 아주 재미있는 이야기가 하나 있어요. 가끔 그때를 생각하면서 혼자 웃곤 하는데…. 아마 80년대 초반이었을 거예요. 포항제철을 방문할 기회가 있었습니다.

저는 그곳에서 박 회장으로부터 융숭한 접대를 받았습니다. 그런데 나를 제외한 모든 사람들이 노란 색깔의 제복을 입고 있었어요. 박 회장 역시 같은 복장이었습니다. 그래서 내가 웃으면서 이렇게 불평을 했지요.

"이거, 괴리감을 느끼는데요. 나에게는 왜 제복을 주지 않습니까?"

그러고는 그곳을 떠나 잠시 휴식을 취했습니다. 사실 그때 나는 매우 피곤했습니다. 밤새 비행기를 타고 온 데다 시차관계도 있었지요. 그래서 숙소에서 잠시 눈을 붙인 다음 오후 3시경쯤에 커피를 마시러 왔더니 휴게실에 내 명찰이 붙은 제복과 하얀 헬멧이 놓여 있었어요. 얼마나 기뻤는지 모릅니다.

나는 지금도 그것들을 소중하게 간직하고 있습니다. 1990년엔가, 박 회장과 개인적인 시간을 가질 수 있었습니다. 그때 나는 박 회장에게 제복 이야기를 하면서 아쉬운 점에 대해 농담조로 이렇게 말했습니다.

"제복은 참 좋았습니다. 그런데 헬멧에 약간 불만이 있었어요. 흰 수건과 흰 장갑, 노란 제복, 그리고 갈색 구두, 모든 것이 갖춰졌는데 헬멧에 특징이 없었어요. 모든 포철의 중역들 헬멧에는 직위를 표시한 마크가 있었는데 내 것에는 없었어요. 좌천당한 기분이었어요."

그랬더니 박 회장이 파안대소했지요.

"좌천이라…, 하하! 그렇지가 않지요. 표시가 없는 헬멧은 당신 것뿐입니다. 그러니 당신이 가장 특별한 사람이 아닙니까?"

"특별한 뜻에서 그런 헬멧을 주었다구요? 그럼 사과드리겠소."

우리는 이렇게 서로 농담을 주고받을 만큼 친한 사이였어요. 나는 아직도 그 헬멧과 제복을 캐비닛에 보관하고 있어요. 지금이라도 보여줄 수 있습니다.

- 박 회장의 장점에 대해 말씀해 주시겠습니까?

= 그래요. 그런데 그의 장점에 대해 말하기 전에 이 이야기부터 해야겠어요. 몇 년 전인가…, 하여간 포항제철 제3기 공사 준공식 때였습니다. 박 회장의 초청을 받은 나는 포항으로 갔습니다.

박 회장은 나를 만나자마자 공장 구석구석까지 안내했습니다. 매우 신나는 표정이었지요. 당시의 포항제철은 이미 성공을 거두고 있었습니다. 공장을 다 소개한 다음, 박 회장은 포철 산하 연구소로 나를 데려갔습니다. 그곳에서도 그는 나에게 연구소의 연구실적과 앞으로의 연구 계획에 관해 상세히 설명해 주었습니다. 모든 견학 일정이 끝난 후, 박 회장은 나에게 이렇게 말했습니다.

"연구소는 내가 실행한 투자 중에서 가장 중요한 부분입니다. 기술개발은 어느 기업에서나 가장 중요한 것이니까요."

박 회장은 연구, 개발 그리고 교육의 중요성에 대해 거듭 강조를 했습니다. 이런 점에서 박 회장은 이때까지 내가 만난 사람들 중 가장 적극적인 사고방식을 가진 사람이었습니다. 어느 기업의 최고경영자라도 박 회장만큼 실질적인 생산이 아닌 정신적인 분야에 가치를 두지는 못할 것입니다.

박 회장은 또 이렇게 말했습니다.

"나는 그러한 정신적 분야에 많은 투자를 할 준비가 되어 있습니다. 이러한 투자는 언젠가는 되돌려받을 수 있는, 가장 가치 있는 것이라고 확신하고 있기 때문입니다. 그러나 그러한 사실을 인정하는 사람은 매우 드뭅니다. 그 이유는 대다수의 경영자들은 그러한 투입(input)에 대한 산출(output)의 효과를 쉽게 이해할 수 없기 때문입니다."

이 말을 들은 나 역시 그의 말에 동감의 뜻을 표했어요. 그래서 그에게 이렇게 말했습니다.

"일반인들은 그러한 투자를 단순한 지출로 보고 있을 겁니다. 말하자면 현대식 회계법은 예측 불가능한 분야에의 투자를 허락하지 않습니다. 지금 미국의 철강업계가 몸살을 앓고 있습니다. 그들은 철강산업이 퇴보한 것이 기술개발을 등한했다는 점에 기인했다는 사실을 뒤늦게야 인식했지요."

박 회장은 앞을 내다볼 줄 아는 비상한 능력의 지도자입니다. 모범적인 지도자라고나 할까요. 무역협회체제 완성과 석유연구센터 그리고 교육센터를 형성하는 것이 박 회장의 꿈이라고 들었어요. 그 꿈은 이루어질 것입니다.

연구소가 설립된 지 5년이 지났지요? 지난 5년간의 연구실적은 포항제철이 양질의 철강을 생산하는 데 크게 기여했습니다. 연구소의 기술이 공장으로 이전된 것이지요.

– 박 회장은 이제 제철산업에 안주하지 않고 포항제철을 모체로 하여 다국적기업 형태의 종합적인 기업 설립에 관심을 두고 있는 듯합니다. 그 사실에 대한 하세크씨 개인적 의견은 어떠합니까?

= 사람은 항상 변화를 추구하게 마련입니다. 그렇기 때문에 변화를 두려워하는 인물은 퇴보하고 맙니다.

박 회장이 구상하고 있는 기업은 성공할 가능성이 많습니다. 포항제철이라는 훌륭한 지원자가 있기 때문이지요. 제철공장과 연계된 산업 또한 무궁무진합니다. 어떤 산업이든 철을 필요로 하지 않는 경우는 거의 없습니다.

박 회장의 새구상은 매우 시기적절하다고 봅니다. 왜냐하면 이제는 제철산업이 어떤 의미에서 사양단계에 들어섰다고 볼 수 있거든요. 철을 대체할 수 있는 상품이 많이 개발되고 있습니다. 그렇게 본다면 이제 포항제철 스스로도 변신을 시도할 때가 왔다고 봅니다. 박 회장의 그 새로운 구상은 시대의 흐름을 염두에 둔 것입니다.

- 박 회장은 하세크씨를 단지 친구로서만이 아닌 사업의 파트너로서도 매우 중요하게 여기고 있습니다. 그가 구상하고 있는 사업에 하세크씨가 합작하기를 원한다면 어떻게 하겠습니까?

= 박 회장과 함께 일을 할 수만 있다면 대환영입니다. 우리 오스트리아인들은 이런 이야기로 우정이나 사업 관계를 비유합니다. 아시다시피 우리나라는 빙하가 많잖아요. 두 사람이 빙하를 건널 때, 서로 로프로 묶는 경우가 많습니다. 그래야만 한 사람이 위험에 처했을 때 다른 한 사람이 그를 구할 수 있습니다. 그러나 한편으로는 두 사람이 함께 묶여 있으므로 한 사람의 실수에 의해 두 사람 모두 생명을 잃을 수도 있습니다. 두 사람이 서로 신뢰하지 않으면 로프를 묶지 않고 따로따로 빙하를 건너게 될 것입니다. 이 이야기를 박 회장과 나에게 도입시킨다면, 나는 기꺼이 박 회장의 로프에 나를 묶겠습니다. 충분한 설명이 되었으리라 생각합니다.

- 박 회장과 개인적으로 만난 적이 많습니까?

= 그렇지는 않지요. 다섯 번 정도인가 그럴 거예요. 그러나 우리가 서로 멀리 떨어져 있고 서로의 업무 때문에 바쁜 일정을 보내고 있다는 점을 감안한다면 적은 횟수는 아닙니다.

나는 일본을 방문할 기회가 많습니다. 특별한 경우를 제외하고는 귀국 시 꼭 한국을 들르지요. 오로지 박 회장을 만나기 위해서입니다. 아시다시피 이제 박 회장과 나는 업무적으로 볼 일이 없어요. 왜냐하면 포항제철은 이미 우리를 필요로 하고 있지 않기 때문입니다. 그러나 우리의 관계는 더욱 깊어만 갔습니다. 내가 진심으로 감사히 여기는 것이 바로 그의 변치 않는 마음입니다.

지금 포항제철은 그 규모로 보나 경영상으로 보나 세계에서 손꼽을 수 있을 정도로 커졌습니다. 매우 거대해졌어요. 보통 사람들은 상황이 달라질 경우, 어려웠던 때를 쉽게 잊어버리는데 박 회장은 그렇지 않아요. 어려웠을 때 도와준 사람은 끝까지 챙겨줍니다. 포항제철 초기의 그 어려웠던 상황은 겪어보지 않은 사람은 도저히 알 수 없을 겁니다.

- 사람들은 포항제철을 기적이라고들 합니다. 그리고 다른 한편으로는 포항제철을 박 회장의 지도력에 의한 산물이라고도 합니다. 하세크씨는 포항제철이 성공함에 있어서 박 회장이 끼친 역할 중 가장 중요한 것이 무엇이라고 생각하십니까?

= 리더십입니다. 우선 그는 명령을 내립니다. 내가 받은 느낌입니다만 부하직원들은 그의 명령을 진실로 믿고 따릅니다. 한 사람의 힘으로만 기적을 이루기는 힘듭니다. 오랜 시간을 거쳐 많은 사람의 노력으로 이루어지는 것이지요. 그러나 분명한 것은 박 회장의 사심 없는 지도력이 없었다면 부하직원들이 그렇게 일사불란하게 따르지 않았을 것이란 겁니다.

박 회장 스스로는 나에게 말할 때 포항제철의 성공적 완공에 대한 공로를 부하직원들에게 돌립니다만, 나는 그렇게 생각하지 않습니다. 사람이란 진실로 신뢰할 수 있는 사람에게는 목숨도 아끼지 않는 법입니다. 바로 그러한 신뢰성이 있었기 때문에 부하직원들이 존경하며 그를 따른 것입니다.

이러한 것은 포철의 학교를 방문해보면 잘 알 수 있습니다. 나는 광양제철에 갔을 때 광양초등학교를 방문한 적이 있습니다. 학교 시설을 둘러본 나는 박 회장이 부하직원들로부터 존경을 받을 가치가 있는 사람이란 것을 새삼 느꼈어요. 한편으로는 이렇게도 생각합니다. 하나의 용인술이라고 할까요. 사실 박 회장과 똑같은 방법으로 우리 오스트리아에서 포항제철 같은 기업을 세웠다고 가정한다면 그처럼 큰 성공을 거둘 수는 없었을 겁니다. 한국인 근로자의 정서와 오스트리아 근로자의 정서가 다르기 때문이지요. 박 회장은 한국인들만이 가진 정서를 감안한 지도력으로서 큰 기업을 성공적으로 경영하고 있는 것입니다. 그러나 나는 한국인들의 국민적 정서를 존경합니다. 그들의 근면성, 철학, 사회적 배경은 훌륭합니다.

- 박 회장이 가진 리더십을 한마디로 요약한다면….

= 박 회장의 리더십은 사명감에서 비롯된 것이 분명합니다. 조국을 근대화하겠다는 일념으로 그는 일해 왔어요. 그리고 확신하는 자세 또한 그가 가진 리더십의 한 요소입니다. 게다가 그는 활력이 넘칩니다. 피곤한 표정을 보이지 않아요. 거의 20년을 넘게 교류해왔지만 나는 지금 그의 모습이 20년 전이나 다를 바가 없다고 느껴요. 그는 영원한 청년입니다.

나는 크리스마스가 되면 꼭 그에게 카드를 보냅니다. 아까 말했듯이 일본에 갈 경우에는 꼭 한국에 들릅니다. 내가 한국에 가는 이유는 아까도 말했지요? 그런데 박 회장도 그렇게 나를 생각하는지는 모르겠어요.(웃음)

포항제철은 국가적 대업이었기에

20세기 후반기를 거쳐 21세기 전반기를 살아가고 있는 우리 국민은 '포항제철이 국가적 대업이었다'는 사실을 하나의 상식처럼 인지하고 있다. '국가적 대업'에는 당연히 통치권자의 강렬한 의지가 투영되기 마련이고, 그것을 실무적으로 보좌하고 추진해 나가는 정부 관료들의 열정이 투입될 수밖에 없다. 포항제철의 창업과 성장과 대성취를 성찰할 때도 그 의지, 그 열정은 우선적으로 다뤄야 하는 성공요인의 주요 항목이다.

박정희 대통령의 포항제철 성공을 위한 의지와 애정은, 박정희 대통령과 박태준 회장의 '완전한 신뢰관계'가 포항제철 성공에서 '보이지는 않지만 가장 중요한 근본이 되었다'는 사실을 체계적으로 담아둔 실록 『대한민국의 위대한 만남—박정희와 박태준』이라는 단행본을 통해 확인할 수 있음을 밝혀둔다.

그 책에도 포항제철 창립을 전후한 시기의 우리 정부 각 부처에서 포항제철을 위해 어려운 역할을 헌신적으로 수행했던 김학렬 경제기획원 부총리, 정문도 차관보 등 몇 분이 등장하고 있지만, 국가적 대업의 절대적 명제로 존재한 포항제철을 위해 노고를 아끼지 않았던 관료들의 이름을 호명하자면 얼른 수십 명을 부를 수 있을 것이다. 지금은 고인이 되었거나

* 이 글은 《포스코신문》에 실린 **한준석·유호문·최각규** 세 분의 인터뷰에서 일부를 발췌해 재구성한 것이다.

인생의 황혼을 거닐고 있을 그분들의 노고를 언젠가는 일일이 조명할 날이 오게 되기를 바라며, 몹시 아쉽지만, 이 글에서는 《포스코신문》의 '남기고 싶은 이야기'에 회고담을 남긴 분들 중에 한준석(1930년 생), 유호문(1932년 생), 최각규(1933년 생) 세 분을 다시 초대하여 그 일부를 경청해 보기로 한다. 참고로 세 분의 간편 약력을 소개한다.

한준석 선생은 1959년 부흥부 산업개발위 보좌위원으로 공직에 첫발을 내디딘 뒤 국가재건최고회의 경제위원회 전문위원, 대통령비서실 비서관, 경제과학심의위원회 상임위원 겸 사무국장, 대일청구권사절단 단장을 거쳐 석유공사 감사, 과학기술연구원 행정담당 부소장·감사, 생산기술사업단 이사장, 새마을생산기술회장, 제4대 해운항만청장 등을 역임했다.

유호문 선생은 건설부 특정지역국 항만과·항만국 토목기정·산업입지국장을 거쳐 대한준설공사 사장, 대한준설공사 상임고문, 제동흥산 사장, 한진종합건설 사장, 한국항만협회 이사 등을 역임했다.

최각규 선생은 경제기획원 차관, 농수산부 장관, 상공부 장관, 한국비료 사장, 현대양행 사장, 한양화학 사장, 한양전기화학 사장, 경인에너지 사장, 한국석유협회 회장, 경인에너지·한양화학·한국플라스틱 회장을 역임하고 제13대 국회의원·신민주공화당 사무총장, 1990년 민자당 국회의원·민자당 정책위의장, 제25대 부총리 겸 경제기획원 장관을 지냈다.

박 사장은 박 대통령과 '종합제철'건설 합의하에 대한중석으로 갔을 것

한준석 선생은 박정희 대통령과 박태준 사장의 관계에 대해서 나름대로의 견해를 밝혔다. 1962년 울산 일관제철공장 건설계획과 독일 DKG그룹을 추진체로 하는 건설계획이 모두 무산된 뒤 두 사람 사이에는 이미 일관제철소 건설에 대한 깊숙한 논의가 틀림없이 있었을 것이라는 게 그의 생각이다.

"국가재건최고회의 상공분과위원을 지낸 박태준 사장이 내각이나 정계로 진출하기로 마음먹었다면 얼마든지 가능한 일이었습니다. 충분히 그럴 만한 위치에 있었어요. 그런데도 그는 대한중석 사장으로 갔습니다. 내가 보기엔 자기 꿈인 종합제철 건설을 위해서 박 대통령과 합의하에 대한중석 사장으로 간 거지요. 최고회의가 해체되기 전부터 모두들 자기 갈 길을 찾았고, 해체되자 서둘러 정계, 관계로 자리를 잡았지만 박태준 사장은 '저는 중석에 가 있겠습니다' 했고, 박 대통령은 '그래, 알았어' 하는 두 사람 간 다짐이 있었던 게 틀림없습니다."

1965년 대한중석 시절부터 박태준 사장은 물밑에서 종합제철 건설계획을 추진하고 있었다. 그러니까 대한중석이 포항제철의 실수요자로 결정되기 이전부터 은밀하게 움직이고 있었다는 것이다. 이후 대한중석이 실수요자로 지명되고 박태준 사장이 포항제철로 가고 한 것은 정해진 수순을 밟은 것뿐이었다는 것이 한준석 선생의 생각이다.

"박태준 사장은 1965년 7월 5일 일본 가와사키제철의 니시야마 사장을 초청하여 제철소 건설에 대한 이야기를 나누었습니다. 그때 청와대 비서관이었던 나도 함께 식사를 하기도 했습니다. 니시야마 사장은 세계은행(IBRD) 차관을 도입하여 일본에 세계 최초의 임해제철소를 건설한 인물이에요. 그 이전에도 독일에 임해제철소가 있긴 했지만, 그건 그냥 바닷가에 세운 제철소일 뿐 '임해'라는 확실한 개념을 내세운 것은 아니었어요. 니시야마 사장은 6일 계획으로 방한했으나 7월 8일 일본의 대정치가 고노 이치로의 갑작스러운 서거로 급거 귀국했지요. 그러나 그런 인연으로 이후 포철 건설에 큰 도움을 준 기술자 우에노 씨를 포항으로 보내주었고, 가와사키는 JG 멤버가 아니면서도 음으로 양으로 포철 건설을 도왔습니다. 당시 우에노 씨는 JG와 협상하는 한국 측 실무 역할을 담당할 정도였어요. JG의 아리가 단장과 함께 포항제철소를 성공으로 이끈 2인의 일본인이었습니다."

1966년 12월 6일 KISA가 결성되고 이듬해 10월 20일 기본협정이 체결되었지만, 한준석 선생은 "박태준 사장은 처음부터 KISA에 기대를 걸지 않았다"고 했다. 이는 당시 경제기획원에서 추진한 프로젝트였는데, 결과적으로 KISA는 구정물만 일으키고 말았다는 것이다.

"정부 부처에서 하는 일이라 반대할 수는 없었고, 박 사장은 주어진 임무가 있으니 자기가 할 수 있는 범위 내에서 열심히 뛰었지만 항상 미심쩍어하는 마음을 가지고 있었어요. 나는 당시 박 사장과 이 문제에 대해 몇 번 이야기를 나눈 적이 있는데, 미국에는 임해제철소가 없으니 기술적으로 기대할 것이 없고, KISA는 하나의 국제 컨소시엄으로서 기본적으로 장사꾼들 아니냐 하는 생각이었어요. 서로 생각이 다른 나라, 생각이 다른 회사들이 설비나 팔아먹기 위한 꿍꿍이속으로 뭉친 어중이떠중이들이라는 것이었어요. 박태준 사장은 처음부터 일본을 마음에 두고 있었습니다."

1965년 한·일 기본조약이 조인됨으로써 우리나라는 대일청구권자금을 확보하게 되었고, 박정희 대통령은 이 자금을 일관제철소 건설에 쓸 구상도 했으나 논란이 있을 수도 있고 또 용처 변경을 두고 일본과 다시 담판을 벌여야 했기 때문에 말은 안 하고 있었는데, 박태준 사장도 대통령의 의중을 무언지중에 알고 있었을 것이라고, 한 선생은 짐작했다.

그리고 한 선생은1967년 가을에 일본의 롯데그룹이 100% 자기 자금으로 한국에서의 종합제철 건설계획을 세우고 이를 적극적으로 추진한 비화를 들려주었다. 당시 롯데그룹은 구상이나 검토 단계를 넘어 실시 단계로 들어선 상황이었다. 일본인 기술자들을 통해 한국에 건설할 제철소와 똑같은 일본 제철소의 청사진 등 모든 기술자료를 확보하고, 중요 간부들도 스카우트하여 우선 롯데그룹에서 근무하도록 조치하였으며, 추후의 스카우트 리스트까지 작성을 완료한 상태였다.

"신격호 회장의 동생인 신춘호 현 농심 회장이 나를 찾아왔어요. 이미 박정희 대통령, 이후락 비서실장, 장기영 부총리, 김형욱 중앙정보부장이 다 동의했다고 하더군요. 나는 '조금 어려울 것'이라고 말했습니다. 될 수 있는 길이 없겠느냐고 묻기에 '길이 있기는 하겠지만 엄청난 인내심과 노력이 요구된다'고 했어요. 형님(신격호)이 다 됐다고 했는데 그게 그렇게 어려운가 하면서 좀 더 이야기를 나누자고 매달리는 거야."

당시 KISA는 차관 조달에 미온적이기는 했지만 아직 손을 떼지 않고 있었다. KISA는 내가 하지는 않더라도 남을 못하게 할 수는 있다고, 한 선생은 판단했다. KISA의 위신으로 보아도 일개 재일교포에게 종합제철 건설을 양보하기는 어려운 처지였다.

"장시간 대화를 나누며 '하려면 극비리에 추진해야 한다, KISA가 알아서는 절대 안 된다, 그리고 KISA 스스로 태도가 바뀌도록 유도해야 한다.'고 말해주었어요. 그 유도하는 방법에 대해서도 소상히 생각나는 대로 일러주었어요. 그도 나의 말을 알아듣고 어느 정도 수긍했으나 확신을 가진 그의 형님(신격호)을 설득할 수는 없었나 봅니다. 다만 그렇게 되면 박태준 사장은 어떻게 되나 하는 생각이 들었어요.

나는 실제적 상황만으로 판단했던 거지요. 결국 신춘호 회장은 다시 오지 않았고 그 희망찬 계획은 물거품이 되고 말았어요. 당시 이 일은 경제기획원 관료들도 전혀 몰랐고, KISA에서는 알았는지 몰랐는지 잘 모르겠어요."

한준석 선생은 언급하지 않았지만, 그때 도쿄에서 신격호 사장의 종합제철 프로젝트에 깊숙이 관여한 재일동포는 고로 전문가 김철우 박사였다. 김철우 박사는 이미 1965년부터 박태준 사장과 만나고 있었으며, 이후 신격호 사장은 종합제철 프로젝트를 포기하면서 그 모든 자료와 정보를 박태준 사장에게 고스란히 공짜로 넘겨주었다.

"지금 한국의 기업들은 어느 나라도 따라올 수 없는 신속한 서비스를 하고 있어요. 이사하면서 전화 한 통화만 하면 그날로 전화를 번호 그대로 옮겨주고, 제품에 문제가 있어 애프터서비스를 요청하면 금방 해결해주지요. 자동차 사고가 나면 보험사 직원이 10분 안에 현장에 도착하는 나라는 아마 지구상에 한국 말고는 없을 거예요. 그러나 그땐 아니었어요. 모두가 하나하나의 콩알처럼 제멋대로 굴러다니던 시절이었죠. 이러한 내 멋대로 정신에 일대 혁명을 일으킨 사람이 박태준 사장이었다고 자신 있게 말할 수 있어요. 공장 구석구석을 발로 뛰면서 군대와 같이 다그치니 누가 그걸 좋아했겠어? 스스로 욕을 먹어가며 하마터면 큰 사고가 날 수 있는 위험한 사업장인 쇳물생산 공장에 안전한 기업문화를 창조해낸 거지요."

상공에서 내려다본 포항 영일만-"바로 여기다!"

산업기지 건설에서 가장 중요한 요소의 하나가 입지(立地)다. 경제적인 건설뿐 아니라 효율적인 운영을 위해서는 항만·용수·지질 등 지형적 조건을 비롯해 국토의 균형개발, 배후도시의 지원, 관련산업과의 연계 등 여러 사회경제적 측면을 검토해야만 한다. 입지선정이 잘못 이루어지면 막대한 건설비용의 추가투입, 공기 연장, 운영비용 증가 및 효율성 저하가 일어나며 때로 투입비용을 고스란히 묻어둔 채 폐기해버리는 경우까지 있다. 유호문 선생은 특정지역국 계장 시절부터 산업기지 입지선정을 맡아왔으며 제철단지 선정 과정을 통해 포스코와 깊은 인연을 맺어왔다.

"1967년에는 일관제철소 건설 방침이 이미 정해진 상황이었습니다. 건설부가 제철소 입지선정과 지원사업 추진을 맡았는데, 당시 국내에는 참고할 만한 자료가 없었어요. 그래서 일본으로 출장 가서 홋카이도의 도마코마이, 도쿄(東京)만과 오사카만에 있는 가와사키제철과 일본강관, 규슈의 야하다(八幡)제철소에 이르는 수많은 제철소를 거의 다 살펴보며 참고했죠."

유호문 선생이 일본의 사례를 보고 느낀 것은 이들 제철소들이 모두 그 나름의 적소에 입지되어 있다는 것이었다. 또한 대형 선박용 항만건설이 필수적이라는 것을 깨달았다. 그래서 국내로 돌아와서는 동해안 묵호항에서부터 해안선을 따라 남해안, 서해안 전역을 훑어가며 적소 찾기에 나섰다.

"전국 해안선을 두루 답사했는데도 그때는 일본과 같이 좋은 조건을 가진 곳을 찾을 수가 없었어요. 일본의 해안선은 만이 발달되어 있고 용수가 풍부하여 입지자원이 풍부했지만 우리나라는 그렇지 못했기 때문이죠."

일관제철소 건설계획이 구체화되자 이른바 힘 있는 사람들, 즉 정치권 실세들이 입지선정에 자신의 영향력을 행사하기 시작했다. 연고지 쪽으로 유치하여 자신의 정치적 기반을 다지기 위해서였다.

"여러 통로로 압력이 들어왔어요. 당시 김종필 국무총리는 충남 비인, 이후락 비서실장은 울산, 김윤기 건설부 장관은 전남 보성, 백진기 건설부 국장은 경북 칠포를 밀었습니다. 그리고 대한국제제철차관단(KISA)에서는 삼천포를 적지로 지목하고 있었어요. 그때 나는 어떠한 압력에도 굴하지 않고 오직 올바른 입지선정에만 매달려야겠다고 결심했습니다."

그때 그는 대형 선박용 항만의 조성, 적절한 면적(약 300만 평 기준), 견고한 지질, 공업용수 확보, 후방 교통여건 등의 기준을 마련하고 각계에서 추천하는 곳을 모두 돌아보았지만, 그런 기준을 충족하는 곳은 찾을 수 없었다. KISA가 추천한 삼천포는 항로와 박지가 암반이라 준설이 어려워 대형 선박용 항만건설이 불가능하였고, 부지도 협소하여 기껏 연간 60만 톤 규모에 불과했다. 공업용수 확보도 쉽지 않았다. 이곳 역시도 적절한 부지가 될 수 없었다.

어느 날 KISA의 총괄회원사였던 미국 코퍼스의 존스(Jones) 씨가 그에게 경북 칠포에 같이 가보자고 제안을 했다. 그는 이미 가본 터라 '실망할 뿐'이라고 만류하였지만 존스 씨는 정부가 추천한 곳이니 가봐야 한다는 것이었다. 이 방문이 포스코의 입지를 결정하는 운명적인 사건이 되었다.

일정을 줄이기 위해 4인승 세스나 비행기를 빌려 타고 포항 해병대 비행장에 내린 후 택시를 이용하는 일정이었는데, 그는 포항 상공에서 우연히 지금의 포항제철소 자리를 내려다보는 순간 직감적으로 여기임을 알게 되었다. 그의 만류에도 불구하고 기어이 이리로 끌고 온 존스 씨, 바쁜 일정으로 타게 된 경비행기 그리고 공중에서 보아야만 알 수 있는 입지 전망의 세 박자가 맞물려 우연히 적지를 발견하게 된 그 순간, 이것이 바로 신의 뜻인가 하는 생각도 들었다고, 유호문 선생은 회고했다.

"991만 7355㎡(300만 평)가량의 모래사장이 소나무로 뒤덮여 있었고 시가지와의 거리도 적당한 데다 해안이 만(灣)으로 되어 있어 항만 입지 또한 적당하다고 판단되었어요. 아름다운 소나무숲이 아깝기는 했지만 국가적 대업을 위해서 희생할 수밖에 없다고 생각했죠. 칠포는 대충 둘러보고 돌아오자마자 백진기 국장을 찾아가 포항에 적소를 발견했음을 보고했더니 '거기는 모래사장인데… 예부터 사상누각(沙上樓閣)이라는 말이 있는데 되겠느냐'고 반대했습니다. 모래 기반이 우수한 기반이라는 것은 지질공학에 있어 상식인데도 말이죠."

한편 보성에 미련을 버리지 못한 김윤기 건설부 장관은 다시금 보성을 넣어 재검토하라며 용역조사를 지시했다. 아무리 확신이 있다 해도 위의 지시로 발주한 용역조사의 대상 안에 국장이 사상누각 운운하며 반대하는 포항을 포함시킬 수는 없었다. 이때 일이 묘하게 흘러갔다. 당시 국내 토목기술용역사는 한국종합기술공사 하나뿐이었는데, 이름만 용역사이지 제대로 기술인력을 갖추지 못했고 당연히 용역을 수행할 능력 또한 부재한 상태였다.

"용역 계약은 했으나 수행할 능력이 없었던 기술공사가 나보고 일을 해달라는 거예요. 그 순간 '포항을 대상에 포함시킬 좋은 기회구나' 하고 생각하고 일을 맡았죠. 외부에는 극비로 하고 각 전문분야의 후배를 동원하여 사무실 인근 여관을 얻어 작업에 들어갔어요. 달포간의 작업을 끝내고 최종 용역보고서를 인쇄했죠. 마침 그때 청와대에서 제철입지를 보고하라는 지시가 왔어요."

인쇄된 보고서를 본 장관은 노발대발했다. 자신이 밀었던 보성이 탈락하고 당초 용역대상에 포함되지도 않았던 포항으로 결론이 났으니 당연한 일이었다. 그러나 보고서를 고쳐 쓸 시간적 여유가 없었기 때문에 이 보고서가 그대로 박정희 대통령에게 보고되었다며, 유호문 선생은 미소를 머금었다.

"대통령께서 '거 잘됐군, 이대로 하게' 하시면서 그 자리에서 결정을 내리신 거죠. 그렇게 해서 제철소가 포항으로 가게 된 겁니다. 결국 일은 잘되었지만 이 사건으로 인해 우리 국장은 옷을 벗고 말았습니다."

박 대통령의 박태준 사장 신뢰가 제2제철 실수요자 선정의 밑거름이었다

550만 톤 규모의 포항 3기 설비 건설이 한창이던 1978년 가을 무렵 당시 최각규 선생은 상공부 장관이었다. 그때 포항제철 3기 종합준공식을 앞두고 포항을 방문한 기회에 한국 경제계를 뜨겁게 달구던 제2제철 실수요자 논쟁과 관련하여 박태준 사장과 깊숙한 의견교환이 이루어졌다.

"연말에 있을 3기 설비 준공식에 대통령께서 참석하기로 되어 있었으므로 주무장관으로서 사전에 가본 거지요. 제2제철 건설이 최초로 거론된 시기는 포항 1기 사업이 한창 추진되고 있던 1972년 2월이었습니다. 당시 호남정유의 서정귀 사장이 중심이 되어 연산 500만 톤 규모의 제2제철을 삼천포에 건설한다는 것이었어요. 그러나 여론은 제2제철을 건설하는 것보다 현재 건설 중인 포항제철소를 서둘러 건설하거나 시설확장을 추진하는 것이 바람직하다는 쪽으로 흘러갔어요."

정부에서도 증가하는 철강수요는 포항제철을 확장하여 대처하는 것이 타당하다는 이유를 들어 제2제철 건설 구상을 외면함에 따라 이 사업은 계획 단계에서 무산되고 말았다. 그러나 이 논의는 제2제철 건설의 필요성을 공론화하는 계기가 되었고, 이에 따라 정부는 그해 6월부터 다시 제2제철 건설 가능성 검토에 착수했다.

"1973년 1월 초 상공부에서 '장기 제철소 건설계획'을 수립했습니다. 이 계획은 포항제철소 확장 계획과 함께 연산 500만 톤 규모의 제2제철 건설 계획을 담고 있었어요. 그때 나는 재무부 차관보로 있었는데, 경제부처 간에 이에 대한 심도 있는 논의가 있었습니다. 1월 12일 박정희 대통령이 연두 기자회견에서 '중화학공업 정책'을 선언하고, 철강생산 능력을 1980년대 초까지 1000만 톤 규모로 10배 증가시키겠다고 천명했어요. 이 선언이 제2제철에 관하여 정부가 공식적으로 발표한 최초의 구상이었습니다."

제2제철은 상당히 구체적으로 추진되었으나 합작 파트너인 미국 유에스스틸과의 견해 차이, 석유파동, 국제 철강시황 및 국제 금융시장 불황 등으로 난관에 직면했고, 이러한 상황을 반영하여 정부는 제2제철 건설은 포항제철의 2차 확장공사가 끝나는 1978년 이후 포항제철의 제2공장으로 추진한다는 방침을 세웠다.

"내가 포항에서 박태준 사장을 만났을 당시는 제2제철 건설 실수요자 논쟁이 뜨겁게 달아오르고 있을 때였어요. 포항제철과 현대가 치열한 공방전을 벌이고 있었죠. 박태준 사장은 포항제철의 장래, 한국 경제에서 포항제철이 차지하는 위치, 세계 시장에서 포항제철이 나아가야 할 길 등에 대해 매우 구체적으로 조목조목 설명했어요. 포항제철이 국제경쟁력을 확보하려면 아직 갈 길이 먼데 제2제철을 민간에서 건설하게 되면 제 살 깎아 먹기가 된다는 점, 포스코가 국제 규모를 달성하면 그때 가서 민간의 참여를 고려해도 늦지 않다는 점, 그리고 철강업이란 기본적으로 기업 간 경쟁이 아닌 국가 간 경쟁이란 점을 강조하더군요. 나는 그때 박 사장의 말에 크게 공감했습니다."

이후 최 장관은 경제장관 간담회에서 포항제철의 입장을 적극 대변했다. 그러나 당시 정부나 청와대 분위기는 현대 쪽으로 기울어져 있었다. 현대는 제철소를 건설함에 있어서 정부 돈은 단 한 푼도 안 쓰겠다며 공세를 폈다. 철도·항만·용수 등 모든 인프라도 정부의 지원을 받지 않고 자체적으로 해결하겠다는 것이었다. 따라서 청와대 경제수석뿐만 아니라 정부의 재정지원에 부담을 느끼고 있던 일부 경제부처에서 현대 쪽을 지지하는 분위기가 완연했다.

"상공부는 주무부처로서 포항제철을 적극 지지했어요. 주무부처 장관이라고 해서 마음대로 할 수 있는 것은 아니지만 아무래도 다른 부처보다는 주장에 무게가 실렸겠지요. 그때 박태준 사장이 한 말이 생각나더군. 우리나라 기업치고 정부 지원을 안 받은 기업이 있느냐는 거였어요. 이미 정부의 온갖 특혜로 성장해온 기업이 이제 와서 인프라 사업 몇 개를 자체적으로 해결한다고 해서 그게 정부 지원이 없는 거냐, 이런 주장이었어요. 당시 상황으로 봐선 정곡을 찌른 지적이었지. 나 또한 그런 논리까지 동원하여 다른 부처들을 설득한 결과 분위기가 포항제철로 반전되었습니다."

최 장관은 제2제철 실수요자 관련 결재서류를 만들어 청와대로 들어갔다. 박정희 대통령은 대충 훑어보고 "놓고 가라"고 했다. 박 대통령은 보통 그 자리에서 결재를 하거나 수정 지시를 하는 스타일인데 그날은 달랐다. 이 대목에서 최 전 부총리는 박 대통령의 독특한 리더십의 일면을 볼 수 있었다고 한다.

"청와대란 수많은 정보가 모여드는 곳인데, 대통령께서 제2제철 관련 정보에 어두웠을 리가 있겠어요. 당시는 실수요자도 입지도 결정되지 않은 상황이었기에 여기저기서 온갖 주장이 중구난방으로 흘러나오고 있는 상황이었지. 그런데 서류를 두고 가라고 하시면서 내일 아침 박태준 사장에게 청와대로 들어오라고 연락하고 헬기를 대기시켜 놓으라고 지시하는 거야. 다음날 박 사장을 헬기에 동승시켜 제철소 입지를 둘러봤어요. 실수요자와 입지를 동시에 결정한 거나 다름없는 일이었어요. 내 뜻이 이러하니 다들 그렇게 알라는 시그널을 보내면서 소모적인 논쟁을 차단하신 거지."

청와대에 두고 온 서류에 결재가 난 것은 꽤 시간이 지나서였다고 최 선생은 회고했다. 대개 결재서류에는 사인 옆에 날짜를 적어두는데, 장관이 사인하고 시간이 꽤 지난 시점에 대통령이 사인을 하게 된 것을 좀 언짢게 생각한 것 같았다고 했다. 그래도 그는 "괜찮습니다" 하고 사인을 기다렸다.

"대통령께서 서류를 다시 읽어보시더니 '제2제철'이라고 쓴 부분을 펜으로 지우고 대신 친필로 '포철 제2공장'이라고 쓰셨어요. 그러면서 '제2제철 아냐, 포철 제2공장이야' 하면서 아예 못을 박듯이 말씀하셨어요. 박정희 대통령의 포철에 대한 애착과 박태준 사장에 대한 강한 신뢰가 물씬 느껴져 왔어요. 1978년 10월 30일 내가 주무장관으로서 제2제철 실수요자로 포항제철이 확정되었음을 발표했고, 제2제철 입지에 대해서도 실수요자인 포항제철이 최종적으로 조사하되, 그 결과를 토대로 하여 정부가 1979년 초까지 결정하겠다고 밝힘으로써 제2제철 실수요자 논쟁의 종지부를 찍었습니다."

포항제철이 제2제철 실수요자로 확정된 이후에도 제철소 입지 문제는 두고두고 논란을 불러일으켰다. 청와대 경제팀, 건설부, 포항제철의 주장이 제각각이었고 여러 후보지를 대상으로 많은 조사, 재조사가 이어졌다. 제2제철 건설이 최초로 거론되던 1972년부터 입지 조사 용역에 국내외의 많은 기관이 참여했다. 국내에서는 KIST·대림산업·삼환기업·동아건설·현대건설이, 해외에서는 미국의 UEC, 네덜란드의 NEDECO, 일본의 가와사키제철·일본해양컨설턴트·다이토공업이 참여했다.

"1979년 7월 24일 청와대에서 박정희 대통령 주재로 회의가 열렸는데, 회의에는 고재일 건설부장관, 상공부 장관이던 나, 그리고 박태준 사장이 참석했습니다. 이 자리에서 제2제철 아니, 포철 제2공장 입지가 충남 아산만으로 확정되었습니다. 그해 10월 박정희 대통령께서 서거하셨고 12월에는 나도 상공부를 떠났습니다. 이후 신군부에서 권력을 장악하고 국보위를 발족시킨 이후 다시 제2제철 입지 문제로 여러 번 논란이 있었던 것으로 압니다. 우여곡절 끝에 광양만으로 바뀌었죠."

최각규 선생은 1978년 12월 상공부 장관으로 포항제철소 3기 설비 준공식에 참석해 박정희 대통령과 박태준 사장의 관계를 짐작케 하는 일도 목격했다.

"준공식을 마친 뒤 대통령께서 포철의 영빈관에서 주무시지 않고 경주의 호텔로 가셨어요. 그때 내가 대통령 차에 동승했는데, 가다 보니 박태준 사장이 안 보이는 거야. 그래서 '박 사장이 안 따라옵니다' 하고 말씀드렸더니 '내가 오지 말라고 했어. 외국 손님들도 많고 한데 그 일이나 잘하라고 했어. 사실은 그래서 내가 자리를 피해준 거야. 내가 거기 있어봐. 내게 신경 쓸 일이 좀 많겠어' 이러시는 거야. 긴 말 하지 않아도 서로 통하는 무언가가 없고서야 어떻게 그럴 수 있겠어요. 막말로 다른 국영기업체 사장이라면 대통령이 오지 말란다고 그 말을 곧이곧대로 믿고 안 오겠어요?"

최각규 선생은 근래 들어 포스코가 재벌기업을 닮아가는 것 같아 아쉬운 마음이 든다고 했다. 오히려 재벌기업들이 포스코를 본받아야 하는데 거꾸로 되고 있는 것 같다는 말이었다.

"우리나라 기업가들은 대규모 기업집단을 만들어야 직성이 풀리는 모양이에요. 그런데 포스코는 그러지 말아야 해요. 정말 멋있고 깔끔한 포스코가 낡은 틀을 닮아갈 이유가 없습니다. 초심으로 돌아가야 해요. 경기도 벽촌에 틀어박혀 있는 늙은 서생(書生)이 뭘 안다고 그러느냐고 생각할지 모르지만, 오랫동안 경제 분야의 일을 해온 사람에게는 느낌이라는 게 있습니다. 포항공대를 설립하고 성공시킨 포스코 아니겠어요. 포항공대를 인문·사회·예술 계열을 포함한 종합대학으로 만든다고 생각해 보세요. 지금처럼 깔끔한 대학이 되었을까요? 지방에 소재한 소규모의 포항공대가 국내 최고의 대학이 된 것은 다른 데 눈을 팔지 않는 나만의 것이 있기 때문입니다."

POSCO SPIRIT 5

제철보국을 만들고 제철보국을 살다
—박태준 창업회장의 삶과 정신

천하위공의 길, 박태준의 길

이대환 영일만 어링불, 포항제철소가 들어서며 가뭇없이 지워버린 그곳에서 1958년에 태어나 열한 살까지 성장했다. 1980년(22세) 국제PEN클럽 한국본부가 주관한 장편소설 현상 공모 당선, 1989년《현대문학》지령 400호 기념 장편소설 공모 당선. 저서에는 소설집『조그만 깃발 하나』『생선창자 속으로 들어간 詩』, 장편소설『말뚝이의 그림자』『새벽, 동틀 녘』『겨울의 집』『슬로우 불릿』『붉은 고래』『큰돈과 콘돔』, 산문집『프란치스코 교황 그리고 무지개』『하얀 석탄』, 평전『세계 최고의 철강인 박태준 평전』등.

1953년 여름, 한국전쟁이 휴전으로 멈추는 즈음에 멀쩡히 살아남은 한 청년장교가 자신의 영혼에다 조각칼로 파듯이 좌우명을 새겼다. '짧은 인생을 영원 조국에', '절대적 절망은 없다'. 1977년 5월, 조업과 건설을 동시에 감당해 나가는 영일만 포항제철에서 절박한 목소리로 외치는 한 아버지가 있었다. "우리 세대는 다음 세대를 위해 순교자적으로 희생하는 세대다." 바로 그가 박태준이었다. 그리고 그는 도무지 낡을 줄 모르는 그 좌우명, 그 신념으로 삶의 길을 개척하면서 다른 쪽으로 벗어나지 않는 일생을 완주했다.

하노이에서 길을 가리키다

2010년 1월 하순, 박태준은 3박4일 계획으로 베트남 하노이를 방문했다. 마침 하노이 시가지에는 '수도 천 년'의 경축 현수막들이 축제 분위기를 자아내고 있었다. 1010년 리타이또 황제 시절에 처음 수도로 지정된 이래 천 년째 베트남의 중심을 지켜내느라 오욕과 영광을 간직한 하노이. 오욕은 중국, 프랑스, 미국이 남긴 침략의 상처이고, 영광은 그들을 차례로 극복한 자부심이다. 하노이의 기억에 남은 가장 끔찍한 야만의 언어는 무엇일까? "하노이를 석기시대로 돌려주겠다"는 미국 장군 커티스 르메이의 호언장담일 것이다. 항미전쟁 동안 저주와 다름없는 미군의 무자비한 폭격에 거의 석기시대로 돌려졌던 베트남의 수도, 그 중심가에 1996년 현대식 특급호텔이 들어섰다. '하노이대우호텔'이다. 여든세 살의 박태준은 한국 경제계의 후배 김우중이 세운 호텔에 여장을 풀었다. 하노이대우호텔을 세울 때만 해도 "세계는 넓고 할 일은 많다"며 글로벌 경영의 기세를 펼치는 김우중에게 그 입지를 추천한 이가 바로 박태준이었다. 왜 그는 후배에게 하노이의 요지를 추천할 수 있었을까?

박태준이 생애 처음 하노이(베트남)를 방문한 때는 1992년 11월 하순이었다. 그의 인생으로는 홀가분하고도 씁쓸한 계절이었다. 1968년 4월 1일에서 1992년 10월 1일까지, 포항제철소와 광양제철소를 완공하여 연산 2천100만 톤 조강체제를 갖춤으로써 장장 사반세기에 걸친 제철의 대역사를 성공리에 마치고 스스로 세계 최고 철의 용상(龍床)을 물러나 포스코 명예회장으로서 중국과 동남아 진출을 적극 모색하는 그의 기분은 매우 홀가분했을 것이며, 머지않아 한국 최고 권력자로 등극할 김영삼이 몸소 광양까지 찾아와 12월 대선의 '선거대책위원장'을 맡아달라고 간청했으나 끝내 거절하고 말았으니 서서히 다가오는 정치적 보복을 예견하는 그의 기분은 자못 씁쓸했을 것이다. 한국 정부와 베트남 정부의 수교 합의(1992년 12월 22일)가 한창 무르익고 있던 그때, 박태준은 정장 차림으로 하노이 바딘광장부터 찾았다.

끝 모를 줄을 이루며 광장을 에워싼 인민들, 호찌민(胡志明) 영묘의 좌우를 지키는 붉은 바탕의 흰 글씨들. 그의 궁금증을 통역이 풀어줬다. "매일 저렇게 많은 참배객들이 찾아옵니다. 먼 시골에 사는 베트남 인민들도 호 아저씨 영묘 참배를 평생의 소원으로 삼는답니다." 이미 박태준은 '호 아저씨'란 호칭에 익숙해져서 '아저씨'에 담긴 탈권위적 친화감을 느끼고 있었다. 통역이 손가락으로 정면의 선명한 두 문장을 가리켰다. "호 아저씨는 우리 사업 속에 영원히 살아 있다." "베트남 공산당이여 영원하라."

박태준은 묵묵히 호찌민을 추모했다. 청렴하며 지혜롭고, 유연하며 단호했던 지도자. '자유와 독립보다 더 중요한 것은 없다.' 그는 기억했다. 호찌민의 그 말을, 그 절대적 가치를 위해 항불전쟁과 항미전쟁에 승리한 베트남 인민의 위대한 사투를, 그리고 한국이 냉전체제의 최전선을 통과하며 산업화에 몰두한 시절에 '월남 파병'을 감행했던 뼈저린 과거의 불행을. 그래서 베트남 땅에 첫발을 디딘 그의 마음은 경건하면서 착잡했다.

1945년 9월 호찌민이 주석단 한가운데 서서 베트남 독립을 선포한 그 자리에 마련된 영묘. 평안히 잠든 노인처럼 누운 고인에게 명복을 빌어준 박태준은 가장 청렴했던 지도자의 시신을 영원히 부패하지 않게 모셔둔 성역을 나서며 문득 묘한 생각에 잠겼다. 한국에 돌아가서 가장 부패한 정치지도자의 시신을 영원히 부패하지 않게 안치한다면, 그것이 한국 정치인들의 부패 예방에 어느 정도 효과를 낼 수 있을까?

바딘광장을 떠난 박태준은 베트남 최고지도자와 만났다. '도이모이'라는 개방정책을 이끄는 두 모이 당서기. 박태준은 그의 인품과 영혼에서 호찌민의 제자다운 냄새를 맡을 수 있었다. 그것은 인민에 대한 사랑과 국가경제 발전에 대한 순수한 염원이었다. 박태준은 생각하고 있었다. 경제발전에 먼저 성공한 한국이 베트남에 투자하는 것은 베트남에 대한 한국의 엄청난 빚을 갚아나가는 길이며 한국의 도덕성을 높이는 길이라고. 주인은 경제개발 방향에 대해 묻고, 손님은 한국 경험의 장단점을 간추렸다. 손님이 보반 키엣 총리와 만나기로 약속한 시각에는 주인이 환히 여유를 부렸다. "내가 미리 말해뒀어요. 늦어도 좋으니 우리 이야기를 계속합시다." "결례가 안 되게 해놓으셨다면 안심하겠습니다." "내가 왜 이리 늦게 당신을 만나게 되었는지 원망스럽군요." 그리고 구체적 현안을 다뤘다. 연산 20만 톤 규모의 전기로 공장, 파이프공장, 하노이-하이퐁 고속도로 건설 등이 화제에 올랐다. 베트남으로 진출하려는 박태준의 선구적 구상. 문제는 한국의 정치권력이었다. 과연 그것이 그에게 포스코 경영의 권한을 언제까지 보장할 것인가?

박태준과 두 모이의 만남은 그의 하노이대우호텔 입지 추천으로 이어졌지만, 정작 두 사람의 재회는 이뤄지지 못했다. 그의 '베트남 구상'도 무산되어야 했다. 이듬해 3월 그가 정치적 박해를 받아 기약 없는 해외 유랑에 올랐던 것이다.

다시 박태준이 베트남을 방문한 때는 첫 방문으로부터 꼬박 12년이 지난 2004년 11월이었다. 사이공(호치민)을 찾은 일흔일곱 살의 포스코 명예회장은 1993년 3월부터 1997년 5월까지 이어진 자신의 해외 유랑과 더불어 물거품처럼 사라진 '베트남 구상'을 회상했다. '그때 그런 일만 없었더라면 이 땅에서 많은 일들을 하고, 박정희 대통령 시절의 역사적 부채도 갚고, 근대화에 먼저 성공한 한국의 도덕성도 높이고, 이러한 일거삼득을…….' 12년 전 베트남 지도자들과 공유했던 희망과 약속이 희수(喜壽)의 영혼에 회한을 일으켰다.

박태준은 그들과 재회하고 싶었다. 두 모이 전 서기장은 너무 늙어서 거동이 불편하다며 "진정 그리웠다"는 인사만 전해왔다. 박태준은 예를 차렸다. "너무 늦어서 미안합니다. 저에게 사연이 있었습니다." 다행히 보반 키엣 전 총리는 만날 수 있었다. 어느덧 여든 고개를 넘어선 혁명과 개혁의 노인이 말했다. "왜 이제야 왔소?" 늙은 손님이 답했다. "미안합니다."

두 노인의 포옹과 악수는 길어졌다.

박태준은 젊은 지도자들도 만났다. 매년 7퍼센트 경제성장을 거듭하여 연간 철강소비량이 500만 톤에 이르는 베트남. 그가 오앙 트렁 하이(47세) 공업부 장관에게 충고했다. "이제 제철소를 세우시오. 조선, 자동차 같은 철강 연관 산업이 일어서야 중진국에 들 수 있소." 그의 생각은 포스코 후배 경영진에 의해 '포스코의 베트남 냉연공장 건설과 일관제철소 건설 프로젝트'로 구체화되었다. 붕따우의 냉연공장은 2009년 10월에 준공되었으나, 아쉽게도 일관제철소 프로젝트는 베트남 당국과 포스코의 의견 차이로 무산되고 말았다.

2007년 6월 박태준은 세 번째로 베트남을 찾았다. 몇몇 동지들과 보름 일정으로 돌아볼 동남아, 홍콩, 중국 여행의 첫 기착지가 호치민이었다. 이번에는 특별한 목적이 없었다. 베트남의 변화와 발전 양상에 대한 궁금증을 직접 풀어보려는 방문이었다. 식사 때마다 그는 베트남의 독한 소주를 반주로 곁들였다. "아주 좋은 술"이라며 기분 좋게 여러 잔을 거푸 마시는 그의 모습은 아직 천진한 청년 같았다.

생애 네 번째로 베트남을 방문한 박태준이 하노이대우호텔에 묵는 목적은 베트남 쩨 출판사가 번역 출간한 평전 『철의 사나이 박태준』 출판기념회 참석과 하노이국립대학교 특별강연이었다. 출판기념회는 1월 28일 저녁 하노이대우호텔에서 열렸다. 베트남의 고위 관료들과 대학 교수들과 철강업계 인사들, 베트남 주재 한국 대사를 비롯해 현지 한국 기업인들이 식장을 가득 메웠다. 나는 저자(著者)로서 인사를 했다.

저는 한국에서 제법 유명한 '58개띠'입니다. 한국전쟁 후 베이비붐 세대지요. 고향 마을은 바로 포스코의 포항제철소가 들어선 곳입니다. 그 마을을 열한 살 때 떠나야 했습니다. 포스코 때문이었지요. 어른들이 낡은 트럭에 남루한 이삿짐을 싣는 즈음, 마을에는 '제선공장', '제강공장', '열연공장'이라는 깃발들이 나부끼고 있었습니다. 저게 뭐지? 저는 그저 시큰둥하게 허공의 그것들을 노려보았습니다.

그런데 아주 나중에 듣게 됐지만, 제가 태어난 이듬해 12월 24일, 그러니까 1959년 크리스마스이브, 런던 거리에는 크리스마스트리들이 찬란히 반짝이고 구세주 찬미의 노래들이 넘쳐났을 그날, 영국 BBC가 〈a far Cry〉라는 40분짜리 다큐멘터리를 방영했다고 합니다. 런던에서는 머나먼 한국, 그 〈머나먼 울음〉은 굶주리고 헐벗은 한국 아이들의 비참한 실상을 보여주는 것이었지요. 그 아이들이 바로 저와 친구들이었다고 해도 틀리지 않습니다. 인간이라면 눈물 없이는 보지 못했을 다큐멘터리의 마지막 말이 무엇인지 아십니까? '이 아이들에게 희망은 있는가?', 이것이었습니다. 그 절망적이었던 질문에 대한 답변의 하나로서, 쉰 살을 넘어선 제가 보시다시피 조금 살진 얼굴에 점잖은 신사복을 입고 여기에 서 있다는 사실을 말씀드리고 싶습니다.

제가 고향에서 밀려난 무렵에 나부끼고 있었던 포스코의 깃발들이 한국의 희망이요 저희 세대의 희망이었다는 사실을 깨달은 것은 그로부터 이십 년쯤 지난 뒤였습니다. 그리고 저는 서른아홉 살에 박태준 선생과 처음 만나게 되었고, 2004년 12월에 한국어판 『박태준』 평전을 펴냈습니다. 그 책은 2005년에 중국어로 번역 출판되었고, 오늘 이렇게 베트남어판이 나왔습니다. 작가가 왜 전기문학을 써야 하는가? 전기문학은 왜 있어야 하는가?

고난의 시대는 영웅을 창조하고, 영웅은 역사의 지평을 개척합니다. 그러나 인간의 얼굴과 체온을 상실한 영웅은 청동이나 대리석으로 빚은 우상처럼 공적(功績)의 표상으로 전락하게 됩니다. 이 쓸쓸한 그의 운명을 막아내려는 길목을 지키는 일, 그를 인간의 이름으로 불러내서 인간으로 읽어내고 드디어 그가 인간의 이름으로 살아가게 하는 일, 이것이 전기문학의 중요한 존재 이유의 하나라고, 저는 생각합니다.

베트남에 여러 종류의 『호찌민』 전기가 출간된 사정도 다르지 않을 것입니다. 저는 아무리 긴 세월이 흐르더라도 저의 주인공이 어떤 탁월한 위업을 남긴 인물로만 기억되는 것을 강력히 거부합니다. 그의 고뇌, 그의 정신, 그의 투쟁이 반드시 함께 기억되어야 한다는 것입니다. 한국의 가장 저명한 인물인 박정희 대통령과 저의 주인공이 국가적 대의와 시대적 사명 앞에서 어떻게 생각하고 행동했는지, 서로 얼마나 완전하게 신뢰했는지, 그것이 정신적으로 얼마나 귀중한 인생의 가치인지, 이러한 관점에서 함께 기억돼야 한다는 것입니다. 이것이 국가, 민족, 시대라는 거대한 짐을 짊어지고 필생을 완주한 인물에 대한 동시대인과 후세의 기본 예의라고 확신합니다.

이튿날 오전 11시, 하노이국립대학교 강당에는 총장과 보직 교수들, 오백여 명의 대학생들이 앉아 있었다. 순차 통역으로 한 시간 넘게 진행된 박태준의 연설은 여든세 살의 노인이 아니라 현역 지도자처럼 패기와 열정이 넘쳐났으며, 베트남과 한국, 아니 세계의 청년을 향해 던지는 그의 사상이 응축돼 있었다. 그래서였을까. 젊은 청중은 강연을 마친 노인을 향해 환호성을 지르고 열렬한 기립박수를 보냈다. 통역을 맡았던 여성(교수)이 젖은 눈빛으로 나에게 가만히 고백했다.

"빌 클린턴 전 미국 대통령, 장쩌민 전 중국 주석, 그리고 얼마 전에는 이명박 한국 대통령이 하노이대학에서 강연을 했고, 저는 그분들의 말씀을 경청했습니다. 그러나 박태준 선생의 강연처럼 저의 가슴을 울려주진 못했습니다."

과연 박태준의 어떤 말들이 베트남 젊은 엘리트들의 영혼에 잔잔한 파문을 일으키고 푸른 가슴을 일렁이게 했을까?

인간의 큰 미덕은 인생과 공동체의 행복에 대해 사색하고 고뇌하며, 실천의 길을 모색하는 것입니다. 내가 이 자리에 선 이유는, 한국의 경제개발 경험을 말하려는 것이 아닙니다. 파란만장한 격동을 헤치고 나온 경험을 바탕으로, 젊은 엘리트 여러분과 더불어 다시 한 번 인생과 역사를 성찰해보자는 것입니다. 역사에는 특정한 세대가 감당하는 시대적 고난이 있습니다. 그것은 개개인의 인생에 심대한 영향을 끼치고, 그 세대의 운명이 되기도 합니다.

이렇게 시작한 박태준의 연설은 한국과 베트남의 20세기에 대한 비교와 특정한 세대의 운명에 대한 생각으로 나아갔다.

나는 1927년에 태어났습니다. 한국에서 나의 세대는 일본 식민지에서 유년 시절과 학창 시절을 보내고, 청년 시절에 해방을 맞았습니다. 그러나 한반도는 불행했습니다. 세계적 냉전체제의 희생양으로 남북분단이 확정된 것이었습니다. 분단은 곧 처절한 전쟁으로 이어지고, 그 전쟁이 다시 휴전선이라는, 지구상에서 가장 살벌한 대결의 철책을 만들었습니다. 그때 한국에 남은 것은 민족 간의 적개심과 국토의 폐허, 국가의 빈곤과 인민의 굶주림 그리고 부패의 창궐이었습니다.

한국전쟁에 청년장교로 참전하여 '우연히, 운이 좋아서' 살아남은 나는 인생과 조국의 미래에 대해 숙고하지 않을 수 없었습니다. 폐허의 국토를 어떻게 재건할 것인가? 우리 민족을 천형(天刑)처럼 억눌러온 절대빈곤을 어떻게 극복할 것인가? 미국과 서구가 자랑하는 근대화를 어떻게 이룩할 것인가? 이 시대를 나는 어떻게 살아야 하는가? 엄중하게 좌우명부터 영혼에 새겼습니다. '짧은 인생을 영원 조국에!' '절대적 절망은 없다.' 돌이켜보면, 그 좌우명은 필생의 나침반이었습니다. 지금 이 순간에도 그것은 흔들리지 않습니다. 그것을 따라 걸어온 내 삶의 여정(旅程)에 대해 어떤 후회도 없습니다.

한국 정부가 경제개발의 깃발을 올린 1961년, 한국은 1인당 국민소득 70달러로 세계에서 가장 빈곤한 국가였습니다. 당시 경제개발계획에 참여했던 나는 1968년부터 종합제철소 건설과 경영의 책임을 맡았습니다. 자본과 자원이 없고, 경험과 기술이 없는 전무(全無)의 상태에서 포스코라는 종합제철소를 시작하여, 7년쯤 지나서 어느 정도 기반을 잡은 다음, 나는 동지들에게 이렇게 말했습니다. "우리 세대는 순교자처럼 희생하는 세대다. 우리 세대는 다음 세대의 행복과 21세기 조국의 번영을 위해 순교자적으로 희생하는 세대다." 우리에게 지상과제는 '조국 근대화'였습니다. 그것은 나의 세대가 짊어진 폐허와 빈곤, 부패와 혼란을 극복하기 위한 시대적 좌표였고, 마침내 우리는 근대화에 성공했습니다. 시련의 시대를 영광의 시대로 창조한 것이었다고 자부합니다. 그러나 나의 세대는 후세에 엄청난 과제도 넘겨야 했습니다. 바로 남북분단입니다. 남북화해와 평화통일, 이 짐을 다음 세대에 넘겨주게 되어 참으로 가슴 아픕니다.

지난 백여 년 동안, 베트남에도 각 세대가 감당한 시대적 고난이 있었습니다. 편의상 여러분의 할아버지와 할머니 세대, 아버지와 어머니 세대, 그리고 여러분 세대, 이렇게 삼대로 나누어봅시다.

여러분의 할아버지와 할머니 세대는 '자유와 독립보다 더 중요한 것은 없다'는 호찌민 선생의 말씀을 실현한 세대입니다. 헤아릴 수 없는 희생과 고통을 넘어서야 했지만, 당신들의 숙명적인 비원이었던 자유와 독립을 쟁취했습니다. 그러나 1954년 7월에 베트남은 북위 17도선에서 분단되었습니다. 그때 어린 아이였을 여러분의 아버지들과 어머니들은, 통일로 가는 기나긴 전쟁이 자기 세대의 운명이 될 줄은 몰랐을 것입니다. 그분들은 자기 세대의 참혹한 운명을 감당했으며, 드디어 1975년 4월에 종전과 통일을 선언할 수 있었습니다. 그분들 세대는 휴식을 누릴 여가도 없었습니다. 전쟁에서 살아남은 사람들에게는 조국재건의 새로운 책무가 기다리고 있었기 때문입니다. 등소평의 중국이 개방의 길을 선도하고, 베트남은 1986년에 개방의 문을 열었습니다. 그것은 일대 혁신이었습니다. 모든 혁신은 다소간 혼란과 시행착오를 초래하기 마련이지만, 나는 베트남 지도부가 현명한 선택을 했다고 판단합니다. 이 자리에서 언급하자니 슬픈 일입니다만, 개방을 거부한 북한의 오늘이 그것을 반증해줍니다.

베트남은 한국보다 종전이 늦어진 그만큼 경제개발의 출발이 늦어졌습니다. 그러나 베트남은 통일국가고, 한국은 분단국가입니다. 이 자리의 '여러분 세대'는 선배 세대로부터 '자유와 독립의 통일국가'라는 위대한 기반을 물려받았습니다. 그 기반 위에서 '여러분 세대'의 시대적 좌표가 설정되어야 합니다. 현재 한국의 젊은 세대에게 '평화통일과 일류국가 완성'이라는 피할 수 없는 운명이 주어져 있다면, 베트남의 젊은 세대에게는 '경제부흥과 일류국가 완성'이라는 피할 수 없는 운명이 주어져 있습니다. 통일 문제를 고려할 경우에는, 한국의 젊은 세대가 베트남의 젊은 세대보다 더 무거운 운명을 짊어졌다고 하겠습니다.

두 나라 젊은 세대의 시대적 좌표를 제시한 박태준이 더 목청을 높여서 역설한 것은 부패척결과 자신감이었다.

세계 어느 나라를 막론하고, 한 나라가 일어서는 과정에서 무엇보다 중요한 전제조건은 지도층과 엘리트 계층이 부패하지 않고 자신감을 바탕으로 분명한 비전을 제시하는 것입니다. 물질적 유혹에 약한 것이 인간입니다. 인간은 강철처럼 강인하기도 하지만, 땡볕에 내놓은 생선처럼 부패하기도 쉽습니다. 부패는 인간 정신의 문제입니다. 지도층이나 엘리트 계층에 속한 인간이 부패하지 않는 것은 자기 정신과의 부단한 투쟁의 결실입니다. 역사 속의 모든 위인들은 끊임없이 자기 정신과 투쟁했습니다. 여러분이 훌륭한 지도자로 성장할 꿈을 간직하고 있다면, 지금부터 자기 정신과의 투쟁을 시작해야 합니다.

나는 지도층과 엘리트 계층이 자신감을 바탕으로 당대의 비전을 제시해야 한다는 주문도 했습니다. 그러나 자기 인생의 미래를 설계하지 않은 사람은 지도자가 될 수 없을 뿐만 아니라, 우연한 기회에 지도자가 된다고 해도 당대의 비전을 제시할 수 없습니다. 먼저, 개개인이 10년 뒤의 자기 모습을 그려보라는 충고를 하고 싶습니다. 여러분은 10년 뒤의 자기 모습을 그려놓고 있습니까? 만약 그려놓았다면, 치밀하고도 정열적으로 그 길을 가야 합니다. 만약 그려놓지 않았다면, 몇날 며칠을 지새우더라도 10년 뒤의 자기 모습부터 그려야 합니다. 개개인의 비전이 모여서 국가와 시대의 새 지평을 열게 된다는 사실을 명심하기 바랍니다.

거듭 강조하지만, 개발도상국이 경제발전을 추진하는 과정에서 가장 중요한 힘은 지도층이 부패하지 않는 것과 인민의 자신감입니다. 베트남에는 20세기의 세계 지도자 중에 가장 청렴했던 호찌민 선생이 국부로 계시고, 프랑스와 미국을 물리친 자부심과 자신감이 있습니다. 문제는 그 위대한 정신적 유산을, 국가의 부강과 인민의 행복을 성취하기 위한 저력으로 활용하는 일입니다. 모든 역사에는 기복이 있지만, 지도층과 인민이 위대한 정신적 유산을 공유하고 그 바탕 위에서 손잡고 나아간다면, 반드시 일류국가를 만들 것이라고 확신합니다.

일류주의, 그 고투의 길과 천하위공

평전 『박태준』을 쓴 작가로서 내가 지켜본 박태준의 최고 매력은 무엇인가? 지장, 덕장, 용장의 리더십을 두루 갖춘 그의 탁월한 능력인가? 흔히들 그것을 꼽는다. 나도 흔쾌히 인정한다. 그러나 그것을 최고 매력으로 꼽진 않는다. 내 시선이 포착한 그의 최고 매력은 '정신적 가치'를 가치의 최상에 두는 삶의 태도였다.

박태준의 삶은 통속을 거부했다. 통속적 계산을 경멸하는 작가만큼 치열하게 자기 신념의 정신적 자계(磁界)에서 벗어나지 않았다. 주인공의 요청이나 부탁이 아니었건만 작가 스스로 평전을 쓰게 만드는 그 매력을, 그는 나에게 연인의 향기처럼 풍겼다. 내가 그를 처음 만난 것은 1997년 초여름이었다. 그로부터 15년쯤 지나서 프랑스 《르몽드》가 "한국의 영웅이 떠나다"라고 박태준의 부음을 알린 2011년 12월 13일까지, 나는 그와 숱한 시간을 함께 보내며 그의 생애와 정신과 추억에 대한 온갖 대화를 나누는 '복된 기쁨'을 누렸다. 내가 그의 평전을 쓰는 작업은 인생의 황혼에 접어든 노인이 젊은이에게 제시하는 삶의 새로운 길을 따라 걸어가며 사색에 잠기는 것과 비슷한 일이었다.

나는 포항제철소가 들어선 영일만 갯마을에서 태어나 자랐다고 밝혔지만, 작가의식으로 박태준이란 이름에 깊은 관심을 기울인 때는 서른 살을 훨씬 넘긴 1990년대 초반의 어느 날부터였다. 그때까지 나는 그와 한 번쯤 악수를 나누기는커녕 먼발치에서나마 얼굴을 본 적도 없었다. 나에게 그는 신문이나 텔레비전이 알려주는 존재였다. 그런데 어쩌다 내가 그를 주목했을까. 물론 포스코에 의한 '철거민'이요 '실향민'이라는, 포스코를 바라보는 삐딱했던 시각이 엔간히 철들었다고 할 이립(而立)을 넘어선 뒤로는 오히려 남다르게 포스코를 들여다보는 태생적 인연으로 바뀌었던 것이라는 점을 빼놓을 수 없을 테지만, 무엇보다 중요한 하나는 내 세계관의 조정이었다.

내가 이립한 즈음엔 고르바초프가 지각변동의 구심점 역할을 하는 시절이었다. 동서독 분단의 장벽을 무너뜨린 독일시민이 베를린 브란덴부르크 문에 운집해 축제를 여는 밤, 그는 미모의 아내와 나란히 나타나서, "역사는 늦게 오는 자를 처벌한다"고 선언했다. 그때 나의 내면에도 무엇인가 굉음이 일어났다. 그것은 '한국적 1980년대'를 지탱해온 사회주의적 전망과 이상이 무너지는 소리였다. 그 뒤 현존 사회주의체제의 좌절을 주제로 삼은 사회과학 논문들이 제출되었다. 그러나 나는 작가니까 인간에게서 답을 구했다.

'인간이 선의를 지니고 있긴 해도 결코 그것이 천부적으로 크게 부족한, 사회주의를 실현할 윤리적 자질을 채워줄 수 없다는 것. 이데올로기가 인간조건을 강제하고 규율할 수 있는 한계와 그 천부의 윤리적 자질의 한계가 서로 손을 맞잡고 마치 치울 수 없고 오를 수 없는 절벽처럼 유토피아로 가는 길을 가로막고 있다는 것. 인간조건이 이데올로기를 창조한다는 것. 모든 체제는 시민의 더 인간다운 삶에 기여하기 위해 생물체처럼 변화해 나가야 한다는 것.'

박태준의 최고 매력으로 나는 정신적 가치를 최상 가치로 받드는 삶의 태도를 꼽았는데, 실제로 그의 영혼은 강철 같은 정신(신념)의 덩어리였다. 모든 공사(公事)를 철저히 그것으로 관장하고 처리했으며, 그것으로 물질적 유혹을 제압하고 배격했다. 그의 솔선수범이란 그것에 당연히 따르는 일종의 부수적 현상에 불과해 보였다. 2010년 1월 그가 하노이국립대학교에서 '부패척결의 청렴한 리더십'을 역설한 것은 필생에 걸친 실천궁행의 당당한 웅변이었다.

포스코 착공 장면에서 그가 일으킨 감동적인 일화는 저 유명한 '제철보국'과 '우향우'이다. 어려운 단어가 아니다. 제철보국이란 포항제철을 성공시켜 나라에 보답하자는 것이며, 우향우란 오른쪽으로 돌아 나아가 영일만 바다로 들어가자는 군대 제식훈련 용어다. 그러나 그 둘이 박태준의 정신 속에서 짝꿍으로 맺어지자 어마어마한 정신적 무장으로 거듭나서 포스코를 '성공의 고지'로 밀어 올리는 원동력이 되었다.

포항제철 1기 연산 103만 톤 조강체제 완공의 종자돈은 대일청구권자금(일제식민지 배상금)의 일부였다. 박태준은 그 돈의 성격을 '조상의 혈세(피의 대가)'라 규정했다. 조상의 피의 대가로 세우는 국가적 민족적 숙원사업인 포항제철을 어떻게 실패할 수 있는가? 실패하면 조상과 국가와 민족에 죄를 짓는 것이니 죽는다고 해서 용서받을 수 있는 것도 아니지만, 그래도 실패하면 우리는 목숨을 버려야 한다. 그때는 우향우 하자. 영일만 모래벌판에서 우향우 하면 시퍼런 바다, 그 바다에 빠져 죽자. 이것이 '우향우'다. 이렇게 강렬한 정신운동에 감히 부패가 파고들 틈이 생기겠는가. 그래서 나는 평전에 썼다.

> 박태준은 비장했고 사원들은 뭉클했다. 그의 외침은 가슴과 가슴을 타고 번져나갔다. '조상의 혈세'는 민족주의를 자극했다. '우향우'는 애국주의를 고양했다. 그것은 '제철보국' 이념에 자양분이 되었다.

박태준의 강철같은 정신의 덩어리, 그 핵은 무엇인가? 그의 좌우명이 일러준다. '짧은 인생을 영원 조국에', 이것이다. 애국은 애국인데, 어떤 애국인가? 제철보국에 담은 그의 국가는 어떤 국가인가? 이것이 중요하다.

박태준은 늘 일류를 희원했다. 포항제철의 첫 쇳물 생산보다 이태 앞선 1971년 4월에 발간한 사보(社報) 《쇳물》, 그 창간호에 '무엇이든지 첫째가 됩시다!'라는 휘호를 만년필로 힘차게 써준 사람, 쇳물이 나올지 안 나올지 모르는 때에 구성원들에게 세계 일등을 꿈꾸자고 외친 박태준이었다. 그리고 그는 25년 동안 불철주야의 노심초사를 바쳐 마침내 초심의 맹세대로 포스코를 세계 최고 철강기업으로 일으켜세웠다. 그의 일류란 포스코가 보여주는 총체적 일류이며, 그의 일류국가도 포스코가 보여주는 것과 같은 총체적 일류국가였다.

왜 박태준은 일류 또는 최고 수준을 고집하며 추구하고 일류국가를 희원했는가? 왜 그는 일류주의와 일류국가주의를 잠시도 놓지 못했는가? 이것은 그가 관통해온 시대적 고난과 분리할 수 없는 것이다. 그의 일생은 우리 현대사의 한복판을 꿰뚫은 역정이었다.

1927년 부산 기장의 조그만 갯마을에서 태어난 박태준. 어머니의 손을 잡고 아버지를 찾아가는 유년의 도일(渡日) 뱃길에 그는 생애 최초로 부관연락선이라는 철로 만든 근대적 괴물(문명)에게 실존을 의탁한다. 영특하고 달리기와 수영을 잘하는 아이의 귀에는 자주 "조센징"이라는 말이 들려왔다. 유소년 시절은 몸을 키우고 지식을 늘리는 그만큼 조센징이라 불리는 쓰라린 모욕에 시달려야 했다. 모욕이 그에게는 의식의 씨앗이었다. 그 씨앗은 무엇이든지 일등을 해야 차별을 덜 당한다는 방어의식과 저항의식으로 발아하여 시나브로 애국정신과 일류의식으로 성장한다. 광복이 되어 와세다대 기계공학과를 중퇴하고 가족과 함께 귀향해서 군문으로 들어설 때, 그는 부모 앞에 뜻을 밝힌다. "건국에는 건군이 있어야 합니다." 이 한마디는 되찾은 나라를 위해 살겠다는 도전의지를 응축한 말이었다.

태릉 골짜기 육사 6기생도 박태준, 여기서 열 살 손위의 박정희를 은사로 만난다. 말이 많지도, 달변도 아니었지만 카랑카랑한 목소리로 생도들을 가르치는 박정희로부터 그는 많은 영향을 받았고, 지휘관의 길을 배웠다. 박정희는 그에게 단순한 교관이 아니라 스승이 되었다. 탄도학 시간에 어려운 수학 문제를 푼 유일한 생도였던 박태준을 주목한 박정희도 그에게 단순한 생도가 아닌 제자의 자리를 마련해주었다. 존경하는 스승과 신뢰하는 제자의 관계로 출발한 그들의 사제관계는 평생토록 변하지 않았다.

박태준은 청년장교로서 6·25전쟁을 맞는다. 철원에서 서울까지 밀려나는 사흘 만에 자기 연대의 중대장 12명 중 10명이 전사한 가운데 구사일생 멀쩡히 생존한 중대장으로서 포항까지 후퇴했다가 거꾸로 청진까지 북진하지만 야전병원에서 급성맹장염 수술을 받은 몸으로 1·4후퇴의 일원이 된다. 휴전 후 육군대학을 수석으로 졸업한 그는 당시의 부패한 우리 군대에서 지독한 '딸깍발이'로 손꼽히는 대령이었다. 일절 부정부패와 타협하지 않았다. 결코 용납하지도 않았다. 그 소문이 박정희의 고막을 건드렸다. 이것은 거사를 획책하는 박정희가 1960년 부산군수기지사령부 사령관으로 내려갈 때 그를 인사참모로 발탁하는 인연으로 맺어진다.

무수한 술잔에 시대적 고뇌를 담은 나날들. 희망을 잃은 국민, 궁핍한 조국의 현실, 무능한 권력에 대해 그들은 울분을 함께 했다. 언제까지 이렇게 비참하게 살아야 하는가, 왜 우리나라라고 못하는가. 그렇게 부산에서 함께 지낸 여섯 달 남짓. 조국을 근대화해야 한다는 열망과 신념을 공유해 나가는 동안 두 사람의 신뢰는 더욱 깊어졌다.

5·16정부에서 국가재건최고회의 의장 비서실장과 상공담당 최고위원을 역임한 박태준은 박정희의 정치참여 제안을 거절한 결과로 1965년 대한중석 사장을 맡게 된다. 그즈음부터 박정희의 특명에 따라 종합제철 프로젝트에 깊숙이 관여하던 박태준은 1967년 가을에, 마치 오천 년 대물림의 절대빈곤 극복을 목메게 기다려온 우리 역사가 어떤 필연에 의해 성사시킨 일처럼, 종합제철 대임을 맡는다. 이때 박태준의 정신세계는 '천하위공(天下爲公)'으로 확장돼 있었다. 식민지, 분단, 혼돈, 전쟁, 재분단, 폐허, 부패, 빈곤. 이것들이 불혹(不惑) 박태준의 나이테였다. 그러나 그는 저

주받은 것 같은 나라를 체념해버리는 절망과 허무, 퇴폐와 좌절로 미끄러지지 않았다. 미래의 나이테를 희망과 풍요의 목록으로 채우려는 그의 도전의지에서 천하위공은 정신적 기반이었다.

천하위공이란 '천하가 모두 공적인 것이 된다', '천하는 모든 사람을 위한 것이 된다'는 뜻이다. 『예기(禮記)』 예운(禮運)편에 나오는 말이다. 중국 신해혁명을 이끈 쑨원[孫文]이 소중히 간직했다. 박태준이 "교육은 천하의 공업(公業)"이라 선언한 때는 1978년 9월이다. 하지만 그는 대한중석 사장(1965-1967)으로서 남몰래 대학 설립을 꿈꾼 때부터 천하위공을 가슴에 보듬고 있었다. 요즘 한국사회는 복지씨름이 한창인데, 포스코가 70년대와 80년대에 선구적으로 다 실행한 사원주택제도, 장학제도, 복지제도, 녹화제도 그리고 유치원·초·중·고 14개교, 포스텍(포항공대), 포항방사광가속기 등은 천하위공을 실천한 그의 모범 사례들이다.

아담 스미스가 '보이지 않는 손'을 찍어냈다. 인간사회는 때로 그 손을 혐오도 하지만 시장체제의 쇄신을 관철하면서 여전히 자본주의를 선호하고 있다. 기존 자본주의를 뜯어고쳐야 한다는 불만이 팽배할 때는 전면에다 긴 거울을 세운다. 거울에 비친 자본주의의 전신을 살피며 수술 방법을 궁구하는 것이다. 그 거울의 이름을 근대 서양은 '사회주의'라 지었다. 동양에는 까마득한 옛날부터 청동으로 만든 '천하위공' 손거울이 있었다. 인간의 선의(善意)를 신뢰하고 선양(煽揚)하는, 깨지지 않는 그 손거울을 박태준은 일생 동안 영혼의 주머니에 넣고 다녔다.

무에서 유를 창조한 포스코, 절명의 위기는 그 요람에 들이닥쳤다. 1969년 2월 미국, 영국, 프랑스, 서독(독일), 이탈리아 등 서방 5개국 철강사들이 포스코에 대한 자금과 기술을 책임지마고 했던 약속을 세계은행(IBRD)의 '한국 종합제철 프로젝트는 시기상조'라는 분석적 견해에 따라 헌신짝처럼 팽개친 것이었다. 자본주의의 비즈니스 시스템은 가혹하며 비정했고, 갓 태어난 포스코는 죽어야 했다. 그의 오른팔 황경로(제2대 포스코 회장 역임)가 사장의 비밀지시를 받들어 '회사 청산 계획'을 세워야 하는 상황이었다. 그러나 그는 비상한 돌파구를 찾아냈다. 대일청구권자금 일부 전용의 아이디어, 이에 대한 박정희의 재가와 지원. 박태준은 일본 각료들과 철강업계 지도자들을 설득하는 데 앞장선다. 그리고 기어코 협조를 끌어낸다. 영일만 모래벌판에 아기무덤으로 남을 뻔했던 갓난아기 포스코가 기적처럼 회생한 것이었다.

박태준은 일류국가의 밑거름이 되려는 신념을 '포스텍' 설립에도 눈부시게 발휘했다. 1985년이었다. 새로 시작한 광양제철소 건설에 들어갈 자금도 엄청난 규모였으나 그는 과감하고 단호하게 한국 최초 연구중심대학 설립을 밀어붙인다. 그때 포스코는 국정감사 대상이었다. 정치권부터 반대의견이 높았다. 내부도 마찬가지였다. 그러나 그는 흔들리지 않았다. 이미 유·초·중·고 14개교를 세워 세금의 도움 없이 최고 수준으로 육성한 교육의 신개척자는 오히려 포스텍 설립의 당위성을 알리는 전도사를 자임한다. 과학기술이 일류가 아닌 나라는 일류국가가 될 수 없다. 과학기술은 경제와 국방과 국력의 근본이다. 사람을 통솔하는 것은 곧 사람을 키워내는 일이다. 교육은 천하의 공업(公業)이다. 이들은 박태준 정신의 두 축에서 제철보국과 짝을 이루는 교육보국의 뼈대였다.

2010년 영국 《더타임스》가 세계 대학 평가에서 28위로 매긴 포스텍, 그 개교를 앞둔 1986년 8월 27일 그는 포스코 내부에 웅성대는 불만의 소리를 듣고만 있지 않았다.

"회사의 사운을 걸고 시작한 포항공대 설립에 대해 당장 눈앞의 것만 생각한다면, 고생 끝에 얻은 성과가 우리에게 돌아오는 것이 아니라 다른 데에 쓰이는 것이 아닌가 하는 의구심이 발생할 소지가 있다. 그러나 포항공대는 회사 백년대계를 좌우하는 구심점이 되고 국가산업 발전에 기여하며 과학영재를 길러내는 대학이 되어야 한다. 지금 당장의 이윤 추구가 아니라 국가 장래를 위해서 큰 힘이 된다고 하는 확신을 우리 스스로 가져야 하며, 특히 간부들이 이에 대한 소신을 가져야 한다."

포스코, 포스텍과 포스코의 학교들을 통해 박태준은 제철보국·교육보국 정신을 실현했다. 일류주의도 실현했다. 또한 그것은 일류국가의 토대구축에 지대한 공헌이 되었다. 과연 그의 인생을 짧은 문장에 담을 수 있을 것인가? 그의 인생에서 가장 중요한 공적이 포스코이고, 포스코가 한국 산업화의 견인차 역할을 했으며, 산업화의 물적 토대 위에 억세고 질기게 민주화 투쟁이 전개되면서 민주주의가 성장했다는 시대적 진실을 통찰할 경우, 요람의 포스코가 절명의 위기를 극복한 장면은 한국의 운명을 밝은 쪽으로 돌려준 큰 행운이었다. 아무리 축복해도 지나치지 않다. 그 주인공이 박태준이다. 무엇이 그것을 이루었을까? 물론 조국 근대화를 향한 그의 절박한 염원부터 떠올리지만, 아이러니하게도 만약 그가 일본에서 식민지 아이와 청년으로 성장하지 않았더라면, 다시 말해 그가 일본의 실력자들과 상대하는 자리에 통역을 데려가는 처지였다면, 그의 설득은 실패했을 가능성이 높았다. 그래서 평전 『박태준』을 쓴 나는 이렇게 평가한다.

생존의 길을 찾아 일본으로 들어간 아버지의 뒤를 좇아 현해탄을 건너갔던 수많은 식민지 아이들 가운데, 사춘기를 벗어난 무렵에 해방된 고향으로 돌아와 빈곤에 허덕이는 신생독립국의 어른으로 성장한 다음, 유소년기에 어쩔 수 없이 익혔던 일본어와 일본문화로써 가장 훌륭하고 가장 탁월하게 조국에 이바지한 인물은 박태준이다. 신학문을 배우러 일본유학을 했던 청년학도를 포함시켜도 결론은 달라지지 않을 것이다.

정치 참여를 어떻게 볼 것인가

포스코를 세계 일류기업으로 성장시킨 명성은 주인공에게 정치참여의 문을 세 번 열어줬다. 물론, 박정희 서거 후의 일들이다.

첫 번째, 1980년. 박정희의 갑작스런 죽음(1979년 10월 26일)은 포스코라는 한 기업의 처지에서 보면 정치적 외풍을 막아주던 튼튼한 울타리가 사라진 대사건이었다. 포스코의 성공요인에는 박태준의 리더십을 맨 먼저 꼽는다. 하버드대학교, 스탠포드대학교, 서울대학교, 미쓰비시종합연구소 등이 학문적으로 규명한 사실이다. 그러나 혼자의 힘으로 리더십을 맘껏 발휘할 수 있었을까. 나는 평전에서 이렇게 보았다.

> 박정희는 박태준의 순수하고 뜨거운 애국적 사명감만은 '범할 수 없는 처녀성'처럼 옹호했다. 정치권력의 방면으로 기웃거리지 않고 당겨도 단호히 뿌리친 그의 기개를 높이 보았다. 여기엔 한 인간과 한 인간으로서, 한 사내와 한 사내로서 오직 두 사람만이 온전히 알아차릴 수 있는 서로의 빛깔과 향기가 있었을 것이다. 이러한 박정희와 박태준의 독특한 인간관계는 박태준이 자신의 리더십과 사명감을 신명나게 발현할 수 있는 '양호한 정치적 환경'을 조성해 주었다.

사심 없는 제자에 대한 박정희의 절대적인 신뢰는 박태준을 모함으로부터 지켜주었으며, 박태준이 외압을 이겨내고 포스코를 세계적인 기업으로 키워나가는 길에 큰 힘이 되었다. 천하위공이라는 박태준의 정신, 그런 제자를 끝까지 엄호해준 스승으로서 박정희가 보낸 신뢰. 이 특별한 관계는 국가 중심적 경제성장(발전주의 국가) 시대 또는 개발독재 시대라 불리는 '박정희 통치 18년'을 통틀어 '박정희의 가장 밝은 자리'에 박태준을 우뚝 서게 만들었다.

십여 년에 걸쳐 한결같이 듬직했던 포스코의 울타리가 느닷없이 사라진 암담한 시기에 새 정치권력이 박태준을 불렀고, 그는 자신이 권력에 들어가서 포스코의 울타리가 되겠다는 각오를 앞세우고 정치에 한 발을 들여놓았다.

두 번째, 1990년. 김영삼, 김종필까지 하나로 엮으려는 기획을 마친 노태우가 포스코에 거의 전념하고 있는 전국구 국회의원 박태준을 여당 대표로 끌어들였다. 그는 사양했으나 노태우는 포스코 회장의 인사권자였다. '차출당하여' 올라간 무대는 1992년 10월 차출당했던 이가 스스로 정계를 떠나는 것으로 막을 내린다.

세 번째, 1997년. 정치적 박해의 해외유랑을 끝낸 박태준이 포항 국회의원 보궐선거에 무소속 출마했다. 이번에는 순전히 자기의지였다. 그해 대선 국면에서 그는 김대중·김종필과 연대하여 헌정사상 초유의 수평적 정권교체를 이룩하고, 6·25전쟁 후 최대 국란이라 불린 외환위기 극복을 진두지휘하게 된다.

과연 박태준의 '정치적 인생'에 대해 부정적으로 여기는 선입견이 정당한 것인가? 동시대인의 부정적 통념은 크게 세 가지다.

하나는 '훌륭한 사람이 괜히 정치에 들어가서 몸을 더럽혔다'는 것이다. 이 세평(世評)은 박태준의 '첫 번째 정치참여'를 겨냥한 것으로, 한국정치에 대한 국민의 일반적인 혐오증과 전두환 정권에 대한 거부감을 반영하고 있다. 그러나 그때 상황에서 그가 '차출'을 거부했다면 광양제철소는 성공을 보장할 수 없었을 것이며 포항공과대학교(포스텍)는 탄생할 수도 없었을 것이다. 그러니까 그의 첫 번째 정치참여는 한국산업화의 완성에 결정적으로 기여하고 한국 대학교육의 신기원을 개척하는 '좋은 권력'으로 재창조되었다.

다른 하나는 '훌륭한 사람이 괜히 정치에 들어가서 고생만 하고 실패 기록을 남겼다'는 것이다. 이 세평은 박태준의 '두 번째 정치참여'를 겨냥한 것으로, 그가 해외 유랑을 떠나야 했던 그 이미지를 반영하고 있다. 그러나 이미지일 뿐이다. 그는 말했다. "나는 YS를 구국의 지도자로 보지 않았다. 내 양심에 따라 그의 제안을 거절했다." 만약 박태준이 속류 정치인이었다면 확실시되는 '권력 2인자'를 노리는 속류의 정치적 야합(선거대책위원장 제의에 대한 불편한 수락)을 택했을 것이다. 정말 바람직한 것은, 박태준을 파트너로 삼겠다는 권력자가 그의 눈에 '일류'로 보여야 했었다. 이도 저도 아닌 조건 속에서 그는 억압을 예견하며 권력의 유혹을 뿌리쳤다.

경우도 다르고 수준도 다르지만 그 장면은 '박정희와 박태준'의 관계와 '김영삼과 박태준'의 관계가 전혀 다른 차원이라는 증거이기도 하다. 박정희는 자신의 정치적 제안을 거절한 그를 경제 방면으로 불러들인 반면, 김영삼은 그것을 거절한 그에게 보복의 칼을 들이댔다. 묘한 노릇이지만, 그를 붙잡은 경우에 한국은 계량하기 어려운 경제적 거대이득을 챙겼고, 그를 내쫓은 경우에 한국은 계량하기 어려운 경제적 외교적 거대손실을 입었다. 박태준의 해외 유랑은 그의 중국 구상, 베트남 구상, 미얀마 구상, IT사업 구상(일본 소프트뱅크 손정의와 손잡고 연간 1조원씩 10년간 투자 계획) 등을 파도에 쓸린 모래성처럼 사라지게 했다. 이로 인한 국부(國富) 손실의 계산서를 아마도 역사는 완전히 망각할 것이다.

그리고 박태준의 '세 번째 정치참여'에 대해서는 'DJ와 손잡은 것 자체가 잘못'이라는 비난의 목소리들이 있다. 박정희 통치시대에 한국 근대화는 마치 산업화와 민주화가 동일한 역사 무대에 공존할 수 없다는 것처럼 반목과 갈등의 양상으로 전개되었다. 모순 시대였다. 그러나 고희(古稀)의 박태준은 모순 시대가 아니라 '상보(相補) 시대'였다는 견해에 동의했다. 산업화와 민주화가 대립하는 가운데 상보하면서 함께 발전하고 함께 성장했다는 것이다. 그래서 그는 1997년 늦가을 외환위기 사태 속에서 펼쳐진 대통령선거를 통해 "산업화세력과 민주화세력의 화해, 영남과 호남의 화합"을 외칠 수 있었다. 그것은 50년 만의 수평적 정권교체에 이바지하고 그해 12월 5일 김대중 후보를 박정희 대통령 생가로 안내하여 두 지도자에게 늦어진 화해 자리를 마련해준다. 그가 자발적 의지로 선택했던 세 번째 정치참여는 한국 민주주의의 성장에 합리적 보수세력의 힘을 보태고 외환위기 수습의 최고 일꾼으로서 생애 마지막으로 국난극복에 이바지할 기회를 자신에게 제공했다.

전자개표기와 민주적 투명선거 덕분에 세계선거관리협의회(A-WEB, 2013년 창립) 초대 의장국이 된 한국은 2012년 영국 이코노미스트가 발표한 민주주의 지수 평가에도 167개국 중 20위에 올랐다. 일본(23위), 대만(35위)보다 앞섰다. 특히 1997년 12월과 2007년 12월에 대립적 정치세력이 선거를 통해 평화적 정권교체를 이룩함으로써 민주주의 공고화 기준(two-turnover test)을 통과하고 선진형 민주주의에 진입했다. 세계적인 이 평가에 대해 한국인의 눈과 귀는 아둔해 보인다.

박태준의 세 번째 정치 참여를 나는 평전에서 이렇게 정리하고 있다.

> 20세기 후반기의 한국 산업화 무대에서 단연 빼어난 주연이었던 박태준. '영일만-광양만의 신화'를 창조하는 가운데 해방 이후의 우리 역사에서 그와 동시대를 살아온 모든 방면의 모든 지도자를 통틀어 유일하게 세계가 인정하는 '세계 최고' 철강인 박태준.
>
> 1997년 10월부터 2000년 4월까지 한국이 50년 만에 수평적 정권교체를 달성하고 비참한 국가부도의 위기를 극복해낸 그 절박한 시기에, 그는 정치권력의 무대에서 과거의 순수한 열정과 화려한 경력을 바탕으로 김대중의 자문과 조연을 맡았다. 역사의 관습은 조연에 대한 대접과 평가가 지나치게 옹색하다.

진정한 극일파(克日派), 그 영혼에 맺힌 말들

일본에 친구들이 많고 일본을 잘 아는 지일파(知日派) 박태준, 그의 일본에 대한 궁극적 목표는 극일이었다. 그는 진정한 극일파(克日派)였다. 그의 시대에서 한국은 어느 분야든 일본을 넘어서야 세계 정상을 바라볼 수 있었다. 1970년대 일본은 철강뿐 아니라 총체적인 일류국가였다. 극일하지 않으면 그의 일류주의는 성취할 수 없는 허상에 불과한 것이었다.

더구나 그때 일본 철강사들의 지도를 받는 포스코로서는 반드시 일본을 넘어야 세계일류에 올라설 수 있었다. '조센징'이란 차별과 모욕이 의식의 씨앗이 되었던 박태준에게 그것은 물러설 수 없는 과제였다. 극일을 못하면 포스코가 세계일류 반열에 오를 수 없고, 이것이 안 되면 조국은 일류국가에 도달할 수 없다. 이 엄청난 장벽 앞에서 그는 침착하고 치밀하고 집요했다. 명확한 전략이 있었다. 3단계 일본관(日本觀)을 피력했다. 먼저 일본을 알아야 한다(知日), 그래서 일본을 활용해야 한다(用日), 그리고 일본을 극복해야 한다(克日). 지일-용일-극일, 이 전략이었다.

상대도 알아챘다. 일본 최장수 총리를 지낸 나카소네는 "일본에서 하나라도 더 한국에 도움이 되는 것을 가져가려는 박 선생의 애국심"에 감동했고, 미쓰비시상사 회장을 지낸 미우라 료헤이는 "우리가 비즈니스를 위해 한국을 연구하는 것처럼 박 회장은 일본을 연구하는 전략가"라고 간파했다.

'포항제철소 1기 연산 조강 103만 톤 건설'의 첫 장면에 등장하는 가장 중요한 일본인은 신일본제철 이나야마 요시히로 회장이다. 1969년 봄날 박태준은 도쿄로 날아가 그를 찾아가야만 했고 그의 마음을 열어야만 했다. 대일청구권자금의 일부를 포항제철 건설에 전용하는 과정에는 농업분야에 배정해둔 그것의 전용에 관한 한일(韓日) 양국 정부의 재합의가 있어야 했고, 그 재합의의 전제 조건으로 일본철강업계 대표들의 포항제철에 대한 기술지원 약속이 이뤄져야 했는데, 이나야마 요시히로는 일본 철강업계 최고 리더로서 일본철강협회 회장이었던 것이다.

그때 두 사람의 만남은 이른바 '역사적 회담'으로 남았다. 이나야마 요시히로는 서방 5개국의 KISA(Korea International Steel Associates)에게서 버림받은 포스코의 절명적 위기에 관한 전후사정을 경청했다. 포항제철을 성공시키겠다는 '젊은 사장'의 뜨거운 의지와 순수한 사명감과 비즈니스 비전에 정신적 공명을 일으켰다. 그는 첫 만남에서 일본 철강업계의 전폭적 지원을 약속했다. 이것이 포항제철 건설을 지원하는 일본기술단으로 구체화되고, 그들이 허허벌판 영일만에 들어와 '경험도 기술도 전무한' 한국인들의 제철소 건설 현장에서 감독 역할을 맡는 전환점이 되었다. 포스코가 태어난 것은 1968년 4월 1일이었지만 그로부터 꼬박 이태가 지난 1970년 4월 1일에야 박정희 대통령, 김학렬 부총리, 박태준 사장이 영일만에서 착공의 발파 버튼을 누를 수 있었다. 바로 그 2년 동안은 요람의 포스코가 아기무덤으로 남을 뻔했던 위기를 극복해가는 긴박한 드라마의 시간대였다.

신일본제철을 비롯한 일본 엔지니어들로 구성된 일본기술단이 영일만 건설 현장의 감독을 맡은 상황에서 박태준의 기술력 확보에 대한 단기적 목표는 '완공과 동시에 공장을 완전히 우리 손으로 돌리는 것'이었으며, 중기적 목표는 '기술식민지에서 완전히 벗어나 기술자립을 이룩하는 것'이었고, 장기적 목표는 '세계 최고기술력을 보유하는 것'이었다.

단기적 목표 달성을 위해 박태준은 어려운 살림살이에도 직원들의 해외 연수 비용을 아끼지 않았다. 하나의 기술도 놓치지 말라고 연수생들에게 보내는 그의 당부와 격려는 간곡했다. 이때도 이나야마 요시히로는 깊은 배려를 보여주었다. 박태준의 부탁을 받아 홋카이도 무로랑제철소 전체를 포스코 연수생이 직접 돌려보게 하는 '대담한 선물'을 선사한 것이었다.

실제로 포스코는 톤당 생산단가 경쟁에서 압도적 세계 1위를 달성하며 포항제철소 1기를 완공했을 때(1973년 7월 3일), 포스코 직원들의 손으로 공장 전체를 직접 돌리는 기록을 세웠다. '영일만의 신화'를 쓰기 시작한 것이었다.

일본기술단이 영일만에서 완전히 철수한 때는 1978년 12월 포항제철소 3기를 완공(연산 조강 550만 톤 체제)한 직후였다. 그들은 글을 남겼다.

> 모든 역경을 딛고 포항제철은 단기간에 일본의 제철소에 버금가는 대규모 선진제철소를 건설하는 데 성공했다. 이 회사가 4기 확장을 마칠 때면 아마도 생산능력과 시설 면에서 세계 최고가 될 것이다. 고급인력과 최고경영자의 탁월한 능력이 합쳐져 포항제철은 머지않아 세계 최고가 될 것이다.

포스코가 기술자립을 확신하고 일본기술단이 그것을 인정한 무렵, 중국 덩샤오핑이 신일본제철을 방문해(1978년 10월) 이나야마 요시히로와 환담을 나누었다. 그 자리에서 중국에 포항제철과 같은 제철소를 지어달라는 덩샤오핑의 요청을 받은 이나야마 회장이, "제철소는 돈으로 짓는 것이 아니라 사람이 짓는데 중국에는 박태준 같은 인물이 없어서 포항제철 같은 제철소를 지을 수 없다"고 답하자, 덩샤오핑은 잠시 생각에 잠겼다가, "그럼 박태준을 수입하면 되겠다"고 말했다. 이것이 유명한 덩샤오핑의 '박태준 수입' 일화이며, 그로부터 십여 년 뒤에 그것은 포스코가 중국으로 진출하는 초기에 든든한 힘으로 작용한다.

일본 철강업계가 '부메랑 이론'을 들고 나와 포스코를 공격한 것은 1981년 여름이었다. 논리는 간단했다. 한마디로 일본철강업계가 포스코라는 호랑이 새끼를 키웠다는 것이었다. 세계적 불황이 철강업계를 억누르고 있는 상황에서 포항제철소 4기를 완공하고 광양제철소 건설을 추진하는 포스코와 박태준을 향하여 이나야마의 후배들은 '지원 중단'을 결의했다. 그러나 포스코는 이미 기술자립에 들어서 있었다. 그렇다고 '스승'과의 불편한 관계를 지속하는 것은 피차 이로울 것이 없었다. 박태준은 어려운 상황을 전방위적 수단으로 치밀하고 과감하게 돌파해나갔다. 영일만에서 축적한 기술과 경험을 광양만에서 꽃피워 세계 최고 제철소로 설계해 나가는 한편, '선진국이 먼저 가고, 그 뒤를 중진국이 가고, 후진국은 또 그 뒤를 따라가는 것'이라는 순환론으로 신일본제철 사이토 사장을 몰아세우고, 일선에서 은퇴한 이나야마 회장을 움직여 후배들을 타이르게 하고, 광양제철소 설비구매에 대해 유럽 철강업계와 먼저 협의하는 '사업적 방법'으로 일본철강업계를 자극하여 자중지란이 일어나게 만들었다. 광양제철소 설비계약이 진행될 즈음, 일본 철강업계는 스스로 부메랑을 거둬들였다.

세계 최고 기술력 확보라는 장기적 목표를 광양제철소 완공과 더불어 성취하고 있을 때, 박태준은 그 '순환론'을 유감없이 실천한다. 1980년대 후반 들어 현대적 제철소 건설에 후발주자로 뛰어든 중국 철강업계에 업무 매뉴얼까지 제공한 것이었다. 그는 걱정하는 후배들에게 말했다. "피할 수 없는 도리다. 우리는 더 좋은 기술로 더 앞으로 나가야지." 이를 실천하는 것처럼 포스코가 보여준 '세계 최고 기술력'의 하나는 1992년 박태준의 지시로 시작한 '파이넥스 공법에 의한 쇳물 생산 상용화 연구'를 15년 만인 2007년에 세계 최초로 성공한 쾌거이다. 세계 철강사에 새 지평을 개척한 파이넥스 공법, 이것은 기존의 고로 공법에서 가장 많은 공해를 생산하는 공정인 코크스공장과 소결공장을 짓지 않아도 되는, 그야말로 획기적인 친환경 쇳물생산 방식이다. 경제적으로도 고로에 비해 투자비와 생산원가가 각각 15퍼센트씩 절감된다. 이제 포스코에는 신일본제철이 보낸 연수생도 있다. 세월이 흘러 바야흐로 '스승'의 회사에서 '제자'의 회사로 배우러 오는 가운데, 여러 부문에 세계 최고 수준인 포스코는 '유소년기의 스승' 신일본제철과 전략적 동반관계를 맺기도 했다.

아마도 박태준이 공식 연설에서 일본을 가장 따끔하게 나무란 것은 2005년에 열린 한일국교정상화 40주년 기념 학술대회 기조연설이었을 것이다. 먼저, 그는 한일관계의 과제를 한국인의 시각에서 알아듣기 쉽게 제시했다.

> 일본은 한국을 가리켜 '일의대수(一衣帶水)'라 부르곤 합니다. 현해탄을 한 줄기 띠에 비유한 말입니다. 한국은 일본을 가리켜 흔히 '가깝고도 먼 나라'로 부릅니다. 가깝다는 것은 지리적 거리이고, 멀다는 것은 민족감정을 반영합니다. 한국, 일본, 중국이 쓰는 말에 '친(親)'자가 있습니다. 친교, 친숙, 친구 등 한국인은 '친'을 '사이좋다'는 뜻으로 씁니다. 매우 기분 좋은 말입니다. 그러나 '친'을 매우 기분 나쁜 뜻으로 알아듣는 경우가 있습니다. 바로 '친일'이란 말입니다. '친일'의 '친'은 묘하게도 '반민족적으로 부역하다'라고 변해 버립니다. 이것은 국교정상화 40주년 한일관계에 내재된 문제의 본질에 대한 상징입니다. 한국인의 언어정서에서 '친일'의 '친'이 '사이좋다'는 본디의 뜻을 회복할 때, 비로소 한일수교는 절친한 친구관계로 완성될 것입니다.

이어서 박태준은 작심한 것처럼 신랄한 어조로 한반도 분단에 대한 일본의 책임을 추궁하고 반성을 촉구했다.

> 한국전쟁의 기원은 분단입니다. 분단의 기원은 식민지지배입니다. 미소 양극 냉전체제가 타협의 산물로 한반도 분단을 강요했지만, 식민지

지배라는 일본의 책임이 분단의 근원에 깔려 있습니다. 아무리 패전국이었더라도 일본은 한반도 분단의 고통을 망각하지 말아야 합니다. 해방을 맞았으나 분단에 이은 전쟁이 빈곤의 한국을 비참한 나락(奈落)으로 밀어 넣은 3년 동안, 과연 일본은 한국을 위해 무엇을 했습니까? 이 질문 앞에서 일본 지도층은 엄숙해지길 바랍니다. 한국전쟁에서 일본은 한국의 동맹국이 아니었습니다. 그때 일본은 미군의 군수기지 역할을 담당했습니다. 그것은 패전의 무기력과 잿더미 위에서 일본경제를 일으키는 절호의 기회로 활용되었습니다. 일본 노인들은 1950년대 '진무경기(神武景氣)'라는 호황시절을 잘 기억할 것입니다. '진무'는 일본국 첫 번째 임금의 원호(元號) 아닙니까? 진무경기란 말은 '유사 이래 최고 경기'라는 민심을 반영했던 것입니다. 실제로 진무경기는 막강한 일본경제 성장의 기반이 되었습니다. 한국전쟁이란 특수경기가 일본경제 회생에 신묘한 보약으로 쓰였던 것입니다. 오죽했으면 한국 지식인들이 '한국전쟁은 일본경제를 위해 일어났다'는 자탄을 했겠습니까? 그 쓰라린 목소리는 전쟁 도발자를 향한 용서 못할 원망도 담았지만, 분단의 근원에 대한 일본의 책임의식과 한국경제를 도와야 할 일본의 도덕의식을 촉구하고 있었습니다.

식민지, 분단, 전쟁, 폐허, 절대빈곤, 부정부패, 산업화와 민주화의 투쟁, 외환위기……. 박태준은 자신이 감당해낸 시대를 어떻게 기억했을까. 나는 그것을 알아낼 실마리를 두 개쯤 잡을 수 있었다.

첫째는 박태준의 책임과 무관했으나 그의 운명에 심대한 영향을 끼쳤던 식민지의 원인에 대한 그의 생각이다. 경술국치, 이 통곡할 비극에 대하여 그는 '조선이 일본에 일방적으로 얻어터지고 한입에 먹혔다'라고 곧잘 표현했다. 왜 조선은 일본을 때리진 못할망정 방어조차 못했는가? 이 문제를 거론하는 요새 한국인이 을사오적과 친일파의 멱살부터 잡아채는 것에 대하여 그는 몹시 못마땅해 했다. 반론은 이랬다.

"당시 세계정세에서 을사오적이 없었으면 조선이 일본에 안 먹혔겠소? 친일파가 없었으면 안 먹혔겠소? 물론 을사오적과 친일파 반민족자들의 죄과에 대해 역사적으로 엄히 추궁하고 징벌해야 하지만, 그들의 죄과보다 우선 따져야 할 것이 있소. 그게 뭐냐? 조선 집권층, 지도층, 사대부, 소중화(小中華)를 우주라고 착각했던 지식인들, 그들 전체의 책임부터 엄히 묻고, 다음으로 백성들의 책임도 물어야 되는 거요. 다 남의 탓이라면 내 탓은 없어지는 것 아니오? 그러니 나라 전체의 책임부터 우선적으로 엄히 묻고, 그 다음에 을사오적이다 친일파다 하는 그런 사람들의 죄과를 물어야 한다는 거요. 을사오적이니 친일파니 그런 사람들을, 집권층과 지도층과 지식인들 전체의 책임과 죄과에 대한 면죄부로 둔갑시켜서는 결코 안 된다는 거요."

둘째는 박정희 통치시대를 염두에 둔 박태준의 근대화에 대한 기억의 방식이다. 그는 "독재의 사슬도 기억케 하고 빈곤의 사슬도 기억케 하라"고 했다. "다음 세대의 행복을 위해 순교자적으로 희생하는 세대"가 자기 세대라 외치며 그 길에 앞장섰던 박태준은 정치의 억압과 빈곤의 억압으로부터 해방된 젊은이들을 향하여, 우리 역사상 최초로 출현한, 공공적 거대억압으로부터 해방된 젊은이들을 향하여 대놓고 다음과 같이 물으려 했던 것이다.

'산업화와 민주화가 원수지간처럼 으르렁거렸지만 그 기간 동안에 어느 한쪽이라도 진정성을 상실했더라면 우리가 산업화와 민주화의 성공토대를 동시에 마련할 수 있었겠는가? 젊은 자네들은 박정희에 대해 정치적 억압의 사례만 기억하려는 모양인데 그 시대가 오천 년 대물림되어온 절대빈곤의 시대가 아니었다면 현명한 국민 대다수가 영남 호남 구분할 것

없이 그러한 리더십을 용인하기나 했겠는가? 그와는 반대로, 그 시대의 조건 속에서 그러한 리더십이 아니었다면 과연 세계를 놀라게 한, 그렇게 빠른 속도의 압축적인 경제개발에 성공할 수 있었겠는가? 경제개발에 성공하지 못한 나라에서 민주주의와 복지제도가 얼마나 성장할 수 있었겠는가? 그러니 근대화 시대라는 현대사에 대한, 박정희 통치시대에 대한, 나도 모든 물욕과 사심을 버리고 일류국가의 밑거름이 되겠다는 사명감 하나에 미쳐서 헌신했던 그 시대에 대한 젊은 자네들의 기억방식이 공평해야지 않겠는가? 독재의 사슬도 기억하고 빈곤의 사슬도 기억해야 하지 않는가? 젊은 자네들의 기억이 공평하지 못하다면 나만 해도 얼마나 억울하겠는가?'

박태준은 일류주의의 길을 개척했다. 그것은 고독한 투쟁으로 공동체의 영광을 창조하는 길이었다. 그가 완주를 눈앞에 바라보는 즈음부터 비로소 동시대인들이 마치 이심전심 뒤늦게 어떤 덮여 있던 진실을 깨달은 것처럼 그를 '영웅'이라 부르고 있었다.

늙은 영웅은 영혼에 맺힌 말들을 미처 세상에 다 공개하지 못하고 눈을 감았다. 그것은 지금 내 기억에 고스란히 저장돼 있다. 이슬처럼 맺혔던 그의 말들이 내 안에는 구슬처럼 남을 것이다.

포스코 대성공에 바친 박태준의 공로가 아무리 적어도 1퍼센트는 될 것이라고 인정한 국가가 그에게 포스코 주식에서 공로주로 1퍼센트만 줬더라면, 그는 수천억 원을 소유한 재벌급 대부호로 살았을 것이다. 그러나 그는 공로주를 바라지도 않았고 한 주도 받지 않았다. 포스코가 늘 세계일류이기를 희원할 따름이었다.

박태준은 팔순을 넘어서도 통일의 실마리를 잡으려 했다. 원산 어디쯤에 종합제철소를 포스코 자금과 기술로 짓고 싶었다. "기술자야 인민군대서 차출해 포항, 광양에 데려다가 훈련시켜야지. 자금? 포스코 신인도면 은행이 줄을 서. 왜 평양이 문을 못 여나? 내가 지팡이라도 짚고 갈 건데. 제철소뿐인가? 근대화 교과서가 다 있어. 여기, 여기 말이야." 오른손 검지로 이마를 쿡쿡 찌르는 노인이 아이처럼 흥분했다.

천하위공, 그 머나먼 길을 애국정신·일류주의 두 발로 사심 없이 완주한 노인의 그 염원이 아직은 이 땅에 비원(悲願)으로 남아 있다. 산업화세력과 민주화세력의 화해, 영남과 호남의 정치적 화합도 그렇다. 이 비원들을 진실로 받들어 실현에 앞장서야 하는 이들은 누구인가?

특수성으로서의 태준이즘 연구

송복 1937년 출생. 〈사상계〉 기자, 〈청맥〉 편집장, 서울신문 외신부 기자, 연세대학교 사회학과 교수, 한국간행물윤리위원회 서평위원 역임, 전경련 발전특별위원회 위원, 미래인력연구원 이사장, 현 연세대학교 사회학 명예교수. 저서 『조직과 권력』, 『사회불평등 기능론』, 『사회불평등 갈등론』, 『볼셰비키 혁명』, 『열린사회와 보수』, 『한국사회의 갈등구조』, 『류성룡, 서애 류성룡 위대한 만남』, 『류성룡, 나라를 다시 만들 때가 되었나이다』, 『특혜와 책임』 등

Ⅰ. 왜 태준이즘인가

태준이즘(Taejoonism)은 가능한가. 포항종합제철주식회사(이하 포스코)를 창업한 박태준(朴泰俊) 회장의 이름 뒤에 이즘(ism)을 붙인 '태준이즘'이라는 명명(命名)이 영국의 대처리즘, 미국의 레이거니즘처럼 가능한가. 그처럼 거부 없이 수용되고 저항 없이 소통되는 사상유형이나 지식체계 혹은 사고방식이나 실행 모드가 될 수 있는가.

태준이즘뿐 아니라 지난 100년의 한국사에서 최고의 기업인으로 꼽히는 이병철(李秉喆), 정주영(鄭周永), 구인회(具仁會), 유일한(柳一韓) 회장 등[1], 이 최고 CEO들의 이름 뒤에도 태준이즘과 꼭 같이 이즘을 갖다 붙일 수 없을까. 태준이즘이 가능하다면 이들 네 사람의 이름 뒤에도 이즘이 붙을

1 한국경영사학회가 지난 100년의 한국사에서 최고 기업인으로 이 네 분을 선정했다 (중앙일보, 2011년 1월 4일, B1).

수 있고 그 '○○이즘'의 창시자가 분명히 될 수 있다. 이들은 모두 그 특유의 사상이나 지식 체계, 사고나 실행 모드가 있고, 그로 해서 무(無)에서 유(有)를 창조해냈다.

그런데 왜 유독 태준이즘인가. 더 말할 것도 없이 유독 태준이즘일 이유는 없다. 이미 본 대로 우리는 그 이름 뒤에 '이즘'을 붙이고도 남을 인물들이 많다. 그들은 모두 그들 특유의 사상과 방식으로 그들 특유의 스타일로 국가 '재조의 운(再造之運)'[2]을 만들어낸 사람들이다. 그럼에도 태준이즘을 내세우는 이유는 무엇인가. 그것은 위에 사람들이 모두 사기업(私企業)을 일으킨 데 비해, '유독' 박태준(朴泰俊)만은 공기업(公企業)을 사기업 이상으로 일으켰기 때문이다. 자본주의 시장경제에서 '주인 없는 기업은 반드시 망한다'[3]는 정설(定說)을 깨고, '주인 없는 기업을 주인 있는 기업 이상으로', 그것도 초일류 기업으로 만들어냈기 때문이다. 세계 공기업사상 그 유례를 찾을 수 없는 유일한 사례를 거기서 또한 찾을 수 있기 때문이다.

태준이즘의 명명은 그 같은 대성취의 특수성에서 비롯된다. 확실히 포스코는 한국 산업사에서 가장 '빛나는 성취'일 뿐 아니라 가장 '특별한 성취'다. 삼성과 현대, LG, 유한양행은 빛나는 성취이지만 특별한 성취는 아니다. 그 성취는 자본주의 시장경제가 작동하는 사회에선 어디든 보편적으로 존재하는 보편적 성취다. 그 보편적 성취는 미국에도 있고 서유럽에도 있고 일본에도 있다. 그러나 포스코는 그 어느 나라에도 없다.

오직 한국에만 있는 특별한 성취다. 보편성이 아닌 지극히 특수성을 띈 성취다.

무엇이 그렇게 만들어 냈는가. 그 어떤 요인 그 어떤 비결이 그것을 가

2 나라를 다시 세우고 다시 부흥시키는 전통 사회에서 빈번히 기원되고 시도되던 국가관.

3 그 대표적 사례는 세계 최고 항공사인 일본 항공 JAL이 망한 것. 1987년 민영화하면서 최대 주주 지분이 3%에도 못 미침으로써 사실상 정부가 주인 행세하는 '주인 없는 민영 기업'이 되고, 끝내는 천문학적인 부채를 감당 못해 지난 2010년 1월 법정 관리 기업으로 들어갔다.

능케 했는가. 그 성취의 비결은 많은 참여자들의 입을 통해 널리 알려졌고, 그 성공의 요인들은 많은 학자들의 연구를 통해 이미 잘 설명되었다. 그러나 그것은 모두 분리된 개별 사건을 분리된 개별 요인들의 인과론을 통한 설명일 뿐이다. 그것이 태준이즘이라는 주제로, 태준이즘이라는 시각으로, 그리고 태준이즘이라는 사상과 철학 신념으로 종합화해서 설명되지는 못했다. 이론적으로 태준이즘은 그 모든 사건들, 그 모든 요인들을 하나의 맥락으로 만들어 융합하고 종합하는 설명체계다.

Ⅱ. 이즘 내재(內在)의 공통성

1. 이즘의 두 얼굴

자전적(字典的) 의미의 이즘(ism)은 주의(主義)다. 공산주의, 사회주의, 자본주의처럼 으레 무슨 주의라 하면 모두 영어의 이즘이다. 이 주의와 대동소이한 의미로 쓰이는 교리(教理), 교의(教義), 학설(學說)도 모두 이 이즘이다. 특정 유형의 사상, 특정 성격의 행위도 이즘이다. 이처럼 이즘은 갖가지로 표현될 만큼 그 외연(外延)이 넓다. 그러나 아무리 그것이 넓고 아무리 다른 표현으로 구사되어도 거기에는 하나의 공통성이 있다. 그것은 일관성(consistency)이다. 이즘은 이 일관성이 핵심이며 요체다. 일에 대해서든 외부 세계에 대해서든 일관성 있는 인식이며, 일관성 있는 행동 원칙이 이즘의 근간(根幹)이다. 바로 뿌리며 줄기다.

이 일관성 때문에 이론이나 지식도 체계화되고, 자기주장도 오롯한 체계를 갖는다. 이 일관성 때문에 사람들 간에 우의도 생기고 신의도 두터워지고, 사업도 함께 도모할 수 있게 된다. 무엇보다 이 일관성 때문에 인간

사회 유지에 가장 중요한 행위 예측이 가능해진다. 어떤 사업을 할 것인가, 그 사업을 하면 그 결과는 장차 어떻게 될 것인가가 예측된다. 그래서 사람들은 마음 놓고 미래를 계산하며 일을 한다. 거기에 자기 동료나 윗사람의 이즘 - 주의가 분명하고 확실하면 그가 가지고 있는 생각과 행동의 일관성 또한 분명하고 확고해서 성원 간 원활한 소통과 효과적인 작업은 말할 것도 없고, 기대한 것 이상의 성과도 낼 수 있다.

그러나 이 이즘이 갖는 일관성이 반드시 좋은 것만은 아니다. 다른 말로 이즘의 역기능이 그 순기능에 못지않다는 것이다. 부작용도 많고 폐단도 많고 병도 많이 유발하는 것이 이 이즘의 또 다른 측면, 다른 얼굴이다. 가장 단적인 예가 이즘의 도그마(dogma)성이다. 도그마는 자기가 믿는 바를 부동(不動)의 진리로 생각하는 것이다. 이성으로서 비판하거나 증명하는 것을 인정하지도 않고 용서하지도 않는다. 이러한 도그마성은 이즘이 확고할수록 단단해지는 경향이 있다. 이 모두 이즘이 내포한 일관성 때문이다.

그래서 이 이즘과 이즘이 갖는 일관성 때문에 시의(時宜)를 놓치는 경우가 비일비재하다. 일관성을 고집하다 때를 놓쳐 망하는 조직이 수도 없이 많다. 니체는 이 일관성의 사슬에 묶여 변화를 거부하는 모든 이데올로기, 모든 주의와 사상 학설 교리 교의를 모두 우상이라 했다. 그리고 지식인의 가장 중요한 역할은 이 우상 파괴라고 역설했다. 공산주의 국가들이 수십 년간 굳게 지키기만 했던 그들의 이즘이 붕괴되는 것도 변화를 거부한 데서 온 이즘의 우상화 때문이라는 것을 생각하면, 이 이즘의 부정성, 이즘이 내포하는 일관성의 역기능성이 얼마나 심각한 것인가를 알 수 있다. 그래서 '○○이즘'이라는 말끝에 붙은 이즘이 꼭 좋은 것만은 아니다.

문제는 정상 현상의 이즘이냐 병리 현상의 이즘이냐다. 혹은 순기능하는 이즘이냐 역기능하는 이즘이냐다. 정상 현상의 순기능하는 이즘만이 이즘으로서의 의미가 있다면, 그 이즘은 어떻게 작동되는 이즘인가. 그것은 이즘 원래 속성인 일관성을 지니면서 '열려 있는 것'이어야 하고, '소통되는 것'이어야 하고, 그리고 '변화를 수용하는 것'이어야 한다. 열림과 소통과 변화 수용-그러나 이 셋은 모두 열림에서 시작된다. 열리면 소통되고 소통하면 변화한다. 이즘의 도그마성 탈피, 우상 파괴도 이에서 비롯된다. 이때 이즘은 두 얼굴이 아니라 하나의 얼굴이면서, '○○이즘'으로서의 길이 되고 동력이 된다.

2. 이즘 형성의 3요소

정상 현상, 순기능하는 긍정적 의미의 이즘, 길이 되고 동력이 되는 '○○이즘'은 3가지 요소로 구성된다. 그 첫째가 사상이라면, 둘째는 리더십, 셋째로는 업적 혹은 치적(治積)이고, 더 나아가 그 업적 치적으로 이룬 그 사람의 대성취(great achievement)를 헤아려 볼 수 있다. 물론 그 사람의 독특한 퍼스낼리티, 카리스마도 들 수 있고, 명민한 두뇌, 탁월한 통찰력도 들 수 있다. 그러나 이는 모두 사상과 리더십으로 설명할 수 있다.

(1) 사상(思想)

첫째로 사상(thought). 사상은 사회와 인간에 대한 자기 생각이고 견해다. 하지만 단순한 생각이나 견해가 아니라 좀 더 깊이 사고하고 좀 더 면밀히 추구하고, 그렇게 해서 좀 더 정확히 판단을 내린 생각이며 견해다. 그 같은 사고와 추구 그리고 판단의 과정을 거치면 그 생각 그 견해는 반드시 체계가 서고 논리가 따른다. 여기서 말하는 사상은 그 같은 추구과정과 사고 작용을 거친, 사회와 인간에 대한 특정 판단 체계며 인식 체계다. 단순한 생각이나 견해보다는 좀 더 고차원적이다.

이 사상이 '○○이즘'이 되려면 거기에는 반드시 다른 사상과 차별되는 두 가지 특징이 있어야 한다. 그 하나가 그 사상의 특유성(特有性)이라면, 다른 하나는 그 사상의 유연성(柔軟性)이다. 첫째로 특유성은 그 사람만의, 그 사람 고유의 사상이다. '하늘 아래 새로운 것은 없다'는 말처럼, 사실 그 사람만이 갖는 그 사람만의 사상, 유일무이한 사상(uniqueness)이란 있을 수 없다. 그러나 동시대인의 다른 사람과 눈에 띄게 차별화되는 그 사람 특유의 사고며 원칙, 그 사람 특유의 정책, 혹은 그 사람 특유의 행태(behavior pattern)는 있다. 이런 것이 있어 그 사람 특유의 부르짖음 혹은 외침 - 그 사람 특유의 절규가 있다.

그 사람 특유의 사상은 이 모든 것의 종합이다. 이 종합화된 특유의 사상이 있어 그 사람 특유의 길(way)이 창시된다. 남이 걷는 길과는 다른 그 특유의 길, 그 길은 남이 향하는 방향과 다른 방향의 길이며, 남이 향유하는 시각(視覺)과 다른 시각의 길이다. 물론 그 길은 자기 혼자만 가는 길이 아니다. 자기와 더불어 가는 사람, 혹은 함께 일하는 사람과 같이 가는 길이다. 바로 '조직의 길 (organizational way)'이다. 으레 자기가 속해 있고, 자기가 관리하고, 그리고 그 모두가 공유하는 공동의 목적을 다함께 달성하려는 것이 '조직의 길'이다. 예컨대 포스코-way, 삼성-way, 현대-way는 그렇게 해서 만들어지는 것이다.

'특유하다'는 것, 그것은 범상(凡常)하다는 것과 반대된다. 범상하다는 것은 어디나 다 있는 것이다. 그것은 누구나 생각할 수 있고 누구나 해낼 수 있고 누구나 달성할 수 있는 것이다. 누구나 할 수 있는 예사로운 것이다. 범상한 것은 동시에 범용(凡庸)한 것이다. 범용한 것은 보통으로 어디나 통하는 것이다. 중용(中庸)과 같은 것이다. 보통으로 가장 많이 통하고 가장 잘 통하는 것이 중용이라면 범상한 것, 범용한 것은 좋은 것이다. 하지만 그것이 세상을 바꾸지는 못한다. 그것은 침체된 것을 일으킬 수 없고 정체된 것을 변화시킬 수 없다. 오직 특유한 것, 세상의 보통 사람들이 생각하지 못한 것, 해내지 못한 것, 그것이 새로운 기업을 일으키고, 나라를 새롭게 부흥시키고, 세상을 다르게 바꿔 놓는다. 그래서 남이 갖지 못한 혹은 남과 차별되는 그 사람 특유의 사상이 '○○이즘'을 만들고, 그 '○○이즘'이 대성취를 가져오는 길, 동력이 되는 것이다.

사상의 특유성에서처럼 '○○이즘'이 되려면, 그 사상은 둘째로 반드시 유연성을 띄어야 한다. 유연성(softness)은 글자 그대로 '부드럽고 무른 것'이다. 돌이나 쇠처럼 굳거나 경직(硬直)되어 있는 것이 아니다. 경직은 곧고 꼿꼿한 것이고, 굽히거나 휘어짐이 없는 것이다. 유연은 그 반대의 성질을 지닌 것이다. 가장 부드러운 것, 가장 무른 것은 물이다. 물이 유연의 전형(典型)이라 해도 인간이 물처럼 될 수는 없다. 그저 가장 좋은 것, 흔히 말하는 상선(上善)은 '상선약수(上善若水)'[4]라는 말처럼 물이라고 생각할 뿐이다.

유연의 또 다른 면은 신축성(伸縮性 flexibility)이다. 아니, 유연하면 신축성이 생겨나는 것이다. 유연은 신축성의 원인 제공자이고 신축성은 유연의 결과인 것이다. 사상의 유연성. 그것은 사고와 행동의 신축성을 불러오고, 신축성은 다시 사고와 행동의 폭을 넓힌다. 신축성은 늘임과 줄임, 굽힘과 폄을 다 같이 하는 것이다. 그러나 경직된 돌과 쇠는 그렇게 할 수가 없다. 오로지 곧기만 하고 굳기만 해서 부서지지 않으면 깨어질 뿐이다. 거기에는 유연이 갖는 흡수력도 탄력도 발휘될 수 없다. 오로지 이즘의 일관성만 유지해서 새로운 변화를 강구할 수도 시도할 수도 없게 한다.

그러나 사상의 유연성과 신축성은 이즘의 특성인 일관성, 무엇보다 그 일관성에 내포된 부정성과 역기능성을 제거한다. 그리고 조직에 신선한 바람, 새로운 바람을 불어 넣어 조직이 응고되는 것을 막는다. 나아가 조직의 관료제화를 막고, 조직 지도자들의 독단주의, 권위주위를 막는다. 이

4 노자(老子) 8장, 상선(上善)은 최상의 선, 상고(上古)시대의 선 개념. 물이 최고 최상의 선이라는 것.

렇게 해서 사상의 유연성은 사상의 특유성과 한가지로 '○○이즘'을 만들어 내고, 그리고 그 이즘이 대성취로 나가는 길이 되고 동력이 되게 한다.

(2) 리더십

둘째로 리더십(leadership). 리더십 역시 '○○이즘'을 형성하는 한 큰 축이 되려면 그 사람 특유의 리더십 유형 내지 그 사람 특유의 리더십 스타일이 있어야 한다. 그 유형 그 스타일은 다른 리더에게서 느끼지 못하는 그 사람 특유의 정신일 수도 있고, 그 지도자만이 내보이는 미래상이며 비전일 수도 있다.

리더십 연구자들이 나누는 리더십 유형은 으레 2개 아니면 3개, 드물게는 4개 정도다. 그 중에서 가장 많이 언급되고 인용되는 리더십 유형은 거래형(transactional)과 변환형(transformational), 또는 민주형, 방임형, 권위형이다.[5] 이런 리더십 유형의 분류는 현실에서 작동되는 가지가지 형태의 리더십 특징들을 추상화(abstraction)해서 이론적으로 나눈 것일 뿐이다. 이런 이론화 과정에선 실제 현실에서 보이는 그 어떤 특이한 감동적 리더십도 거래형 아니면 변환형, 또는 민주형, 방임형, 아니면 권위주의형으로 추상화되고 만다. 따라서 '○○이즘'을 만드는 리더십 스타일 또는 특징들을 찾아내는 데는 이런 유형의 분류는 별로 효용적 가치를 보여주지 못한다.

그렇다면 리더십의 그 어떤 요소들이 '○○이즘'을 형성하는가. 혹은 아니면 리더십의 그 어떤 특징들이 그것을 만들어내는가. 그것은 세 가지로 나눠 볼 수 있다. 첫째로 영감(imspiration)이다. 지도자는 조직 성원들에게 영감을 보여주어야 한다. 영감은 종교적 지도자나 카리스마적 지도자가 자기를 따르는 사람들에게 보이는 감응력(感應力)이다. 감응력은 몸과

5 이러한 Leadership의 분류와 Leadership에 대한 연구는 James M. Burns, Leadership (Harper & Row) 가 대표적 저서.

마음을 함께 움직이게 하는 힘이다. 마치 전류가 흐르듯 마음에 감동이 일고, 영성(靈性)이 생겨나듯 지도자와 행동 의지를 같이 하는 것이다. 이러한 영감은 종교 지도자나 카리스마적 지도자가 아닌 일반 리더들에게도 얼마든지 보인다. 핵심은 성원들에게 일으키는 감응력이다. 정신으로 마음으로 감응을 주는 리더는 모두 영감의 리더십을 발휘하는 지도자다. 이 영감, 이 감응력이야말로 '○○이즘'을 만들어내는 리더십의 필수 요소다.

둘째로 몰입(commitment)이다. 몰입(沒入)은 일에 전념케 하는 리더십이다. 전념(專念)은 마음을 오로지 자기가 하는 일, 그 한 가지 일에만 쏟는 것이다. 그러나 몰입을 가져오는 리더십은 그런 전념 이상의 것이다. 전념하되 자기를 초월하는 희생정신과 자기의 모든 정력을 다 바치는 헌신감 그리고 충성심을 자아내는 리더십이다. 이기적 인간들에게 도시 그러한 것이 가능한가. 영성이 덮인 종교 기관이 아님에도 그러한 몰입은 생겨나는가. 더구나 자기 계산에 관성화한 현대인에게 더 높은 보상이 주어지지 않는데도 그런 몰입과 그런 전념이 가능한가. '○○이즘'이 형성되려면 리더는 반드시 그런 몰입의 리더십을 발휘해야 한다. 그 리더십 없이는 무엇보다 '○○이즘'이 내는 '대성취'가 일어날 수가 없다.

셋째로 사기(morale)다. 사기(士氣)는 의기의 충만이다. 의기가 충만해서 사기가 넘쳐나게 하는 리더십, 그 리더십은 영감, 몰입의 리더십 못지않게 리더십의 한 축(軸)을 이루는 리더십 핵심 요소다. 말할 것도 없이 이 핵심 요소는 '○○이즘'을 만들어내는 리더십의 절체절명이다. 흔히 말하는 사기는 물질 보상의 함수이고, 지위 높낮이의 함수다. 보상이 많으면, 지위가 높이 올라가면 사기도 그만큼 진작된다. 하지만 그렇게 해서 사기를 올리는 리더십은 금세 임계점에 도달한다. 물질이든 지위든 그 보상은 한정되어 있기 때문이다. 그런 사기의 리더십은 여기선 재론할 필요가 없다. 오직 '○○이즘' 창출에 직결되는 사기는 물질적 보상이 많든 적든, 지위의 사닥다리에 쉽게 올라앉든 못하든, 그에 관계없이 향상되는 사기다. 항시 사기가 충만해서 혈기 왕성한 작업의 공간, 혹은 도전의 공간을 만들어 내는 리더십, 그런 사기 진작의 리더십이 '○○이즘'을 만들어 내는 리더십이다.

(3) 업적(業績)

셋째로 업적(achievements). 업적은 지도자의 사상과 리더십의 결과다. 더 구체적으로는 성과(成果)다. 성과가 없다면 '○○이즘'도 없다. 대처리즘이 '대처리즘'인 것은 대처 수상의 성과, 높은 업적 때문이다. 레이거니즘이 '레이거니즘'인 것도 같은 이유에서다. 중요한 것은 이 성과 - 업적이 어떤 업적이냐다. 그것은 무엇보다 가시적이어야 하고, 그리고 대다수 사람들이 공인하고 지지하는 것이어야 한다. 그것도 그의 생전에, 그의 치적과 동시에 공인되고 지지되는 것이 일반적이다. 먼 훗날 그의 사후에 인정되어 그 지도자 이름 뒤에 붙여진 '○○이즘'의 예는 찾아보기 그렇게 쉽지 않다.

문제는 얼마만한 업적이냐는 것이다. 그것은 한마디로 '대성취(great achievements)'다. 누구에게나 이론의 여지없이 받아들여지는 대성취, 지금까지 추세(trend)를 뒤엎는, 혹은 역사의 장을 다시 쓰도록 하는 그런 대성취여야 한다는 것이다. 단순히 높은 수준, 혹은 괄목할 만한 수준에서 평가되는 그런 '높은 수준'의 업적, 혹은 '괄목할 만한 수준'의 업적은 언제나 이론(異論)의 여지를 남긴다. 그 높은 평가, 그 괄목할 만한 평가에 대한 다른 논의의 반대자가 속출한다는 것이다. '○○이즘'을 만드는 대성취는 비록 반대자가 반대를 해도 인정하는 대성취이고, 거부자가 거부를 해도 수용하는 대성취다. 그런 면에서 '○○이즘'과 대성취는 둘이 아니고 하나이다. 또 다른 측면에서 대성취는 '○○이즘'의 시작이며 끝이다.

Ⅲ. 태준이즘 성립의 특성들

앞머리 '왜 태준이즘인가'의 논의에서 '태준이즘의 성립'의 근거며 시작은 '대성취'라 했다. 다른 사기업 창시자들과 달리 공기업을 사기업 이상으로 일으킨 '대성취'-그것도 보편성으로서의 대성취가 아닌 특수성으로서의 대성취다. 그 특수성도 선진국에서 보는 '유(有)의 세계'에서의 그것이 아니라 개발 초창기 국가들이 직면한 '무(無)의 세계'에서 나타난 특수성이다. 개발 초창기 국가도 터키나 브라질처럼 IBRD(세계은행)가 가능성을 인정한 나라의 그것이 아니라 그 같은 세계적 대기구가 아예 희망도 가능성도 저버린 국가[6]에서 나타난 특수성으로서의 대성취다.

비유컨대, 거대한 강, 시혜 가득한 대하가 '대성취'라면, 그리고 그 대하를 만든 대자연이 대지(大地)의 작동(作動)이며 기류이고 바람-바로 대기(大氣)의 작용(作用)이라면, 대성취를 가져오게 한 힘은 자연이 아닌 인간, 한 인간의 사상이며 리더십이다. 한 인간의 특유하고도 확고한 사상 없이 대성취는 존재할 수 없고, 한 인간의 특유하고도 탁월한 리더십 없이 대성취는 실현될 수 없다. 그 사상은 미래상(未來像)으로써 가시적인 것이며, 가치(價値)로써 지금 바로 이 순간 최상의 것이며, 그리고 성취로써 반드시 흔들림 없는 믿음을 제시하는 것이다. 그 리더십은 영(靈)으로 심(心)으로 매료되는 것일 뿐 아니라 내 모든 에너지를 전력투구케 하는 리더십이고, 그리고 내 의기(意氣)를 하늘 높이 치솟게 하는 리더십이다.

태준이즘의 형성 그리고 그 성립은 오직 이 같은 사상 그 같은 리더십이 있음으로 해서이다. 오직 사상이며 리더십의 존재 여부다. 그렇다면 그 태준이즘을 구성하고, 태준이즘을 '○○이즘'으로 체계화하고 지속적으로

6 1969년 2월 IBRD (세계은행)은 "한국에서의 일관제철소 건립 타당성 없음"으로 결정을 내렸고, 대한(對韓)국제제철차관단(KISA)도 차관 공여를 거부했다. 세계은행은 터키와 브라질이 일관제철소 건립이 타당하다고 하여 차관을 해주었으나 이들 두 나라는 그 후 모두 실패했다.

존속·유지하도록 하는 그 사상은 무엇이며 그 리더십은 어떤 것인가. 그리고 태준이즘이 만들어내는 현실태(現實態)—태준 웨이(Taejoon-way)[7]는 어떻게 이 사상 이 리더십으로 만들어지고 실제 '조직의 길'로 어떻게 기능하고 어떻게 정착하는가.[8]

태준이즘을 형성하는 사상은 3가지로 요약할 수 있다. 그것은 박태준(朴泰俊) 사상의 특징이기도 하고 박태준 사상을 박태준 고유의 사상으로 만드는 요소이기도 하다. 이 셋은 또한 박태준 사상의 요체이면서 박태준의 진면목이기도 하다. 이것이 있어 태준이즘이 대처리즘이나 레이거니즘과 구별되는 것이다. 그것은 순명(殉命)과 성취(成就) 그리고 가치(價値)이다.

1. 순명(殉命)

첫째로 순명. 순명은 목숨을 걸고 목숨을 바치는 것이다. 목숨을 걸고 목숨을 바치는 것이 어떻게 사상이 될 수 있는가. 순명은 사상이기 전에 정신이다. 이 정신이 있어 세상을 보는 눈과 생각이 달라지고, 일에 임하는 의지와 의식이 새로워지고, 그리고 자세와 행동에 변화가 온다. 사상은 정신의 소산이다. 어떤 정신을 갖느냐가 어떤 사상을 형성하느냐를 결정한다.

목숨을 걸고 목숨을 바치는 순명보다 이 세상에서 더 지극한 것은 없다. 누구나 생명은 하나뿐이다. 그 하나뿐인 생명을 걸고 생명을 바친다는 것, 그것은 지극한 상태에 이른다는 의미다. 극한 상황에 다다른다는 것이다. 그 극한 상황, 아무나 이를 수 없는, 오직 생명을 바쳐야만 이를 수 있는 그 순명의 상황, 그 상황에 도달하고 그 극한을 경험한 사람은 어떤 정신

7 태준웨이는 통상적으로 포스코—웨이(POSCO—way)로 지칭된다.
8 이글에서는 리더십과 업적은 제외하고 사상 하나만으로 태준이즘을 보기로 한다.

어떤 심경 어떤 영성을 갖게 되는가. 그것을 경험하지 못한 사람과는 어떤 다름이 있는가.

거기에는 사회 과학의 영역에서 도저히 과학화해서 설명할 수 없는 '재탄생(再誕生)'의 세계, 오로지 극한 상황에 한번 올라섰던 사람만이 보이는 거듭나는 '부활(復活)'의 세계, 지금까지와는 전혀 다른 새로이 '재조(再造)' 되는 그 어떤 영성의 상태를 상정할 수 있다. 흔히 보듯 눈빛이 달라져 형형하고, 얼굴이 생기로 충만해 광채가 이는 카리스마적 지도자나 종교 지도자에게서 발견되는 그런 영적 상태가 바로 순명의 극한 상황에 이른 사람들의 그것이라 할 수 있다.

이런 사람들이 보이는 신통력과도 같은 형통하는 능력, 이 형통의 힘이 만들어 내는 이른바 '대성취'는 이같이 순명하는 사람들에게서 빈번히 찾아 볼 수 있는 사례들이다. 역경(易經)에서 말하는 궁즉변(窮則變)이며 변즉통(變則通)의 상황[9]도 바로 이런 순명을 말하는 것이라 할 수 있다. 극한 상황에 이르면 반드시 변화가 오고 변화가 오면 반드시 형통하는 길이 만들어진다는 것이다. 여기서 말하는 변화는 일반적으로 경험하는 통상의 그 변화가 아니라, 하늘과 땅이 뒤집히고 목숨이 모두 끊어지는 듯한, 완전히 극에 이른 상태의 변화다. 그 끝점에 도달한 상태에서 맞이한 변화가 곧 재탄생이고 부활이며, 그 재탄생이며 부활의 순간, 마침내 형통의 길이 열린다는 것이다.

문제는 박태준(朴泰俊)의 이러한 '순명(殉命)', 극한 상황에까지 이르러 비로소 형통의 길을 열은, 그래서 절대 불가능한 상황에서 대성취를 이룩하는 박태준의 이러한 '순명'은 도대체 어디서 왔는가이다. 가장 쉽고 가장 간단한 대답은 DNA론이고 그리고 숙명론이고, 신의 섭리론이다. 그런 DNA를 가지고 태어났다는 것이고, 숙명적으로 그렇게 되어 있었다는 것

9 역경(易經) 계사하전(繫辭下傳)

이고, 신의 섭리가 그렇게 만들었다는 것이다. 그러나 이는 종교 지도자나 카리스마적 지도자들에게 흔히 갖다 대는 설명이다. 객관적이지도 않고 과학적이지도 못하다. 보다 객관적이고 보다 과학적인 분석은 행태론자들(behaviorists)이 설명하는 사회 환경론—도대체 어디서 어떻게 살아왔느냐이다. 어떻게 어떤 인생의 역정이 그로 하여금 그 같은 초생명(超生命)의 순명 정신, 순명의 의지를 갖게 했느냐이다.[10]

미상불 그는 일제 식민지 시대를 살면서 강렬한 민족애의 고뇌, 그 자존의 상처가 폐부를 찌르고 있었을 것이고, 6.25의 처참한 전장(戰場)을 누비며 기약 없는 생명의 무상함, 허무감, 분노와 원한, 뼛속 깊이 스며드는 적대감 그리고 치열한 조국애에 불탔을 것이고, 그리고 5.16의 사선을 또 한 차례 넘으며 생명을 던지는 또 한 번의 절대 상황에 도달했을 것이다. 그의 인생의 전반기는 조국도 민족도 국가도 사회도 최저점에 놓인 처절한 한계상황을 사는 삶이었고, 그 한계상황에서 그는 초생명 초현실의 순명을 내재화(內在化)했을지도 모른다. 어쨌든 그 역정에서 순명은 그의 최고의 정신세계가 되었고, 그것도 그의 고유의 사상으로 승화되었을 것이다. '고유'하다는 것은 동시대 비슷한 연배의 사람들이 일제와 6.25와 5.16을 꼭 같이 경험하면서 특이하게도 그만이 이 순명 사상에 이르렀다는 의미다.

그런 면에서 행태론자들의 이 사회 환경론적 설명도 미진한 것은 숙명론이나 생물학적 DNA론이나 별 차이가 없다 할 것이다. 왜냐하면 같은 역경, 같은 역정을 겪으면서 다른 사람들은 어째서 그와 같은 순명에 이르지 못했느냐, 아니면 그런 순명의 의지를 가진 사람이 어째서 그렇게도 드물었느냐의 해답은 이 행태론자들의 사회 환경 결정론으로는 온전히 설명이 되지 않기 때문이다. 그렇다면 그가 어떻게 순명 정신을 갖게 되었느냐

10 포스코에서 흔히 말하는 "실패하면 우측에 있는 영일만으로 모두 들어가야 한다"는 '우향우 정신'도 순명의 한 표현이라 할 수 있지만, 그러나 이는 '순명'처럼 '지극한 상태'가 아니고 그럴 수도 있는 상황에 대한 경고며 각오의 의미, 치열한 마음다짐의 의미로 보아야 할 것 같다.

에 대한 규명은 여기선 특별한 효과를 갖기 어렵다. 보다 중요한 것은 그의 순명 정신, 순명의 의지가 현실적으로 어떻게 구현되어 태준이즘이며 태준 웨이(Taejoon-way)를 만들어 냈느냐이다.

(1) 절대정신(絶對精神)

그의 순명이 절대정신(絶對精神)을 갖게 했다는 것이다. 절대정신은 주·객관이 하나가 되어 완전한 자기인식에 도달한 정신적 상태다. 누구에게나 주관이 있고 객관이 있다. 주관은 자기 위치, 자기 처지, 자기 입장에서 가진 자기 생각이며 자기 견해며 자기 관점이다. 이러한 주관은 자기 입장에서 세워진 그만큼 이미 가진 자기 믿음, 자기 이념, 자기 소망과 굳게 결부되어 있고, 결부되어 있는 그만큼 사실을 사실(fact)대로 보기 어렵고, 현실을 현실 그대로 파악하기 힘들다. 자기 처지와 연결되어서 왜곡된 '사실'을 사실로 생각하고, 구부러진 '현실'을 현실로 인식한다. 객관은 자기를 벗어나고 자기를 초월해서 사실을 보고 현실을 보는 것이다. 절대정신은 그 같은 주관이 객관과 완전히 동일화(同一化)하는 것이고, 그것은 오직 자기초월에서만 가능한 자기초월의 정신이다.

순명은 이같이 자기 초월이고, 자기 초월에서의 주·객관이 완전히 일치한 절대정신이다. 태준이즘은 이 절대정신이 구현된 것이고, 현실적으로 그것은 '절대적인 절망은 없다'로 드러난다.[11] 전쟁터에서 죽음의 계곡을 수없이 누비고, 전쟁이 끝나고도 생사의 갈림길을 수없이 헤쳐 나온 사람만이 갖는 순명의 의지가 '절망은 없다'로 구체화되고, 그것도 일반적인 절망의 부정이 아니라 '절대적으로 존재하지 않는다'는 절대정신으로서의 절망에 대한 '절대적 부정'이다. 누구에게나 희망이 보이지 않는 상황은

11 박태준(朴泰俊) 문집 6.25회상 글 중 「절대적인 절망은 없다」. 류찬우(柳纘佑), 『우리 친구 박태준』, 행림출판사, 1995, p.103.

존재한다. 마침내 희망이 완전히 사라져버리는 절대적 절망의 상황도 겪을 수 있다. 그때 절대적 절망은 절대로 없다는 절대 부정이 가능할 수 있겠는가. 가능하다면 무엇이 그것을 가능케 하는가.

포스코의 건립 과정은 시초부터 절대적 절망의 연속이고, 그것도 가장 적나라한 상태에서 표출되는 절대 절망의 연속 과정이라 해야 할 것이다. IBRD(세계은행) 차관 공여에서나, 대일 청구권 자금의 전용을 둘러싼 한일 각료 회담에서나 한결같이 모든 것이 절대 절망의 표출이었다. 그러나 이런 절대 절망도 빙산의 한 모퉁이처럼 그 많은 절대 절망의 하나일 뿐이었다. 그럼에도 절대적 절망의 절대적 부정이 있었다면 그 무엇이 그 절대 부정을 가능케 했는가. 말할 것도 없이 그것은 순명의 의지이고, 그 순명의 의지로 하여 주관과 객관이 완전히 하나가 되는, 그리고 자기 신념과 행동이 완전히 일치하는, 그 절대정신이 형성됨에 의해서다. '절대적 절망은 없다'는 이 절대 부정의 이 절대정신이야말로 태준이즘의 벼리(대강 大綱)이고 태준 웨이의 동력—엔진이다.

(2) 초결단(超決斷)

그의 순명이 초결단을 갖게 했다는 것이다. 태준이즘은 이 초결단이 있어 다른 이즘과 차별되는 태준이즘이 되고 다른 웨이와 다른 길을 가는 태준 웨이—포스코 웨이가 된다는 의미다. 초결단은 한마디로 운명을 가르는 결단이다. 삶과 죽음을 가르는 결단이고, 유(有)와 무(無)를 가르는 결단이며, 흥(興)과 망(亡), 성(成)과 패(敗)를 가르는 결단이다. 그 한 번의 결단으로 강줄기가 달라지고 산 높이가 달라지고 마침내 역사의 흐름이 달라지는 것이다. 그 역사의 흐름을 바꿔놓는 그 엄청난 결단도 그 한 번으로 끝나지 않고 연속적으로 계속 새로이 내려야만 하는 그런 초결단인 것이다.

일상(日常)에선 누구나 결단하고, 누구나 또 그 결단을 할 수 있는 능력

—결단력을 지니고 있다. 그러나 그 결단은 결코 초결단으로 가지는 못한다. 그 결단이 설혹 잘못됐다 해도 운명이 달라지지는 않는다. 물론 운명이 달라지는 결단도 많이 있다. 하지만 그 같은 결단은 대개는 필연이 아니라 우연이다. 인간은 운명이 달라지는 그런 결단 상황에 가지도 않거니와 그런 상황에 이를 만큼 '비현실(非現實)'에 처하지도 않는다. 그만큼 일상에서의 우리의 결단은 평범한 것이다. 그리고 그 평범한 결단도 그것을 보좌해 주는 친구가 있고 그것을 상담해 주는 선생이 있다. 자기 결단을 위해 자문할 수 있는 멘토는 어디든 있다.

그러나 이 초결단은 다르다. 누구도 그 초결단을 보좌할 수가 없다. 크라우제비츠가 그의 『전쟁론』에서 "어떤 명참모도 지도자의 결단력만큼은 보좌할 수 없다"고 말한 것이나 다름없다.[12] 전쟁은 생사를 가르고 흥망을 가르는 것이다. 그것도 작게는 수만 명 군대의 생사를, 크게는 한 나라의 운명을 결단하는 것이다. 그야말로 초결단을 요하는 것이다. 종합제철소의 입지 선정—포항으로 할 것이냐, 삼척으로 할 것이냐, 제2 제철소를 아산만으로 할 것이냐, 광양만으로 할 것이냐-그것은 단순히 제철소의 건립 지역을 결정하는 것이 아니라 제철소의 운명 생(生)과 사(死)를 결정하는 초결단이다.

대일 청구권 자금을 전용(轉用)해서 제철 자금으로 조기 활용한다는 '하와이 구상'—그 하와이 구상이 없었다면 그 아무것도 없었을, 그 어떤 결단도 의미가 없고 존재조차도 불가능했을, 당시 상황에선 그 누구도 생각할 수도 없고 가능할 수도 없었던, 그 자금 전용의 결단이야말로 엄청난 초결단이다. 부실 공사를 폭파해 버리는 것. '선조들의 피값을 묻겠다', '조국의 백년대계가 여기서 출발한다'며 잘못된 공사를 아예 폭파해 버

12 『전쟁론』, 독일 프로이센의 장군인 Karl Clausewitz(1780-1831)가 나폴레옹 1세의 전쟁을 정리 분석하여 전쟁 이론을 체계화한 전쟁전술의 고전. 이 책은 그의 사후인 1832년에 나왔다.

리는 상상을 불허하는 대결단, 예산과 인력과 공기(工期)에 매달리는 여느 CEO들에겐 그냥 어물쩍 얼마든지 눈감아 넘어갈 수 있는 공사를 아예 부실이라는 단어조차 없애 버리는 대폭파의 결단 —이 모두 산업의 역사 그 어디에도 찾을 수 없는 초결단이다.

이 초결단이 도시 어디서 왔는가. 목숨을 걸고 목숨을 바치는 초생명(超生命)의 순명의 의지 없이는 불가능한 것이다. 그 순명 정신 순명 의지에서 만들어지고 구현되는 이 초결단, 그것이 바로 박태준(朴泰俊) 특유의 정신이며 길이다. 그리고 그것이 곧 태준이즘이며 태준 웨이다. 태준이즘, 태준 웨이는 오로지 이 초결단으로 차 있다.

2. 성취(成就)

성취는 '해내는 것'이다. 우리말에 해내는 것은 첫째로 어려운 일, 감당하기 힘든 일, 누가 봐도 안 된다고 생각하는 일을 잘 해낸다는 것이고, 둘째로 그것을 달리 생각할 여지도 없이 잘 당해내고 잘 이겨내서 놀랍도록 높은 성적을 낸다는 의미다. 한자어의 성취(成就)는 그렇게 해서 목적한 바를 달성한다는 것이다. 우리말의 해낸다는 말이든, 한자어의 성취든, 그 핵심에는 '목적(目的)'이 있고 그 목적을 가능한 수단을 다 동원해서 이룩한다는 공통적 의미가 있다. 그러나 여기서 말하는 해내는 것, 목적 달성하는 것의 그 성취는 흔히 말하는 그런 성취가 아니라 '대성취(大成就)'다. 도저히 해낼 수도 없고 세울 수 없는 그런 대성취다.

하지만 그 대성취가 사상이 될 수 있는가. 놀랍도록 높은 업적을 이룩한 그 대성취는 대성취일 뿐, 결코 사상은 아니다. 목숨을 바치는 순명 정신처럼 '대성취 정신'이라고 표현할 수도 없고, 하기도 어렵다. 다만 '순명 의지'처럼 '대성취 의지'라는 표현이 가능할 뿐이다. 그러나 의지만으로는 사상이 될 수 없고 '○○이즘'으로 형상화(形象化)할 수도 없다. 아이젠하워는 유럽 전쟁에서 승리해서 대성취를 거뒀고, 맥아더는 태평양 전쟁에서 승리해서 대성취를 이뤘다. 그러나 누구도 아이젠하워나 맥아더 이름 뒤에 '이즘'을 갖다 붙이지는 않는다. 그 대성취가 사상으로 연결되지 않기 때문이다.

그렇다면 태준이즘은 가능한가. 포스코 포스텍이라는 박태준의 대성취가 사상이 될 수 있는가. 그 이전에 박태준의 대성취를 아이젠하워나 맥아더의 대성취에 비견할 수 있는가. 인류의 역사라는 측면에서, 또 글로벌 대성취라는 면에서 분명히 박태준의 대성취는 아이젠하워나 맥아더의 그것과 비교할 수 없다. 성취의 규모가 너무 다르기 때문이다. 만일 성취의 규모가 아니라면, 박태준의 그것과 아이젠하워—맥아더의 그것은 어떤 차이가 있는가. 결론적으로 한쪽은 사상을 이즘으로 형상화할 수 있는 데 반해 다른 한쪽은 그것이 어렵다는 것이다. 왜 그런 다름이 만들어지는가. 이는 두 가지로 요약해 설명할 수 있다. 그 하나가 불가능불용(不可能不容) 사상이라면, 다른 하나는 조국애 승화(祖國愛昇華) 사상이다.

(1) 불가능불용(不可能不容)

불가능불용 사상은 불가능은 없다, '절대 불가능은 절대로 없다'는 사상이다. 나의 사전에 '불가능은 없다'는 말은 누구나 할 수 있고, 또 한다. 누구나 말할 수 있는 것만큼 실은 그 말은 아무도 믿지 않는다. 삶 자체가 가능보다는 불가능을 경험적으로 더 많이 증명해주기 때문이다. 그 경험의 세계에 살면서 '나의 사전에 불가능은 없다'는 말을 아무리 되뇌어도 거기에는 믿음이 없다. 믿음이 없는 것만큼 그것은 허구이고, 허구인 것만큼 사상이 될 수 없다. 그것이 사상이 되려면, 그것은 '흔들림 없는 신념'이 되어야 하고, 종교에서처럼 신앙이 되어야 한다. 이미 말한 것처럼 사상은 일관성이고, 일관된 믿음의 한 유형이다.

1950년대와 60년대, 한국은 '절대 불가능' 상황에 처해 있었고, 사람들은 그 불가능 상황이 생활 세계 속에 일상화되고 관념화되어 있었다. 아무것도 할 수 없다, 우리는 아무 것도 할 수 없는 민족이다라는 체념이 가슴으로, 뼈로 농밀(濃密)해 있었다. 이런 상황은 어느 만큼 차이가 있다 해도 70년대도 계속되었다. 이때 '제철보국(製鐵報國)' 한다는 것, 아니, 그 이전에 제철 산업을 시작한다는 것 자체가 불가능한 것이었다. 그 불가능, 그것도 절대 불가능이라는 것을 가장 잘, 가장 정밀하게 아는 사람들이 일본 기업인이며 일본 정치인들이었다. 일본의 산업화와 전후 일본의 번영기를 만들고 살아온 이들 정·재계의 지도자들이 보는 한국에서의 절대 불가능 상황은, 미국보다 심지어는 세계 최고의 분석기관이라고 하는 IBRD(세계은행)보다 더 확고했다.

일본도 미국도 IBRD도 KISA(대한국제철차관단)도 하나 같이 제철산업의 불가능, 그것도 절대 불가능론을 들고 나왔을 때, 박태준(朴泰俊)은 말했다. "나는 해냅니다. 기어코 해냅니다. 그것이 내가 이 땅에 태어난 의미입니다." 이 말은 일본 수상 후쿠다 다케오(福田赳夫)에게 정중히, 그러나 단호하게 한 말이었다. 후쿠다 수상은 그의 회상에서 "나는 그의 단호한 태도에 너무 놀랐고, 당신이라면 가능할지도 모른다고 생각했다. 마침내 그는 나의 예측을 비웃기라도 하듯 해냈다. 경이로운 일이 아닐 수 없다"[13]고 말했다. 이런 상황은 포스텍을 만들 때도 많은 시차가 있었음에도 상황의 유사성은 지속되었다.

죽음의 계곡을 수없이 누비며 살아왔듯, 어떤 역경도 넘어설 수 있다, 어떤 불가능도 가능으로 바꿀 수 있다, 절대 불가능은 절대로 존재하지 않는다는, 그 의지가 굳은 신념이 되고 서원(誓願)이 되고 신앙이 되었을 때, 그

13 후쿠다 타케오, 『우리 친구 박태준』, 행림출판사, 1995, p150.

반드시 '해내고야 만다'는 그 치열한 욕구는 강렬한 성취 의지가 되고 성취 정신이 돼서 마침내 사상이 되고 이즘이 된다. "해 냅니다, 기어코 해냅니다, 그것이 내가 이 땅에 태어난 뜻입니다"—그보다 더 절실한 뜻은 없고 더 지극한 서원은 없다. 서원은 반드시 해내겠다, 맹세코 이루어 내겠다는 신 앞에서의 맹세다. 온 몸을 불사르는 맹세이며, 힘차게 솟아오르는 아침 태양과도 같은 확신이다. 그래서 절대 불가능은 절대로 존재할 수 없었던 것이다. 그 '절대로 존재할 수 없다'는 확신, 그것이 내가 태어난 의미와 하나가 되었을 때 그보다 더한 서원 그보다 더한 신앙은 없다. 그 이상의 서원, 그 이상의 신앙이 없는 것만큼 그의 성취는 사상이 되고 이즘이 된다.

아이젠하워나 맥아더는 그 긴 전쟁 기간 중에도 한 번도 절대 불가능이라는 상황에 처한 일이 없다. 어려운 상황 힘든 고비는 수없이 겪었다 해도 그것이 절대 불가능 상황으로 떨어질 수는 없었다. 무엇보다 2차 대전은 영미 측에서 보면 처음부터 가능 전쟁—이기는 전쟁이었다. 단 하나의 수치가 이를 말해 준다. 전쟁 당시 1인당 GNP가 미국은 6천 달러가 넘고 영국은 6천 달러에 육박하는 데 비해 독일은 겨우 5천 달러 수준이고 이태리 3천 달러, 일본은 2천 달러 수준이었다. 거기에 영미 측은 4천 달러 수준의 프랑스가 있었고, 거기에는 훨씬 못 미치지만 배후를 공격하는 소련이 있었다.[14] 연합국 측의 경제력이 그 적대 세력의 3배에 달했다. 더구나 무기도 전쟁 인력도 전쟁을 지휘하는 인재도 영미 측이 월등했다. 아이젠하워—맥아더의 대성취는 오직 대성취일 뿐, 그 대성취가 신앙으로 이어질 이유도 없고, 사상으로 재무장될 필요도 없었다.

(2) 조국애 승화(祖國愛 昇華)

14 Robert S. Phillips ed., *World War II*, Funk & Wagnalls New Encyclopedia, Volume27, pp420-448.

'조국애 승화' 사상은 자신의 모든 애착, 모든 욕구를 조국이라는 대상으로 승화(昇華)시키는 것이다. 이 승화로 하여 성취가 신념이 되고 신앙이 되고, 마침내 사상이 되고 이즘이 되는 것이다. 승화는 보다 높은 영역, 보다 높은 차원으로 나아가는 것이다. 자신의 욕망, 자신의 소망을 자신의 그것보다 더 높은 사회적인 것, 국가적인 것, 혹은 정신적인 것으로 바꾸어 놓는 것이다. 조국애 승화는 자신의 모든 것—자기의 몸과 마음 모두를 조국에 바치는 것이다. 자신은 없고 자신의 자리에 오로지 조국만 있고, 자신의 심장에 흐르는 피는 오로지 조국을 위해서만 뛰는 것이다. 흔히 말하는 사명감(使命感)—주어진 책무를 각별한 의의와 긍지를 갖고 있는 힘을 다해 수행한다는, 그 같은 사명감은 이 조국애 승화에 비하면 마음으로나 감정으로나 그 순도와 열도가 훨씬 낮은 것이다.

문제는 그것이 가능한가이다. 아무리 충성을 가르쳐도 사람들은 나라에 잘 충성하지 않는다. 충성하는 경우에도 겨우 의무적으로 충성할 뿐이다. 예나 이제나 나라에 대한 충성심은 언제나 약하다. 그것은 어느 시대나 마찬가지이고 어느 나라나 마찬가지이다. 전통사회에서 더러 보는 충성심, 그것은 자기가 모시는 군주에 대한 소위 말하는 불사이군(不事二君)의 충성심이다.[15] 오늘날 말하는 나라에 대한 충성심—로열티(loyalty)는 아니다. 로열티는 개인이 아닌 국가며 제도(制度)에 바치는 충성심이다. 자기 윗자리에 앉은 상관에 대한 충성심이 아니라 그 상관이 앉아 있는 자리—지위(地位)에 대한 충성심이다. '조국애 승화'는 자기 나라 자기 조국에 바치는 충성심이다.

어떻게 그것이 가능한가. 어떻게 자신의 모든 애착, 자신의 모든 욕구를 자기 나라 자기 조국애로 승화시킬 수 있는가. 어떻게 자신에게서 떼어내어 생명보다 더 소중한 사랑을 조국에 바칠 수 있는가. 그것도 신앙이 되

15 두 임금을 섬기지 않는다는 전통사회 충성심의 전형(典刑)

고 마침내 사상으로 체화(體化)하도록 승화시킬 수 있는가. 더구나 그 조국이 자신에게 아무것도 베푼 것이 없이 고통만 주고 절대 절망만 안겨 주었을 때, 그 조국으로의 애정 승화가 가능해지겠는가. 일제 식민지 시대는 차치하고, 해방 후 아니면 1950년대나 60년대로 되돌아가 보라. 그때 지식인들, 특히 대학생들이 울분을 토하며 버릇처럼 읽고 절규하던 시(詩)가 무엇이었는가를.

적을 골탕 먹이게 진정 적에게 내주고 싶은 나라
이런 나라를 위하여
무슨 인과(因果)로 우리는 싸워야 하느냐고
언제나 나를 울리는 이 나의 모국이여.

-유치환, 「나의 모국」, 1951-

먼 나라로 갈거나
가서는 허기져 콧노래나 부를가나
이왕 억울한 판에는
이 나라보다 더 억울한 일을
뼈에 차도록 당하고나 살가나
고향의 뒷골목 돌담 사이 풀잎마냥
남의 손에 뽑힐 듯이 뽑힌 듯이
나는 살가나.

-박재삼, 「서시」, 1956-

그런 시대에 살고, 그런 나라에 산다고 그렇게 모두 생각했다. '조국(祖國)'은 사전에만 있는 단어일 뿐 현실에는 없었다. 현실에 존재하는 나라는 적에게, 그것도 나의 원수인 적에게 그냥 내주어 버리고 싶도록 나에게 고통만 안겨 주는 나라, 그래서 너희들 골탕 한번 먹어봐라 여길 만큼 '나에겐' 아무 가치도 소용도 없는 나라, 그런 나라였다. 얼마나 억울하도록 생각하는 나라였으면 돌담 사이 풀잎처럼 언제 뽑혀 없어질지 모르는 그러한 나로, 내가 살아야만 하는 그런 나라가 내 나라냐고 외치고 있었겠는가. 그 나라에 어찌 충성심이 일어날 수 있으며, 생각이라도 할 수 있겠는가. 그 나라에 내 사랑을 승화시키는 조국애는 차치하고, '조국 사랑'이라는 말이라도 할 수 있겠는가.

그런데 박태준은 어떻게 조국애로의 승화가 가능했을까. 그의 모든 것, 몸과 마음을 송두리째 그 '조국'에 바칠 수 있었을까. 주는 것은 부담과 압박, 고통 밖에 없었던 가장 비참했던 나라, 심연으로부터 차디찬 고뇌만이 솟아오르는 그 나라에 그는 어떻게 승화된 조국애를 가질 수 있었을까. 그것은 분명 미스터리다. 누구도 풀기 어렵고 누구도 설명하기 힘든 수수께끼 같은 사항이고 이벤트다. 그러나 그것은 명백히 수수께끼도 미스터리도 아니다. 그의 '대성취(大成就)'가 눈에 보이는 현실로, 그 누구도 믿지 않을 수 없는 실제로 나타나 있기 때문이다.

"누를 수 없는 용광로 같은 뜨거운 조국애로 그는 대사업을 이룩했다." 야스히로 도스쿠니의 이 한마디가[16] 그의 대성취와 용광로 같은 그의 뜨거운 조국애를 하나로 묶어서 함께 말해 준다. 이 감동에 차고 심장을 찌르는 촌철살인(寸鐵殺人)과도 같은 그의 표현이 그 모든 것에 앞서 그의 '조국애 승화'를 말해주고, 그로 해서 그의 대성취가 이루어졌음을 해명해준다. 그의 성취가 사상이고 이즘이 될 수 있었음은 앞서의 '절대 불가능 불용'이나 다름없이 이 '조국애 승화'가 신앙처럼 체화(體化)돼서 대성취로

16 야스히로 도스쿠니(八尋俊邦), 『우리 친구 박태준』, 행림출판사, 1995, p188. 야스히로 도스쿠니는 일본 재계를 이끌어 온 재계 지도자. 일본 최대 종합 상사인 미쓰비시 상사 사장(前).

체현(體現)되었기 때문이다.

3. 가치(價値)

철학적 사회학적 의미의 가치는 그 자체가 하나의 사상(思想)이다. 어떤 가치 혹은 어떤 가치관(a view of value)을 갖고 있느냐는 어떤 사상, 어떤 이즘을 갖고 있느냐와 같은 의미다.

그렇다면 태준이즘을 만들어내는 박태준(朴泰俊)의 가치 혹은 가치관은 무엇인가. 물론 이때의 가치·가치관은 포스코 포스텍이라는 대성취를 이룩한 것과 연관된, 또는 거기에 한정된 가치며 가치관이다. 그것은 한마디로 '절대적 사익(私益)은 없다'는 것으로 요약할 수 있다. 이 말은 공산주의 사회의 강령과도 같은 '절대적 사익'의 부정이 아니라 절대적 사익을 절대적으로 추구하는 세계—그것도 가장 적나라하게 추구하는 사업 조직(business concern)의 세계에서 그 절대적 사익을 추구하지 않고도 엄청난 성공을 거두는 대조직을 만들어 낼 수 있다는 말이다.

'절대적 사익'은 절대적으로 추구하는 개인의 이익이다. 상대편을 생각하며 그 상대보다 상대적으로, 또는 비교 우위적으로 추구하는 개인 이익이 아니라, 가능한 모든 수단을 다 동원해서 최대한 자기 이익을 절대적으로 키우는 자기 이익 극대화 행위다. 사람은 누구나 소유 본능을 갖고 있고, 이 소유 본능에 의거 자기 이익을 추구한다. 그것도 단순한 이익 추구가 아니라 극대화하는 이익 추구다. 그것은 극히 자연스러운 행위일 뿐 아니라 당연한 행위로서 보편성을 띈다. 그 보편성에 가장 맞는 사상이며 제도가 자본주의이며 시장 경제다. 사상적으로 제도적으로 이 자본주의 시장 경제는 '절대적 사익'을 절대적으로 추구하도록 허용하는 사회며, 심지어 강요하는 사회다. 물론 법률이 쳐놓은 울타리 안에서다. 그 울타리 안에서 사익 극대화 행위는 누구나 추구하는 최고의 행위 지향이며 가장 기본적인 행위 지향이다. 그것은 누구에게나 작용하고 누구에게나 수용되는 보편적 행위다.

이 보편적 행위가 세계 어느 나라보다 가장 강하게, 가장 밀도 짙게 욕구되고 지향되는 나라가 바로 한국이다. 한국인의 물질주의—한국인의 절대적 사익 추구 행위는 미국의 3배 일본의 2배로 조사되어 있다.[17] 그것도 지금과는 엄청난 부의 차이를 보이는 가난했던 지난 세기의 60년대 70년대의 한국이 아니라 세계 13대 경제 대국에 드는 21세기 2010년 현재의 한국인의 욕구 추구 실태이다. 그 실태도 빈곤의 시대를 넘긴 지 까마득히 오랜, 그것도 빈곤의 절정에 이르러 있는 북쪽과 아득히 대비되는 시점에서 보이는 한국인의 욕구 현실이다. 그만큼 한국은 아직도 절대적 사익 추구의 보편성 속에 깊숙이 침잠해 있다.

이 같은 보편성의 세계, 그 세계 한가운데서 그 어느 나라보다 가장 마니아적 돈 집착—사익 추구의 열병을 앓고 있는 한국에서 절대적 사익의 추구가 아닌 그 반대—'절대적 사익은 없다'는 명제가 성립 가능한가. 아니 현실적으로 그 같은 주장이 존립할 수 있는가. 다른 말로 그 같은 보편성의 세계와 '정면으로' 배치되는 그 같은 특수성의 사고며 행태가 실제(實際)로 살아남을 수 있는가. 여기서 '실제'의 의미는 절대적 사익을 추구하지 않는 공기업 같은 경쟁력 없는 기업, 국민의 세금으로 연명하는 기업이 아니라 절대적 사익을 추구하는 사기업에 필적하는 경쟁력, 또는 그 이상의 성과를 내는 기업으로서의 존재며 존속 가능성이다. 그것이 가능한가. 그것이 가능하다면, 그 무엇이 그것을 가능하게 하느냐이다.

그 가능의 현실태(現實態)가 포스코며 포스텍이라 한다면, 포스코 포스

17 한국 갤럽 글로벌 마켓인사이트, 「대한민국, 우리는 무엇으로 행복해질까」, 「세계 10개국의 '행복의 지도(地圖)'조사」, 《조선일보》, 2011년 1월 1일 A4-A5 보도.

텍은 보편성의 세계 속에서 그 존재를 극명히 드러낸 특수성이고, 그리고 특수성의 한 승리다. 그것은 '절대적 사익은 없다'의 명제를 입증하는 증명서이고, 그것의 실현을 밝히는 증거 자료다. 더구나 사익(私益)의 가치를 공익(公益)의 가치로, 그것도 절대적 사익을 절대적 공익으로 바꾸어 놓는 가치 전환의 최고 사례다. 그 '절대적 사익'이라는 가장 보편화된 가치를 '절대적 사익은 없다'는 가장 특수화된 가치로의 전환—그 가치 전환을 가져오게 한 것은 도대체 무엇인가. 이 희귀하고도 심지어는 불가사의하기까지 한 그 가치 전환은 도대체 어떻게 해서 일어났는가. 그것이 바로 태준이즘이고 동시에 태준이즘을 성립시키는 주요 요소다. 그것은 두 가지로 나눠 볼 수 있다. 그 하나가 무사심(無私心)이라면 다른 하나는 결백성(潔白性)이다.

(1) 무사심

무사심은 사사로운 욕심, 내 개인을 위한 욕심을 갖지 않는 것이다. 반대로 공심(公心)을 갖는 것이다. 공심(public mind)은 공정(公正)한 마음, 내가 속해 있는 집단이나 조직, 나라의 입장에서 생각하는 마음이다. 그 말은 참으로 쉽지만 행동은 참으로 어려운 것이다. 사람의 사심은 본성이다. 사람은 천부적으로 그 사심을 갖고 태어났다. 그래서 내가 존재하고 내가 존립해가는 것이다. 그러나 공인(公人)의 자리에 앉았을 때, 사람들은 예외 없이 그 사심을 버리고 공심을 갖기를 요구한다. 사람들의 공인에 대한 그 같은 요구 압력과, 공인들의 식지 않는 사심 사욕 열기, 그것이 어느 시대 어느 나라에서나 일어나는 공사(公私)간 마찰 쟁투 괴리 모순의 역사다. 그만큼 공인의 무사심은 어렵고 어려운 것이다.

무엇보다 무사심의 내재화(內在化), 체질화(體質化)가 지난하다. 나는 사심이 없다고 말하는데 사람들은 믿지 않는다. 그 믿지 못함은 그 사람에게서 그 무사심을 느끼지 못하기 때문이다. 마음으로 그 사람의 무사심이 보이지 않기 때문이다. 진정한 무사심의 소지자만이 무사심의 전달자다. 오직 그 사람만이 사람들에게 무사심을 느끼게 하고 마음으로 보게 한다. 인간은 영감의 동물이어서, 그의 영감으로 무사심을 보고 무사심을 느끼고 무사심을 믿는다. 오직 무사심일 때만 거짓이 없고 위장이 통하지 않는다. 숨기려 해도 숨겨지지 않고, 허식(虛飾)해도 허식되지 않는다.

이런 무사심이 어떻게 절대적 사익 추구를 막고, '절대적 사익은 없다'란 명제를 실현시키는가. 말할 것도 없이 이 무사심은 국가나 국가 내 주요 조직의 지도자 무사심이다. 지도자의 무사심이 지도자 자신의 절대적 사익 추구를 차단하고, 그 절대적 사익을 절대적 공익으로 만드는 것은 너무나 당연하다. 지도자 스스로 무사심이기 때문에 지도자 스스로가 추구하는 절대적 사익 행위는 처음부터 있을 수 없기 때문이다. 지도자의 무사심과 '절대적 사익은 없다'의 명제는 논리적으로 동의어 반복이고, 실제적으로도 서로 분리될 수 없는 하나의 행위다.

(2) 결백성

이 무사심과 함께 논의돼야 할 지도자의 덕목이 지도자의 결백성이다. 결백성은 맑고 깨끗해서 허물이 없는 성품이다. 맑고 깨끗하다는 것, 그것은 청렴 혹은 청렴성이고, 허물이 없다는 것, 그것은 잘못, 과실이 없다는 것이다. 사람은 누구나 과실이 있다. 허물이 없는 인간은 없다. 하지만 맑고 깨끗한 사람이 저지르는 과실은 과실이 아니라 실수다. 과실이라 해도 부작의(不作意)의 과실이고, 작의가 없었던 것만큼 그것을 발견하는 순간 남이 말하기 전에 먼저 알아서 스스로 고치는 과실이다. 그 과실에는 변명도 없고 구실도 없다. 남의 탓은 더더욱 없다. 오직 고치는 것만 있을 뿐이다.

지도자의 결백성이 갖는 맑고 깨끗함, 바로 청렴·청렴성은 마음에 탐욕이 없고 검소하다는 것이다. 마음에 탐욕이 없다는 것은 무사심과 서로 상통하지만 서로 다른 행위다. 무사심이 공심(公心), 공익(公益)을 위한 마음가짐이라면, 청렴은 스스로에 대한 욕심의 자제 행위다. 이 자제 행위는 반드시 검소(儉素)한 행위로 이어져서, 무엇보다 생활이 검소해지는 것이다. 조직 지도자의 생활 검소는 조직 성원들에게 모범이 되는 행위이고 귀감이 되는 행위이며, 그리고 조직 성원을 마음으로 이끌고 마음으로 따르게 하는 행위다. 조직 지도자가 아니라도 부를 가진 사람, 권력을 가진 사람, 혹은 높은 지위에 있는 사람이 검소하면 사람들은 모두 그를 우러러보고 존경한다.

그렇다면 지도자 결백성의 요체는 두 가지다. 하나는 맑고 깨끗해서 일반 사람보다 허물이 없기도 하지만, 무엇보다 허물이 있을 경우, 그 과실을 변명하거나 수식하지 않고 바로 수용해서 바로 고친다는 것이고, 다른 하나는 맑고 깨끗해서 일반 사람들보다 청렴한 것은 말할 것도 없고 무엇보다 스스로 욕심을 자제해서 부 지위 권력에 상관없이 검소한 생활을 한다는 것이다. 앞의 경우, 조직에 신선한 바람을 불어넣고 조직을 활성화시켜 조직의 정체(停滯)를 막음은 물론, 조직의 목표를 언제나 선명히 부각시킨다는 것이고, 뒤의 경우 검고능광(儉故能廣)[18]이라는 옛말에서 보듯, 검소하면 일상생활의 세계에서든 공적인 조직의 세계에서든 남에게 널리 베풀 여유가 있고, 폭넓게 행동할 여유가 있고, 풍족하게 마음 쓸 여유가 있다는 것이다. 어느 것이든 검소는 지도자의 여유를 생산해서 조직 기능을 활발하게 재점검 하게 하는 것이다.

이 같은 맥락에서 지도자의 그러한 결백성이 '절대적 사익은 없다'는 명제를 실현시킬 수 있음은 명백하다. 그것은 첫째로 공익과 어긋나고 사익

18 검고능광(儉故能廣) 『노자(老子)』 67장, 검소하기 때문에 널리 베풀 수 있는 여유가 생긴다는 것.

추구 행위가 일어날 때 지도자의 결백성으로 하여 이에 대한 즉각적인 시정 조치와 새로운 정책 수립을 가능케 하고, 둘째로 지도자의 청렴성이 가져다주는 검소 행위로 하여 처음부터 지도자 스스로 사익 추구와 거리가 먼 생활을 할 뿐 아니라 사익을 바라보는 시각이 처음부터 완전히 다를 수밖에 없다는 이유에서다.

예컨대 검즉금천(儉則金賤)[19]이라는 오랜 경험이 이를 입증해 주기도 한다.

문제는 지도자의 이 무사심과 결백성이 어떻게 그 많은 조직 성원들의 가치 전환을 가져 오게 하느냐 그리고 그 가치 전환으로 태준이즘의 형성을 가능케 하느냐이다. 지도자의 가치와 사상이 반드시 조직 성원의 그것이 될 수는 없다. 거기에는 반드시 그렇게 전수되고 이어질 수 있게 하는 연결 고리가 있어야 한다. 더 구체적으로, 지도자의 '절대적인 사익은 없다'는 가치와 사상이 어떻게 조직 성원들의 가치와 사상이 될 수 있느냐이다. 지도자의 그 절대적 명제가 어떻게 그 많은 조직 성원들의 보편적 가치인 '절대적 사익' 추구를 '절대적 공익' 추구 행위라는 특수적 가치로 바꾸어 놓을 수 있느냐이다. 그것을 가능케 하는 요인—그 연결고리는 무엇인가.

그것은 감동과 신뢰와 소통이라 할 수 있다. 조직 성원들의 마음을 열고 마음을 움직이고, 진정으로 믿고 열정을 불러일으키고, 그리고 목숨도 아까워하지 않고 온몸을 바쳐 일하게 하는 원동력이 지도자의 이 무사심이며 청렴·결백이라는 것이고, 이 지도자의 무사심과 결백성이 조직 성원들의 감동과 신뢰를 깊게 하고 소통을 원활하게 해서, 마침내 어느 조직에나 있는 보편적 가치를 그 조직만의 특수 가치로 바꾸어 놓는 것이다.

19 검즉금천(儉則金賤) 치즉금귀(侈則金貴) 『관자(管子)』 「승마(乘馬) 편」. 검소하면 돈을 별 것 아닌 것으로 생각해서 절대로 돈에 매달리지 않고, 사치하면 돈을 너무 귀하게 여겨 돈에 완전히 포박된다는 것.

① 감동. “일은 통하는 마음으로 한다.” 이 말은 일본 경영의 귀재라고 하는 우쓰미 기요시가 박태준(朴泰俊)을 처음 만나고 한 말이다. “서로 통하는 마음이 없으면 어떤 일도 되지 않는다”[20] 포철 제1 고로가 완성되었을 때의 소감을 그는 그렇게 말했다. 감동하지 않고 통하는 마음은 없다. ‘통하는 마음’은 모두 감동하는 마음이다. 박태준의 성취는 포철 사람들의 감동이 불러온 성취라는 것이다.

“의욕을 가지고 진심으로 그를 따르며 열심히 일하는 종업원들의 모습. 그 모습을 보며 참으로 기쁘고 감격적인 마음을 금할 수 없었다. 진심으로 최고 경영자를 따르는 분위기가 공장 전체를 휘감고 있었다.”[21] 포철을 직접 방문하고 종업원들이 일에 임하는 태도며 분위기를 느낀 후쿠다 수상의 소감이다. 의욕에 넘쳐 몰입해서 일하고, 진심으로 지도자를 따르며 생각하는 분위기, 공장 전체를 휘감은 그 감동과 열정을 후쿠다 수상은 느낀 것이다.

“내가 가장 인상 깊게 느낀 것은 종업원들이 너나없이 마음으로부터 그를 따르고 있었다는 것이다. 나는 도저히 표현할 수 없는 감명을 거기서 받았다.”[22] 일본 통상 대신으로 재직 시 포스코를 방문했던 나카소네 수상의 말이다. 그는 포철 사람들이 갖고 있는 감동만이 아니라 일본 정·재계 지도자들이 받았던 감동도 함께 술회했다.[23] “일본 정계나 재계가 이처럼 합심해서 대외 협력에 열성을 보인 것은 매우 드문 일이다. … 그 계기는 작업복 차림으로 진두지휘하는 그의 정열적인 모습에서, 그리고 그의 노력과 성실성에 깊은 감명을 받은 나가노 사장과 이나야마 사장의[24] 마음

20 우쓰미 기요시(內海淸) (미쓰비시 상사 고문), 『우리친구 박태준』, 행림출판사, 1995, p.245

21 후쿠다 다케오(福田赳夫) (전 일본수상), 같은 책, p.151

22 나카소네 야스히로(中曾根康弘) (전 일본수상), 같은 책, p157

23 나카소네 야스히로(中曾根康弘) (전 일본수상), 같은 책, p.156-157

24 나가노 시게오(永野重雄)-후지제철 사장, 이나야마 요시히로(稻山嘉寬)-야하다 제철 사장

으로부터 우러난 감동에서 비롯된 것이다."[25] 앞의 우쓰미나 후쿠다 나카소네 모두 감동을 피력했고 그 감동이 포스코의 분위기를 휘덮고 있다고 말했다.

대조되는 것은 처음 포스코 건립에 일본의 정·재계 지도자들이 모두 부정적이었다는 것이다. 그러나 당시로서는 일본의 협력 없이 포스코 건설은 꿈도 꿀 수 없는 일이었다. 그런 그들이 나카소네 수상 말처럼 모두 협력했다. 그 협력도 후쿠다 수상의 말을 빌리면, "일본의 정·재계 인사들이 국경을 초월해서 박태준(朴泰俊)을 흠모하고 그가 하는 일에 협력했다. 뿐만 아니라 그와의 친교를 모두 자랑으로 생각했다."[26]할 정도로 절대적이었다.

무엇이 그렇게 만들었는가. 무엇이 일본 정·재계 인사들의 마음을 한국으로 돌아서게 했는가. "일본 재계 지도자들이 진심으로 그를 좋아하는 까닭은 그로부터 이익을 얻어서가 아니다. 그의 인품과 능력에서 존경심이 절로 우러났기 때문이다."[27] 야히로 도시쿠니의 회고담이다. 이어 그는 "제철 회사 사장 가운데 전 일본을 통틀어, 아니 전 세계를 망라해도 박태준만한 사람은 없다. 세계적으로 손꼽히는 제철 회사가 서넛 있지만 그 제철 회사를 손수 만들어 키운 현직 사장은 박태준 말고는 없다"[28]고 했다. 그의 이 말은 박태준의 무사심 그리고 그의 청렴·결백으로 체화(體化)된 그의 인격과 거기서 나오는 애국심, 사명감, 그리고 전 종업원들의 깊은 감동, 그것이 포스코를 만들었다는 함의(含意)가 있다.

② 신뢰. "어째서 부하 직원들이 일사불란하게 그를 따르는가." 헬무트 하세크 총재는 자문(自問)하며 대답했다. "사심(私心) 없는 그의 지도력 때

25 나카소네, 같은 책, p157
26 후쿠다, 같은 책, p148
27 야히로, 같은 책, p.186
28 야히로, 같은 책, p.185

문이다. 그 같은 그의 지도력이 없었다면 그렇게 흔들림 없이 그 많은 사람들이 따르지는 않았을 것이다." 그리고 사람들이 포스코를 기적이라고 말했을 때, 그는 망설임 없이 그의 무사심이 포스코의 성공을 가져왔고, 그리고 그 무사심이 "부하 직원들의 깊은 신뢰와 존경을 쌓게 했으며, 그리고 목숨까지 아끼지 않는 헌신"[29]을 하게 했다고 했다. 이 유럽인—유럽인 중에서도 유럽 금융계의 제 일인자인 그의 눈에는 신뢰가 보였고, 부하 직원들에게서의 깊은 신뢰를 읽으며 포스코의 성공을 분석했다.

③ 소통. "노사분규가 한 건도 없었다. 학생시위도 없었다."[30] 레너드 홀슈의 말이다. 1980년대와 90년대, 한국은 노사 분규의 시대고 학생 시위의 시대였다. 그런데 어떻게 공장에서는 노사 분규가 없고 학교(포스텍)에서는 학생 소요가 없었는가. 그는 그 이유를 소통에서 찾고 있다. "분규가 있었다면 그것은 그(박태준)의 인격에 문제가 있어서가 아니라 커뮤니케이션이 이뤄지지 않은 데서 비롯되는 것이다. 세계의 위대한 지도자들이 종종 겪는 어려움도 바로 커뮤니케이션의 부재로 인한 것이다. 교육 이념이 훌륭하고 시설이 훌륭할지라도 설립자와 학생 간에 커뮤니케이션이 이뤄지지 않으면 삐걱거리게 되어 있다."[31] 노사 분규도 학생 시위도 없었던 것을 레너드 홀슈는 소통에서 찾았다. 또 다른 유럽인답게 그의 시각은 일본인과 달랐고, 그의 초점은 같은 유럽인이면서도 앞서의 헬무트 하세크와도 달랐다. 하세크가 '신뢰'라면 그는 '소통'이었다.

그러나 그는 박태준(朴泰俊)의 그 무엇이 그러한 '엄청난' 소통을 가져오게 했는지에 대한 의문은 없다. 오직 단 한 건의 노사 분규도 단 한 건의 학생 시위도 없음에 감탄할 뿐이다. 그 대답은 브라질 최고의 지식인이며 한 때 각료직까지 맡았던 엘리저 바티스타에게서 나왔다. "감동을 주지

29 헬무트 하세크(Helmut Haschek) (오스트리아 국립은행 총재), 같은 책, p.338
30 레너드 홀슈(Lenard J. Holschuh) (국제철강협회 사무총장), 같은 책, p.269
31 레너드 홀슈(Lenard J. Holschuh) (국제철강협회 사무총장), 같은 책, p.270

못하는 말은 소용이 없다. 그(박태준)의 말은 짧고 명료하다. 한 마디 말로 축약된 메시지다. 그 감동에 찬 메시지로 그는 상대방을 리드한다."[32]

소통은 감동에서 오는 것이다. 바티스타 말대로 감동을 주지 못하는 말은 소용이 없는 말이다. 소용이 없는 말은 소통력이 없는 말이다. 소통이 되지 않는 메시지는 메시지가 아니다. 소통은 또한 신뢰에서 온다. 소통은 또한 언어로써 한다. 언어에 신뢰가 쌓이려면 그 언어가 마음으로부터 우러나와야 한다. 그것이 '진정성(眞情性)'이고 그 진정성 있는 신뢰에서만 진정한 소통이 이뤄진다. 그 진정성은 지도자의 무사심과 지도자의 결백성·청렴성에서 나온다. 사심이 있는 진정성이 있을 수 없고, 탐심이 내재된 진정성 또한 기대할 수 없다. '태준이즘'이 태준이즘이 되는 것은 무사심, 결백성이 생산해 내는 이 진정성에서 우러나오는 '감동'이며 '신뢰'며 '소통'에 의해서다. 그는 이 감동, 소통, 신뢰에 의해서 그의 가치를 조직 성원의 가치로 이입하고 전환해서 태준이즘을 발효하고, 그리고 그 성원들과 함께 대성취를 이룩한 것이다.

Ⅳ. 맺음말

태준이즘은 사상이다. 바로 박태준(朴泰俊)의 사상이다. 그것은 세 가지로 요약된다. '절대적 절망은 없다', '절대적 불가능은 없다', '절대적 사익은 없다'가 그것이다. '절대(絶對)'는 상대할 만한 것이 없는 것이고, 일체의 비교를 초월하는 것이다. 그것은 극한 상황이고, 끝나는 상태다. 천길 벼랑 끝에 서 있는 것이다. 그런 절대적인 절망에서 어떻게 높이 솟아올랐는가, 그런 절대적인 불가능에서 어떻게 대성취를 이룩했는가, 그런 절대

32 엘리저 바티스타(Eliezer Batista)(브라질 기획부장관), 같은 책, pp.323-324

적인 개인 이익추구에서 어떻게 모두의 이익으로 만들어 냈는가. 그것이 이 글의 요지이고, 태준이즘이 구체화되는 줄거리이다.

문제는 그런 절대적인 상황을 극복하고 이겨내서 전혀 새롭고도 다른 현실을 창조해 내는 것, 그것이 아무리 새로운 역사의 장을 만드는 것이라 해도, 그것이 어떻게 사상으로 승화돼서 '이즘'이 될 수 있는가, 누구나 지지하고 누구나 거부 없이 수용할 수 있는 웨이(way)—길이 될 수 있는가. 그것을 풀어가는 과정이 이 글의 맥락이고, 그것을 사회 과학적으로 입증해 가는 것이 이 글의 목적이다. 그러나 박태준(朴泰俊) 사상이 어떻게 태준이즘이 되고, 박태준 방식, 박태준 길이 어떻게 태준 웨이 혹은 포스코 웨이가 되는지는 여기서 다시 되풀이해서 설명하거나 요약할 필요는 없다. 중복(重複)은 췌언(贅言)이 되고, 췌언은 어느 글에서든 금물이다.

다만 본문에 없는 것을 맺음말을 빌려 보탠다면, 그것은 우리 현대사를 어떻게 볼 것인가, 오늘의 우리 역사를 만든 큰 별들은 누구인가 하는 것이다. 건국 60주년이 넘고, 새로운 국가로서 우리 현대사가 정립되는 것도 60년이 넘는다. 확실히 우리는 새로운 국가를 건설했고, 새로운 역사를 만들었다. 비로소 우리의 긴 역사에서 처음 등장하는, 국가다운 국가가 지금의 대한민국이다. 특히 조선조 전근대 사회나 다를 바 없는 북쪽과 비교하면 더욱 더 그러하다.

이런 엄청난 역사, 새로운 나라를 만든 사람들이 누구인가. 말할 것도 없이 대한민국 국민이다. 지금의 대한민국 국민은 이전의 우리 선조—그 '우리 민족'과는 전혀 다른 사람들이다. 산업화와 민주화를 함께 이룩한 국민이고, 그것도 140개가 넘는 신생국 중 유일하게 두 개의 혁명을 한꺼번에 완수한 국민이다. 지금의 대한민국 국민은 선진국 국민이나 다름없이 개별적인 '사회적 사고'를 할 수 있는 사람들이다. 국가나 집단 혹은 공동체와 분리돼 스스로 사고할 수 있는 능력을 가진, 그런 사회적 존재로서 기능할 수 있는 개체들이다.

그러나 개체는 오직 개체일 뿐이다. 아무리 훌륭한 사고를 하는 개체도 유능한 지도자를 만나지 못하면 하루아침에 우매한 대중으로 전락한다. 그것은 우리보다 앞서 선진화를 실현하고 경험한 나라들이 보여준 사례다. 똑똑한 개체들을 우매한 대중으로 만들지 않고 비전을 제시하며 주어진 목표를 향해 끌고 나가는 것은 지도자들이다. 어떤 지도자를 만났느냐가 어떤 국가, 어떤 역사를 만드느냐를 결정한다. 특히 우리의 긴 역사를 되돌아보면, 특히 우리가 그런 민족이다.

우리는 지난 60년의 현대사에서 다섯 사람의 유능한 지도자를 만났다. 그 만남은 대한민국의 행운이고, 국민으로써 우리의 축복이었다. 그 지도자는 정치인으로는 이승만, 박정희이고, 경제인으로는 이병철, 정주영이며, 또 다른 범주로써 박태준이다. 박태준은 정치·경제 그 어느 카테고리에도 '꼭 끼워' 넣기 어려운 위치의 지도자다. 박태준은 경제인도 되고 정치인도 되면서, 정작으로 이승만, 박정희 같은 정치인도 아니고, 이병철, 정주영 같은 경제인도 아니다. 정확히 자리매김하면 독보적 위치다.

지난 60년의 우리 역사는 '기적'의 역사였다. 대한민국 탄생부터 '기적의 탄생'이었고, 그 존립도 '기적의 존립'이었고, 성장도 '기적의 성장'이었다. 이 '기적'을 일구어 낸 주역이 이 다섯 사람의 지도자들이다. 그들은 별이었고, 별 중에서도 큰 별이었다.

이 다섯 사람의 지도자들 중에서 유독 박태준만을 끄집어내서, 그의 사상, 그의 길(way)을 태준이즘으로 명명한 데 대해 많은 사람들은 의문을 가질 것이다. 그것은 박태준의 '대성취'가 '박정희로 인한 것'이라는 것이다. 그것을 부인할 사람은 아무도 없다. 그러나 박태준이 없었어도 박정희가 그것을 해낼 수 있었을까. 박태준(朴泰俊)을 찾아낸 박정희의 형안(炯眼)은 분명히 위대했다. 그러나 아무리 형안이 빛났어도, 그 형안으로 또 다른 박태준을 찾아낼 수 있었을까. 박태준 역시 박정희를 만나지 않고서도 그 같은 '대성취'가 가능했을까.

확실히 박정희와 박태준. 이 두 사람의 만남은 우리 현대사의 '숙명'이었고, 우리 국민으로서는 큰 '행운'이었다. 마치 류성룡 없는 이순신이 있을 수 없고 이순신을 생각지 않는 류성룡이 있을 수 없듯이, 두 사람의 만남은 우리 현대사에서 가장 '위대한 만남'이었다. 그래서 다시 태준이즘을 생각한다.

참고 문헌

·박태준, 『쇳물은 멈추지 않는다』, 중앙일보, 2004.
·서울대학교 사회과학연구소, 『민족, 인간 그리고 세계』, 1992.
·안상기, 『우리 친구 박태준』, 행림출판사, 1995.
·이대환, 『세계 최고의 철강인 박태준』, 현암사, 2004.
·「세계 10개국의 '행복의 지도(地圖)' 조사」, 《조선일보》, 2011년 1월 1일, A4-A5면.
·중앙일보. 2011년 1월 4일. B1면.
·포항종합제철주식회사, 『창업정신과 경영철학』, 1988.
·포항종합제철주식회사, 『제철보국의 의지: 박태준회장 경영어록』, 1985.
·포항종합제철주식회사, 『나의 경영철학』, 1985.
·포항종합제철주식회사, 『4반세기 제철대역사의 완성』, 1992.
·한국갤럽 글로벌 마켓인사이트, 「대한민국, 우리는 무엇으로 행복해질까」, 《조선일보》, 2011년 1월 1일 A4-A5면.
·Robert S. Phillips ed, *World War II*, Funk & Wagnalls New Encyclopedia, Volume 27, p. 420-448.

포항제철소 전경

광양제철소 전경

포스코가 세운 최초의 교육시설 - 개원 직전의 제철유치원 전경(1971년 8월 29일)

포스코가 세운 한국 최초의 세계적 연구중심대학 - 포항공과대학교 전경

1968년 11월 12일 롬멜하우스를 나서는 박정희 대통령(첫줄 맨 오른쪽)과 박태준 사장. 이때 박 대통령은 KISA의 차관 도입이 막막한 상황에서 “이거 남의 집 다 헐어놓고 제철소가 되기는 되는 건가…”라는 독백을 남겼다.

일본철강연맹 이나야마 회장을 찾아가 환담하는 박태준 사장(1969년 2월). 이 자리는, 포항제철이 대일청구권자금 일부를 전용하기 위한 핵심 전제조건인 일본 제철사들의 기술협력 문제에 대해 긍정적 답변을 얻어냄으로써 일본의 자본과 기술과 경험이 영일만 모래벌판으로 들어오게 되는 첫 관문을 여는 역사적 현장이 되었다.

우리 쇳물은 제철보국이었네 ©안병화, 여상환

발행일 2018년 6월 9일 초판 1쇄 발행
2018년 8월 20일 초판 3쇄 발행
펴낸이 김재범
펴낸곳 (주)아시아
편저자 안병화, 여상환
편집 김형욱
관리 강초민, 홍희표
출판등록 2006년 1월 27일 제406-2006-000004호
인쇄·제본 AP프린팅
종이 한솔 PNS
디자인 나루기획

전화 02-821-5055
팩스 02-821-5057
주소 경기도 파주시 회동길 445(서울 사무소: 서울시 동작구 서달로 161-1 3층)
이메일 bookasia@hanmail.net
홈페이지 www.bookasia.org
페이스북 www.facebook.com/asiapublishers

ISBN 979-11-5662-361-8 03800

* 값은 뒤표지에 있습니다.